Die Stunde nach Mitternacht

Salma

DIE STUNDE NACH MITTERNACHT

Roman

Übersetzt von Ingrid von Heiseler

DRAUPADI VERLAG

Wir danken Herrn Dr. Heinz-Horst Deichmann, Honorarkonsul von Indien, für die Förderung dieser Publikation.

Salma
(Pseudonym für: Rajathi Samsudeen aka Rokkaiah Malik):
Die Stunde nach Mitternacht. Roman
Aus dem Englischen übersetzt von Ingrid von Heiseler

Draupadi Verlag, Heidelberg, 2011

ISBN 978-3-937603-57-5

Draupadi Verlag
Dossenheimer Landstr. 103
69121 Heidelberg

info@draupadi-verlag.de
www.draupadi-verlag.de

Lektorat: Gerlinde Wientgen
Coverfoto: Anton von Heiseler
Grafische Gesamtgestaltung: Reinhard Sick, Heidelberg

Einführung

Von Kannan Sundaram

An einem Sommermorgen im Jahre 1994 arbeitete ich in meinem neuen, neu eingerichteten Büro der Zeitschrift Kalachuvadu im Vorgarten meines Hauses. Der Raum hat große Fenster nach Westen und Norden. Ich sitze mit dem Gesicht nach Osten und blicke auf das Vordertor. Ein großes Fahrzeug fuhr dort vor. Ich sah einige Köpfe, meist die von Frauen, die ihre Sari-Duppatas über den Kopf gezogen hatten. Einige waren schon ausgestiegen und warteten vor dem Tor, bis auch die anderen ausgestiegen waren, damit sie alle zusammen in einer Gruppe hereinkommen konnten. Wir erwarteten sie. Ich wusste, dass eine von ihnen Salma war. Sie kam meinen Vater Sundara Ramaswamy (1931-2005) besuchen, der ein bekannter, tamilisch schreibender Schriftsteller war. Mein Vater führte ein offenes Haus, deshalb waren wir an Besucher gewöhnt. Einige kündigten sich an, aber die meisten kamen zu allen möglichen Tageszeiten unangekündigt zu uns. Es wurde immer reichlich Essen zubereitet, um unerwartete Gäste zu beköstigen. Im oberen Stockwerk gab es Gästezimmer. Ein Literaturmagazin schrieb einmal: „Verschwenden Sie Ihr Geld nicht, indem Sie sich ein Zimmer in einem Hotel in Nagercoil reservieren lassen. Gehen Sie einfach zu Suraas Haus!"

Er war auch sehr darauf bedacht, junge Talente zu fördern. Täglich schrieb er einige Briefe, die meisten an debütierende Schriftsteller. In diesen Briefen teilte er ihnen seine Ideen mit und machte ihnen Vorschläge für ihre Lektüre.

Das Tor öffnete sich und alle kamen ein wenig zögernd herein. Sie machten wahrscheinlich zum ersten Mal einen Besuch in einem nicht-muslimischen Haus. Ich erkannte Salma sofort, denn ich hatte schon einmal ein Foto von ihr gesehen. Ihr Sari reichte ihr gerade bis über die Fußknöchel, so wie Frauen vom Dorf Saris tragen, und sie bewegte sich unsicher, was wohl auf ihre relativ zurückgezogene Lebensweise zurückzuführen war. Aber in meiner Vorstellung – wahrscheinlich war meine Familie derselben Ansicht – war sie ein Wunder, dem zu begegnen wir mit Freude erwarteten.

Von einem gemeinsamen Freund hatten wir ihre Geschichte erfahren. Sie wurde gezwungen, die Schule zu verlassen, und sehr jung verheiratet. Ihre Mutter hatte eine schwere Krankheit vorgetäuscht und vorgegeben, sie liege auf dem Sterbebett. Dann hatte sie ihr das Versprechen abgerungen, sich verheiraten zu lassen. Inzwischen hatte Salma zwei Kinder, zwei Jungen. Sie liebte Literatur, war eine unersättliche Leserin und hatte zu schreiben begonnen. Mein Vater fand ihre Gedichte vielversprechend. Aber ihr Mann und ihre Schwiegerfamilie standen allein schon dem Gedanken, dass sie las und schrieb, feindlich gegenüber. Sie fanden das umstürzlerisch. Ihre Herkunftsfamilie war ihr auch keine große Hilfe.

Ihr Mann hatte instinktiv und richtig vermutet, dass sie gegen ihn schreiben würde. Dass ihre Gedichte oft die Dominanz der Männer kritisierten und ihre, Salmas, Entfremdung von dem System, in dem zu leben sie gezwungen war, offenbarten, verschärfte die Probleme mit ihrem Mann.

Wir hatten ihr geheimes Notizbuch mit ihren Gedichten gesehen. Ich war schockiert, als ich später erfuhr, dass sie viele ihrer Gedichte im Badezimmer geschrieben hatte, nicht weil sie eine Neigung zum Dadaismus gehabt hätte, sondern weil das der einzige

Ort war, an dem sie in Ruhe gelassen wurde. Sie versteckte das Notizbuch gut, da ihr Mann den Verdacht hatte, dass es so etwas gebe, und oft Jagd darauf machte, vielleicht, weil er alles vernichten wollte.

Wir von Kalachuvadu setzten die Gedichte, korrigierten die Rechtschreibfehler und veröffentlichten ein Gedicht in der allerersten Ausgabe der Zeitschrift, die wir herausgaben, und einige weitere Gedichte nach etwa einem Jahr. Sie alle wurden unter dem von ihr gewählten Pseudonym Salma veröffentlicht. Ihre Gedichte erregten sofort die Aufmerksamkeit von Lesern und Leserinnen und von Kritikern. Uns erreichten viele Anfragen über ihre Person, aber wir stellten sicher, dass ihre Identität außerhalb unseres unmittelbaren Freundeskreises ein Geheimnis blieb, das gelang jedoch nur einige Jahre. Ihre Gedichte wurden weithin besonders dafür anerkannt, dass sie einen Trend für eine neue Art von Frauendichtung in Tamil gesetzt hatten. Frauen ihrer Generation wurden durch die Gedichte dazu angeregt, offen über ihren Körper und ihre Sexualität zu schreiben. Das brachte sie in die Schusslinie der Hüter der tamilischen Kultur. Islamische Fundamentalisten, die den Verdacht hegten, Salma sei keine gute Muslima, suchten eine Bestätigung dafür.

S. V. Rajadurai und V. Geeta, zwei bekannte Intellektuelle, übersetzten einige ihrer Gedichte ins Englische. Die Übersetzungen wurden in *Indian Literature* abgedruckt, einer Zeitschrift, die die *Sahitya Akademi* herausgibt.

Später wurden einige Gedichte in Hindi in *Samakalin Bharathiya Sakithya* veröffentlicht. Da aus naheliegenden Gründen ihre Kontaktadresse die Adresse von Kalachuvadu war, las ich als erster einige Briefe von Lesern, die sie aus dem Gebiet zwischen Orissa und Kaschmir bekam. Ich teilte ihr diese Briefe über gelegentliche Telefonanrufe mit und merkte, wie sie die Anerkennung, die aus ihnen sprach, durstig aufsog. Das Schreiben von Literatur und die Bestätigung, die sie ihr einbrachte, wurden für sie zu einem hoffnungsvollen Lebenssinn.

1998 beschloss der Verlag Kalachuvadu Publications, den ich 1995 mit der Veröffentlichung von zwei Titeln begonnen hatte, im Dezember in Chennai vier Bücher herauszubringen. Sie wurden zu einem bahnbrechenden literarischen Ereignis in Tamil! Salma fuhr unter dem Vorwand, sie brauche eine medizinische Behandlung für eine in Wirklichkeit nicht vorhandene Krankheit, nach Chennai, um bei der Buchpräsentation dabei zu sein. Es war das erste Mal, dass sie an einer literarischen Veranstaltung teilnahm. Ihre Mutter wurde bei dieser Eskapade zu ihrer zögernden Komplizin. Es wäre undenkbar gewesen, dass sie alleine reiste. Eines Tages luden einige von uns sie in ein nahegelegenes Restaurant ein. Sie sah ihre Mutter an, bekam dann eine schweigende Antwort auf ihren fragenden Blick, die wir nicht deuten konnten, und kam mit.

Als wir durch die Stadt gingen, wurde offensichtlich, dass sie Mühe hatte, die Menschenmengen auf Bürgersteigen und Straßen zu ertragen. Im Restaurant war es ein besonderer Anblick, ihr beim Essen eines Dosai zuzusehen. Wieder tat sie etwas zum ersten Mal. Wir neckten sie gnadenlos, aber sie genoss jede Einzelheit. Ihren Sinn für Humor hat sie sich bis heute bewahrt.

Ein paar Wochen später fuhr Salma nach Madurai, das nicht fern von ihrem Dorf ist, zu einer Versammlung von Kalachuvadu-Lesern. Wieder gab sie einen Arztbesuch vor. Sie war schon ein kleiner Star geworden und wurde von den Organisatoren aufgefordert, ein paar Worte zu sprechen. Mir wurde das später erzählt und ich bekam auch durch die Hörkassetten einen Eindruck. Salma ging auf die Bühne (wieder ein erstes Mal!), stand ein paar Minuten vor dem Mikrofon und versuchte ein paar Worte zu sprechen, ging dann aber langsam zu ihrem Platz zurück, ohne dass es ihr gelungen war, ein einziges Wort hervorzubringen.

Inzwischen veröffentlichten wir weiter ihre Gedichte und auch einige von ihr verfasste Buchrezensionen, die scharfsinnig und kühn waren. Am Ende des letzten Jahrtausends veranstaltete Kalachuvadu gemeinsam mit anderen eine World Tamil Conference in Chennai, 'Tamil-ini 2000'. Salma verbrachte alle drei Konferenz-Tage dort und begegnete Schriftstellern aus aller Welt. Am Tag vor der Konferenz veranstaltete Kalachuvadu eine Buchpräsentation. Salmas erste Gedichtsammlung wurde bei dieser Gelegenheit gemeinsam mit einigen anderen Büchern präsentiert. Als das Buch präsentiert worden war, weigerte sich Salma, auf die Bühne zu gehen, denn sie fürchtete, dass es, wenn das Foto in der tamilischen Presse abgedruckt würde, in ihrem Dorf und ihrer Familie einen Aufstand gäbe. Aber trotz dem wachsenden Druck wurde sie als Schriftstellerin immer selbstsicherer. Ihr Mann beschimpfte sie gewöhnlich und wurde manchmal gewalttätig. Eines Tages rief sie mich weinend an. Mit großer Mühe brachte ich sie dazu, über das, was geschehen war, zu sprechen. Ich war schockiert! Ihr Mann war wütend, dass sie als Schriftstellerin berühmt wurde, und trat sie ins Gesicht. Er schmierte ihr den Schmutz von den Sohlen seiner Schuhe ins Gesicht. Sie wurde dabei nicht körperlich verletzt, aber es bewirkte, dass sie sich wie ein Stück Dreck fühlte. Sie ertrug alles tapfer und setzte ihr Schreiben fort.

Salma wurde von einer Freundin mit dicken Notizbüchern beschenkt, und spontan fing sie im Jahr 2000 an, ihren Roman zu schreiben. Sie stellte ihn 2001 fertig, aber sie hatte Angst, ihn mir zur Veröffentlichung zu übergeben, weil sie eine Gegenreaktion von Gemeinde und Familie befürchtete.

Dann trat eine vollkommen unerwartete Wende ein. Ein Jahrzehnt zuvor war das *Panchayat Raj* eingeführt worden, was bedeutete, dass jedes Dorf einen Vorsitzenden und Mitglieder des *panchayat* (Dorfversammlung) wählte, die die lokalen Angelegenheiten regeln sollten. Im Oktober 2001 sollte gewählt werden. Salmas *Panchayat* Thuvarankurichi war in diesem Jahr für eine Frau reserviert. Ihr Mann hatte gehofft, sich bewerben zu können, und war nun gezwungen, Salma zu bitten, an der Wahl teilzunehmen. Sie war einverstanden, und damit begannen sich ihre Fesseln zu lockern. Ihre Familie, die bis dahin versucht hatte, sie wie eine Gefangene im Haus zu halten, überredete sie nun, auf die Straßen zu gehen und Stimmen zu sammeln. Plakate, auf denen sie zu sehen war, wurden überall im Wahlbezirk aufgehängt. Sie hielt auch ein paar öffentliche Versammlungen ab. Ihr Image als Schriftstellerin förderte ihre Chancen, da sie dadurch als gebildete Frau erschien, die wohl auch mit den Angelegenheiten eines *Panchayats* fertigwerden würde. Die Medien in Tamil und Englisch wendeten dieser Muslima, die sich für ein öffentliches Amt zur Wahl stellte, ihre Aufmerksamkeit zu. Ihr Mann hatte vielleicht gehofft, hinter der Bühne die Fäden ziehen zu können, aber die Dinge entwickelten sich nicht zu seinem Vorteil. Sie konnte mit den Regierungsbeamten verhandeln und sie nötigen, die Forderungen ihres *Panchayats* zu erfüllen, was ihr Mann ganz sicherlich niemals erreicht hätte.

Ich erinnere mich an ein besonderes Ereignis. Sie hatte ein Mitglied vom *Rajya Sabha*, dem Oberhaus des indischen Parlaments, Cho Ramaswamy, angerufen und ihn um eine Unterredung gebeten. Cho, der legendäre Herausgeber des *Thuklak Magazine*, war von der rechten Hindupartei, der BJP, für Rajya Sabha aufgestellt worden. Als er

Salma fragte, worüber sie mit ihm sprechen wolle, bat sie ihn, ihr *Panchayat* mit Geld aus dem Etat auszustatten, über den alle Parlamentsmitglieder verfügen konnten. Er sagte, sie solle ihre Zeit nicht mit einer Verabredung mit ihm vergeuden, er wisse von ihr, und versprach, ihr einige Zehntausende Rupien für ihr Budget zu überweisen, was er auch unverzüglich tat. Salma gehörte zu den wenigen Schriftstellern in Tamil, die durch ihre Literatur Bedeutung erlangten.

Aufgrund dieser schnellen Veränderung ihrer Stellung wurden in ihrem Haus die Karten neu gemischt. Salma schrieb und publizierte von nun an offen und bekam ihre Zeitschriften und Briefe nach Hause geschickt. Nun war sie bereit, mir ihren Roman zur Veröffentlichung zu schicken. Sie hatte ihn in verschiedene Notizbücher geschrieben und besaß keine Abschrift. Mit der Post wollte sie die Notizbücher nicht schicken, denn sie fürchtete, sie könnten verloren gehen. Also schickte ich jemanden in ihr Dorf, der sie abholen und mir ins Büro bringen sollte. Sie hatte den Text mit ihrer Kinderschrift in Notizbücher verschiedener Größe und auf aneinander geheftete Blätter geschrieben. Einige Rechtschreib- und Grammatikfehler waren sofort zu erkennen. Ich empfand Mitleid, wenn ich an das Unglück dachte, dass sie die Schule so früh hatte verlassen müssen. Aber ich las alles mit großem Interesse und war vom Leben der Muslime, besonders der Frauen, in einem tamilischen Dorf fasziniert. Wir korrigierten und überarbeiteten in den folgenden zwei Jahren den Text sorgfältig, dabei arbeiteten wir manchmal mit Salma zusammen. Der Roman wurde im Dezember 2004 veröffentlicht und von der bekannten feministischen Autorin, Aktivistin und Professorin Susie Tharu in der Landmark-Buchhandlung in Chennai präsentiert.

Nachdem sie eine Persönlichkeit der Öffentlichkeit und die Vorsitzende des *Panchayats* geworden war, wurde offensichtlich alles, was sie tat, von ihrer Gemeinde genau beobachtet und kritisiert. Dann wurde sie zu Seminaren und Konferenzen in Delhi, Sri Lanka und Pakistan eingeladen. Ihre Familie konnte sie weder überallhin begleiten noch konnte sie sie aufhalten. Dass eine muslimische Frau alleine reiste, war in ihrem Dorf unerhört und führte zu einigem Aufruhr. Im Fernsehen trat sie mit unverhülltem Kopf auf und wurde auch dafür kritisiert. Ihre politischen Gegner im Dorf lasen ihre Gedichtsammlungen und den Roman sehr genau. Sie rissen provozierende Zeilen aus ihren Gedichten aus dem Zusammenhang und stellten sie auf Plakaten aus. Die religiösen Hierarchien wurden von ihren Gedichten und dem Roman bis ins Mark getroffen. Salma musste für das alles emotional, sozial und politisch einen hohen Preis zahlen. Protagonisten und Protagonistinnen ihres Romans wurden von ihrer Dorfgemeinschaft identifiziert, und die Vorbilder wurden „ordnungsgemäß“ informiert, was Salma in eine gefährliche Situation brachte. Abschnitte aus ihrem Roman, die die Dorf-Führerschaft kritisierten, wurden herausgenommen und dem Dorfältesten vorgelesen. Als wir den Umschlag für ihren Roman entwarfen, hatte ich einen Fotografen in Salmas Dorf geschickt, und wir benutzten für die erste Auflage das Foto einer Straße. Eine Frau, die auf dem Bild in einem Hauseingang saß, wurde identifiziert und darüber informiert, dass Salma ihr Bild für den Umschlag ihres glaubensfeindlichen und vulgären Romans verwendet habe. Die Frau kam täglich zu Salma ins Haus und belästigte sie mit Entschädigungsforderungen.

In der tamilischen Literatur haben wenige so sehr gekämpft und einen so hohen Preis dafür, dass sie Schriftsteller sein durften, gezahlt. Muslimische Zeitschriften veröffentlichten unter dem Vorwand, sie kritisierten ihren Roman, beleidigende Angriffe auf sie. Kalachuvadu wurde wegen der Veröffentlichung angegriffen. Dass im Roman erzählt wird, muslimische Frauen hätten Liebesbeziehungen mit Hindu-Männern, erregt bis heute die Gemüter der Religiösen. Noch in diesem Jahr war Salma auf dem Cover einer muslimischen Zeitschrift zu sehen, die einen beleidigenden Artikel enthielt. Im Mittelpunkt stand ihre Facebook-Seite, in der es hieß, sie sei „Atheistin". In dem Artikel war auch davon die Rede, dass ihre muslimischen Romanheldinnen als Ehebrecherinnen dargestellt würden, die vor allem mit Hindu-Männern liiert seien. In allen diesen Diskussionen über Sexualität im Roman wurde niemals die Tatsache erwähnt, dass ein muslimischer Mann im Roman ganz offen eine langanhaltende Liebesbeziehung zu einer Hindu-Dalit-Frau hat. Nicht die Sexualität an sich, sondern die politischen Implikationen dieser Sexualität ärgerten ihre Kritiker. Ihre vernichtende Kritik der männlichen Dominanz und der Unterdrückung der Frauen durch religiöse Vorschriften goss Öl ins Feuer. Sie bekam den Titel der tamilischen Taslima Nasreen, also der mutigen bangladeschischen Schriftstellerin, die das, was sie als frauenfeindliche Tendenzen im Islam auffasste, in Frage stellte. Salma dagegen hat mit aller Sorgfalt vermieden, die Grundtendenzen des Islam in Frage zu stellen. Daher konnten die religiösen Extremisten und die Geistlichkeit ihr nicht wirklich etwas anhaben.

2006 wurde sie wegen ihrer schriftstellerischen Arbeit zum Chicago University Norman Cutler Memorial Seminar eingeladen. Der *National Book Trust*, das *British Council* und die *Sahitya Akademi* luden sie zu Buchmessen in Frankfurt, London und China ein. Aber während die Anerkennung ihrer Schriften zunahm, behinderten die Politik und die damit verbundenen hektischen Aktivitäten ihr Schreiben immer stärker.

Als sich ihre recht erfolgreiche Amtszeit als Vorsitzende des *Panchayats* ihrem Ende näherte, regte ihre Familie sie dazu an, der politischen Partei DMK beizutreten. Im Jahre 2006 standen die Parlamentswahlen an, deshalb trat sie als Vorsitzende des *Panchayats* zurück und kandidierte für einen Sitz im Thuvarankurichi-Parlament, das bis dahin die Hochburg der regierenden AIADMK-Partei gewesen war. Sie verlor die Wahl knapp, nur ein paar tausend Stimmen fehlten. Aber die Partei erkannte ihre Fähigkeiten und ernannte sie zur Vorsitzenden des Sozialen Wohlfahrts-Ministeriums. Hier arbeitet sie noch heute. Sie kann zwar vielen unterdrückten Frauen und Kindern helfen und für deren Rechte in ihren Gemeinden kämpfen, aber ihre Schriftstellerei hat darunter gelitten. Sie kann sich nun nicht mehr freimütig über soziale Themen äußern, denn sie muss ihre Stellung in der Partei und darum auch deren Ansichten berücksichtigen. Es ist zu befürchten, dass der Partei das gelingen wird, was ihrer Familie durchaus nicht gelungen ist: sie zum Schweigen zu bringen.

Kannan Sundaram leitet den Verlag „Kalachuvadu Publications" und gibt die Monatszeitschrift „Kalachuvadu" heraus. Der hier veröffentlichte Text darf nur mit ausdrücklicher Genehmigung des Autors in eine andere Sprache übersetzt werden.
E-Mail-Adresse des Autors: kannan31@gmail.com.

DIE STUNDE NACH MITTERNACHT

Kapitel 1

Rabia sah durchs Fenster ihres Klassenzimmers in den Regen hinaus. In der Nähe der Schule, gleich neben dem Schulhof, stand der von der Tischler-Innung gestiftete Asaari-Brunnen. Sie hatte ihre Freude daran, die Regentropfen so stetig auf das hohe Geländer, das ihn umgab, fallen und dann wegspritzen zu sehen. Das Wasser, das in den Brunnen fiel, würde gutes Trinkwasser sein, aber das Wasser, das wegspritzte, floss nur in den Gully. Ab und zu blies ihr die Brise, die durch das Fenster fuhr, eine Handvoll Regentropfen ins Gesicht. Die Freude darüber überwältigte sie. Wenn sie nun auf Amma gehört hätte und heute nicht in die Schule gekommen wäre! Alle wussten, dass an Regentagen weder Lehrer noch Lehrerinnen zum Unterrichten in die Schule kamen. Rabia und ihre Freundinnen lachten über sie, sie kicherten miteinander. „Sie haben Angst, dass sie nass werden, wenn sie nach einer Unterrichtsstunde von einer Klasse in die andere gehen müssen." Die Angst der Lehrer machte den Tag zu einem Freudentag für die Kinder. Sie verbrachten die Zeit auf die angenehmste Weise. Sie erzählten einander Geschichten und hielten kleine Wettkämpfe ab.

„Ei, Rabia!"

Sie drehte sich mit einem Ruck um, als sie ihren Namen hörte. Die Klassensprecherin Uma sagte: „Da ist jemand gekommen, der dich sucht. Besser du gehst und siehst selbst, was er will." Rabia stand auf und fragte sich, wer das sein mochte. Sie ging an den anderen Kindern vorbei zur Tür. Der Chauffeur Mutthu stand da und hielt einen Regenschirm über sich.

„Amma hat gesagt, ich soll dich abholen."

„Warum?" frage Rabia. Sie verstand gar nicht, was er wollte.

„Woher soll ich das wissen? Komm, wir gehen", sagte er und sein Ton ließ keinen Aufschub zu. Aber sie hatte überhaupt keine Lust, die Klasse zu verlassen, die durch den Regen so angenehm geworden war. „Ich kann nicht einfach so mitkommen. Ich muss erst den Lehrer um Erlaubnis bitten. Geh schon mal vor und lass mir den Regenschirm da!"

„Ich denke nicht daran! Geh gleich fragen und komm mit nach Hause, sonst ist Amma böse auf mich. Komm schon! Komm sofort! Sag ihnen Bescheid und wir gehen!"

Aber sie gab nicht nach: „Nein, ich muss erst noch was schreiben, sonst lässt mich der Lehrer nicht weg. Bitte geh schon mal allein!"

Mutthu gab ihr widerstrebend den Schirm und ging.

Rabia war sehr erleichtert. Sie würde bald nach Hause gehen, sie könnte dann den ganzen Weg zu Fuß machen. Sie würde zusammen mit den anderen gehen, im Regen nass werden und durch die Pfützen, die sich gebildet hatten, spritzen und planschen. Schon der Gedanke daran machte sie glücklich.

„Warum schicken sie dir wohl das Auto? Meinst du nicht, dass es etwas Wichtiges sein könnte?" fragte Uma. In ihrem Gesichtsausdruck lag eine Spur von Bedauern.

„Ich bin ganz sicher, dass es nichts Wichtiges ist. Sie haben den Wagen wohl nur geschickt, weil sie nicht wollen, dass ich bis auf die Haut nass werde, das ist alles", antwortete sie kurz angebunden, ging zu ihrer Bank und setzte sich.

Rabia bemerkte die neidischen Blicke ihrer Klassenkameraden, weil der Wagen ihretwegen gekommen war und sie ihn zurückgeschickt hatte. Das erfüllte sie plötzlich mit Stolz. Aus den Augenwinkeln vergewisserte sie sich, ob Ramesh sie ansah. Sie war enttäuscht, dass er es nicht tat.

Madina, die neben ihr saß, meinte: „Wirklich gut, dass du gesagt hast, dass du nicht mitgehst! Wir gehen alle zusammen nach Hause und das wird sehr lustig!"

„Klar, genau deshalb wollte ich nicht mit dem Auto fahren", sagte Rabia, drehte sich wieder um und sah zu, wie vor dem Fenster der Regen niederging. Der Anblick der Blüten, die, schwer vom Regen, vom Pannir-Baum fielen, war sehr schön! Wenn sie nach Hause gingen, musste sie unbedingt alle Blüten aufheben und in ihre Schultasche stecken. Von allem in der Schule war ihr der Pannir-Baum das Liebste. Sie saß sehr gerne darunter und las. Immer, wenn sie ihn ansah, stieg Verwunderung über seine riesige Größe in ihrem Inneren auf. Schon oft hatte sie Amma gefragt, warum es sonst nirgendwo in der Stadt einen solchen Baum gebe. Amma machte der Sache mit wenigen Worten ein Ende: „Woher soll ich das wissen, Kind? Es gibt sonst eben keinen und so ist es nun mal!" Rabia beschloss, noch am selben Tag ihre Tante um eine Antwort auf ihre Frage zu bitten. Ihre Tante war in der Stadt aufgewachsen, sie kam nicht vom Lande wie Amma.

Obwohl sie ja den Regenschirm hatte, war sie, als sie von der Schule bis nach Hause gekommen war, durch und durch nass. Als Zohra ihre Tochter sah, packte sie die Wut. Sie schrie nicht und sie schimpfte nicht, aber der wütende Ausdruck ihres Gesichts zeigte ihre Gefühle sehr deutlich.

„Du machst dir nicht die Mühe, nach Hause zu kommen, wenn wir nach dir schicken! Was lernst du da überhaupt für einen Unsinn? Wegen deiner Sturheit kommen wir hier nicht weiter!" Als Zohra Rabia von Nahem sah, erstarrte sie. Rabias weiße Bluse war völlig durchnässt und zeigte ihren gesamten Oberkörper. Zohra war bestürzt, als sie die Brüste ihrer Tochter sah. Sie waren für ihr Alter sicherlich zu weit entwickelt. Sie packte Rabia bei den Schultern und schüttelte sie. „*So* kommst du also aus der Schule! Oh Allah! Alle müssen sich an dir sattgesehen haben! Sollte ein junges Mädchen nicht wenigstens ein bisschen Schamgefühl haben? Muss ich dir auch das noch beibringen?" Sie lamentierte laut und machte sich daran, Rabias Haar mit einem Handtuch zu trocknen.

Rabia verstand nicht, worüber sich Zohra beklagte. Sie fragte sich, worum es ging, und sah an sich hinunter. Der obere Teil ihrer Brust war bis auf die Haut durchnässt und zeichnete sich deutlich ab. Als sie das sah, war auch sie verwirrt. Zohra war mit dem Haartrocknen fertig. „Geh jetzt, geh und zieh dich um und mach dich fertig. Wir müssen zu deiner Tante Zunaida gehen. Wir dachten, wir sollten nicht einfach weggehen und dich alleine im Haus lassen – und so dankst du uns das!" Zohra schimpfte vor sich hin und ging in die Küche.

Wieder fühlte Rabia eine Glückswelle in sich aufsteigen. Sie freute sich, dass sie ausgehen wollten und dass sie am Abend weder lernen noch zur Madrasa gehen musste. Sie rannte, so schnell sie konnte, in ihr Zimmer, schloss die Tür und zog ihre Schuluniform aus. Tante Rahima sah herein und fragte: „Bist du gerade nach Hause gekommen, Rabia?" Sie lief auf ihre Tante zu und umarmte sie. Sie sah zu ihr auf und fragte: „Warum gehen wir zur Tante?"

„Weißt du noch nicht, dass Tante Zunaida gerade gestorben ist? Darum gehen wir dahin", antwortete Rahima. „Ja, beeil dich und mach dich fertig. Deine Amma ist schon böse auf dich." Rabia mochte Zunaida nicht sehr, deshalb war sie wegen ihres Todes nicht besonders traurig. Eilig zog sie einen langen Rock und eine Bluse aus ihrem Kleiderschrank und schlüpfte hinein. Ihr langes Haar war noch nicht ganz trocken, es fühlte sich feucht an. Sie dachte, dass ihre Mutter schimpfen würde, wenn sie das wüsste, und flocht ihr Haar so, wie es war, eilig zusammen. Dann stellte sie sich schnell, zum Aufbruch bereit, an die Tür.

Wieder hörte sie ihre Mutter „Rabia!" rufen und lief in die Küche. „Hier, trink die Milch. Wenn du fertig bist, nimm diese Tragetasche in die Hand. Wir nehmen nur unsere Dupattas und kommen auch", sagte Zohra und schob den Riegel der Küchentür zu.

Rabia trank ihre Milch und ging wieder zur Vordertür. Draußen nieselte es noch etwas. Aus dem Fenster des gegenüberliegenden Hauses sah Farida: „Rabia, wohin geht ihr? Vielleicht geht ihr alle zum Trauerhaus?"

„Ja, wir gehen zu dorthin", antwortete Rabia.

Als Mutthu Faridas Stimme hörte, stieg er aus dem Auto, das er gleich vor der Haustür geparkt hatte. Aber sobald er sich umdrehte, um zum Fenster hinaufzusehen, wandte Farida schnell den Kopf weg.

Mutthu lachte. „Warum macht sie das, Rabia? Bin ich eine Art Gespenst oder böser Geist? Fürchtet sie sich so sehr, dass sie sich gleich verstecken muss?"

„Farida ist schon erwachsen, oder? Wie sollte also ein Mann sie sehen dürfen? Weißt du nicht, dass sie sich den Männern nicht zeigen darf?" fragte Rabia ein wenig wichtigtuerisch.

Amma und Tante Rahima kamen aus dem Haus. Mutthu setzte sich auf den Fahrersitz. Rabia wollte gerade vor den anderen ins Auto steigen, aber Zohra hielt sie auf, gab ihr einen Davani und sagte: „Hier, leg das um." Sie nahm es und blinzelte irritiert, als wollte sie sagen: „Was soll ich denn damit?"

„Scht! Man sieht deine Brust, weißt du das nicht? Im Trauerhaus werden jede Menge Leute sein. Willst du dich vor die alle hinstellen und so unanständig aussehen? Außerdem wird dein Onkel schimpfen. Ein Mädchen muss bescheiden sein, weißt du! Mach jetzt, was ich dir sage", zischte ihr Zohra ins Ohr.

Rahima wurde ärgerlich: „Warum schikanierst du das Kind so? Ist sie plötzlich eine erwachsene Frau oder was? Du hast ständig etwas an ihr auszusetzen", tadelte sie Zohra. Zu Rabia sagte sie: „Wickele dich jetzt erst mal darin ein, um deiner Mutter einen Gefallen zu tun."

Zohra legte den Davani selbst um Rabia. Der Wagen fuhr ab, sobald sie eingestiegen waren. Amma und Tante hatten den Körper ganz und gar mit ihren weißen Dupattas bedeckt. Rabia quetschte sich zwischen sie und kauerte sich zusammen.

***

Das Haus der verstorbenen Zunaida war nur zwei Straßen entfernt. Sie waren schon fünf Minuten später dort. Vor dem Haus war ein großer Pandal errichtet. Viele Männer saßen dort schweigend auf Stühlen, die für sie dorthin gestellt worden waren. Obwohl es erst fünf Uhr war, war es wegen des Regens schon recht dunkel geworden. Amma und Tante stiegen aus dem Auto, bedeckten ihre Gesichter so, dass nur die Augen heraussahen, eilten an den Männern, die dort versammelt waren, vorbei und betraten das Haus. Rabia ging langsamer. Sie kam noch nicht mit dem neuen Davani zurecht und zog überall daran, um ihn ihren Schritten anzupassen. Die Wehklage aus dem Innern des Hauses erfüllte sie mit Grauen, das sie im Magen fühlte.

Rabia betrat zögernd das Haus und zitterte ein wenig. Der Geruch von Rosen-Räucherstäbchen stieg ihr in die Nase und sie wurde noch ängstlicher. In der Mitte der Halle lag Zunaidas Leichnam auf einer großen Bank, die Beine waren nach Westen ausgestreckt. Das Weinen kam von allen Seiten. Rabia erschauerte, als sie den mit einem weißen Tuch bedeckten Leichnam sah. Sie hatte Angst, sie würde die Tragetasche fallen lassen, und fasste sie fester. Sie versuchte, ihre Ängste darin zu verstecken.

Langsam schlich sie sich zu ihrer Mutter und hielt sich dabei nahe bei der Wand, bis sie sie erreicht hatte. Sie setzte sich zwischen Amma und Tante. Unter die Bank hatten sie eine mit Salz gefüllte Maldova-Büchse gestellt, in die sie eine ganze Packung Räucherstäbchen gesteckt hatten. Als sie auf den Rauch starrte, der in einer großen Wolke von den Räucherstäbchen aufstieg, rumorte es in ihren Eingeweiden.

Amma hielt Nafiza in den Armen und klopfte ihr tröstend auf den Rücken. „Weine nicht, Nafiza. Das alles war uns so bestimmt. Weine nicht."

Aber Nafiza hörte nicht auf zu weinen. Sie rief laut: „Oh, meine Mutter, du hast mich geboren und jetzt lässt du mich als Waise zurück! Du lässt meinen Vater allein in der Welt! Wer ist für uns noch da? Oh Allah, warum hast du uns das angetan!“

Als sie laut weinte, weil sie den Schmerz nicht mehr ertragen konnte, stimmten einige andere Frauen mit ein und erhoben ihre Stimme in Wehklage. Nafizas hübsches rundes Gesicht war vom Weinen angeschwollen. Ihr aufgelöstes Haar fiel über ihre Stirn und bedeckte ihr Gesicht. Sie schluchzte sehr und lag Amma in den Armen. Inzwischen sah Rabia ihre Tante an und wollte die Tragetasche loswerden. Sie sagte sich, sie müsse die Tasche übergeben und dann, so schnell sie konnte, hinauslaufen. Sie sagte leise: „Tante, ich habe Angst. Darf ich bitte rausgehen?“

Rahima verstand die Angst des Kindes, nahm ihr die Tasche ab und flüsterte: „Ja, geh nur.“ Dann versuchte sie Nafiza zu stützen, sodass sie sich aufsetzen könnte. Gleichzeitig rief sie: „Gibt es hier eine, die bitte Kaffee in eine Tasse gießt, damit ich Nafiza etwas zu trinken geben kann?“

Rabia war sehr erleichtert. Sie stand auf, ging schnell an der Menge vorüber und kam an die frische Luft. Sie sah sich nach allen Seiten um und suchte nach einem bequemen Platz, wo sie sich setzen könnte. Nachdem sie geprüft hatte, welcher der beiden leeren Stahlstühle der bessere war, nahm sie sich den schwarzen, hob ihn geräuschlos an und stellte ihn gegen die Wand. Durch den Regen war der Boden überall mit Matsch und Schlamm bedeckt. Sie setzte sich vorsichtig und hielt ihren Rock über die Waden.

Kamal, Zunaidas Mann, saß etwas von ihr entfernt. Sie sah ihn genau an, um zu sehen, ob er weinte. Sie fragte sich, warum er keine Tränen in den Augen hatte. Einmal hatte sie Amma gefragt: „Weinen Männer nie?“

„Warum fragst du das?“

„Nur, weil ich noch nie gesehen habe, dass ein Mann weint. Hat Allah sie so gemacht, dass ihnen keine Tränen in die Augen kommen?“

Amma hatte gesagt: „Dummchen! Männer dürfen nicht weinen. Sie weinen nie. Sie sind ja nicht wie Frauen."

Rabia fing an sich zu langweilen. Sie sah um sich und ihre Blicke suchten Ahmad. Wenn wenigstens er hier wäre, dann könnten sie die Zeit damit verbringen, miteinander zu plaudern.

***

Zohra und Rahima versuchten Nafiza dazu zu bringen, etwas Kaffee aus einer Tasse zu trinken. „Du hast seit heute Morgen unaufhörlich so sehr geweint, so geht es doch nicht! Trink wenigstens einen Schluck, Liebe. Deine Mutter ist als Vaavarasi gestorben, ihr Mann lebt noch. Das ist doch gut. Wer hat schon so viel Glück, denk nur!“ sagten sie zu ihr, um sie zu trösten. Nach einigen Schluchzern schüttelte Nafizia heftig den Kopf, als ob sie ihr schlechtes Gewissen abschütteln wollte. Sie legte ihren Kopf wieder in Zohras Schoß und jammerte: „Oh Mutter! Du hast mich geboren! Wann sehe ich dich wieder?“

Rahima erhob ein wenig die Stimme und schalt sie: „Warum weinst du nur so unnütz? Wird deine Mutter sich nicht elend fühlen, dort wo sie jetzt ist, wenn du so weiterweinst? Ist das nicht eine Sünde?“ Nach diesem Vorwurf jammerte Nafizia etwas weniger.

Rahimas Magen zog sich zusammen. Es roch aufdringlich nach Räucherstäbchen, dazu nach dem Atem und den Körpern der vielen Frauen. Das Zimmer war vollgestopft und es kam keine frische Luft herein. Sie zog den Dupatta über ihr Gesicht, damit niemand sehen konnte, wie sie sich die Nase zuhielt.

Kader kam herein und sagte laut: „Mm, es wird Zeit für die letzten Vorbereitungen, meine Damen, fangen Sie jetzt an. Das Begräbnis muss zur Maghrib-Zeit stattfinden. Waschen Sie jetzt den Leichnam!”

Rahima war erleichtert, als ihr Mann das sagte. Sie trieb die anderen an, das Begräbnis vorzubereiten. Sie stand auf und rief: „Alle aufstehen, meine Damen. Wir müssen die Bank zum Waschplatz tragen!“

Sofort trugen vier oder fünf Frauen eine weitere Bank hinaus, die gegen die Wand gelehnt hatte, und kamen zurück, um den Leichnam hinauszutragen. Sobald sie hinausgegangen waren, weinte Nafiza noch lauter.

Asiamma und die anderen wuschen den Leichnam. Sie hängten einen Sari im Hof auf, der einen Sichtschutz bildete. Eine Schüssel mit bereits gemischter Lux-Seife stand dort. Sie wuschen den Leichnam und wickelten ihn in ein weißes Leichentuch, das schon rituell rein und vorbereitet war. Rahima bemerkte, dass die Männer darauf bedacht waren, dass das Begräbnis stattfände, bevor es wieder zu regnen anfangen würde. Wenn es bis nach Maghrib verschoben würde, wäre es zu dunkel und dann würde es zu schwierig, zum Friedhof zu kommen. Wenn der Strom ausfiele, würde es noch mehr Probleme geben.

Das Haus war von Schweigen erfüllt. Stille Sorge glitt über die Gesichter aller Frauen, die dort versammelt waren. Das Ritual der Leichenwäsche hatte jede der anwesenden Frauen einen Augenblick lang zum Nachdenken über den eigenen Tod gebracht. Alle Gesichter zeigten Hilflosigkeit und Angst, weil unausweichlich für jede Einzelne von ihnen eines Tages der Augenblick des endgültigen Abschieds von Haus und Familie kommen musste.

Zohra dachte an *ihre* Mutter. Warum hatte ihre Mutter Amina nicht auch als Vaavarasi vor ihrem Mann sterben dürfen? Wenn sie daran dachte, wie schwer das Witwenleben für ihre Mutter war, kamen ihr unwillkürlich die Tränen. Plötzlich hob sie die Hände und betete mit lauter Stimme: „Allah, schenke uns Frauen das gnädige Geschick, vor unseren Männern zu sterben! Schenke uns einen guten Tod wie diesen!“ Einige fielen voller Trauer mit einem tief empfundenen „Amen“ ein.

Der Leichnam war nun für das Begräbnis bereit und wurde auf einer Matte aus Palmblättern, die auf eine Bank gelegt worden war, in der Mitte der Halle aufgebahrt.

Die Art, wie der Leichnam dalag, dicht und fest von Kopf bis Fuß eingewickelt, sodass nur das kleine eingesunkene Gesicht zu sehen war, verstörte Rahmina auf eigenartige Weise. Um sich vor diesem quälenden Gefühl zu schützen, versuchte sie ihre Blicke in eine andere Richtung zu lenken, aber es gelang ihr nicht.

Asiammas Stimme ertönte: „Wer noch ein letztes Mal ihr Gesicht sehen möchte, der soll sie jetzt ansehen!" Sofort erhoben sich Stimmen aus allen Richtungen und erfüllten noch einmal das Haus. Alle waren bewegt, als sie Nafiza zu ihrer Mutter laufen und niederfallen sahen, um ihr Gesicht zu küssen. Dabei weinte sie laut. Zwei Frauen packten sie und brachten sie gewaltsam weg, während einige Männer mit einer Bahre hereinkamen, den Leichnam darauflegten, ihn mit einem grünen Tuch bedeckten und hinaustrugen. Asiamma erhob ihre Stimme und begann mit aufgehobenen Händen die Gebete des letzten Abschieds zu intonieren.

Nach dem Gebet war das Haus wieder still, so still, als ob es aus einem Schweigen erbaut wäre, das niemand hätte zerstören können. Die Frauen sammelten ihre Dupattas und Schals zusammen, legten sie um, sagten Salaam zu den anderen und machten sich auf den Nachhauseweg. Nafiza lehnte sich gegen die Wand, sie war von all dem Weinen ganz erschöpft.

Rahima und Zohra wechselten Blicke, denn sie fragten sich, ob sie noch bleiben müssten, bis die Männer vom Begräbnis zurückkämen, nachdem sie die letzten Gebete für die Tote gesprochen hätten. Ruhig und ohne dass es eine andere sah, nahm Rahima Zohras Hand und drückte sie. Gleichzeitig gab sie ihr mit den Augen ein Zeichen. Sie und Zohra sagten Salaam zu den anderen Frauen und gingen hinaus. Rahima dachte noch daran, die Tasche mitzunehmen, die neben ihr stand.

Beide Frauen waren sehr müde. Sobald sie aus dem Haus kamen, steckte Rabia den Kopf aus dem Auto und winkte ihnen. Zohra stieg ins Auto und fragte sofort: „Wo warst du die ganze Zeit? Ich habe dich drin überhaupt nicht gesehen!"

„Ich hatte Angst", antwortete Rabia.

„Dann warst du die ganze Zeit hier draußen bei den Männern?" fragte Zohra aufgeregt. Aber Rahima ärgerte sich und schaltete sich ein: „Pah", sagte sie, „kannst du nicht Ruhe bewahren? Erst einmal war es ziemlich falsch, dass du sie überhaupt hergebracht hast. Hätte sie außerdem auch noch die ganze Zeit über im Haus bleiben sollen?"

Danach sagte keine mehr etwas. Rabia lehnte sich trostsuchend an die Schulter ihrer Tante.

Kapitel 2

Rabia erwachte sehr früh am Morgen. Gewöhnlich stand sie noch in der Dämmerung auf, allerdings ging es ihr mehr darum, die Früchte aufzulesen, die unter dem Badam-Baum lagen, als darum, in der Madrasa den Koran zu rezitieren. Allen anderen Kindern ging es ebenso. Sie wetteiferten miteinander, wer zuerst dort war, um die meisten Früchte zu sammeln.

Zohras Stimme hielt sie auf, als sie gerade, wie gewohnt, ihren Kopfschal und Koran nahm und loslaufen wollte. „Was ist denn, Amma?“ fragte sie und blieb an der Eingangstür stehen.

„Hast du dich ordentlich gewaschen, ehe du den Koran angefasst hast?“

„Habe ich, Amma“, antwortete Rabia, stieg die Stufen zur Straße hinunter und begann zu laufen. Nach dem Dämmerungs-Gebet wäre niemand an der Moschee außer dem Muezzin Bawa, der gerade zum Gebet rief. Rabia mochte ihn sehr. Wenn sie morgens dort ankam, goss er für gewöhnlich Wasser über die Erde, die er auf eine große Eisenplatte gesiebt hatte. Rabia hockte sich immer neben ihn.

„Wofür ist das, Muezzin Bawa?”

„Warte, Kind, ich erzähl’s dir”, sagte er. Er gab ihr dann eine Tasse und sagte: „Geh und tauche sie in den Wassertrog und bring sie mir gefüllt zurück!“ Sie ging dann schnell das Wasser holen.

„Sagen Sie mir jetzt, wofür es ist?“ wiederholte sie dann immer.

Er kratzte sich leicht den Bart und sagte: „Sieh mal, das ist so ein Spiel, so wie du mit deinen Töpfen und Pfannen kochen spielst. Du kannst zusehen!“ Er wischte dann immer sehr sorgfältig den Boden vor sich und legte die nasse Erde so mit einem Löffel darauf, dass Hügelchen in geraden Reihen entstanden, als wäre es eine Reihe Iddlis. Sie wusste, dass er ihr nicht die Wahrheit sagte. Sie ergriff dann seine Hand und bat ihn: „Führ mich nicht an der Nase herum, Bawa! Wozu machst du jeden Tag diese Schlamm-Iddlis? Sag mir doch bitte, wozu!” Obwohl ihm ihr eifriger Gesichtsausdruck ein schlechtes Gewissen machte, sagte er dann nie etwas, sondern lachte nur still. Wenn er lachte, sah er mit seinem kurzen Backen- und Schnurrbart und den Zähnen, die sich zwischen seinen dunklen Lippen zeigten, sehr merkwürdig aus.

Es war für Rabia und ihre Freundinnen ein Rätsel, wozu er jeden Tag diese Schlamm-Iddlis machte und dass jeder Mann, der in die Moschee zum Beten kam, einen Schlammkuchen nahm, bevor er in der Toilette verschwand. Eines Tages fragte Ahmad sie in neckendem Ton: „Wisst ihr Mädchen, wie man diese Dinger nennt?“ Sein Ungestüm und sein lautes Benehmen verkündeten, dass er ein wichtiges Geheimnis kannte und dass sie, wenn sie es wissen wollten, ihn auf die richtige Art bitten müssten.

Madina und Rabia berieten miteinander und waren sich einig, dass sie von ihm überhaupt nichts erfahren wollten. Sie wussten, dass er sich richtig gedemütigt fühlen würde, wenn sie ihn einfach nicht beachteten.

„Na, wollt ihr es nicht wissen? Los, fragt mich doch“, sagte er, rollte mit den Augen und versuchte sie einzuschüchtern.

„Wir wollen überhaupt nichts wissen. Verschwinde oder wir sagen es dem Hazrat, hast du verstanden?" drohte Madina.

Ahmad ging und setzte sich in eine Ecke, aber seine Zunge zuckte, als ob sie entschlossen wäre, ihnen von sich aus das zu sagen, was er wusste. Er versuchte, sich zu beherrschen, aber es gelang ihm nicht. Er drehte sich zur Wand und sagte zu ihr:

„Das heißt ‚Delakatti'! Es gibt ein paar dumme Mädchen, die gar nicht viel wissen, die unwissenden Dinger", sagte er. Aber Rabia und Madina hatten an diesem Tag nur Ohren für das neue Wort.

Rabia hatte das Wort oft gehört, wenn ihr Vater Karim mit ihrer Mutter über Leute redete, die er kannte. Er gebrauchte das Wort als Beschimpfung: „Er ist für mich nur ein Delakatti! Ich kann ihn rauswerfen, wann ich möchte."

Sie hatte die ganze Zeit über Muezzin Bawa dabei beobachtet, wie er mit den Händen in die Schlammmischung griff und wie er sie sehr sorgfältig verteilte. Plötzlich bekam sie einen Schreck, denn an diesem Morgen sah sie keine einzige Frucht unter dem Badam-Baum liegen.

„Bawa, warum gibt es heute keine Früchte?"

„Ja, wie ist das möglich? Guckt nur! Der Ober-Hazrat hat sie alle selbst aufgehoben. Geht nur und nehmt euch welche!" Er zeigte auf den Ober-Hazrat, der seinen Turban abgenommen und in den Schoß gelegt hatte. Er saß da und hielt seine Kette von Daspih-Gebetsperlen in der Hand. Rabia rannte ganz glücklich zu ihm. Als sie nahe bei ihm war, sah er sie mit seinen freundlichen Augen an und lud sie ein: „Komm her, Kind!"

„Asalaam aleikum, Hazrat-nga", sagte sie höflich und setzte sich neben ihn.

„Aleikum salaam. Und was möchtest du, Madame? Möchtest du vielleicht ein paar Früchte?" Er sah sie misstrauisch an.

„Nein, nein, ich wollte dich nur sehen", sagte Rabia und senkte verlegen den Kopf.

Er sah mit seinem dünnen Körper und der faltigen Haut sehr klein und eingeschrumpelt aus. Sein Rücken war krumm. Seine Augen lagen tief in den Höhlen. Seine Nase war sehr lang und sein Bart wallte. Er hatte die Finger in den Bart gesteckt und kämmte ihn damit. Er hatte Kinder sehr gern. Oft hob er die Früchte selbst auf, verteilte sie an alle und genoss den Anblick ihrer Freude. Die ganze Zeit über ließ er seine Perlen durch die Hände gleiten und murmelte: „S'Allah". Dabei kaute er seine Betelblätter. Die Kinder mochten ihn auch. Wenn in einer Familie ein Kind krank wurde, gab man ihm Wasser, das der Bawa beim Maghrib-Gebet gesegnet hatte, und gleich wurde das Kind wieder gesund. Selbst wenn die Hindu-Kinder Uma oder Ramesh krank wurden, brachte ihnen jemand aus ihrer Familie das heilige Wasser. Uma fragte dann Rabia erstaunt: „Ist er ein großer Heiliger, ein Avulia oder so etwas? Mein Fieber war sofort weg und es hatte auf Dr. Saravans Spritze überhaupt nicht reagiert!"

Niemand mochte den Unter-Hazrat, Rabia und Madina am allerwenigsten. Wenn sie aus dem Koran rezitierten und nur ein einziges Wort falsch aussprachen, dann kniff er sie in die Oberschenkel. Rabia merkte, dass er sie nicht nur, um sie zu bestrafen, in die Schenkel kniff. Nur die Jungen schlug er mit dem Stock. Die Mädchen kniff er in die Schenkel.

Wenn sie ihn nur ansah, erfüllte sie das mit Scham und Abneigung. Was die Sache noch schlimmer machte, war, dass er sie oft dazu aufforderte, sich neben ihn zu setzen. Er sagte: „Komm, Rabia, setz dich neben mich. Deine Mutter hat mir gesagt, ich soll dich wirklich gut unterrichten." Er streichelte oft ihre Wange und kniff sie in die Wange. Dann hätte Rabia am liebsten geweint. Sie sagte zu Madina: „Ich kann es nicht ertragen, von diesem Kerl Rezitieren zu lernen!“

„Das geht nicht nur dir so. Ich kann ihn auch nicht ausstehen!“ stimmte Madina ihr zu.

Auch die Jungen mochten ihn nicht, denn er schlug sie tüchtig. Ahmad sagte: „Dieser Bursche hat niemals geheiratet und hat auch keine Kinder. Wie könnte er uns mögen? Er schlägt uns, als wäre er ein wilder Mann aus dem Dschungel.“ Aber Rabia wurde dann ärgerlich über Ahmad: „Du darfst die Hazrats nicht so beschimpfen, sonst kommst du in die Hölle. Weißt du denn nicht, dass das Höllenfeuer dich niemals an der Stelle verbrennen kann, wo der Stock des Hazrats dich getroffen hat?“

Er antwortete: „Das wäre dann gut, wenn ich in die Hölle käme. Aber was ist, wenn ich in den Himmel komme? Was hätten dann all die Schläge genützt, die ich hier unten bekommen habe?“

„Geh weg, dummer Kerl, ich will nicht mit dir sprechen.“ Rabia verlor das Interesse an ihm.

Den Hauz, das Wasserbecken im Hof der Moschee, mochte Rabia von allem am liebsten. Er war auf der Höhe des Erdbodens angebracht und dort wusch sich die gesamte Gemeinde vor den Gebeten. Man ließ dort viele Fische laichen. Die Fische schwammen zwischen den Wasserpflanzen hindurch, hielten sich dort versteckt und spielten. Rabia wollte sie unbedingt an die Oberfläche locken, um sie zu beobachten. Sie vergaß an keinem Tag, etwas von ihrem Taschengeld für Futter auszugeben, das sie von einem Jungen kaufte, der es vor der Moschee anbot. Sie setzte sich neben den Hauz, brach es in Stückchen und warf es auf die Wasseroberfläche. Sofort kamen alle Fische wuselnd nach oben und kämpften miteinander. Es war ihr tägliches Ritual, diese Szene zu beobachten und zu genießen. Als Ahmad zu ihrer Mutter gegangen war und es ihr erzählt hatte, hatte Zohra Rabia ordentlich ausgeschimpft:

„Ich schicke dich in die Moschee-Schule, damit du den Koran zitieren lernst, nicht damit du da rumspielst. Ich hatte die Absicht, den Hazrats neue Kleider und Geld zu schenken, wenn du den Koran lesen kannst, bevor du erwachsen wirst. Aber du, alles was du tust, ist herumbummeln“, schimpfte ihre Mutter. In genau demselben Ton ermahnte ihre Mutter sie, bevor sie in die Moschee ging und sobald sie zurückkam: „Wasch jetzt dein Gesicht und pudere es. Du bist fast alt genug, um erwachsen zu werden.“

An jenem Morgen hatte Zunaidas Familie, wie es der Katab-Fatihah-Ritus des dritten Tages nach dem Begräbnis verlangte, während der Madrasa jedem Kind eine Rupie gegeben. Die Kinder freuten sich sehr. Viele Kinder kamen der Madrasa gegenüber in Kajas Laden zusammen und wollten verschiedene Süßigkeiten kaufen.

Madina flüsterte Rabia ins Ohr: „Gib das Geld nicht aus.“ Rabia blinzelte. Sie verstand nicht, was ihre Freundin meinte. Madina erklärte es ihr: „Es ist Geld aus dem Totenhaus. Wir dürfen es nicht behalten. Wir wollen es ins Wasser werfen, das durch den Hauz fließt. Niemand sah, dass sie ihre Rupien wegwarfen. Rabia war nicht sehr glücklich darüber. Wenigstens hätte sie Futter für die Fische am nächsten Morgen kaufen können. Aber sie tat das, was Madina ihr sagte, denn sie glaubte, dass es einen guten Grund dafür gebe, wenn sie es sagte. Sie und Madina versteckten nichts und hatten keine Geheimnisse voreinander. Mit einer Ausnahme. Es war die Tatsache, dass Rabias junge Tante Firdaus von ihrem Ehemann den Talaq bekommen hatte und zu ihrer Mutter nach Hause zurückgekehrt war. Rabias Mutter Zohra hatte ihr verboten, auch nur eine Silbe zu irgendjemandem darüber zu sagen.

Tante Rahima war ärgerlich darüber: „Wie lange, denkst du, kann man so etwas wohl geheim halten? Wenn es nicht heute rauskommt, dann sicherlich morgen. Was erzählst du dem unschuldigen Kind?“

Rabia war irritiert gewesen, hatte dagestanden und die beiden angestarrt, denn sie verstand nicht, worum es bei dem Streit ging. Was bedeutete „Talaq“? Wen könnte sie fragen, um das herauszubekommen? Sie wusste es nicht. Vielleicht sollte sie Ahmad fragen?

Kapitel 3

Als Firdaus beim ersten Hahnenschrei erwachte, sagte ihr die vollkommene Dunkelheit, die sie umgab, dass es noch sehr früh am Morgen sei, noch nicht Zeit für die Bajar-Gebete. Ihre Augenlider waren vom Wachen und Weinen geschwollen und fühlten sich schwer an. Von irgendwoher hörte sie das Weinen eines Kindes. Es klang leise, denn es kam aus größerer Entfernung. Plötzlich war sie sich unsicher, wo sie sich befand. In der Dunkelheit tastete sie nach der Wand über ihrem Kopf. Der Schrank am Kopfende ihres Bettes, den ihre Finger berührten, belehrte sie darüber, dass sie im Haus ihrer Mutter war. Ihre Kehle schnürte sich zusammen, wenn sie daran dachte, dass im letzten Monat die wichtigsten Ereignisse ihres Lebens stattgefunden hatten und nun vorüber waren. Von nun an blieb ihr nichts mehr, woran sie sich hätte halten können. Sie hatte einen Monat gebraucht, um sich dieser Tatsache ganz bewusst zu werden: Alles war zu Ende. Von nun an konnte sie nicht mehr in der Außenwelt erscheinen. Die ganze Stadt würde sie verhöhnen, schlecht von ihr sprechen und sie mit Verachtung strafen.

Aber es wäre noch entsetzlicher gewesen, wenn sie sich gezwungen hätte, mit Yusuf zu leben. Das hätte sie nie im Leben akzeptiert. Sie hatte diese Entscheidung getroffen, weil sie wusste, dass sie außer dieser Not jede andere würde ertragen können. Ihre Mutter und ihre Schwester Zohra hatten sie, so sehr sie es vermochten, gebeten zu ihrem Mann zurückzugehen. Sie hatten sogar vor Verzweiflung geweint. Sie jedoch hatte nicht nachgegeben. Schließlich stimmten die beiden zu, dass sie um den Talaq bitten würden.

So sehr Firdaus auch darüber nachdachte, sie konnte immer wieder nur zu dem Schluss kommen, dass hauptsächlich ihre Schönheit sie in diese Situation gebracht hatte. Sie sagte oft zu sich selbst: „Warum wurde ich mit dieser Schönheit geboren? Warum musste ich so vollständig zerstört werden?"

Am Tag ihrer Hochzeit hatte die ganze Stadt dasselbe gesagt. Alle Frauen hatten in Hörweite geflüstert: „Das ist ja entsetzlich! Ist das wirklich das Beste, was sie für sie tun können, so wie die Dinge liegen?"

Eine Frau hatte verächtlich gesagt: „Er ist doch aus dem Ausland, nicht wahr? Er hat wahrscheinlich viel Geld. Da haben sie sich nicht weiter darum gekümmert, ob sie zusammenpassen. Versteht ihr, was ich meine?"

Firdaus war bewusst, dass ihre Worte sie provozieren sollten, aber sie hörte trotzdem zu. Ihr Herz schlug heftig. Tränen strömten ihr aus den Augen, als sie, hinter ihrem Schleier und ihrem Blumen-Kopfschmuck versteckt, mit hängendem Kopf dasaß. Ihr Bräutigam setzte sich neben sie, sein Seiden-Veshti raschelte. Die Haji-Amma sagte, er solle ihr Haar berühren und den Salawaat zum Lobe des Heiligen Propheten singen. Als seine Hand sie berührte, hätte sie sich am liebsten in Luft aufgelöst, sie wollte sich ganz und gar in sich selbst zurückziehen. Widerwille hatte sie erfüllt, noch bevor sie sein Gesicht gesehen hatte. Sie saß weiterhin da und ließ den Kopf nach vorn hängen. Dann nahm die Haji-Amma einen Handspiegel, schob die Blumen, die ihr Gesicht bedeckten, beiseite und sagte zum Bräutigam, er solle das Spiegelbild seiner Braut ansehen. Firdaus konnte ihn jedoch noch nicht sehen. Die Haji-Amma legte ihr das Tali um den Hals und führte alle Rituale alleine aus. Firdaus musste unbedingt sofort das Gesicht ihres Bräutigams sehen!

Man forderte sie auf, etwas Reis aus einem Gefäß zu nehmen. Sie sah seine Hände an, wie sie über den Reis strichen, den sie herausgenommen hatte. Sie erschrak beim Anblick dieser Finger. Sie waren sehr dunkel und lang und bis auf die Knochen abgemagert. Da brachte sie es nicht über sich, noch mehr Reis aus dem Gefäß zu nehmen. Die Frauen um sie herum drängten sie: „Los, Mädchen, greif noch ein paarmal zu, es wird spät." Ihr war kaum bewusst, was sie tat, als sie weitermachte. Auch alles andere, was man ihr sagte, tat sie.

Die Gäste von Seiten des Bräutigams hatten das Festmahl gegessen und waren zum Aufbruch bereit. Die Brautgaben wurden in einen Lastwagen geladen und weggeschickt. Die Abreise von Braut und Bräutigam wurde vorbereitet. Firdaus war in ihrem Zimmer und umarmte ihre Mutter. Es dauerte lange, um sie dazu zu überreden aufzubrechen. Zwar hätten sich Mutter und Tochter noch viel zu sagen gehabt, aber sie konnten beide nur weinen. Als Firdaus Amina umarmte und weinte, war offensichtlich, dass sie nicht gehen wollte. Es war deutlich, dass sie sich sehr fürchtete.

Als sie am Abend allein in ihrem Zimmer gewesen waren, hatte Firdaus, sobald sie im schwachen Lichtschein Yusufs Gesicht gesehen hatte, gesagt: „Ich werde nicht mit dir leben. Rühr mich nicht an!"

Wenn sie daran dachte, war sie sogar jetzt noch schockiert. Wie hatte sie so etwas wagen können? Woher hatte ein Mädchen vom Dorf, wie sie eins war, nur den Mut nehmen können!

Die ganze Stadt war, so schien es, starr vor Schreck gewesen. Amina konnte kaum noch ihr Zimmer verlassen. Sie ging nur selten aus dem Haus. Sie weinte unaufhörlich und beschimpfte sich selbst dafür, dass sie ein so wildes und trotziges Kind hatte. Zohra gab ihrer jüngeren Schwester den Rat, nicht so vermessen zu sein, die Scheidung zu fordern.

„Was hilft dir nun deine Schönheit? Weißt du, dass dein Leben nun zu Ende ist?"

Firdaus hatte geantwortet: „Schwester, schon allein sein Gesicht stößt mich ab! Ich kann sein Wolfsgesicht und seinen ekelerregenden Körper nicht ertragen! Ich könnte niemals mit ihm leben. Eher würde ich mich umbringen."

Amina hatte gesagt: „Ja, vielleicht wäre das sogar das Beste. Was du getan hast, ist wirklich ekelhaft!"

Firdaus war sich bewusst, dass nicht nur Yusufs Aussehen sie dazu veranlasst hatte, sich zu weigern, mit ihm zu leben. Außerdem hatte sie der Gedanke bis zum Wahnsinn gereizt, sie müsse ihren Schwager Karim dafür bestrafen, dass er gerade diesen Mann für sie ausgewählt hatte. Karim hatte nach dem Tod ihres Vaters die gesamte Verantwortung für die Familie übernommen und beherrschte seitdem alle. Er bestand darauf, dass sein Wort Gesetz sei. Nichts durfte ohne seine Erlaubnis geschehen. Alles, was geschah, geschah durch seine Gunst. Alles, was er tat, war richtig. Niemand sollte es in Frage stellen.

Kurz nachdem die Heirat arrangiert worden war, waren eines Tages Zohra und Karim oben in ihrem Zimmer gewesen. Da hatte Firdaus Zohra ihren Mann mit sanfter Stimme, die ihre Besorgnis verriet, fragen hören: „Warst du sicher, dass du den Mann mochtest, ehe du die Verabredung getroffen hast?"

„Was soll das heißen?" hatte Karim seinerseits gefragt. „Sieh mal, du hast schon recht, der Bräutigam sieht nicht nach viel aus. Aber er hat eine Menge Geld und das ist die Hauptsache. Wer guckt schon in dieser Zeit und in dieser Welt viel danach, ob sie zusammenpassen und dergleichen? Außerdem musst du bedenken, in welcher Position deine Familie ist, da ist es schon viel, dass diese Leute überhaupt zugestimmt haben, dass sie sich mit euch verschwägern wollen. Ihr habt keinen Vater und keine Brüder, die angemessene Brautgeschenke machen könnten. Sie haben schließlich meinetwegen zugestimmt, denn sie hofften, dass ich den Schmuck für sie machen lassen würde. Sag mir, was ich hätte tun können, wenn ich diese Chance verschenkt hätte?"

Die Stimme ihres Schwagers hatte sehr selbstgewiss geklungen.

„Und darum müssen wir sie einfach so, ohne uns weiter Gedanken zu machen, verheiraten, als ob wir eine Schuld zurückzahlen müssten? Wir hatten gehofft, du würdest die Aufgabe eines Vaters übernehmen und eine gute Familie für sie suchen!" Zohras Stimme wurde ganz klein und sie unterdrückte ein Schluchzen.

„Weine nicht, Liebe. Sie könnte uns belauschen." Karim war nun selbst traurig und versuchte, sie zu trösten.

In dem Augenblick, als Firdaus am Fuß der Treppe stand und zuhörte, lösten sich alle ihre Träume in Nichts auf.

***

Eine Gruppe Frauen ging vorüber und sie hörte ihre Schritte. Sie waren auf dem Weg zum Fluss, um zu baden. Firdaus sehnte sich danach, mit ihnen zu gehen, wie sie es immer getan hatte. Sie würden zu dem Flussabschnitt geben, der hinter Ibrahim Rowthers Garten lag. Wenn sie so früh wie jetzt losgingen, konnten sie sicher sein, vor Sonnenaufgang wieder zu Hause zu sein. Da sie alle schon erwachsene Mädchen waren, mussten sie wieder zu Hause sein, bevor die Männer aufstanden. Natürlich war es schwierig zu vermeiden, in die Kothaufen zu treten, die am Wegrand lagen. Noch vor einem Monat war auch sie mit den anderen Mädchen zum Fluss gegangen. Am Abend zuvor verabredeten sie sich, wann genau sie am Morgen aufbrechen würden. Während der Ferien kam Rabia auch mit, auch wenn sie sich im Dunkeln fürchtete. Sie hielt die Hand ihrer Chitthi sehr fest und stand im Wasser, bis die Dämmerung sich hob, spielte und sang: „Nur ein Topf voller Wasser und eine Blume in Blüte …"

Als Firdaus wieder bei ihrer Mutter war, besuchte Zohra sie nicht mehr und also konnte sie auch Rabia nicht mehr mitbringen. Jedenfalls würde Zohra nicht mehr kommen, bis sich ihr Ärger gelegt hätte. Aber selbst wenn in Zukunft Rabia manchmal kommen würde, so könnte sie doch das Vergnügen, im Fluss zu baden, nicht mehr genießen. Das würde dem Kind nicht gefallen. Dieses liebevolle Herz würde nicht verstehen, warum Firdaus sie nicht mehr zum Fluss mitnehmen könnte, und sie wäre sicherlich durch die Trauer verwirrt, die nun das Haus erfüllte. Einerseits kam es Firdaus so vor, als ob sie aus einem Albtraum erwacht wäre. Andererseits fragte sie sich, ob sie sich darüber nicht täusche, und ob nicht das, was sie für wahr hielt, doch unwahr sei. Sie hatte lange geschwiegen und nun brach sie in Schluchzen aus, während die Sterne am Himmel verblassten und das Tageslicht sich auszubreiten begann.

Kapitel 4

Rabia kam von der Schule nach Hause, schleuderte im Hof ihre Sandalen von den Füßen, ließ ihren Schulranzen auf einen Stuhl plumpsen und sagte „Allah!"

„Rabia, komm her", rief ihre Mutter.

„Mm, ich komme", antwortete sie ohne große Begeisterung und stellte sich vor ihre Mutter hin.

Zohra sah an ihr rauf und runter, runzelte die Stirn und sagte: „Geh dir dein Gesicht ordentlich waschen! Mit Seife! Wenn du dann deinen Kaffee getrunken hast, kannst du das machen, was ich dir dann sagen werde." Sie ging in die Küche zurück.

Schon der Gedanke, dass sie ihr Gesicht waschen sollte, war Rabia unangenehm. Und das war noch lange nicht alles! Sie musste sich nach dem Waschen das Gesicht auch noch pudern. Nur wenn sie das getan hatte, war es wahrscheinlich, dass der tadelnde Blick ihrer Mutter etwas weniger streng sein würde, dachte Rabia, als sie ins Badezimmer ging. Sie nahm die Seife in die Hand, drückte sie fest und rieb sich nach Herzenslust mit dem Schaum das Gesicht ein.

Sie stellte sich vor den Spiegel, puderte ihr Gesicht und sah es sich so lange im Spiegel an, bis sie schließlich mit dem Anblick zufrieden war. Dann stellte sie sich ihrer Mutter vor. „Was wolltest du, Amma?"

Zohra wartete mit der Tasse Kaffee in der Hand und zeigte sich mit dem Aussehen ihrer Tochter zufrieden. „Trink erst den Kaffee. Dann musst du so viele Mörser, Stößel und Siebe von unseren Nachbarn ausleihen, wie du bekommen kannst. Morgen wollen wir Reis zerstoßen." Dann neckte sie Rabia: „Jetzt wirst du wohl die ganze Nacht kein Auge zutun, oder?"

Rabia fragte sofort und sah dabei ganz entzückt aus: „Ist denn bald Ramadan-Fasten? Machen wir Reismehl?" Sie stürzte im Nu ihren Kaffee hinunter und lief zu Madinas Haus, um dort ihre Runde zu beginnen.

Einige Wochen, bevor der Ramadan-Monat anfing, zerstieß man in allen Häusern der Stadt den Reis und bereitete daraus Süßigkeiten zu. Rabia wurde immer aufgeregter, je näher der Fastenmonat kam. Sie beschloss, ihre Mutter zu fragen, wie viele Tage genau sie noch warten müssten. Als sie zu Madinas Haus kam, fand sie die Vordertür verschlossen und zögerte einen Augenblick. Dann blickte sie durch ein Seitenfenster und rief: „Madina!" Es kam keine Antwort. Sie ging zur Vordertür zurück und klopfte ein paarmal laut. Von innen hörte sie Madinas Mutter Sainu rufen: „Wer ist da?" Dann erschien Sainu selbst, öffnete die Tür ein wenig und steckte den Kopf heraus. „Oh, du bist es!" sagte sie und machte die Tür weiter auf. Sie trat zur Seite, sodass Rabia eintreten konnte.

„Ja, weißt du, meine Mutter möchte Mörser, Stößel und Siebe ausleihen, denn wir wollen Reis zerstoßen." Der zögerliche Ton ihrer Stimme verriet ihre Unsicherheit. Würden sie diese Sachen wohl ausleihen? Gleich nachdem sie das gesagt hatte, irrte ihr Blick von Sainu ab und glitt ins Innere des Hauses. Sainu wusste, dass Rabia nach Madina Ausschau hielt, lachte und zog sie auf: „Ach Rabia, ihr habt euch doch eben nach der Schule erst getrennt. Hast du schon wieder Sehnsucht nach ihr?"

Rabia merkte, wie sie rot wurde, und stotterte: „Nein, bestimmt nicht. Gib mir nur schnell die Sachen, ich muss wieder gehen.“

„Komm in den Hof, dort sind sie aufgestapelt. Du kannst sie haben.“ Sainu drehte sich um und führte sie in den Hof. „Wir haben unseren Reis gerade heute zerstoßen. Alle Mörser, Stößel und Siebe, die wir von den Nachbarn ausgeliehen haben, stehen hier rechts beieinander. Du brauchst also in kein anderes Haus mehr zu gehen.“ Dann sagte sie: „Aber es sind so viele einzelne Teile, wie willst du die denn alle tragen? Geh nach Hause und schick uns eure Diener.“

Rabia war über den besorgten Ton erstaunt. Aber sie hielt eigensinnig an ihrem Wunsch fest, diese Arbeit ganz allein zu besorgen, und deshalb antwortete sie schnell: „Nein, nein, ich kann das alleine. Ich trage sie alle, ein Stück nach dem anderen, nach Hause.“

Sie lief schnell in den Hof und berührte alle langen Stößel, die gleich neben dem Brunnen an der Wand lehnten. Farida rief von innen: „Vorsichtig, Mädchen, vorsichtig. Sie fallen um!“ Sie kam angerannt und hielt Rabias Hand fest.

Als Rabia sich ganz verunsichert nach ihr umwandte, sagte Farida: „Warte, ich reiche sie dir, einen nach dem anderen. Heb sie nicht selbst auf.“ Sie legte Rabia den ersten Stößel auf die Arme. „Trag ihn vorsichtig nach Hause und lass ihn dir nicht auf den Fuß fallen!“ Dann, als hätte sie plötzlich ihre Meinung geändert, nahm sie ihn zurück und legte ihn sorgfältig wieder an seinen Platz. „Nein“, sagte sie, „besser nicht. Besser du bittest eine Ältere darum, dass sie sie holen kommt. Fatima könnte das machen. Es ist besser, wenn du nur die Siebe trägst. Warum sollten wir Schwierigkeiten heraufbeschwören? Diese Stößel sind wirklich zu schwer!“

Rabia war tief enttäuscht. Aber Farida hatte nun einmal erklärt, dass Rabia dem nicht gewachsen sei. Was war da zu tun? Sie murmelte vor sich hin: „Sie macht sich Sorgen, als wäre ich ein Baby!“ Aber sie versteckte ihre Enttäuschung, stapelte die Siebe eins aufs andere auf ihre Arme und trug sie nach Hause.

***

An diesem Abend sah Rahima erstaunt auf, als Rabia in ihr Zimmer geschlichen kam. „Lass mich heute Nacht bei dir schlafen, Tante“, bat Rabia. Rahima lächelte und neckte sie: „Gut, Madame, worum geht's?“

Einen Augenblick ließ Rabia verlegen den Kopf hängen, als ihre Tante sie neckte. Dann sah sie auf und fragte: „Tante, weckst du mich bitte morgen früh, sobald du aufstehst? Ich möchte dabei sein, wenn der Reis gestoßen wird. Wenn ich Amma frage, lässt sie mich nicht.“ Rabia konnte den bettelnden Ton ihrer Stimme selbst nicht ertragen.

„Ist das alles? Ich dachte, es wäre etwas ganz anderes.“ Rabia verstand nicht ganz, was hinter dem neckenden Lächeln ihrer Tante steckte, sprang schnell ins Bett, rollte sich auf eine Seite und sagte: „Ich schlaf dann gleich.“ Sie beeilte sich, denn sie hatte Angst, ihre Tante könnte sich anders besinnen.

Rahima weckte sie dann wirklich sehr früh. Es war erst drei Uhr morgens. „Komm, wir wollen den Reis waschen."

Rabias Mutter und ihre Tante begannen den Reis zu waschen, den sie in großen Silbertassen abgemessen hatten und der nun in Haufen im gepflasterten Hof lag. Ab und zu warf Zohra einen strengen Blick auf ihre Tochter, der so viel hieß wie: „Warum musst du unbedingt dabei sein?“ Rabia verstand das zwar, tat aber so, als würde sie den Blick nicht bemerken. Rahima schöpfte den gewaschenen Reis in einen Korb, damit er trockne, goss das übrige Wasser in den Vieh-Trog und wusch den Reis noch einmal. Sie wiederholte das so lange, bis er weiß glänzte. Sie rang nach Atem, richtete sich auf und ruhte sich einen Augenblick lang aus. „Er sieht jetzt weiß und leuchtend aus, genau wie unsere Rabia!“ Rabia kauerte auf dem Pflaster des Hofes und sah zu. Sie wusste, dass ihre Tante nicht eigentlich sie gemeint hatte. Sie dachte: „Sagen wir, er sieht aus wie ihre Tochter Wahida.“

Ihre Beine wurden von Mücken zerstochen, sie kratzte sich wie wild und murmelte: „Usch ... ah“. Zohra sagte. „*Unser* Schicksal ist es, das alles tun zu müssen, aber was um Himmels willen treibt dich dazu, zu dieser unmöglichen Zeit aufzustehen und hier herumzusitzen?“ Fast im selben Augenblick klopfte es an der Tür, ihre Mutter lief schnell hin und rief: „Wer ist da?“ Da stand Satthappan. Er war von den angeworbenen Frauen umringt. Zohra öffnet die Türen weit und bat sie einzutreten. Satthappan ließ die Frauen zuerst eintreten, verschloss die Türen hinter sich und kam in den Hof.

„Wie geht es mit der Arbeit? Habt ihr allen Reis gewaschen? Ist er ordentlich durchgeweicht?“ Er ging zum Kessel, der den Reis enthielt, schöpfte eine Handvoll heraus und sah ihn an. „Mm. Wir können anfangen.“ Er zog sein Hemd aus, rollte es mit beiden Händen zusammen und ging im Hof umher, um einen sicheren Aufbewahrungsort dafür zu finden.

Rabia beobachtete ihn genau, ohne auch nur einmal zu blinzeln. Er hatte einen besonderen Gang. Selbst wie er sprach – er zog die Worte ein wenig in die Länge –, kam ihr merkwürdig vor. Es war, als beobachte sie eine Frau. Aber andererseits war er auch nicht genau wie eine Frau. Verwirrt wandte sie ihre Blicke von ihm ab und sah zu den Kuli-Frauen hin. Es waren sechs. Alle nahmen ihre Stößel und zerstampften den Reis, den sie in die Mörser geschüttet hatten.

Inzwischen hatte auch Satthappan mit der Arbeit begonnen. Er trug nur ein Tuch um die Taille. Es dämmerte. „Hm, los ihr Frauen, beeilt euch jetzt. Kein Sterne-Gucken mehr! Wir wollen mal sehen, wie schnell ihr vorankommt!“ Er stieß den Stößel in den Mörser und hob ihn immer höher, ehe er ihn wieder fallen ließ.

Rahima drängte ihn: „Nanu, Satthappan, noch keine Lieder? Komm schon, fang an damit!“

„Lass sie erst einmal eine Weile ohne Singen auskommen. Wenn sie müde werden, dann kann ich beginnen, meinen Sie nicht?“ antwortete er recht stolz. „Hm, stampft ihn so, stampft ihn gut“, rief er, um die Arbeiterinnen anzufeuern. Die Frauen unterdrückten ein Kichern und stampften gleichzeitig in stetem Rhythmus und mit laut gezischtem „ss … ss“. Zohra sammelte den gestampften Reis ein und breitete ihn zum Trocknen auf einer Matte aus, die auf eine aus Kokosschnur geflochtene Liege gelegt worden war.

Rabia hörte entzückt dem rhythmischen Klang des Reis-Stampfens zu. Wochen vor dem Beginn des Ramadan erklangen Harmonie und Rhythmus des Reisstampfens aus allen Häusern und hallten durch die Stadt. Sie konnte ihre Aufregung nicht mehr im Zaum halten und lief ständig zwischen der Küche und dem Hof hin und her. Fatima siebte den zerstampften Reis auf ein Tuch, das in einem Raum neben dem Hof ausgebreitet worden war. Sie befahl laut: „Rabia, komm den Reis durchsieben, der gerade gestampft worden ist.” Rabia nahm den Auftrag eifrig an und setze sich neben Fatima. Satthappan, der sich einen Augenblick ausgeruht hatte und sich gegen die Wand lehnte, rief: „Appa-di, wie die Hitze mir zusetzt! Bitte gib uns etwas Wasser, Thaayi.” Dann fügte er vorwurfsvoll hinzu: „Was für eine kluge Frau du bist, dass du die Arbeit einfach an die Tochter des Meisters weitergibst!"

„Sei still, Satthappan, und lass sie nur weitermachen. Sie rennt sonst nur unnütz hin und her. Und wer wird schließlich all diese Idiapam und Paniyaaram essen, die aus dem Mehl gemacht werden, an dem wir arbeiten? Es kommt nicht in die Münder von Dienern, wie wir welche sind, sondern in ihre, das ist jedenfalls sicher." Fatima sagte das mit einiger Schärfe und lachte.

Satthappan ließ den Unterkiefer fallen und spielte den Erstaunten: „Was für eine Frau!" Er wandte sich an die Kuli-Frauen „Habt ihr gesehen, wie weit sie geht? Habt ihr gehört, wie sie redet?" Er wiegte sich in den Hüften, als er auf Zohra zuging, und trank das Wasser aus der Tasse, die sie ihm gegeben hatte.

Rahima, die die ganze Zeit über ruhig das Mehl durchgesiebt hatte, sagte in scherzhaftem Ton: „Oh, diese Fatima! Sie sagt so etwas und noch viel mehr, wusstest du das nicht, Satthappan? Aber bitte sing uns etwas, damit wir uns nicht langweilen!"

Rabia sah, wie Fatimas Gesicht bei Rahimas Worten vor Stolz aufleuchtete. Dann kam Zohra aus der Küche und rief: „Kommt alle und trinkt zuerst euren Tee!" Sie sah, dass Rabia rohen Reis kaute, und schimpfte: „Kind, du isst rohen Reis?! Damit wirst du dir den Magen verderben!" Sie war auch auf Rahima ärgerlich: „Da sitzt du nun und guckst ihr wohlgefällig zu. Sieh nur, in welchem Zustand sie ist!" Sie setzte sich, um auch ihren Beitrag zum Mehlsieben zu leisten.

Fatima stand auf und goss für alle Tee ein. „Beeilt euch jetzt! Macht, dass ihr mit dem Zerstampfen fertig werdet, ehe es zu heiß wird. Ich zünde jetzt das Feuer an und bereite alles für das Mehl-Rösten vor."

„Schon gut, die Sonne steht schon hoch am Himmel. Alles geschieht zur rechten Zeit! Schließlich machen wir die Arbeit nicht zum ersten Mal!" Satthappan setze sich mit untergeschlagenen Beinen auf den Boden und trank seinen Tee. Rabia sah ihn immerzu an. Sie beobachtete ihn unaufhörlich, wenn er stand, ging und sprach. Ihr Kopf schwirrte von allen Fragen, die sie ihrer Tante Rahima später stellen würde.

Fatima rollte drei große Steine in den Hof, um aus ihnen einen Herd zu bauen, zündete das Feuer an und nahm die große Ton-Pfanne, in der das Mehl geröstet werden sollte. Sie war eben dabei, sie auf den steinernen Herd zu stellen, als Zohra rief: „Warte, ich komme!" Sie ließ ihre Arbeit liegen, nahm Fatima die Pfanne aus den Händen und stellte sie selbst auf das Feuer. Dabei sagte sie: „Bismillah'" Sie schöpfte etwas Mehl aus dem Kessel, trug es zum Feuer und schüttete es in die Pfanne. „Bring mir die kleine Pfanne, Satthappan", rief sie. Dann nahm sie das Sieben wieder auf. Rabia beobachtete das alles und bemerkte, wie sich Fatimas Gesichtsausdruck während des Einschreitens ihrer Mutter veränderte.

Satthappan saß auf dem Holzbrett vor dem Feuer und begann zu singen, während er in der Pfanne rührte. Die Frauen stampften zum ansteigenden Rhythmus des Liedes immer schneller mit ihren Stößeln.

Rahima und Zohra sahen einander vergnügt an. Satthappan hörte plötzlich mitten im Lied zu singen auf und rief den anderen zu: „Schnell! Das Mehl ist eben fertig. Nehmt es vom Feuer und lasst es abkühlen. Wenn es dann abgekühlt ist, könnt ihr das Ganze fertig machen und es zum letzten Mal durchsieben."

Rabia war immer noch von ihm fasziniert. Aus welchem Gesichtswinkel sie ihn auch betrachtete, er sah mit seiner langen Nase, seiner breiten Stirn und seinen schön gezeichneten Augenbrauen immer wie eine Frau aus. Sie konnte es nicht mehr aushalten und näherte ihren Mund dem Ohr ihrer Tante. Aber Rahima hatte sich niedergelassen, um das geröstete und abgekühlte Mehl zu sieben. Ihr Blick war streng. „Jetzt nicht!“ schien er Rabia zu befehlen. Das Mädchen ging enttäuscht an seinen Platz zurück und kaute etwas von dem rohen Reismehl, das sie gerade siebte. Als Zohra das sah, schrie sie: „Stopf dir nicht den Mund mit dem Mehl voll, du kleiner Teufel, du wirst sonst ersticken und sterben!“

Das zischende Geräusch des Mehlröstens vermischte sich mit Satthappans Singen. Rabia konnte keinem einzigen dieser Lieder folgen. Sie konnte sich nicht erinnern, jemals eins davon in den Filmen, die sie gesehen hatte, gehört zu haben, aber sie gefielen ihr sehr gut. Der Rauch und der Staub brachten ihre Augen zum Tränen und sie rieb sie mit ihrem langen Rock. Das ganze Haus fühlte sich klebrig an. Alle sahen wie Geister aus, denn das Mehl bedeckte ihr Haar und ihre Körper. So sehr sie auch versuchten, den Staub aus ihren Haaren herauszubekommen, sie sahen alle seltsam aus, so, als ob sie alle plötzlich graue Haare bekommen hätten. Rabia fragte sich, wie es wohl wäre, wenn sie so, wie sie war, auf die Straße rennen und sich Madina zeigen würde. Sie gab den Gedanken sofort wieder auf, denn sie erinnerte sich an die Warnung ihrer Mutter am frühen Morgen: „Wenn die Leute all das Mehl sehen, das wir zum Trocknen ausgelegt haben, dann werfen sie vielleicht den bösen Blick auf uns. Du darfst also auf keinen Fall die Tür aufmachen!“

Es war sehr kurz vor Mittag. Die Kuli-Frauen und Satthappan hatten sich im schattigen Durchgang niedergelassen, denn sie konnten die Hitze nicht mehr ertragen. Ihre Gesichter, die so eifrig und begeistert ausgesehen hatten, als sie angekommen waren, wirkten nun müde und welk. Rabia taten sie sehr leid. Sie ging langsam auf ihre Mutter zu und fragte: „Wie wäre es mit etwas zu essen für sie?“

„Ja, wir müssen ihnen natürlich etwas zu essen geben!” Zohra stimmte zu und rief in Richtung Küche: „Fatima, bring ihnen jetzt ihr Essen!“ Dann sagte sie leise zu Rahima: „Hast du vielleicht eine bemerkt, die sich genauso verhält, wie es der Tradition entspricht?“ Sie wartete einen Augenblick und deutete dann mit ihren Blicken auf Rabia. „Sieh nur!“ Rabia verstand zwar nicht, worum es ging, aber sie war trotzdem verlegen. „Aber Amma“, sagte sie liebevoll.

„Ist ja schon gut, lass nur. Wir wollen jetzt die Mischung für Athirasam anrühren. Fatima hat den Palm-Sirup auf dem Feuer.“ Rahima eilte nun in die Küche, Zohra folgte ihr. Rabias Begeisterung flackerte wieder auf. Sie sprang auf und ging hinterher.

Rahima hatte den Siruptopf zwischen die Füße geklemmt und rührte den Sirup mit einer Schöpfkelle, während Zohra überaus vorsichtig Reismehl hineinstreute. Der Geruch des Sirups zog durchs ganze Haus und Rabia war begeistert. Der Fastenmonat kam näher. Alles, was hier geschah, taten sie, um die Offenbarung des Korans zu feiern, die allererste Sure, die Fatihah. Sie war wildbegeistert. Sie stand hinter Zohra und beobachtete aufmerksam, wie Rahimas Hand den Rührlöffel führte, wenn er sich im Topf im Kreis bewegte. Sie empfand den heißen Wunsch, eine Handvoll des herumwirbelnden Teigs zu nehmen, der samtweich wie Butter und golden war. Aber Amma würde ihr nicht erlauben, davon zu essen. „Du wirst krank, wenn du zu viel von dem süßen Zeug isst“, würde sie sagen.

Aber ihre Tante erkannte das Verlangen in ihren Augen. Sie ließ ein kleines bisschen vom Rührlöffel auf einen Teller tropfen und sagte: „Hier, Rabia, koste etwas davon und sieh, ob der Geschmack stimmt.“

„Warum gibst du ihr das jetzt? Wir werden bald den Athirsam-Teig anrühren, der mit Zuckersirup gemacht wird. Gib ihr davon etwas.“ Zohra sagte das so, als ob sie dafür einen besonderen Grund hätte.

Rabia verstand nicht, was ihre Mutter wollte. „Nein, ich mag das“, sagte sie schnell und griff nach dem Teller.

Zohra und Rahima schwitzten von der Hitze des Herdes am ganzen Körper, sie waren völlig durchnässt. Jetzt nahmen sie den Zuckersirup vom Feuer und begannen aufs Neue zu arbeiten. Plötzlich wollte Rabia nicht mehr dort bleiben. Sie kehrte in den Hof zurück, um Satthappan und den Kuli-Frauen zuzusehen. Sie fragte sich, ob sie nicht möglichst schnell ihre Arbeit beenden und nach Hause gehen wollten. Sie fühlte sich nicht wohl dabei, ihnen nur zuzusehen.

Satthappan lächelte sie liebevoll an: „Warum stehst du da und siehst so traurig aus, Tochter des Meisters? Und warum haben wir den Meister nicht zu Gesicht gekriegt? Er ist immer noch nicht zum Mittagessen nach Hause gekommen!“

Ihr Vater und ihr Onkel kamen an Tagen, an denen Reis gestampft wurde, nicht einmal zufällig in die Nähe des Hauses. Rabia wusste, dass sie gesagt hatten, das Haus werde ein einziges Chaos sein und sie hätten es lieber, wenn ihnen ihr Essen in den Laden geschickt würde. Sie sagte also zu Satthappan: „Die Sache ist so … das Essen wurde ihnen in den Laden geschickt.“

Ramayi und Ponni sahen, dass sie zögerte, als wolle sie etwas fragen, was sie sich nicht zu fragen traute, und sagten: „Worüber denkst du nach? Sag uns doch, was es ist!“

Rabia ging zu ihnen und sagte, wobei ihre Augen vor Erstaunen geweitet waren: „Es ist wirklich nichts. Das heißt, ich wollte nur fragen, ob euch die Arme nicht wehtun?“ Sie flüsterte, als ob sie nicht wollte, dass ihre Mutter sie höre.

Satthappan lachte sich krank. „Seht nur dieses Kind an!” Da sie fürchtete, ihre Mutter könnte herauskommen, wartete sie die Antwort nicht ab, sondern lief weg, um sich in der Küche zu verstecken.

Den ganzen Abend lang rieben sich ihre Mutter und ihre Tante gegenseitig immer wieder die Beine mit Salbe ein. Trotzdem wälzte sich Amma die ganze Nacht im Bett und konnte vor Schmerzen nicht schlafen. Es war immer dasselbe. Sie tat Rabia sehr leid: „Amma, warum musst du so schwer arbeiten, um den Reis zu zerstampfen?“ fragte sie besorgt.

„Wir müssen doch Idiappam für die Männer kochen, das sie beim Fastenbrechen essen, oder etwa nicht?” antwortete ihre Mutter.

Auch Rabia taten die Beine weh. Sie war von Haus zu Haus gegangen, um alle Mörser, Stößel und Siebe zurückzubringen. Aber mehr als sie sich selbst leid tat, bedauerte sie ihre Mutter und ihre Tante.

Kapitel 5

An diesem Tag war die Hitze sogar noch am Abend sehr stark. Der Tag war wichtiger als jeder andere. Nicht nur für Rabia, sondern auch für alle anderen Kinder. Es würde nicht lange dauern und Dunkelheit würde alles bedecken. Dann würde der Ramadan-Mond am Himmel erscheinen. Danach folgte der Fest-Monat. Sogar zu sterben sei dann ein Segen, sagte man, denn, wenn man zu dieser Zeit sterben müsse, sei es sicher, dass man direkt in den Himmel komme! Rabia hatte ihre Mutter das sagen hören. Jeden Abend, wenn das Fasten zu Ende war, gab es in jedem Haus viel zu essen. Das Beste an allem war, dass Allah während des Fastenmonats alle Teufel einsperren und im Himmel festbinden würde.

Vom späten Nachmittag an saßen Rabia und Madina auf Steinen, die auf dem unbebauten Grundstück neben Rabias Haus lagen. Rabia kratzte sich an den Knöcheln, wo sie die Mücken gestochen hatten. Madina fragte: „Was meinst du, Rabia, die Mondsichel wird doch heute Abend ganz bestimmt erscheinen, oder?"

Aus irgendeinem Grund war sie sich nicht sicher und fürchtete, der Mond könnte sie enttäuschen. Madina machte ein langes Gesicht und als Rabia das sah, wollte sie, dass der Mond schon allein um ihrer Freundin willen aufgehe. Sie bemühte sich, den Ausdruck der Mutlosigkeit in Madinas Gesicht wenigstens für den Augenblick zu vertreiben und sagte tröstend: „Er kommt, natürlich kommt er. Auch wenn wir ihn nicht sehen können, werden sie es ganz bestimmt im Radio Ceylon sagen!"

„Haben sie bei euch im Haus schon den Reis zerstampft?"

„Ja, natürlich. Einen Tag später als bei euch. Hast du das schon vergessen?"

„Tatsächlich hatte ich das ganz vergessen", sagte Madina und tippte sich leicht an die Stirn.

Rabia beobachtete eine Zeit lang schweigend den Himmel, aber das langweilte sie bald und außerdem tat ihr der Nacken weh. Also wandte sie sich an ihre Freundin: „Komm, Madina, wir wollen Sand und Stein spielen." Madina hatte nicht viel Lust zum Spielen, aber sie stimmte zu, weil Rabia gefragt hatte.

Rabia vermutete, dass Madina eigentlich nicht spielen wollte, und ließ die Idee fallen. „Nein", sagte sie, „lieber nicht. Hier ist niemand, mit dem wir spielen können, da können wir nichts machen." Sie sah um sich. Sie wollte, dass Madina glaubte, sie hätte sich gegen das Spiel entschieden, weil es keine Mitspieler gab.

Madina war aufgestanden und setzte sich nun wieder auf ihren Stein. Sie nahm Rabias Worte auf und sagte: „Wo sind all die kleinen Jungs aus der Frosch-Familie und die Brüder von PKL? Normalerweise sieht man sie jeden Abend genau hier spielen, die kleinen Teufel", murmelte Madina in einem Ton, der ausdrückte, sie sei enttäuscht, dass Rabias Wunsch nicht erfüllt werden konnte.

Eine Kuh vom ORAS-Haus stand wiederkäuend dem Haus gegenüber. Schaum und Speichel troffen aus ihrem Maul auf den Boden. Sie starrte sie mit ihren braunen Augen an, als ob sie eine geheime Absicht verbärge. Sie schlug mit ihrem rötlichen Schwanz und versuchte die Fliegen zu vertreiben, die ihren hochschwangeren Bauch bedeckten. Rabia beobachtete sie mitleidig und hätte gerne gewusst, ob es irgendeine Möglichkeit gab, einen so großen Fliegenschwarm zu vertreiben. Die Fliegen saßen auch auf dem

Hals der Kuh. Jede Fliege war so groß wie eine Bohne, keine einzige von ihnen war klein.

Die Kuh sah aus, als werde sie in ein paar Tagen kalben. Rabia erinnerte sich, dass die alte Frau aus der ORAS-Familie ihrer Mutter das gesagt hatte. Sie wollte sehr gerne zusehen, wenn das Kalb geboren würde, wenigstens diesmal. Als die Kuh im letzten Jahr in die Wehen gekommen war, hatte Zohra Rabia weggezogen und gesagt: „Das wird dir Angst machen!“

Madina stieß sie an die Schulter: „Woran denkst du?”

„Eigentlich an gar nichts”, sagte Rabia, fügte dann aber hinzu: „Sieh nur, wie viele Fliegen sie quälen, das arme Tier!”

„Na, da hast du ja etwas ganz Erstaunliches entdeckt! Denkst du, dass nur Fliegen auf dem Vieh sitzen? Weißt du nicht, dass es auch Zecken gibt? Aber wir wollen uns lieber etwas weiter weg setzen. Wenn sie wedelt, jagt sie sonst alle Fliegen zu uns.“ Madina sagte das gleichzeitig besorgt und sarkastisch. In ihrer Stimme war eine Spur von Spott, womit sie ausdrückte: Wie kannst du nur Mitleid mit einer Kuh haben? Rabia tat so, als merkte sie das nicht, und sah in den Himmel hinauf. Madina scheuchte die Kuh, bis sie etwas weiter weg trottete. Dann kehrte sie zu ihrem Sitzplatz zurück. Die Mädchen waren vom Geruch des Staubes umgeben, den die Hufe der Kuh aufgewühlt hatten.

Madina sah ihre Freundin müde an: „Was ist nur los, immer noch keine Spur vom Mond.“

Rabia versicherte ihr: „Er erscheint gleich, warte nur ein bisschen ab, dann wirst du ihn sehen.“

Der Himmel erstreckte sich bis zum Horizont. Er war vollkommen klar, kein einziges Fetzchen Wolke war zu sehen. Er hatte die Farbe eines Saris von ausgeblichenem Blau, den Rabias Mutter aussortiert hatte, um darauf Vadaam zu trocknen. Wenn die Mondsichel schließlich erscheinen würde, hätte sie nichts, wohinter sie sich verstecken könnte

Nur gegen Süden und nur an einer Stelle war ein kleiner Haufen Wolken, die schmutzig wie der Seifenschaum aussahen, der sich unter dem Waschstein sammelte, wenn Fatima die Wäsche wusch. Sie stocherte gerne im Seifenschaum, auch wenn Fatima ihr sagte, sie solle das lassen. Ein wenig weiter entfernt setzte sich ein einsamer Wolkenfetzen von den anderen ab, als hätte er sich mit den übrigen Wolken gestritten. Er tat Rabia leid, aber im nächsten Augenblick lachte sie über sich selbst und dachte: „Ach, es ist ja kein Mensch, sondern nur eine Wolke. Warum sollte mir eine Wolke leidtun?“

„Beeilt euch, Jungs!” Eine Gruppe Jungen kam lärmend aus dem Durchgang neben Rabias Haus. Rabia drehte sich erschrocken um und sah Ahmad und Iliaz, die laut schreiend hinter den Mädchen aus einer Staubwolke auftauchten. Sie hielten kurz vor ihnen an, rangen nach Atem und sagten: „Ss … Allah!“ Die andern Jungen, die aus dem Haus von PKL, die mit ihnen angerannt gekommen waren, liefen nach Hause und schrien sich dabei heiser: „Jeder zu sich nach Hause Avarakka-Reis essen und zum Haus des Neugeborenen, Biriyani-Reis essen!“

Madina bedeckte ihre Nase mit der Hand, verzog gereizt das Gesicht und sagte: „Saniyans! Sieh mal, was die für einen Staub aufgewirbelt haben.“ Ahmad war nicht klar, dass sie auch ihn gemeint hatte, als sie „Saniyans“ gesagt hatte. Er setzte sich in geringer Entfernung von ihnen auf einen Stein und sah in den Himmel, als verfolge er damit eine besondere Absicht.

Die Mädchen waren es müde, so lange in den Himmel zu starren. Erst nachdem der

Mond aufgegangen war, konnten die Vorbereitungen für das Sahar-Essen am frühen Morgen, das Essen, bevor das Fasten anfing, beginnen. Ehe das Kochen anfing, war es Rabias Aufgabe, im Laden Bananen und Eier zu kaufen. Sie stand auf und klopfte sich den kaum sichtbaren Staub von der Hinterseite ihres Rockes. „Ich gehe nach Hause zum Abendessen, ich bin hungrig", sagte sie zu Madina und wandte sich zum Gehen. „Falls sie im Radio senden, dass der Mond aufgegangen ist, sag es mir bitte!" rief Madina hinter ihr her.

Rabia freute sich sehr, dass Madina sich auf sie verließ und sie darum gebeten hatte. Sie fühlte sich als etwas Besonderes, nicht nur als eine von vielen. Außerdem hatte sie sie in Gegenwart von Ahmad gebeten. „Natürlich sage ich es dir", antwortete sie gut gelaunt.

Aber Ahmad mischte sich ein: „Warum musst du es ihr noch extra sagen? Bald wird Muezzin Bawa es durchs Mikrophon von der Moschee aus verkünden. Diese Mädchen wollen nur vor mir angeben!"

Das machte Rabia und Madina wütend, also stolzierten sie nach Hause, ohne ihm zu antworten.

***

Eben hatte der Ramadan-Monat angefangen und die Mädchen fasteten den ersten Tag. Man würde ihnen nicht erlauben, alle dreißig Tage zu fasten, sondern nur am ersten, fünfzehnten, siebenundzwanzigsten und letzten Tag. Rabias Onkel erhob die ganze Zeit über Einspruch dagegen. Er sagte allen, dass das Mädchen fast erwachsen sei und den ganzen Monat fasten sollte. Jedoch war ihre Mutter damit durchaus nicht einverstanden.

Am Morgen musste weder gekocht werden noch gab es eine Madrasa. Die beiden Mädchen waren schon sehr früh in der Schule. Erst etwas später kam Uma. Bisher war noch kein einziger Lehrer aufgetaucht. Die ganze Schule sah aus wie leergefegt. Sie standen unter dem Mangobaum. Rabia sprang auf einen niedrigen Ast, der den Boden berührte, und fragte sich, was ihre Mutter dazu sagen würde, wenn sie sie sehen könnte. Bei dem Gedanken musste sie lächeln.

Noch immer lächelnd, tastete sie hinten an ihrem grünen Uniformrock, um festzustellen, ob er klebrig geworden sei. Sie war froh, dass er das nicht war, brachte sich mit beiden Händen ins Gleichgewicht und schwang langsam vor und zurück. Madina kletterte nach ihr auf den Ast, verstand ihre Geste nicht und sah sie fragend an. Auf Rabias rundem Gesicht zeigte sich eine Spur von Besorgnis. Aber Madina ging nicht darauf ein.

„Also, Rabia, was haben sie bei euch im Haus für das Sahar heute gekocht?"

Rabia dachte eine Weile darüber nach und sagte dann: „Es war schließlich das erste Sahar, also gab es nur Dal und eine Beilage. Und bei euch?"

„Genau das Gleiche. Um wie viel Uhr bist du zum Sahar aufgewacht?"

„Stell dir vor, ich war um drei Uhr auf", sagte Rabia stolz. „Hast du denn den Sahar-Muzafar nicht den Sahar ankündigen sehen?"

„Ich bin erst um vier Uhr aufgewacht, Rabia", antwortete Madina, es tat ihr leid. „Aber wie war das bei dir? Was hast du so früh am Morgen gemacht?"

„Meine Mutter hatte den Wecker gestellt und stand schon um halb drei auf. Das Geräusch hat auch mich aufgeweckt."

„Aber warum so früh? Was hat sie denn gemacht?"

„Nur so wird sie mit allem rechtzeitig fertig. Zuerst zündet sie das Feuer an und kocht den Reis. Während er kocht, macht sie ihre Olu-Waschungen und betet die Nacht-Tahajjat-Gebete. Wenn sie dann alle ihre anderen Hausarbeiten erledigt hat, ist es vier, wo denkst du hin?“

Rabia erinnerte sich, wie schwer es für sie gewesen war, sich dazu zu zwingen, das Sahar-Essen einzunehmen. Sie hatte sich zwischen ihren Vater und ihren Onkel gesetzt und war äußerst stolz, dass sie den ersten Fastentag halten würde. Sie sagte sich, dass sie bis zum Abend weder essen noch trinken dürfe und dass sie ihren Magen nun füllen müsse. Sie löste die Taillenschnur ihres Rockes, lockerte sie und band sie wieder fest. Sie hinderte ihren Onkel daran, ihr etwas aufzutun, häufte Reis auf ihren Teller und sagte: „Ich will das alleine machen.“ Sie war sehr mit sich zufrieden.

Sie schüttete Sambar über den ganzen Reis, bis er davon durchtränkt war, und dachte: „Wenn ich das alles aufesse, werde ich den ganzen Tag über auch nicht das kleinste bisschen hungrig sein.“

„Lass es nur nicht überlaufen”, warnte ihr Onkel besorgt.

„Ich passe auf”, versicherte sie ihm und goss noch mehr Sambar über den Reis. Sie hielt ihre Hand in die Mitte des Tellers, um den Sambar mit dem Reis zu vermischen.

Ihr Onkel sah ihr genau zu. „Hör auf, wirst du wohl? Mischst du Reis oder mischst du Zement? Hat der Heilige Prophet uns nicht gesagt, wir sollen den Reis ordentlich mischen, zuerst nur an einer Seite des Tellers, und langsam essen, einen Bissen nach dem anderen? Darfst du denn dein Essen auf diese Weise durchpflügen?“ Seine Stimme war gleichzeitig freundlich und streng.

Rabia war tief beschämt. „Du hast Recht, Onkel“, sagte sie verlegen und beugte sich über ihren Teller, um eine Handvoll Reis in ihren Mund zu schieben.

Er sah sie etwas länger an und rief in Richtung Küche: „Rabias Mutter, bitte komm her!“ Rabia wusste nicht, warum er ihre Mutter herbeirief, hörte auf zu essen und sah beunruhigt auf Vater und Onkel.

„Hier bin ich.” Zohra kam zu ihnen. Sie hatte ihren Sari ganz über den Kopf gezogen. Sie stand halb versteckt neben einem Pfeiler. Rabias Vater aß unbeteiligt weiter. Rabia starrte nun abwechselnd ihre Mutter und ihren Onkel an.

Zohra sagte zu ihrem Schwager: „Die Sahar-Zeit ist bald zu Ende und du hast noch nicht einmal mit dem Essen angefangen.” Es klang besorgt.

„Wir haben noch genug Zeit zum Essen“, sagte er ruhig. „Aber was ist das, Rabias Mutter, du hast versäumt, dem Mädchen die angemessenen Sitten beizubringen!“ Seine Stimme und sein Ausdruck waren vor Enttäuschung angespannt.

Zohra starrte ihn an. Sie verstand nicht, was er meinte. Sie konnte also nicht antworten und wandte schweigend ihren Blick Rabia zu. Rabia ihrerseits wusste nicht, was sie falsch gemacht hatte, und sah ihre Mutter Mitleid erregend an.

„Sieh sie an, kein Tuch bedeckt ihren Kopf. Was ist das für eine Sitte, sag mal, beim Essen zu sitzen, ohne den Kopf zu bedecken! Sie mischt all ihren Reis auf einmal, macht ein völliges Durcheinander auf ihrem Teller und isst dann. Sie scheint nicht zu wissen, dass es besser ist, immer nur ein bisschen zu mischen, eben bevor sie es in den Mund schiebt. Sieh mal, wie viele Reiskörner um ihren Teller herum liegen. Ich habe auch Zweifel, ob sie ‚Bismillah‘ gesagt hat, bevor sie zu essen angefangen hat. Du musst ihr beibringen, was gutes Benehmen und angemessenes Verhalten ist. Sorge dafür, dass sie lernt, was wir alle tun und anstreben sollen!“ Er sagte das alles in einem Atemzug. Seine Stimme war freundlich und fürsorglich. Er strich Rabia liebevoll über den Kopf.

Zohra stand stocksteif da und war nicht in der Lage, irgendetwas zu sagen. Ihr Blick war nur auf ihre Tochter gerichtet und drückte aus: „Du unverantwortliches Luder, deinetwegen schimpft er mich aus!"

Rabias Blicke richteten sich auf der Suche nach ihrer Tante auf die inneren Räume. Zwischen ihren Fingern hatte sie zerquetschte Reiskörner. Sie sah zu ihrem Onkel auf. Er erwiderte ihren Blick, lächelte freundlich, nahm das Taschentuch von seinem Schoß und legte es auf ihren Kopf. „Iss", sagte er und nahm sich etwas Reis. Er sah zufrieden aus. Er hatte genau das gesagt, was er hatte sagen wollen. Karim hörte einen Augenblick lang zu essen auf und sagte: „Beeilt euch und esst, es wird spät." Damit brachte er alles wieder ins normale Gleis.

„Zohra, komm und nimm dieses Appalam", rief Rahima aus der Küche. Rabia sah ängstlich nach ihrer Mutter, die davoneilte.

***

Ein Hund aus Kattaiyans Haus rannte auf dem Schulgelände umher und bellte laut. Das Geräusch brachte Rabia in die Gegenwart zurück. Sie sah dem Hund nach, als er in Richtung der am Fuße des Gebirges liegenden Hügel lief. Sie murmelte: „Verrücktes Tier! Warum rennt es so schnell?" Der arme Hund würde heute nicht sein Mittagessen von ihr bekommen, dachte sie und sah in die raschelnden Blätter über sich. Ein Eichhörnchen huschte in den Zweigen umher, machte einen Augenblick Halt und sah sie mit seinen Bernsteinaugen an. Seine Blicke schienen zu sagen: „Du hast mir gesagt, ich soll Halt machen." Rabia hob den linken Arm über den Kopf und sagte: „Schsch!" Das Eichhörnchen erschrak und verschwand mit einem einzigen Sprung. Rabias Blicke suchten überall zwischen den Zweigen und kamen schließlich auf den Blüten zur Ruhe, die wie ein Teppich unter dem Baum ausgebreitet lagen.

„Oh, sieh nur all die Blüten", rief sie, griff nach Madinas Schenkel und rüttelte sie. Madina suchte etwas in ihrem Buch, sah schnell auf Rabias Hand, murmelte eine Zustimmung und kehrte zu dem zurück, was sie gerade getan hatte.

„Wir werden dieses Jahr viele Mangos in unserem Garten haben", murmelte Rabia, von einem Glücksgefühl überströmt.

Ihr Hauptgärtner Pandi würde Büffel-Karren voller Mangos bringen, sie auf Sackleinwand ausbreiten, die den Fußboden eines der Vorratsräume bedeckte, und sie je nach ihrer Art in einzelne Haufen sortieren. Es würden im Ganzen zehn Karren voll sein. Gewöhnlich brachte er zwei Karren voll am Tag, bedeckte die Mangos mit Stroh und weiterer Sackleinwand, versicherte sich, dass alle Löcher im Raum mit Flicken zugestopft waren, sodass kein Ratte eindringen könnte, und sicherte die fest verschlossene Tür. Alle zwei Tage gingen dann Amma oder Tante Rahima hinein, verschlossen die Tür hinter sich und sahen nach, ob die Früchte schon reif waren. Sie erlaubten Rabia nie, mit in den Vorratsraum zu kommen. Wenn sie protestierte und darauf bestand, dass sie mitgehen wolle, sagte ihre Tante streng; „Wenn auch nur eine einzige Ratte reinkommt, ist alles verdorben, Rabia, sei nicht so eigensinnig!"

Rabia war schon jetzt ganz durcheinander, wenn sie daran dachte, wie stolz sie auf der Straße stehen werde, wenn Pandi die Mangos vom Büffelkarren abladen und ins Haus tragen wird. Ihr Onkel wird die reifen Mangos in Körbe legen und Mariyayi losschicken, sie bei allen ihren Verwandten abzuliefern. Rabia würde dann dasitzen, zusehen und Appetit haben. Währenddessen würde ihre Mutter hin und her gehen und brummeln: „Iss nicht zu viele Mangos. Sie heizen ein! Du könntest plötzlich deine Periode bekommen!“

Rabia tröstete sich jetzt. „Was nützen so viele Früchte? Wer wird sie alle essen? Ich sicherlich nicht. Warum muss ich um Himmels willen erwachsen werden?” Sie fragte Madina: „Wonach suchst du in deinem Buch? Du suchst schon so lange!”

„Es ist weiter nichts. Ich hatte irgendwo einen Fünf-Rupien-Schein. Ich erinnere mich, dass ich ihn in dieses Buch gelegt habe, aber ich kann ihn nicht finden. Das ist alles.“ Es hörte sich an, als würde Madina bedauern, das Geld verloren zu haben. Außerdem, dachte Rabia, ist sie wohl wirklich sehr traurig, dass sie den Sahar-Muzafar nicht gesehen hat.

Eine Zeit lang schwiegen beide Mädchen. Tröstlich wehte eine sanfte Brise. Rabia sah zu, wie die welken Mango-Blüten auf den Boden schwebten. Plötzlich fiel ihr die Frage ein: „Übrigens, hast du deine Hausaufgaben gemacht?“

„Nein”, sagte Madina gleichgültig.

„Wird der Lehrer dich nicht schlagen?“ fragte Rabia bestürzt.

Madina lachte. „Ich halte die Fasten, oder etwa nicht? Der Lehrer wird mich sicherlich nicht schlagen.“

Im Ramadan-Monat verzichteten alle Lehrer darauf, die Kinder zu schlagen. Das war ein kleines Zugeständnis, das die Kinder sehr zu schätzen wussten.

Rabia gab Madina einen freundschaftlichen Klaps auf den Kopf und sagte: „Du bist mir eine!“ Aber ihre Stimme verriet ihr Bedauern, dass sie die Hausaufgabe gemacht hatte. Sie hatte so lange geschrieben, dass ihr Arm weh getan hatte.

Kapitel 6

Amina wachte um Mitternacht mit einem Schreck auf. Unwillkürlich bewegte sie die Hand und griff zur Matte neben sich hinüber. Sobald ihre Finger Firdaus warmen Körper fühlten, war sie erleichtert und murmelte: „Ya, Allah!“ Wie lange noch würde sie die Last, zu der Firdaus geworden war, tragen müssen? Der Gedanke daran erfüllte sie mit Sorge. Sie konnte nicht schlafen, denn sie hatte Angst, dass die Verzweiflung das Mädchen dazu treiben würde, sich zugrunde zu richten.

Plötzlich dachte sie an ihre Eltern, an ihre jüngere Schwester und daran, wie deren Hochzeit arrangiert worden war. Ihr Vater Kani Rowther war so dunkel, dass man einen schwarzen Pottu hätte machen können, nachdem man ihn mit dem Finger berührt hatte. Ihre Mutter dagegen war hellhäutig und schön. Jeder Raum, in dem sie saß, wurde durch sie wie von einem Blitz beleuchtet. Ihre Farbe glühte wie eine Laterne in ihrer Nische. Die Eltern stritten sich jedoch nie.

Wenn Kani Rowther von einer seiner Geschäftsreisen zurückkehrte, wurde das in ihrem Haus immer gefeiert. Er gab das Geld aus, das er auf ausgefallene Weise verdient hatte, und erregte damit großes Aufsehen in der ganzen Stadt. Er kaufte dann vier Schafsköpfe beim Schlachter, hielt je zwei in jeder Hand an den Ohren und stolzierte die Straße hinunter, sodass alle ihn sehen konnten. Die Frauen, die an ihm vorübergingen, sagten zueinander: „Er ist sehr von sich eingenommen, findest du nicht?“

Wenn ihn etwas bedrückte, setzte er sich unter den Pipal-Baum und spielte Karten. Ismail spielte dann mit ihm. Als sie einmal miteinander scherzten, stand Ismail plötzlich auf und sagte: „Ich mag nicht um Geld spielen. Schließlich brauche ich ja das Geld nicht, stimmt doch, oder?“

„Worum sollen wir denn sonst spielen, sag mal?“ fragte Kani Rowther in einer Laune.

„Lass uns um deine Tochter spielen. Wenn ich gewinne, heirate ich sie“, sagte Ismail.

„Meinst du, es würde mir schwerfallen, dir meine Tochter zu geben? Aber lass uns nur spielen und sehen, wer gewinnt.“ Und Kani begann mit dem nächsten Spiel.

An diesem Nachmittag kam Amina von der Schule nach Hause, stand auf der Straße und knabberte an einer Süßigkeit, als ihr Vater vor Glück singend zu ihr trat. „Komm, mein Mädchen, komm zu deinem Vater!“ Er guckte in die Küche, zwirbelte seinen Schnurrbart und rief begeistert: „Ei, Kadija, komm her, beeil dich. Ich habe eine Partie für deine Tochter arrangiert!“

Kadija kam schnell heraus und wollte sich Gewissheit über das verschaffen, was sie mit halbem Ohr gehört hatte. Als sie ein Kind war, war ihr ein Mahlstein auf den Fuß gefallen, sodass sie nicht ordentlich laufen konnte. Sie musste ein Bein nachziehen. Sie kam zu ihm und setzte sich auf die kleine Matte, die auf dem Boden ausgebreitet war. „Was hast du gesagt?“ fragte sie neugierig.

„Du kennst ja Ismail aus dem Großen Haus. Er hat mich gefragt, ob ich ihm unser Mädchen zur Frau geben will, und ich habe gesagt: Ja, natürlich, heirate sie!” Er lachte laut, als ob er sagen wollte: „Findest du nicht, dass das klug von mir war?“

Er war überrascht, dass Kadija, anders als er erwartet hatte, keine große Freude zeigte. Er verbarg seine Enttäuschung und beobachtete sie genau, als er in scherzendem Ton fragte: „Und, sagst du gar nichts dazu?“

„Ich bin ja nicht dagegen, aber sie ist erst zehn Jahre alt. Ich möchte bloß wissen, warum wir solche Eile haben sollten, das ist alles. Und außerdem war Ismail schon verheiratet und hat seine Frau verloren. Er muss jetzt älter als fünfunddreißig sein.“ Zögernd drückte sie ihre Ablehnung aus und wartete schweigend auf seine Antwort.

„Das ist alles? Ich dachte, es wäre etwas viel Wichtigeres. Sag mal, Frau, ist das ein Grund? Du tust so, als ob das etwas Neues in der Welt wäre. Jedenfalls habe ich ihm mein Wort gegeben. Die Hochzeit soll nächste Woche Freitag gehalten werden. Gut also, verschwinde und mach mir Tee!“ Er schüttelte sein Kleidungsstück aus, legte es sich um die Schultern und ging flotten Schritts zur Eingangs-Veranda.

Als bald darauf die Heirat stattfand, verstand Amina überhaupt nicht, was da vor sich ging. Der Ritt des Bräutigams auf seinem paradierenden Ross und das verschwenderische Fest setzte die ganze Stadt in Erstaunen. Alle beneideten Kani um die Klugheit, dass er eine so großartige Verbindung arrangiert hatte. Sie sagten, er habe einen guten Tamarindenzweig erfasst, der mit Früchten beladen sei. Aber demselben Kani sollte das Ehearrangement, das er für seine zweite Tochter, für Maimun, getroffen hatte, Kummer bereiten. Er hatte es aufgrund einer Geschäftsbeziehung getroffen.

Nach zwei Ehemonaten kehrte Maimun nach Hause zurück. Sie saß zusammengekauert in einem Zimmer im oberen Stockwerk in der Nähe des Vorrats-Behälters und erklärte, sie werde niemals mit ihrem Ehemann zusammenleben. So sehr auch Amina und Kadija ihr rieten und sie baten, zu ihm zurückzukehren, Maimun wollte nicht. „Ich kann nicht“, war alles, was sie sagte. Beim Widerschein der Laterne sahen sie Halsstarrigkeit und Entschlossenheit in ihrem zarten Gesicht. Dieser Ausdruck machte ihnen auch klar, dass sie nicht mehr davon sprechen sollten.

Kani hatte stärker als Kadija das Gefühl, dass die Familie in Schande geraten sei. Er vergaß sein Lachen, seine Lieder und Scherze und blieb wie gelähmt innerhalb der vier Wände seines Hauses. Kadija weinte einzig und allein um ihn. „Wir sind schließlich Frauen und wir sind es gewohnt, zu Hause zu bleiben. Aber er ist ein Mann und er kommt überhaupt nicht mehr raus. Es ist ihm unmöglich, auch nur auf die Straße zu gehen.“

Wenn Kani Rowther Amina ansah, traten ihm Tränen in die Augen. „Mein Kind”, murmelte er dann vor sich hin. Er betrachtete sie als eine, die ihren Willen geopfert hatte, um den Bräutigam anzunehmen, den ihr Vater für sie ausgesucht hatte. Als er dann nicht mehr in die Welt hinaus ging, um seine Geschäfte zu machen, wurde die Familie nur durch die Zuwendungen von Ismail und Amina ernährt. Der Gedanke an die Güte seines Schwiegersohnes überwältigte ihn.

Zwar wollte er seinen Handel nicht weiterbetreiben, aber er wollte doch eine Möglichkeit finden, den Lebensunterhalt durch Heimarbeit zu verdienen. Deshalb trug er jeden Morgen nach dem Frühstück das Holz-Sitzbrett in den Hof. Er setzte sich, öffnete eins von den Bündeln Räucherstäbchen, die er im Großhandel gekauft hatte, und teilte die Stäbchen in Gruppen zu jeweils vier Stück. Dann nahm er aus einer kleinen Holzkiste kleine Duftöl-Flaschen heraus und ordnete sie neben sich auf dem Boden. Er öffnete eine nach der anderen und roch an jeder. Dann schüttete er ein paar Tropfen Blütenessenz in seine Handfläche. Er nahm immer vier Räucherstäbchen auf einmal und strich die Mischung darauf. Dann roch er wieder an ihnen, um zu überprüfen, ob der Duft so war, wie er sein sollte. Wenn er zufrieden war, legte er sie in einen luftdurchlässigen Kasten und stellte sie zum Trocknen in die mäßige Wärme des Hofes.

Den ganzen Tag über wickelte er jeweils zehn nach Blumenessenz duftende Räucherstäbchen in rosa Silberpapier und legte sie in einen Pappkarton. Er wollte nicht, dass ihm jemand bei der Arbeit half. Er tat alles selbst und summte dabei mit leiser Stimme Lieder vor sich hin. Der tiefe Kummer in seiner Stimme rührte die Herzen aller, die ihn hörten, und hielt sie davon ab, mit ihm zu sprechen oder seine Arbeit zu stören. Später stellte er dann die Duftölfläschchen in ihre Holzkiste zurück.

Amina sah gerne die Fläschchen an. Jede hatte eine andere schöne Form, jede hatte einen anderen Verschluss. Er nahm jede einzelne in seine zitternden Finger, versicherte sich, dass sie fest verschlossen war und stellte sie sorgsam an ihren Platz. Alle paar Tage kam ein Händler, den Kani kannte, zahlte für die Bündel und nahm sie mit. Aminas Augen glänzten von Tränen, wenn sie den Stolz auf dem Gesicht ihres Vaters sah, der mit zitternden Händen das Geld in Empfang nahm.

Dann hatte sich Maimun plötzlich eines Morgens erbrochen. Kadija kam in Aminas Haus gelaufen, um sie zu holen. Auf ihrem Rückweg sagte sie mit stockender Stimme: „Bitte sprich du mit ihr. Dies elende Kind hört auf nichts, was ich sage." Als sie mit Sturmlaternen in den Händen die Straße entlangeilten, waren sie von Staub und Dunkelheit umgeben. Zwar achteten sie darauf, dass sie vorsichtig auftraten, aber Amina fragte sich doch, wie sie antworten würde, wenn jemand sie fragte: „Amina, wohin willst du zu dieser Stunde?“ Sie war jung und hatte schon genug Schwierigkeiten damit, ihre Kinder zu gebären und eine Familie zu versorgen, dazu trug sie noch die Hauptlast von Maimuns Problemen. Durch die Erfahrung mit Maimun kam Amina überhaupt erst auf die Idee, dass es einer Frau, wenn sie verheiratet war, einfallen konnte, es gebe eine andere Möglichkeit, als mit ihrem Mann zu leben. Und Maimun hatte solche Schande über ihre Familie gebracht, dass sich keins ihrer Mitglieder mehr in der Stadt zeigen konnte. Amina fragte sich, wozu sie überhaupt noch weiterleben sollte.

Sie kamen zu Hause an und drückten leise die Holztür auf. Amina war sehr in Unruhe: Ihr Vater sollte nichts davon wissen. Er wäre sonst vollständig zerbrochen. Es würde ihn sicherlich das Leben kosten, nachdem ihm Maimuns Scheidung schon so zugesetzt hatte. Sie erschrak, als auf der Straße ein Hund bellte. Wenn Zohra aufwachen und weinen würde, würde auch Ismail aufwachen, um nach ihr zu sehen. Sie ging in Maimuns Zimmer und dachte: „Es genügt schon, dass nur die Mutter Bescheid weiß. Wir wollen alle weiteren Unannehmlichkeiten vermeiden.“

Aber schließlich hatte sie den Landarbeiter Marudu gebeten, ein paar Tage später den Büffel-Karren fertig zu machen. Seine Frau Murugi hatte ihnen von der Hebamme erzählt, die im Nachbardorf wohnte. „Es gibt nichts, das sie nicht zustande bringt.“ Sie hatte angeboten, die Frau zu holen. Zwar war es nur im nächsten Dorf, aber es würde zehn Uhr abends werden, ehe sie zurückkämen. Und das wäre ein passende Zeit, das zu tun, was sie vorhatten. Marudu und Murugi konnten rechtzeitig aufbrechen.

***

Die Dunkelheit breitete sich überall aus. Amina fütterte Zohra früh und legte sie schlafen. Sie hatte das Ganze für diesen Tag geplant, weil Ismail in Geschäften unterwegs war. Das passte ihnen gut. Trotzdem konnte sie ihre Angst nicht beherrschen. Ihr Geist konnte das

Furchtbare, das sich in Kürze ereignen sollte, nicht ganz fassen. Aber hier im Dorf konnte sie sich keinen anderen Ausweg als diesen vorstellen. Ihre Schwester musste die Last aus ihrem Bauch loswerden, das war alles. Was würde geschehen, wenn allgemein bekannt würde, dass sie schwanger ist? Der bloße Gedanke daran ließ ihr Herz schneller schlagen. Das war das Einzige, was sie tun könnten, da das Mädchen nicht in der Lage war, ein Kind auszutragen und aufzuziehen. Ismail hatte gesagt, er werde eine weitere Heirat für sie arrangieren. Sie warteten nur darauf, dass die Idda-Zeit, die auf eine Scheidung folgte, vorüber sei. Wenn sie in der Zeit ein Kind bekäme, was würde dann wohl geschehen?

Sobald es in der Stadt ruhig geworden war, ging Amina auf die Straße. Es passte auch gut, dass der Mond nur schwach leuchtete. Zwar war es nicht schwierig, auf dieser Straße zu gehen, aber sie achtete trotzdem genau auf den Weg. Sie hatte diesmal nicht gewagt, eine Lampe mitzunehmen, um den Weg zu beleuchten, denn sie hatte befürchtet, man würde sie sehen. Sie musste zwar nur bis zur nächsten Straße gehen, aber trotzdem ging sie voller Angst in die Dunkelheit hinein. Ihr Körper war schlaff vor Sorge und sie schlich die Straße entlang, als würde sie schon im künftigen Schrecken versinken.

Sie ging an den Häusern des Hazrat, des „Podum Ponnu", des „Genug-Mädchens" (das in der Hoffnung, es werde das letzte Mädchen in ihrer Familie sein, so genannt worden war), und des Schneiders Kaattu Bawa vorüber. Übrig waren nur noch das Chélladurai- und das Ponnayya-Haus. Sie dachte immer wieder an die Bewohner dieser Häuser, an einen nach dem anderen. Ihre Angst wuchs ins Riesenhafte, wenn sie jemanden, der dort etwas frische Luft gesucht hatte, in der Eingangs-Veranda schlafen sah. Unwillkürlich sagte sie immer wieder „Allah, Allah" vor sich hin, während sie, so leise es ging, auftrat. Sie wünschte von ganzem Herzen, dass nicht einmal das blasse Mondlicht, das vom Himmel fiel, da wäre. Sie ging weiter, kümmerte sich nicht um ihre Einsamkeit und der Wind, der auf der stillen Straße an ihr vorbeifuhr, machte ihr nichts aus. Das Pfeifen des Windes, das sie gewöhnlich erschreckte, machte ihr nur bewusster, dass sie sich beeilen musste.

Amina erreichte das Haus, öffnete die Tür und trat schnell in den Hof. Murugi und eine ältere Frau hockten dort auf der Stein-Veranda. Sie standen sofort auf, als sie sie sahen. Sie legte den Finger an die Lippen, um ihnen mitzuteilen, dass sie kein Wort sagen sollten. Die Hintertür des Hauses war nicht verriegelt, sondern nur geschlossen. Sie gab sofort nach, als sie daran stieß. Amina trat als erste ein und drehte sich um. Als die beiden anderen ihr ins Haus gefolgt waren, verriegelte sie die Tür und suchte ihre Mutter. Kadija saß in der Halle. An einen Pfeiler gelehnt, wartete sie auf sie. Sobald sie sie sah, stand sie schwerfällig auf und hielt sich am Pfeiler fest. Amina fragte flüsternd: „Wo ist sie?" Kadija zeigte mit Gesten, dass Maimun im Obergeschoss sei, und ging vor ihnen her. Sie war völlig erschöpft und ging ganz langsam.

Kadija fühlte sich in dieser schrecklichen Stunde durch Aminas Entschiedenheit gequält, aber gleichzeitig füllten sich ihre Augen mit Tränen, als sie dachte: „Meine geliebte Tochter, mein goldenes Mädchen, wie entschlossen musst du in so jungen Jahren schon sein!" Sofort dachte sie auch an Maimuns große Jugend und klagte laut: „Allah, wie konntest du nur ein Kind in einen so zarten Körper stecken?"

Eine hinter der anderen stiegen die vier Frauen die hölzerne Treppe hinauf. Dort lag Maimun, im Schlaf zusammengerollt, eine schwach leuchtende Laterne neben sich. „Allah, wenn ich sie ansehe, packt mich die Angst", sagte Kadija und drückte ihren Sari gegen den Mund, um ihr Schluchzen zurückzuhalten. „Nun, nun, weine bitte nicht", tröstete sie Amina und versuchte mit aller Kraft, ihre eigene Angst nicht zu verraten.

Als sie das Schluchzen ihrer Mutter hörte, wachte Maimun auf und sah erstaunt um sich. Im schwachen Licht sahen sie, wie ihr junger Körper zitterte. Erst dann sah Amina die Hebamme direkt an. Sie war etwa fünfundvierzig Jahre alt. Der Sari war um ihren nackten Oberkörper gewickelt, sie trug keine Bluse. Sie hatte Stecker mit funkelnden roten Steinen in den Ohren. Auf beide Hände waren Skorpione tätowiert. Ein Ausdruck von Gleichgültigkeit war in ihren Zügen und in ihren Augen. Er drückte aus: „Das ist für mich nichts Neues!" Dieser Ausdruck machte Amina Mut. Es war fast, als ob die Frau sich über Amina und Kadija lustig machte und sagen wollte: „Wie könnt ihr nur bei einer solchen Trivialität Angst haben!"

„Gut, es wird spät, lasst mich also vorwärts machen", sagte sie und stellte die Tasche ab, die sie unter den Arm geklemmt hatte. Sie zog einen Yerukku-Zweig und einen Knäuel Faden und schließlich eine Dose mit Salbe heraus. Ihre Vorgehensweise machte auf Maimun den Eindruck, sie sei eine tüchtige Frau. Maimun sah schweigend und ohne zu blinzeln zu. Sie war sprachlos vor Angst und Hilflosigkeit.

Die Hebamme tunkte ein Ende des Zweiges, von dem die Blätter abgestreift waren, in die dunkle Salbe in der Dose. Sie band an sein anderes Ende fest ein Stück Faden und dann wickelte sie den Faden so um ihre Hand, dass ihre Finger den Zweig festhielten. Sie sah zu Amina und Kadija auf, als wollte sie fragen: „Soll ich es jetzt tun?" Amina fühlte in diesem Augenblick, dass etwas aus ihrem Herzen schlüpfte und zu Boden fiel. Es war ein Gefühl, nicht so sehr von Verlust als von völliger Hilflosigkeit, ein Gefühl, als sei sie von Gott verlassen worden, ein Verlust jeden Vertrauens. Die Vorstellung, nun sei alles möglich, überkam sie plötzlich und sie nahm ihre Schwester weinend in die Arme. Auch Maimun stimmte unter schweigend erlittenen Krämpfen in ihr Weinen ein und ein schrecklicher Schauder breitete sich über ihren ganzen kindlichen Körper aus. Die rauen, kräftigen Hände der Hebamme fassten Amina an den Schultern und drückten sie zur Seite. Amina kam zu sich, wischte das Gesicht ihrer Schwester mit einem Ende ihres Saris ab und versuchte ihr Mut zu machen. „Hab keine Angst, Liebe. Es ist nichts. Ich habe nur geweint, weil mir plötzlich etwas einfiel. Jetzt, wenn alles vorbei ist, gibt es nichts mehr, worum du dich sorgen musst. Jetzt ist all dein Kummer vorüber, Liebe."

Die Hebamme trieb sie wieder zur Eile an. „Schon gut, schon gut, es ist jetzt spät. Wann werde ich endlich fertig sein und kann nach Hause gehen?" Aber als die anderen das Zimmer verließen, bat Maimun: „Schwester, bitte bleib doch bei mir!"

„Aber sicher, ich verlass dich nicht. Natürlich bleibe ich bei dir", sagte Amina und nahm Maimuns Hand in die ihre.

Der tödliche Schmerz, den Maimun erlitt, nachdem die Salbe angewendet worden war, hielt bis in die frühen Morgenstunden an, bis die Dämmerung anbrach. Die vier Frauen hielten sie fest, um sie am Schreien zu hindern. Schreckliche Erinnerungen an diese höllischen Stunden verfolgten Amina eine sehr, sehr lange Zeit. Maimuns Leben endete an diesem Tag, gleichzeitig damit, dass das Kind in Teilen und Fetzen und Klümpchen von Blut aus ihr herauskam. Am kommenden Tag, als die äußere Welt von der Nachricht der Ermordung Gandhis erschüttert wurde, schockierte die Nachricht von Maimuns Tod ihre Stadt.

***

Amina fühlte, wie die Angst ihr die Kehle zusammenschnürte, und das verursachte ihr einen starken Schmerz. Sie setzte sich auf. Ihr Kissen war nass von Tränen. Ihre Erinnerungen hatten sie auf eine lange Reise mitgenommen, von der sie gerade erst zurückgekehrt war. Das Krähen des Hahns und der Gebetsruf verkündeten das Anbrechen der Dämmerung. Sie sah Firdaus' Gesicht an, wie sie so neben ihr lag. In diesem Gesicht sah Amina Kadijas Schönheit und Maimuns Eigensinn miteinander verbunden. Wie Maimun hatte Firdaus ihren Mann verlassen und war nach Hause zurückgekehrt. Amina empfand Angst und Frustration und stand auf, wobei sie sich schwer auf einen Arm stützte. Es wurde Zeit für die Gebete.

Kapitel 7

„Rabia, ist Ahmad hier?“ rief Nafiza vom Vordereingang her.

„Nein, er ist nicht hier“, rief Rabia zurück.

„Wohin kann er nur jetzt am frühen Morgen verschwunden sein?“ Nafiza kam herein und sah sich um. „Warum ist hier noch niemand aufgestanden?“ Sie setzte sich neben Rabia und klagte: „So geht es in der Welt, nicht wahr? Da bin ich, eben habe ich mein Sahar-Essen gegessen und möchte mich ein wenig ausstrecken, aber gestattet mir dieser Bursche etwa, dass ich mich hinlege? Ich habe die Muzafar-Büchse mit Münzen gefüllt und den Jungen gebeten, die Münzen unter die Bettler zu verteilen, während ich mich ein wenig hinlege, aber natürlich ist er auf und davon. Na gut, wenn er schon weggeht, muss er dann unbedingt die Vordertür weit offen lassen? Was ist, wenn Bettler ins Haus kommen und alles stehlen? Und natürlich hat er die Büchse mit den Münzen mitgenommen. Ich dachte, es ist durchaus möglich, dass er hier auftaucht. Aber auch hier ist er nicht. Wer weiß, wohin er sich verlaufen hat? Wenn ich nach dem Sahar-Essen nicht schlafe, bekomme ich leicht Herzschmerzen. Und der Himmel mag wissen, woher die Muzafar-Horde auftaucht. In diesen dreißig Tagen belästigen sie uns bis zum Gehtnichtmehr.“ Nafiza sprudelte das alles ohne Punkt und Komma heraus. „Ich geh wieder. Wenn er auftaucht, sag ihm, dass ich ihn gesucht habe.“ Dann fügte sie eifrig hinzu: „Übrigens, haben sie schon deine neuen Kleider für den Festtag ausgewählt?“

Rabia war sich nicht sicher, was sie antworten sollte, denn sie wusste nicht genau, was ihrer Mutter gefallen würde, also sagte sie ausweichend: „Mm? Ich weiß wirklich nicht …“

Nafiza sagte im Weggehen: „Ich denke, deine Mutter wird böse sein, wenn du irgendetwas verrätst.“ Sie war enttäuscht, dass ihre Strategie, etwas über die neuen Kleider zu erfahren, fehlgeschlagen war. Gleichzeitig musste sie Rabia loben. Obwohl sie so jung war, war sie klug.

Als Rabia sie weggehen sah, war sie aus zwei Gründen stolz: Erstens hatte sie nichts über die neuen Kleider verraten. Ihre Mutter würde sich darüber freuen. Amma hatte ihr gesagt, sie solle niemandem etwas davon erzählen, denn die Leute würden neidisch und sie könnten dann den bösen Blick auf sie werfen. Zweitens wusste sie jetzt, dass Ahmad die Muzafar-Büchse gestohlen hatte. Das würde genügen, um ihm einen Strick daraus zu drehen. Plötzlich konnte sie ihren Jubel nicht mehr im Zaum halten. Sie war nicht sicher, ob er das zugeben würde, wenn sie ihn deswegen zur Rede stellte, aber sie wollte es jedenfalls versuchen.

Gleich würde ihr der Kopf zerspringen! Sie wollte zu Madina rennen und ihr sofort die Neuigkeit mitteilen. Madina würde entzückt sein. Einen Augenblick lang überlegte sie, was sie tun sollte, dann rannte sie auf die Straße. Sie verriegelte die Vordertür von außen und rannte zum gegenüberliegenden Haus. Sie hatte Madina auch noch eine andere wichtige Neuigkeit mitzuteilen. Noch am selben Tag würde Wahida, die Tochter ihrer Tante, zum Festtag nach Hause kommen. Sie wohnte jetzt in der großen Stadt im Haus ihrer Großeltern und ging dort in eine Klosterschule. Sie musste ihre Freude über Wahidas Heimkehr unbedingt mit Madina teilen.

***

Ahmad stellte einen Fuß auf den Boden und brachte sein Fahrrad zum Stehen. Er klopfte den Staub von seinem Hemd. Er war gefallen und sein Hemd war vorne rot von Erde. Mit dem Kragen wischte er sich den Schweiß von der Stirn. Seine Knie waren aufgeschürft und taten ihm weh. Er rieb sie mit Spucke ein. Er war sehr mit sich zufrieden, denn an diesem Tag war es ihm gelungen, sehr geschickt zu fahren, auch wenn er einmal gefallen war. Er wünschte sich, dass Madina und Rabia ihn hätten vorbeifahren sehen. Wohin mochten sie nur verschwunden sein? Sie würden ihn sicherlich bitten, ihnen das Fahrradfahren beizubringen. Er war entschlossen, das abzulehnen und eine hochmütige Miene aufzusetzen. „Wozu sollten diese Mädchen denn Fahrrad fahren lernen?“ fragte er sich. Wie sie ihn vor Kurzem aufgezogen und gesagt hatten, er hätte das Muzafar-Geld gestohlen! In Erinnerung daran fühlte er sich auch jetzt noch gedemütigt! Daran war nur seine Mutter schuld, dachte er voller Groll. Wie er versucht hatte, sich herauszureden! Aber sie hatten nicht locker gelassen. Sie hatten ihn sogar dazu gebracht zu sagen: „Ich habe nur das Geld meines eigenen Hauses genommen, ich habe nicht eures gestohlen, oder?“ Schließlich hatte er sich nur darum zu ein paar Münzen verholfen, weil er so wild darauf war, Fahrradfahren zu lernen. Er ärgerte sich darüber, dass sie ihn deshalb so sehr neckten. Wenn sie jetzt sähen, wie er voller Selbstbewusstsein an ihnen vorüber führe, wären sie sicherlich sprachlos vor Staunen. Und sie würden sich bestimmt nicht mehr über ihn lustig machen.

Es war schon fast Zeit, das Fahrrad in den Laden zurückzubringen, in dem er es geliehen hatte. Wenn er es noch eine Stunde länger haben wollte, dann würde er mehr Geld brauchen. Er hatte schon all sein Geld ausgegeben. Er wusste nicht, wie spät es war, aber sicherlich wäre es bald Zeit für das Fastenbrechen. Er musste mit dem Fahrrad zum Geschäft seines Vaters fahren, um dort Geld zu holen, und dann im Laden neben der Moschee für seine Mutter Bajjis und Vadais zu kaufen. Er fuhr, so schnell er konnte.

Er fuhr rasch durch die Straße, in der die Läden waren, bremste und kam vor der Moschee zum Stehen. Weil es Zeit für die Beendigung ihres Fastens war, sammelten sich die Männer dort in Gruppen. Die Moschee stand im Zentrum ihrer Stadt, die drei Hauptstraßen trafen dort zusammen. Viele Menschen bewegten sich durch die Straße, in der die Läden waren. Ahmad beschloss, durch eine andere Straße nach Hause zu fahren. Er überlegte, auf welchem Weg er am längsten unterwegs wäre, und nahm diesen. Er war sehr stolz auf sich, dass er so lange Fahrrad gefahren war, und sah in die Straße vor sich. Er sah, wie Madina und Rabia aus Kajas Laden neben der Moschee kamen und sich auf den Heimweg machten. Beide hatten Pakete von Bajjis und Vadais in den Händen, die Zeitungsverpackung glänzte von Fett. Sie hatten auch Plastiktüten bei sich, in denen sie an diesem Abend „Nonbu Kanji“ gesammelt hatten.

Ahmad lenkte sein Fahrrad ganz locker auf sie zu und fragte: „Wo wart ihr denn?“ Madina antwortete schnell: „Weißt du das nicht? Wir haben Kanji und Vadais für das Fastenbrechen gekauft.“ Sie ließen sich nicht anmerken, dass sie sein Fahrrad bemerkten. Das ärgerte ihn wirklich. „Solche eingebildeten Mädchen“, grummelte er vor sich hin. „Ich mache die gleiche Besorgung“, verriet er ihnen. „So spät? Der Nagara-Gong wird schon in zehn Minuten ertönen, danach verkaufen sie kein Kanji mehr. Dann ist es vorbei. Deine Mutter wird ordentlich mit dir schimpfen!“

„Hm, was redest du von zehn Minuten? Es sind nur noch fünf. Aber ich bin nicht wie ihr, oder? Ich kann in dem Bruchteil einer Sekunde dort sein.“ Er wusste sehr gut, dass er, wenn er diese Gelegenheit verpasste, vielleicht keine andere Chance bekäme, sich zu revanchieren. Aber die Mädchen entschlossen sich, ihn zu ignorieren. Er war tief enttäuscht.

„Okay, ich fahre", rief er und trat in die Pedale.

Madina und Rabia lachten miteinander. Er fuhr also Fahrrad. Es war ein schönes Fahrrad! Sie würden auch bald Fahrrad fahren lernen. Aber obwohl sie das einander versicherten, konnten sie doch die Frage nicht unterdrücken: Wie könnte das geschehen? Wer würde ihnen das Fahrradfahren beibringen? Rabia fürchtete auch, dass sie vielleicht in der Art, in der sie sich über Ahmad lustig gemacht hatte, zu weit gegangen sei. Er wirkte natürlich ganz großartig auf sie, wie er so auf dem Fahrrad fuhr. Und tatsächlich gab es nichts, das er nicht wusste. Er konnte Drachen bauen und kleine Karren aus den Schalen der Palmyra-Frucht anfertigen. Er konnte sehr gut Schulbücher in Papier einschlagen. Er wusste alles Mögliche. Rabia staunte immer, wenn sie daran dachte. Aber Madina erlaubte ihr nie, ein gutes Wort über Ahmad zu sagen. Es kam Rabia sogar so vor, als würde Madina Ahmad manchmal schlechtmachen. Vielleicht dachte sie, sie würde, wenn sie Ahmads Fähigkeiten anerkannte, ihre eigenen Schwächen eingestehen?

Der Klang des Nagara-Gongs, den Muezzin Bawa in der Moschee anschlug, kam zu ihnen herüber. Er wurde durch das Mikrofon verstärkt. Es schien ihnen, als durchstäche er ihr Trommelfell. Es war Zeit, das Fasten zu beenden, aber sie waren noch immer nicht zu Hause! Voller Angst rannten sie, so schnell sie konnten.

Während sie rannten, dachte Rabia daran, wie sie und die anderen Kinder an jedem Ramadan-Festtag, nachdem Muezzin Bawa und die anderen Männer zum Gebetsgrundstück außerhalb der Stadt aufgebrochen waren, um dort die Ramadan-Predigt zu hören und die Ramadan-Gebete zu verrichten, den Nagara-Gong anschlugen und Spaß daran hatten. Aber es war ihnen bisher nie gelungen, ihn ebenso laut dröhnen zu lassen. „Dieses Jahr werde ich ihn ebenso laut anschlagen, warte nur ab!" Dieser Entschluss drängte sie dazu, ihre Geschwindigkeit zu verdoppeln.

Kapitel 8

Rabia kam es so vor, als würde durch Wahidas Heimkehr das ganze Haus von Glück durchflutet. Die meiste Zeit wollte sie nicht mehr ausgehen; sie wollte das Haus nicht verlassen. Sie vergaß sogar das Spielen. Selbst wenn ihre Freundinnen kamen, um sie abzuholen, wollte sie nicht mitgehen. „Meine Cousine ist hier. Sie ist aus der Stadt nach Hause gekommen, deshalb kann ich nicht spielen kommen“, sagte sie und schickte die Mädchen weg.

Wahida lachte. „Ei, von jetzt an werde ich immer hier leben. Geh also spielen”, sagte sie. Aber Rabia wollte nicht und bat sie zärtlich: „Nein, Cousinchen, lass mich hier bei dir bleiben.“

Rabias Zuneigung machte Wahida glücklich. Sie würde nach diesem Aufenthalt zu Hause nicht mehr in das Haus ihrer Großeltern zurückkehren und also ihre Ausbildung nicht fortsetzen. Aber obwohl sie zu Rabia sagte, sie werde von nun an für immer zu Hause sein, glaubte sie selbst nicht daran. Es war offensichtlich, dass ihr Vater nach dem sechsten Tag des kommenden Monats ihre Verheiratung arrangieren wollte. Ihre Mutter war jedoch gegen diesen Einfall. „Warum sollte ein Mädchen gleich nach dem SSLC-Examen heiraten?“ fragte sie. „Schreibt ihr Schicksal vor, dass wir sie weggeben sollen, wenn sie noch so jung ist, als ob wir noch in den alten Zeiten lebten?“

Wahida war von alledem verwirrt. In dieser Stadt wurde einem Mädchen, sobald es erwachsen geworden war, nicht einmal mehr erlaubt, über die Schwelle ihres Hauses zu treten, um hinauszugehen. Wegen dieser Sitte hatte Rahima ihre Tochter in ihr Elternhaus geschickt, damit sie dort an der Madrasa lernen sollte. Zwar lebte Rahimas Mutter nicht mehr, aber ihr Vater wohnte dort. Es gab genug Diener, die den Haushalt besorgten. Wahida konnte eine gute Ausbildung bekommen und gleichzeitig die Koranschule besuchen. Aber jetzt, da sie nach Hause gekommen war, musste sie ihre gesamte Zeit im Haus verbringen. Dazu kam noch das Gerede von Heirat und alles zusammen bereitete ihr Kummer.

Wahida verbrachte viel Zeit damit, Rabia von ihrem Leben in der großen Stadt zu erzählen, und Rabia stellte ihr viele Fragen. Über das meiste, was ihr Wahida erzählte, musste sie staunen. Am Überraschendsten war, dass es dort eine so große Anzahl von Kinos gab, die alle Matinee-Vorstellungen zeigten. Hier gab es nur ein Kino mit nur einer Vorstellung am Abend. Nur in Pongal, Deepvali und Id gab es tagsüber Vorstellungen. Ihre Familie dachte tausendmal darüber nach, ehe sie ihr erlaubte, zu einer Filmvorführung zu gehen. Wie schön wäre es, wenn es immer Vormittagsvorstellungen gäbe!

Sie fragte Wahida: „Wer geht denn tagsüber in einen Film?“ Aber Wahida antwortete nicht auf die Frage. Auch dort in der großen Stadt war sie, wenn sie nicht in der Schule gewesen war, meist zu Hause gewesen. Sie konnte ihrem Großvater gegenüber weder Kino noch Filme auch nur erwähnen! Auch Nanna hätte ihr niemals erlaubt, ins Kino zu gehen. Ein erwachsen gewordenes Mädchen sollte sich anständig benehmen. „Heirate du erst einmal und dann kannst du ins Kino gehen, so viel du willst“, sagte sie immer. „Dann kannst du hingehen, wohin du willst. Die Kinos werden sich bis dahin nicht in Luft auflösen!“ Wahida versuchte so gut wie möglich Rabias Fragen zu beantworten. Dazu benutze sie alle Informationen, die ihr zur Verfügung standen. Aber Rabia war nie zufrieden. „Bist du die ganze Zeit über, in der du dort warst, kein einziges Mal ins Kino gegangen? Aber du bist doch aus dem Haus gegangen, nicht wahr, du bist doch zur Schule gegangen?"

„Dummchen, wir durften nur aus dem Haus gehen, um in die Schule zu gehen. Im Übrigen ist es ganz genauso wie hier. Wir müssen innerhalb der Grenzen des Hauses bleiben. Schließlich bin ich ja erwachsen geworden. Wenn ich ein kleines Mädchen wie du wäre, dann könnte ich umhergehen, wie es mir gefällt. Willst du mir wohl bitte einen Gefallen tun und mit all dem Geschwätz aufhören?" Wahida gab ihr einen freundlichen Klaps auf den Kopf. Aber Rabia konnte es nicht verstehen. Musste eine also sogar in der großen Stadt im Haus bleiben? Aus den Filmen, die sie gesehen hatte, hatte sie entnommen, dass die Mädchen kommen und gehen konnten, wie es ihnen gefiel. Sie war tief enttäuscht.

„Gut, Rabia, bitte tu etwas für mich! Geh in die Bücherei und bring mir ein paar Bücher zum Lesen. Wärst du wohl so lieb?" fragte Wahida und unterbrach damit Rabias Gedanken.

„Jetzt?"

„Ja bitte. Ich muss mir ja schließlich die Zeit vertreiben. Ich gebe dir das Geld für die Einschreibung. Zahle es ein und bring mir die Bücher, die ich aufgeschrieben habe."

Rabia fragte eifrig: „Kann ich, wenn ich zurückkomme, ein paar meiner Klassenkameradinnen mitbringen, damit sie dich kennen lernen?"

Wahida machte große Augen vor Staunen: „Ach! Wollen sie mich denn kennen lernen?"

„Sie sagen, sie wollen dich gerne sehen, nur so." Rabia war verlegen, als sie das sagte. Wahida hätte fast gelacht, aber sie nickte nur mit dem Kopf, was so viel hieß wie: Ja, natürlich, sie sollen nur kommen.

Rabia war stolz und glücklich. Sie hatte so viele Tage schon vor ihren Freundinnen mit der Schönheit und Intelligenz ihrer Cousine angegeben! Heute sollten sie einmal selbst sehen. Wie schön ihre Cousine aussah! Amma sagte immer, sie würden es einmal schwer haben, einen Ehemann zu finden, der Wahidas wunderbarer Farbe, ihrer Größe und ihrer geraden Nase würdig wäre. Rabia hielt oft ihren Arm neben den ihrer Cousine, um die Farbe zu vergleichen. Sie war nicht halb so hellhäutig wie Wahida, da war sie sich sicher. Rabia maß Wahidas langes Haar mit ihren kleinen Händen und dann maß sie verzweifelt ihr eigenes. „Ach, warum kann ich nicht so hübsch sein wie du! Sieh nur, wie groß meine Nase ist. Und sogar Ahmad neckt mich manchmal, weil ich so dunkel bin!"

Wenn Rabia so etwas sagte, nahm Wahida sie in die Arme und küsste sie: „Dummchen, Dummchen! Wenn du erwachsen bist und wie ich immer zu Hause im Schatten sitzen musst, wird deine Haut ebenso hell wie meine. Jetzt läufst du die ganze Zeit in der Sonne umher. Natürlich ist deine Haut gebräunt!"

Diese Gelegenheit ergriff Zohra, um sich einzumischen und zu sagen, was ihr auf dem Herzen lag: „Du hast völlig recht. Sie rennt ständig wie ein Junge überall umher. Wäscht sie dann wenigstens zur rechten Zeit ihr Gesicht und pudert es? Kein bisschen! Man sieht sie ständig mit einem von Fett glänzenden Gesicht herumlaufen!"

Rabia machte sich fertig, um zur Bücherei zu gehen. Sie wusch ihr Gesicht sehr gut, sogar mit Seife. Als sie ihr Spiegelbild sah, fand sie, sie sehe sehr gut aus. Wahida hatte ihr das Haar gekämmt und ihr zwei schöne Zöpfe geflochten. Sie hatte Augenschwärze um die Augen. Als sie ihr Gesicht puderte, überraschte es sie, dass auch sie hübsch war. Sie sah sich immer wieder an. Gerade als sie gehen wollte, brachte Wahida zwei seidige Rosen aus dem Garten und steckte sie ihr hinter die Ohren. Rabia war verlegen. Wenn Ahmad sie jetzt so sehr und so plötzlich zurechtgemacht sehen würde, dann würde er sie gnadenlos aufziehen. Trotzdem gefiel ihr ihr Anblick. „Ich gehe, Wahida“, sagte sie und beschloss, in Madinas Haus hinüberzugehen, um sie zu bitten, mit ihr in die Bücherei zu kommen.

Sie erreichte das gegenüberliegende Haus mit ein paar Schritten. Aber sie ging nicht gleich hinein. Würde Madinas Mutter etwas dagegen haben? Sie stand eine Weile ruhig davor und hielt die Hand an die geschlossene Tür. Dann ergriff sie den großen Eisenklopfer, der an der schweren Tür hing, schlug ihn gegen das Holz und machte damit ein sanftes Geräusch. Dann wartete sie wieder. Was war das nur für eine schwere Tür! In dieses Haus konnte kein Dieb eindringen! Sie war enttäuscht, dass niemand auf ihr Klopfen reagierte. Da sie dachte, dass sie vielleicht niemand gehört habe, schlug sie stark mit beiden Händen gegen die Tür. Die öffnete sich knarrend nach innen. Sie setzte einen Fuß vor und trat vorsichtig ein. Ihre Blicke glitten durch die Halle.

Madina, die auf einem Sofa neben dem Hof saß, sah erstaunt zu ihr auf. „Was hast du vor, so gut angezogen und aufgeputzt?“ fragte sie.

Rabia war verlegen. „Ich gehe in die Bücherei. Kommst du mit?”

Madinas ältere Schwester Farida musste auch ein Buch umtauschen. „Los, Madina, geh mit!“ drängte sie.

„Ja, Farida, ich gehe. Gibst du mir eine Rupie?” fragte sie und nutzte die Gelegenheit aus.

„Ja, mache ich“, versprach Farida und nahm das Buch aus dem Regal. Zuerst einmal schickte sie Madina weg, indem sie sagte: „Geh dein Gesicht waschen und pudern, ebenso wie Rabia es gemacht hat.“ Dann fragte sie Rabia: „Was kochen sie heute bei euch? Bestimmt etwas Besonderes zu Ehren der Heimkehr deiner Cousine.“

„Ich weiß nicht, Farida. Alle im Haus fasten. Ich bin die Einzige, die nicht fastet. Ich weiß nicht, was sie kochen.“

Farida hörte ihr zu und nickte. Es lag etwas sehr Hübsches in ihrer kleinen hellen Gestalt, ihrem runden Gesicht, ihren anziehenden Augen und der Art, in der sie beim Sprechen die Lippen bewegte. Rabia mochte sie. Sie ging mit ihr ebenso um wie mit ihrer Cousine Wahida.

„Rabia, magst du Rock und Davani, die ich trage? Sie haben genau den gleichen Stoff für Madinas Festtagskleid ausgesucht.“

Madina hockte am Brunnen im Hof und wusch sich das Gesicht. Sie war neugierig auf Rabias Antwort. Sie drehte sich herum und sah ihre Freundin an.

„Er ist sehr schön. Wo habt ihr ihn gekauft?“

Madina war entzückt. „Magst du ihn ehrlich, Rabia?“ rief sie, denn sie wollte sicher sein, dass es stimmte.

„Dieser Stoff ist aus Singapur, Rabia. Unser älterer Bruder hat ihn von dort geschickt. Ich habe mir letzten Monat dieses Set daraus schneidern lassen. Wir haben den übrigen Stoff aufgehoben, sodass daraus ein Paavaadai und eine Bluse für dieses Mädchen gemacht werden können. Aber seit gestern beschwert sie sich, er gefalle ihr überhaupt nicht.“

„Nanu, was ist denn damit? Ich finde ihn wirklich sehr hübsch!“ Rabia sah Madina an. Auch Madina sah gut aus. Alles, was sie trug, würde ihr stehen und gut an ihr aussehen.

„Er gefällt mir ja auch, aber ich wollte etwas wie den Rockstoff, den sie für dich gekauft haben, den mit den Goldmustern. Aber Amma sagt, ich kann so etwas für Bakr-Id haben, wenn ich möchte", erklärte Madina. Madina war von jeder kleinsten Bewegung angetan, die Rabia machte. Sie wollte alles genauso machen wie sie, sie wollte alles gekauft haben, was Rabia gekauft bekam. Farida wusste das sehr gut. Sie war über die enge Freundschaft der Mädchen verwundert.

Rabia ging es in dieser Hinsicht ebenso wie Madina. Wenn sich in ihrer Familie irgendetwas ereignete oder wenn etwas Besonderes gekocht wurde, rannte sie ins gegenüberliegende Haus, um das ihrer Freundin mitzuteilen. Manchmal lachten die Älteren hinter ihren Rücken darüber und sagten, sie würden für die beiden Mädchen einen einzigen Bräutigam finden müssen, nur dann würde es mit ihnen gut gehen.

„Gut Madina, wir gehen jetzt!" sagte Rabia.

Farida fragte, als ob es ihr plötzlich eingefallen wäre. „Übrigens, Rabia, was ist mit eurem Auto passiert? Benutzt ihr es denn gar nicht mehr?"

„Es wurde wegen einer Reparatur in die Stadt geschickt. Jetzt ist es schon eine Woche weg. Mutthu hat es hingebracht."

Sainu betrat gerade das Haus, als die beiden Mädchen über die Vordertreppe hinausgingen. Sie sah sie fragend an, denn sie wollte wissen, wohin sie gingen. „Wir gehen zum Haus des Nachhilfelehrers", sagte Madina und sie flogen wie Vögel davon.

Sie waren vom schnellen Laufen außer Atem. An der Ecke der Straße hielten sie an, um sich erst einmal zu erholen. „Es war gut, dass wir Amma nichts gesagt haben, sonst hätte sie nur geschimpft. ‚Warum wollen diese Affen Bücher aus der Bücherei', hätte sie geschrien. ‚Es genügt vollkommen, wenn sie während der Fastentage aus dem Koran rezitieren', hätte sie gesagt."

„Bei mir zu Hause sagt mein Onkel immerzu, ich soll mir in den Fastentagen den Koran vornehmen und daraus rezitieren. Ich habe schon acht Kapitel geschafft, seit das Fasten anfing. Und du?"

„Ich?" Madina zögerte einen Augenblick. „Ich habe schon zwölf geschafft. Farida hat alle dreißig geschafft und beginnt wieder von vorne." Es kam Rabia so vor, als ob Madina aus ihr unverständlichen Gründen verlegen war, das zuzugeben. Wie um ihrer Freundin die Verlegenheit zu nehmen, sagte sie in tröstendem Ton: „Weißt du, ich werde heute vier Kapitel lesen und dich einholen."

Aber wie lange konnte man ununterbrochen den Koran rezitieren? Als es Farida zu langweilig wurde, nahm sie einen Roman zur Hand, ohne dass ihre Mutter das mitbekam. Madina brachte Comics, Zaubermärchen und Kindergeschichten aus der Bücherei nach Hause und las sie. Auch Rabia beschäftigte sich mit solchen Büchern. Das veranlasste Sainu zu der Klage: „Wozu sind diese kleinen Hexen nicht alles imstande, wenn sie wie brütende Hennen in einen Raum eingeschlossen sind?"

Kapitel 9

Rabia stand an der Ecke der Straße und zögerte etwas. Ahmads Haus stand dort, zwei Häuser von Madinas entfernt. Sie wünschte sich, dass Ahmad sie heute sähe. Ihre Blicke glitten über die Front des Hauses. Madina zog sie weiter. „Warum bist du hier stehen geblieben? Komm weiter, wir wollen gehen, es wird spät. Außerdem ist es so heiß, sieh nur, wie ich schwitze.“ Sie wischte sich mit der Hand über den Hals und trocknete sie am Rock ab. Die Mädchen gingen weiter. Es war der Monat Panguni und glühend heiß.

Madina sagte in fragendem Ton: „Es sieht so aus, als würden sie deine Cousine verheiraten. Meine Mutter hat davon gesprochen.“

„Ich weiß nicht. Mein Onkel sagt, sie sollten sie mit Tante Sabias Sohn verheiraten, aber meine Tante Rahima besteht darauf, sie sollten nichts überstürzen. Ich weiß wirklich nicht, was los ist.“

„Leben sie nicht im selben Dorf wie deine Großmutter?“ fragte Madina und runzelte die Stirn. „Ist das nicht ein ziemlich langweiliger Ort?“

Aber das konnte Rabia nicht akzeptieren. Etwas ärgerlich sagte sie: „Es ist zwar nur ein kleiner Ort, aber er gefällt mir sehr.“

„So habe ich es nicht gemeint. Aber Wahida ist schließlich in einer großen Stadt zur Schule gegangen. Wie wird sie sich dort eingewöhnen? Vielleicht gefällt es ihr dort nicht. Für dich ist es etwas anderes, weil das Haus deiner Großmutter dort ist. Deine Großmutter und deine Chitthi leben dort. Natürlich gefällt es dir da. Aber wie ist es mit Wahida?“ In Madinas Worte schwangen Zweifel mit.

Sie sprach so sehr, wie Erwachsene sprechen, dass Rabia der Gedanke kam, sie könne recht haben. „Ich weiß nicht“, sagte sie und beschloss, das Gespräch über dieses Thema zu beenden. Es erschien ihr ohnehin unwahrscheinlich, dass Wahidas Heirat so bald vonstattengehen könnte. Sie kannte ihre Tante Rahima sehr gut. Im Gegensatz zu Rabias Mutter war sie nicht leicht einzuschüchtern. Sie war nicht einfältig. Sie konnte unabhängig denken und handeln. Onkel Kader würde nie etwas gegen ihren Willen tun.

Am Weg zur Bücherei lag Umas Haus. Rabia wollte sie bitten, mit ihnen zu gehen. Sie schlug Madina das vor und diese war einverstanden. Also gingen sie zu dem kleinen mit Ziegeln gedeckten Haus. Die Tür war leicht angelehnt. Sie setzten sich in der Eingangs-Veranda und Madina rief laut „Uma! Uma!”

Eine Stimme antwortete von innen: „Wer ist da?“ Umas Mutter stieß die verzinnte Tür ganz auf und spähte hinaus. Ihre Augen weiteten sich vor Überraschung, als sie die Mädchen in der Veranda sah. „Komm herein, Rabia, komm herein, Madina. Warum seid ihr nicht einfach hereingekommen? Warum sitzt ihr hier draußen?“ Sie hielt die Tür weit offen für die Mädchen.

Der Grund für ihre Aufregung war, dass ihr Sohn Mutthu bei Rabias Familie als Fahrer arbeitete. Die Mädchen waren durch den Respekt, den sie ihnen offensichtlich erwies, etwas verwirrt.

„Es ist nur … wir wollten zu Uma, ist sie da?“ fragte Madina.

„Natürlich ist sie da. Ich rufe sie gleich“, sagte Umas Mutter und erhob ihre Stimme, um ihre Tochter zu rufen.

„Hier bin ich!“ Uma kam herausgerannt. Ihre Mutter erklärte: „Wir hatten heute ein paar Töpfe zu scheuern. Das hat sie gerade getan. Ich war dabei, Wäsche zu waschen. Wohin wollt ihr beide mit euren Armen voller Bücher?“

„Meine Cousine ist aus der Stadt nach Hause gekommen. Sie möchte ein paar Bücher aus der Bücherei. Darum sind wir hier.“

„Oh, ist Wahida da? Wann ist sie denn gekommen? Mutthu hat mir das gar nicht erzählt, sonst wäre ich sicher gekommen, um sie zu begrüßen“, sagte Amuda. Ihr Gesichtsausdruck spiegelte ihr Interesse und ihre Zuneigung. Uma verhielt sich ebenso. Wenn es bei ihnen zu Hause Schwierigkeiten gab, dann verriet sie das niemandem. Und in der Schule bekam sie die besten Noten. Sie wollte sich ihnen nun anschließen. Während sie sich noch das Gesicht wusch, sprachen die Mädchen mit ihrer Mutter. Sie verabschiedeten sich und dann brachen alle drei gemeinsam auf.

***

Ahmad stand vor der Bücherei. Er musste die Mädchen von Weitem gesehen und beschlossen haben, sie zu ärgern. Von dort, wo er stand, sah er Umas dunkle Haut in der Sonne fast leuchten. „Ei, Dunkle“, rief er. Alle drei Mädchen sahen auf, dann senkte Uma sofort den Kopf. Madina war wütend. „Hach, bist du so hellhäutig, Junge? Auch manche Hunde haben ein helles Fell”, warf sie ihm an den Kopf.

„Da gebe ich dir völlig recht. Wollt ihr in einem Film mitspielen oder was? Es sieht ganz so aus, nach der Menge Puder zu urteilen, den ihr euch ins Gesicht geschmiert habt.“ Er schnitt ihnen eine Grimasse.

„Verschwinde, Mudevi“, sagte Madina. Sie wussten nicht, wie sie ihm das in gleicher Münze hätten heimzahlen können. Rabia sagte scharf: „Gehen wir, es lohnt sich nicht, mit ihm zu sprechen.“

Es betrübte sie sehr, dass sie ihn lächerlich gemacht hatte. Aber warum benahm er sich auch so? Es gab so vieles, was sie mit ihm gerne gemeinsam gehabt hätte, so viele Spiele, die sie gerne mit ihm gespielt hätte. Aber es war unmöglich, weil er immer wieder solchen Ärger wie diesmal machte. Sie hätte in den Ferien Libellen, Bienen und Schmetterlinge mit ihm fangen können. Er kannte so viele Spiele: Er konnte Fahrrad fahren und Drachen basteln. Sie erinnerte sich noch an den Karren, den er ihr aus Palmyra-Frucht-Schalen gemacht hatte, als sie klein war. Aber in letzter Zeit hatte er sich sehr verändert. Er machte sich immerzu über sie lustig, neckte sie oder machte sie lächerlich. Auch wenn sie mit ihm Frieden schließen wollte, ließ er sie nicht an sich heran. Sie fragte sich traurig, was sie tun könnte.

Ahmad war ihnen in die Bücherei gefolgt und sie hörten ihn sagen: „Wer kommt heute mit ins Kino? Heute ist Sonntag. Es wird eine Vormittagsvorstellung gegeben.“ Rabia drehte sich um. Er sprach mit seinen Freunden Iliaz und Razak, aber er redete so laut, dass die Mädchen ihn hörten. Madina und Rabia wussten ganz genau, dass keiner der drei Jungen auch nur das geringste Interesse an der Bücherei hatte. Sie wussten, dass Ahmad ihnen nur dorthin gefolgt war, um sie zu necken, also drehten sie sich schnell weg und suchten sich Stühle.

Die Bücherei in ihrer Stadt war erst vor einem Jahr eröffnet worden. Rabia war an dem Tag der Eröffnung sehr glücklich. Sie erinnerte sich an ihr Entzücken über die Möglichkeit, so viele Comics zu lesen, wie sie wollte. Die Bücherei bestand nur aus einem

Raum. Dort standen fünf oder sechs Holzregale voller Bücher. Wenn jemand den Bibliothekar fragte, warum die Bücherei so klein sei, sagte er: „Sie ist ja gerade erst eröffnet worden. In einem Jahr werden viele Bücher kommen." Er tat Rabia immer leid. Er hatte bei einem Unfall ein Bein verloren und musste sich nun mit einem Holzbein behelfen. Wenn jemand ein Buch brauchte, dann suchte er es immer selbst für ihn heraus. Er beklagte sich niemals über die Mädchen, ganz gleich, wie lange sie blieben.

„Lest nur, meine Lieben, lest nur. Wisst ihr eigentlich, wie glücklich es mich macht, euch kommen und lesen zu sehen? Ihr macht mir überhaupt keine Umstände. Ihr müsst euch nicht schlecht fühlen, wenn ihr mich bittet, ein Buch für euch herauszusuchen, nur weil ich behindert bin. Ich werde es im Nu für euch heraussuchen, wisst ihr!" Er sagte das immer, jedes Mal, wenn er sie sah. Die drei Mädchen waren von seiner Begeisterung gerührt und davon, dass er versuchte, alle Schüchternheit zu vertreiben, die sie empfinden könnten, wenn sie ihn baten, Bücher, die sie brauchten, für sie herauszusuchen.

Während der Stunde, die sie ungefähr dort waren, unterbrach er seine Arbeit alle fünf Minuten, um auf seinem Holzbein zu ihnen herüber zu stampfen und mit seiner wunderbaren Stimme zu fragen: „Möchtet ihr irgendwelche Bücher? Sagt es mir nur und ich bringe sie euch gleich."

Oftmals hatte er Bücher für sie beiseitegelegt, von denen er sicher war, sie würden ihnen gefallen. „Seht euch dies an! Gestern habe ich die Bücher sortiert, dieses hier ist mir zufällig in die Hand gekommen. Ich habe es für euch aufgehoben. Lest es und seht, ob es euch gefällt." Er überreichte es ihnen stolz. Er war es, der sie mit den Madanakamarajan-Geschichten, Vikramadityan-Erzählungen, Tausend und einer Nacht und Detektiv Sambu bekannt machte. Rabia wusste genau, dass alle Bücher, die er ihnen zu lesen gab, ihre Lieblingsbücher werden würden.

Über der Bücherei war ein Wassertank, der durch einige Rohre die gesamte Stadt mit Wasser versorgte. Eine Eisenleiter war an dem Gebäude befestigt, sodass der Tank leicht zu erreichen war. Neben dem Gebäude standen ein Pipalbaum und ein Wasserhahn, die den Ort zu einem idealen Spielplatz für sie machten. Manchmal kletterten sie die Leiter empor, sahen hinunter in den Tank, schöpften etwas Wasser mit der zur Tasse geformten Hand und tranken es. Es war ein riesiger Tank, ein Teil davon wurde immer offen gelassen. Sie hatten jedes Mal Angst, dabei erwischt zu werden, wenn sie ihre Hände in das Wasser tauchten. Das Wasser sah dunkel aus, weil der Schatten des Baumes und der Wasserpflanzen darauf fiel. Gelbe und welke Pipalblätter schwammen obenauf. Sie kletterten die Leiter empor, umfassten das Rohr, das neben der Leiter war, und glitten langsam daran hinunter. Dieses Spiel ging so lange, bis sie erschöpft waren.

An diesem Tag hatten sie jedoch weder den Wunsch zu lesen noch zu spielen. Filmsongs tönten aus dem Kino nebenan und drangen ihnen in die Ohren. Noch ein paar Songs und dann würde die Vorführung anfangen. Die Frage, warum es gerade an diesem Tag eine Vormittagsvorstellung geben sollte, beschäftigte alle drei.

Kurz nachdem Ahmad und seine Freunde die Bücherei verlassen hatten, fragte Madina: „Sollen wir auch ins Kino gehen?"

„Könnten wir, aber …" Rabia zögerte.

„Du meinst wegen Geld? Ich habe etwas. Die Rupie, die mir Farida gegeben hat. Bei 35 Paise für eine Eintrittskarte reicht es gerade."

„Uns fehlen fünf Paise", rechnete Uma. „Soll ich meine Mutter darum bitten gehen?" Sie war entzückt und begierig, mit ihnen den Film zu sehen.

„Ja, aber fünf Paise sind genug, denk dran. Lauf!" Rabia jagte sie davon. Sie traute sich nicht, um mehr zu bitten. Uma beeilte sich.

„Rabia, wenn sie das zu Hause rausbekommen, gibt es schlimmen Ärger", sagte Madina. Auch Rabia hatte Angst. Amma hatte ihr verboten, während des Fastenmonats ins Kino zu gehen. „Den ganzen Monat hindurch, sagen sie, sollen wir nur gute Taten ansammeln. Sie werden uns sehr ausschimpfen, wenn sie es erfahren. Und dann ist auch noch Ahmad da, der könnte uns verraten. Was sollen wir also tun?"

„Aber er wird ja schließlich auch im Kino sein. Wir drohen ihm, dass wir es seiner Mutter sagen, das müsste genügen, damit er den Mund hält."

Dieser Vorschlag machte Rabia Mut. „Auf diese Weise werden sie es auf keinen Fall erfahren. Gehen wir also", sagte sie begeistert.

Sie nahmen die Bücher, die Farida und Wahida verlangt hatten, und verließen die Bücherei. Uma kam atemlos angerannt. Sie hielt eine Fünfzig-Paise-Münze in der Hand. „Wie bist du nur zu so viel Geld gekommen, Uma?"

„Meine Mutter hat es mir gegeben. Lasst uns ein paar Erdnusssüßigkeiten und Murukku kaufen. Aber ich bin durstig. Wir wollen etwas Wasser trinken, bevor wir gehen."

Als Uma genug getrunken hatte, ging Rabia zum Wasserhahn. Sie waren alle drei durstig. Rabia hob ihren Rock und klemmte ihn zwischen die Knie, damit er nicht nass würde. Aber als sie sich hinunterbeugte, um aus ihren zur Tasse geformten Händen zu trinken, tropfte ihr das Wasser die Bluse voll. Sie ärgerte sich, als sie das sah. „Macht nichts. Es trocknet schnell. Komm, beeil dich", drängte Madina und ging voraus. Rabia dachte an ihre Mutter. Wie böse würde sie werden, wenn sie sie sehen könnte! Sollte ein Mädchen nicht etwas Schamgefühl haben, sieh nur, wie alles durchscheint, würde sie sagen. Rabia beeilte sich und drückte ihre Bücher gegen die Brust.

Neben der Bücherei war Ganapathy Pillais Eukalyptus-Wäldchen. Das Palani-Kino war direkt dahinter. Etwas davor war die Schule. Sie hörten den letzten Song aus dem Kino. Alle drei beschleunigten ihre Schritte. In Rabia und Madina lagen angenehme Erwartung mit Schuldgefühlen und Furcht im Widerstreit.

Ahmad stand am Kinoeingang. Er war sicher gewesen, dass die Mädchen auftauchen würden. Sobald er sie sah, lächelte er siegessicher. Sie taten so, als sähen sie ihn nicht, und gingen eilig zum Kartenschalter für Frauen. Als sie durch das Fenster sahen, dass niemand dort war, blickten sie einander erstaunt an und wussten nicht, was sie nun tun sollten. Langsam dämmerte ihnen, warum Ahmad so gelächelt hatte. Es gab keine andere Möglichkeit. Sie müssten zum Kartenschalter für Männer gehen. Sie wandten sich zum Eingangstor. Ahmad kam auf sie zu und fragte: „Ach, habt ihr denn eure Eintrittskarten noch nicht gekauft?" Nur Rabia antwortete leise: „Nein." Sie merkten, dass er wollte, dass sie ihn um Hilfe bäten.

Rabia hielt sich nicht damit auf, sich mit den beiden anderen zu beraten. Sie brauchten jetzt unbedingt seine Hilfe! Sie hoffte, dass sie ihn dadurch davon abhalten könnte, sie zu verraten, dass sie an diesem Tag einen Streit mit ihm vermied. Im Hinterkopf wusste sie allerdings, dass er, wenn schon nicht an diesem Tag, so doch irgendwann einmal damit herauskommen würde. Aber sie dachte auch, dass die Strafe, die sicherlich folgen müsste, wenn sie erst einmal ein paar Tage lang aufgeschoben würde, etwas weniger streng ausfallen würde. Darum war es das Beste, vorläufig mit ihm Frieden zu schließen.

Sehr bescheiden bat sie ihn: „Ahmad, würdest du bitte die Karten für uns kaufen?“ Er konnte sein Siegesgefühl kaum für sich behalten. Er sagte sich: „Endlich müssen diese Mädchen mal ihren Hochmut aufgeben!“ Zu Rabia sagte er ganz locker: „Aber gewiss doch, warum denn nicht? Was für Karten wollt ihr?“

„Nur die Plätze auf den Bänken. Fünfunddreißig-Paise-Karten.“ Sie gab ihm das Geld. Er nahm es und ging zum Schalter.

Als er weg war, murmelte Madina: „Wie konntest du nur mit ihm sprechen und ihn bitten, die Karten für uns zu kaufen?“ Aber obwohl alle bedauerten, dass das nötig gewesen war, wollte doch keine wieder gehen, ohne den Film gesehen zu haben.

Rabia wurde plötzlich klar, dass sie nicht einmal nachgesehen hatten, welcher Film gezeigt wurde. Sie buchstabierte die Namen auf dem Plakat, das vorne am Kino klebte. Ein unbekannter Schauspieler und eine unbekannte Schauspielerin standen dort in enger Umarmung. Sie kannte den Mann nicht. War es Jeyashankar oder Shivaji? Aber Uma machte ihren Zweifeln ein Ende: „Was spielt es schon für eine Rolle, wer das ist? Es ist ein Film, den wir ansehen können, das genügt.“

Ahmad kam mit den Karten zurück. „Gut, kommt, gehen wir“, sagte Madina. Als sie am Tor standen und warteten, dass sie ihre Karten abgeben könnten, bat Rabia Ahmad, niemandem zu sagen, dass sie an diesem Tag ins Kino gegangen waren. Als er sagte: „Aber natürlich nicht!“ erschien er ihr richtig nett.

Der Platzanweiser sah die drei Mädchen mit einem seltsamen Lächeln an. „Gut, Mädchen, ihr seid also gekommen, um den Film zu sehen. Dann geht nur rein!“ Er öffnete die Metalltür für sie. Als sie eintraten, konnten sie im Halbdunkel nichts erkennen. Tatsächlich saßen viele Männer auf den Männersitzen, aber die Frauensitze waren völlig leer. Madina begann sich zu fürchten. „Ich habe Angst. Keine einzige Frau ist hier. Wie können wir drei hier nur ganz alleine sitzen?” Sie hielt sich an Rabias Schulter fest. Der Film hatte schon angefangen. Rabia beeilte sich, zu einer der Bänke zu kommen. „Kommt und setzt euch“, sagte sie. Die drei drängten sich auf der Bank zusammen.

Zu ihrer Überraschung erschien eine Reihe von hässlichen und verwirrenden Szenen auf der Leinwand. Zwei Frauen badeten die ganze Zeit. Die Mädchen waren von all dem zutiefst schockiert. Manchmal mussten sie tatsächlich ihre Gesichter auf ihren Knien verstecken, um nicht auf die Leinwand sehen zu müssen. Ihnen war durchaus bewusst, dass die Männer sich oft umwandten, um sie anzusehen. Jedes Mal, wenn sie aufsahen, konnten sie weder die schamlosen Szenen, die auf der Leinwand gezeigt wurden, noch die scharfen Blicke des männlichen Publikums vermeiden. Durch die Situation, in die sie geraten waren, fühlten sie sich so gedemütigt, dass sie sich wünschten, auf der Stelle tot zu sein. Außerdem drehte sich Rabia beim Gedanken an ihre Familie, besonders an ihre Mutter, der Magen um.

Madina fragte: „Sollen wir einfach schnell hier weg und nach Hause gehen?“

„Wir können nicht“, sagte Rabia. „Sie haben die Türen abgeschlossen. Sie machen sie erst wieder auf, wenn der Film vorbei ist.“

Uma war nicht in so verzweifeltem Zustand wie die beiden anderen. Sie war ein wenig tapferer, weil sie immerhin mit dem Einverständnis ihrer Mutter da war. Außerdem beging sie als Hindu ja keine schwere Sünde, wenn sie im Ramadan-Monat ins Kino ging. Sie sprang erleichtert auf und wollte gleich nach Hause gehen, sobald der Film zu Ende war. Rabia zog sie am Rock und brachte sie dazu, sich wieder zu setzen. „Warte, Uma! Wir wollen warten, bis alle Männer vor uns rausgegangen sind. Sie würden uns nur anstarren, wenn wir jetzt mit ihnen zusammen rausgehen."

Zehn Minuten nachdem sich das Kino geleert hatte, schlichen die Mädchen schweigend hinaus. Ihre Gesichter hatten sich verändert: Sie waren schockiert und erschreckt. Ahmad war schon weg. Draußen kochte die Hitze. Die Sonne blendete ihre Augen. Madina griff nach Rabias Hand, als sie die Straße entlang gingen. Nur Uma ging ihren Weg, ohne dass sie von Schuldgefühlen gequält wurde. Rabia zitterte innerlich, mehr aus Scham denn aus Angst. Sowohl sie als auch Madina schämten sich so sehr, dass sie nicht einmal einander ansehen mochten, sondern die Augen niederschlugen und die Köpfe senkten. Was würden sie alle von ihr denken, fragte sich Rabia – Amma, ihre Tante, ihre Cousine, ihr Onkel? Sie verabscheute sich selbst. Musste sie überhaupt nach Hause gehen? Diese Frage quälte sie. Es wäre besser, wenn sie sich etwas antäte und im Eukalyptuswäldchen mit seinen geordneten Bäumen, die dort in einer Reihe hinter der anderen standen, stürbe. Es kam ihr in den Sinn, dass eine, die im Ramadan-Monat stirbt, sofort in den Himmel kommt. Ihr würde Gnade zuteil. Die Sünde, die sie eben begangen hatte, würde unbestraft durchgehen. Aber schon im nächsten Augenblick sah sie im Geist den mit Pailletten besetzten Paavaadai, den sie bei dem Fest tragen würde. Sie machte sich Vorwürfe über ihre törichten Gedanken. Sie bückte sich, um eine Handvoll Eukalyptusblätter aufzuheben, zerkrümelte sie zwischen den Fingern und hielt sie sich an die Nase, um daran zu riechen.

„Warum träumst du? Beeil dich!" Madinas Stimme klang leblos.

„Ich dachte, wir müssten ja nicht geradewegs nach Hause gehen. Warum bleiben wir nicht bis drei in der Bücherei? Sie wissen zu Hause, dass um diese Zeit die Vormittagsvorstellung zu Ende ist. Wenn wir später nach Hause gehen, können wir sagen, dass Ahmad lügt und dass wir in Wirklichkeit die ganze Zeit über in der Bücherei waren." Rabia wollte unbedingt die Strafe, die sicherlich auf sie wartete, aufschieben. Also machten sie es so, wie sie vorgeschlagen hatte, und verließen die Bücherei erst um drei.

***

Als Rabia sich die Stufen der Vordertreppe ihres Hauses hochschleppte, wurde sie von einer Stimme begrüßt, die sagte: „Komm rein, Madame." Erschrocken und durcheinander sah sie auf und stand ihrer Mutter gegenüber. Sie hatte kaum die Stimme erkannt. Der letzte Rest Hoffnung, Ahmad hätte geschwiegen, verflüchtigte sich. Rabia zitterte am ganzen Leib wie ein Küken und stand wie gelähmt da, unfähig einen Schritt vorwärts zu machen. Zohra nahm ihr ab, sich zu bewegen, und ging auf sie zu. Ihr Gesicht war vor Ärger rot angelaufen. Rabia fragte sich, ob sie ihre Mutter jemals so wütend gesehen hatte. Sie stand stocksteif da und sah ihre Mutter schweigend an. Sie wusste, dass es jedenfalls zwecklos war zu lügen, sie sei die ganze Zeit über in der Bücherei gewesen.

„Du Miststück warst also im Kino?"

Der erste Schlag traf ihre Wange. Rabia blieb stumm, während die übrigen Schläge auf ihren Körper regneten. Ihre Blicke glitten durchs Haus: Sie suchten ihre Cousine und ihre Tante. Ihre Angst, dass auch sie wüssten, was sie getan hatte, bewirkten, dass sie keinen Schmerz empfand. Ihre Mutter hatte sie, soweit sie sich erinnern konnte, nie zuvor geschlagen. Dann verstand sie plötzlich das volle Ausmaß ihres Vergehens und fing laut zu weinen an.

Rahima hörte sie weinen und kam aus ihrem Zimmer herbeigerannt. Sie nahm Rabia in die Arme und rief: „Ach, lass doch sein! Wenn die Männer es erfahren, sind wir alle die Blamierten!“ Sie nahm Rabia mit in ihr Zimmer. Aber noch lange Zeit danach war aus Zohras Zimmer Weinen zu hören.

Kapitel 10

Kader saß an der Kasse ihres gemeinsamen Ladens und machte sich Sorgen. Er wollte auf keinen Fall das Versprechen brechen, Wahida dem Sohn seiner Schwester zur Frau zu geben. Er hatte auch Angst, er würde sich sonst den Ärger seiner Schwester Sabia zuziehen. Wenn diese Heirat nicht zustande käme, würde sie eine Liste all seiner Fehler von Anfang bis Ende machen und ihn für alle ausschimpfen. Sabia und Rahima waren nie gut miteinander ausgekommen. Sabia beklagte sich Tag für Tag, dass er dem Rat seiner Frau gefolgt war und Wahida mit all dieser Bildung verwöhnt hatte. Sobald Sabia ihren Besuch ankündigte, beunruhigten sich Zohra und Rahima mit der Frage, was sie wohl nun wieder kritisieren würde, um die beiden absichtlich traurig zu machen und zu verstören. Sabia bemühte sich darum, den Status, den sie in ihrem Elternhaus gehabt hatte, aufrechtzuerhalten, und sie tat das, indem sie ständig ihre jüngeren Brüder und deren Frauen kritisierte. Sie schien zu glauben, dass das die einzige Möglichkeit sei, ihre Position zu festigen.

Aber sie konnte durchaus auch liebenswürdig sein. Sie hatte zu Rahima mit ehrlicher Besorgnis gesagt: „Du hast da dieses Mädchen, das erwachsen geworden ist. Statt dass du sie zu Hause behältst und für ihre Gesundheit sorgst – wie kannst du sie nur im Haus deiner Eltern unterbringen? Wozu muss ein Mädchen so viel lernen? Wenn wenigstens deine Mutter noch lebte, um ordentlich auf sie aufzupassen. Wie soll sie das, was Diener kochen, essen und genießen? Wie kann dein Vater all diese Aufgaben erfüllen? Was kann er als Mann schon tun? Du solltest wirklich nicht so eigensinnig sein, weißt du!"

Stärker als Rahima fürchtete Zohra Sabias Worte. Rahima nahm sie sich nie besonders zu Herzen. Sie erledigte ihre Aufgaben, ihr hellhäutiges rundes Gesicht rötete sich und ihre Augen funkelten vor Ärger. Sie schwieg und war angespannt. Kader versuchte dann ihr, so gut er konnte, zu raten und erklärte, dass Sabia nur aus Liebe zu Wahida so rede und dass Rahima also nicht beleidigt sein solle. Das hätte Rahima noch akzeptieren können, aber den Gedanken, dass Wahida Sabias Sohn heiraten sollte, mochte sie ganz und gar nicht. Das brachte Kader in eine schwierige Lage: Wie sollte er mit der Situation fertig werden? Er beschloss, seinen jüngeren Bruder Karim um Rat zu fragen. Karim war mal eben nach Hause gegangen und würde bald in den Laden zurückkommen.

Kader sah auf die Straße hinaus. Es war sengend heiß. Er war müde und schwitzte. Im Laden schälte Mariyayi Zwiebeln. Diener füllten die gesäuberten Zwiebeln in große Säcke. Die Arbeit ging in gelöster Atmosphäre vor sich. Da die Hitze auf dem Höhepunkt war, kamen nicht viele Kunden. In diesem Monat verkauften sie eine große Menge Zwiebeln, denn die Leute brauchten sie, um Nonbu Kanji zu kochen. Sie kauften große Haufen Zwiebeln. Aber die Leute kauften sie nur, wenn sie gereinigt verkauft wurden, wenn also ihre trockenen Schalen entfernt worden waren. Mariyayi konnte das besser als irgendeine andere, die sie kannten. Kader sah sie scharf an. Sie war etwa vierzig, besaß den starken Körper einer Arbeiterin und hatte ein anziehendes Gesicht.

Karim hatte seit vielen Jahren eine Beziehung mit ihr. Sowohl im Haus der Frau als auch außerhalb. Das war allgemein bekannt. Zohra hatte sich lange Zeit dagegen gewehrt, aber schließlich klein beigegeben. Auch Kader hatte nichts dazu gesagt. Das Haus der Frau lag auf ihrem Grundstück. Sie kümmerte sich mit großer Sorgfalt um Gärten und Kühe der Familie. Offensichtlich waren sie ihr Stolz und ihre Freude. Ihre Beziehung mit Karim betrachtete sie als besonderes Privileg, sodass sie sich sogar damit abfand, sich sterilisieren zu lassen, wie er es wollte. Allerdings war sie im Vergleich mit Zohra keine bezaubernde Schönheit. „Aber wer weiß, was sie an sich hat“, murmelte Kader vor sich hin. Er schwitzte. Er legte seinen Stift weg und wischte sich Gesicht und Nacken mit dem Taschentuch. Dann sah er, wie Karim aus dem TVS-Bus Nummer 50 ausstieg. Karim betrat den Laden, steckte den Kopf ins Innere und fragte: „Na, kommt ihr alle mit eurer Arbeit voran?“ Dann kam er herein und setzte sich seinem Bruder gegenüber auf einen Hocker.

Kader sah seinen jüngeren Bruder einen Augenblick lang an. Er sah einen schlanken, hellhäutigen Körper vor sich. Er hatte breite Kiefer, eine flache Nase und winzige Augen. Seine Züge waren genau dieselben wie die ihres Vaters gewesen waren. Karim war kein ruhiger Mann wie Kader. Er wurde leicht zornig. Er war auch impulsiv und fasste seine Entschlüsse von einem Augenblick auf den anderen. Wenn Kader ihn um Rat bitten würde, könnte ihm das dabei helfen, seinen Entschluss zu festigen. Kader wartete auf den Augenblick, in dem Karim ihm das Gesicht zuwandte, und näherte sich sachte seinem Thema.

„Ich habe vor, Wahidas Hochzeit nach dem sechsten Tag des nächsten Monats zu arrangieren”, sagte er und sah seinen Bruder direkt an. Karim erwiderte den Blick, als wollte er sagen: „Ja, und was weiter?“ Er war erstaunt, dass Kader sich zuvor mit ihm beraten wollte.

„Rahima gefällt der Gedanke nicht. Sie sagt immer wieder: ‚Was soll jetzt die Eile?‘ Was unsere Schwester Sabia angeht, so wird ihr Sohn eben jetzt aus Singapur zurückerwartet. Sie drängt mich, ich soll mich schnell entscheiden. Ich weiß einfach nicht, was ich tun soll.“

Karim konnte nicht verstehen, was seine Schwägerin gegen die Verbindung einzuwenden hatte. „Mag sie ihn nicht?“

„Sikandar ist fünfzehn Jahre älter als Wahida, weißt du. Das ist wohl der Grund.“

„Ach, das ist doch kein ausreichender Grund! Ich dachte, es wäre etwas Ernsthaftes. Daran ist doch nichts Ungewöhnliches! Das passiert in vielen Familien. Der Sohn unserer Schwester muss ein Mädchen aus unserer Familie heiraten, so ist es nun einmal. Andernfalls verlieren wir die Verwandtschaftsbindungen. Müssen wir nicht das alles bedenken?“ Karim hatte den Eindruck, dass sein älterer Bruder mehr, als er eigentlich sollte, auf seine Frau hörte. Er war sich ganz sicher, dass Männer ihren Frauen keinen Zoll weit nachgeben sollten. Er war auf diese Überzeugung sehr stolz.

„Und es ist nicht nur das. Ich bin mir auch nicht ganz sicher über diese Verbindung”, gab Kader zu.

„Du kannst nicht immer nur über den Altersunterschied nachdenken. Segus Tochter ist siebzehn Jahre jünger als ihr Bräutigam. Ebenso ist es mit Farukhs Mädchen. Wenn sie erst einmal verheiratet sind und ein paar Kinder haben, wird schon alles gut. Sabia hat einen großen Teil unseres Vermögens. Sie hat ein Haus. Der Junge arbeitet im Ausland. Mehr als alles andere zählen unsere Verwandtschafts-Verpflichtungen. Mach’s einfach und arrangiere die Heirat für irgendeinen Tag nach dem Sechs-Tage-Fasten, das auf Ramadan folgt, dann hast du es hinter dir. Außerdem hast du versprochen, ihnen das Mädchen zu geben. Du kannst dein Wort jetzt nicht brechen.“ Karim sagte das alles mit gesenktem Kopf und ohne Kader direkt anzusehen.

Kader war der Meinung, dass alles, was sein Bruder gesagt hatte, richtig sei. Es war jetzt zu spät, sich weiter zu beunruhigen. Er sagte sich, dass alles, was ihm noch zu tun übrig blieb, war, Rahima damit zu trösten, dass eine solche Heirat weder neu noch ungewöhnlich sei. Er war mit sich im Frieden. Es war nicht nur unnötig, sie um ihre Zustimmung zu bitten, sondern, wenn er das täte, würde er damit ihr und ihrem Urteil zu große Wichtigkeit beimessen. Wenn er jetzt sofort mit den Vorbereitungen beginnen würde, dann müsste sie verstehen, dass ihre Meinung nicht besonders viel zählte. Er sah keinen anderen Ausweg.

***

Nach den Tarawih-Gebeten setzte sich Kader auf die Matte, die für ihn in der Halle hingelegt worden war, und aß schweigend. Er sagte kein Wort. Er wusste noch nicht genau, wie er anfangen sollte. Er hatte seine Mahlzeit beendet und sah abwechselnd zur Eingangstür und zu Rahima, die vor ihm saß. Einen Augenblick wandte er sich um und sah in die Küche, die sich auf der anderen Seite an den Hof anschloss. Zohra war dort mit etwas beschäftigt. „Rabias Mutter, kannst du bitte einen Augenblick herkommen?“ rief er.

Zohra wusste nicht, warum ihr Schwager sie rief, ließ aber alles stehen und liegen, überquerte den Hof mit wenigen Schritten und kam in die Halle. Sie zog ihren Sari gut über den Kopf. Sie lehnte sich gegen einen Pfeiler und fragte: „Worum geht es, Schwager?“ Ihr Mund wurde trocken, noch bevor sie die Worte ausgesprochen hatte. Sie drückte ihren schlanken Körper eng an den Pfeiler.

Rahima verstand noch nicht, worum es ging. Sie sah abwechselnd ihren Mann und Zohra an.

„Schlafen die Kinder?“ fragte er. „Und warum hat Rabia, dieses Kind, noch zur Zeit des Abendgebetes draußen gespielt? Man sieht sie ständig in der Nähe des Ladens bei der Moschee. Sie bummelt dort herum und spielt mit den anderen Kindern. Ich habe sie dort schon einige Male mit eigenen Augen gesehen. Ihr Frauen könntet wirklich dafür sorgen, dass Wahida zur Maghrib-Zeit das Heilige Buch vorliest! Bitte tut es von nun an jeden Tag. Ihr müsst das zu einer Gewohnheit werden lassen. Sagt Rabia, dass sie das auch machen soll.“ Mit der Festigkeit seiner Stimme drückte er aus, er würde sich keine Ausflüchte anhören.

Kader sah in den Hof und durch ihn hindurch zur Vordertür. Er wunderte sich, warum Karim noch nicht nach Hause gekommen war. In diesem Augenblick kam sein Bruder herein, stieß die Tür auf und sah sich um. Dann schleuderte er mit Schwung seine Sandalen fort. Karim überlegte einen Augenblick lang, ob er geradenwegs ins Badezimmer gehen sollte, und machte schon einen Schritt in diese Richtung. Dann sah er seinen Bruder und seine Schwägerin in der Halle sitzen und Zohra neben ihnen an einen Pfeiler gelehnt stehen. Ihm wurde klar, dass sie auf ihn warteten und also ging er auf sie zu.

„Möchtest du essen?” fragte Kader.

„Nein, ich bin nicht hungrig“, erwiderte Karim, nahm seine Kappe ab, faltete sie zusammen und steckte sie in die Hemdtasche. Er setzte sich und lehnte sich an die Wand.

„Musst du dich mit deinen sauberen Gebetskleidern auf den Boden setzen?“ fragte Kader.

„Lass nur, sie sind ohnehin schon schmutzig."

Rahima sah Zohra an, als wollte sie fragen: „Weißt du schon, worum es geht?"

Endlich räusperte sich Kader und fing an „Insch Allah! Ich habe beschlossen, dass Wahida und Sikandar bald nach dem Sechs-Tage-Fasten, das dem aufgehenden Mond folgt, Hochzeit halten. Betet für sie."

Sofort verdunkelte sich Rahimas Gesicht und wurde angespannt. Sie durfte ihren Ärger vor Karim und Zohra nicht zeigen, deshalb fragte sie nur mit erhobener und fester Stimme: „Was hast du gesagt?"

„Warum regst du dich darüber auf? Wenn du eine Tochter hast, musst du sie früher oder später für eine Heirat hergeben." Kaders Stimme klang gleichzeitig besänftigend und autoritär. Es gefiel ihm durchaus nicht, dieses Ereignis auf diese Weise, also vor Karim und Zohra, bekannt zu geben. Aber er wusste sich nicht anders zu helfen, denn er hatte nicht den Mut, darüber zu sprechen, wenn Rahima und er alleine waren.

„Wie kannst du nur eine solche Entscheidung treffen, ohne vorher mit mir darüber zu sprechen?" Rahimas runder Körper bebte vor Ärger und Demütigung. Ihre Kehle war wie zugeschnürt. Tränen standen ihr in den Augen. Zohra und Karim waren äußerst verlegen. Karim senkte den Kopf und tat so, als wäre er intensiv damit beschäftigt, sich mit den Fingernägeln die trockne Haut von den Fersen zu kratzen.

Offensichtlich grämte sich Kader über ihre Tränen und ihre Enttäuschung. Dessen ungeachtet wollte er noch an diesem Tag mit der Sache zu Ende kommen. Er sah Zohra und Karim so an, als trüge er ihnen auf, die Sache abzuschwächen, und stand schnell auf. „Niemand braucht zu weinen. Vertraue Seinem Plan, das ist alles. Nichts geschieht, wenn Er es nicht will", sagte er und verschwand in sein Zimmer.

Karim war es sichtlich unangenehm, in der Halle zu bleiben. Er stand wortlos auf und ging ins Badezimmer. Ihm war bewusst, dass Kader die ganze Zeit auf die Ankunft seines Bruders gewartet, dann alles im Nu, ohne sich um den Rat der Frauen zu kümmern, abgetan hatte und weggerannt war. „Der Himmel weiß, warum ihm so viel an der Meinung seiner Frau gelegen ist. Eine einzige Träne und der Bursche zittert vor Angst", murmelte er vor sich hin. Er faltete seinen Lungi bis zum Knie, befestigte ihn und wusch sich die Füße.

Auch Zohra war enttäuscht. Es war offensichtlich, dass Kader erst nach ziemlich gründlichem Vorbedacht gesprochen hatte. Aber anstatt ruhig mit ihnen über die Angelegenheit zu sprechen und dabei zu einem wohlüberlegten Schluss zu kommen, war er einfach davongerannt.

Rahima ihrerseits saß schweigend da, sie sagte kein Wort. Als sie sich damals vor vielen Jahren auf den dringenden Rat ihres Arztes hin mit einer Sterilisation einverstanden erklärt hatte, hatte sie Kader nicht zuvor gefragt. Als es geschehen war, hatte er einige Zeit nicht mehr mit ihr gesprochen und gesagt, sie habe sich gegen die Scharia vergangen. Rahima hatte sich sehr darum bemüht, keine große Sache daraus zu machen. Sie wusste ganz genau, dass Kader niemals, zu keiner Zeit, eine Sterilisation zugelassen hätte. Er war nicht imstande, einen einzigen Schritt zu tun, der gegen die Scharia war. Als ihr Arzt ihr erklärt hatte, dass ihr Leben in Gefahr sei, wenn sie noch einmal schwanger würde, hatte sie mit Unterstützung und Hilfe ihres Vaters der Operation mit gutem Gewissen zugestimmt. Sie konnte sich keine andere Möglichkeit vorstellen. Mit der Zeit war Kader über seinen Groll hinweggekommen. Aber dann, danach, starb ihr zweites Kind und einziger Sohn Sahul. Nachdem Sahul gestorben war, stürzte Kader in tiefen

Kummer. Rahima hatte sich alle Mühe gegeben, seinen Schmerz zu lindern.

Sie dachte jetzt, dass Kader ein viel besserer Mensch als Karim sei. Er wünschte sich wirklich, dass diese Heirat zustande käme. Sie konnte sich nur bis zu einem gewissen Punkt widersetzen. Außerdem liebten beide Wahida von Herzen. Kader würde nie etwas tun, was ihr Schaden zufügen könnte. Nur Gott wusste, welches Schicksal dem Kind beschieden war. Sein Wille geschehe. Auf diese Weise tröstete sich Rahmina. Sie wollte ihre nichts ahnende Tochter nicht durch ihren Gesichtsausdruck traurig machen und deshalb wandte sie ihre Aufmerksamkeit wieder ihrer Hausarbeit zu.

Kapitel 11

Es war etwa acht Uhr morgens. Da Freitag war, bereitete sich Amina darauf vor, zum Fluss zu gehen, um ihr Bad zu nehmen. Sie wickelte die Kleider, die gewaschen werden mussten, in ein Bündel zusammen. Obenauf legte sie ihr Paket Seife und Haarwaschpaste. An diesem Tag konnte niemand sie zum Fluss begleiten. Ihre Nachbarin Sabia hatte vorgehabt mitzugehen. Aber es stellte sich heraus, dass ihr Sohn an diesem Tag unerwartet aus Singapur kommen würde. Die Frau hatte Glück! Es war ihr gelungen, für ihren Sohn die Heirat mit Wahida, der Tochter ihres Bruders, zu arrangieren, ganz genau so, wie sie gehofft hatte. Dieser Allah erfüllte nur den auserwählten Wenigen ihre Träume! Es ist, als hätten sie Ihn in der Hand! Nicht Sabia hatte ihr das alles erzählt, sondern Zohra hatte es ihrer Mutter erzählt, als sie das letzte Mal zu ihr nach Hause gekommen war.

Es war ihr immer angenehm, auf ihrem Weg zum Fluss Gesellschaft zu haben. Das Gespräch machte den Gang zum Fluss und das Waschen weniger ermüdend. Und zu Hause war keine, die Firdaus hätte Gesellschaft leisten können. Amina ließ sie gar nicht gerne allein. Sie hatte einer Hindufamilie das Haus vermietet, das sie auf der anderen Straßenseite besaß. Man hatte ihr gesagt, der Mann sei als Lehrer in einer Schule im Ort angestellt. Er hatte eine Frau und ein Kind. Wenn sie mit der Frau hätte sprechen und ihre Bekanntschaft hätte machen können, dann hätte sie sie bitten können, auf Firdaus zu achten. Jetzt gab es keine andere Möglichkeit: Sie musste Firdaus allein im Haus lassen und die Tür von außen abschließen. Als sie sich dazu entschlossen hatte, nahm sie Schloss und Schlüssel.

Firdaus ärgerte sich und war beschämt, als sie bemerkte, was ihre Mutter tat. „Warum musst du das Haus von außen abschließen? Kann ich es nicht von innen verriegeln?“ Ihre Stimme verriet ihren Ärger.

„Du verstehst überhaupt nichts. Wir dürfen auf keinen Fall den Leuten in der Stadt irgendeinen Anlass zum Klatsch geben. Weißt du denn nicht, dass sie nur auf eine Gelegenheit warten, sich Geschichten über dich auszudenken? Schließlich wissen sie, wie empfindlich deine Lage ist! Du bleibst einfach im Haus und siehst zu, dass du mit deiner Arbeit weiterkommst, Schluss jetzt!“ Amina sprach in scharfem Ton, ging hinaus und versuchte die Tür zuzuziehen. Das gelang ihr nicht. Sie verletzte sich den Fuß und ein Zeh blutete etwas. Firdaus musste ihr helfen, indem sie die Tür von innen zustieß.

Eine so schwere Tür! Wie sorgfältig hatte Ismail jede Einzelheit bedacht, als er dieses Haus für sie baute! Sie erinnerte sich daran, wie er das Teakholz gekauft hatte und wie stolz er seine Anweisungen für die Verarbeitung gegeben hatte. Am selben Abend war Maimun mit ihrer Schwiegermutter vom Büffelkarren abgestiegen. Zuerst waren Amina und Ismail zwar erstaunt, aber dann auch erfreut gewesen, sie zu sehen. Amina hatte sie willkommen geheißen: „Kommt herein, Maami. Was bringt euch noch um diese Zeit zu uns?“ Aber Maimuns Schwiegermutter blickte traurig. Sie ging schweigend ins Haus und setzte sich auf die Matte, die dort lag. Maimun verschwand sofort in einen der hinteren Räume des Hauses. Ismail merkte, dass sich etwas vollständig verändert hatte, und sagte eilig zu Anthoni Ahaari, der das Holz ausmaß: „Sehr gut, lass uns morgen über die Tür sprechen. Komm morgen früh.“ Der Tischler ging sofort.

Nachdem er gegangen war, begann Maimuns Schwiegermutter zu sprechen: „Ich bin nur gekommen, um deine Schwester zurückzubringen. Ich gehe jetzt wieder." Mit diesen wenigen Worten brach sie auf und nahm keine Notiz mehr von den beiden. Amina beeilte sich, sie aufzuhalten, stolperte über das Holz, das im Flur lag, und Ismail musste ihr aufhelfen. Er verstand zwar ihre Angst, aber er schimpfte trotzdem mit ihr.

„Warum hast du solche Angst? Was ist denn schon passiert? Lass diese Frau doch gehen, wenn sie möchte. Wir werden schon alles zur rechten Zeit herausfinden."

Amina hatte sich den Nagel der großen Zehe abgerissen, das Blut quoll aus dem Zeh. Er riss einen Streifen aus einem Stück Stoff, der im Querbalken steckte, bandagierte ihren Fuß und hielt damit das Blut auf. Blutstropfen waren von ihrem Fuß auf das Holz gefallen. Amina fühlte keinen Schmerz. Ihr Geist war in Aufruhr. Sie konnte nicht verstehen, was vor sich ging. Maimun kam nicht aus dem hinteren Zimmer heraus. Ismail blieb jedoch sehr ruhig. „Wenn es etwas dunkler geworden ist, musst du sie ins Haus deiner Mutter bringen. Wir sprechen morgen darüber und entscheiden dann, was wir tun sollen", sagte er und ging hinaus.

***

Die ganze Stadt staunte über das Haus, das Ismail baute. Seht nur, wie stolz er auf sich ist, dass er ein junges Mädchen geheiratet hat, sagten sie voller Neid. Er wird alles tun, um ihr zu gefallen. Auch seine Mutter murmelte ständig dergleichen. Sie saß bequem an ihrem Mahlstein, kaute Betelblätter und murmelte vor sich hin. Obwohl der Spucknapf neben ihr bereit stand, spuckte sie niemals hinein. Es war ein besonderer Trick von ihr: Sie glaubte, dass Zuhörer ihre Verwünschungen nicht verstehen könnten, wenn sie sie mit vollem Mund ausspräche. Sie stand in ihrem Hof und beobachtete, wie das neue Gebäude dem Haus, in dem sie zu der Zeit wohnten, gegenüber entstand.

„Hm! Was stimmt denn an diesem Haus nicht, dass er sich ein zweistöckiges Gebäude bauen muss? Genügt dieses ihren Ansprüchen und ihrer erbärmlichen Stellung nicht? Aber sie hat ihm das Versprechen abgenommen. Was kann ich tun? Der heilige Prophet selbst sollte ihn zur Rede stellen!"

Eines Tages zog sich Ismail einen Hocker heran und setzte sich vor sie. Er holte eine Packung Süßigkeiten aus seinem Lungi hervor und schenkte sie ihr. Sie nahm sie mit ihren zitternden Händen an und legte sie in ihren Schoß. Sie tat ihm mit ihrer alten und gebeugten Gestalt und ihren eingesunkenen Augen sehr leid. Mit zärtlicher Besorgnis fragte er: „Amma, gibt es irgendetwas, das dir hier fehlt?"

Bivi wusste nicht, was sie sagen sollte. Ihr einziger Sohn fragte sie so liebevoll! Ihr Sohn war das einzige Vermögen und Glück, das sie im Leben kannte. Als sie Farukh Mohammad als dritte Frau gegeben wurde, war er fünfzig Jahre alt. Sie war zwölf oder dreizehn. Außerdem hatte er Tuberkulose. Die ganze Stadt war empört, dass eine solche Verbindung geschlossen werden sollte. Aber ihre Mutter war eine arme und hilflose Witwe. Sie hatte gesagt: „Wenn ich diese Chance verpasse, weiß ich nicht, wie ich sie sicher ans Ufer bringen soll. Wenn sie sich wenigstens den Bauch füllen kann, ist das besser, als im Haus ihrer Mutter Hungers zu sterben. Außerdem, wenn sie erst einmal ein paar Kinder hat, dann ist alles gut. Was kann es im Leben einer Frau anderes geben? Eine Frau kann ohnehin nichts anderes tun, als ihre Kinder aufziehen und zu Hause bleiben. Was macht es da aus, ob eine reich oder arm ist?"

Farukh Mohammad hatte sie nur geheiratet, um nicht alleine zu sein. Seine erste Frau war gestorben und von seiner zweiten Frau hatte er sich scheiden lassen, weil sie unfruchtbar war. Da er einen Menschen brauchte, der sich in seinen letzten Lebensjahren um ihn kümmerte, hatte er Bivi geheiratet.

Erst vierzehn Tage nach der Hochzeit hatte Bivi zum ersten Mal menstruiert. In diesem ersten Jahr ihrer Ehe geschah zweierlei: Ismail wurde geboren und, durch eine Krankheit beschleunigt, trat Farukhs Tod ein. Es war eine überraschende Nachricht und wurde zum Stadtgespräch, dass Bivi innerhalb eines Jahres vier wichtige Anlässe erlebte, von denen jeder die vierzigtägige Einhaltung bestimmter Gebote verlangte. Am Ende der ersten vierzig Tage ihrer Ehe wurde ihr Schoß mit neuen Kleidern gefüllt. Die neuen Kleider hatten noch ihren Glanz, als die nächsten vierzig Tage, die, die auf ihr Erwachsenwerden folgten, eingehalten wurden. Danach, als sie noch mit Ismail schwanger war, kamen die vierzig Tage, die auf den Tod Farukhs folgten. Und schließlich kamen die vierzig Tage, die der Namengebungszeremonie des Kindes folgten. Alle vier Ereignisse geschahen innerhalb eines Jahres. Nachdem sie Witwe geworden war, versuchten einige Männer sich ihr zu nähern, weil sie die Vorstellung hatten, ihre Jugend würde es ihnen möglich machen, sie vom rechten Weg abzubringen. Aber sie gab niemals irgendeinem Mann nach. Sie verleugnete ihre Gefühle und konzentrierte ihre ganze Aufmerksamkeit darauf, ihren Sohn aufzuziehen, bis er erwachsen sein würde. Es war fast, als hätte sie ein Gelübde abgelegt. Die ganze Stadt pries sie wegen ihrer entschlossenen Hingabe.

Vor ihr saß der Sohn, den sie geboren, geliebt und aufgezogen hatte. Sie war stolz auf ihn. „Warum stellst du mir eine solche Frage, Sohn? Was könnte mir fehlen? Nichts, aber auch gar nichts! Allah hat mir einen freundlichen und fürsorglichen Sohn geschenkt. Ich habe eine Enkelin, die wie ein Goldpüppchen aussieht. Was will ich mehr?"

Ismail wusste, dass seine Mutter und Amina nicht gut miteinander auskamen. Das war gewiss nicht Aminas Schuld, sondern die Schuld seiner Mutter. Sie konnte nicht ertragen, dass Amina das Glück genoss, das sie selbst niemals erfahren hatte. Ihre Stellung als Schwiegermutter in Verbindung mit der Einsamkeit des Alters hatte in ihr einen bitteren Hass auf Amina hervorgerufen. Ismail begann noch einmal: „Nein, Amma, ich habe den Eindruck, du hast etwas gegen die Idee, dass ich ein neues Haus baue. Möchtest du, dass ich damit aufhöre? Warum sagst du es dann nicht direkt?"

Sie verstand, was ihr Sohn sagen wollte. „Es ist wahr, mein Lieber. Wozu brauchen wir ein so großes Haus? Ist dieses hier denn nicht gut genug? Warum muss es dann ein anderes sein?" Sie sagte, was sie zu sagen hatte, und spuckte in den Spucknapf. Ihr müdes und runzliges Gesicht verriet ihre Befürchtung, der Speichel in ihrem Mund könnte verhindern, dass sie deutlich genug spräche.

Ismail wusste sehr gut, wie er sie behandeln musste. Er stimmte ihr scheinbar zu: „Sehr gut, Amma. Natürlich ist das Haus groß genug für uns. Ich war ganz durcheinander."

„Wenn es so ist, wer hat es denn fertig gebracht, dich durcheinander zu bringen?" fragte die alte Dame, als wüsste sie schon die Antwort. Sie freute sich, dass sie damit seine Frau anklagen konnte.

„Amma. Wir haben jetzt unser Baby, die kleine Zohra. Sieh sie dir an, sieht sie nicht genau wie du aus? Onkel Shamsu hat neulich gesagt, dass du genau wie sie ausgesehen hast, als du so alt warst. Er sagte, sie sei dein genaues Abbild. Ich habe sie sogar Zohra Bivi genannt, weil ich mir sagte, sie ist meiner Mutter so ähnlich! Hast du sie nicht auch lieb? Nun sag mir mal, ist dieses Haus groß genug, dass sie darin herumlaufen und spielen kann? Ich wollte ein neues Haus für sie mit glänzenden polierten Marmorböden bauen und zusehen, wie sie darauf herumläuft, als ob meine Mutter dort herumliefe und spielte. Sollte ich mir das nicht ansehen dürfen? Sie ist deine Enkelin, das Kind deines einzigen Sohnes! Wenn ich gewusst hätte, dass du etwas dagegen hast, hätte ich mich niemals auf dieses Bauen eingelassen! Ich baue es nicht für Kanis Rowthers Tochter. Würde ich so etwas für das Kind eines Bettlers tun?" Er fügte sicherheitshalber ein Wort gegen seine Frau hinzu.

Seine Stimme war voller Gefühl, so, als ob er sehr gerührt wäre. Natürlich würde er niemals die Schwierigkeiten vergessen, die seine Mutter durchgemacht hatte. Bivi nahm die Hände ihres Sohnes und drückte sie gegen ihre Brust. Es war ihr Trost genug, dass ihr Sohn sich an alle ihre Sorgen erinnerte und sie im Gedächtnis behielt. „Mein Lieber, du bist mir wie ein Vater. Möge es dir immer wohl ergehen! Du verstehst, was in meinem Herzen vorgeht", sagte sie weinend. Von dieser Zeit an sagte sie, bis sie starb, niemals mehr etwas gegen das neue Haus.

Amina erinnerte sich, dass sie und Ismail lange Zeit immer wieder gesagt hatten, dass die großartige Fertigstellung des neuen Hauses und der Umstand, dass sie die erste Stromleitung bekamen, als die Stadt elektrifiziert wurde, dass dies alles mit Firdaus' Geburt zusammengefallen sei. Die ganze Stadt kannte Ismail als den „Zwei-Stockwerke-Ismail". Sogar die kleinen Kinder nannten ihn so.

Amina traten die Tränen in die Augen. Sie fühlte nicht einmal mehr den Schmerz in ihrem Fuß. Sie konnte es nicht ertragen zu denken, dass das Leben seiner geliebten Tochter jetzt ein Scherbenhaufen war. Sie fragte sich, ob er es ertragen könnte, wenn er noch am Leben wäre. Der Gedanke belastete sie, als sie, nur von ihrem Schatten begleitet, den Fußweg zum Fluss entlangging.

***

Es war die Zeit zwischen den Asar- und den Maghrib-Gebeten. Firdaus saß, in Gedanken versunken, auf der kleinen Rampe neben dem Küchenherd, während eine tröstliche Abendbrise wehte. Da Freitag war, hatte sie ihr Haar gewaschen und einen Sari umgelegt, den man als einigermaßen neu hätte bezeichnen können. Man sagte, es sei gut, wenn man beim Sprechen der Freitagsgebete neue Kleider trage. Sie wusste, dass ihre Mutter darauf bestehen würde, dass sie am folgenden Tag nur alte Kleider trüge, und tröstete sich damit, dass es ihr wenigstens einen Tag in der Woche erlaubt sei, hübsch auszusehen. Sie ließ die Finger durch ihr Haar gleiten, das von der Brise bewegt wurde, und genoss seine Länge. Sie mochte die Schönheit ihrer schweren Zöpfe, die ihr bis zur Taille reichten, wenn sie herumging. Ihr war bewusst, dass niemand, der ihr begegnete, jemals versäumte, ihr Komplimente über ihr Haar zu machen. Das hatte sie mehr als nur ein bisschen eitel gemacht.

Der Duft von Jasmin wehte zu ihr herüber und sie ging in Richtung des Brunnens, am Waschstein vorbei, in den Garten. Sie ging zur Jasmin-Laube und sah sorgfältig nach, wo die Blüten seien. Sie guckten einzeln hier und dort aus Büscheln von Zweigen voller Blätter hervor, die die Kletterpflanzen bedeckten. „Wie können wir darauf hoffen, dass sich die Blüten gut entwickeln, wenn das Laub so dicht ist?" fragte sie sich. Jedes Jahr, hatte sie die dichten Blätter ausgedünnt, bevor die Blüten-Saison begann. Auf diese Weise konnten sie sicher sein, dass sich viele Blüten entwickeln würden. Wie hätte sie daran denken können, das auch dieses Jahr zu machen? Und in jedem Fall, dachte sie, was würde es nützen, wenn der Jasmin auch noch so reich blühen würde? Ihre Mutter würde ihr nicht einmal erlauben, auch nur diese wenigen zu tragen. Sie wurde sehr traurig.

Schweigend tastete sie zwischen den Blättern nach den Blüten und pflückte sie eine nach der anderen. Ab und zu hob sie einen Schoß voll Blüten an ihr Gesicht und atmete tief ihren Duft ein. Einen Augenblick lang versank sie im Wohlgeruch. Sie dachte immer an ihre Mutter. Wann würde sie zurückkommen? Es wäre besser, die Blüten vorher zu pflücken, dachte sie und beeilte sich. Sie rannte ins Haus, lud ihre Last auf dem Vorsprung am Kamin ab, nahm Nadel und Faden, die im Querbalken steckten, und fädelte die Blüten eilig auf. Sie wunderte sich, dass ihre Mutter noch nicht aus Sabias Haus zurückgekommen war, um ihr Fasten zu beenden. Auch gut, sie soll sich nur Zeit lassen. Sie flocht schnell ihr Haar, tat Blüten hinein und steckte dann die Zöpfe zu einem Knoten auf, sodass die Blüten verborgen waren. Plötzlich dachte sie an Siva und sah in Richtung Eingangstür. Sie war verschlossen. Ein Schauer von Schuldgefühl durchlief sie, als sie sich fragte, ob sie die Tür öffnen und zum Haus gegenüber sehen sollte.

In dieser Zeit ließ sie immer morgens und um halb fünf am Nachmittag eine der Eingangstüren offen, wenn sie ihre Hausarbeit verrichtete. Sie war froh, dass die Anlage des Hauses ihren Zwecken so dienlich war. Die Küche war auf einer Seite des gepflasterten Hofes als einzeln stehendes Gebäude errichtet. Das Haupthaus stand auf der der Küche gegenüber liegenden Seite. Der Hof verband beide und der gesamte Komplex war von einer großen Mauer mit einem Eisentor umgeben. Von der Küche aus gelangte man über einige Stufen und durch die schwere Teak-Tür in das Haupthaus. Firdaus fand, dass diese Anordnung während der Regenzeit sehr ärgerlich war. „Wer baut schon eine einzeln stehende Küche wie diese? Man muss jedes Mal den offenen Hof überqueren, wenn man in die Küche geht oder von der Küche kommt. Meine Kleider werden nass", schimpfte sie dann. Jetzt allerdings hatte sie durchaus nicht den Wunsch, sich über die Architektur des Hauses zu beklagen.

Immer wenn sie Siva sah, wurde sie aufgeregt. Jetzt ging sie oft über den Hof, nur um durch das offene Eisentor einen Blick auf ihn im gegenüberliegenden Haus zu erhaschen. Amina schalt sie: „Warum kannst du nicht an alles auf einmal denken, was du zum Kochen brauchst, warum nimmst du nicht Reis, Dal und alles andere auf einem Weg vom großen Haus mit? Stattdessen rennst du die ganze Zeit hin und her. Firdaus sorgte dafür, dass ihre Mutter nicht den wahren Grund für ihr Verhalten herausfand.

Besonders gut passte es Firdaus, dass Amina um halb fünf noch nicht aus ihrem Mittagsschlaf aufgewacht war. Gerade dann kam Siva von der Schule zurück. Sie ließ die Eingangstür einen Spalt breit offen und stellte sich dort hin. Ihr Körper war halb versteckt, aber ihr Gesicht war ganz zu sehen, wenn sie in die Ferne blickte, als wäre ihr sein Kommen ganz und gar entgangen. Erst wenn er ganz nahe war, sah sie auf, als ob sie mit einem Schreck aufgewacht und sich plötzlich seiner Gegenwart bewusst geworden wäre. Dann zog sie mit zarter Scheu ihren Kopf zurück und verschwand schnell. Das geschah jeden Tag.

Als ihr klar wurde, dass er sie bemerkt hatte und sie bewunderte, erregte sie das so, als wäre sie betrunken. Teilweise verstand sie, warum das so war, und teilweise verstand sie es nicht. Sie stellte sich vor, wie es wohl wäre, wenn er an diesem Abend bei ihr wäre. Sie fragte sich gleich, ob das wohl jemals geschehen könnte. Sie fühlte den Schmerz, dass ihr, so jung wie sie war, die Gesellschaft, die sie sich ersehnte, verwehrt war und dass sie nichts als die Qual unaufhörlicher Einsamkeit vor sich hatte. Firdaus hätte am liebsten geweint.

Als sie Aminas Schritte und das Öffnen der Eingangstür hörte, ging sie schnell ins Haus, stieg die Treppe hoch und trat auf die obere Terrasse. Amma wusste, dass sie dort sein würde, wenn sie nicht unten war. Sie würde sie nicht suchen. Das tröstete Firdaus. Als es dunkel wurde, fühlte sie sich weniger trostlos. Am Himmel standen ein paar Sterne und der Mond ging auf. Sie lehnte sich hinunter und blickte auf die Straße.

Siva saß mit einem Buch auf der vorderen Veranda seines Hauses und hielt das Baby im Schoß. Ein Sehnen, dass er den Kopf heben und sie ansehen möge, erfüllte ihr Herz und machte es schwer. Der Duft der Blüten, die sie am Busch hatte hängen lassen, wehte mit einer Brise zu ihr herüber. Ihr Haar löste sich aus dem Knoten und streichelte ihr Gesicht, was sie auf seltsame Weise störte. Sie fragte sich, wie dieser Abend alle ihre weiblichen Impulse, die in ihrem Inneren eingefroren gewesen waren, so vollständig zum Schmelzen hatte bringen können. Sie berührte ihre Haut und war sich bewusst, dass ihr Haar ganz durcheinander war. Noch einmal sah sie zu ihm hin. Der Anblick seines feingliedrigen Körpers, der nur in ein Banian und einen Lungi gekleidet war, im hellen Schein des elektrischen Lichts erfüllte sie mit solcher Begierde, dass ihr Angst wurde. „Wie kann ich im Fastenmonat solche Gedanken haben“, murmelte sie vor sich hin, glitt auf den Boden, vergrub ihr Gesicht in den Händen und weinte leise.

Kapitel 12

Sherifa wischte die Vorderveranda ihres Hauses. Ihr Arm tat weh. Rahimas Familie war an der Reihe, das Nonbu Kanji zu geben, an dem alle am Ende des Fastentages teilnahmen. Rabia war gekommen, um Sherifa und ihre Mutter Saura zu bitten, in ihrem Haus das Essen mit vorzubereiten. Sie musste ihre Hausarbeit schnell beenden und dorthin gehen. Saura schlief noch, denn das Fasten machte sie schwach und schwindelig. Ich muss Amma nicht wecken, dachte Sherifa. Leise öffnete sie die Eingangstür, verriegelte sie von außen, zog ihren Sari über den Kopf, trat auf die Straße und ging an zwei Häusern entlang zum Haus von Rabias Familie. In der langen Veranda zögerte sie einen Augenblick und betrachtete eingehend den großen gepflasterten Hof und den breiten Gang, der sich unmittelbar anschloss. Sie musterte alle Räume genau, die vom Gang aus zu betreten waren, blieb kurz vor jedem stehen und ging weiter. Sie war sehr erleichtert, als ihr deutlich wurde, dass keine Männer im Haus waren.

Wegen der vollkommenen Stille fragte sie sich, warum Rabia sie wohl hergebeten hatte. Aber gerade als sie über die Schwelle trat, konnte sie Zohras Kopf sehen. Zohra nahm Zwiebeln von einem Haufen, der in einem schattigen Winkel des Hofes lag, und schnitt sie in einen Korb aus Palmblättern. Als sie Schritte hörte, drehte sie sich um und sagte: „Komm nur, Sherifa!“

„Da bin ich“, sagte Sherifa und setzte sich neben Zohra.

„Warte mal“, protestierte Zohra, „du setzt dich mit deinem sauberen Gebets-Sari auf den Boden? Ich werde ein Holzbrett für dich holen lassen.“ Sie rief in Richtung der inneren Räume: „Rabia, oh, Rabia!“

Wahida kam statt Rabia heraus. Sie hielt einen Koran aufgeschlagen in den Händen. Sie kam zu ihnen und fragte: „Was möchtest du, Tante?“

„Was willst du denn hier?“ fragte Zohra. „Unterbrich dein Rezitieren nicht. Geh nur und mach weiter. Und wohin ist denn deine Cousine verschwunden, gerade wenn sie mir helfen soll?“ Sie ging in Richtung Küche.

Sherifa blieb auf dem Boden sitzen, lächelte Wahida an und fragte: „Geht es dir gut?“

„Es geht mir gut“, erwiderte Wahida.

„Warum hältst du das Buch in den Händen, hast du keinen Koran-Ständer?“

„Ich habe einen, aber ich benutze ihn nicht.“ Wahida lächelte. „Ich werde weiter rezitieren“, sagte sie wie zum Abschied.

Sherifa dachte: „Sie benimmt sich gut, sie ist ein Mädchen mit guten Manieren, genau wie ihre Mutter.“

Zohra brachte selbst das Holzbrett und grummelte laut: „Wohin ist diese Rabia verschwunden?” Als Wahida das hörte, rief sie aus ihrem Zimmer: „Sie ist Nafiza holen gegangen, Tante!“

„Ach dahin ist sie gegangen! Na fein, in dem Fall wird sie nicht wieder auftauchen, bevor die Sonne hoch am Himmel steht. Der Himmel mag wissen, was sie dort zu tun hat. Zwischen ihr und Ahmad gibt es doch ständig Zank. Ich weiß also nicht, warum sie dort herumhängt.“ Zohra kam und setzte sich Sherifa gegenüber.

Auf der anderen Seite der Halle lagen Knoblauch, Zwiebeln, Tomaten, Kokosnüsse, grüne Chillies und alles andere Gemüse, das für das Essen gebraucht wurde, einiges war noch in Säcken, anderes auf Matten ausgebreitet. Zohra beklagte sich: „Die Kuli-Frauen sind noch nicht aufgetaucht. Wir müssen sofort anfangen, wenn alles rechtzeitig fertig werden soll."

Sherifa stimmte ihr zu und fragte: „Und warum ist Rahima nicht zu sehen?"

„Sie hat etwas Kopfweh", sagte Zohra, „ich habe sie gebeten, sich ein Weilchen hinzulegen. Sie soll sich erst einmal ausruhen und kann uns später helfen." Die beiden Frauen begannen die Zwiebeln zerkleinern, wozu sie ein Hackmesser benutzten.

„Wahida heiratet anscheinend bald? Ich habe so etwas gehört", bemerkte Sherifa nach einer Weile.

Zohra dachte: „Nun fängt der Klatsch an und wird die Arbeit des gesamten Tages begleiten!" Laut erwiderte sie: „Ja, nach den sechs Fastentagen, die dem Fest folgen." Es verwirrte sie ein wenig, dass sie mit Sherifa über Heiratsangelegenheiten sprach. Sherifas Schönheit und Anmut könnten jedem Mann das Herz brechen. Wie hatte es Allah nur für angemessen halten können, sie in so jungen Jahren zur Witwe zu machen? dachte sie voller Groll.

In diesem Augenblick kam Mariyayi und brachte zwei Arbeiterinnen mit. Gleich hatte Zohra das Gefühl, als würde ihr eine Last von den Schultern genommen. Von da an würde Mariyayi die Verantwortung für alles übernehmen und alles machen. Zohra brauchte nur die Aufsicht zu führen. Und wirklich ließ sich Mariyayi sofort zur Arbeit nieder. Sie sagte den Arbeiterinnen genau, was sie tun sollten, und zerkleinerte selbst den eingeweichten Ingwer. Zohra schalt sie freundschaftlich: „Warum kommst du so spät, Mariyayi? Wir sollten die Arbeit jetzt schon zur Hälfte geschafft haben."

„Denkst du vielleicht, ich habe auf den Feldern herumgebummelt? Ich kann erst kommen, wenn ich mit den Kühen und Kälbern und allem anderen fertig bin. Du bist mir die Richtige!" antwortete sie in scharfem Ton. Sherifa sah Zohra an und lächelte ein wenig. In ihrem Lächeln lag eine versteckte Andeutung, die Zohra durchaus verstand. Auch sie lächelte also und ihr Lächeln sollte so etwas sagen wie: „Eine so gute Arbeiterin findet man weit und breit nicht!" In ihrem Lächeln lag durchaus kein Tadel, was Mariyayi und ihren Ehemann Karim anging.

Nafiza trat ins Haus. „Wie läuft es denn so?" Rabia und Madinas Schwägerin Mumtaz waren bei ihr. Zohra hieß alle willkommen. „Bitte kommt alle herein. Mumtaz, wann bist du denn vom Haus deiner Mutter zurückgekommen? Wir haben gar nicht bemerkt, dass du wieder hier bist."

„Ich bin erst gestern zurückgekommen", sagte Mumtaz. Sie und Nafiza setzten sich vor den Knoblauch und die Zwiebeln und fingen an, sie zu schälen. Etwas später bemerkte sie: „Eure Familie gibt heute das Essen, wann sind wir wohl an der Reihe?"

Nafiza sah Mumtaz an, legte den Kopf schief und lächelte sarkastisch. „Hast du eben wirklich gefragt, wann deine Familie an der Reihe ist? Tja ja", sie zog die Worte in die Länge, „wenn du deiner Schwiegermutter diese Frage gestellt hättest, hätte sie dir schon die rechte Antwort gegeben: Du redest, als ob du eine frisch verheiratete Braut wärst und gerade erst einen Haushalt gegründet hättest. Dummerchen, ihr habt jedes Jahr einen festgesetzten Tag, hast du das vergessen?"

Mumtaz sagte: „Man vergisst schon mal was, oder? Du bist mir die Richtige …" Sie lachte und das ganze Haus wurde lebendig.

Zohra fragte Nafiza: „Hast du schon gekocht oder musst du erst noch kochen?"

„Schließlich ist heute ein Fastentag. Ahmads Vater und ich fasten. Ich habe nur ein bisschen Reis für Ahmad und Rafiq gekocht. Es gibt noch einen kleinen Rest Quark, den ich zum Frühmorgen-Sahar-Essen zubereitet hatte. Und im Kühlschrank ist etwas Sambar. Was brauchen sie mehr?“ entgegnete Nafiza. Sie fuhr fort: „Übrigens: Habt ihr schon eure Kleider fürs Fest ausgesucht? Ihr habt in diesem Jahr ja doppelte Ausgaben: Kleider fürs Fest und Kleider für die Hochzeit.“ Sie hielt inne, beobachtete Zohra und war neugierig, wie viel sie verraten würde.

„Ja, das stimmt“, fiel ihr Mumtaz ins Wort. Sie war zwar gerade erst von ihrer Mutter zurückgekommen, aber die Nachricht von der Hochzeit hatte sie bereits erreicht. Zohra dachte: „Was ist das nur für eine Stadt! Wie sich hier die Gerüchte ausbreiten!“ Laut antwortete sie: „Wir haben bisher nur die Festkleider für die Kinder ausgesucht. Wir müssen noch nach Madurai fahren, um Kleider für uns zu kaufen. Es ist erst der zehnte Fastentag, wir können uns Zeit lassen.“

„Na komm schon, zeig uns, was ihr für die Mädchen ausgesucht habt”, fragte Nafiza neugierig.

„Warte, ich bringe alles“, sagte Zohra und ging ins Haus. Rabias Gesicht verriet nichts. Nafiza beobachtete sie mit schelmischem Lächeln. Das Lächeln schien zu bedeuten: „Und, was hast du mir neulich erzählt, als ich dich fragte?!“

Rabia war wütend auf ihre Mutter. „Da sieh einer an, was sie jetzt macht“, dachte sie. „Erst neulich hat sie mir streng verboten, irgendjemandem etwas zu erzählen!“ Denn Zohra kam jetzt mit einer Tasche zurück und stellte sie vor Nafiza auf den Boden. Alle drei Frauen, Nafiza, Sherifa und Mumtaz, nahmen die Kleider heraus und befühlten sie. Es gab für Wahida und Rabia je zwei Sets: einen langen Rock und eine Bluse für Rabia. Dasselbe für Wahida mit einem zusätzlichen Davani. Das eine Set sollte bei den Laylathul-Qadr-Gebeten am siebenundzwanzigsten Tag des Ramadan, das andere Set sollte zum Id-Fest getragen werden, das das Ramadanfasten beendet. Alle drei Frauen mochten das Gefühl der Glätte des Satins und die glitzernde Goldfadenarbeit der Röcke. Allerdings waren sie enttäuscht, dass sie die Saris für die Erwachsenen nicht zu sehen bekamen. Nafiza dachte: „Sie haben bestimmt auch schon die Saris für sich ausgesucht, sie wollen sie uns nur noch nicht zeigen.“ Sie fragte: „Wo habt ihr denn das alles gekauft?“

„Natürlich in Hasim Moosas Laden!“

„Seid ihr denn auch ins Kino gegangen?“

„Meinst du, ich gehe im Fastenmonat ins Kino? Eine solche Sünde würde ich nie begehen!“ Zohra sagte das zwar in scharfem Ton, aber ihre Stimme verriet eine Spur von Bedauern, dass sie nicht hatte ins Kino gehen können.

Wenn jemand in ihrer Stadt krank wurde oder wenn sie für eine besondere Gelegenheit neue Kleider brauchten, fuhren sie nach Madurai. Bei solchen Anlässen nutzten die Frauen die Gelegenheit, ins Kino zu gehen. Während des Fastenmonats war das allerdings unmöglich.

Nun sprach Nafiza wieder: „Du kennst ja meine Schwiegertochter Rabia. Ich kenne keine, die so klug ist wie sie. Ich habe sie gefragt, ob eure neuen Kleider fertig seien und sie sagte mir, das wisse sie nicht! Macht nichts. Sie ist ja schließlich meine künftige Schwiegertochter. Je intelligenter sie ist, umso besser für mich! Stimmt's nicht, Rabia?“ Sie blinzelte Rabia zu und lächelte sie an. Alle lachten darüber und Rabia lief aus Verlegenheit davon, versteckte sich hinter einem Pfeiler und schlang die Arme um ihn.

„Wer hat diese Bluse für Rabia genäht? Der Puffärmel sitzt überhaupt nicht, wie er soll! Seht nur, wie alles hängt und zerdrückt ist … es sieht aus wie etwas anderes“, neckte Mumtaz.

„Ach, jetzt redest du wieder verrücktes Zeug! Niemand findet so gute Vergleiche wie du!“ Zohra lachte.

„Man merkt, dass ihr Ehemann im Ausland ist! Dies Mädchen hier ist ja ganz frustriert. Darum sagt sie so etwas.“ Nafiza tippte Mumtaz freundschaftlich an den Kopf.

Mumtaz konterte: „Du bist ja wohl die reine Unschuld vom Lande. Wenn jemand dir die Hand in den Mund steckte, würdest du nicht einmal zubeißen!“ Und sie wiederholte: „Sieh dir mal selbst diese Bluse an. Sie sieht genauso aus, wie ich gesagt habe.“ Sie lachte wieder.

Rabia senkte den Kopf und dachte. „Wie können sie nur so schlecht reden!“

Mariyayi zerkleinerte Ingwer auf dem Waschstein in der Verandaecke. Die Hitze war jetzt sehr heftig und sie schwitzten alle reichlich. Sie nahm das Ende ihres Saris und wischte sich fest damit den Nacken. Sie nahm eine Tasse Wasser aus dem Trog und spritzte es sich so vorsichtig ins Gesicht, dass ihre Hände ihr Gesicht nicht berührten. Wenn sie das mit ihren Ingwer-Händen getan hätte, würde die Haut brennen. Der Gedanke an Tee war tröstlich. Sie blieb, wo sie war, reckte ihren Hals in Richtung der Frauen, die im Haus saßen, und rief: „Ihr könntet euer Geplapper einen Augenblick unterbrechen und uns etwas Kaffee oder was es sonst gibt, machen. Ich bekomme hier schon Kopfweh.“ Ihre Stimme ließ eine Spur von Autorität erkennen.

Nafiza blinzelte Mumtaz zu und neckte Zohra, indem sie einen Ausdruck annahm, als wollte sie sagen: „Hör dir nur an, wie diese Person mit uns redet, als ob sie die Frau des Hauses wäre!“ Sie stichelte: „Na los, Zohra, gib der Herrin dieses Hauses etwas zu trinken.“

Aber Zohra nahm das nicht schwer. „Pah“, sagte sie, „halt den Mund, du bist auch so eine! Meinst du, du könntest mich mit deinen Neckereien ärgern? Ich denke, dass das einzig Gute, was dein Bruder getan hat, war, diese Frau hierher zu bringen.“ Sie stand auf und ging in Richtung Küche. Dabei sagte sie: „Wenn noch eine Tee möchte, dann soll sie sich melden! Macht euch nichts draus, wenn ihr nicht zu den Gebeten gehen könnt und euer Fasten brechen müsst.“

Sherifa hatte vier Tage zuvor ihre Tage bekommen. Sie durfte vor dem siebenten Tag kein rituelles Bad nehmen. Erst dann konnte sie den Gebeten beiwohnen und ihr Fasten wieder aufnehmen. Aber sie war zu schüchtern, um laut etwas davon zu sagen, und schwieg also. Zohra fragte Sherifa ausdrücklich: „Fastest du?“

„Ja, ich faste.“

„Das kann gar nicht sein! Du warst gestern nicht bei den Tarawih-Gebeten in euerm Haus. Warum versuchst du, die Wahrheit zu verbergen? Wir Frauen sind hier schließlich unter uns, verrücktes Mädchen!“ Zohra tadelte Sherifa im Scherz und ging in die Küche.

Rabia schälte Zwiebeln und ihr kamen Zweifel. Sie war sich nicht sicher, ob sie Nafiza fragen könnte, was es bedeutete, dass Sherifa nicht an den Gebeten teilgenommen habe. Nein, ganz bestimmt würde Nafiza sie auslachen. Sie dachte an Wahida und lief in ihr Zimmer.

Wahida legte den Koran beiseite. Sie hatte ihr Rezitieren gerade beendet und richtete ihren Davani. Rabia ging auf sie zu, fasste sie um die Taille und sah zu ihr auf. Wahida umarmte sie ihrerseits mit einem Gesichtsausdruck, als wollte sie fragen: „Worum geht es?“

„Es gibt da etwas, das ich nicht verstehe. Willst du es mir erklären?"
„Und was kannst du nicht verstehen?"
„Was bedeutet es, wenn eine Frau nicht zu den Gebeten gehen kann? Sherifa ist das passiert." Sie machte sich von Wahida los und erwartete eine Antwort.
„Ayyaiyé – du bist noch ein kleines Mädchen, du brauchst das alles noch nicht zu wissen", sagte Wahida und lachte. Sie nahm Rabia bei der Hand und brachte sie zu den Frauen zurück. „Nafiza, deine Schwiegertochter hat eine Frage an dich. Bitte antworte ihr!" sagte sie und setzte sich zu den anderen.
„Was beunruhigt dich? Solltest du nicht besser mich fragen, statt deine Schwester zu belästigen?" fragte Nafiza.
„Oh, gar nichts!" Rabia wurde verlegen. Sie rannte hinaus auf die Straße.
Zohra brachte Tee und reichte ihn den Arbeiterinnen und Sherifa. „Lass doch", protestierte Sherifa. „Ich trinke ihn später. Wie könnte ich vor euch allen, die ihr Fasten haltet, Tee trinken? Wäre das nicht falsch?"
„Wenn du es so empfindest, dann geh ins Haus und trink deinen Tee dort. Dann kannst du gleich Rahima wecken und sie mitbringen. Sie liegt in diesem Zimmer dort", sagte Zohra. Als Sherifa gegangen war, fügte sie hinzu: „Die Arme, sie ist ein so gutes Mädchen. Und Allah hat ihr das angetan!" Die anderen nickten zustimmend.
Mumtaz fing eine Weile danach wieder damit an: „Gut, wie geht es denn so mit den Vorkehrungen für Wahidas Hochzeit voran? Es scheint so, als werde die Hochzeit nur stattfinden, weil der Hausherr darauf besteht und dass Rahima den Gedanken überhaupt nicht mag? Das sagen die Leute in der Stadt."
Zohra dachte bei sich: „Natürlich müssen diese beiden etwas zum Klatschen haben, sonst zerspringen ihnen die Köpfe. Aber müssen sie all das ausgerechnet vor Wahida herausbringen?" Laut sagte sie dagegen nur: „Nein, nein, so ist es durchaus nicht. Wahida ist noch sehr jung und wir hätten lieber noch etwas gewartet."
Nafiza war damit jedoch noch nicht zufrieden. „Nur weil sie jung ist, bedeutet das ja nicht, dass sie nicht wüsste, wie man sich hinlegt. Du bist mir schon eine! Hör zu, Wahida, wenn du Zweifel an irgendetwas hast, dann frag uns einfach, wir bringen dir alles bei. Mumtaz hat sogar eine Kassette. Wenn du sie lieb darum bittest, wird sie sie dir zeigen. Der Bräutigam hat dann das Nachsehen", erklärte sie. Wahidas helle Haut wurde blutrot und sie stand schnell auf und floh von dort.
Zohra ärgerte sich über Nafiza und schalt sie: „Wie kannst du nur vor all den Frauen so grob mit ihr sprechen?"
Aber Mumtaz lachte nur. „Als ob Mädchen in ihrem Alter so unschuldig wären! In einem Monat wird sie heiraten, meinst du nicht, dass sie dann mit ihrem Mann schlafen wird?"
Zohra rügte sie: „Sie wird das schon alles zur rechten Zeit lernen. Was soll jetzt die Eile?"
Mariyayi trank ihren Tee aus, wusch ihre Tasse aus rostfreiem Stahl ab, stellte sie in die Küche und kam zurück. „Aller Ingwer ist zerkleinert und gewaschen. Soll ich ihn jetzt im großen Steinmörser zerstoßen?"
„Was ist denn das? Du fragst mich, als ob du nicht selbst alles am besten wüsstest! Du hast das alles Jahre lang gemacht und jetzt fragst du mich, als ob du gestern geheiratet hättest und zum ersten Mal etwas über die Familie erfährst!"
„Natürlich weiß ich es. Ich frage nur, um doch wenigstens ein paar Worte mit dir zu

wechseln“, beklagte sich Mariyayi, während sie den großen Steinmörser mitten auf die Veranda zog.

Inzwischen beschäftigte Nafiza ein Verdacht: „Gibst du ihr tatsächlich Tee in einer Tasse, die ihr selbst benutzt?“ flüsterte sie mit dem Ausdruck des Ekels.

„Nein, wir haben ihr einen extra Stahlteller und eine extra Stahltasse gekauft, weil wir sicher waren, dass sie ärgerlich würde, wenn wir ihr Essen und Trinken in einem Aluminium-Gefäß servierten”, versicherte ihr Zohra.

Nafiza seufzte erleichtert. „Das wollte ich nur wissen“, sagte sie. Aber Mumtaz lachte. Dieses höhnische Lachen war eine Anspielung auf einer neuen und anderen Ebene.

„Und warum lachst du so?“ fragte Zohra sie.

„Ach, ich denke nur gerade daran, dass du einen besonderen Teller und anderes Geschirr für sie beiseite stellst. Niemand von euch wird es anrühren. Aber dein Mann geht zu ihr, stimmt doch, oder? Weigerst du dich auch, ihn zu berühren?“ Sie lachte noch etwas mehr.

Zohra war sprachlos und wusste nicht recht, wie sie auf Mumtaz’ Bemerkung reagieren sollte. Eine Zeit lang sagte keine etwas. Nafiza unterbrach das Schweigen. „Sie redet, als ob sie etwas erstaunlich Neues herausgefunden hätte. Ist es denn etwas so Ungewöhnliches, dass ein Mann sich eine Geliebte hält? Als ob wir alle Männer als tugendhaft bezeichnen könnten!“ Sie schüttelte den Kopf. Sie hatte Zohras Partei gegen Mumtaz ergriffen.

Mumtaz konnte nicht ertragen, dass Nafiza sich zur Verteidigerin Zohras aufgeschwungen hatte. Sie verstand auch, was hinter Nafizas Worten steckte: Sie hatte sie als eine Art Selbstverteidigung ausgesprochen. Ihr Kopf würde ihr sicherlich zerspringen, dachte sie, wenn sie jetzt Nafiza nicht bloßstellte. Sie ergriff wieder das Wort und sagte in klagendem Ton: „Wie dem auch sei … Gut, vielleicht müssen wir akzeptieren, dass Männer ihre Geliebten haben müssen. Was ich allerdings nicht verstehe, ist, wie eine Frau sich dazu herbeilassen kann, mit vielen Männern zu schlafen. Ich kann mir nicht vorstellen, was das für Kreaturen sein müssen.“

Auch Nafiza wusste nur zu gut, worauf Mumtaz anspielte. Sie versuchte die scharfen Worte, die auf sie gemünzt waren, zu ignorieren.

Gerade als das Gespräch einen so gefährlichen Punkt erreicht hatte, erschien Rahima. Sie kam, setzte sich zu den anderen und sagte: „Willkommen, ihr alle!“ Sie fuhr fort: „Es sieht so aus, als ob ihr die halbe Arbeit schon getan habt. Ich war das einzige Lebewesen auf der Welt, das euch nicht helfen konnte. Ihr alle wart so gut! Ihr stellt die Güte selbst in den Schatten!“ Etwas später sagte sie und hielt dabei die Hand an die Wange: „Habt ihr das Neueste über gestern Abend gehört? Als die Taravih-Gebete gesprochen wurden, ging anscheinend eine Gruppe von Kafir-Jungen an der Moschee vorbei und die Jungen schlugen ihre Trommeln und machten Unfug. Sieh einer an, wie extrem sie werden!“ Ihr rundes Gesicht hatte einen angespannten Ausdruck, als ob sie den Schock, den ihr das versetzt hatte, nicht verarbeiten könnte.

„Ja“, sagte Nafiza, „ich habe davon gehört. Das ist etwas, das wir in unserer Gegend noch nie erlebt haben! Sie sind noch nie am Eingang der Moschee vorbeigegangen und haben getrommelt. Ahmads Vater sagt, das ist das Werk ihres Führers Arumugam. Bei wem können wir uns nun darüber beschweren?”

„Hm, die Zeiten sind wirklich schlecht. Was kann man sonst noch darüber sagen. Man hört, es hätte so etwas wie Grenz-Streitigkeit zwischen unserem Bürgermeister

Moosa und Arumugam gegeben. Es sieht so aus, als ob diese Burschen einen persönlichen Streit in die Gemeinde-Beziehungen tragen wollten", kommentierte Zohra.

Dann wandte sich das Gespräch in eine andere Richtung. Die Frauen kamen schnell mit ihrer Arbeit voran. Etwa hundert Kokosnüsse wurden zerkleinert und nacheinander in der Mühle gemahlen. Der zerstoßene Ingwer wurde weitergereicht, damit er zusammen mit dem Knoblauch gemahlen werde. Zwiebeln, Chillies, Bockshornklee, Koriander und Minze wurden vorbereitet und zur Moschee geschickt, dazu auch das Feuerholz. Alle Frauen waren sehr beschäftigt, bis die gesamte Arbeit getan war.

Kapitel 13

Nafiza hatte das Gefühl, dass ihr ganzer Körper von Müdigkeit wie zerschlagen war. Ihr Mund war trocken. Sie dachte, dass sie vielleicht baden und ihre Gebete sprechen sollte, aber sie konnte es nicht. Stattdessen legte sie sich still hin. Ihr Herz schien irgendwie leer zu sein. Sie starrte die Flügel des Ventilators an, der sich über ihr drehte. Sie hätte gerne geweint, aber auch das war ihr unmöglich.

Mumtaz hatte nur einen Bruchteil ihrer wahren Meinung über Nafiza zu erkennen gegeben. Sie hatte nur ein paar Worte gesprochen und war gegangen. Jetzt konnte Nafiza, so sehr sie sich auch bemühte, die Worte nicht wieder aus ihrem Kopf bekommen. Sie musste akzeptieren, dass sie sich nicht mehr innerhalb der Grenzen dessen bewegte, was andere als richtiges Verhalten ansahen. Sie war über diese Grenzen hinweggestoßen worden. Gleichzeitig konnte sie nicht einsehen, warum sie bei allem in ihrem Leben die Vorschriften anderer Leute befolgen sollte. Natürlich könnte die Außenwelt die tiefe Verbindung zwischen ihr und Aziz nicht verstehen. Andererseits konnte sie sich nicht vorstellen, ihn jemals zu verlassen.

Wusste ihr Mann Bashir davon und tat nur so, als ob er es nicht wüsste, oder wusste er wirklich nichts davon? Sie konnte das nicht herausfinden. Auch für Bashir empfand sie tiefe Zuneigung. Sie hatte jedenfalls keinen Grund, ihn nicht zu mögen. An der Distanz zwischen ihnen war nur der Altersunterschied schuld. Ihre Hochzeit war arrangiert worden, damit der Besitz in der Familie blieb. Bashir war liebevoll zu ihr und sie verhielt sich immer zärtlich zu ihm. Zwischen ihr und Aziz jedoch hatte sich eine Beziehung entwickelt, die weit über das, was zwischen ihr und ihrem Mann war, hinausging. Sie brachte es nicht fertig, diese Beziehung für falsch zu halten. Aus irgendeinem unbekannten Grund war sie zwischen ihr und Aziz gewachsen und hatte sich entwickelt und sie war ihr ein großer Trost. Sie sei nicht klug genug, um darüber weiter nachzudenken oder die Angelegenheit besser zu verstehen, als sie es eben tat, sagte sie sich.

Es war schon fast Zeit für die Asar-Gebete. Sie war so mit ihren Gedanken beschäftigt gewesen, dass sie gar nicht gemerkt hatte, wie schnell die Zeit vergangen war. Wenn sie nicht sofort mit ihrer Hausarbeit anfinge, würde sie nicht zur rechten Zeit fertig werden. Ahmad war nicht zu sehen. Sie musste ihn, sobald er auftauchte, zur Moschee schicken, damit er das Nonbu Kanji holte und Vadais kaufte. Bashir käme zum Fastenbrechen sicherlich nach Hause. Er hatte immer Freude daran, sich mit seinen Söhnen und Nafiza zum Essen zu setzen. Andererseits wurde er äußerst ärgerlich und traurig, wenn entweder Rafiq oder Ahmad ausblieben, weil sie mit ihren Freunden spielten. Er liebte seine Jungen sehr.

Sie hörte jemanden an der Tür und guckte aus der Küche. Rabia war gekommen und trug eine Tasche in der Hand: „Rabia, du bringst mir wohl etwas?“

„Ja, meine Mutter schickt mich mit dem Nonbu Kanji“, sagte Rabia stolz.

„Da habe ich aber Glück! Ich wollte gerade jemanden in die Moschee schicken, um Nonbu Kanji zu holen, und du hast es tatsächlich hergebracht! Lass es hier. Ich schicke später Ahmad, damit er euch die Tasche zurückbringt.“ Dann sagte sie: „Rabia, ich will dich etwas fragen. Wirst du mir wahrheitsgemäß antworten und nichts verbergen?“

Rabia war in Verlegenheit. Was wollte sie sie wohl fragen? Sie sah Nafiza mit einem Ausdruck an, der die Frage enthielt: „Worum geht es denn?"

„Hab keine Angst, Rabia, es ist nichts Ernstes. Ich wollte dich fragen, warum ihr in letzter Zeit deine Großmutter nicht mehr regelmäßig besucht. Ihr seid doch sonst wenigstens einmal die Woche bei ihr gewesen!"

„Ich weiß nicht, meine Mutter hat mich in letzter Zeit nicht hingeschickt."

„Aber danach frage ich ja gerade! Warum nicht?"

„Meine Mutter scheint mit Tante Firdaus böse zu sein. Darum."

„Warum ist sie böse mit ihr? Weil sie nicht mit ihrem Mann leben wollte und wieder nach Hause gekommen ist? Ist das vielleicht der Grund?"

Rabia fühlte sich äußerst unbehaglich. Sie wusste nicht, was sie antworten sollte. Sie wollte jeder weiteren Frage ausweichen und sagte: „Ich weiß von all dem gar nichts. Ich muss jetzt gehen." Sie flog wie ein Vogel davon und sagte sich, sobald sie auf der Straße war: „Ein Glück! Ich bin entkommen!" Sie stieß einen tiefen Seufzer der Erleichterung aus.

Nafiza war enttäuscht. Sie hatte keine Gelegenheit bekommen, alle Einzelheiten über Firdaus' Situation zu erfahren. Sie wusste nicht, wen sie sonst noch fragen könnte. Sie machte sich Sorgen, wenn sie an das Mädchen dachte. Nicht nur in alten Zeiten wurden Hochzeiten arrangiert, ohne dass man bedachte, ob das betreffende Paar auch zusammenpasste, und man ruinierte damit nicht nur damals das Leben junger Mädchen! Auch heute noch geschah das! Sie dachten nur an Geld und Verwandtschaft! Wer überlegte schon, ob das Alter oder das Aussehen des Paares zusammenpassten? Das ist nun einmal das Schicksal der Frauen, murmelte Nafiza vor sich hin. Wer hätte jemals ein Mädchen nach seiner Meinung gefragt? Sie ging ihr Bad nehmen.

***

Rabia war Nafiza entkommen und rannte mit halsbrecherischer Geschwindigkeit los. Sie war außer Atem, weil sie immer gleich zwei Stufen der Vordertreppe genommen hatte. Vor Madinas Haus blieb sie stehen, um Atem zu schöpfen. Sie war völlig verschwitzt, deshalb hob sie ihren Rocksaum, beugte sich vor und trocknete sich die Stirn. Ihr Hauptgrund, zu Nafizas Haus zu gehen, war, dass sie Ahmad sehen wollte. Wohin war er um Himmels willen nur gegangen? Sie wollte die ganze Zeit mit ihm spielen und mit ihm zusammen sein. Aber er wollte ihr nie erlauben, bei ihm zu sein. Sie dachte, dass sie sich von nun an mit ihm vertragen wolle. Sie hoffte, er würde ihr das Fahrradfahren beibringen. Madina war allerdings immer noch dagegen. Sie musste sie irgendwie umstimmen.

Die Frauen versammelten sich wie üblich zu den Tarawih-Gebeten, diesmal in Rabias Haus. Erst wenn die Männer des Hauses zur Moschee gegangen waren, konnten die Gebete hier anfangen. Immer leitete entweder Zohra oder Rahima die Gebete. Da fast alle, die an den Gebeten teilnehmen würden, ihre Olu-Waschungen in ihren eigenen Häusern vollzogen hatten, machte sich Rahima nun an ihre Vorbereitungen für die Gebete.

Saubere Gebetsmatten waren in einer Reihe in der Halle ausgelegt worden. Niemand darf über sie gehen oder auf sie treten, auch nicht zufällig. Wenn Rabia das jemals täte, würde ihre Mutter sehr ärgerlich. Sie setzte sich auf das Sofa, das in einer Ecke der Halle stand, und beobachtete die Frauen, die sich versammelten. Madinas Mutter und Schwägerin Mumtaz kamen früher. Nun kamen auch Nafiza, Saura und alle übrigen, eine nach der anderen. „Wo ist Fatima? Kommt sie nicht?“ fragte Nafiza Rahima.

„Die letzten beiden Tage hatte sie viel Arbeit. Es geht ihr nicht sehr gut und deshalb bleibt sie zu Hause. So ist es eben“, sagte Rahima.

„Ach so ist es.“ Nafiza erblickte Rabia. „Warum sitzt du dort ganz alleine? Warum gehst du nicht schlafen?”

„Es ist unwahrscheinlich, dass sie sich schlafen legen wird“, bemerkte Rahima liebevoll. „Sie beobachtet alles. Ja, warum gehst du eigentlich nicht schlafen?“ Rabia war verlegen. Sie verbarg ihr Gesicht, indem sie es auf ihre Knie drückte.

„Ahmad und Rafiq sind zu Hause. Geh doch mit ihnen plaudern, bis die Gebete vorüber sind!“ bot Nafiza an.

Rabia schüttelte den Kopf. Sie sah zweifelnd zu Zohra hin.

„Hast du wegen deiner Mutter Angst? Sie wird nichts dagegen haben, geh nur“, ermutigte sie Nafiza.

Zohra war gerade hereingekommen, nachdem sie ihre Olu-Reinigung vorgenommen hatte. Da sie noch nicht das Olu Nabil gebetet hatte, durfte sie nicht sprechen. Sie machte nur das Zeichen von Takbir: hob die Hände zu den Ohren und kreuzte die Arme.

Wenn wenigstens Madina hier wäre, könnten sie miteinander plaudern, dachte Rabia. Aber Madina ging immer schon gegen acht schlafen. Wie bekam sie das nur fertig? Die Gebete fingen an. Alle im Haus schwiegen. Die einzigen Geräusche, die zu hören waren, waren die der Armreifen und Fußkettchen der Frauen, wenn sie abwechselnd niederknieten und sich wieder aufrichteten. Rabia langweilte sich. Sie würde so viel lieber mit Ahmad plaudern! Sie dachte, es könnte eine gute Gelegenheit sein, sich mit ihm zu vertragen, wenn Madina nicht dabei war. Aber gleichzeitig fürchtete sie, dass ihre Mutter ihr böse wäre. Durch die Anwesenheit Nafizas ermutigt, stand sie auf und öffnete leise die Tür. Die Straßenbeleuchtung war angeschaltet, darum hatte sie keine Angst. Sie dachte, dass vielleicht ein Hund ins Haus eindringen und in die Küche laufen könnte, deshalb zog sie die Eingangstür heran und schloss sie fest. Zufrieden ging sie auf die Straße.

Im Nu hatte sie Ahmads Haus erreicht und drückte die Tür auf. Ahmad sah auf, weil er wissen wollte, wer es sei. „Ich bin es“, sagte Rabia und rannte über den Hof in die Halle. Er saß auf einer Liege, die aus Schnüren geflochten war, und las. Er sah zu ihr auf, als wollte er fragen, warum sie gekommen sei. Sie setzte sich in geringer Entfernung neben ihn und schlang ihren Rock fest um sich. „Ich bin nur so gekommen. Schläfst du denn noch nicht?“ fragte sie etwas zögernd.

„Nein, ich lese.”

„Und was liest du?“

„Das brauchst du nicht zu wissen.“ Er zuckte die Schultern.

Sie fühlte sich gedemütigt. Eine Weile sagte sie gar nichts.

Im Fernsehen lief Sri Lankas Rupavahini. Rafiq sah sich das begeistert an. Er lag auf dem Bauch und streckte die Füße himmelwärts. Er hatte nicht einmal ihr Kommen bemerkt. Sie fing noch einmal an. Sie bat Ahmad mit Mitleid erregendem Gesichtsausdruck: „Ich möchte, dass wir uns von heute an wieder vertragen. Lässt du mich mitspielen?“ Sie war sicher, dass er es ihr nicht abschlagen würde.

Er sah sie einen Augenblick mit seinen schmalen Augen an, dann strich er sich mit den Fingern das Haar zur Seite und mit dem Ausdruck gnädigen Gewährens sagte er: „Okay, okay, ich bin bereit, mich mit dir zu vertragen.“ Er wusste sehr genau, dass er nicht noch so eine Chance für einen Sieg bekäme, wenn er diese verpasste. Aber wie stand es mit Madina?

„Aber wie ist es mit ihr? Sie will sich ja wohl nicht mit mir vertragen, oder?" fragte er in verändertem Ton.

Rabia machte in ihrer Freude darüber, dass er bereit war, sich mit ihr anzufreunden, ein unschuldiges Gesicht und sagte: „Ach sie? Ich weiß nicht, wie sie das sieht."

Er nahm einen autoritären Ton an und sagte streng: „Ich will dir etwas sagen, hör genau zu! Ich werde ausschließlich mit dir sprechen. Ich werde nur dich bei meinen Spielen mitmachen lassen. Ich bringe dir das Fahrradfahren bei, wenn du es ihr danach nicht beibringst. Merk dir das!"

Gut, das genügt, dachte sie. Ich brauche keine Angst mehr zu haben. Immerhin hatte er nicht gesagt: „Du kannst nur meine Freundin sein, wenn du ihre Feindin wirst!"

Sie wollte eine Zeit lang nichts mehr sagen, sondern sah zum Fernseher. Ein Film in Singalesisch wurde gezeigt. Sie sah neugierig zu. In ihrem Haus hatte ihr Onkel den Fernseher in einen Pappkarton gesteckt und im Vorratsraum verstaut. Er sagte, während des Fastenmonats solle man nicht fernsehen, das sei Sünde. So war er immer. Jedes Jahr packte er am Tag, bevor Ramadan begann, den Fernseher weg und sagte: „Wenigstens in diesem Monat könnt ihr mal euren Vorrat an guten Taten aufstocken!" Sie dachte daran und bekam ein schlechtes Gewissen.

Rafiq lag immer noch mit nach oben gestreckten Füßen auf dem Bauch. Sie wollte sich Ahmad von ihrer besten Seite zeigen und fragte: „Das ist doch Nandana-Vindana, oder?" Dann wies sie den Jungen, der jünger als sie war, zurecht: „Rafiq, nimm die Beine runter!" Rafiq bekam einen Schreck, drehte den Kopf und wandte seinen Blick vom Fernseher ab und ihr zu. Auch Ahmad guckte erstaunt und fragte sich, was sie meinte.

„Du darfst mit den Füßen nicht zum Himmel zeigen, weißt du das nicht? Weil das der Ort ist, wo Allah ist. Darum!" Ihre Stimme war voller Sorge für Rafiq. Rafiq bekam durch das, was sie gesagt hatte, Angst und ließ tatsächlich die Füße sinken.

Rabia wollte gerne wissen, wie Ahmad darauf reagierte. Sicherlich musste er das Beste von ihr denken. Aber warum sprach er nicht richtig mit ihr? Sie nahm wieder das Wort: „Warum bist du nicht mit den andern zu den Gebeten gegangen?"

„Ich muss schließlich für mein Examen lernen, verstehst du? Und dann ist meine Mutter zu den Gebeten gegangen und hat mir aufgetragen, auf diesen Burschen hier achtzugeben. Aber warum lernst du eigentlich nicht?"

„Ich habe schon alles wiederholt. Ich habe es sogar Wahida vorgetragen, damit sie mich überprüfen kann."

Er war überrascht. „Aber ist sie nicht in eine englischsprachige Schule gegangen? Kann sie denn auch Tamil?"

„Natürlich kann sie Tamil. Sie kann ebenso gut Englisch wie Tamil. Wir dagegen können nur Tamil." Sie gab gerne mit ihrer Cousine an.

Ahmad sagte nichts. Er beugte sich über sein Buch und blätterte darin. Es gab so vieles, das er wissen, das er herausfinden wollte! Er hatte beschlossen, dass es auf der ganzen Welt keine einzige Tatsache geben sollte, von der er nicht erfahren würde. Viele Frauen müssten zu ihm kommen und von ihm lernen wollen, sie müssten ihm Fragen stellen, genauso wie diese Rabia hier. Alle sollten sagen, er sei ihr Anführer, er sei der Beste von allen!

Rabia beobachtete ihn aufmerksam. Er trug über seinen Hosen nur ein Banyan. Er war ein schlanker Junge mit langen Beinen. Bestimmt hatte er deshalb so schnell Fahrrad fahren gelernt, dachte sie. Aus irgendeinem Grund mochte sie ihn wirklich. Es wäre gut, wenn sie viel Zeit mit ihm verbringen könnte. Aber sie konnte es nicht ändern: Sie fühlte sich verletzt, weil er keine Notiz von ihr nahm.

„Ich muss gehen!" sagte sie und stand auf.

Er hob den Kopf und sah sie einen Augenblick lang an. „Warum denn jetzt schon? Die Gebete sind noch gar nicht zu Ende“, sagte er. Sie war überglücklich über seine Worte und war schon im Begriff, sich wieder auf die Liege zu setzen, aber dann dachte sie an ihre Mutter. Sie wusste, dass sie mit ihr schimpfen würde und sagte deshalb: „Nein, ich muss gehen. Ich komme morgen wieder. Meine Mutter wird mich jetzt schon suchen.“ Sie rannte nach Hause.

Ahmad war sehr überrascht. Warum in aller Welt war sie so schüchtern? Er wusste sehr gut, dass sie, soviel er sie auch neckte, immer eifrig darauf bedacht war, mit ihm zu spielen. Es machte ihm sehr viel Spaß, sie zu provozieren. Seine Mutter sagte immer: „Du bist nur zufrieden, wenn du sie ärgern kannst!“ Aber eigentlich ärgerte er sich über Madina. Er brummelte vor sich hin, dass er Rabia so oder so zur Raison bringen werde. Noch eine Woche und dann wären die Examen vorbei und die großen Ferien würden anfangen. Wenn sie dann überhaupt keine Spielgefährten hätte, würde sie aus eigenem Antrieb in seiner Gruppe mitmachen.

Kapitel 14

Mariyayi zog mit einem Haken an einem langen Griff Heu aus dem Heuschober. Als sie so viel herausgezogen hatte, wie sie brauchte, lehnte sie das Gerät gegen den Zaun, packte mit beiden Armen das herausgezogene Heu und trug das Bündel zum Kuhstall. Gemächlich standen die Kühe auf und gingen zu dem für sie hingestreuten Heu, während Mariyayi sich in den Schatten des Neem-Baums setzte.

Am Tag zuvor hatte sie das Gefühl der Bitterkeit und Frustration befallen und es hielt seit dem an. Sie dachte darüber nach, wie das Leben aussah, mit dem sie sich begnügen musste. Als sie am Tag zuvor das Nonbu Kanji in Karims Haus zubereiten half, hatte sie mit halbem Ohr das Tratschen und die Sticheleien der Frauen, die sich dort versammelt hatten, gehört. Sie hatte aber so getan, als bemerkte sie das nicht, und hatte es hingehen lassen. Was hätte sie auch dagegen tun können? Tränen traten ihr bei diesem Gedanken in die Augen. Sie war unsagbar traurig, dass Karim es nicht für nötig gehalten hatte, ihr etwas von den Hochzeitsvorbereitungen für Wahida zu sagen. Schließlich war sie seine Geliebte, zu der er nur kam, wenn er sie gerade begehrte. Sie war nicht die regierende Königin, sagte sie sich. Allerdings besuchte Karim sie täglich. Warum hatte er es ihr nicht gesagt, wenigstens nebenbei wie so viele andere Neuigkeiten? Dann fragte sie sich, ob sie nicht ein Recht beanspruche, das weit über das hinausging, das ihr zugestanden wurde.

Denn hatte sie nicht schließlich selbst dieser Lebensweise zugestimmt und sie sich selbst ausgesucht? Wie könnte sie sich beklagen oder irgendein Recht beanspruchen! Es war eine große Torheit, Hoffnungen und Erwartungen im Hinblick auf die Stärke von Karims Begierde nach ihr zu hegen. Als sie das gemeinsame Leben mit ihm aufnahm, hatte ihre Mutter ihr alle Gründe genannt, ihr deutlich gesagt, warum sie sich nicht darauf einlassen sollte, und hätte sie gerne an einen anderen Ort gebracht. Aber sie war so verliebt in ihn, dass sie sich hartnäckig geweigert hatte, auf sie zu hören. Hatte sie damals wirklich über alles nachgedacht? Als er für sie Vorkehrungen für eine Operation getroffen hatte, die verhindern würde, dass sie Kinder von ihm bekäme, hatte sie aus freien Stücken zugestimmt.

Was war also jetzt so besonders neu? fragte sie sich zum Trost. Wenn sein Feuer erlöschen würde, dann könnte er sie sogar verlassen. „Na und wenn schon! die einzige Hilfe und Unterstützung der Armen sind ihre Arme und Beine! Es wird schon einen Platz für mich geben, wo ich zurechtkommen und mein eigenes Kanji essen kann“, murmelte sie vor sich hin.

Karim lag in dem kleinen ziegelgedeckten Haus auf dem Bett. Als ihm bewusst wurde, dass Mariyayi schon seit einiger Zeit verschwunden war, rief er aus dem Haus: „Was machst du da draußen? Komm und massiere mir die Beine!“ Sie schüttelte das Ende ihres Saris aus, stand auf und ging zu ihm hinein. Dabei murmelte sie: „Jedenfalls verzichtet er nicht darauf, immer neue Ansprüche zu stellen!“

„Du hast etwas vor dich hingemurmelt. Sprich laut, wenn du etwas sagen willst. Lass mich wenigstens verstehen, was du sagst“, sagte er und drehte sich nach ihr um.

„Es ist nichts. Was habe ich schon zu sagen! Ich bin ja doch die Schwächere“, sagte sie und setzte sich zu seinen Füßen, um seine Beine zu massieren. Er konnte deutlich die

Traurigkeit in ihrem Gesicht erkennen.

„Was ist denn heute mir dir los?" fragte er.

„Sie sagen, dass Wahida heiraten wird. Du hast mir nichts davon erzählt! Du hast kein Wort davon gesagt!"

Noch bevor sie zu Ende gesprochen hatte, unterbrach er sie lachend: „Oho, das ist es also! Ja und, was weiter? Schließlich hast du jetzt ja davon gehört. Muss ich dir alle Neuigkeiten formell mit Betel-Blättern und -Nüssen bringen? Warum machst du daraus eine große Sache?"

Durch seinen gleichgültigen, leicht spöttischen Ton fühlte sie sich noch mehr gedemütigt. „Ja, denkst du nicht, dass es richtig gewesen wäre, es mir formell, auf die herkömmliche Weise, mitzuteilen? Aber welches Recht habe ich schon? Ich bin nur die Frau, die du aushältst", sagte sie und fing zu weinen an.

Er starrte sie an und verstand nicht ganz, warum sie sich so aufregte. Er versuchte, sie zu besänftigen. „Ich habe es dir nicht absichtlich vorenthalten. Ich habe einfach vergessen, es dir zu erzählen." Dann fuhr er in etwas härterem Ton fort: „Was soll ich denn machen? Du bist die Einzige, die eine Übersicht über all die Arbeiten hat, die getan werden müssen. Du wirst den Sari tragen, den ich dir schenken werde. Was willst du noch mehr?"

Mariyayi empfand einen jähen Schmerz. Was er sagte, war nur zu wahr. Er kannte ihren Platz genau, besser als sie. Warum konnte sie das nicht verstehen? Sie drückte ihren Sari fest gegen das Gesicht und wischte sich die Tränen ab. Sie beruhigte sich, denn sie wusste, es würde ihm nicht gefallen, wenn sie noch länger weinte. Es könnte durchaus sein, dass er im Ärger wegginge. Beide schwiegen eine Zeit lang. Nur ihre Hände arbeiteten weiter und massierten seine Beine. Ab und zu putzte sie sich die Nase.

Karim tat es leid, sie in einem solchen Zustand zu sehen. Von Zeit zu Zeit dachte er daran, dass sie vergessen könnte, wer sie war und welcher Platz ihr zustand. Wenn er sie daran erinnerte, würde sie nachgeben. Sie war auch leicht zu beeindrucken. Sie übergab das gesamte Einkommen vom Garten ohne Abzüge oder Verschwendung der Familie. Sie verkaufte, was sie anbaute: Tomaten, Baumwolle und alle möglichen Gemüse ebenso wie Milch, dazu Eier von den Hühnern, die sie aufgezogen hatte. Sobald sie eine gewisse Summe zusammen hatte, übergab sie sie ihm. Er nahm das Geld nicht gerne von ihr. „Behalt es" sagte er, „es ist dein eigenes, hart verdientes Geld."

„Wofür sollte ich es sparen? Wen habe ich schließlich?" sagte sie dann und bestand darauf, ihm das Geld zu übergeben. Sie setzte ihren Stolz darein.

Das Haus war ruhig. Außer dem unausgesetzten Krächzen einer Krähe aus einem Baum und dem Geräusch des Wassers im Brunnen, das in der Brise plätscherte, war es still. Schließlich unterbrach er das Schweigen: „Jetzt, da deine Tochter also heiratet, was willst du ihr schenken?"

Sofort war ihr Gesicht voller Freude. „Ich? Ich habe etwas Geld gespart. Soll ich ihr einen Ring kaufen, der ihr gut steht?" fragte sie begeistert. Genug also. Jetzt wurde sie von einem Glücksgefühl überschwemmt. Nur weil er gesagt hatte: „deine Tochter" und damit Wahida gemeint hatte. Das genügte, damit sie viele Tage wie bisher weitermachte. Verrückte Frau, dachte Karim.

„Übrigens, soll ich Zohra sagen, sie soll einen Sari für dich aussuchen, oder soll ich ihn selbst kaufen, wenn ich das nächste Mal in der Stadt bin?" fragte er und hoffte, sie damit noch mehr zu besänftigen.

„Lass sie das nur machen". Ihr finsterer Ausdruck war verschwunden und sie sah jetzt, da ihr Gesicht von Freude erhellt war, sehr anziehend aus. Was für eine Ehre ist es, wenn sie einen Sari bekommt, den Zohra selbst für sie ausgesucht hat! Der Gedanke entzückte sie.

Es war Zohra, die jedes Jahr in die Stadt fuhr, um zur Feier des Id-Festes neue Kleider für sie auszusuchen. Seit sie mit Karim lebte, hatte sie es aufgegeben, Deepavali neue Kleider zu tragen. Sie trug keinen Pottu mehr auf der Stirn. Sie trug die schwarzen Perlen, die sie sich auf dem Markt gekauft hatte, um den Hals. Sie hatte die Vorstellung, sie lebe wie eine anständige Muslima. Sie betrachtete Karim als ihren Mann. Sie hielt hartnäckig an dem Glauben fest, dass seine Freuden und Sorgen auch die ihren seien. Bis zum gegenwärtigen Tag hatte kein anderer Mann sie auch nur berührt. Sie wussten, dass sie Karims Frau war, und hielten sich fern. Sie war stolz darauf, sicher sein zu können, dass niemand sie für eine Prostituierte hielt und dass sich ihr deshalb niemand unziemlich näherte. Sie war mit diesem einzigen Privileg zufrieden.

Sie fühlte sich äußerst unbehaglich, wenn sie daran dachte, wie die Frauen ihrer Gemeinschaft von den Männern des Dorfes behandelt wurden. Diese Männer begnügten sich nicht damit, ruhig zu Hause zu bleiben. Außerdem hatten sie jede Menge Geld. Ein Mann wollte heute diese Frau und morgen jene. Und kann sie sich ihm verweigern? Und wie viele Frauen wurden schließlich schwanger und mussten zu Schwester Rosie gehen, um das Kind loszuwerden! Sie seufzte tief bei dem Gedanken.

Sie erinnerte sich an etwas, das ihr Karim einmal erzählt hatte. Der Bürgermeister des Ortes Moosa hatte die Angewohnheit, jede Frau, die ihm gefiel, aufzufordern, sich in eine Ecke zu stellen und im Stehen zu urinieren. Er wählte nur die Frauen, deren Urin in weitem Bogen zur Erde fiel. Wenn er in die Nähe fiel, verspottete er die Frau, sie habe zu viele Kinder geboren und sei alt geworden, und jagte sie davon. Karim lachte, als er das erzählte. Offensichtlich hatte sein Freund Ismail seiner Frau diese Geschichte erzählt. Es hatte sie jedoch geärgert und abgestoßen. Sie stritt mit ihm darüber: „Wie kannst du nur so etwas Obszönes erzählen! Ekelhaft, ekelhaft!" hatte sie gesagt und sich vor die Stirn geschlagen.

„Warum bist du nur so empört? Ich habe Zohra dieselbe Geschichte erzählt und sie hat nur mit mir gelacht. Warum siehst du es nicht als Witz, sondern machst so viel Wirbel darum?" fragte er. Er brachte sie damit in Verlegenheit und es war, als meinte er: „Als ob du so eine besonders ehrenwerte Frau wärst!" Sogar Zohra war bereit, über den Witz zu lachen, ihn den Nachbarinnen weiterzuerzählen und dann zu berichten, dass sie ihn alle urkomisch gefunden hätten. Warum sollte einzig und allein sie ihn obszön nennen?

Karim unterbrach ihren Gedankengang. „Du bist gerade tief in einer Meditation?"

„Oh, es ist nichts", erwiderte sie und massierte ihm weiter die Beine. Karim schloss die Augen. Er war müde. Das Fasten machte ihn dösig, aber schlafen konnte er nicht. Er war in der Hoffnung gekommen, ein friedliches Schläfchen zu halten. Wahidas künftiger Bräutigam Sikandar war aus dem Ausland nach Hause gekommen. Karim hätte ihn gerne besucht, aber unglücklicherweise wohnten seine Schwiegermutter und Firdaus gleich nebenan. Er war nicht in der Stimmung, sie zu besuchen.

Der bloße Gedanke an Firdaus, die ihren Mann verschmäht hatte, erfüllte ihn mit Wut, denn er als der ältere Schwiegersohn der Familie hatte es als seine Aufgabe angesehen, eine Hochzeit für sie zu arrangieren. *Sie* könnte er ja noch entschuldigen, denn sie war nur ein unwissendes Mädchen, aber was könnte er zu Gunsten seiner Schwiegermutter sagen? Was war mit ihrem gesunden Menschenverstand passiert? Sie hätte anerkennen müssen, dass die Heirat das Ergebnis der ehrenwerten und anständigen Bemühungen ihres Schwiegersohnes war, und hätte das Mädchen zwingen müssen, zu ihrem Mann zurückzugehen! „Das ist mir eine feine Frau!" murmelte er vor sich hin.

Sie beklagten sich, der Bräutigam sei unpassend gewesen! Was bedeutete schon ‚passend'! Schließlich hatte Amina jetzt zu kämpfen, denn sie hatte eine Tochter, die versteckt werden musste! Er wälzte sich auf dem Bett hin und her, murmelte und dachte an den Bräutigam Yusuf und seine Familie. Sie war die wohlhabendste Familie in ihrem Dorf und sie waren nur durch ihren Kontakt mit ihm, Karim, auf Firdaus verfallen. Er hatte die Initiative ergriffen und im Bewusstsein, dass sein Schwiegervater tot war und Zohras Familie zu kämpfen hatte, die Verbindung hergestellt. Er hatte befürchtet, dass, wenn diese Verbindung nicht zustande käme, es sehr schwer sein würde, eine ebenso gute andere Partie zu finden. Da das Mädchen sehr schön war, war Yusuf so großzügig gewesen, es der Familie der Braut zu überlassen, so viel Mitgift und Schmuck zur Verfügung zu stellen, wie ihr möglich war. Wenn es eine andere Familie gewesen wäre, hätte der Bräutigam eine Liste des Notwendigen aufgestellt, das so und so viele Sovereigns wert gewesen wäre, so viele Tausende, so viel für die Schwestern des Mannes, so viel Mitgift. Karim hatte berechnet, dass sie Ausgaben und Sorgen sparen würden und dass Firdaus gleichzeitig in ein gutes Haus kommen würde. Aber so musste es nun enden! Es schmerzte Karim sehr, dass er nun Yusuf und seiner Familie nicht mehr ins Gesicht sehen konnte. Von jetzt an war er entschlossen, nie mehr über die Schwelle der Familie zu treten, die ihn und seine Entscheidung mit solcher Verachtung behandelt hatte! Natürlich wäre es sehr ungeschickt gewesen, Sabia zu besuchen, ohne ins Nachbarhaus zu gehen. Und Sabia hätte nicht versäumt, die Neuigkeit jedem in der Stadt mitzuteilen. Das hätte seine Schwiegermutter Amina sehr verletzt. Noch schlimmer war, dass sich Zohra hier das Herz aus dem Leibe geweint und gesagt hätte: „Du gehst anscheinend nur darum in Sabias Haus, um meine Familie zu demütigen!"

Karim dachte darüber nach. Er würde mehr Probleme verursachen, wenn er Sikandar besuchte, als wenn er zu Hause bliebe. Natürlich würde ihn Sabia anschreien und sagen: „Es ist wohl sehr schwierig für dich, meinen Sohn zu besuchen?" Das wäre nicht so schlimm, das könnte er auf sich nehmen.

Noch einmal dachte er an Firdaus. Was für ein freches junges Ding sie war! Wie viele Tage hatten er und Zohra nicht mit ihr verbracht und ihr geraten! Hatte sie auch nur das kleinste bisschen nachgegeben? Darüber hinaus fühlte er sich noch dadurch gedemütigt, dass sie ihm die ganze Schuld in die Schuhe schob: „Du hast ihn nur ausgesucht, weil du dein Geld nicht einbüßen wolltest, nur, um sicher zu sein, dass du nicht all die Rechnungen bezahlen müsstest!"

Habe ich vielleicht irgendetwas von dem, was ich getan habe, aus böser Absicht getan? Habe ich irgendetwas Ausgefallenes, etwas, das in unserer Gemeinschaft unüblich ist, getan? Haben wir vielleicht die Hochzeit von Wahida und Sikandar arrangiert, weil die beiden auf allen Ebenen zusammenpassen? Passen Nafiza und Bashir auch nur im Geringsten zusammen?" murmelte Karim vor sich hin. Er empfand Angst und Bedauern, aber gleichzeitig sagte er laut: „Alles muss so geschehen, wie Er es bestimmt. Niemand kann irgendetwas tun, um das, was geschehen muss, zu verhindern!" Er bemerkte, dass es schon fast Zeit war, das Tagesfasten zu beenden, und setzte sich im Bett auf.

Mariyayi erhob sich vom Bett und trat auf die Seite, um ihm Platz zu machen. Er ging und sagte nicht einmal „Auf Wiedersehen." Er war so in seine Gedanken versunken, dass er geradenwegs zu seinem Motorrad ging, das vor der Tür stand, es anließ und wegfuhr. Nachdem er gegangen war, stand sie eine lange Zeit auf derselben Stelle. Ihr Herz war voller Ängste. Bis er zurückkommen würde, wäre sie dort allein und hätte nur die Bäume und die Hühner zur Gesellschaft. Früher hatte sie die Einsamkeit nie belastet. Aber jetzt konnte sie das Alleinsein kaum ertragen. Erst jetzt machte sie sich klar, dass es eine Dummheit gewesen war, auf ihn zu hören und einer Sterilisation zuzustimmen. Als sie zu Beginn ihrer Beziehung schwanger geworden war, hatte sie lange gezögert, ihm etwas davon zu sagen. Er war schockiert und saß lange Zeit schweigend da. Dann sagte er: „Geh und lass es abtreiben!" Da sie das erwartet hatte, sah sie ihn nur still an. Er war absolut entschlossen: „Es gibt keine andere Möglichkeit. In der Stadt wissen alle, dass du mit mir schläfst. Wenn du ein Kind bekommst, dann wird niemand daran zweifeln, dass es von mir ist. Wie wird das aussehen? Denk nur selbst darüber nach. Wenn du mit vielen Männern schlafen würdest, dann wäre niemand sicher, dass das Kind, das in dir wächst, von mir ist. Und es würde mich nicht so sehr stören. So, wie es ist, wissen alle genau, dass das Kind von mir ist, und das ist nicht richtig. Erinnerst du dich daran, wie es war, als die Geliebte des Schlachters Mohiuddin ein Kind bekam, das ihm wie aus dem Gesicht geschnitten war? Weißt du, wie er gedankenlos herumgeht? Die Leute wissen, dass er Mohiuddins Sohn ist und verspotten ihn. Sorg dafür, dass uns das nicht passiert! Ich gebe dir das Geld. Geh in der nächsten Stadt in ein Krankenhaus und lass es abtreiben!"

Seine Stimme war fest gewesen und hatte die Warnung enthalten, dass sie ihm auf keinen Fall in den Weg kommen dürfe. Ihr blieben nur zwei Möglichkeiten: Entweder das Kind abtreiben und sich gleichzeitig sterilisieren lassen oder ihn verlassen und für immer weggehen. Sie konnte sich nicht vorstellen, ihn zu verlassen. Sie liebte ihn unendlich. Er sah so gut aus und war reich – und ausgerechnet sie begehrte er! Der Gedanke machte sie in gewisser Weise hochmütig.

Es war auch etwas Richtiges in dem, was er sagte, das konnte sie nicht übersehen. Sie stimmte der Abtreibung zu, weil sie keine andere Möglichkeit erkennen konnte. Aber nun quälte sie oft der Gedanke, dass sie kein eigenes Kind hatte.

Kapitel 15

Rahima wachte bei Tagesanbruch auf. Für gewöhnlich ging sie an Fastentagen gleich nach den Bajar-Gebeten schlafen und schlief am Morgen, bis sie von selbst aufwachte. Aber an diesem Tag hatte sie viel zu tun. Sie hatte Zohra geweckt und Rabia geschickt, Fatima zu holen. Fatima erschien und schlief noch halb. „Was ist los, du bist ja so früh auf!" sagte sie beim Hereinkommen. Ihr Haar war noch nicht gekämmt. Sie war klein und ihre Haut war mittelbraun und beides zusammen bewirkte, dass sie wie ein junges Mädchen aussah. „Aber sie ist ja auch eine junge Frau", dachte Rahima. Sie sagte ganz locker: „Ja, es gibt heute sehr viel zu tun. Sabia und unser Neffe kommen heute aus ihrem Dorf zu uns auf Besuch. Wahida und ihr Vater sind zu ihnen gefahren und haben sie für das Iftar-Fest eingeladen, erinnerst du dich? Darum geht es."

Fatima wurde ganz aufgeregt: „Ach darum geht es!" Sie löste ihr Haar, schüttelte es etwas und drehte es zu einem Knoten zusammen. Sie steckte den Sari bis zum Knie auf und ging in die Küche, um mit der Hausarbeit anzufangen.

Von da an drehte sie sich schnell wie ein Kreisel. Keiner hätte sie aufhalten können. Sie bestand darauf, alles selbst zu übernehmen. Ihr Eifer bei der Hausarbeit zeigte sich jedoch immer nur bei besonderen Ereignissen. Bei den alltäglichen Routine-Arbeiten war sie oft ein wenig nachlässig und fragte tausendmal, ehe sie eine einzige Arbeit zu Ende brachte. Rahima und Zohra neckten sie dann und sagten, dass an manchen Tagen eine Art Jinn in sie gefahren sei. Sie stimmte gewöhnlich in ihr Lachen ein und sagte: „Ja, man braucht eine gewisse Aufregung, die einen zur Arbeit antreibt."

Rahima und Zohra hatten sich am Tag zuvor auf die Speisefolge geeinigt. Nur Sabia und der Bräutigam würden ihre Gäste sein. Man brauchte also kein großes Festmahl zu kochen. Sie mussten Vadais und Bhajiis braten, um ihr Fasten zu brechen, ein paar Bohnen für das Sundal kochen und ein Payasam machen. Außerdem würde es Nonbu Kanji sowie Datteln, Äpfel und Apfelsinen geben. Das würde reichen! Danach könnten sie für das Abendessen Idiappam machen und es mit Hühner-Kurma und gebratenem Huhn servieren. Außerdem würde es Iddlis, Dosai und eine Fleischsuppe geben. Sie sollten die Iddiapams leicht in Öl schwenken. Wenn sie sofort mit dem Kochen anfingen, dann würden sie gerade rechtzeitig fertig werden. Außerdem müssten sie bei ihren Vorbereitungen auch bedenken, dass ihr Besuch am Sahar-Essen am nächsten Morgen teilnehmen würde.

Schon beim Gedanken an das alles fühlte Rahima sich erschöpft. Sie seufzte tief und sagte: „Ich frage mich nur, wann wir das alles fertig haben!"

Fatima neckte sie: „Ja, aber dann kommen noch all die Arbeiten für die bevorstehende Hochzeit dazu. Du musst alle Süßigkeiten und Naschereien für die Verwandtschaft zubereiten und die Aussteuer und Hochzeitsgeschenke fertig machen. Wie kannst du es dir nur leisten, jetzt schon müde zu sein? Du vergisst, dass ein Gebirge von Arbeit vor dir liegt!"

„Aber wir werden Kuli-Frauen zur Hilfe haben! Außerdem bist du da und Mariyayi ist da. Ihr werdet das sicherlich alles im Nu machen!"

Fatima biss die Zähne zusammen und scheuerte heftig den Kochkessel. „Sieh mal, was hier alles reingebrannt ist! Das kriege ich nie raus! Ich werde mir nur die Hände wundscheuern. Wozu habt ihr so viel Geld? Ihr seid nicht gescheit genug, um auf einem Gaskocher zu kochen. Wenn ihr euch endlich einen kauft, muss ich nicht mehr den ganzen Ruß wegscheuern!“ Fatima verzog ihr Gesicht zu einer Grimasse.

„Ja, in allen Häusern der Stadt gibt es Gaskocher. Aber ist es etwa einfach, in diesem Dorf Gasflaschen zu kaufen?“ Rahima bemühte sich, Fatima zu besänftigen. „Außerdem hat Zohra Angst davor. Sie denkt, sie könnten explodieren und sie verletzen!“ Rahima lachte.

„Es stimmt, ich habe gehört, dass diese Dinger gefährlich werden können. Natürlich ist diese feine Dame so stolz auf sich, weil sie eine Zeit lang im Haus der Tahsildars in der Stadt gearbeitet hat. Aber sie redet nur über dieses und jenes Gerät, das sie dort im Haus haben, statt dass sie mit ihrer Arbeit weiterkommt!“ Zohra gab Fatima, die auf dem Boden saß und die Töpfe scheuerte, einen freundschaftlichen Klaps.

„Ah“, rief Fatima und tat, als ob sie weinte. „Übrigens, was ist eigentlich passiert, als ihr neulich Zwiebeln für das Nonbu Kanji geschält habt? Ich hab da so etwas gehört.“

„Wenn du dir nicht den Klatsch der ganzen Stadt angehört hast, kannst du wohl nicht schlafen, was?” fragte Zohra.

„Wer könnte schon vor mir etwas verbergen?” fragte Fatima stolz. „Jemand hat mir etwas erzählt. Sagen wir, die Krähe auf dem Dach. Warum kommt ihr also nicht damit heraus?“ Fatima sprach mit gespielter Strenge.

Rahima gab Zohra mit den Blicken ein Zeichen, das bedeutete: „Sag ihr nichts!“ Zohra sagte in leicht warnendem Ton: „Es ist nichts. Deine Freundin Sherifa hat dir wahrscheinlich schon alles erzählt, was damals hier vor sich ging. Das war alles. Nichts Wichtiges. Und geh nur ja nicht und erzähle es anderen!”

Fatima hörte einen Augenblick lang auf, an den Töpfen zu arbeiten. „Als ob ich sonst nichts zu tun hätte, als herumzugehen und Klatsch zu verbreiten! Was denkt ihr wohl? Ich habe etwas gehört und deshalb dachte ich, ich würde euch danach fragen. Wenn ihr es mir nicht erzählen wollt, dann lasst es eben, so einfach ist das!“ Fatima war ärgerlich.

Es war wohl das Beste, die Sache ruhen zu lassen, dachte Zohra und beschäftigte sich mit etwas anderem. Sie fürchtete auch, dass, wenn sie Fatima mit weiteren Reden ärgern würde, alles verdorben würde.

Sie waren den ganzen Tag lang alle sehr beschäftigt und hatten keine Zeit, sich auch nur einmal hinzusetzen. Kader hatte plötzlich verlangt, dass sie das Festessen und die kleineren Sachen zur Beendigung des Tagesfastens auch den Hazrats in die Moschee schickten. Rahima hatte etwas geschimpft: „Wir schicken den Hazrats ständig Essen. Müssen wir unbedingt heute, wo wir ohnehin so viel zu tun haben, auch noch für sie sorgen?“ Kader hatte sie mit einem strengen Blick zum Schweigen gebracht. Jetzt musste alles in größeren Mengen, als zuvor geplant, gekocht werden. Sie fühlten sich, als würden ihre Rücken durchbrechen.

Sabia und Sikandar kamen am Abend. In dem Augenblick, als Sabia das Haus betrat, begann das ganze Haus zu summen. Es war einige Jahre her, dass sie Sikandar gesehen hatten. Rahima und Zohra gingen vorne in den Hof. Sie hatten den Sari über den Kopf gezogen, standen halb von einem Pfeiler verdeckt da, hießen ihn kurz willkommen und gingen schnell in die Küche zurück. Es entsprach nicht der Sitte, dass eine Schwiegermutter sich dem künftigen Bräutigam zeigte. Wahida war seit dem Nachmittag oben in ihrem Zimmer verschwunden. Sie weigerte sich, herunterzukommen. Sikandar setzte sich auf das Sofa und war verlegen. Wenn ein paar Männer da gewesen wären, um ihm Gesellschaft zu leisten, dann wäre er weniger verlegen gewesen. Rabia kam von sonst wo nach Hause gerannt. Sie nahm den Duft eines teuren Parfüms wahr, der die Luft erfüllte, und wusste sofort, dass die Gäste angekommen waren. Sie wollte unbedingt ihren Cousin genau ansehen! Sie ging über den Hof, ohne in die Halle zu sehen, und guckte in die Küche.

Sabia sagte laut etwas und lachte darüber, während Rabias Mutter und Tante bei ihr standen. Sobald Sabia Rabia sah, hielt sie mitten im Satz inne und begrüßte sie stolz: „Komm her, meine kleine Nichte! Hast du deinen Cousin noch nicht gesehen? Er sitzt dort ganz allein auf dem Sofa. Geh und leiste ihm Gesellschaft!“

Zohra lachte. „So, wie du bist, kannst du nicht zu ihm gehen. Mach dein Haar ordentlich. Wasch dir das Gesicht und reibe es gut ab und dann geh!” sagte sie in bestimmtem Ton. Aber Rabia ging schnell in die Halle, ohne zu antworten. Sie wollte Wahidas künftigen Ehemann sofort sehen. Wenn nicht, würde ihr der Kopf zerspringen. Die Lichter in der Halle brannten schon, obwohl es noch nicht dunkel war. Sie stellte sich hinter einen Pfeiler und sah zu ihm hin.

Er trug ein weißes Veshti und Hemd und saß mit gesenktem Kopf da. Zwar war er durchaus nicht so hell wie Wahida, aber er sah doch ganz hübsch aus mit seiner scharf geschnittenen Nase, dem lockigen Haar und einem mittelgroßen Schnurrbart. Er wippte mit dem Fuß, als wäre er tief in Gedanken. Rabia sah auf seine Füße. Seine Sohlen waren sauber und sahen sehr weiß aus. Er ist sehr sauber und gepflegt, genauso wie meine Cousine, sagte sie sich. Wahida war jedoch sehr schlank, er dagegen war von grober Statur, sogar ein bisschen dick. Macht nichts, dachte sie. Sie war zu schüchtern, sich ihm zu nähern. Aber schließlich war sie noch nicht erwachsen geworden, warum sollte sie also schüchtern sein? Sie hatte gerade genug Mut gefasst, langsam auf ihn zuzugehen, als sie ihre Mutter rufen hörte: „Rabia, komm her!“ Also ging sie schnell in die Küche zurück.

Zohra bat Rabia und Fatima, eine Subra auf dem Boden auszubreiten und alle Speisen für die Beendigung des Tagesfastens daraufzustellen. Fatima wurde sehr geschäftig. Sie breiteten auf allen vier Seiten des Esszimmers Matten aus und legten die Subra, auf der dann alle Speisen und Früchte schön angeordnet wurden, in die Mitte. Rabia wollte sich schon hinsetzen und sofort zu essen anfangen. Der Duft der Speisen erfüllte ihre Nase und der Mund wurde ihr wässerig. Vater und Onkel waren jedoch noch nicht nach Hause gekommen. Allerdings war es schon fast an der Zeit, dass sie ihr Fasten beendeten.

Sabia kam ins Esszimmer. Fatima stand in einer Ecke und überprüfte, ob alles in Ordnung und nichts vergessen worden war. Sabia runzelte die Stirn, als sie sie sah, und jagte sie mit den Worten davon: „Wenn du deine Arbeit getan hast, warum stellst du dich nicht in die Küche? Was hast du hier zu tun, gerade wenn die Männer hereinkommen?“ Fatima war tief beschämt. Sie machte sich, ohne ein Wort zu sagen, in die Küche davon.

Rahima hörte, was Sabia sagte, und war darüber bestürzt. Die Ältere beklagte sich weiter: „Diese Frauen werden nie lernen, alles richtig hinzustellen.“

Rahima tröstete Fatima, ohne dass Sabia es hörte: „Nimm dir nichts von alldem, was diese Frau sagt, zu Herzen!“ Dann murmelte sie vor sich hin: „Wer weiß, wie sehr meine Tochter unter dieser Frau zu leiden haben wird!“ Fatima sah abgespannt und niedergeschlagen aus. Rahima tat es sehr leid, sie so auf dem Küchenboden neben der Bank, die dort stand, zusammengekauert sitzen zu sehen.

Rahima war als Braut in dieses Haus gekommen, als Fatima noch ein kleines Mädchen war. Damals kam Fatimas Mutter Nuramma ins Haus, um die Töpfe zu scheuern.

Nuramma schuftete Tag und Nacht und versagte sich alles, damit ihre Tochter eine gute Partie machen könnte. Sie gestattete Fatima niemals, irgendeine Arbeit zu machen. Sie sagte oft, wenn sie ihrer vaterlosen Tochter erst einmal einen guten Mann verschafft habe, dann sei sie ihre Sorgen los. Rahimas Schwiegermutter Jamila versicherte ihr dann: „Du hast ja nur eine Tochter. Ich sorge schon dafür, dass sie verheiratet wird. Mein Mann achtet darauf, dass für alle jungen Mädchen in dieser Stadt gesorgt wird. Du brauchst dir keine Sorgen zu machen!“ Aber Nuramma ließ sich nicht trösten. Unter großen Schwierigkeiten sparte sie winzige Summen und gab sie Jamila zur Aufbewahrung. Schließlich konnte sie Fatima mit einem ihrer entfernten Verwandten verheiraten.

Er lebte höchstens sechs Monate mit Fatima zusammen. Dann verschwand er eines Tages. Bis zum gegenwärtigen Tag wusste niemand, wohin er gegangen war. Er schickte keine Nachricht. Es waren nicht weniger als zehn Jahre vergangen, seit er verschwunden war. Fatima berichtete, dass jemand gesagt habe, er lebe irgendwo in der Nähe von Bombay. Sie machte jedoch nie viel Aufhebens von ihrer Situation. Wenn jemand von ihm sprach, sagte sie nur: „Meinetwegen kann er machen, was er will!“ Sie hatte ihr kleines Kind und ihre Mutter Nuramma und mit ihnen hatte sie genug Zeitvertreib.

Wie kam Sabia nur dazu, so boshaft zu Fatima zu sein? War in ihrem Herzen überhaupt keine Güte? Frauen sollten für andere Frauen Verständnis haben, sagte sich Rahima.

Zohra kam aus dem Badezimmer, wo sie ihre Olu-Waschungen vorgenommen hatte, und drängte sie: „Mach dein Olu, Liebe! Fatima, du auch! Die Männer sind schon da, um ihr Fasten zu brechen.“ Rahima riss sich von ihren Erinnerungen los und half Fatima auf die Füße. Sie zog sie mit sich ins Badezimmer. Zohra, die nicht wusste, was vorgefallen war, und nicht ganz verstand, warum Rahima Fatima mitnahm, rief laut nach Rabia. Rabia kam herbeigerannt und rief: „Hier bin ich, Amma!“

Zohra füllte zwei Gefäße mit verschiedenen Speisen und übergab sie Rabia: „Lauf und bringe das eine in Nafizas, das andere in Madinas Haus. Wenn du zurück bist, musst du Wahida etwas zu essen bringen. Sie ist noch oben. Vergiss nicht, ihr auch Wasser zu bringen. Es ist Zeit, dass wir unser Fasten beenden.“

Kader und Karim hießen ihren Neffen willkommen, umarmten ihn und sagten Salaam. Sie baten ihn ins Esszimmer und luden ihn ein, auf einer der Matten Platz zu nehmen. Sabia saß schon dort. Sie setzten sich gleich neben sie, hießen sie willkommen und erkundigten sich nach ihrem Wohlergehen. Sikandar zögerte anfänglich ein wenig, aber Karim zog ihn neben sich und sagte: „Du brauchst nicht verlegen zu sein, komm und setz dich!“ Dann fügte er hinzu: „Musst du noch dein Olu machen?“

„Nein", versicherte Sikandar, „ich habe es schon gemacht." Er nahm eine Kappe aus Stoff aus der Tasche und setzte sie auf.

Sabia rief in Richtung Küche: „Kommt doch und setzt euch zu uns, ihr beide!“ Sie wusste ganz genau, dass sie sich nicht zu ihnen setzen würden, sie rief also nur aus Höflichkeit.

Zohra antwortete aus der Küche: „Schon gut, wir bleiben hier. Bitte bedient euch, haltet euch nicht mit Förmlichkeiten auf. Bittet auch den Neffen, dass er sich bedient!“

Rahima steckte den Kopf aus der Küche und sagte zu ihrem Mann: „Bitte kümmere dich um sie!“

In der Küche setzten sich Fatima, Rahima und Zohra um ein Brett herum. Rabia brachte die Speisen, die für Wahida zurechtgestellt waren, nach oben. Sobald der Nagara-

Gong, der von der Moschee herüberklang, sich hören ließ, hoben alle die Hände, rezitierten die Fatihah und schlossen ihr Fasten mit dem Essen einiger Datteln ab. Danach begannen sie zu essen.

Sabia lachte beim Essen. Karim und Kader sahen sie an, als wollten sie nach dem Grund fragen. „Allah hat uns geboten zu fasten, damit wir verstehen, welche Bedeutung es hat, wenn Menschen nichts zu essen haben. Aber während des Fastens denken wir nicht über den Hunger nach, stimmt doch oder nicht? Wir verbringen unsere Zeit damit, die künftigen Mahlzeiten zu planen. Wir kochen verschiedene Speisen und danach essen wir sie. Es ist so, als dächten wir den ganzen Tag nur ans Essen." Sie lachte noch einmal.

„Was du sagst, stimmt einerseits. Andererseits: Wie kann es falsch sein, das Fasten mit verschiedenen Speisen ehrenvoll zu beenden, wenn wir es pflichtgemäß gehalten haben? Sind das nicht alles Gaben, die Rahman uns, seinen Kindern, verordnet hat?" Kader sagte das voller Stolz. Er pries Allahs Gnade bei jeder Gelegenheit.

Karim und Sikandar aßen schweigend. Karim beobachtete seinen Neffen die ganze Zeit über. Niemand hatte Lust, noch etwas zu sagen, denn alle konzentrierten sich aufs Essen. Rahima und Zohra sahen ab und zu durch das Fenster der Küche zu Sabia hin und lachten gemeinsam über sie. Wie kann eine so viel Essen in ihren leeren und ausgehungerten Magen füllen? „Dann haben wir auch noch all die Speisen, die darauf warten, nach den Abendgebeten gegessen zu werden. Ist das ein Magen oder ist das ein Kessel? Ah, Allah!" Fatima gefiel es, dass sie über Sabia lachten. Ihr Gesicht verlor seine Angespanntheit und sah gelöst und hell aus.

Im oberen Zimmer aßen Rabia und Wahida Vadais. Rabia hatte daran gedacht, sich vor dem Essen ein Handtuch auf den Kopf zu legen. Sie fragte sich, ob sie ihrer Cousine etwas über den Bräutigam sagen sollte. Anscheinend gefiel Wahida der Gedanke, dass sie heiraten würde, gar nicht. Rabia hatte bemerkt, dass Wahida sehr unglücklich aussah, als die Älteren einmal von der bevorstehenden Heirat gesprochen hatten. Sie war dann nach oben gegangen, hatte sich aufs Bett gelegt und geweint. Rahima hatte viel Zeit gebraucht, um ihr gut zuzureden und sie zu trösten. Rabia hätte am liebsten über sie gelacht: „Warum will sie nicht heiraten, albernes Ding! Wie großartig werden sie sie in einen Seidensari kleiden, ihr Juwelen anlegen und ihr Girlanden umhängen! Ich jedenfalls, wenn sie meine Heirat arrangieren, werde vor Freude lachen!" dachte sie. Plötzlich fiel ihr Ahmad ein und sie wurde verlegen.

Wahida begann das Gespräch: „Wer alles ist aus dem Dorf gekommen, Rabia?"

Rabia war sehr aufgeregt, ihre Augen blitzten. „Nur Tante Sabia und der Bräutigam sind gekommen. Riechst du das Parfüm, das in der Luft ist? Der Bräutigam hat es an sich. Und dann sieht er sehr hübsch aus! Die Sohlen seiner Füße sind sehr weiß und sauber. Wenn du ihn sehen könntest, würdest du ihn bestimmt mögen, meinst du nicht? Los, versuch mal einen Blick auf ihn zu werfen", rasselte sie mit großer Geschwindigkeit herunter.

Wahida fühlte sich nicht wohl und war durcheinander. Die ganzen letzten Wochen hatte sie sich gefürchtet, wenn sie daran dachte, dass sie heiraten würde. Heute war sie seltsam verstört. Sie wollte den Mann, den sie heiraten würde, unbedingt sehen! Gleichzeitig empfand sie schreckliche Schüchternheit. Sie hatte ihn zuletzt gesehen, als sie noch klein war. Sie konnte sich seine Gesichtszüge nicht ins Gedächtnis rufen. So sehr sie es auch versuchte, sie konnte sich nicht vorstellen, wie er aussah. Auch nicht die blasseste Erinnerung war übrig geblieben, an die sich ihre Vorstellungskraft hätte halten können.

Rabia unterbrach Wahidas Gedanken: „Er ist anscheinend mit dem Flugzeug und allem gereist. Er hat sicherlich viele Flaschen Parfüm mit nach Hause gebracht! Vielleicht nimmt er dich ja auch in all diese Länder im Flugzeug mit. Madina hat das gesagt. Ihr Bruder arbeitet anscheinend in derselben Stadt."

Wahida wusste nicht, was sie antworten sollte. Sie fragte sich einzig und allein, wie sie einen Blick auf ihn erhaschen könnte. Nachdem sie zum ersten Mal menstruiert hatte, hatte Zohra ihr immer wieder gedroht: „Lass dich nie vor einem Mann sehen, der nicht zur Familie gehört! Wenn du andere Gesichter siehst oder sie sehen deines, dann wird dein Gesicht sein Licht verlieren und dunkel werden." Deswegen war sie niemals Männern, die nicht zur Familie gehörten, unter die Augen getreten oder hatte sie auch nur angesehen. Wenn Besucher ins Haus kamen, klingelten sie immer. Sobald sie das hörte, rannte sie weg und versteckte sich in ihrem Zimmer. Nicht nur in diesem Haus wurde es so gehalten, sondern in allen Häusern im Dorf rannten die Mädchen, die erwachsen geworden waren, und versteckten sich. Auch im Haus ihrer Großeltern war es dasselbe. Sie hatte die Koranschule für Mädchen besucht und ging immer in der Purdah umher.

Aber an diesem Tag regte sie sich grundlos auf. . Ihre Gedanken kreisten einzig und allein um ihn. Wie sah er wohl aus? Wie war sein Haar? War er klein oder groß, dunkel oder hell? Wenn sie Rabia fragen würde, dann würde die Kleine vielleicht ihrer Mutter oder ihrer Tante unten alles weitersagen, fürchtete sie. Dadurch würde alles hässlich.

Zohra rief von unten: „Rabia, komm mit deiner Cousine herunter! die Männer sind in die Moschee beten gegangen."

Als sie herunterkamen, sagte Zohra, Wahida solle sofort zu Tante Sabia gehen. Sabia war im Gebetsraum. In dem Augenblick, als sie sie sah, begann Wahida zu zittern. Sie wartete schweigend in einer Ecke, bis sie guten Tag sagen konnte. Die Art, wie Sabia betete, sah sehr seltsam aus. Ihre Beine waren gespreizt und sie hielt sie sehr komisch. Sie atmete schwer, wenn sie ihren Körper senkte und hob. Wenn sie sich niedergeworfen hatte, sah sie wie eine Schildkröte aus, die ihren Kopf unter dem Panzer hervorstreckt und dann wieder zurückzieht. Wahida hätte am liebsten gelacht, aber sie beherrschte sich.

Inzwischen rief Rahima Fatima herbei, die die Halle wischte und für die Tarawih-Gebete fertig machte, denn sie wollte ihr zwei große Gefäße mit Essen für ihren Sohn und ihre Mutter Nuramma mitgeben. Sie wollte sie wegschicken, bevor Sabia ihre Gebete beendet haben würde. Wenn Sabia sähe, dass sie Fatima so viel Essen mitgab, dann würde sie unaufhörlich darüber reden. Rahima wollte keine unnötigen Schwierigkeiten heraufbeschwören.

Sabia beendete ihre Gebete und ihre Rezitation, begrüßte dann sofort Wahida und umarmte sie mit Wärme. Sie hielt sie fest, zog sie mit sich zum Sofa und brachte sie dazu, sich neben sie zu setzen. „Wie geht es dir? Wir haben dich die ganze Zeit nicht zu sehen bekommen, wo versteckst du dich? Warum bist du so dünn geworden?" fragte sie. Dann rief sie: „Zohra, ist die Tüte, die ich mitgebracht habe, dort irgendwo? Wärst du wohl so nett, sie mir eben zu bringen?"

Wahida saß nun dicht neben Sabia und betrachtete ihren umfangreichen Körper und ihr rundes, helles und lebhaftes Gesicht. Sie bemerkte ihre Ähnlichkeit mit ihrem Vater. Sabia steckte ihre Hand in die Plastiktüte, die Zohra ihr gebracht hatte, und zog eine Blumenkette und Packungen mit Keksen und Schokolade heraus. Sie stellte alles neben sich auf den Boden und nahm die Saris heraus, die darunter lagen. Es waren drei Saris aus einem glänzenden satin-artigen Material mit einem Muster von Sternen und Halbmonden. Außerdem gab es zwei Flaschen Parfüm für die Männer und Hemdenstoff.

„Hier nimm das alles und lege es weg. Es sind Geschenke, die dein Neffe aus dem Ausland mitgebracht hat“, sagte sie zu Zohra und legte alles nebeneinander auf das Sofa. „Diese Saris sind für Rahima und dich. Da ist auch einer für Wahida. Jede kann sich einen aussuchen.“ Sie wandte sich an Wahida: „Du magst deinen Sari, nicht wahr?“

Wahida wusste nicht, was sie sagen sollte. Sie nickte nur stillschweigend mit dem Kopf. Sie verstand noch nicht einmal die Frage. Zohra und Rahima warfen einen Blick auf die Saris und lächelten einander zu. Das Muster war geschmacklos und die Farben zu auffällig. Aber das konnten sie natürlich nicht sagen. Ohne sich darüber zu äußern, nahm Rahima sie und sagte: „Warum hast du dir so viel Mühe gemacht?“ Wenn sie die Saris nicht, sofort ohne Zögern annähme, gäbe es Ärger. Sabia würde sich laut beklagen, dass sie sie gedemütigt hätten und ihre Geschenke nicht anerkennen würden.

„Also, mögt ihr diese Saris? Die beiden, die er für euch ausgesucht hat, sind von hoher Qualität und waren sehr teuer. Er hat noch einen Karton mit Saris und Stoffen beiseite gestellt. Er sagt, das sei alles für seine Frau. Die anderen sind noch hochwertiger als diese. Und alles ist für meine Schwiegertochter!” Sie streichelte Wahida das Kinn und sprach freundlich zu ihr.

Wahidas Kopf sank nur umso tiefer. Zohra fragte sich, was an diesen „hochwertigen“ Stoffen wohl so herrlich sei. Rahimas Gesicht spiegelte genau dieselben Gedanken wider. Sabia hatte Spitznamen für Zohra und Rahima. Manchmal sprach sie sie damit an, um sie zu necken. Als Sabia ein Kind war, gab es zwei Kuli-Frauen, die Nalli und Padavi hießen und die bei einigen Familien in ihrem Dorf arbeiteten. Sie waren beide mit demselben Mann verheiratet und stritten nie miteinander. Das ganze Dorf staunte über ihre Solidarität und wunderte sich, dass zwei Frauen desselben Mannes einander so gern haben konnten. Die Solidariät zwischen Rahima und Zohra erinnerte Sabia an Nalli und Padavi. Deshalb nannte sie sie manchmal bei diesen Namen.

Nun hielt es Rahima doch für notwendig, etwas über den glatten Stoff zu sagen, den sie in den Händen hielt. Es wäre vielleicht respektlos, wenn sie gar nichts sagte. Sie sagte nur kurz, um die Form zu wahren: „Der Stoff ist sehr gut. Ebenso die Farben. Sie fallen schön auf, anders als diese blassen englischen Schattierungen.“ Sie hatte so viel Taktgefühl, dass sie ihre wahren Gefühle verbarg.

Rabia beobachtete sie die ganze Zeit über und stand gegen einen Pfeiler gelehnt da, um den sie die Arme gelegt hatte. Ihre Blicke richteten sich auf die Packung mit Süßigkeiten, von denen sie gerne einige gegessen hätte. Sicherlich würde Sabia sie zu sich rufen und sie ihr geben? Wahida sah sie schelmisch an und hätte fast gelächelt.

„Ich hatte etwas Salbe gegen Kopfschmerzen und auch etwas Meeresalgen zurechtgelegt, aber als wir gerade losfahren wollten, tauchte diese Mudevi auf und da habe ich das alles vergessen“, klagte Sabia inzwischen. „Ich bringe es mit, wenn ich das nächste Mal komme“, fügte sie stolz hinzu. „Sikandars Vater ist selbst zum Laden gegangen, um die Sachen für seinen Schwager zu kaufen.“

Rahima verbiss sich das Lächeln. Selbst wenn er sie ihr mitgegeben hätte, hätte Sabia es über sich gebracht, sie zu übergeben? Vielleicht hätte sie sie zum Burma Bazaar in der Stadt geschickt und für so viel Geld verkauft, wie sie nur hätte kriegen können. Sie redete aber so, als ob sie dächte, dass Sabia tief traurig wäre und Trost brauchte. „Es macht ja nichts! Wir werden uns später darum kümmern. Du musst sie ihnen ja schließlich nicht auf der Stelle geben!“

Weder Rahima noch Zohra hatten Sabias Hinweis auf diese „Mudevi" aufgenommen, noch hatten sie gefragt, wen sie gemeint habe. Da sie also verhindert war, das zu erzählen, fühlte sie sich, als ob ihr der Kopf zerspränge. Na gut, wenn sie auch nicht gefragt hatten, sie würde es trotzdem sagen. „Mit ‚Mudevi' meine ich meine Schwägerin, die Schwester meines Mannes, die auf die schiefe Bahn geraten ist. Wenn man ein Mädchen verheiratet hat, bedeutet das ja noch lange nicht, dass alles gut wäre! Ihr Mann verließ sie und die Kinder und sie gerieten in große Schwierigkeiten. Dann holte die Familie ihres Mannes die Kinder ab, weil sie nicht einmal Kanji zu essen hatten. Also kam sie zurück und brachte Schande über uns alle." Sie atmete schwer, als sie diese Geschichte schließlich laut und durcheinander vorgebracht hatte. „Ach, Rabia, geh und hol deiner Tante etwas heißes Wasser zum Trinken", drängte sie die Kleine. Dann streckte sie sich auf dem Sofa aus und sagte: „Na gut, ich werde jetzt mein müdes Haupt für eine kleine Weile hinlegen, ich bin sehr müde."

Das war eine Erleichterung! Es war, als ob das Wüten von Wind und Regen plötzlich aufgehört hätte. Die beiden Frauen standen auf und legten die letzte Hand an das Abendessen. Beide waren sich einer Art Herzbeklemmung bewusst. Wahida überlegte angestrengt, wie sie am Abend einen Blick auf ihren künftigen Ehemann erhaschen könnte. Einzig und allein Rabia hatte keine einzige Sorge auf der Welt. Sie nahm die Schachtel mit Süßigkeiten, öffnete sie und fing an zu naschen.

Kapitel 16

Nuramma lief das Wasser im Mund zusammen, als sie all die verschiedenen Sachen zum Essen sah, die Fatima mitgebracht hatte. Es war lange her, dass sie eine solche Menge Essen auf einmal gesehen hatte. Im Alter, so schien es, hatte ihr Gaumen die wenigste Zeit über etwas zu tun und sehnte sich nach Nahrung. Aber was hätte sie tun können? Es war schon schwer, auch nur genug Kanji zu bekommen, um sich den Bauch zu füllen. „Wie könnte es auch anders sein, wenn eine einzige Frau sich abrackert, um drei Menschen am Leben zu erhalten?" murmelte sie vor sich hin. Iliaz war irgendwo unterwegs und spielte mit seinen Freunden. Fatima war ihn suchen gegangen. Nuramma war sehr hungrig. Wie könnte sie noch länger warten? Der Zeitpunkt zum Beenden des Fastens war schon lange vorüber. Sie zog das kleine Holzbrett heraus und setzte sich. Ihre Knie schmerzten. „Ya, Allah", sagte sie und massierte ihre Beine, damit der Schmerz nachließe.

Sie legte sich einige Idiappam und Kurma auf einen Aluminiumteller und begann zu essen. Sie waren köstlich. Als Zohra jung verheiratet war, konnte sie nicht besonders gut kochen. Damals schleuderte Karim den Teller mit Essen, den sie vor ihn hingestellt hatte, sehr oft auf den Boden. Zohra war völlig am Ende und weinte und weinte. Sie hatte dann bei ihrer Schwiegermutter Jamila die Kochkunst sehr gut erlernt, dachte Nuramma. Damals erfüllte der Duft einer von Jamila gekochten Mahlzeit die ganze Straße! Jetzt, so schien es Nuramma, kamen alle möglichen Arten köstlicher Gerüche aus jedem Haus, wenn die Frauen dort kochten. Der Himmel mochte wissen, was sie da so brutzelten! Es ist alles Schicksal, dachte sie, und beendete ihre Mahlzeit. Sobald das Essen ihren leeren Magen erreichte, fühlte sie sich matt. Sie schraubte das Licht in der Laterne zurück und beschloss, im Stuhl sitzend, ein wenig zu schlafen. Fatima war von der Suche nach ihrem Sohn noch immer nicht zurückgekommen. „Wohin ist er verschwunden, der nichtsnutzige Rumtreiber? Die arme Frau hat den ganzen Tag geschuftet und kann sich noch nicht einmal hinlegen", sagte sie, schloss die Augen und versuchte zu schlafen.

***

Dunkelheit war in die Straße gedrungen. Ein paar Straßenköter heulten in der Ferne. Es gab weder Mond noch Sterne am dunklen Himmel. Plötzlich hörte sie, wie ein Fass die enge, etwa sechzig Zentimeter breite Straße, die ihr Haus von dem Sauras trennte, entlang gerollt wurde. Es war ein Klang, als ob ein schweres bronzenes Fass voller Goldmünzen vorübergezogen würde. Das Geräusch davon, dass es mühelos gezogen wurde, weckte Nuramma aus ihrem Halbschlaf. Es war ein sehr langer Weg. Es würde wenigstens zehn Minuten dauern, es von einem Ende bis zum anderen zu bewegen. Nichts schien im Weg zu stehen.

Was für ein Lärm! Nuramma war neugierig. Sollte sie die Hintertür öffnen und hinaussehen? Aber, wer weiß, sie hatte gehört, dass der Jinn jeden mit einem einzigen Schlag töten würde, den er vor sich sähe. Als sie daran dachte, änderte sie ihre Absicht. Sie lauschte aufmerksam und fragte sich, vor wessen Haus der Lärm anhalten würde. Aber nein, das Fass schien die Straße auf und ab zu rollen, ohne anzuhalten, dann brach das Geräusch plötzlich ab.

Nuramma war enttäuscht. Warum konnte der Jinn den vergrabenen Schatz nicht wenigstens heute Abend in ihrem Haus abgeben? Sie hatte viele Jahre lang dasselbe Geräusch gehört. Sie war ganz erschöpft davon, dass der Jinn herumwanderte und sich nicht entschließen konnte, wo und bei wem er den Schatz, den er hütete, abgeben sollte. Wie konnte er so herzlos sein, an diesem Haus mit seinem vaterlosen Kind vorbeizugehen? Sie hatte sich schon oft gefragt, ob sein Herz vielleicht verschlossen war. Eines war für sie allerdings sicher: Der Schatz würde gewiss eines Tages bei ihnen ankommen.

Vor langer Zeit, als Fatima noch ein kleines Mädchen war, hatte sie einmal im Vorderzimmer gesessen und mit ihren Freundinnen Sieben Steine gespielt. Es war mitten am Nachmittag. Das Sonnenlicht fiel auf den Vorderhof und blendete ihre Augen. Die Brettspiele Pallaanguzhi und Daayam, lagen in der Nähe. Überall lagen Tamarindensamen herum, die als Spielsteine verwendet wurden. Saura, mit der sie lange Daayam gespielt hatte, war eben gegangen. Nuramma dachte, dass sie zu Jamilas Haus gehen sollte, um dort etwas Essen zu holen, bevor Fatima vor Hunger Geschrei erheben würde. Sie hatte die Hausarbeit bei Jamila schon früher, nämlich am Morgen, beendet. Jamila hatte ihr dann gesagt, sie solle später wiederkommen, um Essen zu holen. Wenn Fatima hungrig bleiben müsste, würde Nuramma das sehr quälen. Das arme Kind war vaterlos, dachte sie und bedauerte Fatima. Sie hätte unbedingt einen Vater gebraucht, der dafür hätte sorgen können, dass sie sicher durchs Leben käme! Was konnte Nuramma, da sie nur eine Frau war, schon für sie tun? Sie wurde immer von Furcht und Verantwortungsgefühl geplagt. Wie sollte sie dieses Kind unverletzt und untadelig großziehen? Tag und Nacht ließ diese Sorge sie nicht los.

Damals hörte sie dieses Geräusch. Ein Donnern. Im Vorderhof zerriss ein Blitzstrahl das Sonnenlicht und plötzlich fiel ein bronzenes Fass, als fiele es vom Himmel, in den Hof und leuchtete hell. Innerhalb einer Sekunde, als sie noch wie versteinert da saß und nicht wusste, was geschehen war, teilte sich der Zementfußboden des Hofes, das Fass fiel dort hinein und der Boden schloss sich wieder über ihm. Das Haus verfiel wieder in eisiges Schweigen. Fatima, die nicht verstand, was vorging, schrie „Amma!", kam zu ihr gerannt und verbarg sich erschrocken an ihrer Brust. Nuramma nahm sie fest in die Arme. Die anderen Kinder, die mit Fatima gespielt hatten, waren durch den schrecklichen Lärm des Donners ebenso erschrocken und drückten sich gegen die Wand.

Erst als sie wieder zu sich gekommen war, verstand sie, was geschehen war und begann zu klagen. Ihre Klage äußerte sich in einem Tränenstrom. Aus irgendeinem Grund hatte der Jinn, der ihr den Schatz gebracht hatte, plötzlich seine Meinung geändert und ihn wieder mitgenommen, sodass sie nur einen kurzen Blick darauf hatte werfen können. Bis zum heutigen Tag musste sie immer weinen, wenn sie sich an das erinnerte, was damals geschehen war. Sie glaubte, dass der Jinn eines Tages zu ihr zurückkommen werde. Sie tröstete sich mit dem Gedanken: „Wenn er nicht heute kommt, dann wird er gewiss doch irgendeines Tages kommen. Gib meinem Kind ein Leben ohne Not!"

In dieser Hoffnung lebte sie von einem Tag auf den anderen. Aber die Zeit verging und niemals geschah etwas. Ihr Körper verlor seine Kraft. Wie lange würde es noch dauern? Natürlich würde sie sich freuen, wenn der Schatz noch zu ihren Lebzeiten käme, damit sie sehen könnte, wie sich vor ihrem Kind ein Leben in Freiheit öffnete! Ihre Tochter Fatima wuchs vaterlos auf. Dann verließ Fatimas Mann sie, als sie noch eine junge Frau war, und sie blieb ohne Unterstützung zurück. Jetzt hatte auch Fatimas Sohn Iliaz keinen Vater. Wie konnte Er das Herz haben, ihnen ein solches Schicksal zuzumessen? Was hatte Er je für sie getan, wofür sie Ihm dankbar sein sollten? „Warum sollte ich überhaupt beten?“ fragte sie sich voller Groll. Mücken zerstachen erbarmungslos ihre Beine. Sie setzte sich auf und vertrieb sie.

Fatima hatte wieder einmal zusammengerollt auf einer Matte im Vorderzimmer gelegen. Iliaz lag in ihren Armen. Nuramma ging im Dämmerlicht leise zu ihnen und stellte sich neben sie. Sie fragte sich, ob sie sich hinunterbeugen, Fatima wecken und sie fragen sollte, ob sie etwas gehört habe. Aber Fatima würde dann ärgerlich. Sie wurde ohnehin schnell ärgerlich. Dann würde sie sie anschnauzen: „Kannst du nichts anderes mit deinem Leben anfangen?“ würde sie fragen. „Wie lange willst du mich immer dasselbe fragen?“ würde sie sagen. Oder sie würde verächtlich sagen: „Was für ein Unsinn! Als ob Jinns im Fastenmonat umherwanderten!“ Dann gab sie den Gedanken, Fatima zu wecken, auf und ging stattdessen in den Hof, um sich zu erleichtern und danach zu waschen. Die ganze Stadt war in Schweigen versunken. Kurze Zeit später würde die Stille ganz und gar vertrieben werden. Alle Häuser würden erwachen und sich für das Sahar-Essen vorbereiten und die Straße würde lebendig.

In der Ferne hörte sie leise den Sahar Muzafar Bawa Baytus rezitieren und seine kleine Trommel schlagen, um anzukündigen, dass es Zeit für das Sahar-Essen sei. Er würde jetzt durch alle Straßen der Stadt gehen. Ein Junge begleitete ihn und hielt eine Sturmlaterne. Er sammelte am Morgen viele Gaben in den Straßen. Den ganzen Monat durch hatte er ein gutes Einkommen: Niemand gab ihm weniger als zehn Rupien. Er machte seine Morgenrunde zweimal die Woche, am Freitag und am Montag. Er hatte auch keinen Mangel an Esswaren. Aber mit dem Ende des Ramadan war alles vorbei. Danach kehrte er immer in sein Dorf zurück. Man sah ihn dann erst im Fastenmonat des nächsten Jahres wieder. Er war jedes Jahr in ihre Stadt gekommen, seit Fatima ein kleines Kind gewesen war. Er war ein Mann mit einem guten Herzen und kannte die Lebensumstände aller Familien hier. Er versäumte nie zu fragen, ob Fatimas Mann zurückgekommen sei. Wenn sie Nein sagten, tröstete er sie immer, indem er sagte: „Ich will zu Allah beten, dass er ihn zur Vernunft bringt!“ Aber Fatima fluchte dann und knackte mit den Fingerknöcheln: „Weiß der Himmel, wohin dieser Schuft gelaufen ist. Es ist ganz und gar unwahrscheinlich, dass er jetzt zurückkommt!“

Nuramma wurde von der Furcht geplagt, dass Fatima auf Abwege geraten könnte, weil sie so jung war. Sie dachte, dass es in der letzten Zeit in ihrem Verhalten eine Veränderung gegeben habe. Fatima kämmte sich sorgfältig und trug Blumen im Haar. Aus irgendeinem Grund lachte und lächelte sie viel. Ihr Gesicht sah hell und nicht müde und blass wie gewöhnlich aus. Ein- oder zweimal hatte Nuramma ihre Tochter mit Murugan, der in Bashirs Laden arbeitete, plaudern und lachen sehen. Sie hatte Fatima gefragt: „Was hast du zu diesem niedrig gestellten Burschen gesagt?“ Fatima hatte zurückgeschnauzt: „Nichts!“ Von da an hatte Nuramma ihre Tochter überwacht. Was würde sie tun, wenn Fatima, von den Wünschen ihrer Jugend getrieben, etwas Dummes täte und etwas Böses geschähe?

Nuramma wurde von all diesen Gedanken bedrängt und wusste, dass sie die Hoffnung auf weiteren Schlaf aufgeben musste. Sie nahm ihre Beteldose, ging in den Hof, setzte sich auf den Mahlstein und begann zu kauen.

Kapitel 17

Rabia und Madina gingen auf ihrem Weg in die Schule die Hauptstraße entlang. Rabia war einen Augenblick lang unsicher, ob sie den kürzesten Weg nehmen sollten, und fragte: „Wo wollen wir lang gehen?"

„Wir wollen den kürzesten Weg nehmen", sagte Madina. „Ich habe etwas Geld, wir könnten uns am Kiosk für den Weg etwas zu knabbern kaufen."

„Sollten wir dann nicht zuerst zu Umas Haus gehen und sie abholen?" fragte Rabia unsicher.

„Könnten wir, aber dann könnten wir keine Süßigkeiten kaufen." Madina zögerte. Aber sie überlegte es sich schnell anders. „Gut, macht nichts. Wir können immer noch vor der Schule unter dem Baum Süßigkeiten bekommen." Sie schlug die Abkürzung ein, die von der Hauptstraße abging, und Rabia folgte ihr.

Obwohl es noch früh am Tag war, brannte die Sonne schon heiß. Rabia beschleunigte ihre Schritte. „Madina, beeil dich, ich kann die Hitze nicht aushalten." Madina ging es ähnlich und sie passte ihren Schritt dem Rabias an.

Der Portia-Baum, der neben Buchhalter Sethus' Haus stand, warf einen kühlen Schatten. Rabia wollte dort eine kleine Pause machen. Sie fragte, als ob sie um Erlaubnis bäte: „Wollen wir ein wenig stehen bleiben? Es ist hier sehr angenehm." Aber Madina achtete nicht darauf, sondern ging weiter. „Pah! Mach dir nichts draus, es wird spät. Bald läutet die Schulglocke." Rabia nahm das übel. Sie sagte sich: „Was wäre schon dabei, wenn wir hier einen Augenblick stehen blieben!" Sie ging ungern an dem Baum vorüber. Sie ging weiter und stieß die welken Blätter, die auf dem Boden lagen, mit den Füßen vor sich her. Dabei dachte sie, dass ihre Mutter sie dafür schelten würde. Sie würde sagen: „Gehört sich das etwa für ein junges Mädchen?" Unwillkürlich lief sie eine Zeit lang ganz normal, aber dann überlegte sie es sich anders: „Ja, aber Amma ist ja schließlich nicht hier! Warum sollte ich mich dann um das kümmern, was sie sagen würde?" Sie stieß also weiter die Blätter mit den Füßen vor sich her.

Als sie das Haus erreicht hatten, riefen sie Uma von der Vorderterrasse aus. Als ob sie auf sie gewartet hätte, kam Uma sofort herausgelaufen und sagte: „Hier bin ich!" Rabia hatte ihre Notizen für die Konar-Wiederholung verloren und wusste nun nicht, wie sie sich aufs Examen vorbereiten sollte. Uma hatte natürlich schon alles gut gelernt und kannte ihre Notizen in- und auswendig. Rabia wusste, sie würde sie jetzt nicht mehr brauchen. Madina hatte die Notizen auch, aber Rabia konnte sie nicht fragen, denn sie würde sie selbst brauchen.

„Uma, ich brauche deine Konar-Notizen. Bitte leih sie mir doch!" bat Rabia.

„Meine? Ich habe sie gestern Prabha gegeben. Sie hat ihre verloren, hat sie gesagt. Du hättest mich früher fragen sollen!" Uma tat es sehr leid. Es bedeutete ihr viel, dass Rabia sie um Hilfe bat, und sie war traurig, dass sie ihr nicht helfen konnte.

„Aber ich habe doch meine! Du und ich, wir könnten zusammen lernen", sagte Madina.

„Nein, ich brauche eigene, weil ich sie meiner Cousine Wahida vortragen will, wenn sie Zeit hat", sagte Rabia. Plötzlich dachte sie an Ramesh. Sie fragte: „Uma, sollen wir

Ramesh fragen? Sein Haus ist schließlich gleich hinter eurem! Auch er ist ja sehr klug! Sicherlich hat er schon alles auswendig gelernt. Bitte frage ihn für mich."

Aber Uma antwortete bedauernd: „Zu Rameshs Haus gehen? Das würde ich nie tun!" Sie sah schon beim bloßen Gedanken ganz verstört aus. Rabia war überrascht. „Warum denn nur? Warum kannst du nicht dorthin gehen?"

„Weil … Meine Mutter hat mir gesagt, dass ich niemals dorthin gehen darf."

„Aber warum nicht? Das wollen wir gerade wissen! Hat deine Mutter sich mit seiner Mutter gestritten oder was ist los?" fragte Madina.

„Nein, das ist es nicht. Nein, nein. Sie haben sogar erst gestern miteinander geredet. Aber sie hat mir gesagt, dass ich dort niemals hingehen soll." Uma weigerte sich hartnäckig.

Rabia sah keinen anderen Ausweg. Sie stand auf und sagte: „Ich gehe und hole mir die Notizen alleine. Aber wartet auf mich!"

Die nächste Straße verlief hinter Umas Haus. Das erste Haus auf der gegenüberliegenden Seite war Rameshs Haus. Ramesh ging mit ihnen in eine Klasse. Er war sehr intelligent und in allen Fächern sehr gut. Sein Vater arbeitete im Elektrizitätswerk und deshalb nannten alle ihr Haus das Haus des Elektrizitätswerksangestellten. Rabia fand, dass Ramesh etwas schüchtern sei. Immer wenn sich ihre Blicke begegneten, senkte er den Kopf. Andererseits sah er sie an, wenn sie ihre Blicke abgewandt hatte. Ihre Schulbänke standen nebeneinander und sie merkte es, wenn er sie ansah. Dann fühlte auch sie sich schüchtern. Wenn sie jetzt aber nicht in sein Haus ginge, dann würde sie die Notizen nicht bekommen. Sie beschloss also, es zu tun, denn ihr fiel keine andere Möglichkeit ein.

Es war ein kleines ziegelgedecktes Haus. Der Vorderhof war zementiert und darüber war ein Kolam-Dekor gezeichnet. Ein alter Mann von etwa fünfzig Jahren lag auf der Vorderterrasse. Bis auf seinen Fuß, der von selbst zu zittern schien, lag er still. Sein Gesicht war mit einem Handtuch bedeckt. Er hatte die Arme hinter dem Kopf verschränkt. Oben unter dem Dach hatte ein Sperling unter den Ziegeln sein Nest gebaut. Rabia konnte einen Blick auf den Vogel dort oben werfen. Eine Zeit lang stand sie da und sah hinauf. Einige Strohhalme hingen lose aus dem Nest. Sie war sicher, dass Küken darin waren.

„Wer bist du, Mädchen? Was möchtest du?" Sie erschrak über die Stimme und drehte sich um. Der alte Mann hatte sich aufgesetzt. Sein Haar war vollständig weiß. Sein blasses Gesicht war mit einem feinen Schnurrbart verziert. Seine Zähne waren fleckig. Er sah sie freundlich an und fragte noch einmal: „Worum geht es? Wen suchst du?" Er hatte eine gute, starke Stimme.

„Ich suche Ramesh, Großvater", sagte sie leise.

Seine Augen weiteten sich vor Erstaunen, als sie ihn Großvater nannte. „Mein Haar ist ja schon grau, darum nennst du mich wohl Großvater. Macht nichts, macht nichts." Er fuhr sich mit der Hand durchs Haar. Dann stand er auf, befestigte sein Veshti und strich es glatt. Er wendete sich den inneren Zimmern zu und rief: „Ramesh!"

Ramesh kam heraus und rief: „Was gibt es, Vater?" Als er Rabia sah, hielt er inne und fragte sich, was sie wohl in sein Haus gebracht habe. Inzwischen kam eine schöne Frau in mittlerem Alter hinter ihm ins Freie. Sie musste Rameshs Mutter sein, dachte Rabia, und konnte den Blick nicht von ihr abwenden. Sie hatte ein Gesicht, in dem alles vollkommen proportioniert war und das eine anziehende Heiterkeit ausstrahlte. Eine helle und weiche Gestalt, als wäre sie aus Teig geknetet. Rabia kam wieder zu sich, als die

Frau sie fragte: „Komm, Mädchen, was möchtest du denn?“

„Es geht darum ... Ich wollte Ramesh fragen ...“ Sie zeigte auf ihn. Jetzt kam er zu ihr und fragte: „Was möchtest du?“

„Ich brauche deine Konar-Notizen. Würdest du sie mir wohl bitte leihen?“

Ohne einen Augenblick zu zögern, antwortete er. „Natürlich! Ich hole sie dir“, und er rannte ins Haus.

Rameshs Mutter fragte: „Wie heißt du, Mädchen?”

„Rabia”, antwortete sie leise.

„Seid ihr in einer Klasse? Komm herein! Möchtest du etwas essen?“

Aber inzwischen hatte Rameshs Vater sie erkannt. „Bist du nicht Kaders Tochter?“

Sie schüttelte heftig den Kopf. „Nein, nein. Ich bin die Tochter seines jüngeren Bruders Karim.“

„Ach so. Jetzt erkenne ich die Gesichtszüge”, sagte er und stellte sie seiner Frau vor: „Shanta, weißt du, wer dieses Mädchen ist? Sie ist die Tochter des Ladenbesitzers Karim.“

Jetzt erkannte auch die Frau sie. „Ach, so ist es“, sagte sie. „Warte hier und lass dir dann die Notizen von ihm geben. Möchtest du dich nicht auf die Veranda setzen?“ Sie nahm Rabia bei der Hand und führte sie dorthin. Rabia setzte sich und schob den Rock hinunter, um ihre Füße zu bedecken. Sie war ein wenig verwirrt und hoffte, Ramesh würde sich beeilen. Sie war sich bewusst, dass Rameshs Eltern sie ansahen, und sie senkte den Kopf noch ein wenig mehr, wobei sie auf Shantas Füße starrte. Sie waren sehr schön und hatten lange, helle, wohl geformte Zehen, an denen sie Zeh-Ringe trug. Sie dachte, dass Wahidas Füße auch so aussähen.

„Willst du essen kommen?“ fragte Shanta ihren Mann.

„Später, ich bin jetzt noch nicht hungrig.“

Rabia hörte, wie jemand vor der Vordertür die Sandalen abstreifte, und drehte sich um, denn sie wollte sehen, wer es war. Ein gut aussehender Mann, der Hose und Hemd trug, stieg die Stufen zur Veranda herauf. Er sah Rabia und setzte sich auf die Veranda auf der gegenüberliegenden Seite. „Ach, wie heiß es schon am frühen Morgen ist!“ sagte er leise. Dann rief er: „Shanta, bringst du mir bitte mein Essen?”

„Sofort“, antwortete sie. Dann sagte sie: „Du hast gar nicht gefragt, wer dieses Mädchen ist.“

„Stimmt, wer ist sie denn? Kenne ich sie?“ Er sah Rabia genau an und versuchte ihre Züge wiederzuerkennen. Dann aber stellte Rameshs Vater sie als Laden-Karims Tochter vor.

„Oho, ist sie das? Dann kommt sie ja aus einer sehr bekannten Familie. Was führt dich denn hierher?“ Es klang sehr überrascht. „Du bist also mit Ramesh in einer Klasse?”

„Ja”, antwortete Rabia. Was in aller Welt machte Ramesh nur so lange? Ihre Blicke wanderten zu den inneren Zimmern. Sie war entschlossen davonzulaufen, sobald sie die Notizen in die Hände bekommen hatte.

„Dein Vater und ich kennen einander gut, weißt du das? Vor einiger Zeit bin ich sehr oft bei euch im Haus gewesen. Jetzt komme ich nicht mehr so oft. Aber wir treffen uns immer noch auf der Straße und dann reden wir miteinander. Wir haben eurer Familie zu Deepavali, am achtzehnten Adi und bei anderen Gelegenheiten immer Süßigkeiten geschickt. Und er gab mir eigenhändig zum Ramadan und Bakhr Id besondere Leckereien. Wusstest du das?“ Der Neuankömmling ließ nicht locker.

Rabia blinzelte. Sie wusste nicht, wie sie ihm antworten sollte. Rameshs Vater sah, dass sie verlegen war, und kam ihr zur Hilfe. Damit befreite er sie von der Notwendigkeit, irgendetwas zu sagen. „Warum belästigst du sie mit alledem? Sie ist ja noch ein Kind, wie sollte sie das alles wissen?"

Es stimmte schon, viele schickten ihnen in der Deepavali-Zeit Süßigkeiten. Dann war das ganze Haus voll davon. Für sie war das ein Fest: Sie aß nach Herzenslust Süßigkeiten. Ihre Mutter schimpfte wie gewöhnlich: „Iss nicht so viel davon. Du wirst vor der Zeit menstruieren, wenn du deinen Bauch mit Süßigkeiten füllst." Aber wer hörte schon darauf? Und jedenfalls sagte Amma nie irgendetwas zu Wahida, wenn sie in den Ferien zu Hause war, sie mochte davon essen, so viel sie wollte.

Rameshs Stimme unterbrach ihren Gedankengang. „Hier sind sie, bitte!" Er hielt ihr die Notizen entgegen.

„Ich gebe sie dir zurück, sobald ich alles gelernt habe!" Sie nahm die Notizen, sprang von ihrem Verandasitz auf, stieg die Stufen hinunter und machte sich auf den Weg. Dabei sagte sie zu allen: „Ich geh dann, auf Wiedersehen!"

Als sie mit den Notizen zu Umas Haus zurückkam, sah Uma sie voller Bewunderung an. „Nicht schlecht! Du hast sie dir ganz alleine geholt!"

„Na ja, schließlich hast du dich ja geweigert, sie für mich zu holen!" beklagte sich Rabia.

Uma wurde verlegen. „Sei mir nicht böse, Rabia. Es ist nur, weil meine Mutter mir verboten hat, dorthin zu gehen. Darum konnte ich nicht gehen. Außerdem ist meine Mutter jetzt hier zu Hause. Wenn ich gegangen wäre, dann hätte sie das natürlich gemerkt. Sie hätte mich dann schrecklich ausgeschimpft."

Rabia fragte erstaunt: „Aber warum? Hat sie sich mit Rameshs Familie gestritten?"

„Nein, das ist es nicht. Ich hab dir ja gesagt, dass sie oft mit Rameshs Mutter spricht. Sie geht sogar in ihr Haus. Ich bin die einzige, die das nicht darf. Es liegt wohl daran, dass Rameshs Mutter zwei Ehemänner hat."

Weder Rabia noch Madina verstanden so recht, was sie sagte. „Wie kann sie denn zwei Männer haben?"

„Das sage ich ja. Du musst sie auch gesehen haben. Zwei Männer sind dort. Ich kenne sie recht gut", sagte Uma.

„Aber Rameshs Mutter scheint ein sehr, sehr guter Mensch zu sein. Und außerdem ist sie so schön!"

„Ja, natürlich. Und sie ist auch zu mir sehr lieb. Sie kommt manchmal zu uns. Sie kommt sehr gut mit uns aus. Aber ich verstehe nichts davon."

Eine Zeit lang gingen sie alle schweigend in Richtung Schule. Madina hatte das Gefühl, ihr würde der Kopf bersten. Viele Männer hatten zwei Frauen. Das wusste sie und hatte es auch gesehen. Aber sie hatte nie eine Frau kennen gelernt, die zwei Männer hatte. Wie konnte das sein? Wer würde ihr das erklären? Ihr kam der Gedanke, dass Rabia es von ihrer Tante erfahren könnte. Wenn sie es wagten, ihre oder Rabias Mutter wegen der Sache zu fragen, dann würden sie ihnen bei lebendigem Leib die Haut abziehen.

Rabia ging zur selben Zeit derselbe Gedanke durch den Kopf. Sie beschloss, Tante Rahima noch am selben Abend nach allem zu fragen, und sie würde versuchen, es zu verstehen. Dann dachte sie an etwas anderes, über das sie sprechen musste. Sie musste Uma und Madina sagen, dass sie sich mit Ahmad vertragen hatte. Aber wie sollte sie das anfangen?

Rabia schwieg noch eine Zeit lang. Dann begann sie: „Madina, ich muss dir etwas sagen. Du wirst mir doch wohl nicht böse sein?“

Madina sah sie scharf an. Was konnte es sein, das sie dazu veranlasste, so sehr zu zögern? Wie konnte Rabia nur verlegen sein, wenn sie ihr irgendetwas sagen wollte? Sie hatte in letzter Zeit öfter bemerkt, dass Rabia vorgehabt hatte, ihr etwas zu sagen, dann aber im letzten Augenblick darauf verzichtet hatte. Trotzdem fragte sie jetzt nicht danach, was es sei, ebenso wenig wie Uma. Sie gingen weiter und beide warteten darauf, dass Rabia aus eigenem Antrieb damit herauskäme.

„Also Ahmad und ich haben uns vertragen. Wenn ihr euch auch mit ihm vertragt, dann wird er uns alle drei an seinen Spielen teilnehmen lassen, meint ihr nicht? Bitte vertragt euch mit ihm!“ bat Rabia.

Sowohl Madina als auch Uma waren durch ihre Worte schockiert, so viel war an ihrem Gesichtsausdruck zu erkennen. Madina sagte als erste: „Wie konntest du dich nur mit ihm vertragen? Und noch dazu, ohne uns vorher davon etwas zu sagen! Schämst du dich überhaupt nicht?“ Obwohl sie wütend war, brachte sie es doch nicht über sich, ihre Gefühle ganz und gar zu zeigen. Sie ärgerte sich über Rabias Verrücktheit. Sie war außerdem traurig darüber, dass Rabia so etwas hatte tun können, ohne ihr vorher auch nur ein Wort davon zu sagen. Gleichzeitig verstand sie, dass Rabias heftiger Wunsch, Fahrrad fahren zu lernen, einer der Gründe für ihr Verhalten gewesen war.

Jetzt schaltete sich Uma ein. Sie sah traurig aus: „Wenn du mit ihm sprechen willst, dann tu’s. Ich werde mich nie mit ihm vertragen. Er hat so schlecht über mich gesprochen!“

„Er sagt so etwas nur, wenn wir streiten. Wenn wir erst einmal befreundet sind, dann wird er es nicht mehr tun, das ist doch klar! Wir haben ihn ja schließlich auch beschimpft!“ sagte Rabia, um Uma zu besänftigen.

Aber Uma erwiderte etwas ärgerlich: „Nein, das können wir nicht. Wir können uns niemals mit ihm anfreunden und dabei bleibt es. Wenn du unbedingt mit ihm reden musst, dann brauchst du nie mehr mit uns zu reden.“

Madina hätte niemals gedacht, dass Uma so etwas sagen würde. Sie hatte ebenso wenig erwartet, dass Uma für sie beide sprechen würde. Für Madina war die Freundschaft mit Rabia wichtiger als alles andere. Sie würde es nie fertigbringen, auch nur einen einzigen Tag zu leben, ohne mit Rabia zu sprechen oder ohne sie zu sehen. Sie und Rabia waren so gut wie seit ihrer Geburt unzertrennlich gewesen. Madina ging sehr traurig weiter und sah zu Boden. Ahmad war zwischen sie und Rabia getreten. Sie fühlte sich, als ob ihr jemand etwas Wertvolles weggenommen hätte, das bis dahin ihr allein gehört hatte. Sie nahm Rabia das übel und hatte das Gefühl, als ob ein Schatten auf ihre Zuneigung zu Rabia gefallen sei. Das traf sie ins Herz. Wenn Rabia Madina wirklich ebenso gerne hätte wie sie Rabia, hätte sie sich dann mit Ahmad angefreundet, obwohl sie wusste, wie sehr Madina ihn verabscheute? Hätte sie ihr nicht wenigstens vorher Bescheid sagen können? Nicht einmal das hatte sie getan!

Sie sah einen Augenblick lang auf, bemerkte Rabias traurigen Blick und schlug die Augen schnell wieder nieder, bevor Rabia ihrem Blick begegnen konnte. Sie brachte das Gespräch damit zu Ende, dass sie sagte: „Okay, also. Wenn sie möchte, soll sie mit ihm sprechen. Wir müssen das ja nicht. Aber wir wollen uns deswegen nicht streiten.“ Gleichzeitig wusste sie jedoch nicht, wie sie die Ängstlichkeit aus Rabias Blick wegwischen könnte. Sie war vollständig durcheinander, als sie schweigend weiter in Richtung Schule gingen.

Kapitel 18

Rabi und Siddhi saßen in der Passage vor der Küche. Siddhi hockte auf ihren Schenkeln, während Rabi im Schneidersitz dasaß und ihren langen Rock im Schoß zusammengerollt hatte. Sainu brachte etwas Gopal-Zahnpulver heraus und schüttete eine kleine Menge in ihre hohle Hand. Sie langte nach oben und legte das Päckchen auf das Fenstersims außerhalb der Küche, dann lehnte sie sich vornüber zu den beiden Mädchen. Zuerst forderte sie Rabi auf, ihren Mund zu öffnen. Rabi kicherte auf ihre seltsame Art und öffnete den Mund weit. Sainu stippte ihren Zeigefinger in das Zahnpulver und scheuerte stark Rabis Zähne. Als Rabi versuchte, den Mund zuzumachen, stieß sie sie gegen den Kopf. „Saniyané, mach das nicht, wir sind jetzt fast fertig." Siddhi saß in der Nähe und weinte: „Amma wird böse werden, Amma wird böse werden."

Sainu war erschöpft. Jeden Morgen, wenn sie es geschafft hatte, ihnen die Zähne zu putzen, sie auf die Toilette zu setzen und sie danach zu waschen, war sie fast tot. An den Tagen, wenn sie sie baden musste, brach ihr fast der Rücken in Stücke. Außerdem musste sie ihnen auch noch die Haare waschen, sie trocknen und kämmen! Sie murmelte vor sich hin, dass dieser Allah, der den Hunden etwas Gutes und den Hennen den Koran auf die Stirnen schrieb, ganz gewiss auf ihre Stirn ein besseres Schicksal hätte schreiben sollen. Sie sagte den Mädchen, sie sollten sich den Mund spülen, und brachte sie ins Haus, in die Küche.

Dort war Mumtaz und schnitt Gemüse klein. Ihr Gesicht drückte aus: Zwar ist jetzt ein Fastentag, aber wir müssen am Morgen trotzdem für diese beiden Blöden kochen! Sainu sagte: „Mumtaz, mach bitte für die beiden ein paar Dosais!"

„Mach ich sofort", sagte Mumtaz, zündete das Holzfeuer an und stellte das Dosai-Backblech auf den Herd. Das Feuerholz war grün, sodass sie der Rauch davon in die Augen biss. Sie nahm die Flasche mit Kerosin und kippte vorsichtig etwas daraus über das Holz. Das Holz fing mit einem plötzlichen Aufflammen Feuer. Sie rührte den Back-Teig und goss etwas davon auf das Blech. Madina kam von irgendwoher angeflogen und setzte sich neben ihre Schwestern. Sie sagte: „Gib mir bitte auch Frühstück! Ich muss für mein Examen lernen."

Sainu schnauzte sie an: „Du bist so groß wie ein Büffel geworden, aber dein Gehirn ist nicht gewachsen! Ob du vielleicht einen Teller und eine Tasse Wasser nimmst und vor dich hinstellst, eh du dich setzt, oder willst du dich lieber gleich hinsetzen wie ein Junge? Nimm jetzt auch für deine beiden Schwestern Teller und stelle sie ihnen hin. Du bist doch wohl ein Mädchen, oder nicht? Gehört es sich etwa, dass du dich so verhältst?"

Madina lief zum Schrank und griff nach drei Tellern, die darin standen. Sie nahm einen Krug und eine Tasse vom Regal über dem Küchenherd. Sie füllte den Krug aus dem Wasserbehälter und goss etwas Wasser in die Tasse, die vor Rabi stand. Dann stellte sie den Krug neben sich.

Von Siddhi und Rabi ging ein unangenehmer Geruch aus. Madina hielt den Atem an und rückte etwas von ihnen ab. Sie wusste, dass der Geruch daher kam, dass sie die ganze Zeit sabberten. Saniyané, konnten sie nicht wenigstens ihre Spucke runterschlucken? Sie wussten genau, was sie tun mussten, um ihr Essen zu schlucken, konnten sie das denn nicht auch lernen?

Mumtaz hatte darauf bestanden, dass sie selbstständig essen sollten. Sie erlaubte Sainu nicht, sie zu füttern. „Lass sie in Ruhe, Schwiegermama, lass sie alleine essen", sagte sie immer wieder. Und tatsächlich hatten sie es gelernt. Manchmal war Mumtaz mit ihrer Schwiegermutter streng: „Wenn du ihnen nur beigebracht hättest, alles alleine zu machen, dann wäre es nicht so schwer mit ihnen, wie es jetzt ist. Es wäre ein wenig leichter für dich. Du machst dir all diese unnütze Arbeit, putzt ihnen die Zähne, wäschst ihnen den Hintern, badest sie und alles!"

Aber Sainu wollte ihr nicht zustimmen. „Für dich ist es leicht, das zu sagen. Wie hätte ich ihnen das alles beibringen sollen, da man mir doch gesagt hat, ihr Gehirn würde sich niemals entwickeln? Außerdem findet das alles nur zu meinen Lebzeiten statt. Solange ich lebe, will ich mich selbst um meine Kinder kümmern." Ihre Augen füllten sich dann mit Tränen. Die beiden Schwestern ließen es manchmal nicht zu, dass Farida oder Mumtaz Sainu bei ihrer Pflege halfen. Sie konnten sehr eigenwillig sein. Die größte Qual war es für Sainu, wenn sie ihre Periode hatten. Ihr Gehirn entwickelte sich offensichtlich nicht, aber von ihrer Periode konnte man nicht dasselbe sagen; sie kam regelmäßig jeden Monat. Dann hatte Sainu vier bis fünf Tage hintereinander zu kämpfen, musste sie mit Tüchern versorgen und diese waschen und trocknen. Sie verlor dann den Appetit bei all dem Hin und Her. Sobald die eine fertig war, fing die andere an, und dann war sie selbst an der Reihe. Der halbe Monat war damit ausgefüllt. Und die ganze Zeit über hörte sie in ihrer Verzweiflung niemals auf, Allah zu schelten. „Bitte nimm sie zu dir!" bat und betete sie. Sie zog einigen Trost daraus, dass ihr Mann gestorben war, ohne dass er das alles miterlebt hatte. Wozu nützte das viele Geld? Wozu nützten schließlich Annehmlichkeiten und Entscheidungsfreiheit? Es gibt weder eine Möglichkeit, die beiden zu heilen, noch eine Möglichkeit, auch nur etwas Frieden zu finden, weinte sie.

Für Madina war es fast schon Zeit, zur Schule aufzubrechen. Sie bat Mumtaz: „Bitte, gib mir zuerst mein Frühstück. Die Schulglocke läutet bald!"

„Hier, es ist fertig." Mumtaz legte den ersten Dosai auf ihren Teller und goss ihr etwas Chutney darüber. Sofort nahm Madina ihren Teller und lief damit in die Halle, um sich dort zum Essen hinzusetzen. Sie wurde vom Rauch in der Küche und dem üblen Geruch ihrer Schwestern vertrieben.

Sainu saß auf einer Bank im Hof und rief: „Warum gehst du in die Halle, Kind? Du wirst dort überall dein Essen verkleckern. Denk daran, dass wir dort beten!"

„Nein, Amma, ich verspreche dir, dass ich nichts verkleckere. Mich beißt der Rauch dort in die Augen."

Natürlich taten Madina ihre Schwestern leid. Aber es schien keine Möglichkeit zu geben, diesen furchtbaren Geruch loszuwerden. Amma tat ihr Bestes: Sie wusch sie jeden Tag mit teurer Ceylon-Lux-Seife. Aber der Geruch ließ nie nach. Was konnte man da machen? Madina brachte niemals ihre Schulfreundinnen mit nach Hause, nicht einmal im Vorbeigehen. Rabia konnte ruhig ins Haus kommen. Aber wie war es mit den anderen? Wenn sie kämen und die beiden sähen, dann würden sie früher oder später, wenn einmal ein Streit entstanden war, auf die beiden anspielen, nur um Madina zu ärgern. Außerdem dachte sie, dass ihre Freundinnen, wenn sie ihre Schwestern sähen, sie selbst nicht mehr respektieren würden.

Ihre Mutter, die Arme, liebte die beiden mehr als ihr Leben. Sie konnte nicht ertragen, wenn irgendjemand auch nur ein Wort gegen sie sagte. Mumtaz' Mutter hatte sie einmal vor jemandem geneckt und gesagt: „Ja, Mumtaz, wird Sainu für deine beiden irren Schwägerinnen Männer finden?“ Eine andere Frau hatte gefragt: „Wie wird sie es denn wohl fertigbringen, die beiden zu verheiraten?“ Dann hatte sich noch eine dritte eingemischt und gesagt: „Wie denn wohl? Sie hat ihre Arme und ihre Hälse mit Schmuck umwickelt! Verstehen die beiden überhaupt, was Schmuck ist? Kein Mann ist bereit, sie zu heiraten, nicht einmal für all den Schmuck!“

Dieselben Frauen, die an all diesem Geschwätz und Spott teilgenommen hatten, kamen zu Sainu, um ihr alles zu erzählen, was gesagt worden war. Sainu weinte so laut, dass das Haus bis in die Grundmauern erbebte. Mumtaz tat den Mund nicht auf. Es war Farida überlassen zu versuchen, sie zu beruhigen.

Mumtaz’ Mutter war natürlich traurig darüber, dass sie ihre Tochter in diese Familie verheiratet hatte. Sie hatte es getan, bevor ihr deren Probleme bekannt geworden waren. Irgendeine hatte sie wohl gefragt: „Wie konntest du deine Tochter in diese Familie geben? Da wollen wir mal hoffen, dass sie nicht auch verrückte Kinder bekommt. Sie sagen, es ist erblich und wird von einer Generation in die nächste weitergegeben.“ Auch darüber weinte Sainu. „In der Stadt sagen sie, dass die Kinder meines Sohnes ebenso sein werden. Oh Allah! Rabbi! Hör dir das an! Bereite diesen Leuten dasselbe Schicksal, wie meins ist! Bitte schenke meinen Kindern ein besseres Leben!“

Natürlich wusste sie, wie die Dinge lagen. Sie wusste, dass das der Grund dafür war, dass niemand Farida zur Frau haben wollte. Die junge Wahida würde bald heiraten. Ihre Tochter Farida würde schon achtzehn, sobald der Ramadan vorüber wäre. War sie in irgendeiner Hinsicht weniger gut ausgestattet als Wahida? Hatte sie etwa nicht viel Schmuck? Hatte sie etwa kein Geld? War sie nicht ebenso schön? Sie konnte keinen Mann aus ihrer Familiengruppe bekommen. Wie ihr Sohn Suleiman sagte, seien sie gezwungen, sich anderswo umzusehen. Aber sie konnte ja nicht in ein Auto steigen und herumfahren! Sie konnte ja diese Mädchen nicht allein zu Hause lassen! Sie hatte ihrem Sohn gesagt, er solle diesen Gedanken aufgeben. Wir sehen mal, was kommt, tröstete sie sich. Irgendwo musste es doch schon einen Mann für Farida geben, er müsste ja nicht erst geboren werden.

An diesem Tag war Sainu außergewöhnlich traurig. Unwillkürlich strömten ihr die Tränen aus den Augen. Sie wischte sie mit dem Sari weg. Madina hatte gefrühstückt und war zur Schule gegangen. Die Hitze wurde schlimmer. Sainu stand auf und ging ins Haus. Ihre Knie schmerzten. Sie rief: „Farida, Farida!”

Farida kämmte sich gerade das Haar und kam auf das Rufen ihrer Mutter heraus. Ihr langer Rock und Davani hoben ihre Größe hervor. Sie besaß das breite runde Gesicht und die rosa Hautfarbe ihres Vaters. Ihr Alter war genau richtig, um sie in die Ehe zu geben. Sainu machte sich Sorgen, dass das aufgeschoben werden musste. Sie sagte: „Geh zu deinen Schwestern, kämme ihnen das Haar und mach ihnen Zöpfe. Achte darauf, dass du genug Öl nimmst. Ich lege mich ein bisschen hin.“

„Wenn ich ihnen schließlich die Haare gekämmt habe, tun mir die Arme weh, Amma. Sie halten den Kopf nicht still, sondern wackeln ständig damit. Außerdem haben sie Läuse. Warum müssen sie auch unbedingt so langes Haar haben? Warum schneiden wir es ihnen nicht kurz?“ Farida sprach in belehrendem Ton zu ihrer Mutter. Sainu traten die Tränen in die Augen. „Sie haben beide so dickes Haar, das in schönen Locken bis über ihre Taille fällt. Wie kannst du so gefühllos sein vorzuschlagen, wir sollten es ihnen abschneiden? Wie könnte ich das jemals tun, Kind?“

„Warum weinst du über so etwas? Schließlich musst du damit kämpfen und es jede Woche waschen! Du bist jedes Mal völlig erschöpft, wenn du es geschafft hast. Wenn du es endlich frottiert und getrocknet hast, bist du alt und grau geworden!“

Sainu verstand, dass Farida das alles aus Zuneigung und Besorgnis sagte, und schwieg. Wenn jemand anderes dasselbe gesagt hätte, hätte sie es nie durchgehen lassen. Sie stimmte ihr ruhig zu: „Ja, Liebe. Wir wollen noch warten, bis das Fest vorüber ist, und dann tun wir es.“

Sainu ging hinein, um sich hinzulegen. Das Zimmer war hell vom Sonnenlicht. Sie zog die Vorhänge vor die Fenster und legte sich auf das Bett. Sie fragte sich eine Zeit lang, warum die Traurigkeit sie gerade an diesem Tag so überwältigte. Dann wurde ihr klar, dass es nicht nur an diesem Tag so war, sondern dass sie sich in der ganzen letzten Woche ebenso gefühlt hatte. Seit sie von Wahidas Heirat gehört hatte, war ihr das Herz schwer. Es war Besorgnis und Bedauern, dass sie nicht in der Lage gewesen war, eine Hochzeit für Farida zu arrangieren. Sie hatte Sorge, dass Farida tief gekränkt sein müsste. Sie dachte: „Wir hatten gehofft, sie Salaam, dem Sohn meiner Schwägerin zu geben“, dachte sie. „Aber seine Mutter Zeenat war damit nicht einverstanden und deshalb verheiratete sie Sherifa mit ihm. Aber Allahs Pläne waren anders als ihre: Sie hatte nicht verhindern können, was kommen musste!“

Sie erinnerte sich schaudernd daran, wie Zeenat sich an sie gehängt und viele Tränen vergossen hatte, als die Nachricht kam, dass Salaam bei einem Unfall in Dubai gestorben sei. Zeenat schrie vor Schmerz: „Was für einen großen Fehler habe ich da gemacht! Ich hatte Angst, dass mein Sohn geistesschwache Kinder bekommen würde, wenn er deine Tochter heiraten würde, und deshalb habe ich ihn mit der Tochter meiner ältesten Schwester verheiratet. Jetzt ist sie hilflos und noch dazu schwanger!“

Sainu hatte ihren Groll gut verborgen und ihn niemals verraten. Manche Leute versuchten, sich auf ihre Seite zu schlagen, und sagten: „Warum mussten sie sich auch anderswo nach einer Braut umsehen, wo doch deine Tochter hier vor ihrer Nase ist?“ Aber Sainu sagte nur: „Ja und? Zeenat hat nach einer Braut gesucht, die zu ihnen passte, und ebenso muss ich nach einem Jungen suchen, der zu uns passt. Außerdem solltet ihr daran denken, wer Sherifa ist. Sie ist auch eine Nichte. Zeenat ist ja schließlich innerhalb der Familie geblieben!“ Es demütigte Sainu, dass alle wussten, dass Farida zurückgewiesen worden war. Das warf ein schlechtes Licht auf Farida! Wenn Sainu an ihren Mann Latif Rowther dachte, schnürte sich ihr die Kehle zusammen. „Wenn er am Leben wäre, dann wäre das nie passiert!“ dachte sie.

Ihr Kummer über Salaams Tod hatte sie für viele Tage in die Knie gezwungen. Er war der Sohn der Schwester ihres Mannes. Seit seiner Kinderzeit hatte sie ihn Schwiegersohn genannt. Der war er immer für sie gewesen. Der einzige Trost war, dass Farida, wenn sie ihn geheiratet hätte, jetzt als Witwe zurückgeblieben wäre. Allah hatte wenigstens insofern auf sie aufgepasst. Sonst wäre aus einem neuen Topf ein gebrauchter geworden. Warum sollte sie an den gebrauchten denken, wenn es keine Möglichkeit gab, für den neuen Topf einen Deckel zu finden? Hätte sie den gebrauchten Topf jetzt zudecken können? Aber die arme Sherifa! Was nützten ihr jetzt Schönheit und Jugend? Sie war mit ihrem Kind allein. Sainu fragte sich verwirrt, welche Zukunft Sherifa haben werde. Vielleicht würden sie sie mit Salaams jüngerem Bruder Asik verheiraten. Aber Sherifa lehnte hartnäckig ab, an eine neue Heirat zu denken. Was war da zu tun?

Kapitel 19

Als Sherifa ihr Kind weinen hörte, stand sie auf und ging ins Schlafzimmer. Die Betttücher waren nass. Sie zog sie zur Seite. Sobald Jasmin das Gesicht ihrer Mutter sah, hörte sie zu weinen auf und lächelte. „Halt dich fest, mein Schatz!" sagte Sherifa nahm das Kind auf und trug es in die Halle. Dort setzte sie sich mit ihm auf einen Stuhl. Saura lag auf ihrem Bett und sah Sherifa und Jasmin an. Sie hielt die Arme auf und sagte: „Mein Schatz, komm zu deiner Oma!" Das Kind glitt vom Schoß seiner Mutter und lief zu seiner Großmutter. Sherifa ging in die Küche, um Jasmins Essen zuzubereiten. Sie zündete das Feuer im Herd an, und als es hell brannte, sagte sie „Bismillah" und stellte die Milch auf den heißen Herd. Sie zog die Bank unter dem Herd hervor, setzte sich und sah durch das Fenster auf den Mangobaum im hinteren Hof.

Der Baum war von Blüten und winzigen Mangos bedeckt. Er brachte regelmäßig, jedes Jahr, Frucht, seit sie denken konnte. Bei ihr war das anders gewesen, dachte sie. Sie hatte nur einmal Frucht getragen und war dann verdorrt. In den letzten Tagen konnte sie ihrer Ruhelosigkeit weder ein Ende machen noch sie vermeiden. Ein tiefer Seufzer entfuhr ihr, als sie sich fragte, wie lange sie noch wie ein verdorrter Baum weiterexistieren müsste. Es war ihr, als sagte eine Stimme ihr die Wahrheit ins Ohr: nur bis zum Tod! Selbstmitleid überkam sie und sie begann zu weinen. Hätte sie sich jemals vorstellen können, dass ihre Jugend sich in eine solche Qual verwandeln würde? Sie erinnerte sich mit einem Schreck daran, dass sie früher einmal ihre Jugend als Glück und Freude empfunden hatte. Aber welch große Veränderung war innerhalb von ein paar Jahren vor sich gegangen! Jetzt konnte sie nachts nicht schlafen. So sehr sie auch die Wünsche ihres Körpers zu ignorieren versuchte, sie wollten nicht nachlassen! Es war eine ständige Qual.

Jetzt war es fast zwei Jahre her, dass Salaam gestorben war. Zwar hatte er nach ihrer Hochzeit noch einige Jahre gelebt, aber die Tage, die sie tatsächlich zusammen gewesen waren, konnte man zählen! Nach ihrer Hochzeit war er einen ganzen Monat lang bei ihr gewesen, bevor er fortging. Er kam zwei Jahre danach für vierzig Tage zurück. Das war alles gewesen. Dann kam er nie mehr zurück.

In drei Ehejahren waren sie nur siebzig Tage zusammen gewesen. Damals, als sie wusste, dass er in Dubai war, war das ein großer Trost für sie und der Glaube daran, er werde bald zurückkommen, war ein Mittel, in schlaflosen Nächten ihren Körper zu besänftigen. Aber jetzt war alles anders. Jetzt hatte sie weder etwas zu hoffen noch zu erwarten. Welche Hoffnung oder welcher Glaube hätte ihr jetzt Frieden geben können? Ein Seufzer erhob sich in ihrer Brust und verging wieder. Wenn sie ihr Spiegelbild ansah, fragte sie sich, wie lange ihre Jugend sie noch quälen werde. Wenn sie daran dachte, war der Gedanke daran der pure Schmerz.

Ein Jahr nach Salaams Tod hatten ihre Eltern damit angefangen, sie immer wieder zu bitten, noch einmal zu heiraten. Aber sie hatte hartnäckig abgelehnt. Sie wollte nicht einmal daran denken. Schließlich genüge ihr ihre Tochter Jasmin, sagte sie. Sie wolle kein anderes Leben. Ihr Vater hatte einige Hadiths zitiert. Hatte der Heilige Prophet nicht Khadija geheiratet? Nur nach unserem Gesetz hat uns Allah die Freiheit gegeben, Witwen zu gestatten, sich wieder zu verheiraten, sagte er. Aber Sherifa antwortete nur: „Du willst nur einen Mann für mich suchen. Du würdest nicht nach einem Vater für mein Kind suchen!"

Danach drängte niemand in der Familie sie mehr. Sie war nicht gegen eine zweite Heirat als solche. Ihre Sorge war nur, dass ihr Kind darunter leiden könnte. In dem Gedanken war sie unerschütterlich. Hätte sie sicher sein können, dass ihr neuer Mann Jasmin geliebt hätte? Würde er sie genauso wie die Kinder behandeln, die sie ihm gebären würde? Diese Bedenken brachten sie zu ihrer Entscheidung. Aber trotzdem war es schwer. Obwohl sie die Hälfte des Jahres mit Fasten und dem Rezitieren von Gebeten beschäftigt war, waren ihre Wünsche und Gefühle noch immer vorhanden und sie konnte sie nicht ignorieren. Was sollte sie tun?

Ein Schreck fuhr ihr in die Glieder: Wie konnte sie nur an einem Fastentag solche Gedanken haben! Sie sagte sich, dass dann selbst das Fasten seinen Wert verlieren würde. Dann erinnerte sie sich, dass sie die Milch auf den Kocher gesetzt hatte. Sie sprang mit einem Schreckensruf auf. Die Milch war übergekocht und hatte die Flamme ausgelöscht. Der Docht war durch und durch nass und ließ sich nicht mehr anzünden. Sie schaltete den Kocher aus und machte sich daran, ihn zu säubern.

Saura rief aus der Halle: „Ist die Milch übergekocht und überall hingespritzt? Ich rieche es von hier aus!"

„Ja, Amma", sagte sie gereizt und beendete ihre Wischarbeit. Sie goss Milch in einen breiten Topf, hob ihn mit einer Hand hoch und langte mit der anderen nach der Milchflasche im Regal. Sie wusch die Flasche unter dem Wasserhahn aus und ging in die Halle, wobei sie die Flasche heftig trocken schüttelte.

Saura tadelte sie barsch, sobald sie sie sah: „Was tust du da, dass du deine Hand auf so Unheil bringende Weise schüttelst?" Dann sah sie die Flasche. „Ach, ich sehe, es ist die Flasche", sagte sie wie zur Entschuldigung.

Sherifa antwortete nur mit dem einen Wort: „Ja!" Sie setzte sich unter dem Ventilator auf den Boden und stellte die Milch ab, damit sie etwas abkühlen könnte.

„Wie kommst du nur darauf, dich in deinem Gebetssari auf den Boden zu setzten! Das ganze Haus ist nass vom Urin deiner Tochter!" schimpfte Saura. „Wenn du Milch aufs Feuer stellst, musst du schon darauf aufpassen! Du bist mir schon die Richtige!"

Sherifa ärgerte sich über die Bemerkungen ihrer Mutter und antwortete ihr scharf: „Hast du Urin gesagt? Wische ich es nicht immer sofort auf? Worüber beklagst du dich?" Aber Sherifa war auch traurig. Ihre Mutter beklagte sich so viel, weil sie beunruhigt war. Sie sollte sich darüber nicht so ärgern, sagte sie sich. Sie stand auf, ging zum Bett ihrer Mutter, nahm Jasmin auf den Arm und ging zu ihrem Platz zurück. Sie fühlte am Boden des Topfes, ob die Milch genügend abgekühlt war. Dann nahm sie vorsichtig mit Daumen und Zeigefinger ihrer rechten Hand die Haut, die sich auf der Oberfläche gebildet hatte, und klebte sie in einem Stück an den Rand des Topfes.

Saura sah das Kind an, das inzwischen wieder im Schoß seiner Mutter lag und an ihrem Finger saugte und sagte: „Das Kind ist hungrig, beeil dich, kühl die Milch ab und gib sie ihr!" Sie stand vom Bett auf, nahm ihren Sari ab, schüttelte ihn aus und legte ihn sich wieder um.

Sherifa goss die Milch in die Flasche und gab sie dem Kind. Sie sah auf und musterte ihre Mutter genau. Saura hatte einen schweren Körper und atmete schwer. Sie trug einen Sari, den ihr Mann ihr aus dem Ausland mitgebracht hatte. Er war aus einem sehr dünnen Stoff und jede Kurve ihres dicken Körpers wurde dadurch deutlich sichtbar. Sherifa verwirrte der Anblick ihrer Mutter. Sie hatte schon oft mit ihr darüber gesprochen.

„Was ist das, Amma? Du warst auf der Haj und alles und doch trägst du diesen durchsichtigen Sari! In der Stadt verkaufen sie so schöne Baumwollsaris, warum kaufst du dir nicht einen und trägst den?“

Aber Saura hörte nicht auf sie. Sie setzte dem Gespräch immer ein Ende, indem sie sagte: „Sei still! Mir gefällt dieser Sari und dabei bleibt es. Außerdem sind wir die meiste Zeit im Haus. Wenn wir ausgehen, tragen wir Purdah. Was regst du dich also auf?“ Damit versuchte sie Sherifa zu besänftigen.

Nun zog sie den Sari dicht um sich und legte sorgfältig die Vorderfalten ein. Dann fragte sie neugierig: „Sag doch mal, was ist neulich zwischen Mumtaz und Nafiza vorgegangen?“

„Pah! Sie reden alles Mögliche. Wer hat dir denn dieses Gerücht hinterbracht?“ Sherifa war irritiert. Warum kamen die Frauen und erzählten Amma so etwas? fragte sie sich empört.

„Spielt keine Rolle, wer es war. Sag mir nur, was sie dort gesagt haben!“ Saura wurde noch neugieriger.

Sherifa wusste genau, dass ihre Mutter sie jetzt nicht in Ruhe lassen würde. „Warum hörst du auf all diese Geschichten und noch dazu im Fastenmonat? Es war weiter nichts. Mariyayi kam, um dort etwas zu arbeiten, da sagte Mumtaz im Laufe des Gesprächs, dass es für Männer in Ordnung sei, wenn sie mit verschiedenen Frauen schliefen, aber dass sie nicht verstehen könne, wie Frauen so etwas täten. Damit spielte sie auf etwas bei Nafiza an, denn deren Ausdruck erstarrte. Das war alles.“ Sherifa sagte das alles etwas verlegen und beugte sich über ihr Kind.

„Oho, das war es also. Und warum erstarrte der Ausdruck dieser Schlampe? Sie hat ja nur die Wahrheit gesagt. Sie hat nichts gesagt, was nicht passiert wäre. Schließlich kann sie nicht die ganze Zeit über auf ihre Geschlechtsteile starren!“ Sauras Stimme wurde vor Spott und Ärger laut und das verstörte Sherifa. Sie hielt den Kopf gesenkt, denn sie fürchtete, dass ihre Mutter das jetzt all und jedem ausplaudern würde.

Saura verstand, dass Sherifa schwieg, weil ihr die Worte ihrer Mutter missfielen und fuhr fort: „Übrigens hat Nafiza ihre Periode bekommen?“

Sherifa hob den Kopf. „Mm? Ich weiß nicht”, murmelte sie.

„Nein, ich frage nur, weil ihre Brüste, als ich sie gestern sah, ziemlich groß aussahen.”

„Es kann nicht sein, Amma. Und um Himmels willen, plaudere das nicht alles überall aus!“ sagte Sherifa in scharfem Ton. Um das Thema ganz und gar zu beenden, fügte sie hinzu: „Was kümmert es uns außerdem, wer in dieser Stadt schwanger ist und wer nicht!“

Saura blieb nichts zu sagen übrig, deshalb nahm sie einen Kamm aus dem Regal, stellte sich vors Fenster, das zur Straße hinausging, und kämmte sich das Haar.

Sherifa konnte nicht umhin, ihre Mutter zu bedauern, aber sie wollte ihre Gedanken von ihr abwenden und beugte sich deshalb wieder über das Kind. Jasmin stieß ihr linkes Bein in die Luft, während sie die Flasche in der rechten Hand hielt und ihre Milch trank. Von Geburt an war sie das vollständige Abbild Salaams. Saura sagte häufig zu anderen: „Hätte das Kind nicht andere Gesichtszüge bekommen können? Muss es unbedingt seinem Vater so ähnlich sehen? Das ist eine unaufhörliche Qual für meine Tochter!“

In letzter Zeit, sagte sie das nicht mehr. Sie versuchte, ihre Sorgen vor Sherifa zu verbergen. Nur wenn ihre Tochter nicht zu Hause war, sagte sie so etwas zu sich selbst und weinte. Wenn wenigstens Sherifas Vater zu Hause gewesen wäre, dann hätte sie ihre Sorgen mit ihm teilen können! Aber er kam nur alle zwei Jahre aus Singapur nach Hause. Noch bevor zwei Monate um waren, wollte er zurückfliegen, denn er sagte, der Laden könne ihn nicht entbehren. Es war, als wäre er nur zu Besuch. Aber was gab es schließlich auch zu Hause, das ihn hätte freuen können? Die Situation, in der seine Töchter waren, konnte ihn nur unglücklich machen. Sie sagte sich, dass sie zu ihrem Trost wenigstens ihren Sohn Razak hatten. „Das alles geschieht, weil Er es für uns so angeordnet hat", sagte sie sich.

Jemand stieß die Vordertür des Hauses auf, die Sherifa genau gegenüber war. Als das Licht von der Straße auf sie fiel, sah sie auf und rief Raihaina zu, die eben hereinkam: „Mach sofort die Tür zu! Es könnten gerade jetzt Männer die Straße lang gehen!"

„Und warum sitzt du genau der Vordertür gegenüber?" schnauzte Saura. Dann schrie sie Raihaina an, die eben die Tür zumachte und verschloss: „Wo bist du die ganze Zeit wie eine verirrte Kuh herumgestromert? Fastest du nicht? Kannst du nicht mal eine kurze Zeit lang an einem Ort bleiben?" Die Sehnen in Sauras Nacken schwollen an.

Raihaina ärgerte sich: „Pah! Du beklagst dich ständig über mich. Ich war ganz in der Nähe, Amma, in Tante Sainus Haus. Ich habe mit Farida Daayam gespielt, das ist alles." Sie streckte die Arme nach dem Kind aus und rief: „Komm her zu deiner Tante!"

Sherifa sah ihre Schwester an, als sähe sie sie zum ersten Mal. Ihre Arme waren wie Stöcke, die Haut hing lose daran. Ihr Körper war mager, nur ihr Bauch stand, rund wie ein Topf, heraus. Ihr Kopf war im Verhältnis zu ihrem Körper zu klein. Sie hatte die dünnen Büschel rötliches Haar, die auf ihrem Kopf wuchsen, zurückgekämmt und einen Pferdeschwanz aus einem Zopf gemacht, der mit einem Band zusammengebunden war. Ihre eingesunkenen Augen, ihre Nase und ihr Mund sahen wie winzige Ausgaben dieser Körperteile aus. Sie war vier Jahre älter als Sherifa. Obwohl Sherifa ihre Schwester täglich sah, schmerzte es sie, ihren blutarmen Körper und ihr seltsames Gesicht zu sehen. „Was können wir dagegen tun? Es ist ihr Schicksal", sagte sich Sherifa traurig, aber trotzdem schalt sie ihre ältere Schwester: „Du menstruierst nicht, darum musst du den ganzen Monat fasten. Warum musst du dich also, wenn du fastest, um die Angelegenheiten der ganzen Stadt kümmern? Ist dir nicht elend oder schwindlig oder so?"

„Sei nicht albern, mir geht es gut. Niemand gibt mir mehr Arbeiten oder Aufträge, die ich erledigen könnte, denn sie haben Angst vor Amma. Ja, ich fühlte mich ein bisschen schwindelig, darum haben Sainu, Farida und wir alle Daayam gespielt. Wir haben gleichzeitig Songs von Radio Ceylon gehört." Sie löste ihren Davani und schüttelte ihn aus.

„Warum musst du mit ihnen spielen? Diese beiden Verrückten kommen immer zu dir und stellen sich neben dich. Wie kannst du nur den Gestank aushalten?" Saura zog eine Grimasse.

„Pah! Nur ruhig, Amma. Ich bedaure die armen Dinger! Außerdem ist Sainu die Frau deines Bruders. Wenn sie dich hört, macht sie eine Witzfigur aus dir. Für sie sind beide geradezu Kultfiguren, was sagst du dazu!" wies Sherifa ihre Mutter zurecht.

„Was geht sie mich an, das arrogante Ding! Sage ich irgendetwas, das nicht der Wahrheit entspricht?"

„Ja, ja, lass das jetzt", sagte Sherifa.

Das Sonnenlicht begann, sich auf den Hof zu senken. Saura bemerkte, dass Razak noch nicht zu Hause war. Sie ging auf die Straße, um ihn zu suchen. Schreckliches Kind, wohin war er wieder verschwunden?

Kapitel 20

Firdaus öffnete die Tür des Hühnerstalls und nahm die brütende Henne heraus. Die Henne saß in ihren Händen und erhob ein lautes Kek-kekkek. Firdaus lief schnell zur Vordertür des Hauses und warf die Henne hinaus. Sie flog aus ihren Händen und fiel auf einen Abfallhaufen am Eingang des Hauses gegenüber.

Siva, der auf der vorderen Terrasse gesessen und seine Zeitung gelesen hatte, sprang erschrocken auf und versuchte umsonst, die Henne zu vertreiben. Inzwischen rief Firdaus von dort, wo sie stand: „Schuu …schuu“ und wollte sie zurückholen. Sie hatte sich beeilt, die brütende Henne auf die Straße zu werfen, denn sie hatte gefürchtet, die Henne würde ihre Ausscheidungen auf sie fallen lassen, sobald sie sie aus dem Käfig nahm. Sie murmelte vor sich hin: „Dies arme Wesen hat vier Tage lang im Dunkeln gesessen, wahrscheinlich sieht es überhaupt nichts. Jetzt wird sie den ganzen Hof des Hauses drüben vollkacken.“ In ihrer Angst wedelte sie wild mit den Händen und rief „Schuu…“ Siva schlug mit der Zeitung, die er in der Hand hielt, nach der Henne, vertrieb sie, sah auf und lächelte.

Da erst kam sie wieder zu sich. Ihr wurde klar, dass sie genau vor ihm stand, so nah, dass er sie deutlich sehen konnte. Aus Furcht und Scham drehte sie sich um und eilte, so schnell sie konnte, ins Haus zurück. Sie war außer Atem. Zum Glück war ihre Mutter in der Küche und es war Firdaus gelungen, nicht gesehen zu werden. Trotzdem schalt sie sich dafür, dass sie Freude empfunden hatte, weil er sie angesehen und gelächelt hatte. Sie wusste selbst nicht genau, ob sie absichtlich oder zufällig vor seine Vordertür getreten war. Es war lange her, dass ihr Herz so sehr wie jetzt von Glück erfüllt gewesen war.

Seit er in dem Haus wohnte, hatte es viele Gelegenheiten gegeben, bei denen sie sich gesehen hatten. Aber heute hatten sie sich zum ersten Mal von Angesicht zu Angesicht und noch dazu so nah gegenüber gestanden! Jedes Mal, wenn sie ihn sah, erschien ihr seine Anziehungskraft größer. Obwohl er Frau und Kind hatte, konnte sie dieses Gefühl nicht loswerden. Zurzeit ließ Jaya ihr Kind Tag für Tag bei Firdaus, wenn sie ihre Hausarbeit machte. Eine Freundschaft war zwischen den beiden Familien entstanden und der Grund dafür waren nur Firdaus' Einsamkeit und das Kleinkind Viji. Firdaus wusste sehr gut, dass ihre Liebe zu Siva unpassend war, aber ihre Einsamkeit war so groß, dass sie es nicht wissen wollte. Wenn sie ihn nur sah, schlug ihr Herz schneller. Sie dachte immer wieder an ihn, allerdings hatte sie keine Ahnung, was er für sie fühlte. Sie dachte nie daran, sich von ihrer Verliebtheit zu befreien. Im Gegenteil: Sie sah überhaupt nicht ein, warum das notwendig sein sollte.

Jedes Mal, wenn sie Siva sah, sehnte sie sich stärker nach seiner Gesellschaft. Von jeder seiner Bewegungen ging eine Art verführerischer Funken aus. Sie war sich der Wahrheit bewusst, dass niemand das Feuer mehr auslöschen könnte, das in ihr brannte. Gleichzeitig verstand sie nur zu gut, dass daraus nichts Gutes entstehen konnte. Aber sie lächelte nur darüber.

Amina war anscheinend in den letzten Wochen tief in Gedanken versunken. Jemand hatte ihr hinterbracht, dass Karim schlecht über Firdaus gesprochen habe. Von da an war Amina eifrig bemüht, ihre Tochter wieder zu verheiraten. Wenn sogar ihr eigener

Schwiegersohn schlecht von ihrer Tochter spricht, was werden dann erst alle anderen sagen? fragte sie sich beunruhigt. Sie fing mit ihrer Suche an genau dem Tag an, an dem die vorgeschriebene Wartezeit nach Firdaus' Scheidung vorüber war. Jedenfalls musste sie einen passenden Ort für Firdaus finden. Amina ging in diesen Tagen kein einziges Mal ins Haus ihres Schwiegersohnes und Zohra kam auch nicht ins Haus ihrer Mutter. Amina wusste nicht, ob sie ihr Haus aus Ärger über Firdaus mied oder um Solidarität mit ihrem Mann zu beweisen.

Die Hälfte der Männer, die sich als Bräutigame anboten, war über vierzig Jahre alt. Ihre ersten Frauen waren gestorben und deshalb brauchten sie Hilfe beim Aufziehen ihrer Kinder. Firdaus lachte sie aus. „Wollen sie heiraten, um eine Ayah zu bekommen?" fragte Firdaus. Amina schimpfte mit ihr: „Halt den Mund, Kind. In dieser ganzen Stadt bist du die einzige Frau, die darauf bestanden hat, ein Talaq zu bekommen. Wer hätte wohl den Mut, dich zu heiraten? Wird irgendein anständiger Mann aus guter Familie dich freiwillig haben wollen? Fragen sie sich nicht, was für ein unverschämtes Mädchen du sein musst, wenn du deinen eigenen Mann zurückweist und ihn verlässt? Auch wenn du schön und jung bist, so bist du doch immerhin ein schon gebrauchter Topf. Wer wird den schon kaufen wollen?"

Als Firdaus das hörte, wurde sie ganz klein. Sie fragte sich immer wieder, ob sie nicht vielleicht doch etwas äußerst Dummes gemacht hatte. Hatte sie ewige Schande über ihre Familie und die ganze Familie gebracht? Bei dem Gedanken quälten sie Schuldgefühle.

Amina ging nun nicht mehr oft in andere Häuser. Sie nahm an keiner Veranstaltung mehr teil. Unter dem Deckmantel der Teilnahme wiesen die Frauen sie in grausamer Weise auf Firdaus' Situation und Verletzlichkeit hin. Auch Firdaus entging nicht, wie diese Frauen über sie redeten. Natürlich hätte sie alles akzeptieren können, sie hätte sich sagen können, es sei ihr Schicksal, an dem sie nichts ändern könne, und sie hätte ihr Eheleben irgendwie fortsetzen können. Aber es war ihr einfach nicht möglich gewesen!

Der Kopf tat ihr weh von all den Gedanken, die in ihrem Kopf herumwirbelten und sie verwirrten. Sie richtete sich aus ihrer gebückten Haltung auf. Sie wollte sich mit irgendetwas beschäftigen, wenigstens um die Zeit totzuschlagen und mit Denken aufzuhören. Sie stellte sich in den Vorderhof. Die Hitze war überwältigend. „Bevor dieser Fastenmonat vorüber ist, werden wir wohl alle knusprig gebraten sein", dachte sie und öffnete die Vordertür, damit die Henne hereinkommen könnte. Unwillkürlich lenkte sie ihren Blick zum gegenüberliegenden Haus und, als sie dort niemanden sah, senkte sie ihn enttäuscht. Sie ging wieder ins Haus, öffnete den großen bronzenen Kessel und nahm eine Handvoll Bruchreis heraus. Die Henne war ins Haus zurückgekommen und stand im Hof. „Armes Ding, es muss hungrig sein", dachte sie und schüttete den Reis in eine schattige Ecke. Die Henne kam angerannt und pickte ihn auf.

Jemand klopfte sehr leise an das Fenster des Vorderzimmers. Sie fragte sich, wer es sein könne, und öffnete es. Dort stand Siva. Sie lehnte sich gegen die Wand und fragte: „Was ist?"

„Ich komme gerade von der Schule. Jaya kommt bald, bitte gib ihr diesen Schlüssel!" Er hielt ihr durch das Fenster den Schlüssel entgegen. Firdaus' Herz schlug schneller. Sie zitterte am ganzen Leib und hielt ihm die Hand hin. Er nahm sanft ihre schlanken Finger, drückte ihr den Schlüssel in die Hand und sagte: „Ich muss gehen." Dann ging er fort.

Firdaus war einerseits schockiert und andererseits entzückt. Sie starrte einen Augenblick lang die Finger an, die er berührt hatte, und drückte sie dann heftig an ihr Gesicht. Sie sah in den rechteckigen Spiegel, der an der Wand hing, sah ihr errötetes, glühendes Gesicht und bemerkte, dass ihre so lange unterdrückte Schönheit wieder lebendig geworden war. Von Freude überwältigt, lief sie in ihr Zimmer und durchlebte das, was sich gerade ereignet hatte, ein ums andere Mal neu.

Das Bewusstsein, dass die Berührung eines Mannes ihr so große Freude bereitete, überkam Firdaus als Schreck und Qual. Sie fühlte sich, als ob ihre Füße den Boden nicht berührten, sondern als ob sie in der Luft schwebte. Sie fragte sich voller Neugier, wie es wohl wäre, wenn er in eben diesem Augenblick zu ihr käme, und ihr wurde umgehend klar, dass sie sich nach seiner Umarmung sehnte. Sie stellte sich vor, wie sie ihn zu sich nahm, seine Arme um ihren Leib legte und ihre schlanke Gestalt gegen seine Brust drückte. Sie schämte sich für ihre Gedanken und versuchte mit aller Macht, ihre Übererregung zu beherrschen.

Sie hatte noch nie die Berührung eines Mannes erfahren und sie hatte die Hoffnung schon aufgegeben, so etwas jemals zu erleben. Das Bedauern und die Liebe, die sie bei der Berührung seiner kühlen Finger empfunden hatte, erfüllte sie mit neuen, ihr fremden Gefühlen. Sie fühlte, wie diese Liebe in ihr erstarrtes Leben fiel, dort Wurzeln schlug, die wuchsen, sich verzweigten und sich in ihrem ganzen Körper ausbreiteten. Sie wünschte, die Zeit bliebe stehen.

Sie fühlte, wie sich ihr Körper lockerte und sich in Luft auflöste. Sie schüttelte den Kopf stark in beide Richtungen, um zu sich zu kommen. Scham überkam sie und sie versteckte ihr Gesicht auf ihren Knien. Sie dachte daran, wie alles, was sie dieser Tage tat, in ihrer Fantasie mit ihm verbunden war. Wenn sie ihre Kleider wählte oder ihr Haar kämmte, wenn sie kochte, sogar wenn ihre Augen von dem Rauch brannten, irgendwie war ihr, als ob sie alles für ihn täte. Sie verstand sehr wohl, welche Anregung das ihrem Leben gab, sie verstand das Glücksgefühl, das in ihr keimte. Es hatte ihr sogar gefallen, dass es so war. Aber jetzt, in diesem Augenblick, wurde ihr mit absoluter Gewissheit deutlich, dass auch er sich dessen vollkommen bewusst war, und das bereitete ihr eine riesige und überwältigende Freude.

Kapitel 21

Laylathul Qadr nahte, die Nacht der Bevollmächtigung des Propheten, also des siebenundzwanzigsten Tages des Ramadan. Rabia war so aufgeregt, dass ihre Füße nicht an derselben Stelle bleiben wollten. Alle Häuser waren noch am Tag zuvor saubergemacht und abgeschwemmt worden. Von der Straße aus leuchteten sie hell, denn sie waren frisch gekalkt. Rabia mochte den Kalkgeruch. Mehr als der Geruch selbst waren es die Gedanken an Fasten- und Festtagen, die er ihr ins Bewusstsein brachte. Deshalb mochte sie den Geruch so sehr. Sie hatte sich daran gewöhnt, den Kalkgeruch mit dem Ramadan-Monat in Verbindung zu bringen. In diesem Jahr war ausnahmslos jedes Haus gekalkt worden. Sie erinnerte sich, dass letztes Jahr und das Jahr davor einige Häuser ausgelassen worden waren. In diesem Jahr würden sie in Nafizas Haus nicht Ramadan feiern. Es war erst drei Monate her, dass ihre Mutter gestorben war. Sie hatten ihr Haus trotzdem gekalkt. Nafiza hatte keine neuen Kleider gekauft. Sie hatte auch kein Athirsam oder irgendwelche anderen Süßigkeiten gebacken. Sie hatte Rabias Mutter erzählt, dass nur Ahmad und Rafiq neue Kleider bekommen hätten. Da sie keine besonderen Süßigkeiten in ihrem Haus zubereitet hatten, schickte Rahima ihnen eine große Platte mit Athirsam und Murukku. Rabia brachte sie hin.

Nafiza sagte immer wieder: „Nein, danke, Rabia. Bitte nimm sie wieder mit!" Rabia antwortete auf sehr erwachsene Weise: „Lass nur gut sein", und legte alles selbst in eine große Schüssel. Am Tag darauf erzählte Nafiza das Rabias Mutter und fügte hinzu: „Meine Schwiegertochter ist sehr intelligent!" Danach berührten Rabias Füße kaum noch den Erdboden. Sie würde gerne öfter etwas Kluges tun, nur um zu hören, dass Nafiza sie als ihre Schwiegertochter bezeichnete!

Früher waren ihre Straßen den ganzen Ramadan-Monat über sehr belebt gewesen. Aus jedem Haus fuhren Leute nach Madurai, um neue Kleider zu kaufen, die sie dann allen anderen vorführten. Am Abend von Laylathul Qadr trugen sie ihre neuen Kleider zu besonderen Gebeten und unmittelbar danach legten sie sich reichlich Schmuck an und besuchten einander, wobei sie großen Spaß hatten. Noch später gingen sie in großen Gruppen zur Moschee und es schien, als erfüllten sie die Straße mit nicht enden wollendem Glück. Alle Kinder trugen ihre neuen Kleider und liefen zwischen den Häusern und der Moschee hin und her, bis ihnen die Beine wehtaten.

Die Mädchen gaben mit ihren Kleidern und ihrem Schmuck voreinander an, wenn sie von draußen zusahen, wie die Männer und Jungen in die Moschee gingen, um dort die Nacht über zu wachen und Gebete abzuhalten. Ahmad forderte Rabia und Madina oft heraus, indem er sagte: „Kommt doch, wollen wir doch mal sehen, ob man euch in die Moschee und mit uns beten lässt!"

„Ach, geh doch weg", sagten sie dann und beachteten ihn nicht mehr, sondern spielten draußen, warfen aber sehnsüchtige Blicke auf das Minarett und die Moschee, die mit Lichtergirlanden dekoriert waren. Oft gingen sie dann in Vadivel Chéttiyars Haus, das gleich neben der Moschee stand, und schaukelten dort auf der Schaukel, die im Haus angebracht war. Rabias Vater Karim trieb mit Vadivel Chéttiyar Handel, sodass die Familie Chéttiyar sehr freundlich zu ihr war. Sie erlaubten ihr mitsamt allen Freundinnen, die sie nur mitbringen wollte, dort zu schaukeln. Sie streichelten die Kleider der Kinder, sahen sich ihren Schmuck an und fragten liebevoll, wo ihre Eltern beides gekauft hätten.

Die Schaukel hing in der großen Halle ihres Hauses von der Decke. Es war eine lange und breite Schaukel. Sie war so groß, dass ein Mann darauf liegen konnte. Vier Kinder saßen nebeneinander darauf, während zwei sie von hinten und vorne anschubsten. Vadivel Chéttiyars Frau, die eine Sprache sprach, die sie nicht verstanden, bot ihnen Süßigkeiten an und drängte sie, sie zu essen. Die anderen Frauen, die dort zu Besuch waren, sprachen auch liebevoll mit Rabia und sagten: „Du bist also Karims Tochter?“ Sie war dann innerlich sehr stolz auf ihren Vater.

Aber am nächsten Tag schimpfte Zohra mit Rabia: „Na, Rabia, du hast deine vielen Freundinnen mitgenommen und ihr habt dort eine Menge Lärm gemacht, wie? Du machst das jedes Jahr und die Leute dort kommen vor ein Uhr in der Nacht nicht ins Bett. Meinst du vielleicht, das macht einen guten Eindruck?“

„Aber sie sagen uns nie, dass wir gehen sollen, Amma”, protestierte Rabia dann.

„Als ob sie das sagen würden, du verrücktes Ding! Sie erlauben euch nur wegen deines Vaters, dort zu spielen! Sie wagen es nicht, euch zu sagen, dass ihr verschwinden sollt!“ antwortete dann ihre Mutter. Nur ihr Tonfall verriet ihren Stolz.

Rabia sagte dann: „Amma, warum können denn wir nicht auch eine Schaukel im Haus haben? Unsere Halle ist ebenso groß wie die in Chéttiyars Haus.“

„Oh, ganz bestimmt! Das werden wir ganz bestimmt machen!“ Der unheilvolle Ton in der Stimme ihrer Mutter, die die Worte ihrer Tochter wiederholte, veranlasste Rabia, sich sofort davonzumachen.

Am Tag des großen Festes war es dasselbe gewesen. Aber an diesem Tag gingen die Männer zu ihren Gebeten nicht in ihre Moschee. Sie sprachen ihre Gebete auf dem Gebetsgelände außerhalb der Stadt, wo dafür ein Pandal aufgestellt worden war. An diesem Tag trugen Frauen und Mädchen ihre neuen seidenen Kleider und ihren Schmuck, besuchten die Moschee und die Häuser ihrer Verwandten und gingen nach Hause, bevor die Männer zurückkamen.

Aber in den beiden letzten Jahren hatte es die Feierlichkeiten und die Begeisterung der Jahre davor nicht mehr gegeben. Vor zwei Jahren war Madinas Vater in Singapur gestorben, sodass die Familie nicht das Id-Fest gefeiert hatte. Die Frauen aus den anderen Häusern in ihrer Straße zögerten, offen in ihren neuen Kleidern herumzugehen, und machten einen Bogen um ihr Haus, weil sie nicht von Madinas Familie gesehen werden wollten. Am Id-Tag war Madinas Haus sogar am Morgen abgeschlossen. Niemand wusste, ob sie sich von der Freude der Stadt ausschließen oder verhindern wollten, dass ihr Kummer irgendjemanden außerhalb ihres Hauses in Verlegenheit brachte. An diesem Tag war Rabia sehr traurig darüber, dass Madina sie nicht in ihrem neuen Kleid sehen konnte.

Außerdem war sie am Festtag mit Uma, Ahmad, Rafiq und Razak in eine Vormittagsvorstellung gegangen. Es war eine große Enttäuschung für sie, dass Madina nicht mitkommen konnte. Ihre Mutter und Tante Rahima tadelten Sainu: „Für die Älteren ist es ja in Ordnung, dass sie keine neuen Kleider tragen. Aber Madina ist noch ein junges Mädchen. Warum hat sie es ihr nicht erlaubt? Eigensinniges Weib!“

Ein Jahr darauf starb dann Sherifas Mann und in diesem Jahr war es Nafizas Mutter. Zohra hatte sich einmal Rahima und Saura gegenüber beklagt: „Warum ist nur der Festtag von Jahr zu Jahr immer weniger fröhlich? Das geht jetzt schon das dritte Jahr so, als ob jemand den bösen Blick auf uns geworfen hätte.“

Rahima lachte: „Der Tod kommt zu jedem von uns, wenn es so bestimmt ist. Was hat der böse Blick damit zu tun?"

„Sag das nicht. Es hat bestimmt etwas damit zu tun, dass jemand den bösen Blick auf uns geworfen hat. Es hat etwas damit zu tun, dass unsere Arbeiter den bösen Blick auf uns werfen. Sie kommen in Haufen, füllen die Straßen und fordern am Morgen des großen Festtages beim ersten Hahnenschrei Almosen. Sie sind neidisch, wenn sie unsere Frauen in ihren besten Kleidern und in ihrem Schmuck und all ihrer Schönheit sehen. Genau das hat uns so heruntergebracht! Ihr wisst, dass es nicht zählt, wenn man Ungläubigen Almosen gibt! Warum sollten wir ihnen also irgendetwas geben? Nur, weil wir ihnen Almosen geben, kommen sie her. Sonst kämen sie gar nicht. Wir sollten unserem Nattaamai, dem Bürgermeister, sagen, dass er dem allen mal einen Riegel vorschieben muss." Saura sagte das in großem Ärger und rasselte es in einem Atemzug herunter.

Zohra starrte sie an und fragte sich, warum sie sich so darüber aufregte. „Die Armen bitten doch nur um Almosen. Wie könnten wir sie wegschicken? Sie kommen doch nur, weil sie Vertrauen zu uns haben!"

„Muss es deshalb so weit kommen? Es ist dasselbe wie Bakr-Id. Dann können wir nicht einmal auf die Straße gehen! Diese Leute fallen über uns her, wenn sie sich ihren Anteil Fleisch holen kommen. Und jetzt sind wir so weit gekommen!" Saura gab keinen Fingerbreit nach.

Nun wurde Rahima offensichtlich sehr zornig, aber sie zügelte ihren Ärger. „Oh ja, du redest, als ob diese Leute sich Mund und Magen von den zehn Paisa oder dem Stückchen Fleisch, das wir ihnen geben, füllen könnten. Nein, so ist es wirklich nicht. Sie kommen zu uns, weil sie als unsere Landarbeiter einige Rechte haben. Wer würde auf unseren Feldern und in unseren Gärten arbeiten, wenn sie es nicht täten?" sagte sie in scharfem Ton und ging in die Küche, denn sie wollte nicht mehr bei den anderen bleiben. Ihr Gesicht war vor Erregung rot geworden.

Das Gespräch kam so zu einem plötzlichen Ende und Saura blieb nichts übrig, als zu gehen. Als sie weg war, fragte Zohra Rahima: „Warum hast du mit ihr gesprochen, als würdest du ihr ins Gesicht schlagen?"

„Ich sag dir warum: Ihretwegen ist Sherifa in diesem Zustand! Für Raihaina bleibt nichts übrig. Wozu nützt ihr Wohlstand, ihr Geld? Miese Person!" Rahima beschimpfte Saura, bis ihr Ärger sich gelegt hatte. Zohra stimmte ihr zu und sogar Rabia wollte ihren kleinen Teil hinzufügen.

***

Rabia saß in Gedanken versunken auf der Veranda an der Straße. Der Sahar Muzafar kam näher und schlug seine kleine Trommel. Sie wurde ganz aufgeregt, sobald sie ihn in der Ferne hörte. Sie rannte ins Haus und bat: „Amma, der Sahar Muzafar kommt, gib mir etwas Reis." Ihre Mutter schalt sie liebevoll und ging zum Vorratsraum. „Warum musst du so schnell rennen, dass du außer Atem bist? Als ob er weitergehen würde, ohne dass er etwas von uns bekommen hätte!"

Rabia ergriff das große Silbertablett, das ihre Mutter gebracht hatte und auf das sie auf der einen Seite ein Maß Reis mit einem Zehn-Rupien-Schein obenauf und auf der anderen Seite einen Haufen Athirsam und Murukku gelegt hatte. Zohra war erschrocken und rief: „Vorsicht, pass auf! Du wirst noch alles fallen lassen, Kind!" Aber Rabia versicherte ihr: „Nein, Amma, ich werde ihm alles ganz vorsichtig übergeben" und trug das Tablett auf die Straße hinaus.

Er stand vor ihrer Schwelle und schlug seine kleine Trommel. Er trug eine grüne Jibba und ein weißes Lungi, seinen Bauch schob er vor sich her. Als Rabia zu ihm kam, hörte er zu trommeln auf, nahm ihr das Tablett aus der Hand und stellte es auf die Veranda. Er lächelte sie an, nahm zuerst das Geld und steckte es in die Tasche. Dann sortierte er alles, was auf dem Tablett war, und steckte es in Stofftaschen, die er über die Schultern gehängt hatte. Die ganze Zeit über starrte sie sehnsuchtsvoll auf seine Thamukkai-Trommel. Sie wollte sie sehr gerne wenigstens ganz sanft berühren. Er verstand anscheinend, was sie sich wünschte, denn er hielt sie ihr hin und sagte: „Hier, gib ihr ein paar Schläge! Nur zu!" Aber sie war zu schüchtern, schüttelte den Kopf und rannte ins Haus zurück.

Alle hatten am frühen Morgen gebadet und gingen ihrer Hausarbeit nach. Ihr Haar war offen, um zu trocknen. Es war außerdem Freitag. Um zehn am Morgen würden alle Frauen kommen, um ihre besonderen Daspih-Gebete zu sprechen. Davor mussten sie Fleisch kaufen, es kochen und ihre Arbeit fertig haben. Weil Laylathul-Qadr-Tag war, würde es in allen Häusern dasselbe sein. Der Duft des kochenden Fleisches durchzog den Ort und drang in die Straße. Am Nachmittag mussten die besonders langen Fatihah-Gebete gesprochen werden. Der Hazrat kam dann in jedes Haus, um sie zu rezitieren.

Früh am Morgen waren Rabia und Madina zum Haus des Hazrats Yasin gegangen, um ihn dazu einzuladen, die Gebete in ihren Häusern zu rezitieren. Sobald das Essen fertig war, breiteten Zohra und Rahima eine Matte in der Halle aus und stellten einen Topf mit Reis, einen mit Fleisch-Curry und eine Platte mit Athirsam darauf. Sie zündeten ein paar Räucherstäbchen an und warteten auf ihn. Wenn das Rezitieren vorüber wäre, würde Rabia Reis und Curry zu ihm nach Hause tragen. Dort wäre dann schon viel Reis und Curry abgegeben worden. Sie legten den Reis in einen großen Silber-Kessel und den Curry in einen großen Aluminiumtopf. Das würde später an alle ihre Verwandten verteilt. Alle Reis-Reste würden am folgenden Tag zu Vadagam verarbeitet und zum Trocknen auf die Terrasse gelegt.

***

Rabia saß auf der vorderen Veranda und wartete auf den Abend. Schon um drei am Nachmittag hatte Zohra einen Boten mit ihrem Nonbu-Karton und einem Henkelmann geschickt, Nonbu-Kanji zu holen. Rabia hatte gebeten: „Ich will gehen, Amma!" Aber Zohra wollte, dass sie sich ausruhte und sagte: „Nein, du legst dich jetzt hin und schläfst eine Weile. Schließlich wirst du die ganze Nacht über auf sein!" Sie hatte lange Zeit versucht einzuschlafen. Wahida, die gesehen hatte, wie sie sich in ihrem Bett herumwälzte und verzweifelt versuchte, sich die Zeit zu vertreiben, hatte sie aufgescheucht und geneckt: „Sieh an, Cousinchen, du hast jetzt lange genug geschlafen, wach auf!"

Dann war Rabia auf der Straße. „Was geht das meine Cousine an, sie darf nicht einmal in der Nacht das Haus verlassen. Sie darf nicht wie ich in den Straßen herumlaufen und Spaß haben", sagte sich Rabia stolz und reckte den Hals, um auf die Uhr zu sehen. „Pass auf, du wirst noch einen Krampf im Nacken bekommen", rief Wahida aus dem Haus und neckte sie damit noch einmal.

Die Straße war voller Armreifen- und Blumenverkäufer. Zohra hatte schon eine

Menge Blumen für die Familie gekauft. Noch früher am Morgen hatte Rabia sich so viele Armreifen gekauft, dass sie ihre Unterarme bedeckten. Rabia hob den rechten Arm und hielt die Reifen an ihre Nase. Sie rochen süß. Auch Madina hatte an diesem Morgen Reifen in denselben Farben und mit denselben Mustern gekauft. Farida hatte sie beobachtet und gelacht: „Es gibt keine andere Möglichkeit! Wir müssen nach *einem* Ehemann für euch beide Ausschau halten!"

Das neue Fußkettchen um Rabias Knöchel und die Goldkette um ihren Hals erfüllten ihr Herz mit Freude. Unbemerkt von den anderen, schlich sie sich oft ins Haus und betrachtete sich in dem großen, mannshohen Spiegel.

Wenn Rabia im Haus war, beobachtete Wahida die ganze Zeit über ihre Aufregung. Sie ging auf sie zu und gab ihr eine sanfte Kopfnuss. „Komm, Cousinchen, ich kämme dir das Haar. Du kannst jetzt auch dein Kleid anziehen. Es ist ja schon bald Asar-Zeit." Sie nahm sie bei der Hand, zog sie zum Sofa, setzte sich und fing an, ihr das Haar zu kämmen. Rabia bemerkte, dass Wahida etwas vor sich hin murmelte und sie hörte genau zu, denn sie dachte, Wahida wiederholte vielleicht einige Gebete, wie Zohra es oft tat. Aber nein, Wahida sang ganz leise einen Film-Song vor sich hin.

Wahida tat das immer. Sie sang immer einen Film-Song, wenn sie ihre Arbeiten verrichtete. Sie hörte gerne zu, wenn sie im Radio gesendet wurden. Manchmal tadelte Zohra sie: „Wahida, du verhältst dich durchaus nicht wie ein Mädchen, das gelernt hat, den Koran zu rezitieren!"

„Wieso?" fragte Wahida dann. „Wem schadet es, wenn ich mir die Film-Songs anhöre? Darf man keine Film-Songs mehr hören, wenn man einmal gelernt hat, den Koran zu rezitieren?"

Auch Rabia machte sich Sorgen. Würde sie vielleicht ihr Fasten in Gefahr bringen? Sie fragte sie etwas erstaunt: „Du singst immer wieder Film-Songs. Brichst du damit nicht vielleicht dein Fasten?"

„Nein, das ist schon in Ordnung. Nur wenn man das Olu gemacht hat und rituell rein ist, darf man Film-Songs weder hören noch singen. Dann bricht man sein Olu." Wahida sang leise weiter, während sie Rabia das Haar kämmte.

Es war schön, Wahidas Stimme zu hören. Es klang, als sei sie wirklich glücklich. Rabia dachte: „Wie würde meine Cousine in all ihrer Schönheit wohl aussehen, wenn sie wirklich in einem Film mitspielen und singen würde?" Sie stellte sie sich als eine Lakshmi Sri Devi vor und genoss diese Vorstellung. Rabias Haar duftete nach dem Shampoo. Sie hob eine Handvoll an und roch daran. Sie durfte sich nur im Ramadan und in den Laylathul-Qadr-Tagen das Haar mit Shampoo waschen. An allen anderen Tagen musste sie die übliche Haarpaste benutzen, so gerne sie auch Shampoo gehabt hätte. „Dummchen, all dein langes dickes Haar wird ausfallen, wenn du zu oft Shampoo benutzt, und es wird sehr bald grau werden."

„Bitte mach mir zwei Zöpfe!" bat Rabia. Wahida tat, wie sie gebeten hatte, und schmückte Rabias Haar mit Blumen. „Du kannst jetzt gehen!" sagte sie und jagte sie weg. „Geh und wasch dein Gesicht. Ich werde dir Puder auf das Gesicht und Schwärze um die Augen machen. Aber zieh zuerst dein neues Kleid an!"

Zohra hatte Rabias neue Kleider am Tag zuvor im Schrank bereitgelegt. Rabia nahm sie schnell heraus, drückte den neuen Rock und die neue Bluse gegen ihr Gesicht und atmete tief ihren Geruch ein. Sie mochte den Geruch neuer Kleider. Sie lief im Unterrock zu ihrer Mutter und fragte: „Amma, kann ich jetzt meinen neuen Rock anziehen?" Zohra erlaubte es ihr: „Ja, ja, mach nur!“ Dann fügte sie hinzu: „Gib mir den Rock, ich will ihn dir anziehen.“ Sie hielt das neue Kleidungsstück in der Hand, murmelte ein Gebet und drängte sie: „Mm, sag du auch ein ‚Bismillah‘!“ Dann stülpte sie ihr den Rock über den Kopf, zog ihn bis zur Taille herunter und band die Taillenbänder fest. „Zieh jetzt deine Bluse alleine an!“ sagte sie und ging an ihre Arbeit zurück.

Rabia hatte befürchtet, ihre Mutter würde ihr sagen, sie müsse ein Davani anziehen und war nun entzückt und unglaublich erleichtert. Ihr war klar, dass Zohra über ihrem Arbeitsdruck den Davani vergessen hatte. Sie lief in ihr Zimmer, zog die alte Bluse aus und war eben dabei, die neue anzuziehen, als ihr plötzlich einfiel, sie könnte sich vornüberbeugen und ihre Brüste ansehen. Sie wollte wissen, ob sie schon so groß geworden waren, dass sie unter einem Davani versteckt werden müssten. Aber sie war doch verlegen. Tief in ihrem Innern gab es eine Art Scham und Abneigung, die sie davon abhielten, ihren Körper zu betrachten. Selbst wenn sie badete, hatte sie sich niemals ganz nackt gesehen. Ihre Mutter hatte ihr gesagt, dass sie ganz gewiss in die Hölle käme, wenn sie ohne Kleider badete. Sie hatte ihr auch gesagt, dass ihr Gesicht dunkel werden würde, wenn sie ihre eigenen Genitalien oder die einer anderen ansähe. Wie könnte sie also jemals ihren Körper betrachten? Sie sah auf den Blusenausschnitt, der den Ansatz ihrer Brüste freiließ, und sie berührte und streichelte sie sanft. Erregung breitete sich in ihrem ganzen Körper aus.

Plötzlich dachte sie an Ahmad. Vor einem Jahr war sie eines Tages, als sich alle zu den Tarawih-Gebeten in ihrem Haus versammelt hatten, zum Spielen in Ahmads Haus gegangen. Rafiq schlief schon. Ahmad saß auf dem Bett neben ihm und blätterte in einem Buch. Sie war erstaunt, dass er keine Angst hatte, allein zu sein. Wenn sie ihn danach fragte, würde er bestimmt prahlen und angeben. Er würde die Brust herausdrücken und erklären: „Angst haben? Ich? Ahmad hat keine Angst vor irgendjemandem in der weiten Welt, das kann ich dir sagen!” Dazu gab sie ihm nun keine Gelegenheit. Er begann das Gespräch damit, dass er sie fragte, ob sie spielen wolle.

„Was können wir denn spielen? Wir sind ja nur zu zweit“, sagte sie.

„Wir könnten Vater und Mutter spielen”, sagte er mit Eifer. Sie war einverstanden. Das war sicherlich das Beste, was sie tun könnten.

Er holte einen kleinen, aus Palmblättern geflochtenen Korb, der Töpfe und Pfannen enthielt. Auch Rabia hatte solche Körbe. Sie waren auf einer Handwerksausstellung in Madurai gekauft. Er stellte den Korb vor sie hin und öffnete ihn. Er enthielt kleine Teller, Löffel, Tassen, Kochtöpfe und sogar ein Dosai-Backblech. Ihr dagegen war inzwischen die Hälfte der Gegenstände abhanden gekommen, sie wusste nicht, wie. Sie war erstaunt, dass er alles sicher verwahrt hatte und kein einziges Stück fehlte. Sie war gleichzeitig neidisch auf ihn und ärgerlich auf sich. Wie war es möglich, dass er als Junge so achtsam war, während sie als Mädchen so achtlos war?

Ahmad lief zum Vorratsraum und brachte in einer Hand etwas Reis und in der anderen einige Murukkus mit. Inzwischen hatte sie alles Geschirr in einer Ecke der Halle aufgestellt und sie in eine Spielzeugküche verwandelt. Sie nahm den Reis, den er gebracht hatte, und tat so, als ob sie kochte. Er sagte mit lauter Stimme: „Hier, bring schnell das Essen, ich muss zur Arbeit!“

Sie antwortete sehr höflich: „Es ist schon alles fertig, komm und setz dich!“ Sie stellte einen Teller vor ihn hin und goss Wasser in eine Tasse. Sie tat etwas Reis in eine Schüssel, brockte ein Stück Murukku hinein und legte ihm etwas davon auf den Teller. Er beendete schweigend seine Mahlzeit. „Sehr gut, ich gehe jetzt in den Laden“, sagte er und stellte sich eine Weile in eine Ecke. Dann kam er zurück. „Oh ”, sagte er. „Heute war viel Betrieb im Laden. Bring mir schnell das Essen, setz dich und iss mit mir!”

Sogleich rannte er zum Schrank, legte sich davor auf den Boden, streckte seine Hand darunter und zog eine Holzpuppe hervor. Er wischte mit seinem Hemd den Staub von ihr ab und gab sie ihr. „Hier, das ist unser Baby. Gib ihm etwas Milch!“ sagte er.

Es war eine schöne Jungenpuppe, ihr Körper glänzte und war weich. Sie nahm sie ihm sehr vorsichtig ab, als ob sie ein Baby wäre, gab ihr einen Kuss und legte sie in ihren Schoß. Sie sagte besorgt: „Wir müssen ihm Hemd und Hose kaufen, er ist ja ganz nackt, da erkältet er sich doch!“

„Ja, das wollen wir tun“, sagte er. Dann tat er so, als würde er das Licht ausmachen, legte sich hin und sagte: „Mach jetzt die Lichter aus, wir wollen schlafen.“ Sie legte sich neben ihn. Plötzlich setzte er sich wieder auf. „Das Baby schreit, gib ihm etwas Milch!“ sagte er. Auch sie setzte sich auf, nahm die Puppe, wiegte sie in ihrem Schoß und sagte: „Weine nicht, mein Schatz!“ – „Ich habe dir gesagt, du sollst ihm Milch geben“, sagte Ahmad noch einmal. Sie sah ihn an und verstand nicht recht, was er meinte. Er berührte ihre Brust und sagte: „Gib ihm daraus Milch!“ Sie war sehr verlegen, aber er drängte sie: „Gib sie ihm, schließlich schreit es doch!“

Einerseits war sie verlegen, andererseits fühlte sie einen Stich von Aufregung durch ihren Körper gehen. Sie nahm die Puppe und sagte zu Ahmad: „Dreh dich zur Seite!“ Er nickte, drehte sich um und wendete ihr den Rücken zu. Rabia hob ein wenig ihre Bluse, legte die Puppe an die Brust und drückte sie an sich. Ahmad drehte sich wieder um, sah sie an und fragte eifrig: „Trinkt es? Lass mich auch probieren!“

Sie sagte gar nichts. Er kroch auf allen Vieren zu ihr, hob ihre Bluse und sah ihre Brust an. In der einfallenden Dunkelheit glich sein Gesicht dem eines Babys. Sein Forschungseifer ließ seine Blicke erglühen. Er nahm ihr die Puppe ab und legte sie beiseite, dann streichelte er sacht ihre Brustwarzen. Er war sehr davon beeindruckt, wie sie aussahen, wie kleine, weiche Murmeln. Er gestikulierte, als ob er versuchte, sie mit seinen Fingern aufzuheben, dann neigte er ihr seinen Kopf zu und berührte eine ihrer Brustwarzen sanft mit den Lippen. Dann fing er an, wie ein Baby daran zu saugen. Es war, als hätte sie einen Stromschlag bekommen, so bebte ihr Körper, als sie ihn in die Arme nahm. Sie hielt ihn fest, als wäre sie gleichzeitig begierig und ängstlich, etwas Neues zu erfahren.

Nachdem das geschehen war, ging sie eine ganze Woche lang nicht einmal mehr in die Nähe seines Hauses. Sie war zu verlegen, um ihn auch nur anzusehen.

Kapitel 22

Zohra ging auf die Terrasse, denn sie wollte sehen, ob der neue Mond schon aufgegangen sei. Auf fast allen Terrassen der Häuser rundherum konnte man den Kopf eines Bewohners sehen. Sie fühlte sich sehr erschöpft. Am Himmel standen keine Sterne. Die Dunkelheit, die in der Straße lag, schien sich aus einem feinen Schleier in eine dicke Decke zu verwandeln. Hier und da spielten noch Gruppen von Kindern unter den Straßenlaternen. Es sah aus wie ein Hüpfspiel. Sie staunte immer wieder, dass alle Spiele ihre bestimmte Zeit hatten. Eine Zeit lang spielten sie Thellukkai, dann in den folgenden Monaten nur Kabadi. Danach war es dann Kreisel drehen, dann Pallaanguzhi mit vierzig Spielmarken. So ging es der Reihe nach. Aber immer wurde das Spiel, das in *einer* Straße gespielt wurde, auch in der ganzen übrigen Stadt gespielt. Sie änderten es nie, bevor seine Zeit abgelaufen war.

Plötzlich wäre sie gerne wieder ein Kind gewesen. Sie müsste dann nicht alle diese Lasten in ihrem Herzen tragen. Erst wenn sie den aufgehenden Mond gesehen hätten, würde für den kommenden Tag das Id-Fest ausgerufen. Selbst wenn sie den Mond hier nicht sähen, würde es genügen, wenn in den Achtuhrnachrichten von Radio Ceylon angekündigt würde, dass der neue Mond dort gesehen worden sei. Das würde auch hier gelten. Erst dann könnten sie die Linsen für die Vadais am nächsten Morgen einweichen und anfangen, Zwiebeln zu schneiden. Sie mussten mit der Zubereitung von Kesari und Paniyaram anfangen. Das Huhn, das im Hof festgebunden war, musste in die Moschee geschickt werden, damit der Hazrat es in Stücke schneide. Sobald das Gemüse geputzt war, musste es für das Nachmittags-Biriyani fertig gemacht werden. Aber das alles konnte erst geschehen, nachdem der Mond sich hatte sehen lassen. Das waren zwar alles Hausarbeiten, auf die sich die Frauen in allen Häusern sehr freuten, aber Zohra empfand nur große Müdigkeit. Nur wenn du glücklich bist, lässt du dich auf das, was du tust, innerlich wirklich ein, sagte sie sich. Sie jedoch, so schien ihr, war unaufhörlich von Sorgen belastet.

Der Eifer, mit dem ihre Mutter eine neue Ehe für Firdaus betrieb, brachte sie zur Verzweiflung, obwohl sie die Gründe dafür verstand. Natürlich würden die Leute im Dorf tratschen. Aber musste ihre Mutter deshalb diese Eile an den Tag legen und Firdaus zum zweiten Mal in einen Brunnen stoßen? War Firdaus nicht schließlich eine Frau? Sollten ihre Wünsche und Erwartungen nicht respektiert werden? Aber Amma quälte Firdaus wirklich, sie verspottete sie dafür, dass sie, ein junges Mädchen, so kühn war, ihre Wünsche deutlich auszudrücken. Wenn sie sich weigerte, einen alten Mann zu heiraten, der schon die Hälfte seines Lebens hinter sich und Kinder hatte, war sie deshalb zu kühn und zu hoffnungsvoll? Andererseits wusste Zohra auch sehr gut, dass sie ihre Mutter zu Unrecht tadelte, denn es war das Beste, wenn man nicht gegen die öffentliche Meinung anging. Das einzig Gute bei alledem war, dass ihr Mann Karim bei dieser zweiten Heirat, die für Firdaus arrangiert werden sollte, nicht eingriff. Schließlich war der Grund dafür, dass dieser Skandal über ihre Familie gekommen war, der, dass er beim ersten Mal die Sache in die Hand genommen hatte. Würden sie in Zukunft jemals damit fertig werden? Anscheinend hatte auch Sabia voller Spott zu jemandem gesagt: „Das, was in Aminas

Familie passiert, ist ja nichts Neues! Ihre Tochter geht denselben Weg wie ihre Schwester. So sind sie eben!" Als Zohra das hörte, machte es sie sehr traurig. Würde diese Geschichte ihre Familie ewig verfolgen? Würden die Leute in Zukunft von Rabia erwarten, dass sie so weitermachte? Würden sie sagen, die Familie sei ganz und gar abartig? Über alle diese Fragen machte sie sich Sorgen.

Aus diesem Grund hatte sie in letzter Zeit damit begonnen, strenger mit Rabia zu sein. Das Kind musste mit ihrer Mutter um die wenigen Freiheiten kämpfen, die die anderen Kinder der Stadt genossen. Zohra tröstete sich mit dem Gedanken, dass es durchaus kein Fehler sei, wenn Mädchen streng erzogen würden.

Sie dachte an Wahida. Sie war traurig, dass sie schon innerhalb der nächsten zehn Tage verheiratet werden sollte. Sie fragte sich, was ein so sensibles Mädchen von dieser widerborstigen Frau, von Sabia, werde auszustehen haben. Außerdem, hatte Mumtaz ihr im Geheimen gesagt, seien Sikandars Verhalten und Gewohnheiten sehr zweifelhaft. Gleichzeitig hatte Mumtaz allerdings versucht, sich herauszuhalten, indem sie sagte: „Mein Mann und Sikandar arbeiten schließlich in derselben Stadt. Er hat mir das gesagt. Offenbar tut er sich hinsichtlich Frauen und Trinken keinen Zwang an. Trotzdem, Zohra, sag bitte Rahima nichts! Ich habe damit nichts zu tun! Am Ende wird es noch mein Kopf sein, der rollt. Wenn Sabia jemals etwas zu Ohren kommt, wird sie mich umbringen. Außerdem würde meine Schwiegermutter mir die Hölle bereiten." Aber auch Nafiza hatte Zohra Ähnliches gesagt. Auch ihr Vater Kamal arbeitete in Singapur. Zohra war sicher, dass die beiden Frauen miteinander über Sikandar gesprochen hatten.

Zohra hatte Karim gegenüber das Thema behutsam zur Sprache gebracht: „Hast du auch davon gehört, dass Sikandar in Singapur etwas mit Frauen gehabt haben soll?" Aber er hatte nur ganz sorglos: „Na und?" gefragt. „Warum sollte uns das Sorgen machen? Männer sind eben Männer. Falsch ist es nur, wenn Frauen sich so benehmen. Wie die Dinge liegen, heiratet er ja ziemlich spät. Wie hätte er sich so lange beherrschen können?" Und damit war das Thema abgehakt. Was er sagte, war nur zu wahr! Niemand machte sich über dergleichen Sorgen, solange es um Männer ging.

Karim sagte dann noch: „Du musst das ja nicht unbedingt Rahima erzählen. Übrigens bin ich sicher, dass sie es schon weiß." Karim hatte andere Sorgen. Sie brauchten viel Geld, um die Hochzeitskosten zu bestreiten, und das gleich nachdem sie so viel für das Fest ausgegeben hatten, wozu auch Ausgaben für den Kauf von Kleidern und die Almosen, die sie hatten geben müssen, gehörten. Er machte sich Sorgen darüber, wie sie zurechtkommen würden, wenn sie eine so große Summe aus ihren Gewinnen herausnähmen. Er ärgerte sich deswegen über seinen Bruder. Kaders Schwiegervater war enorm reich. Wenn sie ihn darum gebeten hätten, hätte er ihnen sicherlich finanziell geholfen. Rahima war noch dazu sein einziges Kind. Karims Frau Zohra dagegen besaß gar nichts.

Warum war Kader so? Da sie vier oder fünf Hunderttausender für die Hochzeit brauchten, könnte er doch ruhig zwei oder drei Hunderttausender von seinem Schwiegervater annehmen! Gerade als Karim sich Gedanken darüber machte, wie er um Himmels willen Kader dazu bringen könnte, das zu verstehen, kam Zohra und belästigte ihn mit einem so trivialen Thema! Er trat ihr sehr fest entgegen, weil er glaubte, dass er sie zu wichtig nähme, wenn er ihr seine Sorgen mitteilte. Er dachte: Die Hochzeit soll erst einmal vorüber sein, dann können wir uns später mit Sikandar beschäftigen. Trotzdem wälzte er sich die ganze Nacht über in seinem Bett hin und her. Als Zohra ihn fragte, was los sei, brachte er sie zum Schweigen, indem er in scharfem Ton „Nichts!" sagte.

Zohra hörte Schritte die Treppe zur Terrasse heraufkommen. Es war Rahima. Sie trat vorsichtig auf, machte kaum ein Geräusch und fragte dann Zohra: „Hast du den neuen Mond schon gesehen?“ Zohra konnte zwar in der Dunkelheit das sonst so heitere Gesicht ihrer Schwägerin nicht deutlich erkennen, aber sie hörte an ihrer Stimme, wie erschöpft sie war, und ihr wurde klar, dass auch Rahima sich Sorgen machte.

„Nein, ich habe ihn noch nicht gesehen", antwortete Zohra und fragte ihrerseits: „Wo sind denn Rabia und Wahida?“

„Wahida legt Rabia Henna auf. Schon seit heute Morgen hat deine Tochter sie deshalb gequält. Sie und Madina haben ein Bündel Blätter von sonst woher nach Hause gebracht und Fatima hat es eben für sie gemahlen. Gleich nach den Maghrib-Gebeten hat Wahida angefangen, es Rabia aufzulegen. Außerdem besteht sie auch noch darauf, dass ihre Hand ganz mit einem Blumenmuster bedeckt wird“, sagte Rahima. Dann sagte sie: „Mumtaz hat dir ja wohl etwas über Sikandar gesagt, habe ich gehört. Worum ging es denn?“

Zohra war schockiert, dass Rahima das wusste. Sie dachte einen Augenblick lang nach und sagte dann: „Ach, das stimmt gar nicht.“ Ihr wurde klar, dass sie in einem schrecklichen Dilemma steckte. Sie vermutete, dass Fatima, während sie die Töpfe scheuerte, mit angehört hatte, was Mumtaz gesagt hatte. Sie muss dann wohl Rahima alles erzählt haben, dachte Zohra, in der Ärger und Irritation aufstiegen. „Nein, Mumtaz hat nichts über Sikandar gesagt. Sie sagte nur, dass auch ihr Mann in Singapur sei und dass er und Sikandar sich dort oft träfen.“

„Versuch nicht, etwas zu verstecken, Zohra. Ich weiß, was sie gesagt hat. Glaubst du denn, dass sie es nur dir zuflüstert? Inzwischen hat sie es wohl der halben Stadt erzählt. Und wer weiß, wie vielen Leuten Nafiza es schon gesagt hat. Wenn diese Frauen irgendetwas erfahren haben, dann müssen sie unbedingt dafür sorgen, dass es die ganze Stadt hört! Und es gibt keine, die wie sie einer ins Gesicht das eine sagt, und das andere, sobald sie den Rücken kehrt! Und nun kommen gerade Mumtaz und Nafiza zu dir und sprechen herzerweichend über ihre Sorge um deine Schwester Firdaus! Aber wenn du nicht in der Nähe bist, dann erzählen sie mir, wie frech sie sie finden und wie sehr sie das, was ihr geschieht, verdient habe. Sie wissen ganz genau, wie nahe ich dir stehe, sie wissen, dass ich dir erzählen werde, was sie gesagt haben, aber das stört sie nicht. Sie nutzen es aus, dass sie Verwandte sind“, sagte Rahima. Zohra war sicher, dass Rahimas Gesicht rot vor Ärger war, aber sie konnte es in der Dunkelheit nicht sehen.

Zohra empfand gleichzeitig Ärger und Demütigung. Wie hatten sie so freundschaftlich zu ihr sprechen und etwas anderes zu Rahima sagen können? Dann dachte sie: Das ist nun einmal die Natur des Menschen! Ihr Ärger richtete sich gegen Firdaus, die die Ursache für den Tratsch war. „Lass sie sagen, was sie wollen. Lass ihnen ihren ganzen Klatsch! Über wen wird schließlich in dieser Stadt nicht getratscht? Diese Stadt ist voller Neid und böser Gedanken! Aber unser Mädchen hat sich auch nicht richtig verhalten. Schließlich reden wegen ihres schlechten Betragens ja alle über sie!“ Zohras Stimme wurde heiser und Tränen liefen ihr aus den Augen.

Rahima war verwirrt. Sie versuchte, Zohra zu trösten, und sagte: „Dummchen, warum weinst du darüber?“ Sie machte sich Vorwürfe, dass das Gespräch diese Wendung genommen hatte und mit Zohras Tränen endete. Sie murmelte: „Allah gebe Frauen ein gutes Schicksal! Wenn er es nicht tut, scheint sich das auf siebenmal sieben kommende Generationen auszuwirken!“ Zohra dachte, dass ihre Stimme sich anhöre, als versuche sie sich aus einem Sumpf von Enttäuschung herauszukämpfen. In ihren Worten drückten beide aus, dass sie sich von Sorge und Hilflosigkeit eingeschlossen fühlten, und sie verfielen in tiefes Schweigen. Schließlich stiegen sie die Treppe hinunter und die Hausarbeit, die darauf wartete, noch getan zu werden, drückte sie wie schwere Ketten zu Boden.

Kapitel 23

Rabias Mutter und Tante waren schon um drei Uhr früh auf den Beinen. Sie ließen in einem Kessel über dem Kohlenfeuer Wasser kochen, badeten zuerst und sprachen danach die besonderen Ramadan-Gebete. Dann begannen sie sofort mit ihrer Arbeit in der Küche, denn es würde eine Weile dauern, ehe die Männer fertig wären. Auch Rabia war schon aufgestanden. Rahima lachte, als sie zu Zohra sagte: „Deine Tochter ist wirklich ein kleiner vergnügungssüchtiger Kobold! Ich vermute, dass sie die ganze Nacht über keine Sekunde geschlafen hat!" Ihre Mutter antwortete: „Ach, wie sollte sie auch schlafen, sie hat ja mit den anderen Kindern bis zehn oder elf auf der Straße gespielt!"

Rabia wurde verlegen, als ihre Tante und ihre Mutter sie neckten. Aber so war es immer. Sie war jedes Mal schon einen Tag vor dem Fest sehr aufgeregt. In allen Häusern kamen und gingen die Leute und brachten Vorräte für das Kochen am nächsten Tag. Sie brachten Hühner zum Schlachten. Die ganze Straße hetzte hin und her, Blumenverkäufer sammelten sich vom frühen Abend an auf der Straße. Nicht nur ihre Straße, sondern die ganze Stadt war lebendig: Gruppen von Frauen versammelten sich, um am Wasserhahn auf der Straße Wasser zu holen, und Scharen von Besuchern, die zu den Feiern gekommen waren, gingen auf und ab. Alle Kinder spielten draußen. Rabia hatte sich zur Maghrib-Zeit die Hände mit Henna verzieren lassen, saß auf der Veranda und beobachtete den Spaß. Dabei spreizte sie die Finger, aus Angst, das Henna könnte Flecke machen. Wenn sie schlafen ging, mochte sie das Henna auf ihren Händen gar nicht, weil sie sich dann nicht die Mückenstiche kratzen konnte. Und gerade in diesen Tagen stachen die Mücken am meisten! Darum hatte sie gewöhnlich nur ihre Füße verzieren lassen, bevor sie schlafen ging.

Ebenso war es die vorangegangene Nacht gewesen. Sie hatte Wahida gebeten, ihre Handflächen mit allen Blumenmustern zu verzieren, die sie kannte, und dann saß sie wie üblich auf der Veranda und sah auf die Straße.

Es war schon schwierig, still zu sitzen und zu warten, bis das Henna getrocknet war und abfiel. Sie fühlte sich wie festgebunden. Es war ja nur für eine Stunde! Danach begannen die Spiele. Wenn sich erst einmal alle versammelt hätten – Ahmad, Rafiq, Razak, Iliaz, Madina und Rabia – würden sie ‚Stein oder Sand' spielen. Madina und Ahmad sprachen zwar nicht miteinander, aber alle spielten zusammen. Während einer Spielpause brüstete sich Rabia: „Wisst ihr, dass mein Onkel in unserem Haus tausend Rupien in Kleingeld beiseitegelegt hat, um sie morgen als Almosen zu geben? Ich darf sie verteilen! Davor und sogar noch vor der Bajar-Zeit schicken mich meine Mutter und Tante Rahima zu vier armen Familien, damit ich ihnen ‚Godumai panam' bringe. Ich bringe es ihnen vor Tagesanbruch, wenn es noch dunkel ist!"

Ahmad sagte: „Ach, wir haben auch mehr als tausend Rupien in Kleingeld aufgehoben. Mein Vater gab mir einen Tausend-Rupien-Schein und ich ging zum Kino, um ihn in Münzen zu wechseln, und habe alles gezählt. Wie findet ihr das? Kann vielleicht irgendjemand von euch tausend Rupien in Münzen wechseln und dabei sicher sein, dass es stimmt?" Bei dem Gedanken an seine Meisterleistung strahlte sein Gesicht vor Freude.

„Du lügst, du lügst! Du könntest niemals das Kleingeld genau zählen! Alles Lügen,

Lügen!" rief Rabia. Sie wollte sich durchaus nicht mit ihm streiten. Im Gegenteil, sie wollte nur, dass er den anderen bewies, dass er so intelligent war, tausend Rupien in die richtige Anzahl von Münzen wechseln zu können – wenn er das tatsächlich getan hatte. Sie wollte hören, dass er es getan hatte, damit sie stolz auf ihn sein könnte. Irgendwo in ihrem Innern fühlte sie sich bei allem, was er zuwege brachte, sehr glücklich.

„Aber ihr glaubt mir doch, oder? Kommt sofort mit. Wir gehen und fragen meine Mutter. Oder wartet, ich will einen Schwur ablegen." Er sah zum Himmel auf und sagte mit Leidenschaft: „Ich schwöre im Namen Allahs und auf den Ramadan, dass das, was ich gesagt habe, wahr ist." Er schlug bei seinem Schwur die Handfläche seiner linken Hand gegen die Handfläche seiner rechten. Eine Minute lang sagte niemand etwas. Aber ihre Gesichter zeigten, dass sie ihm glaubten, und ihre Augen weiteten sich vor Staunen. Iliaz und Razak fragten gleichzeitig: „Wie hast du das nur gemacht?"

„Was glaubt ihr denn, wer ich bin?" sagte Ahmad stolz und zog den Kragen seines Hemdes hoch. Er lächelte und sah Rabia und Madina aus den Augenwinkeln an.

Iliaz sagte traurig: „Ich habe noch nie tausend Rupien auf einem Haufen gesehen, wisst ihr!"

Razak war verlegen. Er murmelte: „Wir haben auch tausend Rupien im Haus." Er dachte an seine Mutter und schalt sie im Stillen. „Als ob diese Frau jemals Almosen geben würde!"

Iliaz hatte den Wunsch, Ahmad irgendwie herabzusetzen. Es ärgerte ihn, dass der Junge vor Madina und Rabia so angab. „Aber jedenfalls feiert ihr morgen nicht das Fest mit", sagte er und brach ab.

Rabia verstand, dass Iliaz Ahmad bloßstellen wollte. Aber Ahmad konterte: „Aber gewiss doch! Meine Eltern haben nur für sich keine neuen Kleider bestellt. Aber meinem Bruder und mir haben sie welche gekauft. Sie sind von der Stange."

„Aber sie werden in eurem Haus keine Biriyani machen oder Vadais zubereiten. Wie steht es damit?" fragte Iliaz.

Darauf blieb Ahmad die Antwort schuldig. Das Fest feiern bedeutete neue Kleider tragen und in Biriyani und Vadais schwelgen. Sie konnten nur das Erstere tun. Da sie das andere nicht tun durften, konnten sie eigentlich nicht sagen, dass sie das Fest feierten. Er war durcheinander. Er hatte am vorangegangenen Tag seine Mutter gebeten. Aber sie hatte nicht nachgegeben. Sie sagte, es wäre falsch. Es war noch nicht einmal ein ganzes Jahr her, dass die Großmutter gestorben war, sie durften in ihrem Haus nichts backen.

Rabia wollte Ahmad aus seiner misslichen Lage heraushelfen. Auf sehr erwachsene Art sagte sie: „Was soll der Wirbel? Das passiert in jeder Familie! Einmal gab es in Madinas Haus kein Fest, ein andermal gab es in Razaks Haus kein Fest. In diesem Jahr ist es zufällig Ahmads Haus. Wenn deine Großmutter einmal stirbt, dann darf auch deine Familie das Fest nicht feiern, das weißt du doch!"

Sofort wurde Iliaz wütend. „Was hast du gesagt? Hast du gesagt, dass meine Großmutter sterben muss? Warte nur, ich sag es meiner Mutter!" Sein ganzer Körper bebte vor Ärger.

Rabia bekam Angst. „Beruhige dich! Das habe ich überhaupt nicht gesagt. Ich habe ja nur ein Beispiel genannt. Stimmt es nicht, Madina?" Sie bat Madina um Beistand.

Madina war keineswegs glücklich darüber, dass Rabia für Ahmad Partei ergriffen und zu seinen Gunsten gesprochen hatte. Trotzdem musste sie ihr beistehen. Sie versuchte Iliaz zu besänftigen, indem sie sagte: „Ja, alte Leute müssen bald sterben, darum hat sie das eben gesagt. Erzähl das nicht alles deiner Mutter!“ Trotzdem sah er aus, als wäre er den Tränen nahe. Sie mussten sofort mit ihrem Spiel aufhören und nach Hause gehen.

Rabia hatte am Morgen noch Angst, dass Fatima ihrer Mutter etwas sagen und damit einen Streit vom Zaun brechen könnte. Aber Fatima kam an dem Festtag nicht zur Arbeit. An ihrer Stelle kam Mariyaayi vom Landgut der Familie, um die Hausarbeit zu machen. Sie verrichtete die ganze Arbeit und trug dabei den Sari, den ihr Zohra geschenkt hatte. Fatima könnte ihre Geschichte also erst am folgenden Tag erzählen. Darüber war Rabia so beunruhigt, dass ihre frühere Begeisterung so gut wie weggeblasen war, und sie fühlte sich ganz erschöpft. Außerdem taten ihr die Beine weh, weil sie zu vier oder fünf Häusern gegangen war, um dort „godumai panam” abzugeben, das Geld, das den Armen vor dem offiziellen Ende des Fastens gegeben wird und das zeigen soll, dass die Fastenden verstehen, was hungern heißt. Warum hatten sie es nicht am vorangegangenen Abend hinbringen können? murmelte sie bei sich. Warum musste es unbedingt als Erstes am Morgen hingebracht werden, gleich nachdem Amma gebadet hatte? Zohra rief in scharfem Ton aus der Küche: „Rabia, hast du noch nicht gebadet?“ Na gut, sagte sie sich, und nahm allen Mut zusammen, lass kommen, was da kommen will! Warum sollte ich vor Angst sterben? Schließlich wird mir niemand den Kopf abreißen!

Wie immer war sie um halb acht mit dem Frühstück fertig und ging zu ihrer Mutter, um sich ihre neuen Kleider anziehen zu lassen. Zohra sprach ein Gebet, zog ihr die Kleider an und ermahnte sie: „Du bist ein braves Mädchen und machst deinen Rock nicht schmutzig, nicht wahr?“ Nachdem sie gesagt hatte: „Ja, Amma“ und auf sehr verantwortungsbewusste Weise genickt hatte, verließ sie das Zimmer und fand ihren Onkel in der Halle stehen.

Er sah in seinem weißen Lungi, weißen Hemd und weißer Kappe großartig aus. Unwillkürlich murmelte sie vor sich hin: „Oh, wie weiß seine Kleider sind! Wie um alles in der Welt bringt er es nur fertig, so sauber zu sein!“ Der Duft der Blütenessenz, die er an sich hatte, erfüllte das ganze Haus. Ihr Onkel machte sich niemals für die Gebete fertig, ohne etwas Blütenessenz anzulegen. Nur Tante Rahima mochte den Duft nicht. Sie klagte, sie bekomme davon Kopfweh. Aber der Onkel sagte dann immer zu ihr: „Du weißt, es ist Sunnath, Nachahmung des Heiligen Propheten. Er legte immer Blütenessenz an, wenn er betete.“ Rabia dachte nun, dass sie ihn bitten könnte, etwas Blütenessenz auf ihre neuen Kleider zu geben.

Kader rief: „Rahima, es ist Zeit für die Gebete. Servier das Essen!“ Nachdem er sie zur Eile gemahnt hatte, schüttelte er die Gebetsmatte aus und breitete sie in der Halle aus. Rabia kam, stellte sich vor ihn und sagte eifrig: „Onkel, sieht mein Kleid gut aus?“ Kader blickte auf und sah sie an. „*Subahaan Allah*, gepriesen sei Gott”, sagte er. „Wie kommt es nur, dass du so plötzlich erwachsen geworden bist?” Seine Augen weiteten sich vor Staunen. „Du möchtest doch sicherlich Blütenessenz, nicht? Komm, ich trag dir etwas auf. Aber zuerst einmal nimm das für den Festtag!” Er zog einen Fünfzig-Rupien-Schein aus der Tasche und drückte ihn ihr in die Hand. Dabei sagte er: „Sag Bismillah und nimm es!“ Sie war so erschrocken, als sie den Fünfzig-Rupien-Schein sah, dass sie dachte, ihr würde der Atem stehenbleiben, aber sie wollte ihm ihre Überraschung nicht zeigen und bemühte sich sehr darum, ruhig und gelassen zu erscheinen.

Bevor Kader zu den Gebeten ging, zog er einen Stuhl in den Vorderhof und ließ Rabia sich neben ihn setzen. Dort standen viele ihrer Hindu-Landarbeiter in einer Reihe. Unter ihnen gab es einige Muslim-Frauen und -Kinder, aber die meisten Arbeiter waren

Hindus. Sie taten ihr sehr leid. Sie standen dort sehr höflich und hatten die Arme ordentlich untergeschlagen. Rabia hatte die Münzen auf ein großes Silbertablett ausgeschüttet, das auf einem Hocker neben ihr stand. Kader sagte ihr, sie solle den kleinen Kindern fünfundzwanzig Paisa geben und den Frauen je fünfzig. Die Männer bekamen eine Rupie. Sie nahm die Münzen in die Hände und übergab sie ihnen einzeln. Sie war sich ihres Seiden-Rockes und ihres Schmucks sehr bewusst. Als alle sie sehnsuchtsvoll ansahen, war sie sehr glücklich und auch äußerst stolz.

Die Männer, die auf ihren Ländereien arbeiteten, fragten: „Oho, ist das die Tochter unseres Herrn?“ Kader antwortete: „Ja, sie ist die Tochter meines jüngeren Bruders.“ Für diese Menschen nahm er Zehn-Rupien-Scheine aus einem Bündel, das er in der Tasche hatte, und bat Rabia, jedem einen zu geben.

Die Gebete würden um acht Uhr anfangen. Als es dann Zeit war, brachen Rabias Onkel und ihr Vater auf. Sie und Madina folgten ihnen bis zur Moschee. Von dort aus gingen alle Männer der Stadt gemeinsam. Sie rezitierten auf ihrem Weg zum Kotbah-Podium, das in einiger Entfernung von der Stadt aufgebaut worden war. Dort wurden die Ramadan-Gebete verrichtet. Alle Jungen begleiteten sie. Rabia und Madina standen mit allen anderen Mädchen unter einem Baum und betrachteten sie voller Neid. An diesem Tag sah auch Ahmad sie spöttisch an, als wollte er sagen: Ihr könnt nicht mit uns beten, seht ihr! Rabia fragte ihre Mutter immer wieder: „Können wir nicht in die Moschee oder auf den Kotbah-Platz gehen, um mit den Männern zu beten?“

Aber Zohra sagte nur: „Nein, das ist unmöglich! Frauen können nicht in die Moschee gehen.“

„Aber warum nicht?”

„Auf gar keinen Fall. Dabei bleibt’s!”

In der Stadt legten die Frauen all ihren Putz an und besuchten Verwandte und Nachbarinnen. Die ganze Straße hallte von Wogen von Frauenstimmen und -gelächter wider. Aber das würde nur so lange dauern, bis die Männer in die Stadt zurückkehrten.

Nach dem Mittagessen wollte Rabia mit Madina, Ahmad und Iliaz ins Kino gehen. Davor ging sie allein in ihr Zimmer und zählte alles Geld zusammen, das ihr Verwandte an diesem Morgen gegeben hatten. Bevor sie sich zu den Gebeten aufmachten, gingen die Männer aller Familien ihre Verwandten besuchen und gaben den Frauen und Kindern beim Abschied Geldgeschenke. Ahmads Vater war zu Rabia ins Haus gekommen und hatte ihnen allen Geld gegeben. Ebenso waren ihr Vater und ihr Onkel zu Ahmads, Madinas und Sherifas Haus und den Häusern aller anderen Verwandten gegangen. Rabia nahm einen Zehn-Rupien-Schein und steckte ihr übriges Geld in eine Spardose aus gebranntem Ton, die sie sich für ihr Spargeld auf dem Markt gekauft hatte. Zehn Rupien würden für das Kino und ein paar Süßigkeiten genügen.

Als einmal ihre Spardose voll gewesen war, hatte ihre Mutter gesagt: „Gib mir doch das Geld, das du gespart hast. Lass uns ein Paar goldene Ohrstecker davon kaufen. Aber Rabia hatte sich nichts daraus gemacht. Sie brauchte nicht noch mehr Schmuck! Sie sagte: „Ich möchte wirklich sehr gerne mit dem Zug irgendwohin fahren! Machst du eine Reise im Zug mit mir? Wenn nicht, dann kauf mir ein Fahrrad!“

Ihre Mutter hatte gesagt: „Wozu braucht ein Mädchen schon ein Fahrrad? Nein du brauchst keins! Und ich bin auch noch nie mit dem Zug gefahren. Warum fragst du nicht deinen Vater?“ Sie zuckte die Schultern.

Wie hätte Rabia aber ihren Vater fragen können? Es war besser, den Mund zu halten, dachte sie, und die Dinge laufen zu lassen. Wahida hatte ihr erzählt, dass sie, wenn sie erst einmal verheiratet sei, im Flugzeug nach Singapur reisen werde. Sie hatte gesagt, sie werde Rabia mitnehmen. Dort gab es viele Züge. Rabia sagte sich, wenn es so weit sei, werde sie ihre Sparbüchse zerbrechen und das Geld mitnehmen.

***

Die kühle Morgenbrise traf Firdaus, während sie auf der Brüstung saß und sich die Zähne putzte. „Huh – ah“, murmelte sie und wickelte sich das Ende ihres Saris um die Schultern. Von irgendwoher erklang aus irgendeinem Haus ein Song aus einem Kassettenrekorder, ein Song, den Nagore Hanifa sang. Einen Augenblick lang fragte sie sich, woher er komme, dann wusste sie: „Das kann doch nur aus Sabias Haus sein!“ Mit seiner wohlklingenden Stimme sang Hanifa: „Strecke deine Hände zum Herrn aus! Er wird dir niemals irgendetwas abschlagen!“ Firdaus hätte gerne zynisch gelacht. Sie murmelte schwach vor sich hin: „Auch ich habe Ihn um so vieles gebeten! Was hat Er mir jemals gegeben?“ Sie stand auf und spülte sich den Mund.

Es war Ramadan-Festtag. Aber sie fühlte sich bis ins Innerste ihres Herzens ausgetrocknet. Dort gab es auch nicht einen einzigen Tropfen Begeisterung. Noch war es lange vor Sonnenaufgang. Die Dunkelheit breitete sich über den ganzen gepflasterten Hof. Sie dachte: „Ein so riesiger Hof kann sehr viel Dunkelheit aufnehmen.“ Wozu wachte sie so früh auf? Es gab nichts, worüber sie hätte glücklich sein können, und es gab nichts zu feiern. Sie setzte sich auf die Veranda, zog die Knie hoch und umschlang sie mit den Armen. Die kühle Luft war angenehm. Sie atmete sie in langen Zügen tief ein. Die Kühle um sie her, der weite Himmel und die freundliche Dunkelheit rührten ihr Herz auf seltsame Weise. Alle Anspannung, die sie tief in ihrem Inneren empfunden hatte, schien sich zu lösen, zu schmelzen, sich in die Luft, die sie ausatmete, aufzulösen und in den Himmel zu verschwinden. Kindliche Unschuld und ein Glücksgefühl schlugen in ihr Wurzeln. Sie drückte ihre Handflächen gegen die Wangen, schloss die Augen und empfand eine gewisse Erregung. Sie hatte den Eindruck, dass der Murungai-Baum im Garten nur für sie mit seinen Blättern rausche. Trotz dem Gefühl der Einsamkeit, das sie in letzter Zeit immer empfand, kam ihr plötzlich der Gedanke, dass dieser Himmel, diese Brise und diese Kühle einzig und allein für sie da seien.

Sie wusste nun auch ganz genau, warum ihr die Kälte und der Wind, die sie so lange gequält hatten, plötzlich und seltsam verändert erschienen. Der Gedanke an Siva streichelte ihren Körper wie die kühle Brise. Siva war in allem enthalten und erfüllte alles. Er war im Wind, der durch den Garten wehte, im Himmel und in der fest auftretenden Dunkelheit. Er streichelte sie mit seinen Augen, die voller Mitgefühl waren. Mit dieser zarten Umarmung hielt er sie davon ab, Schuld oder Angst zu empfinden.

„Hast du noch nicht gebadet?“ Die Stimme ihrer Mutter klang, als sei sie in ihrer Nähe, und brachte sie mit einem heftigen Schreck wieder in die Gegenwart zurück. Sie wandte sich ihrer Mutter zu, die ihr gegenüberstand und die Hände in die Seiten stemmte. „Nein, Amma“, sagte sie langsam und stand auf. „Ich habe vor Kälte gezittert, darum …“

„Du wachst also am frühen Morgen auf und sitzt dann nur herum, wie?“ beklagte sich ihre Mutter. „Warum machst du das Wasser nicht heiß? Das gefällt dir ja wohl, sitzt da zusammengekauert auf der Veranda und träumst vor dich hin!“ Sie ging zum Heiß-Wasser-Kessel und grummelte.

Firdaus folgte ihr, ging an ihr vorbei zum Kohlensack, nahm zwei Hände voll Kohle, schob sie unter den Ofenrost unterm Kessel und wischte sich die Hände ab.

Ihre Mutter sagte: „Ich gieße etwas Kerosin auf die Kohlen, damit das Feuer zu brennen anfängt. Geh du und weiche die Uradbohnen ein. Wir wollen ein paar Vadais machen." Sie sah zur schweigenden Firdaus auf und setzte hinzu: „Ja, es stimmt, wir dürfen einen so günstigen Tag nicht vorübergehen lassen, ohne dass wir die Fritteuse auf den Ofen stellen. Wenn wir es zufällig ein Jahr versäumen, sind wir gezwungen, die drei folgenden Jahre ohne auszukommen. Warum stehst du also da, als ob ein Unglück über dich gekommen wäre?" Als sie ihre Tochter ansah und ihre Gründe nannte, war eine Heiterkeit in ihrer Stimme, wie Firdaus sie selten gehört hatte.

„Ich will zuerst baden und meine Gebete sprechen. Danach muss ich die ‚Godumai panam' verteilen, ehe es Tag wird." Ohne Firdaus' Antwort abzuwarten, ging Amina ins Haus, um saubere Kleider zusammenzusuchen. Als sie so weg ging und ihr dünner Körper wie ein trockenes Blatt im Wind aussah, ging Firdaus der Anblick durch und durch und zerriss ihr das Herz.

Sie gehorchte dem Befehl ihrer Mutter, machte sich, ohne etwas zu sagen, auf den Weg und stieg die Stufen zur Küche hinauf. Dort schaltete sie das Licht an und trat ein. In der plötzlich hereingebrochenen Lichtflut huschten Geckos erschrocken davon und Kakerlaken erstarrten und klebten aneinander. Sie wendete abgestoßen ihren Blick von ihnen weg und ging zu dem hölzernen Schrank. Sie biss die Zähne zusammen, stemmte den fest sitzenden Deckel des Aluminiumgefäßes auf, maß die Uradbohnen ab und schüttete sie in einen Tontopf. Aus dem Bronzegefäß, das neben dem Herd stand, goss sie etwas Wasser über die Hülsenfrüchte und wusch sie.

Seit ihrer frühen Kindheit hatte Firdaus Vadais nie gemocht. Später hatte Amina immer Vadais zubereitet, wenn Firdaus' Schwester Zohra und ihr Mann zu Besuch gekommen waren. Ihre Mutter fragte niemals, warum Firdaus sich hartnäckig weigerte, sie zu essen. Sie sagte nur: „Wenn du sie nicht magst, lass sie liegen. Geh und kauf dir ein paar Reispfannkuchen von diesem Bettel-Händler, der sie macht."

Und heute? Amina bestand sehr wütend darauf, dass Firdaus ihr eine lange Liste von Gründen unterbreitete, warum sie einen möglichen künftigen Bräutigam nicht mochte. Aber in keinem Fall würde Amina irgendeinen von Firdaus' Gründen akzeptieren!

„Erst gestern habe ich Zohra ein Foto gezeigt und ihr gesagt, dass ich entschlossen bin, mit seiner Familie zu verhandeln, sobald die Fastenzeit vorüber ist. Er hat nur ein paar Töchter. Ich habe um das Foto gebeten, nur um dir einen Gefallen zu tun. Aber ich habe gelogen, dass ich deiner Schwester unbedingt zeigen müsste, was für ein ausgefallenes Wunder er ist. Er sieht so gut aus, dass er selbst dir gefallen könnte." Die Art, wie sie die letzen Worte betonte, ließen Firdaus zusammenzucken.

Die Uradbohnen rollten und schlüpften durch Firdaus' lange rosige Finger und glänzten weiß. Sie wusch sie, als wüsche sie all ihre Belastungen und Schmerzen hinein. Nur weil sie gerade einmal zwei Tage mit einem Fremden zusammen gewesen war, den sie mit ihr verheiratet hatten, welchen Sinn sollte es jetzt für sie haben, einen anderen, noch dazu zwanzig Jahre älteren Mann zu heiraten, der außerdem zwei Töchter hatte? Aus welcher Perspektive sie es auch betrachtete und wie oft sie es auch durchdachte, sie konnte es nicht begreifen.

Die von ihrer Mutter hervorgehobenen Worte „dass er selbst dir gefallen könnte" verwirrten sich in ihrem Geist und sie zog sich vor Scham zusammen. Sie wäre ihrer

Mutter am liebsten zu Füßen gefallen, weil diese sie so geringschätzte, und sie hätte am liebsten geweint und geschrien, damit sie ihre Meinung über sie änderte.

Amina kam, nachdem sie gebadet hatte, in die Küche und fragte erstaunt: „Du wäschst immer noch die Uradbohnen? Dafür brauchst du ja ziemlich lange!"

„Hier, Amma, ich bin fertig", antwortete sie schnell und verließ die Küche. „Ich habe den Unterrock, in dem ich gebadet habe, im Hof gelassen. Bitte spül ihn aus!" rief Amina ihr nach und ging in den Vorderhof, um die Gebetsmatte zu holen, die dort auf der Leine hing. Sie schüttelte sie aus und ging ins Haus, um ihre Gebete zu sprechen. Von drinnen sah sie hinaus und rief: „Ich kann den Surma-Stock nicht finden. Wo hast du ihn hingelegt?"

Von der erhöhten Plattform neben dem Brunnen rief Firdaus zurück: „Ich habe keine Ahnung. Ich habe ihn dort liegen lassen, nachdem ich ihn für die Freitags-Luhur-Gebete benutzt habe. Guck mal genauer, Amma!"

Sie steckte ihre Hand in den Plastiktopf, in dem ihre Mutter eine Mischung von Haarwaschpaste für sie übrig gelassen hatte, und rührte um. Ein Kältegefühl durchlief ihren ganzen Körper und sie zog die Hand schnell wieder heraus, schüttelte sie trocken und begann, sich auszuziehen. Der Himmel wurde hell und das bedeutete, dass sie schnell baden müsse. Sie nahm einige Hände voll Haarwaschpaste, tat sie auf ihren Scheitel und rieb sie schnell ein. Der Kassettenrekorder in Sabias Haus war mit Nagore Hanifas Song zu Ende gekommen und nun zu einer Ballade von Saithoon Bivi übergegangen.

Obwohl diese Ballade ihre Aufmerksamkeit vollständig fesselte, fragte sie sich doch, warum sie sie am frühen Morgen spielten. Vier oder fünf Stimmen sangen und rezitierten abwechselnd in tragischem Ton, der die Herzen der möglichen Zuhörer erweichte, von den Leiden Saithoon Bivis. Auch sie hatte diese Ballade früher oft gehört und auch sie hatte geweint. Aber das war vor ihrer Hochzeit. Wenn sie jetzt ihr eigenes Leben bedachte, dann erschien ihr alles andere Leiden unbedeutend. Der Erzähler wiederholte immer neu: „Hört, hört nur von den Leiden von Saithoon Bivi!" Ein störender Wind unterbrach eigensinnig den Fluss des Gesanges.

Die Herrlichkeit von Stimme und Melodie des Songs erinnerte Firdaus an Großvater Asirvadam, der die Bilder auf dem Filmprojektor vorgeführt hatte. Sie schloss fest die Augen und rief ihn sich ins Gedächtnis. Er hatte ein rundes, lächelndes Gesicht und einen kahlen Kopf, fast wie Gandhi. Er trug kein Hemd auf seinem dunkelhäutigen Oberkörper. Ein Kreuz hing an einer schwarzen Schnur, die er eng um den Hals gebunden trug. Er tippte mit den Fingern auf seine Zinndose und wirkte Wunder. Es hatte ihr so viel Vergnügen gemacht zuzusehen!

Sie löste damals Rabia, die noch ein Baby war, von ihrer Taille, an welche das Kind wie ein Gecko an die Wand geklammert war. Sie setzte sie auf den Boden, wo sie schrie, beugte sich nach der Seite der Zinndose, richtete ihre Blicke darauf und sah begierig zu. „Sieh nur, sieh! Sieh dir die Bilder an!" sang er, so laut er konnte, und Firdaus sah sie mit der größten Aufmerksamkeit an und wandte kein Auge ab, als Bilder von Gandhi, Nehru und dem Taj Mahal kamen und gingen. Sogar Rabia war still, denn seine laute Stimme hatte sie erschreckt.

Sobald die Bilder zu Ende waren, nahm Firdaus das Baby, setzte es sich wieder auf die Hüfte und fragte den Vorführer: „Was hast du gesagt, wie der Name der Dame auf dem Pferd war?"

„Mm. Das ist Jhansi Rani. Warum fragst du? Sicherlich magst du sie sehr?" neckte er sie.

Sie hätte gerne zugestimmt, aber sie empfand Bosheit in seiner Stimme und deshalb sagte sie: „Nein, ich will sie nur weiter ansehen, weil sie eine so mutige Dame ist, auf einem Pferd sitzt und ihr riesiges Schwert zieht." Sie erinnerte sich an eine Figur, die Jhansi Rani hieß und die sie in einem Raja-Rani-Film gesehen hatte, als später ein Wanderkino in ihre Stadt gekommen war. Irgendwie mochte sie diese Figur ganz und gar nicht. Die Frau in dem Projektor anzusehen hatte ihr dagegen sehr gefallen.

Als er die Münzen aus seiner schmutzigen Kordelzug-Börse in seine Handfläche schüttete und anfing, sie zu zählen, fragte sie eifrig: „Kennst du denn vielleicht noch mehr Geschichten von dieser Königin?" Als sie das fragte, wurde sie sehr verlegen.

Er hielt mitten im Zählen inne und sagte: „Was weiß ich schon? Bin ich vielleicht zur Schule gegangen?" Dann setzte er sein Zählen traurig fort.

Wo war er wohl jetzt? Lebte er noch oder war er schon tot? Sie wendete ihre Gedanken von dieser Zeit ab. Firdaus war jetzt traurig, denn das Leben damals war so glücklich gewesen! Es tat ihr leid, dass sie nicht immer ein Kind hatte bleiben können. Sie goss immer wieder warmes Wasser über ihren Körper, denn sie wollte die Kälte, in der sie zitterte, vertreiben.

Von der Moschee erscholl der Gebetsruf. Danach sang der Muezzin: „Gebet ist besser als Schlaf!" Das brachte sie wieder in ihre Gegenwart zurück.

Kapitel 24

Kader saß neben Rahima auf dem Bett und schrieb etwas. In den letzten Tagen war Rahima unruhig gewesen. Wahidas Hochzeit sollte in weniger als zehn Tagen stattfinden. Da sie mit dem Bräutigam nicht völlig einverstanden war, konnte sie sich nicht mit ganzem Herzen auf die Aufgaben einlassen, die im Zusammenhang mit der Hochzeit erledigt werden mussten. Die gedruckten Einladungen zur Hochzeit waren angekommen. Jetzt mussten sie sie zu allen Verwandten und Bekannten bringen. Am nächsten Morgen musste der Familie des Bräutigams die vereinbarte Summe für die Kleider von Braut und Bräutigam überreicht werden. Den Tag darauf musste sie nach Madurai fahren und die Kleider aussuchen. Es entsprach dem Brauch, dass die Familien der Braut und des Bräutigams das gemeinsam taten. Rahima musste zu jeder Familie in der Stadt gehen und sie zur Hochzeit einladen. Sie musste den Reis für das Hochzeitsmahl sieben. Sie musste selbst gehen, um die engen Verwandten einzuladen. So war es in der Stadt Brauch. Beim bloßen Gedanken an das alles wurde ihr schwindelig. Wenn der Stoff für die Kleider gekauft war, mussten sie genäht werden. Sie musste all die Töpfe und Haushaltswaren kaufen, die zur Aussteuer gehörten, und sie musste dafür sorgen, dass sie ins Haus des Bräutigams geliefert würden. Sabia hatte ihren Bruder schon ermahnt: „Sie ist deine einzige Tochter, denk daran!“ Der Schmuck, der mehr als hundert Sovereigns wert war, lag bereit. Obwohl sicher war, dass alles im großen Stil vonstattengehen würde, war sie im Herzen doch nicht glücklich darüber. Sie empfand tiefen Groll gegen ihren Mann. Wenn er nicht so halsstarrig gewesen wäre, hätten sie wohl in aller Ruhe, ohne sich so zu beeilen, einen passenden jungen Mann für Wahida finden können, dachte sie. Nachdem die Entscheidung aber nun einmal gefallen war, wäre es gewesen, als vergäße sie Allah, wenn sie weiter gehadert hätte. Also beschloss sie, weder darüber zu sprechen noch darüber nachzudenken, und vertrieb alle derartigen Überlegungen.

Kader hielt im Schreiben inne, sah auf und fragte: „Wann gehst du die Einladungen in der Stadt verteilen?“

Sie ließ alle ihre Gedanken fallen und antwortete: „Heute noch. Zu den Leuten, die woanders leben, können wir morgen im Auto fahren.“

Er fragte ein wenig ängstlich: „Aber du hältst doch nach dem Fest die sechs Tage Fasten ein, ist es dann nicht sehr anstrengend für dich, wenn du in der Stadt umhergehst?“

„Na und? Schließlich muss es ja getan werden oder nicht?“ fragte sie ihrerseits.

Ihr Gesichtsausdruck zeigte auch nicht die leiseste Spur von Glück. „Was ist los? Du siehst gar nicht glücklich aus“, sagte er.

„Es ist nichts. Aber ich habe gehört, dass das Verhalten des Bräutigams im Ausland nicht ganz richtig war. Darüber bin ich nicht glücklich.“

Kader sah auf und beobachtete sie genau. Sein Gesicht zeigte einen Augenblick lang Ärger und Verwirrung, dann klärte es sich auf. Er nahm sich zusammen. Er sagte: „Hör mal zu! Da er ein Mann ist, verhält er sich nun mal so. Es ist nicht richtig von dir, wenn du daraus eine große Sache machst. Gibt es auf der ganzen Welt irgendeinen Mann, von dem man sagen kann, er sei fehlerlos? Wenn du dich entschlossen hast, deine Tochter nur einem solchen Mann zu geben, dann will ich dir mal sagen, dass du, solange du lebst, keinen finden wirst! Merk dir das! Es ist nichts Besonderes, wenn ein Mann etwas falsch macht. Wenn er erst einmal verheiratet ist, wird er sich, inshah Allah, bessern. Geh jetzt und kümmere dich um deine Arbeit. Und mach kein langes Gesicht vor dem Kind! Ich mache mir mehr Sorgen um sie als du." Sein Ton war gleichzeitig streng und heiter.

Dann fuhr er fort: „Irgendwie lässt mich das an der Tiefe deines Glaubens an Gott zweifeln. Sag mir, kann sich auch nur ein Staubkorn bewegen, ohne dass er es will? Ob es nun gut oder schlecht ist, danke Ihm und finde Frieden!" Nun klang Kader traurig. Er fürchtete, dass, wenn sie immer wieder von derselben Sache redeten, Rahima die Sünde beginge, das in Frage zu stellen, was Gott verordnet hatte.

Rahima war verzweifelt. Sie verstand nicht, warum Kader, der bis dahin immer auf das gehört hatte, was sie zu sagen gehabt hatte, einzig und allein in dieser Sache so halsstarrig war. Sie fragte sich, ob er dachte, sie, Rahima, würde versuchen, die enge Beziehung zu seiner Schwester abzubrechen. Es lag etwas Wahrheit in dem, was er sagte. Sie verstand durchaus, dass kein Mann vollkommen sei. Aber trotzdem, da sie wussten, was sie wussten, warum sollten sie einen Fehler begehen? Sie verstand das nicht. Ihr Kopf tat ihr weh. Sie würde nichts dadurch gewinnen, wenn sie sich auf diese Weise verrückt machte! Sie musste ihre Sorgen auf Allah werfen und einfach mit ihrer Arbeit weitermachen. Wer konnte schließlich das Schicksal ändern, das Er verordnet hatte?

„Rahima", rief ihr Kader hinterher, „hör mal, wenn du die Einladungen überbringst, geh bitte zum Haus des Elektrizitätswerksbeamten Balakrishnan. Wenn du die Adresse nicht weißt, dann frag den Fahrer Mutthu. Oder frag Rabia, denn Balakrishnans Sohn Ramesh ist ihr Klassenkamerad." Nachdem er diese Anordnung getroffen hatte, beugte er sich wieder über seine Abrechnung.

Rahima ging ohne ein weiteres Wort aus dem Zimmer. Aus Zohras Zimmer war Karims vor Ärger laute Stimme zu hören. Rahima hielt einen Augenblick inne, um zu hören, was er sagte, aber sein Schreien war so wütend, dass sie nichts verstehen konnte. Zohra sagte immer wieder etwas und versuchte ihn zu beruhigen. Sie sagte: „Ist ja gut, lass das jetzt, jemand könnte dich hören. Wenn sie noch einmal etwas sagt, dann unternehmen wir etwas." Aber wenn Karim wütend war, dann wurde er zu einer Art Tier. Niemand konnte ihn dann aufhalten. Rahima konnte gar nicht verstehen, wie Zohra seine Gereiztheit aushalten konnte. Immer, wenn sie ihm ein Essen servierte, tat sie das mit Furcht und Zittern. Das Essen musste genau dann fertig sein, wenn er das Haus betrat. Wenn es auch nur die geringste Verzögerung gab, schrie er sie grob an und ging sofort wieder.

„Er ist ein richtiger Satan", murmelte Rahima vor sich hin, als sie sah, wie er die Tür aufriss und aus dem Haus rannte. Zohra folgte ihm aus dem Zimmer, sah Rahima und lächelte ein wenig. Als Antwort auf die Frage, die sie im Gesicht ihrer Schwägerin las, sagte sie: „Es ist nichts, meine Liebe. Vorhin hat er noch ganz ruhig gegessen. Ich hatte ihm Dosais gemacht. Nafiza kam herein und bat um etwas Chutney für die Kinder. Statt ruhig nach Hause zu gehen, sagte sie zu ihm: ‚Gut, deine Tochter heiratet anscheinend?' Er antwortete: ‚Ja, du musst unbedingt kommen!' Sie nahm das Chutney und sagte zu ihm: ‚Natürlich komme ich. Du gibst der Familie deiner Schwester eine Tochter. Gib bitte uns die andere Tochter. Meine Mutter war dir wie eine Schwester, obwohl sie nicht mit dir verwandt war. Vergiss das nicht. Ich denke immer an Rabia als meine Schwiegertochter. Enttäusch mich nicht!' Nachdem sie das gesagt hatte, ging sie. Zu ihr sagte er gar nichts. Ich war sehr betreten. Den Augenblick, als sie weggegangen war, fing er an zu brüllen:

‚Diese Frau treibt sich herum, wie sie will. Ich werde ihr doch nicht meine Tochter geben!‘ Er regte sich furchtbar auf. Wie traurig würde es Bashir machen, wenn er das hören müsste!“

Zohra sprudelte das alles in einem Atemzug heraus und ihr Gesichtsausdruck verriet ihre Verlegenheit. „Sollte man nicht bedenken, wer in der Nähe ist, wenn man tagsüber so laut spricht?“ fuhr sie fort. Sie war beschämt. Rahima hatte den Eindruck, ihr Herz hätte einen Augenblick ausgesetzt. Sie hatte nicht den Wunsch, etwas zu sagen. Eine Verwirrung stieg in ihr auf und hüllte sie wie in eine Rauchwolke ein. „Warum kümmert sich dein Mann um das, was sie tut? Wenn er nicht will, dass seine Tochter in ihre Familie heiratet, dann soll er das sagen und weiter nichts. Er braucht weiter nichts zu sagen.“ Rahimas Gesicht war dunkel vor Traurigkeit. „Warum soll man unnötig Probleme heraufbeschwören und Feindschaften stiften? Morgen veranstalten wir in unserem Haus eine Hochzeit. Schließlich werden sie dann unsere Gäste sein. Aber mach dich jetzt fertig! Wir beide müssen in die Stadt gehen und alle einladen.“ Es war offensichtlich, dass sie das Gespräch nicht fortsetzen wollte.

Sie zogen sich an, legten eine diskrete Menge Schmuck an und wollten losgehen. Als beide Dupattas über ihre Saris drapiert und sie gut über den Kopf gezogen und festgesteckt hatten, riefen sie Wahida: „Wir gehen jetzt die Einladungen zur Hochzeit austragen. Sieh zu, dass Rabia hier ist und dir Gesellschaft leistet. Schließ die Tür hinter uns ab.“ Und dann gingen sie. Die Worte, die Karim über Nafiza gesagt hatte, gingen Rahima unaufhörlich durch den Kopf. Ein starker Schmerz ballte sich zusammen und drückte sie nieder.

Sie kamen mit dem beruhigenden Gefühl nach Hause, dass sie die Bewohner fast aller Häuser der Stadt eingeladen hatten. Da sie das Sechs-Tage-Fasten hielten, waren sie müde und ihnen war schwindelig. In jedem Haus hatte man sie freundlich gescholten: „Warum tut ihr Frauen das nur! Ihr wandert hier so herum an einem Tag, an dem ihr fastet! Ihr hättet die Einladungen doch auch später bringen können! Und dann noch in dieser Hitze! Ihr habt sicherlich zu Hause nicht mal einen Schluck Wasser getrunken!“ Rahima antwortete allen taktvoll: „Nein, wir haben so viel zu tun! Weil davor ja der Ramadan-Monat war, konnten wir das alles nicht machen. Jetzt haben wir schließlich nur noch eine Woche für die Hochzeitsvorbereitung. Ich kann kaum noch schlafen, wenn ich an all die Arbeit denke!“

Alle hatten zugestimmt: „Natürlich muss es so sein! Es ist die Hochzeit des ältesten Kindes und es wird die erste große Veranstaltung in eurer Familie. Die ganze Stadt hat schon darauf gewartet und sie hofft auf ein großes Fest. Natürlich wird es eine große Hochzeit“, hatten sie zu Zohra gesagt und gelächelt. „Als Nächstes erwarten wir, dass du das Erwachsenwerden deiner Tochter ankündigst! Dafür musst du dann auch ein Fest arrangieren.“

Als sie die Straße entlanggingen, machte Rahima ihrem Herzen Luft: „Man braucht das Essen nur zu erwähnen, das ist schon genug. Diese Leute werden als erste bei uns ankommen! Als ob wir für Rabia kein Fest feiern würden! Sie brauchen uns wirklich nicht ständig daran zu erinnern!“

Zohra stimmte ihr zu: „Du hast Recht. In meiner Heimatstadt sind die Leute nicht so hinter Reis und Fleisch her. Das ist eine Besonderheit dieser Stadt!“

Von ihrem Gang in die Stadt waren sie ganz erschöpft. Sie gingen an diesem Abend früh zu Bett und schliefen bald ein. Alle im Haus wachten jedoch auf, als an die Vordertür geschlagen wurde, es war einige Zeit nach Mitternacht. Karim öffnete die Tür. Draußen stand ihr Landarbeiter Paraman mit einer Fackel in der Hand. Hinter ihm standen etwa zehn oder fünfzehn Leute, Männer und Frauen. Karim war in Verlegenheit. Er wusste nicht, wie er die Situation verstehen sollte. Er erhob die Stimme: „Was wollt ihr um diese Zeit?“

Paraman versuchte zu sprechen. Er fing an: „Herr, sehen Sie sich das an! Hören Sie sich diesen Skandal an …“

Karim trat zur Seite. „Kommt erst mal alle rein”, sagte er. Alle folgten ihm in den großen Hof und stellten sich mit untergeschlagenen Armen auf einer Seite auf. Da bemerkte Karim die hübsche junge Frau – sie war wohl aus der großen Stadt –, die ein bisschen abseits von den Übrigen stand.

Inzwischen war auch Kader aufgewacht und in den Hof hinausgekommen. Er setzte sich auf eine aus Schnüren geflochtene Liege, die dort stand. Er hatte die Augen halb geschlossen und schlief fast noch. Etwas ärgerlich fragte er: „Was ist los, Paraman? Was es auch sein mag, ihr hättet ebenso gut am Morgen kommen können! Müsst ihr uns unbedingt um diese Zeit aufwecken?“ Sein langes Gesicht mit der hellen Haut sah müde und erschöpft aus. Er riss die Augen auf und sah sich die Leute, die sich dort versammelt hatten, genau an. Plötzlich wurde ihm bewusst, dass er nur in Lungi und Banian dastand und er rief Karim zu: „Gib mir mal das Tuch, das auf der Leine hängt!“ Er legte sich das Tuch um. Rahima und Zohra sahen aus ihren Fenstern und beobachteten neugierig, was im Hof geschah. Rahima verstand allmählich die Situation.

„Nein, Herr, wenn wir nicht sofort über die Sache reden und entscheiden, verliere ich vollständig meinen guten Ruf! Dann muss ich mich aufhängen und sterben! Es gibt da keinen anderen Ausweg! Uns Konar ist unsere Ehre wichtiger als unser Leben!“ Er klopfte leidenschaftlich an seine Brust. Dann bedeckte er seinen Mund mit dem Tuch, das er in der Hand hielt, und fing an zu seufzen und laut zu weinen. Seine Frau Ramaayi stand ruhig in einer Ecke und sah ihm zu.

„Gut, Ramaayi, du erzählst uns jetzt, was passiert ist!” forderte Kader ohne große Begeisterung. Karim schwieg, denn er durfte nichts sagen, bevor sein älterer Bruder gesprochen hatte. Aber er war deutlich irritiert.

Aber Paraman rannte wütend auf seine Frau zu, zog ein Messer heraus und schrie: „Was wird die Hure euch schon erzählen?“ Seine Kameraden zogen ihn gewaltsam zurück, aber er knurrte: „Warte nur, Frau. Um dich kümmere ich mich später!“

Kader hielt ihn zurück. „Was ist nur mit dir los, so früh am Morgen schreist du so? Kannst du nicht ruhig sein?!“ Plötzlich fiel ihm auf, dass Paramans Sohn Thangayya, der in Coimbatore lebte, da war, und zwar mit einer jungen Frau, die neu in der Stadt war. Kader begann zu verstehen, was geschehen war. „Jetzt erzähle du mir, Paraman, was ist denn geschehen? Und wann ist er gekommen?“ Er zeigte auf Thangayya.

„Einzig und allein wegen dieses elenden Burschen, Herr, bin ich nun entehrt. Wie habe ich geschuftet und mir Mund und Magen zusammengeschnürt, mir alles versagt, nur um ihn durchs SSLC zu bringen und ihn zum Mann zu erziehen! Ich wollte nicht, dass er Landarbeiter wird wie ich, sondern er sollte eine gute Arbeit haben. Jetzt wissen wir, Herr, welche Arbeit er tatsächlich angestrebt hat. Hier, das ist das junge Mädchen, das er mitgebracht hat. Was wird aus meiner Ehre, meinem guten Ruf? Sie müssen mich jetzt beschützen, Herr. Ich kann nur Frieden finden, wenn Sie sie sofort davonjagen, auf der Stelle! Sonst hänge ich mich auf, Herr.“ Nachdem er das gesagt hatte, machte er Anstalten sich zu Kaders Füßen niederzuknien.

Kader zog schockiert die Füße auf die Liege und sagte: „Steh auf, fall mir nicht zu Füßen und lade mir keine Sündenlast auf!“ Dann sah er zu Karim auf, als wollte er ihn fragen: Was sollen wir jetzt machen? Karim erwiderte den Blick einen Moment lang und wandte sich dann ab.

Kader forderte Thangayya auf, zu ihm zu treten. „Wer ist das Mädchen? Sag mir, worum geht es?“ fragte er. Sein Ton war scharf. Thangayya trat zögernd näher. War er wirklich der Sohn eines Arbeiters auf seinem Landgut? Kader war erstaunt, wie elegant und städtisch er aussah. Seine Kleider, die Art, in der sein Haar geschnitten war, alles gehörte in die Stadt. Seine mittelbraune Farbe passte zu seinem attraktiven Aussehen. Er war ziemlich hochgewachsen.

„Herr, ich bezeuge Ihnen meinen Respekt. Ich habe dort in einem Laden gearbeitet. Dieses Mädchen wohnte in einem Haus in der Nähe. Ihr Vater ist Taxifahrer. Wir verliebten uns ineinander. Darum bin ich mit ihr weggelaufen. Ich habe ihr ein Tali um den Hals gelegt und sie im Tempel geheiratet. Aber mein Vater hat mich fast zu Tode geprügelt. Sie müssen mich jetzt beschützen!“ Jetzt war auch er in Tränen aufgelöst. In seiner Stimme schwang Bescheidenheit mit. Er hatte große Angst, denn er wusste, dass Kader ihn von seiner Frau trennen könnte, wenn er es so beschlösse.

Kader schwieg eine Weile und senkte den Kopf. Auch ihm war wohl unklar, was da zu tun war. Rahima beobachtete ihn von dem Platz aus, an dem sie stand. Die junge Frau war sehr schön. Im gelben Licht der Hoflampe konnte Rahima sehen, dass sie große Angst hatte.

Kader sah zu dem Mädchen auf und sagte: „Komm her, Mädchen!“ Sie ging sehr langsam auf ihn zu und stellte sich vor ihn. Sie trug einen teuren Sari. Anders als Thangayya gehörte sie wohl zu einer Familie, die finanziell besser gestellt war.

„Wie heißt du, Mädchen?” fragte Kader.

„Ich heiße Gomati“, antwortete sie mit leiser Stimme. Sie sprach Malayalam.

Kader und Karim verstanden sofort, dass sie eine Malayali war und waren erschrocken. Gleichzeitig sagten sie: „Oh, du bist also eine Malayali?“

Paraman ging sofort dazwischen, als er sah, dass sie schockiert waren. Er wollte sich die Gelegenheit nicht entgehen lassen. „Sehen Sie das, Herr. Was ist unsere Kaste und unsere Gemeinschaft? Ohne dass er irgendwas bedenkt, bringt er diese Malayali her!” Er machte es seinen Kameraden schwer, ihn zurückzuhalten.

Karim schimpfte: „Wir untersuchen die Sache, oder? Warum kannst du nicht eine Weile den Mund halten!?“

„Sag mal“, fragte Kader das Mädchen, „kannst du Tamil sprechen?“

Eine Zeitlang war sie still und ließ den Kopf hängen. Dann sagte sie und stolperte über die Wörter: „Ich weiß nicht, wie ich hier leben soll. Sie haben nicht einmal ein Badezimmer im Haus.“

Paraman ging wieder dazwischen: „Ja, natürlich ist mein Heim nur eine Hütte aus Palmwedeln. Jetzt weißt du es. Dann lauf doch zu deinem Vater nach Hause!“ Ihre Worte machten ihn wütend und demütigten ihn.

Kader schalt ihn: „Pst, sei still!“ Dann drehte er sich mit einem fragenden Blick zu Karim um, der bedeutete: „Was machen wir jetzt?“ Kader erkannte aus Karims Gesichtsausdruck, dass er schon entschlossen war, dass er – ganz gleich, was die hier Anwesenden für Anstrengungen machten – nicht zustimmen würde, dass das Mädchen weggeschickt würde.

Karim sagte in gemäßigtem Ton: „Sieh mal, Paraman, nimm es hin, dass sie von jetzt an deine Schwiegertochter ist. Dein Sohn hat ihr den Tali umgelegt. Du kannst sie nicht mit gutem Gewissen wegschicken. Es ist nicht recht, dass du dieses Klagelied über das Ende eurer Kaste und Gemeinschaft anstimmst! Denk daran, welches Schicksal das Mädchen erwartet, wenn du es zurückschickst! Wer würde sie noch heiraten? Außerdem lieben diese beiden einander. Hör also auf, zwischen Himmel und Erde hin und her zu hüpfen und halt den Mund. Droh ruhig damit, dass du dich aufhängst, oder geh einfach und tu es! Du kannst das halten, wie du möchtest.“ Nachdem er das gesagt hatte, wandte sich Karim seinem Bruder zu. Kader stimmte den Worten seines Bruders vollkommen zu und nickte in schweigendem Einverständnis.

Als Karim sprach und sein Urteil abgab, war Paraman völlig überwältigt und konnte kein Wort sagen. Aus dem Gesichtsausdruck seiner Frau Ramaayi war deutlich zu erkennen, dass sie dagegen mit dem Ergebnis ganz und gar zufrieden war.

Jetzt machten die Verwandten, die Paraman begleitet hatten, lange Gesichter. Sie waren wütend hergekommen und wollten das Mädchen unbedingt wegjagen, aber Karim hatte sie zum Schweigen gebracht. Außerdem waren sie bitter enttäuscht, dass sie nicht einmal ein paar Worte zur Verteidigung der Ehre ihrer Kaste hatten sagen dürfen.

Kader sprach ein oder zwei Worte zu jedem. Er fragte nach ihren Feldern und wie es ihnen gehe. Dann sagte er: „Gut, jetzt wird es Zeit für euch, wieder nach Hause zu gehen. Was geschehen ist, ist geschehen. Das Mädchen ist hergekommen, denn sie hat eurem Jungen vertraut. Jetzt ist es an uns, dass wir uns um sie kümmern. Steh auf, Paraman. Du wirst ein paar Tage brauchen, um dich zu beruhigen. Bis dahin soll das Mädchen in unserem Haus bleiben. Hörst du, was ich sage? Thangayya, geh mit deinem Vater nach Hause und schließe Frieden mit ihm!“ Damit bestand er darauf, dass nun alle gingen. Es war zu erkennen, dass er sowohl irritiert als auch traurig war.

Als alle gegangen waren, nahm Rahima das Mädchen mit nach oben, breitete eine Matte aus, suchte ihr ein Kissen und sagte, sie solle schlafen. Das Mädchen sah äußerst sorgenvoll aus, ihr Gesicht war blass vor Enttäuschung und Scham. Rahima berührte sie an der Schulter und fragte sie mit freundlicher Besorgnis: „Warum hast du das getan, Mädchen? Wie verzweifelt müssen deine Eltern sein! Wenn sich ein Mann gut anzieht und dir ein paar Lügen erzählt, dann solltest du doch deswegen nicht gleich mit ihm davonlaufen!“

Das Mädchen fing an zu weinen und zu schluchzen. Sie konnte gerade so verstehen, was die Menschen um sie her sagten, aber da sie nicht ordentlich Tamil sprechen konnte, bemühte sie sich sehr, ihre Gefühle durch Tränen auszudrücken. Als Kader ihr Weinen hörte, kam er die Treppe herauf und stand schweigend vor der Tür. Er war von der Verletzlichkeit überwältigt, die ihre Stimme verriet. Sie klang wie eine Stimme bei einem Begräbnis: Immer wieder erhob sie sich und drückte Kummer, Schmerz über den Verlust, Unsicherheit und äußerste Hilflosigkeit aus. Sehr traurig hob er den Kopf und sah sie an.

Die noch kindlichen Züge ihres Gesichts, der Schrecken in ihren Augen, das Zittern der schlanken Gestalt gingen ihm zu Herzen. Konnte Thangayya sie von ihrer Furcht und ihrem Kummer befreien und sie vollkommen beschützen? fragte er sich besorgt. Mitfühlend und verantwortungsbewusst wie ein Vater sagte er zu ihr: „Wein nicht mehr! Ich bin da. Ich kümmere mich um dich. Das ist überhaupt kein Problem.” Er hatte selbst all die Zeit nicht gewusst, dass er mit solcher Zartheit sprechen konnte. Das Mädchen entzog

Rahima schnell ihre rechte Hand und legte beide Hände in einer Dankesgeste zusammen. Dann hörte sie zu weinen auf.

Rahima hatte dem allen die ganze Zeit über schweigend zugesehen. Jetzt wurde ihr Gesicht von einem Ausdruck von Stolz erfüllt, wenn sie an das Mitgefühl ihres Mannes dachte, und aus irgendeinem Grund strömten ihr die Tränen aus den Augen.

In den beiden nächsten Tagen kamen alle Frauen der Stadt, um das Mädchen zu besichtigen, als wäre sie eine seltene Ware. Jede musste ihre Fragen stellen und damit belästigten sie Rahima, Zohra und das Mädchen. Rahima war äußerst empört: „Wenn sie schon klatschen müssen, muss es dann solche Ausmaße annehmen? Warum kümmern sie sich nicht um das, was in ihren eigenen Häusern geschieht? Aber wir können keiner einzigen von ihnen verbieten herzukommen, schließlich gehören sie alle zur Gemeinde!“ schimpfte sie und erleichterte Zohra gegenüber ihr Herz.

Rabia allerdings schwamm in diesen beiden Tagen im Glück. Sie brachte alle ihre Freundinnen mit und zeigte ihnen Gomati voller Stolz. Die Neuigkeit, wie schön das Mädchen sei, hatte sich wie ein Lauffeuer verbreitet. In den auf den nächtlichen Besuch folgenden beiden Tagen hatte Thangayya mit seinem Vater Frieden geschlossen und kam ins Haus seines Herrn, um seine Frau abzuholen. Rahima gab ihr noch den Rat mit auf den Weg: „Natürlich ist es nur eine Hütte. Aber lass dich dadurch nicht zu sehr stören. Thangayya wird gut auf dich achtgeben.“

Kapitel 25

Es war ihr eigenes besonderes Stadtfest. Die Klänge aus einem Radio, das in der Ferne ertönte, durchbohrten die schwere Dunkelheit und trieben die Straße hinunter. Amina schlief. Seit einigen Tagen fühlte sie sich nicht wohl. Der Arzt hatte ihr ein paar Pillen gegen zu hohen Blutdruck gegeben. Außerdem klagte sie über Schmerzen in den Knien. Sie war am Morgen zum Landgut gegangen, weil sie dort die Kokosnüsse ernteten, und auch das hatte sie angestrengt. Wegen der Schmerzmittel, die sie genommen hatte, war sie früh schlafen gegangen. Firdaus dagegen konnte nicht schlafen. Sie stand auf, öffnete die Tür und setzte sich auf die vordere Veranda. Der Himmel war hell und klar. Keine Wolke war zu sehen. Nur eine Straße weiter wurde das Theaterstück „Vallis Hochzeit" gegeben. Ohne auch nur eine einzige Ausnahme hatten sich alle Frauen der Stadt aufgemacht, um das Stück zu sehen, das um zehn Uhr anfing. Die Saris hatten sie fest über die Köpfe gezogen. Um dorthin zu kommen, hatten sie genau an ihrem Haus vorüber gehen müssen. Sie hatte im Bett gelegen und auf ihre zögernden Schritte gehört. Früher war Rabia jedes Jahr zum Fest in ihre Stadt gekommen. Sie fuhr so gerne Karussell, kaufte gerne Spielzeug und ging gerne zu den Theaterstücken. Aber dieses Jahr war sie nicht gekommen. Von nun an würde weder ihre Schwester Zohra noch ihr Schwager sie zu ihr schicken. Firdaus sehnte sich danach, sie zu sehen, das Kind auf den Schoß zu nehmen und es zu streicheln. Sie lächelte vor sich hin. Es war ein schmerzvolles Lächeln. Auch sie wäre gerne zu dem Theaterstück gegangen. Aber ihre Mutter hätte es ihr niemals erlaubt. Außerdem: Wer würde ihre Gesellschaft schon wollen? Die ganze Stadt ließ sie links liegen und sah sie mit Abneigung an!

Der Himmel war voller Sterne, die in Haufen glitzerten. Sie waren so schön anzusehen! Ein Meteor zerbarst in einer Flamme und fiel. Der Gedanke traf sie, dass sie selbst es sei. Sie glaubte, dass sie der Meteor sei, ganz bestimmt! War sie nicht wie dieser eine Meteor, der brannte und fiel, während Millionen von Sternen weiter am Himmel glitzerten? Als sie klein war, blickte sie immer, wenn sie eine Sternschnuppe fallen sah, sofort zu einem Baum mit Blättern, genauso, wie ihre Mutter es ihr beigebracht hatte. Wenn sie das nicht täte, würde sie das Gedächtnis verlieren. Jetzt sehnte sie sich danach, dass der Meteor, den sie sah, sie die Vergangenheit vergessen ließe, dass er eine Art Gedächtnisverlust bewirken würde. Aber wenn nur sie vergessen würde, was geschehen war, würde dann alles gut? Wenn die ganze Stadt alles vergäße, das wäre natürlich gut. Wenn wenigstens ihre Mutter und ihre Schwester alles vergäßen, wie gut das wäre! Sie könnten wieder in Frieden leben, ohne dass sie sich ständig über Firdaus Sorgen machen müssten!

Wie viel Glauben und Aberglauben hatten mit diesem Himmel zu tun! Als sie klein war, sagte ihre Mutter, wenn sie drei Störche zusammen fliegen sähe, dann würde sie gut lernen. Sie lernte wirklich gut. Aber sie hatten ihr nicht erlaubt, länger in die Schule zu gehen. Sie hörte, wie jemand in dem Theaterstück sang: „Unerbittlicher Wald …". Eine Brise wehte. Sie zitterte ein wenig in der leichten Kühle und schlang die Arme um die Knie. Sie hörte das Geräusch der Tür, die sich im Haus gegenüber öffnete. Das musste Siva sein! Er musste in der Mitte des Stückes weggegangen sein. Natürlich war Jaya nicht in der Stadt. Das Baby war krank, sie hatte es mit nach Hause zu ihrer Mutter genommen. Firdaus dachte daran, dass Jaya selten in der Stadt war, und plötzlich sehnte sie sich danach, Siva zu sehen. Sie ging leise nach vorn, öffnete sehr sacht das äußere Tor und streckte den Kopf hinaus. Siva hörte das Knarren der Stahltür und wandte mit einer schnellen Bewegung den Kopf. Als er sie da stehen sah, war er einen Augenblick lang sprachlos. Eine Sekunde standen sie schweigend da und sahen einander an. Sein Blick hielt ihre Füße am Boden fest. Diese Füße wollten gegen ihren Willen wegrennen oder in den Boden versinken.

Im schwachen Licht der Straßenlaterne sah er sie liebevoll an. Die Brise umfing ihre zitternde Gestalt und hörte dann zu wehen auf. Ihr Herz war in Verwirrung, aber sie dachte nicht daran, sich zurückzuziehen. Er streckte seine Arme aus und blieb stehen, wo er stand. Als ob sie nur auf diesen Augenblick gewartet hätte, flog sie, ohne zu zögern, zu ihm hin, wie eine Feder, die sich vom Flügel eines Vogels gelöst hatte. Sie sah ihn die ganze Zeit über an. Sie schmiegte sich in seine Arme. Gefühle, die seit Jahren in ihr festgesteckt hatten, lösten sich und durchfluteten sie. Siva war einen Augenblick lang von ihrer Intensität und ihrer Glut überwältigt. Die Leidenschaft, die von ihrem jungen Körper ausging, der wie ein Küken bebte, machte ihm fast Angst. Sie schlang ihre Arme um seinen Körper, als wäre sie in Ekstase, sank in seine liebevolle Umarmung und löste sich in ihm auf. Die heilige Schnur, die über seinen nassen und tropfenden Rücken hing, gelangte ihr in die Hand, erschreckte sie und brachte sie einen Augenblick lang wieder zur Besinnung. In diesem Augenblick dachte sie an ihre Mutter, der das Herz gebrochen wäre, wenn sie es gewusst hätte, ja die vielleicht sogar gestorben wäre. Entschlossen verscheuchte sie diesen Gedanken. Ihr wurde klar, dass mehr als alles, was sie umgab, dass – mehr als ihre Mutter – ihr eigenes Glück jetzt für sie von Bedeutung war. Sie umschlang Siva mit noch stärkerer Glut. Der Klang der Lieder und Rezitationen aus dem Stück kam aus der Ferne und schwand vor ihrem tiefen Atmen dahin.

Als sie nach Hause zurückkam, krähte irgendwo ein Hahn. Sie ging leise wie eine Katze ins Haus und legte sich neben ihre Mutter. Sie konnte nicht unterscheiden, ob das, was geschehen war, ein Traum oder Wirklichkeit war. Ein Traum hätte keinen so tiefen Eindruck in ihrem Gemüt hinterlassen können. Als ihr klar wurde, dass es tatsächlich Wirklichkeit war, durchfuhr sie ein Schauder, der zugleich Angst und Freude war. Sie fühlte, dass ihr am ganzen Körper die Haare zu Berge standen. Wenn es also wirklich war, wie hatte es nur geschehen können? Was hatte sie dazu gebracht, etwas so Bedeutsames zu tun? Was hatte in einem einzigen Augenblick nicht nur ihre Furcht vor Allah, ihren Glauben an ihre Religion und all ihr Misstrauen und ihren Verdacht gegen die Stadt, sondern sogar ihre Liebe und Verbundenheit mit ihrer Familie beiseite gefegt? Was hatte sie zu einer so wagemutigen Frau gemacht? Nur ihr Körper und seine Bedürfnisse? Kann man alles für einen Augenblick Glück aufgeben? In ihrer Verwirrung kam es ihr vor, als müsste ihr der Schädel zerspringen.

Sie dachte an Siva. Sie wusste, dass er nicht nur körperliche Lust an ihr hatte. Als sie in dieser Nacht zusammen waren, hatten seine Hände und ihre Berührung ihr mitgeteilt, dass er sie liebe. Wenn sie daran dachte, überwältigte sie die Freude.

Aber was wäre, wenn jemand sie gesehen hätte? Diesen Gedanken konnte sie nicht unterdrücken und ihr Herz bebte. Wenn das der Fall wäre, dann müssten er und sie sich in der Moschee vor die ganze Gemeinde hinstellen, sie müssten sich vor ihnen allen schämen und würden der schwersten Strafe unterworfen. Schreck ergriff sie, der stärker als Todesfurcht war. Hatte wirklich niemand sie gesehen? Hatte man sie vielleicht doch gesehen? Aber wenn es so wäre, dann hätte es ja inzwischen die ganze Stadt erfahren! Nein, es kann ja gar nicht sein, sagte sie sich. Ihr Geist drehte sich wie ein Kreisel, und als sie endlich einschlief, war noch alles in ihr im Aufruhr.

***

Amina wachte mit einem Schreck auf, denn sie fühlte einen Wärmestrom an ihrem Körper. Sie sah, wie sich Firdaus im Bett herumwälzte. Die Luft war kalt, aber ihr Körper war fieberheiß. Amina stand voller Angst auf. „Es ging ihr gut, als sie sich gestern Abend schlafen legte, wie kommt es nur, dass sie jetzt vor Fieber zittert?“ murmelte sie vor sich hin. Sie tauchte ein Tuch ins Wasser, wrang es aus und drückte es Firdaus auf Stirn und Hals. „Firdaus! Firdaus!“ rief sie und versuchte sie wachzurütteln. Aber Firdaus war anscheinend ohne Bewusstsein. Amina konnte sie nicht zum Arzt bringen, es gab keinen Bus. Und sie wusste nicht, wen sie nach dem Arzt schicken könnte. Amina fühlte einen schmerzhaften Stich in der Brust. Sie geriet bei dem Gedanken, dass sie so völlig hilflos geworden war, in Panik. Sie entschloss sich, zu Sabia zu gehen und Sikandar um Hilfe zu bitten, und eilte zum Nachbarhaus.

Sabia saß auf der Außen-Veranda ihres Hauses und ließ ihre Gebetsperlen durch die Finger gleiten. Als sie die Angst in Aminas Gesicht sah, stand sie sofort auf. Sie fürchtete, dass es schlechte Nachrichten gebe, dass jemandem etwas zugestoßen sei, jetzt im entscheidenden Stadium der Hochzeitsvorbereitungen. „Was ist los, Amina?“ fragte sie.

„Nichts weiter, Sabia, es ist nur, dass Firdaus hohes Fieber hat. Ich brauche jemanden, der den Arzt holt. Wenn Sikandar zu Hause ist, sag ihm bitte, er soll sein Rad nehmen und ihn holen!“

Sabias Angst ebbte ab und sie war wieder im Frieden. „Oh, aber er war wegen des Fests die ganze Nacht wach und schläft jetzt fest, Amina. Er wird doch jetzt nicht aufwachen. Was sollen wir tun?“ Und weiter: „Gib ihr doch Tee zu trinken und warte ab, was passiert! Ist sie auch erkältet?“

„Erkältet ist sie nicht! Gestern Abend ging es ihr noch gut. Das Fieber ist sehr plötzlich gekommen”, sagte Amina.

„Du könntest etwas tun, wenn du möchtest. Ich habe Pillen aus dem Ausland, die das Fieber senken. Wenn du sie ihr gibst, dann wirken sie sofort.“ Sabia ging ins Haus. Amina konnte es nicht aushalten, dort zu warten. Sie rannte in ihr eigenes Haus zurück, ehe Sabia zurückkam.

Als Sabia ins Haus ging, um die Pillen zu holen, sah sie ihren Sohn an, der in seinem Bett fest schlief und für die Welt verloren war. Wenn sie ihm nur sagte, dass Firdaus krank sei und einen Arzt brauche, würde er ganz bestimmt sofort zu dieser Besorgung aufbrechen. Sabia wusste, dass ihm Firdaus' Schönheit in die Augen stach. Oft stand er auf der Terrasse und sah, in der Hoffnung, einen Blick auf sie zu erhaschen, zum Eingang ihres Hauses. Sabia war das gar nicht recht. Aber sie konnte nichts dagegen sagen. Firdaus hielt sich von der Schwelle fern und achtete darauf, dass Sikandar sie nicht sehen konnte. Wenn sie sich hätte blicken lassen, hätte Amina sie wohl getötet. Wozu nützte all das, was sie früher einmal hatte? Sie ließ alles davongleiten, sagte sich Sabia. Einen Augenblick lang fragte sie sich, ob sie tatsächlich Sikandar wecken sollte. Schließlich war das eine Familie ohne Unterstützung eines Mannes! Außerdem würde es Zohra sehr traurig machen, wenn sie davon erführe. Möglich wäre sogar, dass sie Sabia fragte: „Ist dir nicht eingefallen, dass du ihnen helfen könntest?“ Ja, Zohra war die Frau ihres Bruders. Sabia musste sich gut mit ihr stellen. All das ging ihr durch den Kopf, als sie ihn schließlich anstieß, um ihn zu wecken. „Wach auf, Sikandar, wach auf. Anscheinend hat Firdaus Fieber. Bitte geh und hol den Arzt!” Sie erwartete fast, er werde Nein sagen.

Sikandar war sich bewusster darüber, dass sie etwas über Firdaus gesagt hatte, als dass sie ihn aufgeweckt hatte. Er setzte sich noch im Halbschlaf auf und fragte mit einiger Neugier: „Was ist los, Amma, was ist passiert?“ Sein Mund öffnete sich zum Gähnen. Er war erst um vier Uhr morgens ins Bett gekommen, hätte also gut noch viel länger schlafen mögen. Wenn seine Mutter ihn aus einem anderen Grund geweckt hätte, hätte er sich nur auf die andere Seite gedreht und weitergeschlafen, er wäre nicht so ohne Weiteres aufgestanden. Sabia lachte vor sich hin. „Nichts weiter, als dass Firdaus anscheinend vor Fieber brennt. Sie wollen nach dem Arzt in der nächsten Stadt schicken. Amina hat gefragt, ob du das für sie tun willst, das ist alles“, sagte sie.

Er kam schnell auf die Füße und sagte „Ich geh sofort!“, wobei er versuchte, seine Aufregung vor seiner Mutter zu verbergen.

„Du machst dich dann also fertig. Ich geh mal rüber und sehe nach ihr“, sagte Sabia und machte sich zum Nachbarhaus auf.

Ihre Knie schmerzten, also stieg sie die Vordertreppe langsam hinauf. Amina war in der Küche und bereitete den Tee zu. Das Haus war vom Geruch der gerösteten Koriandersamen erfüllt. Sabia stand an der Tür und rief: „Wie steht es? Wie geht es Firdaus jetzt?“

Vom Herd aus rief ihr Amina zu: „Oh, komm rein, Sabia. Es geht ihr genauso wie vorher. Ich habe Siva nach dem Arzt geschickt.“

„Ach, wie! Du hast also schon Siva geschickt! Und ich habe Sikandar auch schon gebeten, sich fertigzumachen. Dann brauchst du ihn also nicht mehr!“ Sabia wandte sich zur Vordertreppe und rief zu ihrem Haus hinüber: „Hör zu, Sohn, Sikandar!“

Inzwischen war er aus dem Haus gekommen und trat sein Motorrad an, um loszufahren. Er rief zurück: „Was ist denn, Amma?“ Dann ließ er das Motorrad auf dem Ständer und ging zu Aminas Haus hinüber.

„Du brauchst nun nicht mehr zu fahren. Offensichtlich holt Siva den Arzt“, sagte Sabia zu ihrem Sohn.

Sikandar war tief enttäuscht. Siva hatte ihm den Rang abgelaufen und den Ruhm eingeheimst, der ihm zustand. Sein Bedauern stand ihm ins Gesicht geschrieben. Er richtete seinen Ärger gegen seine Mutter. Er vermutete, dass sie Amina weggejagt und gesagt hatte, er schlafe. Ohne ein Wort zu sagen, drehte er sich um und ging ins Haus zurück. Da er im Schlaf gestört worden war, war er noch reizbarer. Er zog sein Hemd aus, hängte es auf den Haken und legte sich wieder hin.

Er dachte daran, dass sein Vater Sayyed am nächsten Tag aus Sri Lanka kommen werde. Er brauchte ihn nicht vom Flugplatz abzuholen. Er würde allein nach Hause kommen. Er war das seit einigen Jahren gewohnt. Sein Vater brauchte für die Hochzeitsvorbereitungen nichts mehr zu tun. Sikandar und seine Mutter hatten das meiste ohne ihn gemacht. Seine Mutter beklagte sich oft: „Sieh dir diesen Mann an. Er ist immer noch nicht da! Und ich muss alle Arbeit alleine tun!”

Sie blieb bei ihrer Klage, als ob die Familie des Bräutigams viel Arbeit gehabt hätte! So war sie nun einmal! Sie machte aus einer Mücke einen Elefanten. Schließlich war das Wichtigste, was sie zu tun hatten, alle Familien in der Stadt besuchen und die Hochzeitseinladungen überreichen. Sie hatte alle ihre Ausgaben von dem Geld bestritten, das sein Onkel Kader ihr gegeben hatte. Da sie gewöhnlich ihr Haus zur Ramadan-Zeit weißten, brauchten sie nicht einmal das mehr zu machen. Die Wände leuchteten weiß vom Kalk. Er hatte seine Mutter gebeten, das Äußere des Hauses bunt zu streichen. Sie hatte das hartnäckig verweigert und gesagt: „Du und dein Vater gehen bald wieder ins Ausland. Nur wir Frauen werden dann hier sein. Warum sollen wir Geld verschwenden und nur wegen der Hochzeit das Haus streichen? Außerdem werden wir die Hochzeit im Haus der Braut und nicht hier feiern."

Er ärgerte sich über ihren Geiz. Und dann nickte sein Vater auch immer noch zustimmend zu allem, was sie sagte! „Wozu haben sie all das Geld? Diese Leute haben keine Ahnung, wie man leben kann!" murmelte er vor sich hin. Die Hochzeit würde in vier oder fünf Tagen abgehalten. Aber im Haus war nichts von Feierlichkeit zu merken. Wie hätte das auch sein können, wo sie sich doch weigerte, auch nur ein paar Münzen auszugeben? Sie erlaubte ihren eigenen Vettern nicht, sich ihr zu nähern. Wie wäre es dann wohl möglich, dass sie die Familie ihres Mannes freundlich empfangen würde?

Am Tag zuvor hatte sie Nurnisha, die Schwester seines Vaters, besucht. Sabia war wie gewöhnlich nicht ehrlich mit ihr. Nurnisha kam damit heraus, als wäre es ihr Vorrecht: „Na, Schwägerin, die Hochzeit meines Neffen rückt näher, bekomme ich denn keinen neuen Sari?" Sikandar war im selben Raum, aber er tat so, als hörte er nicht zu.

Sabia schnauzte Nurnisha an: „Hast du zufällig meinen Sohn aufgezogen? Du bist ja schnell bei der Hand, deine angeblichen Rechte einzufordern!"

Nurnisha gab nicht nach: „Ach, hätte ich als Tante nur dann ein Recht, wenn ich ihn selbst aufgezogen hätte? Wie dem auch sei, jedenfalls ist er ja wohl mein Neffe, oder etwa nicht? Und er ist dein einziger Sohn. Wenn du bei seiner Hochzeit Theater machst, dann haben wir alle Gelegenheit, ihm und dir zu gratulieren!"

Nurnisha kannte Sabias Charakter sehr gut. Ihre Schwägerin würde niemals nachgeben. Trotzdem sagte sie ihren Spruch auf, wenigstens, um es nicht unversucht zu lassen. Obwohl Sabia sie so anfuhr, war sie nicht verärgert. Als sie weg war, schrie Sabia laut und lange Zeit Beschimpfungen hinter ihr her: „Schamlose Nutte! Hure! Ich will sie überhaupt nicht ansehen, weil sie so schlecht ist. Wie unverschämt sie ist, herzukommen und ihre Rechte einzuklagen, dieser unnütze Besen!"

Nurnisha war mit einem Mann verheiratet gewesen, der in der Nachbarstadt wohnte. Er arbeitete anderswo in Indien und betrieb einen Verkaufsstand auf dem Gehweg, wo er Kleider verkaufte. Er kam zu Festtagen wie Onam, Deepavali und anderen nach Hause. Sie hatten einen Jungen und dann Zwillingsmädchen. Damals ging es ihnen nicht schlecht. Dann wurde ihr Mann plötzlich krank und starb. Das Gerücht ging um, er habe sich eine Geschlechtskrankheit eingefangen. Danach war Nurnisha mit ihren drei Kindern in ihre Heimatstadt zurückgekehrt. Sabia wollte ihr nicht helfen, aber Sikandars Vater Sayyed mietete ein kleines Haus und half ihr, dort einziehen, bevor er nach Sri Lanka ging. Er wollte ihr wirklich helfen und schickte ihr ab und zu Geld. Aber Sabia machte dem ein Ende. In der Stadt sagte man, Sayyed Rowther dürfe ohne die Erlaubnis seiner Frau nicht einmal pissen, so sehr stand er unter ihrem Pantoffel.

Nurnisha mühte sich mit ihren drei Kindern ab, es fiel ihr schwer, auch nur genug zu essen für sie zu bekommen. Dann hatte sie Beziehungen zu verschiedenen Männern. Überall woanders hätte die ganze Stadt eine Frau, die dabei erwischt wurde, dass sie etwas Schlechtes tat, vors Panchayat gebracht. Hier dagegen bekam sie keine Probleme, weil die Gemeindeältesten, der Naattaamai und der Mutthavalli, beide ihre Kunden waren.

Währenddessen hörte der jüngere Bruder ihres Mannes von dem, was vorging, eilte spornstreichs herbei und holte den Erben mit der Begründung weg, er sei Eigentum seiner Familie. Es machte Sikandar immer noch traurig, wenn er sich an die Szene erinnerte: Seine Tante weinte wie wild, als ihr Sohn ihr mit Gewalt weggenommen wurde. Danach kam irgendetwas über sie und sie gab die Mädchen zur Adoption frei. Vielleicht dachte sie, dass sie, da sie ja schon darum kämpfen musste, auch nur ihre Schnäbel zu stopfen, keine Möglichkeit haben werde, sie ordentlich aufzuziehen und Heiraten für sie zu arrangieren. Vielleicht war sie überzeugt, sie hätten keine Zukunft, wenn sie bei ihr blieben. Oder vielleicht, wie Sabia sagte, wollte sie nicht, dass sie ihr bei dem Leben, zu dem sie sich entschlossen hatte, im Weg waren. Nur Allah wusste, wie es wirklich gewesen war.

Aus welchem Grund auch immer, Sikandar hatte viel Mitleid und Mitgefühl für seine Tante Nurnisha. Er neigte im Allgemeinen dazu, jedem zu helfen, der in Not war. Gewöhnlich reservierte er die Hälfte von dem, was er in Singapur verdiente, für Wohltätigkeit. Meist half er denen finanziell, die aus Indien nach Malaysia gekommen waren, um Arbeit zu suchen, und die nun darum kämpften, etwas zu finden. Seine Freunde neckten ihn und sagten: „Seht, unser Sikandar ist Karnas Erbe.“ Er schickte seiner Tante Nurnisha sogar jeden Monat Geld durch seinen Freund Sahul, der einen Lebensmittelladen hatte. Nurnisha sagte öfter zu ihm: „Hör mal, Neffe, deine Mutter würde mich umbringen, wenn sie das wüsste!“ Und er antwortete dann: „Als ob sie das jemals erfahren würde, Tante!“ Er dachte: Ich muss es irgendwie einrichten, dass sie morgen einen neuen Sari bekommt, die Arme, sie fragte Amma so voller Hoffnung!

Er konnte nicht wieder in den Schlaf finden. Seine Gedanken hatten an einer Stelle begonnen und trugen ihn immer weiter. Er dachte an Wahida. Sie war viel zu jung für ihn, dachte er. Er war über die Hochzeit mit ihr durchaus nicht glücklich. Von Anfang an hatte er Firdaus heiraten wollen. Sie hatte gerade das richtige Alter für ihn, außerdem waren sie miteinander verwandt. Zuerst hatte er seinen Wunsch indirekt geäußert. Dann legte er seine Scheu ab und fragte offen. Er stritt sogar mit seiner Mutter. Aber sie weigerte sich entschieden zuzustimmen. „Was haben sie schon, dass du dich nach ihnen sehnst? Bin ich vielleicht so verrückt, dass ich meinen einzigen Sohn einer Familie gebe, die nicht einmal zehn Sovereigns zusammenkratzen kann? Kann Amina mit ihren Hochzeitsgeschenken unseren Standard erreichen? Kann sie auch nur ein Fest geben, das dem Bräutigam angemessen wäre? Was für ein Haus hat sie schon als Schwiegermutter, das du besuchen könntest und wo du essen könntest und Kleider bekämest? Was du dir da ausgedacht hast!" Außerdem war sie fest entschlossen, ihre Verwandtschaftsbande nicht zu zerreißen: Er durfte nur die Tochter ihres Bruders heiraten!

Er hätte auch jetzt nichts dagegen, Firdaus zu heiraten. Schließlich hatte er über die Frage des passenden Alters gesprochen. Aber nicht einmal das konnte Sabia beeindrucken. Jetzt hatte er genug von alledem. Auch war er sehr müde, weil er die ganze Nacht über aufgeblieben war, um das Theaterstück zu sehen.

Er sah seine Mutter ins Haus zurückkommen. Sie murmelte Beschwerden vor sich hin, laut genug, dass er es hören konnte: „Was sollte das wohl für ein seltsames Fieber sein? Sicher, sie war in Eile, aber musste sie einen Hindu um Hilfe bitten?“ Er ärgerte sich auch sehr über Siva. Sobald sich die Gelegenheit ergeben würde, beschloss er, sollten sie ihn aus dieser Straße und besonders aus diesem Haus vertreiben! Wenn ein Ungläubiger in einer Straße der Muslime wohnte, dann könnte sonst etwas passieren, dachte er. Und wenn irgendetwas passierte, wäre das eine schreckliche Schande. „Ich will die Hochzeit abwarten und dann werden wir uns um ihn kümmern.“ Erst nachdem er zu diesem Entschluss gekommen war, wurde er wieder ruhig.

Allmählich schlief er wieder ein, indem er an die vorige Nacht und daran dachte, wie das Mädchen, das Valli darstellte, getanzt hatte.

Sabia war klar, dass er kein Frühstück brauchen würde. Sie beendete ihr Bad und schmückte sich reich mit ihren Juwelen. Um fünf wäre heute ein günstiger Zeitpunkt. Sie könnte die Kette mit den schwarzen Perlen als Tali nehmen. Sie müsste einige wichtige Leute dazu einladen. Morgen Früh müssten die Pfosten für das Hochzeits-Pandal eingeschlagen werden. Da würde es noch viel mehr zu tun geben, sagte sie sich, nahm ihren Dupatta und legte ihn um. Nun war sie so weit, dass sie ihre Besuche machen konnte.

Kapitel 26

Rabia rannte nach Hause, um Zohra die Neuigkeit zu bringen: Yasin Hazrats Mutter Ayishamma war gestorben. Sofort bedeckten Zohra und Rahima ihre Köpfe und sprachen zusammen laut die Gebete für die Tote: „*Inna illahi va inna ilaihi rajihoon*: Friede sei deiner Seele, du bist uns vorausgegangen, wir folgen dir!“ Sie sahen einander an und fragten sich, ob sie schon bald zum Haus des Hazrats gehen sollten. Sie war eine sehr alte Dame gewesen. In letzter Zeit war sie krank und ans Bett gefesselt. Zohra dachte, dass ihr Tod eine Erlösung für sie gewesen sein musste. „Die Arme, sie war eine gute Frau. Ihr Leben war ein solcher Kampf!“ sagte sie zu Rahima. Ihr war klar, dass es eigentlich Zeit für die Luhur-Gebete sei: „Sollten wir gleich gehen, um die Familie zu besuchen? Wenn wir jetzt gehen, dann sind keine Männer im Vorder-Pandal. Sie sind dann alle beim Gebet.“ Rahima meinte auch, das sei der beste Plan. „Ja, mach dich fertig. Wir können unsere Gebete sprechen, wenn wir wieder zurück sind.“ Sie nahmen jede eine Dupatta, wickelten sie um sich und gingen los.

Mumtaz und Nafiza kamen schon die Straße entlang. „Ihr geht sicherlich auch zum Haus der Toten? Wir kommen mit und leisten euch Gesellschaft“, sagte Mumtaz.

„Wo ist deine Schwiegermutter Sainu? Kommt sie nicht?“ fragte Rahima.

„Sainu? Die ist schon vor ewigen Zeiten losgegangen!“ Mumtaz lachte spöttisch.

Rahima ging noch einmal ins Haus, zog ihre Schlappen aus und kam wieder heraus. Sie rief Wahida dabei zu: „Wenn dein Vater nach Hause kommt, gib ihm sein Mittagessen!“ Die Straßendecke war so heiß, dass sie ihr die Füße verbrannte.

Nafiza bemerkte: „Also, es sieht so aus, als hättest du deine Schlappen zu Hause gelassen.”

„Ja, denn ganz egal, ob es eine Hochzeit oder ein Leichenbegängnis ist, die Leute sind darauf aus, einem die Schlappen zu klauen, stimmt's nicht? Die Diebe!“ sagte Rahima grollend.

„Zieh sie an und komm“, riet Zohra. „Wir können sie im Nachbarhaus lassen.“

„Stimmt! Und wenn du auf deinem Weg zu einem Leichenbegängnis ein Haus in der Nähe besuchst, ziehen sie dir bei lebendigem Leibe die Haut ab“, lachte Nafiza.

Was sie sagte, war nur allzu wahr. Alle wussten, dass es sehr falsch war, das zu tun. Rahima lächelte vor sich hin und dachte, dass Zohra schon manchmal verrückte Ideen habe. Sie gingen weiter und sagten zu den anderen: „Gut, gehen wir weiter! Wir wollen hier nicht rumstehen und die Zeit vertun!“

Das Haus der Hinterbliebenen war nur eine Straße entfernt. Sie konnten einen schmalen Weg dorthin benutzen. Fatimas Haus lag an eben diesem Weg. Zohra zog den Vorhang aus Sackleinen, der die Haustür bedeckte, beiseite und rief von der Straße aus: „Ist Fatima da?“

Nuramma kam herausgeeilt. „Wer ist da? Ach, Zohra, du bist's? Wohin willst du? Zum Leichenbegängnis? Fatima ist irgendwohin gegangen, vielleicht auch dorthin. Möchtest du, dass ich ihr etwas ausrichte?”

Rahima und Zohra sagten: „Bitte sag ihr, sobald sie zurückkommt, sie möchte in unser Haus gehen und fegen und wischen. Wir sind unterwegs.“

Erst gestern waren sie in Madurai gewesen, um die Hochzeitssaris zu kaufen. Für Rahima und Zohra war es eine hektische Zeit. Sabia war mitgekommen. Sie hatten ihr schon dreißigtausend Rupien als Aussteuer gegeben. Nun war es der Brauch, wenn die Familie der Braut dreißigtausend Rupien gab, dass die Familie des Bräutigams – in diesem Fall also Sabia – der Moschee für jedes Tausend, das sie bekommen hatte, einen Anteil von fünfzig Rupien gab. Von dem Rest, abgesehen von den Kosten für die Kleidung des Bräutigams, musste sie drei Saris für die Braut kaufen: einen Kuurai-Sari für die Zeremonie des Tali-Umhängens, den Muhurtam-Sari, den sie danach, und den Sari, den sie am Ende der Hochzeit tragen würde. Rahima und Zohra waren durch Sabias festen Entschluss, alles mit zehntausend Rupien abzumachen, sehr irritiert. Sie hatte einen einzigen Sohn, wie konnte sie nur darauf bestehen, sogar noch bei der Hochzeit jede Paise zu zählen! Mit diesen zehntausend sollten alle Teile der Hochzeitsausstattung bestritten werden: Die Armreifen der Braut, Kamm, Spiegel, Gesichtspuder, Haarnadeln, Schlappen und Augenschwärze. Kader, der sie in der Stadt die ganze Zeit über begleitete, hatte den gemurmelten Beschwerden Zohras und Rahimas ein Ende setzen müssen.

Jetzt fragte Nafiza neugierig: „Gab es in den Geschäften in Madurai alle Muster, die ihr wolltet?"

„Mm, sie waren nicht hässlich. Es gibt nur die üblichen, die die Leute aus unserer Stadt für gewöhnlich kaufen. Was hätten wir Neues kaufen können? Aber kommt doch beide zur Asar-Zeit zu uns und seht euch die Saris an." Es war in ihrer Stadt Brauch, Freunde und Verwandte einzuladen, damit sie sich die Brautausstattung ansehen könnten. Mumtaz und Nafiza nahmen die Einladung nur allzu gerne an.

Sie gingen schweigend weiter. Drückende Hitze erfüllte die Straße. Die vier Frauen verabscheuten die glühende Luft und gingen schweigend und mit dem Bewusstsein weiter, jedes Gespräch würde sie nur aufhalten. Zwar gingen sie zusammen, aber jede zerbrach sich den Kopf über ihre eigenen Gedanken.

Ein großer Pandal war vor Yasin Hazrats Haus errichtet worden. Männer waren nicht in der Gegend, sodass sie ihre Gesichter nicht bedecken mussten. Im Haus war die Leiche auf eine Bank in der Halle gelegt worden, die Füße in Richtung Norden. Nach ihrem Eintreten durften sie den Namen der Toten nicht nennen. Der Geruch der Räucherstäbchen überfiel sie, sobald sie das Haus betreten hatten. Da sie eine alte Frau gewesen war, war kein Weinen zu hören. Das Haus schwieg. Nur aus dem Zimmer von Ayishas Tochter ertönte gelegentlich ein Schluchzen. Alle vier Frauen sahen der toten Frau ins Gesicht und sprachen die der Situation entsprechenden Worte aus dem Koran. Da sie krank gewesen war, stank der Körper. Das Gesicht abgezehrt und eingefallen, es war dunkel geworden. Mumtaz und Nafiza vermieden, es anzusehen und gingen sofort in den Innenraum.

Es war ein sehr kleiner Raum, aber darin saßen schon wenigstens zehn Frauen. Ayishas Tochter weinte in einer Ecke, sanft, fast lautlos. Sie hatte ihren Sari vollkommen über den Kopf gezogen und bedeckte weinend ihr Gesicht. Die neu Angekommenen zwängten sich hinein und setzten sich zu den anderen.

Eine tippte Rahima auf die Schulter und sie drehte sich um. Eine entfernte Verwandte von Kader lächelte sie an und fragte: „Geht es dir gut, Rahima?" Rahima nickte. „Geht es auch deiner Tochter gut? Ich habe sie lange nicht mehr gesehen. Ich höre, dass sie heiratet. Wir haben allerdings keine Einladung bekommen."

Rahima war in Verlegenheit. Was würde Ayishas Tochter denken? Sie antwortete kurz: „Ja, ich muss kommen und euch einladen." Sie drehte ihr Gesicht schnell weg.

Es schien so, als sei eine von irgendwoher angekommen. Die neu Angekommene erhob ihre Stimme mit lautem Klagen: „Oh, meine Mutter, du hast mich geboren, hast du mich verlassen und bist weggegangen?“ Alle Frauen die neben der Tür saßen, verrenkten sich den Hals, so sehr sie konnten, um herauszufinden, wer denn da gekommen sei. Nafiza und Mumtaz tauschten Blicke. Zohra bemerkte ein verstohlenes Blinzeln auf ihren Gesichtern. Einen Augenblick lang erschien es und verschwand dann wieder. Es bedeutete: „Verdient eine alte Frau, die an Altersschwäche gestorben ist, so viel Klagen?“ Aber das laute Weinen erweckte offenbar die schon verausgabten Gefühle von Ayishas Tochter. Sie erhob ihre Stimme wieder und weinte: „Amma, du hast mich jetzt verlassen!“

Nafiza wisperte Mumtaz zu: „Wo hast du diesen Sari gekauft? Er steht dir sehr gut. Ich wollte dich schon vor langer Zeit mal fragen, aber ich hatte es vergessen.“ Zohra und alle anderen Frauen hörten ziemlich deutlich, was sie sagte. Rahima bemerkte plötzlich: Mumtaz und Nafiza hatten beide ihr Gesicht leicht gepudert und Augenschwärze auf die Augen gestrichen.

Eine, die hinter Mumtaz saß, zog sie an der Dupatta, sodass sie sich herumdrehte. Die Frau neckte sie: „Na, ich höre, der Ehemann kommt nach Hause! Bereite dich auf eine vor Energie strotzende Spritze vor. Pass jetzt gut auf deine Gesundheit auf!“

Sie war eine Frau aus Rahimas Stadt, aber Rahima erkannte sie nicht. Sie war so alt wie Mumtaz. Eine große Frau. Zwar war ihre Farbe mittelbraun, aber ihre Gesichtszüge waren lebhaft. Ihre großen Augen verrieten eine gewisse Kühnheit. Rahima versuchte, so gut es ging, sich zu erinnern, wer sie sein könnte.

Mumtaz antwortete der Frau leise: „Ja, mein Mann ist auf dem Weg hierher. Du hast natürlich deinen immer bei dir, darum willst du dich über mich lustig machen.“ Ihr Gesicht zeigte ihr Freude darüber, dass ihr Mann bald nach Hause kommen würde. Rahima beobachtete die beiden genau.

Nafiza mischte sich ein: „Besser, du wirst gleich schwanger, sobald er zurück ist. Sonst lässt er es an dir aus nach so langer Enthaltsamkeit.“

Mumtaz gefielen alle diese Neckereien. „Oh ja, er ist die ganze Zeit über enthaltsam, hast du gesagt. Wenn du das über mich sagst, stimm ich dir zu. Aber wer weiß, wie viele Heuschober dort den Männern zum Grasen zur Verfügung stehen! Nur wir Frauen …“

Zohra war durch ihr Geschwätz sehr irritiert. Das war wohl nicht der richtige Ort für so etwas! Ärgerlich kniff sie Nafiza leicht in den Schenkel, der sich eng an ihren drückte, als wollte sie sagen: „Sei still!“ Mumtaz sah alles aus den Augenwinkeln und drehte sich sofort weg. Aber Nafiza machte deutlich, dass sie sich nicht einschüchtern ließ. Sie flüsterte Zohra ins Ohr, als wollte sie sie besänftigen: „Sei du nur ruhig. Was sagen wir denn so Absonderliches? Nichts anderes, als was alle wissen.“

Rahima hatte das Gespräch zwischen den Frauen ebenso bemerkt wie Zohras Versuch, sich einzuschalten. Sie sagte sanft zu ihrer Schwägerin: „Sie hören auf niemanden, diese Hexen. Lass sie jetzt lieber.“ Aber Zohra hatte bemerkt, dass Nafiza und Mumtaz Rahimas Worte gehört hatten und dass sie – mit Erleichterung – annahmen, dass Rahima sie aus Großmut und nicht als Tadel ausgesprochen hatte.

Die beiden Frauen, die Mumtaz geneckt hatten, lehnten sich jetzt über Nafizas Schulter und flüsterten: „Du hast klugerweise bei zweien aufgehört. Sieh mich an. Sieben Jahre lang war meine ganze Zeit damit ausgefüllt, vier Kinder auszutragen und zu ertragen!“ Nachdem sie sich bitter beklagt hatte, sagte sie mit einem Lächeln und einem Blinzeln:

„Sag mal, hast du deine Kinder mit Muttermilch aufgezogen oder nicht? Der Zustand deiner Milchmaschine sagt mir irgendwie, dass du das nicht gemacht hast!"

Nafiza drehte sich zur Seite und fragte schelmisch: „Na, was meinst du? Habe ich oder habe ich nicht?" Sie hatte einen Ausdruck von überschäumendem Stolz im Gesicht.

Die Frau wiederholte: „Es sieht tatsächlich so aus, als hättest du nicht. Sieh nur meinen Zustand an. Wenn ich meine Bluse ausziehe, sind sie wie Kälber, die man losgelassen hat, überall auf einmal!" Rahima hörte hinter dem Necken das Bedauern in ihrer Stimme.

„Das ist nur allzu wahr … Ich habe meinen Kindern nicht die Brust gegeben", brachte Nafiza heraus. „Aber du, wenn du nur deinen Kindern die Brust gegeben hättest, dann wären sie wohl nicht in diesem Zustand! Du musst sie auch deinem Mann gegeben haben. Er muss seine Gebets-Perlen jede Nacht gerollt haben. Darum hängen deine so runter."

Rahima bemerkte, dass die Frauen, die da waren, die Sticheleien zwischen den beiden gerne mit anhörten. Alle gaben darauf Acht. Ayishas Tochter hatte aufgehört zu weinen. Sie hatte sich ausgestreckt und ihr Kopf lag im Schoß einer älteren Frau. Ihr Gesicht war mit dem Ende ihres Saris bedeckt. Eine kurze Zeit herrschte völliges Schweigen. Der Raum, in dem sie alle dicht gepackt nebeneinander saßen, war klein. Rahima war in Schweiß gebadet. Sie wischte ihr Gesicht und ihren Nacken mit ihrem Dupatta ab und murmelte vor sich hin: „Der April ist schon vorbei und es ist immer noch brühend heiß!"

Nafiza setzte ihr Gespräch mit der anderen Frau fort. Sie hatte gerne eine aufmerksame Zuhörerschaft. Nafiza, Mumtaz und die andere Frau waren alle drei deutlich stolz darauf, dass es ihnen gelungen war, die Aufmerksamkeit der anderen auf sich zu lenken. Rahima war erstaunt und abgestoßen von dem äußersten Mangel an Ehrfurcht und Hemmung, auf eine solche Art in einem Haus zu sprechen, in dem eine Leichenfeier stattfand.

Plötzlich fragte Mumtaz, als wäre es ihr gerade eingefallen: „Aber was ist denn das, Najima? Ich höre, du streitest mit deinem Mann?"

Da fiel Rahima endlich ein, wer die Frau war. Sie war die Tochter Davuds, des Fleischers. Als Rahima sie das letzte Mal gesehen hatte, war sie rund und strahlend. Jetzt war sie so dünn geworden, dass sie kaum wiederzuerkennen war. Sowohl ihr Gesicht als auch ihr Körper waren blass und blutleer. Jetzt sagte sie leise: „Ich bin gerade vor Ramadan hergekommen und wollte ein paar Tage bei meiner Mutter bleiben. Es gibt anscheinend Probleme zwischen meinem Mann und meinem Bruder, deshalb wollte er nicht mit herkommen. Aber wohin kann er schließlich gehen? Er soll kommen, wenn er möchte, oder es bleiben lassen. Wenn er kommt, ist das nur ein Nachteil für mich. Er wird sicherlich von selbst auftauchen, wenn es ihn drängt. Er ist ja in der nächsten Straße. Er braucht nicht einmal einen Bus, um herzukommen! Wenn er eine Woche lang nicht mit mir schläft, wird sein „Ding" vor Schmerzen wie eine Nagelbettentzündung puckern. Dann gibt es für ihn keine andere Möglichkeit, er muss kommen." Als Najima das alles gesagt hatte, drehte sie sich um und sah in Rahimas Richtung.

Rahima wandte ihr Gesicht sofort mit dem Ausdruck der Gleichgültigkeit ab. Zohra saß ihr gegenüber und lächelte schlau.

„Hört nur, wie sie uns erzählt, was sie glaubt!" Mumtaz hielt die Hand an den Mund, als wollte sie ein Lachen zurückhalten. „Sag mal, wenn er den Drang verspürt, kann er denn dann nur zu dir kommen? Als ob es sonst keine gäbe! Wie viele Frauen sind denn da wohl auf dem Land? Täusch dich nur nicht, rate ich dir!" Sie nahm einen einschüchternden Ton an und lachte dann. Sie lachte so lange, bis ihr die Tränen aus den Augen flossen. Um die Augenschwärze nicht zu verschmieren, wischte sie die Tränen geschickt mit den Zeigefingern weg.

Najima war jedoch nicht im Mindesten verstimmt. Sie zuckte die Achseln und sagte: „Mach nur so weiter! Du erzählst mir nichts Neues! Lass ihn tun, was er will. Wenn er kommt, nehmen wir es als Einnahme, wenn nicht, dann betrachten wir es als Ausgabe. Das ist alles." Sie sprach gleichgültig, so, als wollte sie nicht weiter über die Sache reden.

Ihr Gespräch endete plötzlich wie auf Verabredung. Das Zimmer fühlte sich an, als ob es vor Hitze überkochen würde, und der gleichmäßige Atem aller Frauen sammelte sich darin. Tahiras Schluchzer ertönten immer noch in kleinen Abständen. Ihr dicht verschleiertes Gesicht schien allen fest zu versichern, dass sie von keiner der Anwesenden Trostworte oder mitfühlende Blicke annehmen würde.

Najimas Blick traf eine nach der anderen, flackerte, glitt ab und ging weiter. Plötzlich erinnerte sie sich an etwas: „Übrigens, Mumtaz, wer hat deine Bluse genäht? Ich wollte dich schon lange danach fragen. Er hat das sehr gut gemacht. Lass mich mal gucken!" Sie zog Mumtaz Kopfbedeckung ab und dann wickelte sie sie aus der Dupatta und sah sich Mumtaz' Rücken und Hals an. Plötzlich zog sie den Sari weg, der ihre Brust bedeckte, so dass das Vorderteil ihrer Bluse zu sehen war.

Mumtaz rief erschrocken: „Oh nein!" und zog ihren Sari zurück, um sich zu bedecken. „Da machst du ja was Feines!" sagte sie und lachte eingeschüchtert. Ihr Gesicht war hellrot angelaufen. Rahima bemerkte, dass sie trotzdem keine Spur von Ärger zeigte.

Najima nahm es ganz locker. „Oh, ja! Als ob du etwas hast, was sonst keine hat! Oder denkst du, sie werden kleiner, wenn wir sie angucken? Ich frag dich ja nur: Wer näht deine Blusen?"

Nafiza antwortete für Mumtaz: „Battani Bai, kennst du ihn? So heißt der Bursche. Wer näht deine? Taugen sie nichts?"

„Ich lasse sie von einem jämmerlichen, unbegabten Burschen nähen, der die Blusen ruiniert und den Stoff verdirbt. Sieh nur, wie vorne alles in Falten herumhängt!" Einen Augenblick schob sie ihren Sari beiseite und zeigte ihnen ihre Bluse. Dann schob sie den Sari an seinen Platz zurück. „Aber was macht es schon aus, ob wir uns Blusen nähen lassen oder ohne gehen? Als ob irgendein Mann seine Frau zu schätzen wüsste! Sie stolpern und fallen in der Dunkelheit über uns wie Ziegenböcke oder Bullen, dann stehen sie auf und weg sind sie." Ihre Worte klangen zwar enttäuscht, aber sie endeten mit einem Kichern. „Wenn wir einen hübschen Sari tragen, gucken sie uns nicht an. Wenn wir nackt dastānden, würden sie das nicht einmal bemerken, stimmt's nicht?"

Rahima war es unangenehm, dort zu sein. Wenn sie daran dachte, wie Ayishas Tochter auf das alles reagieren könnte, machte sie sich Sorgen. Sie bemerkte auch, dass sich Zohras Gesicht vor Abscheu immer mehr anspannte. Nafiza und Mumtaz dagegen schienen Najima zuzustimmen, sie nickten. Nafiza murmelte: „Es gibt ein paar Männer, die ihre Frauen zu schätzen wissen, aber die sieht man nur im Kino!"

Wegen der Schwüle im Raum und wegen dieses Gesprächs musste Rahima nach Luft schnappen. Sie musste sofort hier weg! Aber sie biss die Zähne zusammen und blieb sitzen, weil es so sein musste: Sie wusste, dass es unhöflich wäre, so bald, nachdem sie angekommen waren, wieder zu gehen. Sie dachte daran, dass sie zu Hause ihre Gebete noch sprechen mussten und das vergrößerte ihre Besorgnis.

Yasin Hazrats Frau Saitthoon kam herein, sah sich um und suchte eine Stelle, wohin sie sich setzen könnte. Rahima winkte ihr zu und rief: „Komm hierher!“ Sie rückte beiseite, um ihr etwas Platz zu machen. Saitthoon war außer Atem. Sie war schwanger und bald war es so weit. Der Voile-Sari, den sie trug, war um sie herumgeschlungen und ihr dicker Bauch und ihr Hintern waren gut sichtbar.

Sie drängte sich durch die Menge und erreichte Rahima mit ein paar Schritten. Sie seufzte tief „Uff … Allah!“ stützte sich mit den Händen auf den Boden und setzte sich. Als sie die in unregelmäßigen Abständen erklingenden Schluchzer hörte, fragte sie Rahima: „Weint Tahira immer noch?“

Rahima nickte. Saitthoon sagte begütigend zu Tahira: „Was hilft es denn, wenn eine Frau in deiner Lage die ganze Zeit über weint und sich beunruhigt?“ Dann stellte sie Rahima eine Frage nach der anderen: „Wann feiert ihr die Hochzeit deiner Tochter? Wie weit seid ihr mit den Vorbereitungen? Habt ihr schon das Mitgift-Geld übergeben?

„Ja, das haben wir alles gemacht. Dreißigtausend Rupien!“ Rahimas Stimme verriet ihre Niedergeschlagenheit.

„Tatsächlich dreißigtausend?“ Vor Erstaunen über die Höhe der Summe zog Saitthoon die Wörter in die Länge. Dann wechselte sie das Thema. „Oh je, wie schwül es hier ist! Mir war nicht klar, wie es hier sein würde, und jetzt sitze ich selbst in der Falle! Bitte, dreht den Ventilator ein wenig in meine Richtung!“ Jemand fand den Tischventilator, der in einer Ecke des Raums rotierte, und drehte ihn in Saitthoons Richtung. Sie war durch und durch nass. Außer ihrem dicken Bauch hatte sie kein Fleisch auf dem Körper, sie war nur Haut und Knochen. Das würde das siebente. Rahima fragte voller Mitleid: „Warum ruinierst du deine Gesundheit dermaßen, Saitthoon, und wirst jedes Jahr schwanger?”

Rahima bemerkte, dass mit der Ankunft Saitthoons die Sticheleien der jüngeren Frauen aufgehört hatten. Jedoch zeigten die Frauen, die um sie herum saßen, wenig Interesse an dem, was die älteren Frauen sagten.

„Was hast du mich gefragt? Warum ich schwanger werde? Was soll ich deiner Meinung nach tun? Er sagt, ich darf kein Verhütungsmittel nehmen. Er sagt, das würde Allahs Ärger über uns bringen. Was denkst du wohl, wie viele Kinder mein Körper noch aushält? Wenn ich zur Ärztin gehe, schimpft sie sehr mit mir und sagt, ich sei blutarm. Mit diesem hier werden es sieben Kinder in zehn Jahren. Wie wird der Rest meines Lebens wohl aussehen? Er seinerseits zitiert die Scharia und die Hadiths, dass Kinder ein großes Gut seien und dass es eine Sünde sei, sie zu verhüten. Aber wer trägt die Hauptlast von allem? Der Mann vielleicht? Überhaupt nicht! Das ist natürlich die Frau!”

„Ja, aber tun wir alles im Leben nach Allahs Worten? Wer auf der Erde verhält sich schließlich genau so, wie Er es wünscht? Wenn es so wäre, dann wäre diese Welt ein Himmel! Allah hat gesagt, dass Geben und Nehmen der Mitgift eine Sünde sei, aber wer hört schon darauf? Es geht einfach so weiter. Selbst wenn das Jamaat keine Notiz nimmt, sie nehmen ihren Teil und halten den Mund. Die das Geld haben, geben es, und die es nicht haben, kämpfen darum, so viel zu geben, wie sie können. Mit der Mitgift mag es noch hingehen, aber welche Frau kann jedes Jahr ein Kind bekommen? Sie sollte einfach ohne sein Wissen ins Krankenhaus in Gandhigram gehen und sich sterilisieren lassen. Wie kann es angehen, dass er Verhütung ablehnt und die Frau immer weiter Kinder bekommen muss?“ Rahima ermahnte Saitthoon ernsthaft.

„Du kannst sagen, was du willst, meine Liebe, aber ich muss schließlich mit ihm leben. Er erzählt die ganze Zeit, was wohl der Stadt passieren würde, wenn der Hazrat selbst die Regeln bräche, und bringt mich damit zum Schweigen. Lass nur. Ich trage diese Kinder so lange aus, wie ich kann, und ich sterbe, wenn ich es nicht mehr kann." Saitthoons Stimme verriet ihre äußerste Hilflosigkeit.

Ihr Mangel an Freiheit und seine tragischen Konsequenzen rührten Rahima. Noch einmal fragte sie erregt: „Wenn du also so weitermachst, wie soll das enden? Warum fragst du das nicht wenigstens deinen Mann?"

„Was enden? Wir dürften keinen Sex haben. Wie kann das sein?" Sie lächelte schwach.

Nafiza mischte sich hier ein: „Warum hängst du ihm keinen ‚Ballon' um?" Sie kicherte.

Saitthoon war schockiert und hob beide Hände, um sich die Ohren zuzuhalten. „Allah! Allah!" sagte sie. „Wie kannst du nur so reden, es ist obszön!"

„Was ist obszön? Was ich gesagt habe, ist obszön? Vielleicht, aber ich denke, nichts ist obszöner, als jedes Jahr schwanger zu werden und mit einem dicken Bauch herumzulaufen!"

Es sah so aus, als würden sich die Sticheleien, die bei Saitthoons Ankunft aufgehört hatten, durch Nafizas Eingreifen wieder beleben. Eine Frau oder zwei stimmten Nafiza zu und nickten eifrig.

Wie konnten sie in einem Begräbnishaus nur so weitermachen! Rahima dachte, dass darum niemand viel Aufhebens von dem Tod machte, weil die Frau so alt gewesen war.

Saitthoon sagte noch einmal: „Diese Frauen sind wirklich zu weit gegangen. Hört nur, wie die reden!"

Zohra ergriff die Gelegenheit und schaltete sich ein: „Diese beiden würden glatt einen Achtzehnjährigen heiraten!" Sie lachte, denn sie war zufrieden, dass sie sie provoziert hatte.

Aber Nafiza war entschlossen, das als Spaß zu nehmen. „Zohra, du findest immer die passende Gelegenheit, um das zu sagen, was du möchtest. Dann sag doch ruhig, was du möchtest!"

Nun fragte Saitthoon besorgt: „Mumtaz, ich höre dein Mann kommt nach Hause. Im Namen Allahs: Mach, dass dieses Mal seinem Besuch ein Kind folgt!"

Nafiza sagte schnell und zweideutig: „Oh ja, er kommt bald. Mumtaz schließt ihre Geschenkkiste auf. Eigentlich sind es zwei!"

„Oh ja", sagte Mumtaz vorwurfsvoll. „Als ob meine Schwiegermutter mich hinsetzen, die Kisten aufschließen und mir einen Haufen toller Sachen geben würde! Sie versteckt sogar den Fischcurry, den sie gekocht hat, vor mir und gibt mir immer nur eine Portion auf einmal davon."

„Mach dir nichts aus deiner Schwiegermutter! Dein Mann wird einen goldenen Keks für dich in seinem Banyan oder seiner Unterwäsche verstecken und ihn dir heimlich geben. Er weiß, dass du sonst nicht mit ihm schläfst", sagte Nafiza.

„Ach nein, leider nicht! Er hat Angst vor seiner Mutter!" sagte Mumtaz heftig. Sie wollte anscheinend, dass das alle erführen.

„Warum lügst du? Natürlich hat er dir bei früheren Gelegenheiten heimlich Geschenke gemacht. Das wird er wieder machen", wiederholte Nafiza.

Mumtaz wurde ärgerlich: „Nafiza, ich sag's dir! Er hat nie etwas versteckt und mir heimlich gegeben. Wenn er das getan hätte, wäre es schlecht gewesen, haraam, ein Unrecht!"

Saitthoon beruhigte sie und machte dem Streit ein Ende. „Es ist doch nur dein Mann, der dir Geschenke macht, es ist doch niemand anderes! Natürlich würdest du sie nicht annehmen. Aber warum wirst du darüber so wütend?“

Nafiza hatte nicht erwartet, dass Mumtaz sich so über ihre Neckereien ärgern würde. Sie hatte nur über das gesprochen, was sich normalerweise ereignete. Warum war Mumtaz beleidigt? Das verstand sie nicht. Sie war enttäuscht und zeigte es durch ihren Gesichtsausdruck. Was für eine Schauspielerin, dachte sie, und sagte danach nichts mehr.

Ein überraschend langes Schweigen folgte. Es kam Rahima so vor, als hätte der Tod seine Bedeutung verloren und als hätte er Ayisha wie eine Karikatur seiner selbst überfallen. Obwohl der Tod der alten Frau so natürlich begegnet war, behielt er doch seine undurchdringliche Fremdheit. Er schien sich die schweigenden Gesichter ringsumher anzusehen und sich zu überlegen, wie er sie dazu bringen könnte, ihn zu fürchten.

Rahima sah Zohra an, als wollte sie sagen: „Gehen wir!” Zohra bedeutete ihr, dass sie dasselbe wolle, und also machten sie sich zum Aufbruch bereit. Sie sagten zu allen „Asallaam aleikum”. Nafiza und Mumtaz standen auf, um mitzugehen.

Die Außenhalle war voller Frauen, alle hatten die mittleren Jahre überschritten. Mumtaz’ Schwiegermutter war auch da. Sie saß in einer Ecke. Sobald sie sie sah, zog sie ihren Sari über den Kopf und sprang auf. Sie bedeckten ihre Gesichter, als sie den Pandal draußen durchquerten, der jetzt voller Männer war, und gingen auf die Straße.

„Ich wollte schon lange gehen”, sagte Sainu zu Rahima, „aber ich habe mich nicht getraut, alleine zu gehen. Ich wusste, dass draußen all die Männer sein würden.“

Rahima sagte: „Du bist wohl schon vor längerer Zeit hergekommen. Musstest du die ganze Zeit warten?“

Sainu mochte es nicht, wenn ihre Schwiegertochter mit irgendeiner sprach. Sie hatte Angst, dass andere ihr schlechte Ratschläge geben und damit einen Konflikt in der Familie anrichten könnten. Ihre plötzliche Eile ließ nun erkennen, dass sie die ganze Zeit über nur darauf gewartet hatte, sich auf Mumtaz zu stürzen und sie mitzunehmen. Rahima sagte oft zu Zohra: „Als ob Mumtaz irgendjemanden brauchte, der ihr etwas beibrächte! Die Arme, sie ist ja so unschuldig!“

Sainu war verärgert. „Wir hätten schon längst gehen sollen. Wer weiß, wie Farida mit diesen beiden zurechtkommt! Wenn du und ich gleichzeitig das Haus verlassen, wer leistet ihr dann Gesellschaft? Farida ist ganz allein!“

Mumtaz murmelte außer ihrer Hörweite: „Als ob irgendeiner die Tochter dieser Frau davontragen würde!“

Rahima fühlte sich erleichtert, als sie wieder ins Tageslicht trat, nachdem sie so lange im Zimmer eingesperrt gewesen war. Die frische Luft, die ihr ins Gesicht wehte, fühlte sich gut an. Sie empfand eine Art Befreiung, als wäre sie einer schweren Bedrängnis entkommen. Ihre Zunge war trocken. Sie dachte, sie werde, sobald sie zu Hause wäre, ein Bad nehmen, um die Schwüle, die sie ertragen hatte, loszuwerden. Sie fühlte sich unruhig und ihre Gedanken jagten einander. Auf dem Weg erinnerte sie sich an die Sticheleien, die im Haus der Hinterbliebenen ausgetauscht worden waren. Wie diese Frauen redeten war ihr nicht neu. Sobald vier Frauen zusammen waren, redeten sie so. Nicht nur diese beiden, die meisten Frauen in dieser Stadt lachten und scherzten so. Das wusste sie genau. Aber es überraschte sie, dass sie überall so sprechen konnten. Wie kam es, dass sie in der Gegenwart des Todes weder Scheu fühlten noch die Wahrheit verstanden, die er sprach? Rahima bedauerte sie wegen ihrer Unfähigkeit, genauer über den Tod nachzudenken. Zohra ärgerte sich über sie, aber Rahima empfand Mitleid. Als sie nach Hause kamen, schimpfte Zohra rundheraus auf sie, als wäre sie allein die Wächterin des guten Benehmens aller Frauen und als wären diese beiden nur zu dem Zweck geboren worden, es zu ruinieren. Rahima war erschöpft, weil sie sie die ganze Zeit über zu beruhigen versuchte, indem sie immer wieder sagte: „Lass sie, Zohra, lass sie sagen und machen, was sie wollen!"

Kapitel 27

Sainu und ihre Schwiegertochter kamen gerade nach Hause, als Mutthu aus dem Haus trat. Sainu sah ihn scharf an, als wollte sie ihn fragen „Was machst du denn hier?“ Er sagte sofort: „Der Herr hat mich gebeten, Rabia hier zu suchen und sie nach Hause zu bringen, das ist alles.“ Sein breites Gesicht schien Mumtaz von Sorgen durchfurcht und voller Angst zu sein. Sie machte auf der Schwelle halt und sah ihn genau an.

Sainu sagte ärgerlich: „Wenn es so ist, hättest du auch draußen stehen bleiben und rufen können, etwa nicht? Warum musst du ins Haus gehen?“ Mumtaz sagte nichts und ging schnell hinein. Sie lächelte vor sich hin, als wollte sie sagen: „Heute ist der Bursche erledigt!“

„Gnädige Frau, ich habe hier gestanden und gerufen, aber niemand hat mir geantwortet, deshalb bin ich ...“, sagte er.

„Jeder muss an seinem Platz bleiben! Hm … Aber was nützt es, dass ich mit dir rede? So sind die Zeiten nun mal! Früher näherten sich unsere Diener und Arbeiter ihren Herren nur mit ihren Schultertüchern um die Hüften. Aber heutzutage …“, klagte sie. „Ja, ja, nun geh schon!” sagte sie zu ihm und ging ins Haus. Sie tauchte ein kleines Gefäß in den Wassertrog am Eingang des Hauses und wusch dreimal ihre Arme bis zum Ellenbogen und ihre Beine bis zum Knie. Dann wusch sie sich das Gesicht dreimal, bevor sie das Haus betrat.

Farida saß auf einem Stuhl und las ein Buch. Ihre Beine lagen auf dem Sofa. Ihr Davani war herabgeglitten und an der Seite war ihre Brust zu sehen. Sainu war wütend. „Sieh nur, wie diese Eselin ohne jede Spur von Anstand oder Schicklichkeit dasitzt!“ dachte sie. Laut sagte sie ärgerlich: „Hör mal, du bist ein Mädchen! Bedecke dich anständig und nimm die Beine vom Sofa, wenn du sitzt! Benimm dich nicht, als wärst du ein Junge!“

Sofort nahm Farida ihre Beine herunter und hüllte sich sorgfältig in den Davani. Mumtaz bemerkte, dass sich ihre Schwiegermutter über irgendetwas ärgerte und dass sie deshalb alle im Haus ausschimpfte. Sie zog sich in ihr Zimmer zurück und hoffte, dem ihr zustehenden Anteil an Sainus Ärger zu entgehen, wenn sie den ganzen Tag außer ihrer Sichtweite verbrachte. Außerdem musste sie ohnehin ihr Zimmer saubermachen und es so schön dekorieren, wie sie nur konnte, weil Suleimann in Kürze zu Hause erwartet wurde. Sie dachte an ihn und plötzlich war ihr ganzer Körper erregt. Sie nahm den Schlüsselbund, der in ihrem Taillenbund steckte, öffnete den Schrank und nahm den Brief heraus, den er ihr vor Kurzem geschrieben hatte. Sie hatte ihn inzwischen etwa zehnmal gelesen. Tatsächlich kannte sie ihn fast auswendig. In ihrem letzten Brief an ihn hatte sie ihm das ganze Lied aufgeschrieben, das Sheikh Muhammad sang. Es fing so an:

Mein Gatte, der du ein Schiff nahmst und fortfuhrst,
der du meine Träume erfüllst,
mein ersehnter Gatte,
wann kommst du zu mir?
Ich warte auf dich!

Nachdem er das gelesen hatte, hatte er diese Antwort geschrieben und sie gnadenlos verspottet. Sie war entschlossen, ihn dieses Mal nicht mehr weggehen zu lassen. Sie hatte ihm das aufs Deutlichste geschrieben. Wie lange sollte sie noch ihre Jugend in Einsamkeit verbringen?

Ihretwegen konnte er sie necken, soviel er wollte, schließlich war er ihr Mann. Außerdem – insha Allah! – hoffte sie, dass sie dieses Jahr endlich schwanger würde. Sie machte sich Sorgen, dass es, wenn er weiter so kam und ging, Jahre dauern konnte, ehe sie ein Kind tragen würde. Ihre Ärztin hatte ihr den Rat gegeben: Sieh zu, dass dein Mann allerwenigstens ein Jahr bei dir bleibt! Sie hatte ihm das alles in ihrem Brief geschrieben. Bisher schien er einverstanden.

Sainu, die sich in die Halle gesetzt hatte, rief nach Madina. Sie sollte ihr ihre Betel-Dose bringen. Farida antwortete: „Madina ist weggegangen, ich weiß nicht, wohin."

„Wo um alles in der Welt hält sie bei dieser Hitze Hof?" fragte ihre Mutter. Sie dachte einen Augenblick lang nach, dann sagte sie: „Du warst die ganze Zeit über also allein?" Sainus Stimme klang erregt, Gedanken schienen ihr im Kopf herumzuwirbeln.

„Wieso allein? Rabbi und Siddhi waren schließlich die ganze Zeit über hier! Sie sind eben erst schlafen gegangen. Ich habe ihnen zu essen gegeben und sie ins Bett gelegt. Madina ist nicht mal zum Essen aufgetaucht", sagte Farida ganz entspannt.

Sainu fühlte sich gar nicht wohl. Sie bebte bei dem Gedanken, was es bedeuten könnte, dass Mutthu aus dem Haus kam, als Farida ohne Gesellschaft gewesen war. Wenn diese, ihre elende Tochter in Schwierigkeiten käme, was würde Sainu dann wohl tun? Wenn Leute ihn gesehen hätten, würden sie sich bestimmt alle möglichen Geschichten ausdenken! Und warum sollte sie darauf warten, wo doch genug Unheil in Gestalt von Mumtaz im Haus war! Das war wirklich mehr als genug Stoff zum Klatschen für sie! Wie würde Mumtaz die Wahrheit verdrehen und ausposaunen! Oh Allah, sagte Sainu vor sich hin und erschauerte bei dem Gedanken.

Gleichzeitig versuchte sie herauszubekommen, was wohl der wahre Grund dafür war, dass er ins Haus gekommen war. Obwohl sie ihrer Tochter vertraute, konnte sie doch in ihrem Herzen zu ihrer Jugend gar kein Vertrauen entdecken! Angenommen, eine Katastrophe hätte sich ereignet! Ihr Magen zog sich zusammen. Suleiman sollte nur kommen! Noch im nächsten Monat würden sie einen Mann finden und ihm das Mädchen übergeben! Erst nach diesem Entschluss fühlte sie sich wieder ein wenig im Frieden mit sich.

Sie holte ihre Betel-Dose selbst, lehnte sich gegen einen Pfeiler und streckte die Beine aus. Ihr ganzer Körper schmerzte sehr. Siddhi wachte auf und kam herausgewankt. Der Speichel, der ihr beim Schlafen aus dem Mund gelaufen war, klebte in weißen Linien neben ihrem Mund. „Amma, Amma", sagte sie, kauerte sich neben ihre Mutter und breitete ihren Rock aus. Sainu schimpfte: „Roll deinen Rock auf, wenn du dich hinsetzt, Kind!"

„Amma, Amma, wo warst du? Wo bist du hingegangen?" fragte Siddhi immer wieder. „Farida hat mich geschlagen. Sie hat mich geschlagen!" Sie zeigte auf Farida. Sie konnte ihre Augen nicht ruhig halten, sondern rollte sie in alle Richtungen.

„Wohin soll ich schon gegangen sein? Ich habe nur einen Besuch in der Nähe gemacht. Farida, warum hast du das Kind geschlagen?" fragte Sainu und tat so, als wäre sie ärgerlich.

Immer wenn Sainu nach Hause zurückkam, musste Siddhi ihre Mutter in Anspruch nehmen. Sie beklagte sich so lange immer wieder, bis Farida ermahnt worden war. Also schimpfte Sainu zum Schein mit Farida, hob dann Siddhis langen Rock hoch und wischte ihr damit den Mund. „Hast du ordentlich gegessen?“ fragte sie. Dann bemerkte sie, dass der Rock feucht war und legte los: „Hast du dich nassgemacht? Und noch dazu am hellichten Tag! Was ist nur los mit dir, du Dumme! Ach, das ist alles mein Schicksal!“ Sainu schlug sich an den Kopf und rief: „Farida, sieh dir nur die hier an!“

Farida hatte alles beobachtet, obwohl sie weitergelesen hatte. „Los, Amma, mach sie selbst sauber. Ich mach es nicht“, sagte sie grollend. Sie kehrte zu ihrem Buch zurück.

„Natürlich, Kind. Natürlich muss ich das Schicksal annehmen, das mir zugeteilt worden ist. Wenn ich mich nur einen Augenblick hinlegen will, um mein Seitenstechen loszuwerden, meinst du etwa, das könnte ich? Wozu ist diese Schwiegertochter da, die ich mit nach Hause gebracht habe? Sie schließt sich in ihr Zimmer ein und macht es sich kuschelig wie eine brütende Henne. Das ist der Segen, den sie uns gebracht hat. Und ich muss das einfach akzeptieren!“ Sainu richtete ihre ganze Wut gegen Mumtaz und fing an, laut zu schreien. Aber Mumtaz kam nicht aus ihrem Zimmer, obwohl sie alles hörte.

Sainu nannte Siddhi tausendmal eine blöde Idiotin, zog ihr andere Kleider an und machte den Raum sauber, in dem sie geschlafen hatte. Zum Glück hatte Rabbi auf der anderen Seite gelegen und war deshalb nicht auch nass geworden. Siddhi bemerkte die ganze Verwirrung um sie her überhaupt nicht und war selig damit beschäftigt, sich Läuse aus den Haaren zu klauben.

Madina kam ins Haus gerannt. Sie rümpfte sofort die Nase und sagte: „Was ist das? Was für ein Gestank!“ Sie fragte ihre Mutter: „Hat Siddhi sich nassgemacht?“

Sainu hatte bisher noch niemandem gegenüber richtig Luft ablassen können, sondern nur laut vor sich hin geklagt. Jetzt war sie zufrieden, ein Opfer gefunden zu haben. „Du Schlampe, du Vagabundin, wo zum Teufel bist du gewesen? Wozu hat diese Eselin Beine? Ich werde sie abbrechen und ins Feuer werfen, warte nur! Du denkst, du bist ein kleines Kind, was? Dass du rumläufst, wie es dir einfällt? Sieh mal deine Brust an, geschwollen, wie sie ist! Du bist eine Frau geworden, solltest du nicht eine Idee von anständigem Verhalten haben? Wie kannst du es wagen, das Haus zu verlassen und wegzugehen, wenn deine Schwester allein im Haus ist?“ Sainu brüllte wütend und die Worte strömten ohne Pause aus ihr heraus. Ihr schwerer Körper hob und senkte sich und sie schnappte nach Luft.

Farida war aufgebracht. Sie konnte es nicht ertragen, Madina dort erschrocken stehen und sich an einem Pfeiler festhalten zu sehen. Sie sagte nun selbst laut: „Warum schreist und schimpfst du die ganze Zeit, seit du nach Hause gekommen bist, als ob etwas Schreckliches passiert wäre? Was ist schon dabei, wenn ich alleine im Haus gewesen bin? Hat mich vielleicht jemand weggetragen?“ Ein ängstlicher Ton stahl sich in ihre Stimme. „Der Arzt hat dich gewarnt, weil dein Blutdruck zu hoch ist. Solltest du nicht etwas Geduld aufbringen? Du wirst älter, aber anscheinend nicht klüger!“

Sainu beruhigte sich schließlich, schwieg und setze sich. Madina und Farida empfanden einen Stich wie Mitleid, als sie sie so sahen. Keine sagte mehr etwas. Farida nahm Madina bei der Hand und zog sie in die Küche. Sie schimpfte mit ihr: „Wenn du mit Rabia zusammen bist, denkst du nicht mal mehr ans Essen! Ich frage dich, weil ich es wirklich nicht verstehe!“ Dann stellte sie einen Teller Reis vor ihre Schwester und goss etwas Kuzhambu darüber. Madina aß, ohne etwas zu sagen. „Sieh dir nur deinen Rock an“, sagte Farida, „er ist voller Staub und Blätter. Hast du im Matsch gespielt? Wenn Amma das gesehen hätte, hätte sie noch mehr mit dir geschimpft. Übrigens stand hier eine Büchse mit Mandeln. Hast du sie weggenommen?"

Madina sah sie verstohlenen an und gab zu: „Ja, ich habe sie mit zu Rabia genommen."

„Du weißt, was dir passiert, wenn Amma das erfährt, oder? Jetzt hör mir mal gut zu. Morgen kommt unser Bruder nach Hause, das weißt du doch! Er mag es überhaupt nicht, wenn du herumbummelst und herumspielst! Sei nur vorsichtig! Treib es nicht so weit, dass er dich fast totschlägt!" Nachdem Farida aus Angst um ihre kleine Schwester ihr diesen Rat gegeben hatte, ging sie in ihr Zimmer.

Sobald Madina aufgegessen hatte, lief sie zu ihrer Mutter. Sainu war tief in Gedanken und runzelte die Stirn. Madina ging also zu ihrer Schwester und sagte: „Farida, Zohra hat Amma und Mumtaz für heute Abend eingeladen, damit sie sich die Hochzeitssaris und das andere ansehen können.“ Sie lief wieder hinaus auf die Straße.

***

Rahima hatte Madina gebeten, mit Rabia den Schneider holen zu gehen. Er sollte die Hochzeitskleider nähen. Als Madina kam, war Rabia schon fertig und hatte ihr Gesicht gewaschen und gepudert. Erst da bemerkte Madina, wie ungekämmt sie selbst war. Sie dachte daran, dass bei ihr zu Hause zu viel Unruhe war, und sagte deshalb zu Rabia: „Wart mal, lass mich auch mein Gesicht waschen.“ Sie lieh sich ein Handtuch, um ihr Gesicht damit abzutrocknen, und kämmte sich. Wahida puderte ihr das Gesicht.

Als sie sich gerade auf den Weg gemacht hatten, tauchte Ahmad auf. Sobald er sie sah, kam er herbeigerannt und sagte: „Kommt ihr mit? Ich bringe euch das Fahrradfahren bei. Hier ist das Geld, um eins auszuleihen.“ Er öffnete die Hand, um es ihnen zu zeigen. Rabia sah Madina unsicher an. Madina sah Ahmad nicht direkt an, sondern wendete sich nur an Rabia und sagte: „Morgen kommt mein Bruder. Er mag das alles nicht."

Rabia wollte wirklich Radfahren lernen, aber nun hatte sie gerade keine Zeit. Sie wurde zu Hause ständig für Besorgungen gebraucht. Sie sagte: „Jetzt nicht, Ahmad. Wir müssen abwarten, bis die Hochzeit vorüber ist. Danach komme ich!“ Ihr Gesicht war vor Enttäuschung ganz klein geworden.

Auch er musste sich schlecht fühlen, aber er verbarg seine Gefühle, ging mit ihnen und fragte sie: „Na gut, aber wohin geht ihr denn jetzt?“ Als sie es ihm erzählt hatten, sagte er: „Na gut, dann geht nur!“ – als gäbe er ihnen die Erlaubnis dazu. Dann lief er davon und rief: „Komm später zu uns. Ich zeige dir alles neue Spielzeug, das mein Vater gekauft hat.“ Rabia bemerkte, dass seine Worte und sein Verhalten bewirken sollten, dass Madina sich ausgeschlossen fühle.

Das Haus des Schneiders war zwei Straßen weiter. Auf dem Weg dorthin fragte Madina: „Wirst du die Braut begleiten, wenn sie nach der Hochzeit ins Haus des Bräutigams geht?“

„Ja, ich begleite sie. Meine Tante hat mich darum gebeten. Und da sehe ich meine Chitthi!“

„Wie lange wirst du weg sein?“

„Ich weiß nicht. Zu Hause sagen sie, dass sie Wahida für das Fasten des siebenten Tages zurückholen wollen.“

„Ich finde es hart, dass ich dann keine habe, mit der ich spielen kann“, sagte Madina. „Jedenfalls werde ich später nicht mehr draußen spielen dürfen. Mein Bruder mag es nicht, wenn ich auch nur auf die Straße gehe. Er schimpft mit mir und sagt, Mädchen sollten nicht spielen. Er sagt mir ständig, ich soll den Koran lesen und beten. Genauso wie deine Mutter." Madina klang bekümmert.

„Aber dein Bruder ist nur zwei Monate hier, nicht? Das ist ja nicht so schlimm", tröstete Rabia ihre Freundin.

„Nein, nein", widersprach Madina Rabia hastig, „es scheint, dass er diesmal ein Jahr lang bleiben will. Es sieht so aus, als ob er erst wieder wegfährt, wenn meine Schwägerin ein Baby bekommen hat. Das haben sie zu Hause gesagt. Aber, Rabia, bekommt man nicht in jedem Fall ein Baby, wenn man verheiratet ist? Warum muss er also bleiben? Verstehst du das?" Rabia war eine Weile still und antwortet nicht, dann kniff sie die Lippen zusammen und schüttelte den Kopf, als ob sie „Ich weiß auch nicht!" sagen wollte.

Inzwischen waren sie beim Haus des Schneiders angekommen. Die Vordertüren waren allerdings geschlossen und ein schweres Schloss hielt sie zusammen. „Es sieht so aus, als sei niemand zu Hause", sagte Madina. Sie sahen einander an und fragten sich, was sie als Nächstes tun sollten.

Es war ein kleines, ziegelgedecktes Haus. Beide wussten, dass es einen Hintereingang hatte, der in den Hof mit dem Kuhstall und einem Limettenbaum führte. Sie beschlossen nachzusehen, ob er offen sei. Tatsächlich war er offen, als sie dort ankamen. Gewöhnlich wurde er für die Kuh offen gelassen, damit sie am Abend nach Hause gebracht werden konnte. Sie gingen hinein. Es war ein kleiner Türrahmen und sie mussten sich bücken, um hindurchzukommen. Überall im Hof lagen Kuhfladen. Das fanden sie abstoßend. Sie gingen vorsichtig auf den Fußspitzen und kamen zur Hintertür des Hauses. Sie war von innen verriegelt. Aber Rabia war vom Schwatzen der Vögel auf dem Limettenbaum und seinem kühlen Schatten bezaubert, der sich über den Hof breitete. Sie machte Madina Zeichen, sie solle still sein, legte den Kopf in den Nacken und sah hinauf, denn sie suchte das Vogelnest. Sie sah die Limetten, die in Reichweite hingen, griff hinauf und pflückte ein paar Limettenblätter, rieb sie zwischen den Fingern und atmete tief ihren Duft ein. Als Madina das sah, griff auch sie nach oben und pflückte ein paar Früchte. Rabia sagte betrübt: „Bitte mach das nicht, lass uns nach Hause gehen. Jemand könnte es gesehen haben."

„Ich sag dir, niemand sieht es. Warte, wir wollen nur vier Früchte nehmen. Sie sind so verführerisch!" Madina pflückte noch mehr.

„Lass das, stehlen ist böse. Ich möchte nichts davon. Und glaub nur nicht, dass es niemand sieht! Hast du die beiden Malaks vergessen, die auf deinen Schultern sitzen und die ganze Zeit über zusehen?" Rabia machte einen letzten Versuch, Madina aufzuhalten, indem sie sie an die Engel erinnerte, die alles sahen.

Madina hörte einen Augenblick lang auf. Sie hatte jetzt sechs Früchte in den Händen. Sie beschloss, nicht noch mehr zu pflücken, wandte sich zum Gehen und rief: „Gut so, komm dann, lass uns gehen."

Rabia starrte auf die Früchte in Madinas Händen, als wollte sie fragen: „Und was ist damit?"

Madina versuchte, Rabia zu besänftigen. „Was geschehen ist, ist geschehen. Wir nehmen sie jetzt mit. Wir bezahlen sie, wenn wir morgen wieder herkommen." Damit war Rabia zufrieden. Ihr Gesicht hellte sich wieder auf. Sie ging mit Madina hinaus. Sie sahen nach beiden Seiten, um sich zu vergewissern, dass niemand sie gesehen hatte, und machten sich mit schnellen Schritten auf den Weg.

Die drückende Hitze umschloss die Straße, als ob ein Pandal darüber gespannt wäre. Das Licht blendete sie. Die sengenden Sonnenstrahlen folgten ihnen, auch als sie ihnen davonlaufen wollten: Ihre heiße Hand hielt sie eng umschlossen. Als Madina den Ruf zum Asar-Gebet hörte, der aus der Ferne kam, nahm sie Rabia bei der Hand und ging schweigend weiter. Auch sie wusste von den Malaks, die auf ihren Schultern Wache hielten. Der Hazrat hatte ihnen in der Madrasa viel davon erzählt. Die Malaks auf der rechten Schulter zählten ihre guten Taten, während die Malaks auf der linken sich die schlechten merkten. Alles würde am Gerichtstag abgerechnet. Allah würde sie in die Hölle schicken, wenn die bösen Taten überwögen, und in den Himmel, wenn die guten Taten gewönnen. Wenn sie in den höchsten Himmel wollte, den siebenten, der Jannath-ul Firdaus hieß, dann müsste sie sehr viele gute Taten tun. Da sie all das wusste, hatte sie nun schwere Gewissensbisse, weil sie die Früchte gestohlen hatte.

Rabia unterbrach ihren Gedankengang: „Du brauchst dir weiter keine Sorgen darüber zu machen. Wir haben beschlossen, dass wir sie morgen bezahlen."

Madina kam wieder zu sich. „Nein, das ist es nicht. Ich denke an meinen Bruder. Ich muss ab morgen wohl einen Davani tragen. Amma hat mir gesagt, dass ich mich dann nicht mehr ohne Davani sehen lassen darf. Mein Bruder würde sonst schimpfen. Er wird mir wohl nicht einmal mehr erlauben, dass ich ins Kino gehe." Die Erinnerungen an ihren Bruder lagen ihr schwer auf dem Gemüt, alle waren voller Angst und Schrecken. Allein sein Besuch war eine rechte Plage!

„Wenn du wirklich von morgen an einen Davani tragen musst, dann tu ich das auch", bot Rabia ihr fröhlich an. „Wir tun es zusammen, möchtest du das?" fragte sie tröstend.

Madinas Gesicht hellte sich sofort auf. „Wirklich?" fragte sie. „Ich war zu schüchtern, um plötzlich im Davani zu erscheinen. Ich hatte Angst, dass alle Frauen mich necken und etwas sagen würden, das mich durcheinanderbringt. Jetzt kann ich mich endlich damit abfinden!" Sie hielt Rabias Hand noch fester. Die Festigkeit ihres Griffs zeigte, dass sie sicher war, Rabia würde alles für sie tun, sie gehörte ihr!

Kapitel 28

Die Frauen hatten sich scharenweise in Rabias Haus versammelt und füllten es mit Lärm und Betriebsamkeit. Vier oder fünf Matten waren in der Halle ausgebreitet worden, auf denen Mumtaz, Nafiza, Sainu, Saura, Fatima und die übrigen Frauen saßen. Sie begutachteten die Seidensaris, die in der Mitte ausgelegt worden waren. Zohra goss allen Besucherinnen Tee ein. Wahida saß auf einem Stuhl in einer Ecke. Sie hatte den Kopf bedeckt und hielt ihn gesenkt. Rabia lief zu ihr, setze sich zu ihren Füßen und sah dem Spaß zu. Als Rahima sie sah, fragte sie sie: „Hast du den Schneider geholt?" Sie wartete die Antwort nicht ab, sondern ging in Richtung Küche weiter.

„Nein, Tante, das Haus war abgeschlossen. Ich gehe später noch mal", rief ihr Rabia laut nach. Gleichzeitig fragte Nafiza neugierig: „Sag mal, was hat dieser Kuurai-Sari gekostet?"

Rahima schimpfte Rabia aus: „Schrei um Himmels willen nicht so, mein Trommelfell platzt!" Sie war noch in der Küche und sagte von dort aus zu Nafiza: „Die Quittung liegt dort. Sieh selbst nach!" Sie kam aus der Küche und setzte sich zu den anderen.

„Nein, ich wollte nur wissen, ob du es geschafft hast, Prozente zu kriegen. Aber sie sind alle sehr schön, alle die Saris!" sagte Nafiza.

„Alles reine Seide. Wir haben sie alle im Co-optex-Shop gekauft. Es muss gutes Zari sein, nicht wahr, das nicht schwarz wird. Diese Saris müssen lange Zeit halten und sich gut tragen." Rahima sagte das voller Stolz, aber die Worte „lange Zeit halten und sich gut tragen" lasteten schmerzhaft auf ihrem Herzen.

„Dieser zwiebelschalenfarbene Sari passt besonders gut zu Wahidas Teint", sagte Mumtaz, „und der Stoff ist wirklich weich und fein, findest du nicht auch?" Nafiza nickte zustimmend.

Fatima fragte: „Wie viele Tausend haben wohl alle zusammen gekostet, alle diese Saris?"

„Sicher, sie haben viel gekostet. Dazu kommen noch die Kosten für all die Blusen und Unterröcke."

Sainu schien besorgt: „Warum um alles in der Welt habt ihr so viel Geld für einen einzigen Sari ausgegeben? Deine Tochter ist so schlank, wird sie all dieses Zari tragen können? Du hättest mit dem Geld zwei oder drei kaufen können!"

Mumtaz Gesicht rötete sich vor Ärger, als sie das hörte. Sie flüsterte Nafiza zu: „Hör nur, was diese elende Frau sagt! Als meine Familie ihr mein Aussteuergeld gab, übergab sie der Moschee gerade mal so viel, wie sie musste, und behielt den Rest für sich. Sie suchte mir einen Sari aus, der so geschmacklos wie nur irgend möglich war!"

Zohra machte ihr mit einer Geste klar, dass sie schweigen solle. Mumtaz war eine unverfrorene Frau. Sie war dazu fähig, die schlimmsten Dinge über eine zu sagen, die direkt neben ihr saß. Zohra sagte sanft: „Es ist auf dieser Welt durchaus üblich, den Leuten ins Gesicht das eine und hinter ihrem Rücken ganz etwas anderes zu sagen. Aber du sagst alles rundheraus und siehst den Leuten dabei noch in die Augen!"

Saura wendete die Saris in ihren Händen und sagte: „Sie sind alle schön! Deine Tochter wird wie eine Königin aussehen. Möge sie ein langes Leben haben und viele Kinder bekommen!“ Sie hob die Hände und segnete Wahida aus der Ferne.

Rahima war von den eindringlichen Worten, mit denen Saura ihre Tochter gesegnet hatte, sehr gerührt. Tränen traten ihr unwillkürlich in die Augen. Sie wischte sie weg und sagte: „Geh bitte zu ihr, berühre sie und segne sie!“

„Diese erbärmlichen Schmerzen in meinem Knie hindern mich daran, auf die Füße zu kommen. Ich will das Kind berühren und es segnen, wenn ich gehe“, versicherte ihr Saura und trank ihren Tee.

Rahima fragte Sainu interessiert: „Kommt Suleiman morgen früh?” Sie fürchtete sich, Mumtaz zu fragen. Wenn sie das getan hätte, das wusste sie, wäre Sainu wütend über sie herfallen und hätte gesagt: „Wie kannst du es wagen, seine Mutter zu ignorieren, und diese Frau fragen?“

Mumtaz drehte ihr Gesicht mit einem kleinen Lächeln zur Seite. Sainu sagte: „Ja, er kommt morgen rechtzeitig zum Morgen-Bajar-Gebet. Und weißt du was, Rahima? Erinnerst du dich an seinen Geschäftspartner Abdulla in Singapur?“

„Ja, ich erinnere mich an ihn. Ist das nicht der alte Mann, der dreimal geheiratet hat?“ Rahima bekam einen Schreck. „Wieso, ist ihm etwas zugestoßen?“ fragte sie.

„Aber nicht doch! Was könnte ihm schon zustoßen, er ist fest wie Stein. Er muss irgendein Elixier getrunken haben. Nein, der Bursche kommt nach Hause und heiratet zum vierten Mal, scheint es. Wie findest du das?“ Sie klatschte in die Hände und lachte.

Alle Frauen waren entsetzt, hoben die Hand ans Kinn und riefen: „Ist das wahr? Was für ein Mann!“

Zohra konnte es nicht glauben. „Komm, du machst Witze!“ sagte sie.

„Meine Lieben, ich sag’ euch, es ist wahr! Fragt sie nur“, sagte Sainu und zeigte auf Mumtaz.

„Ja, Zohra. ‚Er‘ hat es uns geschrieben.“

Nafiza sagte zu Mumtaz: „Aber wie ist das möglich? Kann er nicht mal damit aufhören? Ist es nicht ein Wunder?“ Sie verzog ihr Gesicht in äußerstem Erstaunen.

„Warum sollte er sonst wohl heiraten? Du brauchst nicht so darüber zu staunen!“ versicherte Mumtaz.

Wahida wand sich vor Verlegenheit. Rahima bemerkte das und schickte sie mit den Worten weg: „Geh jetzt in dein Zimmer, Kind! Wenn du so lange sitzt, wird dir der Rücken wehtun.“

„Seht nur diese Rahima an! Ihre Tochter ist verlegen, also schickt sie sie weg. In vier oder fünf Tagen wird sie alles darüber wissen! Lass es sie gleich erfahren! Was würde ihr das schaden?“ schaltete Mumtaz sich ein und sagte zu Wahida: „Bleib ruhig, Liebe!“ Aber Wahida hatte schon sehnlichst auf die Erlaubnis ihrer Mutter gewartet und machte sich schnell davon.

Nafiza rief ihr nach: „Fall nicht, sei vorsichtig! Die Braut sollte sich weder einen Arm noch ein Bein brechen!“

In dem Augenblick rief einer der Männer, die draußen den Pandal aufrichteten, sehr höflich von der Schwelle: „Darf ich bitte etwas Wasser zum Trinken haben?“

Da bemerkte Zohra, dass Rabia mit im Raum saß. „Hier bist du also und hörst dir das an, was die Frauen sagen!“ sagte sie ärgerlich und scheuchte sie weg. „Eine feine Sache! Steh auf, bleib nicht hier und höre den Gesprächen anderer zu! Hol etwas Wasser in einem Krug und bring es den Männern draußen.“ Rabia wäre lieber geblieben. Widerstrebend stand sie auf und ging.

„Deine Tochter ist sehr ernst und intelligent bei allem, was sie tut. Hast du bemerkt, wie interessiert sie zugehört hat?“ Sainus Lob für Rabia war ironisch gemeint.

Nafiza wollte das Gespräch nicht abbrechen und kam auf dasselbe Thema zurück. „Als dieser Mann das letzte Mal nach Hause kam, hat er da nicht geheiratet und seine Braut sogar zu euch ins Haus gebracht? Es ist wohl erst zwei Jahre her. Und er heiratet so bald danach ein anderes Mädchen?“ Sie klimperte mit ihren langen Wimpern und zog ein erstauntes Gesicht.

Mumtaz sagte: „Ich sag's euch, ja. Keine der drei, die er geheiratet hat, ist gestorben. Sie leben hier in der Stadt. Er hat jeder ein eigenes Haus gebaut und einen eigenen Haushalt eingerichtet. Er hat sehr viel Geld, er genießt das Leben. Wer weiß, wie lange es diesmal dauern wird. Und alle sind junge Mädchen! Natürlich gibt es in armen Familien keinen Mangel an jungen Jungfrauen. Aber eins muss sein: Alle Mädchen müssen hellhäutig und hübsch sein. Der Herr entschließt sich erst, wenn er ihre Fotos gesehen hat.“ Sie sprudelte die Worte in unkontrolliertem Ärger und mit Verachtung hervor.

„Genau deshalb habe ich gefragt, ob der Mann das Stehvermögen hat, mit einem jungen Mädchen zu schlafen!” sagte Nafiza. „Arme Mädchen! Wer weiß, wie sehr sie darunter leiden, dass sie mit einem alten Mann verheiratet sind!“ Sie nahm einen besorgten Ausdruck an und lachte.

„Mach dir keine Sorgen, Nafiza. Er isst Mandeln und Pistazien, um seine Männlichkeit aufzubauen“, scherzte Fatima.

„Wieso sagst du das? Ich spreche nur die Wahrheit. Wenn ein Mann, der drauf und dran ist, in Rente zu gehen, ein junges Mädchen heiratet, muss man da nicht mit dem Mädchen Mitleid haben?“

Rahima stimmte zu. „Diese Burschen heiraten und machen sich dann alleine davon. Die armen Mädchen kommen vom rechten Weg ab und enden schließlich damit, dass sie etwas Falsches tun.“

„Das ist … in diesem Fall … nicht möglich”, Sainu zog die Worte mit Nachdruck in die Länge. „Wenn er nicht in der Stadt ist, dürfen sie nicht über die Schwelle treten! Er hat Wächter angestellt, die sie bewachen. Er hat alle gewarnt, er würde sie erschießen, wenn irgendetwas passierte. Alle Hausangestellten sind Frauen. Anscheinend müssen die Frauen im Haus bleiben, als wären sie Gefangene.“

Rahima bemerkte schockiert: „Wenn er so weitermacht, wo wird das schließlich enden?”

Zohra hatte keine Antwort darauf. „Vielleicht denkt dieser alte Mann, er tut dasselbe wie der Heilige Prophet, der elfmal heiratete.“

Rahima murmelte: „Aber wie lange ist das her? Damals waren die Lebensumstände anders. Warum muss dieser elende Mann das heutzutage so machen?“

„Gut, er heiratet also. Aber unmittelbar danach nimmt er seine Frau und zeigt sie schamlos überall herum. Wenn er diesmal zu Besuch kommt, dann bringt er sie, sobald die Hochzeit vorüber ist, in unser Haus und in Sauras Haus und erwartet, dass wir ein Fest für ihn geben“, lachte Mumtaz, aber ihre Stimme verriet ihre Beunruhigung darüber, dass sie für diesen elenden Mann ein Fest vorbereiten müsste.

Rabia saß auf der äußeren Veranda und lauschte dem Gespräch. Die Angst, dass ihre Mutter mit ihr schimpfen würde, wenn sie ins Haus ginge, hielt ihre Füße, die von Mücken zerstochen wurden, wie in einer Fessel. Zwar blieb sie draußen, aber sie lauschte neugierig.

Nuramma stolperte die Straße entlang und kam an ihre Eingangstür. Als sie Rabia dort sitzen sah, sagte sie: „Na, junge Frau, was machst du denn hier so ganz alleine?“ Sie ging zögernd hinein. Rahima saß im Zimmer und sah Nuramma kommen. Sie tat ihr sofort leid: Ein kleiner und zitternder Körper, weißes Haar und ein fleckiger Voile-Sari. Sie näherte sich ihnen mit finsterem Blick und machte Bewegungen, als würde sie mit ihren Fingerknöcheln knacken. Sobald sie näherkam, grüßten sowohl Rahima als auch Zohra sie sehr gastfreundlich: „Komm, komm, Nuramma, komm und setz dich!“

Nuramma erwiderte: „Ich komme.” Aber als sie nah herangekommen war, musste sie sich beklagen: „Gut, Ladys, habt ihr denn nicht gedacht, dass ich die Brautausstattung und die Aussteuer auch sehen wollte? Niemand hat nach mir geschickt!“ Dann ließ sie alle zur Seite rücken: „Bitte macht mir Platz, damit ich mich hinsetzen kann!“ Sie wählte den Platz in der Mitte, als wäre das ihr gutes Recht.

Fatima beklagte sich ihrerseits: „Ich habe dir nichts gesagt, weil du weder irgendetwas richtig sehen noch dich ohne Schwierigkeiten bewegen kannst. Ich dachte, soll sie sich ins Bett legen und dort bleiben. Aber natürlich hast du Wind davon bekommen, was los ist, und bist gleich aufgetaucht!“ Sie murmelte vor sich hin: „Die alte Hexe tut immer genau das, was ihr gefällt!“

Rahima beruhigte sie: „Lass sie in Ruhe, sie ist eine alte Dame, sie hat nun mal ihre Launen und Wünsche. Lasst sie alles sehen und es segnen!“

Nuramma sprach weiter: „Dieser Sridevi unseres Hauses, was bedeutet er ihr? Ich komme und gehe, wie es mir gefällt, im Haus meines Herrn. Was geht sie das an? Also wo sind sie nun? Welche sind für welche Gelegenheiten? Zeigt sie mir, lasst sie mich sehen!”

Mit großer Sorgfalt packte Rahima einen Sari nach dem anderen aus und beschrieb ihn Nuramma. Saura lachte, als sie hörte, wie geduldig sie alles erklärte, und sagte: „Du redest, als würdest du zu vier blöden Idioten gleichzeitig reden!“ Aber Rahima gebot ihr mit einem Blick Einhalt und fuhr fort: „Sieh nur diesen, es ist der Kuurai-Sari. Dieser ist für das Tali-Festbinden und dieser ist für das Fest am siebenten Tag.

„Warte mal, du hast mir die Preise nicht gesagt!“

„Oh, die Preise? Wart mal, ich guck für dich nach“, Rahima sah auf die Rechnungen und nannte alle Preise. Sie tat das alles sehr ernst und absichtsvoll und achtete nicht auf die Blicke, die Mumtaz und Nafiza tauschten. Schließlich fragte sie: „Nun, Nuramma, findest du alles in Ordnung?“

„Alles, was meine Lieblingstochter trägt, sieht ohnehin gut an ihr aus. Aber diese Saris sind wirklich wunderschön! Möge sie sie wie eine Königin tragen!“ Nuramma segnete sie aus vollem Herzen. Aber dann fügte sie hinzu: „Sie sind sehr teuer, das ist das Einzige. Aber gutes Zari ist heutzutage so teuer. Früher gab es solche Saris mit genau dem gleichen Zari viel billiger. Wie viel sie jetzt kosten!“

Saura beobachtete das alles mit Vergnügen und trank ihren Tee mit Genuss aus. Sie lehnte sich hinüber, um ihre Tasse auf die Seite zu stellen. Dann sagte sie mit gespielter Anteilnahme zu Sainu: „ Ach, Schwägerin, ihr müsst Farida verheiraten, sobald Suleiman diesmal nach Hause kommt. Schiebt es nicht länger auf!“

Sainu glühte vor Ärger über diese plötzliche Anteilnahme an Farida, die ihre Schwägerin zeigte. Hatte sie es nicht abgelehnt, ihre Tochter Sherifa Suleiman, dem Sohn ihres eigenen Bruders, zu geben? Hatte sie sich stattdessen nicht entschlossen, eine Verbindung mit der Familie ihrer Schwester einzugehen? Was machte sie sich schon aus Farida, dachte sie voller Groll. Sie zeigte das jedoch nicht äußerlich, sondern sagte nur kurz: „Ja. Insha Allah! Eben das ist die Absicht meines Sohnes, wenn er nach Hause kommt.“ Saura verstand, dass Sainu über diese Angelegenheit nichts mehr hören wollte. Sie schwieg, denn sie wollte Sainu nicht verstimmen.

Zohra lud alle ein, die Aussteuer anzusehen, die in einem der inneren Räume ausgestellt wurde. „Wir kommen“, sagte Saura und stand als erste auf. Aber es war schwierig für sie, ihren schweren Körper hochzubekommen und herumzugehen. Alle anderen waren vor ihr im Raum. Fatima neckte ihre Mutter: „Seht nur meine Amma, sie hat sich vorgedrängt. Sie ist nicht aufzuhalten, wenn sie neugierig ist!“

Nuramma ihrerseits schimpfte freundlich mit ihrer Tochter: „Warum hältst du nicht den Mund? Warum platzt du vor Wut, wenn ich als erste herkomme? Keiner deiner bösen Gedanken soll in Erfüllung gehen!“

Matten bedeckten den Fußboden des großen Zimmers, auf dem überall die Silbergefäße sorgfältig aufgestellt waren. Wassertöpfe und flache Servierschalen in verschiedenen Größen, Henkelmänner mit drei bis fünf Abteilungen. Alles in hell leuchtendem Silber. In der Ecke stand ein Schrank. Daneben ein großer und zwei kleinere Koffer. Ein Koran lag auf einem Kessel. Sturmlampen. Im ganzen Raum waren Gegenstände ausgestellt. Saura fragte, nachdem sie alles besichtigt hatte: „Aber wo ist das Porzellan?”

„Das ist alles in Pappkartons verpackt, die ihr dort in der Ecke stehen seht. Schließlich darf es nicht zerbrechen.“ Zohra zeigte darauf. Die Pappkartons standen neben dem Herd, der auch in einem Karton steckte.

Rahima fragte aus Höflichkeit: „Gut, genügt das alles oder müssen wir noch mehr besorgen? Bitte sagt uns, wenn irgendetwas fehlt. Das Bett und die Matratze haben wir bestellt und sie werden direkt ins Haus des Bräutigams geliefert.“

Sainu seufzte tief und sagte: „Ihr habt nur eine einzige Tochter. Wem solltet ihr etwas schenken, wenn nicht ihr? Eure Schwägerin Sabia ist wirklich ein Glückspilz. Sie gewinnt eine Braut mit schönem Gesicht und schönem Reichtum. Ich weiß ganz genau, was sie für eine eigensinnige Dame ist. Sie hat alles darangesetzt, um diese Verbindung mit der Tochter ihres jüngeren Bruders zustande zu bringen und sie hat es geschafft! Es war ihr vorherbestimmt, dass sie eine Schwiegertochter mit einer solchen Aussteuer bekommen sollte!“ Alle Frauen verstanden, dass sie Mumtaz vor ihnen schlechtmachen wollte.

Mumtaz biss die Zähne zusammen und flüsterte Nafiza zu: „Die Schlampe! Angesichts der Situation, in der sie ist, ist es ein Wunder, dass sie überhaupt eine Schwiegertochter bekommen hat! Dann macht sie auch noch diese Anspielungen!“

Rahima beeilte sich, den Gesprächsverlauf zu ändern. Sie sagte zu Sainu: „Aber du hast die Alltagssaris noch nicht gesehen! Sieh mal, sie sind alle hier in diesem Schrank.“ Sie nahm einen Schlüssel aus dem Bund an ihrer Taille und schloss den Schrank auf. Zwei der drei Einlegeböden waren voller Saris.

Zohra sagte stolz: „Es sind im ganzen hundert. Alle sind aus ausländischen Stoffen. Kein einziger Sari ist hier gemacht.”

„Wo habt ihr denn die gefunden?” fragte Mumtaz.

Nafiza antwortete ihr: „Mach dir keine Sorgen, dein Herr und Meister wird dir ebensolche Saris aus Singapur mitbringen. Aber wo sollen wir nur solche auftreiben? Natürlich in unserem Burma-Bazar!“ Sie sah Rahima an, damit sie das bestätige.

Rahima nickte: „Natürlich kosten sie mehr, wenn man sie hier kauft. Aber was soll man machen? Die Leute reden schlecht über uns, wenn in der Brautausstattung indische

Saris sind.“

„Du gibst dein Letztes, aber deine angeheirateten Familienangehörigen sind nie zufrieden …“ Nuramma sprach langsam und machte die Worte zu einem Gesang, wobei sie mit den Händen winkte und zu tanzen anfing.

Über ihre Possen mussten alle lachen. Niemand konnte ihr bei ihren Späßen und Neckereien, ihrem Paradieren und Tanzen das Wasser reichen. Sie war immer von einigen Frauen umringt, denen ihr Treiben Spaß machte. Fatima fürchtete, sie werde eines Tages damit Ärger bekommen, und warnte sie davor. Sie war auch deshalb besorgt, weil sie Leuten Anlass zum Klatsch gab.

Nuramma, vom Lachen der Frauen angespornt, fing an, eine Melodie zu singen, die fast wie ein Song von MGR war: „Deine Schwägerin ist eine Schande … Eine solche Frau habe ich noch nie gesehen, von einer solchen Frau habe ich noch nie gehört … So eine Frau ist sie!“ Sie sang weiter und wendete sich zu Saura und Sainu: „Sie sagen, ‚das Geld bleibt in ihrer Hand, aber den Dosai hat sie in den Mund gesteckt.‘ So eine Frau ist sie. Gut, was soll ich sagen? Hab ich nicht recht?”

Die beiden Frauen stimmten ihr zu und stachelten sie damit an.

Zwar hatte Rahima schon zuvor gewusst, dass keine der Frauen eine gute Meinung über Sabia hatte, und doch störte es sie, was eben gesagt worden war. Auch sie war ja besorgt, wie Sabia Wahida behandeln würde. Es kam ihr in den Sinn, dass es sehr wenig gab, über das sie sich bei dieser Hochzeit freuen konnten, für die sie so viel Mühe und Geld aufwandten. Aber noch blieb sie äußerlich heiter, denn sie wusste, dass der geringste Ausdruck von Besorgnis in ihrem Gesicht ihre Tochter traurig machen würde. Sie hatte hart zu kämpfen, um heiter zu erscheinen.

Alle gingen in die Halle zurück und ließen sich dort nieder. Wahida kam aus ihrem Zimmer zu ihnen herunter. Nur Saura setzte sich auf das Sofa und nicht auf den Fußboden und sagte: „Ich kann mich nicht mehr auf den Fußboden setzen, ich komm sonst nie wieder hoch!“ Als sie auf das Sofa sank, knarrte es, was Nafiza und Mumtaz dazu veranlasste, amüsierte Blicke zu tauschen. Fatima stand auf, um zu gehen. Sie sagte: „Ich muss jetzt gehen. Ich muss das Abendessen kochen.”

Nafiza, die darauf gewartet hatte, dass sie endlich gehen würde, stürzte sich sofort auf Nuramma: „Komm, Nuramma, erzähl uns alles über deine Hochzeit und was in der ersten Nacht passierte!“

Nurammas Stimme überschlug sich vor Begeisterung, als sie begann: „Ach meine Prinzessin, du möchtest meine Geschichte hören? Hör zu, ich erzähl’ sie dir!“ Sie streckte vergnügt die Beine aus. „Ach, Saura, schieb mal die Betel-Schale her!“ Sie nahm die Schale, pflückte den Stiel von einem Blatt, rollte es um einige gehackte Betelnüsse und steckte alles in den Mund. Sofort färbte sich ihr Mund blutrot.

„Seht nur her, meine Frauen!“ Nuramma öffnete ihren zahnlosen Mund, der wie die Schale eines leeren Flaschenkürbis’ aussah, und streckte die Zunge heraus. „Seht nur, wie rot er selbst jetzt noch ist, in meinem Alter, und stellt euch vor, wie rot er in meiner Jugend gewesen sein muss! Mein Mann war immer so entzückt davon. Mein geliebter Mann, der mich verlassen hat und gegangen ist.“ Sie ließ sich beim Sprechen Zeit, wurde von ihren Gefühlen übermannt und weinte ein bisschen. Dann machte sie sich bewusst, dass sie bei einem Brautritual war und lächelte schnell wieder.

„Ihr Frauen, hört alle zu! Wisst ihr, wie hübsch ich war, als ich jung war? So hübsch war ich! Sie sprechen vom vierzehn Tage alten Mond. Ich war so hell wie er! Urteilt nicht danach, wie ich jetzt aussehe, und denkt nur nicht, ich lüge! Hier sind Frauen in meinem Alter. Sie wissen, wie hellhäutig und schön ich einmal war!" Sie hob ihre Arme, die dünn wie Stöcke waren, und zeigte auf Saura und Sainu.

Diese beiden versuchten, das Lachen zu unterdrücken, und spornten sie an: „Ja, ja, erzähl weiter!"

„Und was denkt ihr, wie mein Mann war? Denkt nur nicht, er war irgendein alter gewöhnlicher Kerl. Nein, nein, er war ein wohlhabender Mann aus Singapur. Er machte Geschäfte dort und es ging ihm sehr gut, bis dieser elende Krieg kam. Das heißt, der Weltkrieg. Hier hatte er Mühe, seinen Lebensunterhalt zu verdienen. Er wanderte überall herum, er kämpfte und kämpfte und schließlich tauchte er im Haus meines Vaters auf." Sie sah um sich, um etwas zu finden, in das sie den Betelsaft spucken könnte, der sich in ihrem Mund angesammelt hatte.

„Große Güte! Spuck hier nicht irgendwo hin", rief Zohra ängstlich. Sie lief und holte einen Spucknapf, der unter der Veranda vor dem Haus stand, und stellte ihn neben Nuramma. „Hier, nimm den."

Nuramma spitzte die Lippen, sammelte ihren Speichel und spuckte ihn in einem Strahl aus. „Wo war ich gleich noch?" fragte sie und versuchte den Faden ihrer Geschichte wieder aufzunehmen.

Zohras Gesicht verriet Ekel. Sie dachte daran, dass sie den Spucknapf würde saubermachen müssen, das sah man ihr an. Der Spucknapf wurde nie von irgendjemandem im Haus benutzt. Sehr selten, wenn sie Fisch kochten oder Biriyani machten, kaute Karim Betel. An einem solchen Tag wurde der Spucknapf benutzt, wurde abgewaschen und sofort weggestellt. Wenn Karim sehen würde, dass Nuramma ihn benutzte, dann würde er bestimmt sagen, sie sollten ihn gleich wegwerfen. Zohra sagte sich, dass sie Fatima bitten würde, das in Ordnung zu bringen. Sie fühlte sich wieder wohl, als sie das beschlossen hatte. „Du hast grade gesagt, dass er zu deinem Vater kam", sagte sie und nahm den Faden von Nurammas Erzählung wieder auf.

Nuramma ging eifrig darauf ein: „Ja, ja. Und dann …"

Der Gebetsruf des Muezzins ertönte von der Moschee: „Allahu Akbar …"

Zohra ermahnte sofort alle Anwesenden: „Sch! Das ist der Gebetsruf. Keine darf sprechen! Alle müssen bitte schweigen!" Eilig zog sie sich den Sari über den Kopf. Langsam taten die übrigen Frauen dasselbe. Nuramma fürchtete Zohras Ärger und hörte auf zu kauen. Darüber hätte Nafiza gerne gekichert, aber sie kämpfte um Selbstkontrolle.

Als der Gebetsruf vorüber war, hoben alle die Hände und jede betete im Stillen. Nuramma wartete, bis auch das vorüber war, aber dann fing sie schnell wieder an, weil sie fürchtete, alle würden sich zerstreuen, um ihre Gebete im eigenen Haus zu Ende zu bringen. „Und dann geschah das Folgende. Ihr wisst, mein Vater hatte einen Fleischerladen. Dort tauchte er also auf und dann erledigte er Besorgungen für meinen Vater. Und wisst ihr, was dann geschah? Eines Tages vergaß mein Vater sein Fleischermesser zu Hause. Als er ein Kalb schlachten wollte, suchte er das Messer im Laden. Natürlich war es nicht da und deshalb rief er ‚ihm' zu: ‚Du da, eil dich und lauf zu mir nach Hause, um mir mein Messer zu holen!' Also kam er mit höchster Geschwindigkeit bei uns an. Er holte erst wieder Atem, als er angekommen war."

Nafiza unterbrach sie absichtlich an diesem Punkt. „Du hast uns seinen Namen noch nicht gesagt. Wie hieß er?"

„Wie könnte ich ihn aussprechen?" Nuramma zierte sich. Dann gab sie nach und sagte: „Gut. Es ist zweimal fünfzig und ein anderer Name für den Heiligen Propheten."

„Was bedeutet das?" Nafiza tat, als verstände sie nicht.

„Finde es heraus! Wie viel ist zweimal fünfzig? Das ist sein Name."

„Oh ho, es ist hundert, nicht wahr? *Nur*, nicht? *Nur Muhammad.* Sehr gut."

„So ist es, du hast es! Wo war ich? Oh ja, er kam zu unserem Haus gerannt. Er rief von draußen: ‚Akka, Akka!' Ich war damals schon erwachsen und blieb im Haus. Ich stand hinter der geschlossenen Tür und fragte ihn, was er wolle. ‚Dein Vater braucht sofort sein Messer. Der Haszrat wartet, dass das Kalb geschlachtet wird.' Ich lief und holte das Messer, das im Dach steckte, und wartete hinter der Tür. Dabei fragte ich mich, wie ich es ihm geben könnte. Inzwischen trieb er mich zur Eile an und rief: ‚Wo ist es? Wo ist es?' Ich sah ein, dass es keine andere Möglichkeit gab, als dass ich es ihm selbst übergäbe. Ich öffnete die Tür einen Spalt und hielt es mit zwei Fingern hinaus. Er nahm es und eilte davon. Aber anscheinend beschloss er an diesem Tag, dass die Eigentümerin der beiden Finger seine Braut werden müsse. Er dachte wahrscheinlich: Wenn ihre Finger schon so schön sind, wie schön wird dann erst ihr Gesicht sein, wie der vierzehntägige Mond." Ihr Gesicht war voller Stolz, als sie sich in ihren Erinnerungen verlor.

„Lass es dabei. Mach weiter und erzähl uns von eurer ersten Nacht", bat Mumtaz, die neugierig war, mehr zu hören. Die Zeit der Maghrib-Gebete ging vorüber. Dunkelheit sammelte sich im Hof. Mumtaz sah abwechselnd auf Nuramma und in den dunkel werdenden Hof und war einerseits ärgerlich, dass sie ihre Geschichte so in die Länge zog, wollte andererseits aber nicht in der Mitte der Geschichte weggehen.

„Warum hast du's so eilig?" schalt Nuramma sie freundlich. Sie wollte auf keinen Fall die Gelegenheit versäumen, ihre alten Erinnerungen erneut zu durchleben und darüber zu sprechen. Wen interessierten heutzutage schließlich überhaupt noch die Geschichten einer alten Frau? Diese Frauen waren aus irgendeinem Grund bereit, ihr zuzuhören. Sie würde diese Chance bestimmt nicht verpassen!

„Wonach hast du eben gefragt? Lass es, ganz egal, was es ist! Ich erzähle euch etwas viel Interessanteres. Hört zu!" Sie tröpfelte etwas Limettensaft auf ein Betelblatt, faltete es zusammen und steckte es in den Mund. Obwohl es alle Anwesenden bekümmerte, dass die für die Abendgebete angesetzte Zeit verschwendet wurde, blieben alle, wo sie waren. Sie hörten neugierig zu und sahen Nuramma an. Wahida staunte, dass die alte Dame so gut und humorvoll sprechen konnte.

„Ja, was wollte ich sagen? Hatte ich denn überhaupt schon angefangen? Na gut, also einmal verrenkte ich mir das Bein und war bettlägerig, ich konnte weder laufen noch irgendetwas für mich tun. Saura, du wirst dich daran erinnern." Sie rief Saura zur Zeugin auf und war zufrieden, als diese bestätigend nickte. „Und wisst ihr, was dann passierte? Ich lag also im Bett. Meine jüngere Schwester musste nach mir sehen kommen. Sie kam am Morgen, gab mir zu essen, brachte mich zur Toilette, kämmte mein Haar, kochte alles Essen, servierte meinem Mann sein Essen und ging erst am Abend zu ihrem Mann und ihren Kindern nach Hause, nachdem sie alle Arbeit in meinem Haus erledigt hatte. Die Arme, sie hatte so viel Mühe mit mir!" Sie wischte sich kurz die Augen, als sie sich daran erinnerte, wie ihre Schwester sich für sie aufgeopfert hatte. Im nächsten Augenblick hellte sich ihr Gesicht auf: „Mein Mann sagte immer zu ihr: ‚Nun, Gulshan, was würde es dir schaden, wenn du in der Nacht auch nach mir sehen würdest? Hat ein Mann vielleicht keine Lust darauf?' Sie wurde nie ärgerlich, wenn er sie fragte. Sie ging einfach weg und sagte: ‚Ach Schwager, lass das!' Im Gegensatz zu all den Frauen, die nur allzu willig sind, mit einem Ehemann zu gehen, der sich kostenlos anbietet, war meine Schwester treu wie Gold. Es wäre ihr nicht im Traume eingefallen, mich zu hintergehen. Denkt nur darüber nach." Sie machte eine kurze Pause, um zu sehen, ob ihrer Zuhörerschaft das, was sie sagte, auch gefiel. Ihre Stimme war ebenso fröhlich wie ihre Worte. Sie tönte und dröhnte, schmolz und löste sich auf. Wahida rückte ein wenig zur Seite, um dem Speichel auszuweichen, der ihr beim Sprechen aus dem Mund spritzte.

Die Dunkelheit bedeckte den Hof und es wurde ganz klar, dass die Maghrib-Zeit nun wirklich vorüber war. Nafiza und Mumtaz hatten entschieden, dass es keine andere Möglichkeit gab, als die Maghrib-Gebete später zusammen mit den Isha-Gebeten zu sprechen. Sie sagten jetzt nichts mehr und versuchten nicht, Nuramma in ihrem Redefluss zu unterbrechen.

„Das nächste, was geschah, war das. Ich sollte nichts gegen meinen Mann sagen, wisst ihr. Er war treu wie Gold. Er neckte meine Schwester nur. Er hätte nie eine andere Frau auch nur angesehen. Wie konnte ich es ertragen, ihn in den Nächten so leiden zu sehen? Es waren ja nicht nur ein oder zwei Tage. Der Arzt legte mein Bein für drei Monate in Gips! Welcher Mann wäre schon bereit, sich so lange zu gedulden? Er war einfach vernarrt in mich. Ja, und ich? Meine Mutter hatte uns für immer verlassen, als wir noch ganz klein waren. Ein Teufel hatte sie ergriffen und unter Wasser gedrückt. Ich hatte niemanden als ihn!" Wieder wurde Nuramma von Gefühlen überwältigt.

„Wie kam der Teufel dazu?" fragte Wahida neugierig.

„Das ist eine ganz andere Geschichte. Eines Abends verabredeten sich meine Mutter und zwei andere Frauen aus der Nachbarschaft, am Morgen darauf zusammen zu einem See zu gehen, um darin zu baden. Ein Teufel hatte sich dort versteckt und alles mit angehört. Er kam und klopfte an unsere Tür und rief meine Mutter bei ihrem Namen. Aber es war erst Mitternacht und noch nicht früher Morgen, wie sie geplant hatten. Er hörte sich genau wie die Nachbarin an, also dachte meine Mutter, es müsse schon früher Morgen sein, machte ein Bündel aus den Kleidern, die gewaschen werden sollten, legte es auf ihren Kopf und folgte ihm. Sobald sie ins Wasser kamen, versuchte der Geist meine Mutter tiefer hineinzustoßen und zu ertränken. Inzwischen versammelten sich alle anderen dort, nachdem sie sie in ihrem Haus gesucht und nicht gefunden hatten. Als sie am See ankamen, lag meine Mutter allein am Ufer und war ohnmächtig. Niemand war dort, keine einzige Seele. Dann verließ ihre Seele ihren Körper. Anscheinend sagte sie noch: „Das kleine Mädchen liegt in der Wiege. Aller Schmuck ist in einem Kästchen, kümmert euch um beides!" Und dann starb sie. Wie hatte sie nur damit einverstanden sein können, uns zwei kleine Mädchen alleine zu lassen? Wie muss dieses Leben im Augenblick des Abschieds gelitten haben!" Nuramma endete und seufzte tief.

Schweigen legte sich auf alle, wie wenn ein schwerer Regen aufhört. Nur Saura wandte ihr Gesicht mit einem Ausdruck leichter Verachtung ab, als wollte sie sagen: „Schließlich weiß ich, in welchem Zustand eure Familie war! Seht nur, was die Schlampe für eine Miene annimmt!"

Aber Nuramma nahm keine Notiz davon. Ihre einzige Sorge war, ihre Geschichte noch amüsanter zu erzählen und damit die Aufmerksamkeit ihrer Zuhörerinnen festzuhalten. „Und dann, und dann, wo war ich doch gleich stehengeblieben? Ich werde alt, ich vergesse so leicht." Sie kam auf die Geschichte zurück, die sie vor der Abschweifung erzählt hatte. „Oh ja, und auch er, der arme Mann, wie lange konnte er seine Wünsche in Schach halten? Eines Tages tat er es. Eines Tages brachte er mir eine Blumenkette und wollte, dass ich sie im Haar trug. Er steckte sie mir also selbst ins Haar. Dann hob er mich so sacht auf, als wäre ich eine Blume, und nahm mich in sein Bett. Und dann, was kann ich sagen, mein König kam so vorsichtig zu mir, dass mein Bein überhaupt nicht wehtat." Ihr Gesicht errötete schüchtern, entweder weil sie sich wirklich an etwas erinnerte, das schon so lange her war, oder weil sie diese Geschichte anderen mitteilte.

Eine Zeit lang war sie wie im Glück dieser Erinnerung versunken, dann fuhr sie fort: „Am nächsten Tag kam dann meine Schwester wieder in unser Haus. Sie sah mich an, sie sah, dass mein Haar gewaschen und ausgebreitet war, und sie sah das Glück in meinem Gesicht. Sie zögerte ein wenig und fragte dann: ‚Was ist, Schwester, was ist los?' Ich habe ihr nichts erzählt. Ich habe ihr nur ein Lied vorgesungen. Sie sagte nichts mehr. Ratet mal, welches Lied das war?" Sie richtete die Frage an Mumtaz und grinste dabei so breit, dass ihr gerötetes Zahnfleisch zu sehen war.

„Woher soll ich denn wissen, was es war. Sag es uns schnell!" Mumtaz' Stimme gluckste vor Neugier.

„Es war das Lied, das Saroja im Film *Paagappirivinai* Sivaji singt. Es geht so: ‚Kam der Mond nicht – ohne Füße – über den Himmel zu mir getaumelt? Habe ich ihn nicht ohne Hände umarmt und ihm meine Liebe gegeben?' Dieses Lied habe ich gesungen. Sie verstand sofort. Wie sie gelacht hat! Als mein Mann nach Hause kam, sang auch sie das Lied und neckte uns reichlich. Meine Schwester neckte uns viele Tage lang, fragt mich nicht, wie lange!" Nuramma stimmte herzlich in das Gelächter, das sie umgab, ein.

Wenn sie alle zusammen lachten, dann klang das, als ob eine Dose voller Silbermünzen geschüttelt würde. Das ganze Haus erschallte von ihrem Gelächter. Das Lachen schien gegen die frisch gestrichenen Wände zu prallen und zu zerbrechen. Das ganze Haus bekam eine festliche Hochzeitsatmosphäre.

Alle standen auf und waren froh und zufrieden, dass das Geschichtenerzählen zu Ende war. Noch hatten sie eigentlich keine Lust, nach Hause zu gehen, aber sie fingen doch an, sich zu verabschieden.

„Bleibt doch noch und esst mit uns!" Rahima lud alle ein. Aber Nafiza sagte, sie müsse gehen. „Ich bin schon seit den Asar-Gebeten hier. Der Himmel weiß, was zu Hause passiert ist und wohin die Jungen gegangen sind. Lass mich jetzt gehen." Mumtaz brach gleichzeitig mit ihr auf.

Als sie auf die Straße kamen, sagte Mumtaz neidisch: „Große Mitgift, was?"

„Sie haben nur die eine Tochter und sie sind nicht knapp bei Kasse", antwortete Nafiza. „Sie hat uns alles gezeigt, aber den Schmuck hat sie uns nicht gezeigt! Das tun sie nie, weil sie Angst haben, jemand könnte den bösen Blick darauf werfen. Aber schließlich haben wir ja alle unseren eigenen Schmuck!" Mumtaz war verärgert und enttäuscht, dass sie keinen Blick auf den Brautschmuck hatte werfen dürfen.

„Aber wir wussten doch, dass sie ihn uns nie zeigen würden! Das ist in der Stadt so Sitte. Sie zeigen die Möbel und das Geschirr. Sie werden sie am Tag vor dem Hochzeitstag mit dem Schmuck verzieren, wenn die Koransure Fatihah über sie gesprochen worden ist. Wir werden alles am Hochzeitstag sehen, so ist es nun mal", versicherte ihr Mumtaz. „Aber wozu nützt das alles? Der Bräutigam ist nicht wirklich in Ordnung und die Schwiegermutter ist eine böse alte Frau. Es ist, als zöge man einen Papagei auf und gäbe ihn dann einer Katze in die Pfoten." Mumtaz lachte. In ihrem Lachen mischten sich Neid und Genugtuung. Nafiza nickte und lächelte zustimmend.

Kapitel 29

Als alle gegangen waren, sagte Zohra zu Rahima. „Heute Morgen beim Begräbnis hat Nafiza etwas gesagt, um Mumtaz zu necken, und die hat sich ziemlich darüber geärgert. Aber sieh mal, jetzt lachen und schwatzen sie schon wieder fröhlich miteinander." Das schien sie ziemlich zu überraschen.

„Stimmt schon, aber schließlich sind sie Nachbarinnen. Sie halten es wirklich nicht ohne einander aus. Wenn sie ihre Freundschaft aufgeben würden, mit wem könnten sie dann klatschen und Witze machen? Für einen Esel ist ein anderer Esel ein Segen! Lass uns jetzt weiterarbeiten." Rahima beschäftigte sich mit dem, was sie gerade zu tun hatte.

Aber Zohra sprach weiter: „Natürlich haben sie die ganze Zeit über nett mit uns gesprochen, aber wer weiß, was sie hinterher zueinander sagen? Es ist mit ihnen wie mit einer chronischen Infektion."

Kader hatte ihnen gesagt, dass er an diesem Tag spät aus der Stadt nach Hause kommen werde. Rahima machte die Tür des Zimmers zu, in dem Rabia und Wahida schliefen, ging in ihr eigenes Schlafzimmer, wollte aber noch nicht schlafen. Sie schaltete die Lichter aus und legte sich auf ihr Bett. Das schwache Licht der Nachtlampe zerstreute die Dunkelheit im Zimmer, die wiederum ihre wenigen Gewissheiten zerstreute und auflöste. Ohne die Betriebsamkeit und Helligkeit des Tages erkannte Rahima in der Dunkelheit der Nacht, dass der Mut, den sie zu besitzen glaubte, in Wirklichkeit gar nicht vorhanden war. Sie wurde von Angst überwältigt. Es war eine Angst, wie sie sie noch nie aus irgendeinem Grund empfunden hatte. Die Angst, dass sie im Begriff war, einen sehr großen Fehler zu begehen, erschütterte sie bis in die Tiefe ihres Wesens. Sie konnte nicht verstehen, wie sie so hatte heruntergebracht werden können, und setzte sich im Bett auf. Es war, als fürchte sie, der Dunkelheit in ihrem Innern nachzugeben. Deshalb ging sie leise aus dem Zimmer, stieg in die Halle hinunter, schaltete den Fernseher ein und setzte sich auf das Sofa gegenüber. Der Gedanke, dass sie sich in sehr wenigen Tagen von Wahida werde trennen müssen, drückte ihr das Herz zusammen. Vor ein paar Tagen hatte ihr Vater voller Angst zu ihr gesagt:

„Sie ist ein unschuldiges Kind, sie weiß nicht, was gut und was böse ist. Es steht in unserer Verantwortung, dafür zu sorgen, dass sie ein gutes Leben hat. In unserer Gemeinschaft schließen wir keine Ehen, die sich auf die Wünsche der Mädchen gründen. Also fällt es uns zu, uns für einen Bräutigam zu entscheiden, mit dem wir in jeder Hinsicht zufrieden sind. Wenn wir diese Gewissheit einmal haben, dann ist alles gut." Mit besonderem Nachdruck hatte er gesagt „fällt es *uns* zu", obwohl er viele Vorbehalte gegen die Starrköpfigkeit seines Schwiegersohnes hatte. Schließlich tröstete er seine Tochter, indem er sagte: „Am Ende ist es Sein Wunsch. Es geht nicht danach, was wir wünschen, sondern danach, was Er denkt. Er weiß, was geschehen soll. Können wir daran denn etwas ändern?"

Rahima konnte dazu nichts sagen. Wer kümmerte sich schon um Wahidas Wünsche? Wusste sie denn überhaupt selbst, was sie sich wünschte? War sie überhaupt schon in dem Alter, solche Entscheidungen treffen zu können? Die Meinung Rahimas, die so erfahren war, wurde schon nicht anerkannt, wer hätte dann wohl Wahidas Meinung Beachtung geschenkt? Was hatte es schon zu bedeuten, dass während der Trauungszeremonie, wenn die Hajiamma mit den schwarzen Perlen in der Hand wartete, der Hazrat mit seinen Zeugen zu der Braut ging und sie um „Sayyedu“, ihre Einwilligung, bat? Wenn die Einladungen gedruckt, die Gäste eingeladen und alle Vorbereitungen getroffen waren, wenn es so weit war, würde dann irgendeine Braut es wagen, mit ihrer wahren Meinung herauszukommen?

Rahima war nun müde. Das singalesische Stück, das sie im Fernsehen zeigten, näherte sich seinem Ende und die Stimme des Ansagers, der „Ayubovan” sagte, brachte Rahima wieder zur Besinnung. Da merkte sie, dass Rabia neben ihr stand und sich den Kopf kratzte. Sie stand überrascht auf, schaltete den Fernseher aus und sagte „Schläfst du denn noch nicht?“

„Kann ich bei dir schlafen? Ich habe solche Angst.“

Rahima zog erstaunt die Augenbrauen in die Höhe.

„Es ist wegen der Geschichte vom Teufel, die Nuramma erzählt hat. Sie macht mir Angst, Tante. Wenn ich das Amma sage, dann schimpft sie mit mir, weil ich beim Gespräch der Erwachsenen zugehört habe. Kann ich in dein Bett kommen?“ Ihr Ausdruck war mitleiderregend, als sie diese Bitte aussprach. Sie war blass vor Angst.

„Dummerchen!“ sagte Rahima zärtlich, umarmte sie und nahm sie mit in ihr Schlafzimmer. Als sie sie hinlegte, hielt Rabia sie fest und sagte: „Komm du doch auch!“ Sie fühlte sich durch den Duft von Marikozhundu im Haar ihrer Tante getröstet, der sich mit einem schwachen Schweißgeruch mischte.

„Sag mal, Tante, ist es wahr, was Nuramma gesagt hat? Gibt es wirklich und wahrhaftig Jinns? Man sagt, dass sie zwischen Himmel und Erde fliegen.“

„Du sagst, du hast Angst davor. Warum sollen wir also davon reden? Nein, du schläfst jetzt einfach. Sag noch ein Gebet und schlaf, du wirst keine schlimmen Träume haben.“

„Nein, Tante, ich habe keine Angst mehr. Bitte sag es mir!“

„Ja, es gibt Jinns. Aber sie sind gute Geschöpfe. Man sollte ihnen nur nicht in den Weg kommen, wenn sie in der Nacht draußen in der Nähe sind. Man sagt, dass sie einen schlagen und töten, wenn man ihnen in den Weg kommt. Viele Leute behaupten, sie hätten Jinns gesehen. Sie sagen, dass sie zwischen Himmel und Erde fliegen. Genügt dir das? Schlaf jetzt!“ Rahima rasselte all diese Mitteilungen herunter und schloss dann die Augen.

Rabia war eine Zeit lang still und schloss ihre Augen mit den langen Wimpern in dem vergeblichen Versuch, die Dunkelheit, die im Raum herrschte, nicht zu beachten. Dann sagte sie leise: „Tante?“

„Mm? Was ist denn noch?”

„Ich möchte dich noch etwas fragen, aber Amma darf es nicht wissen“, sagte sie. Rahima fragte sich, was nun kommen würde.

„Gut, frag mich, ich erzähle es nicht deiner Amma.“

„Also, wie viele Ehemänner kann eine Frau haben?“ Rahima erschrak bei der Frage, aber Rabia sprach weiter: „Also, du kennst Ramesh, der in meine Schule geht, anscheinend hat seine Mutter zwei Ehemänner. Uma hat uns das gesagt. Und ich habe sie auch gesehen. Darum frage ich. Wenn eine Frau zwei Männer heiratet, ist sie dann nicht schlecht?“

Rahima wusste, von wem sie sprach. Aber warum fragte sie das? Sie sagte: „Ja, es ist falsch. Eine Frau sollte nur einen einzigen Ehemann haben. Wenn sie zwei Männer heiratet, ja, dann tut sie etwas Schlechtes.“

„Ist das der Grund, warum Firdaus Chitthi und Sherifa keinen anderen Mann geheiratet haben?“ fragte Rabia erwartungsvoll. Rahima wusste nicht, wie sie mit Rabias Zweifeln umgehen sollte, und sagte: „Wieso, natürlich können sie heiraten. Nur wenn ihr erster Mann noch da ist, dürfen sie keinen anderen heiraten. Weder deine Chitthi noch Sherifa haben jetzt einen Mann. Sie werden sicherlich wieder heiraten.“ Diese Fragen brachten sie in Verlegenheit und sie hatte auch Angst, weil das Kind Fragen stellte, die über seine Jahre hinaus waren.

„Heute Abend hast du gesagt, über diesen Mann, der Abdulla heißt, du hast gesagt, er hat vier Frauen. Wie steht es denn damit?“ Rahima war klar, dass das Kind sehr durcheinander war und deshalb gab sie sich große Mühe, ihr angemessen zu antworten. Rabia drängte sie schon: „Sag's mir, Tante. Er heiratet immer wieder, auch wenn seine Frauen da sind. Ist das nicht auch falsch?“ Rabia rüttelte Rahima an der Schulter und fasste ihre Hand. Sie mochte es, wie sich die Hände ihrer Tante anfühlten. Die Handflächen waren weich wie Watte.

Rahima fing an, als hätte sie an etwas anderes gedacht. „Was hast du mich gefragt? Ob Männer wieder heiraten? Nach der Scharia darf ein Mann vier Frauen heiraten, das ist nicht falsch. Wenn Frauen das tun, ist es falsch. Wirst du nun endlich schlafen?“ schalt sie freundlich und machte damit dem Gespräch ein Ende.

Rabia war einen Augenblick lang erschrocken. War ihre Tante böse mit ihr? Sie lehnte sich noch enger an ihren Rücken, um sie zu besänftigen. Nachdem sie eine kurze Zeit geschwiegen hatte, flüsterte sie wieder: „Tante!“

„Was ist denn jetzt noch?“

„Also, ich habe beschlossen, von morgen an einen Davani zu tragen. Haben wir einen neuen im Haus für mich, den ich zum ersten Mal tragen kann?“

„Woher kommt denn dieser Wunsch so plötzlich? Solange deine Mutter dich drum gebeten hat, hast du das stur abgelehnt.“ Rahima lächelte.

Wie eine Schallplatte mit einem Sprung, fing sie wieder an: „Also, Madina muss anscheinend von morgen an einen Davani tragen. Ich habe beschlossen, es zur selben Zeit mit ihr gemeinsam zu tun.“

„Oho, darum geht es also. Ich habe mich schon gefragt, woher der Wind weht. Natürlich, nimm dir, was dir gefällt. Alle Davanis deiner Cousine, die neuen und die alten gehören jetzt dir. Schließlich heiratet sie. Danach wird sie nur noch Saris tragen.“

„Aber sie weiß ja gar nicht, wie man einen Sari anlegt. Schafft sie das denn?“ Rabia war erstaunt.

„Eine Frau muss sich daran gewöhnen. Natürlich wird sie es schaffen. Du allerdings musst noch warten. Vielleicht finde ich ja auch denselben Bräutigam für euch beide, für dich und Madina, und verheirate euch beide.” Rahima neckte Rabia.

„Aber Tante“, sagte Rabia und bedeckte schüchtern ihr Gesicht. Sie war immer verlegen, wenn das Wort „Heirat“ fiel. Und wenn noch dazu von einem einzigen Bräutigam für sie beide die Rede war … Plötzlich dachte sie an Ahmad. Bei all den Vorbereitungen für die Hochzeit hatte sie ihn ein paar Tage lang nicht richtig gesehen. Sie schlief ein und beschloss, sie würde ihn jedenfalls am folgenden Tag besuchen gehen. Sie träumte, dass Ahmad sie und Madina geheiratet hätte. Aber sie mochte es überhaupt nicht, dass er sie beide und nicht nur sie geheiratet hatte.

***

Am nächsten Tag waren Rahima und Zohra früh auf und wollten sich, nachdem sie ihr Bad genommen hatten, aufmachen, um Amina zur Hochzeit einzuladen. Dazu mussten sie in die Nachbarstadt fahren. Die Rückfahrt würde mit dem Auto nur eine Stunde dauern. Außerdem war Sayyed, Sabias Mann, gerade aus Sri Lanka nach Hause gekommen. Es gehörte sich so, dass sie auch diese Familie besuchten.

Rabia stellte sich neben Rahima. Sie hielt einen ziemlich neuen Davani Wahidas in der Hand. Ihre Tante sollte ihn ihr umlegen. Man sah ihrem Gesicht an, dass sie zu gerne mitgefahren wäre, um ihre Firdaus Chitthi zu besuchen. Zohra bemerkte das, während sie mit ihrer Hausarbeit beschäftigt war, aber sie beschloss, es zu ignorieren. Rahima nahm den Davani, sang leise etwas vor sich hin und legte ihn Rabia an. „Komm, du musst auch Bismillah sagen. Jetzt siehst du sehr erwachsen aus." Rahima berührte Rabias Wange, um den bösen Blick abzuwenden. Dann sagte sie tröstend: „Weißt du, wir machen nur einen ganz kurzen Besuch, wir kehren fast auf dem Fuße um. Du weißt, dass du Wahida begleiten wirst, wenn sie ins Haus ihrer Schwiegermutter zieht. Dann bist du ganze vier Tage dort, ehe du zurückkommst."

Rabia war überrascht, dass ihre Tante erraten hatte, was sie dachte. Ihr war auch klar, dass auch ihre Mutter es wusste und nur so tat, als wüsste sie es nicht.

Zohra sah, dass ihre Tochter plötzlich einen Davani trug. Sie fragte überrascht: „Wie kommt es denn, dass du deine Meinung geändert hast? Du siehst jetzt endlich wie ein richtiges Mädchen aus. Du siehst damit schön aus." Sie wandte sich zu Rahima und sagte: „Komm, Suleiman ist wohl nach Hause gekommen. Wir müssen ihnen einen kurzen Besuch abstatten."

„O ja, es ist gut, dass du mich daran erinnerst. Sainu bringt uns um, wenn wir uns mit dem Besuch verspäten", Rahima tat so, als wäre sie entsetzt.

Als sie bei Sainus Haus ankamen, sah Zohra Madina und ihr wurde sofort klar, warum Rabia beschlossen hatte, einen Davani zu tragen. Sie hätte fast gelacht. Dann erschien Suleiman. Er sah mit seinem Bart und seinem Fez wie ein Sufi aus. Nachdem sie einander begrüßt hatten, neckte ihn Rahima: „Nanu, was ist denn mit dir passiert? Es sieht so aus, als wärst du plötzlich zum Islam konvertiert!"

Er lächelte zur Erwiderung. „Weißt du eigentlich, dass es sehr falsch ist, wenn man als geborener Moslem keinen Bart trägt? Im Ausland gibt es Leute, die es sehr genau nehmen, weißt du das? Wenn wir uns mit ihnen vergleichen …" Suleiman hielt inne und schüttelte verzweifelt den Kopf.

Sainu neckte ihn und sagte: „Sehr gut. Du bist jetzt gekommen, nicht wahr, um uns zu bessern!"

Er achtete nicht auf den Scherz seiner Mutter. „Ich habe gehört, ihr feiert Wahidas Hochzeit", sagte er zu Rahima. „Ich bin sehr froh darüber. Ich kann glücklicherweise an der Feier teilnehmen!"

„Ja, wir haben daran gedacht, dir eine extra Einladung per Post zu schicken. Dann, als wir hörten, du kommst nach Hause, beschlossen wir, dich persönlich einzuladen. Du musst unbedingt kommen! Wahidas Vater kommt auch noch, um dich einzuladen", versicherte ihm Rahima.

Sainu schaltete sich ein: „Dein Mann war gleich nach den Bajar-Gebeten hier. Er hat ihn schon eingeladen. Nur Karim ist bisher noch nicht aufgetaucht."

Sie saßen in der Halle. Mumtaz war nirgendwo zu sehen. Rahima sah sich nach ihr um, denn sie hätte sie, bevor sie ging, gerne noch ein wenig geneckt. Sie hörten den Dampfkochtopf pfeifen, das Geräusch kam aus der Küche auf der anderen Seite des Hofes. Sofort danach wurden ihre Nasen vom Duft des Fleisch-Currys bestürmt. Mumtaz kochte etwas Besonderes für Suleiman. Rahima dachte nach. „Sainu, warum ist weder

Farida noch Mumtaz zu sehen?“ fragte sie.

„Farida steht im Hof und badet diese beiden armen Dinger. Und wo kann Mumtaz schon sein? Sie bereitet das Essen für ihren Mann vor, das ist alles.“ Rahima nickte und bemerkte, dass Sainu sich nicht scheute, so kurz angebunden über Mumtaz zu reden, obwohl ihr Sohn direkt neben ihr saß.

„Nimm doch etwas Kaffee“, bot Sainu an und erhob die Stimme: „Ach, Mumtaz! Komm und zeig uns hier ein bisschen dein Gesicht!“

Als ob sie sich schon über die Antwort einig gewesen wären, protestierten Rahima und Zohra gleichzeitig und standen auf. „Mach dir keine Mühe mit Kaffee oder so, bitte! Wir müssen wirklich gehen.“

„Oh, natürlich, eine Kuh, die auf der Wiese grast, wird wahrscheinlich kaum ihr Bündel Heu nach Hause tragen. Schließlich werdet ihr ein Fest für die Schwiegerfamilie geben. Ich habe nicht nachgedacht“, scherzte Sainu.

Rahima erwiderte: „Ach, hör auf! Du weißt, wie die Schwiegerfamilie ist.“ Dann bemerkte sie fünf oder sechs Leute, Männer und Frauen, auf der Straße, die sich gerade der Haustür näherten, und sie sagte: „Gut, wir müssen gehen. Es sieht so aus, als ob Leute zu Suleiman kommen. Du musst dich um deine Gäste kümmern.“

Rahima ging über den Hof und sah in die Küche. Sie sagte zu Mumtaz: „Na, kocht die neue Braut etwas Besonderes für den Bräutigam?“

Mumtaz beugte sich über einen Kokosnuss-Zerkleinerer. Sie sah erschrocken auf und sagte: „Rahima, komm rein. Wann bist du gekommen?“

„Oh, wir sind schon vor einer Weile gekommen. Du bist natürlich so glücklich, dass du uns nicht einmal hast kommen hören!“ sagte Rahima fröhlich. Sie sah die Freude in Mumtaz’ Gesicht und hörte die Leidenschaftlichkeit in ihrer Stimme. „Wir gehen jetzt“, sagte sie. „Wir reden später miteinander.“

Als sie in die Halle zurückkam, sah sie, dass Nafiza, Karim und noch ein paar andere gekommen waren. Die Männer saßen auf dem Sofa, während Nafiza auf einer auf dem Boden ausgebreiteten Matte neben Sainu saß. Sie sagte: „Gut, wir müssen jetzt gehen. Wir sind eigentlich auf dem Weg in die Stadt des Bräutigams. Wir sehen euch später!“

Suleiman sagte eifrig: „Ihr seht also Sikandar! Bitte grüßt ihn unbedingt von mir!“

„Gewiss”, versicherte Rahima. Sie lächelte Nafiza an und neckte auch sie, indem sie sagte: „Du bist gerade von nebenan gekommen, denke ich, um den Mann deiner Freundin zu begrüßen.“

Schließlich machten sich die beiden Frauen auf den Weg. Vorher hatten sie noch Fatima gebeten, Wahida zu Hause Gesellschaft zu leisten. Als Mutthu den Wagen die Straße entlang lenkte, wurde Zohra sehr schweigsam und Rahima, die sie nicht stören wollte, sank in ihren Sitz zurück und schloss die Augen. Zohras Schweigen ließ vermuten, dass sie sich innerlich darauf vorbereitete, ihrer Mutter und ihrer Schwester zu begegnen. Die Fahrt wäre weniger langweilig gewesen, wenn sie hätten sprechen können, und Rahima war traurig, als ihr deutlich wurde, dass Zohras Gemütsverfassung das nicht zuließ.

Der Wagen verließ die Hauptstraße und fuhr auf den Straßen durch die Dörfer langsamer. Rahima freute sich, kleine Dörfchen, Kokos-Haine und Felder zu sehen, als sie daran vorüberfuhren. Sie hob ihr Gesicht der kühlen Brise entgegen und sah hinaus. Eine Gruppe von Dorfkindern rief: „Hei, ein Auto!“ und winkte, als sie vorüberfuhren. Es tat Rahima leid, dass sie nur Hemden anhatten. Sie war überrascht, dass sie so spontan und unschuldig lächelten, obwohl sie in so bemitleidenswertem Zustand waren. Warum können wir nicht so lächeln? fragte sie sich bekümmert.

Rahima sah zu den Bergen in der Ferne und bemerkte, dass sie schon um zehn Uhr am Morgen im Sonnenlicht glühten. Zohra schwieg immer noch und sah aus dem Fenster. Rahima seufzte. Sie hätte gerne gewusst, wie viele Erinnerungen diese Dorfszenen in ihrer Schwägerin anrührten. Schließlich sagte sie: „Wir sind fast in deiner Heimatstadt angekommen. Schnür deine Gedanken zusammen, leg sie weg und sieh ein bisschen lebendiger aus! Du willst sicherlich deine Mutter und deine Schwester nicht noch trauriger machen, als sie ohnehin schon sind." Zohra nickte heftig und stimmte damit zu.

Firdaus hörte die Geräusche des Wagens, rannte zur Vordertür und sah die Straße hinunter. Ihr Gesicht erhellte sich, als sie Rahima und Zohra aus dem Wagen steigen sah. Firdaus sah über sie hinweg, um zu sehen, ob noch jemand mit ihnen gekommen war und wendete ihren Blick enttäuscht wieder den beiden Frauen zu.

Sobald sie im Haus waren, legte sie die Arme um die beiden Frauen, umarmte sie und lachte vor Entzücken. „Ich habe seit gestern an euch gedacht und mich auf euer Kommen gefreut", sagte sie. Sie machte acht Sprünge an ihnen vorbei, holte eine fein gewebte Matte aus einer Ecke der Halle und breitete sie für sie aus, nachdem sie sie zuerst ausgeschüttelt hatte. „Setzt euch, ihr Lieben", lud sie sie ein.

Rahima setzte sich auf die Matte und sah Firdaus an. All ihren Sorgen zum Trotz strahlte das Gesicht des Mädchens vor Schönheit. Rahima hatte plötzlich das Gefühl, dass es ihre Augen blendete. Sie zwang sich, die Augen abzuwenden, sah aber in ihre Richtung und fragte: „Geht es dir gut? Wohin ist deine Mutter gegangen?"

„Es geht mir sehr gut. Amma ist in den kleinen Laden gegangen, um etwas Kerosin zu holen. Sie wird gleich zurück sein. Sie plapperte weiter: „Warum habt ihr Rabia nicht mitgebracht? Wie geht es Wahida? Geht es meinem Schwager und allen anderen gut?" Plötzlich hielt sie inne.

Zohra antwortete ihr: „Allen geht es gut, Rabia kommt mit Wahida, sie wird sie begleiten, wenn sie nach der Hochzeit herkommt. Aber sag mir, wie geht es dir?"

Zohra sah sich das Gesicht ihrer Schwester genau an. Sie bemerkte eine Veränderung, einen Ausdruck, den sie in letzter Zeit nicht an ihr gesehen hatte. Der leere Blick, den sie bemerkt hatte, als sie sie vor einiger Zeit besucht hatte, war spurlos verschwunden. Hatte sie sich so schnell mit ihrer Situation abgefunden? Die Frage tauchte in ihr auf, blieb aber unbeantwortet. Wie oft hatte Firdaus nicht schon versucht, Selbstmord zu begehen! Wie oft hatte sie schon das Essen verweigert und sich in ihr Zimmer eingeschlossen! Woher kam diese plötzliche Reinheit des Ausdrucks? Welch ein Glück hatte plötzlich diese Heiterkeit verursacht? Alle Wege zum Glück waren seit langer Zeit vor ihr versperrt gewesen. Zohra war sowohl verwirrt als auch beunruhigt.

Rahima erinnerte sich plötzlich, tippte Zohra auf den Schenkel und stieß sie „Steh auf, meine Schwägerin kriegt Zustände, wenn sie erfährt, dass wir zuerst hier einen Besuch gemacht haben. Lass uns gehen und unsere Gesichter dort zeigen und dann kommen wir später wieder her."

Firdaus kicherte. „Du hast recht! Wenn sie erfährt, dass ihr zuerst zu uns gekommen seid, dann nimmt der Ärger kein Ende …" Rahima bemerkte, dass Zohra Firdaus' Lachen nicht gefiel.

Sayyed saß bequem in einen Sessel zurückgelehnt. Er dachte liebevoll und stolz an seine Frau. Eine kluge Frau! Sie hatte geduldig gewartet und jetzt eine Heirat ihres Sohnes mit der Tochter ihres Bruders arrangiert. Das war nicht wenig! Sie hatte sich hartnäckig geweigert, anderswo nach einer Braut für Sikandar zu suchen, obwohl er ja nicht mehr der Jüngste war. Sie hatte durchgehalten und Erfolg gehabt. Er war riesig stolz auf sie. Er nahm seinen Fez ab, legte ihn neben sich aufs Sofa und strich sich über den Kopf. Gerade in diesem Augenblick kamen Rahima und Zohra ins Haus, gingen gleich zu ihm und sagten: „Asalaam aleikum, Schwager, geht es dir gut?"

Er nahm seine Beine, die er ausgestreckt hatte, zurück und grüßte sie, indem er sagte: „Aleikum salaam, kommt, willkommen, willkommen! Seid ihr gerade angekommen? Geht es zu Hause allen gut?“ Er drehte sich um und rief: „Sieh hier, Sabia, komm schnell!“ Seine Stimme klang ganz entzückt.

„Wer ist es?" rief Sabia zurück und kam langsam heraus, wobei sie von einer Seite auf die andere schwankte. Als sie sie sah, grüßte sie sie, wandte sich zu ihrem Mann und sagte: „Ich habe mich schon gewundert, warum die Stimme meines Mannes so freudig klang. Jetzt sehe ich, dass das beim Anblick der Frauen seiner Schwäger war! Ich weiß nicht, was es ist, aber er ist so begeistert von euch beiden!“ Auch sie klang erfreut und stolz.

Ihre Worte veranlassten Sayyed, sich zu beglückwünschen. Sein Ausdruck war ekstatisch. Sabia breitete eine Matte für sie aus, bat sie, sich zu setzen und ging hinein. Sayyed fragte eifrig: „Wie geht es meiner Schwiegertochter? Ich hatte vor, sie heute zu besuchen.“

„Zuerst sag du uns mal, wie es dir geht“, forderte Rahima ihn auf. „Du hast nun schon so lange weit weg ganz alleine für dich gekämpft! Solltest du jetzt nicht zurückkommen und beschließen, bei Frau und Kindern zu bleiben?“ Fast hätte sie noch gesagt: „in deinen letzten Lebensjahren“ und war sehr erleichtert, dass sie sich noch rechtzeitig gebremst hatte, ehe sie solche Unheil heraufbeschwörenden Worte ausgesprochen hatte. Beim bloßen Gedanken, dass das fast geschehen wäre, drehte sich ihr der Magen um.

Sabia kam mit einem Teller Kekse heraus und sagte: „Ja, bitte, sagt es diesem Mann nur! Was hatte ich davon, ihn zu heiraten? Wir haben kaum miteinander gelebt. Er kommt alle zwei Jahre nach Hause und läuft dann wieder weg, als ob er genug von unserem Anblick hätte.“ Sie schnäuzte sich die Nase in ihren Sari. Sabia warf Sayyed ständig seine Abwesenheit vor. Jeder, zu dem sie darüber sprach, musste einen Platzregen von Klagen über sich ergehen lassen. Rahima dachte oft, dass Allah ihr nur einen Sohn geschenkt hatte, damit ihr ständiges Klagen berechtigt erscheinen möge.

„Aber meine Liebe, wein' jetzt nicht", sagte Sayyed zu ihr und schalt die Besucherinnen freundlich: „Was ist das mit euch beiden, sobald ihr kamt, brachtet ihr Sabia zum Weinen. Die Arme! Seht euch nur meine Frau an, ihr ganzes Gesicht ist gerötet!“

Zohra ärgerte sich über ihre verliebten Spiele. Sie tun so, als wären sie noch jung, dachte sie.

Sayyed hörte auf zu scherzen und wandte sich an sie: „Was habt ihr mich gefragt? War das nicht, dass ich für immer zurückkommen sollte? Ich habe wirklich gedacht, ich würde von nun an hierbleiben. Sri Lanka ist nicht mehr so, wie es einmal war. Die Situation dort ist jetzt sehr schlecht. Sie behandeln dort alle Tamilen wie Feinde. An zwei oder drei Orten haben sie auch Aufstände gemacht. Noch sind sie gegen Muslime nicht so feindlich. Ich habe den Laden in der Obhut eines Freundes gelassen. Insha Allah, wir wollen sehen. Ich muss noch ein letztes Mal zurückkehren, alles in Ordnung bringen und dann komme ich für immer zurück." Er sagte das ziemlich angstvoll. Eine Zeit lang schwiegen alle.

Zohra unterbrach das Schweigen: „Es sieht aus, als hättest du schon den Pandal und alles errichtet."

„Ja, es ist alles fertig. Sogar die schwarzen Perlen wurden aufgezogen." Sabia ging wieder hinein und kam mit einer kleinen Schmuckschachtel zurück. Sie gab sie Rahima und sagte: „Sieh dir die hier mal an. Das ist der Präsentations-Schmuck. Das hat er als unser Hochzeitsgeschenk mitgebracht." Sie setzte sich neben die beiden und sagte: „Allahu."

„Danke, wir werden einen Blick darauf werfen." Rahima nahm die Schachtel und sah gleichzeitig Sabias Gesicht genau an, um vielleicht einen bedauernden Blick auszumachen. Rahima wusste, dass sie frustriert war. Aber weil es Sayyeds Wunsch war, musste sie sich einverstanden erklären, dass der Schmuck weggegeben würde. Außerdem konnte der Mann nie etwas für sich behalten. Er würde sicherlich gleich am folgenden Tag Kader gegenüber plaudern und ihm von dem Schmuck erzählen, den er Wahida mitgebracht hatte. Und Kader würde sehr ärgerlich werden, wenn der nicht die richtige Person erreichte!

In der Schachtel war eine ausländische Kette. Sie funkelte und strahlte. Sowohl Rahima als auch Zohra nahmen sie in die Hand und bewunderten sie. Dann gab Rahima sie zurück und sagte: „Wir haben sie bewundert. Bitte leg sie jetzt wieder weg. Wir müssen einige eurer Nachbarn, Mütter und Kinder, einladen." Sie standen auf und wickelten sich in ihre Dupattas.

„Nehmt doch einen Schluck Kaffee, bevor ihr geht", lud Sabia sie ein. Aber Rahima lehnte entschlossen ab. „Nein, danke. Sie werden uns überall Kaffe anbieten. Selbst wenn wir ablehnen, werden sie ihn uns aufzwingen. Wir gehen jetzt also!"

„Na gut, kommt bald zurück. Esst doch bei uns zu Mittag. Ich koche für euch und es wird dann fertig sein." Sabias Ton duldete keinen Widerspruch.

Sie nahmen die Einladung an, standen von ihrer Matte auf und gingen über den Hof. Sie blickten mit einem leichten Lächeln auf die einfach geweißten Wände der Halle. Zohra fragte: „Wo ist denn der Bräutigam?"

„Er ist seine Freunde einladen gegangen. Er wird bald zurück sein", antwortete ihnen Sayyed.

Sie sagten ihm Auf Wiedersehen und verließen das Haus. Ärgerlich murmelte Zohra: „Sie verheiratet ihren einzigen Sohn. Kann sie da nicht wenigstens das Haus neu streichen lassen? Wie kann eine nur so geizig sein!"

Aber Rahima brachte sie zum Schweigen: „Pst! Sei still. Wir kennen sie ja! Was nützt es also, sich zu beklagen, als erlebten wir das zum ersten Mal!?"

***

Rahima überreichte Amina eine Einladung und sagte sehr freundlich: „Du bist in dieser Stadt die erste, die ich einlade. Du musst unbedingt kommen!" Firdaus hockte neben dem Türrahmen. Ihr Gesicht zeigte einen Ausdruck von Abneigung, sodass Rahima sich fragte, ob sie vielleicht Sikandar nicht mochte.

Amina nahm die Einladung zur Hochzeit in Empfang, ergriff Rahimas Hände und sagte: „Ich würde ja sehr gerne annehmen und zur Hochzeit kommen. Aber ich weiß nicht, wie ich das einrichten könnte." Sie hielt einen Augenblick inne. Der Blick ihrer braunen Augen ruhte für einen Augenblick auf Firdaus und dann kehrte er zu Rahima zurück.

Rahima verstand, was sie sagen wollte, und um sie am Weitersprechen zu hindern, drückte sie Aminas trockene und welke Hände zwischen den ihren. „Das ist gar kein Problem. Du darfst nicht zögern und brauchst dir um nichts Sorgen zu machen, du musst kommen, ich bestehe darauf! Was in eurer Familie geschehen ist, ist auf dieser Welt nicht so besonders ungewöhnlich. Wie lange willst du dich wegen dieser einen Sache noch in dein Haus einsperren, ohne an der Gemeinschaft, ihren Feiern und Sorgen teilzunehmen? Wenn die Leute tratschen wollen, dann lass sie nur. Allah sorgt für uns. Du musst dir keine Sorgen machen und damit deine Gesundheit ruinieren!" Rahima sprach sehr behutsam, um Amina zu trösten.

Firdaus senkte den Kopf noch tiefer als zuvor. Sie sah sich einen Augenblick lang genau an: ihre ausgeblichene Bluse und den Sari, den sie trug. Sie schämte sich. Immer, wenn Rahima sie ansah, senkte Firdaus den Blick auf ihre Hände. Sie drehte den Rand ihres Saris um einen Finger. Sie konnte Zohra ansehen, dass sie sich durch den Zustand ihrer Schwester gedemütigt fühlte. Wie nah Zohra auch Rahima stand, sie hätte es gar nicht gerne, wenn ihre Schwägerin verstände, wie nah Aminas Familie am Rande der Armut war.

Zohra schaltete sich jetzt ein, noch bevor Amina Rahima antworten konnte. Sie musste Rahima gegenüber herausstellen, dass die Familie nicht in einer so ernsten Notlage war. Sie sagte ärgerlich: „Amma, warum hältst du sie wie eine Bettlerin? Als käme sie aus einer armen Familie und hätte nichts, was ihr gehört?"

Rahima schwieg. Sie entnahm Zohras verlegenem Blick, warum sie so ärgerlich war. Aber es kam ihr doch dumm von Zohra vor, ihre Mutter auf diese Weise zu tadeln und zu versuchen, auf der Familienehre zu bestehen. Rahima verstörte das.

Aminas faltiges Gesicht wurde noch runzliger, als sie Zohras Frage hörte. Sie wandte sich zu Firdaus und scheuchte sie aus dem Raum, indem sie ihr in scharfem Ton befahl: „Geh in die Küche. Da gibt es viel Arbeit für dich!" Firdaus sagte nichts, stand auf und ging. Es war für sie nichts Neues, dass ihre Mutter sie demütigte, aber dass sie es vor Rahima tat, das kränkte sie tief.

Nachdem Firdaus gegangen war, ergriff Amina wieder Rahimas Hände und rechtfertigte ihre Einstellung. „Rahima sag nur selbst. Hast du gesehen, wie schön sie ist? Sie ist wie der vierzehntägige Mond. Ist etwa trotz allem, was sie gelitten hat, das Licht auf ihrem Gesicht erloschen? Kann sie verstehen, was für ein Kampf es für mich ist, sie die ganze Zeit zu bewachen? Sie schilt mich, weil ich sie wie eine Bettlerin halte, aber wie würde sie aussehen, wenn ich ihr erlauben würde, sich gut anzuziehen? Habt ihr wohl eine Ahnung, wie viele Burschen um das Haus herumschleichen? Hat sie denn eine Ahnung, wie schwer es für mich ist, die ganze Zeit alleine nach ihr zu sehen, ohne einen Mann im Haus?" Sie sprach heftig und ihre Augen füllten sich mit Tränen, als sie sagte: „Steht nur auf, macht den Schrank auf und seht. Jeder einzelne Sari wurde für sie gekauft. Der ganze Schrank ist voll!"

Sie sprach weiter: „Wenn mein Kind unter diesen Bedingungen lebt, wie kann ich mich gut anziehen und in guten Kleidern herumgehen? Ich weiß nicht, welche Sünde wir begangen haben. Allah hat es für richtig befunden, uns beide in diese Umstände zu bringen. Wenn ihm das Vergnügen bereitet, dann soll es eben so sein!" Amina hob das Ende ihres Saris und wischte sich die Augen damit. Ihre helle Haut war rot geworden. Zohra sagte nichts, sondern zupfte an dem Stroh, aus dem die Matte, auf der sie saß, gewebt war und brach Stückchen davon ab. Eine Atmosphäre von Hilflosigkeit und Bedrücktheit umgab die drei.

Rahima fühlte sich zu erschöpft, um einen Versuch zu unternehmen, das Schweigen zu beenden. Sie hatte Mühe, es auszuhalten. Es schien ihr, als kämpfe diese Familie um Atem und als sei sie in einer Situation gefangen, aus der es keine Rettung gab. Sie hatte große Angst, dass alle beide untergehen und für immer verloren sein könnten. Sie fühlte, wie dieser Schreck ihr das Herz zusammendrückte und sie um Atem ringen musste. Sie jedenfalls wollte dort weg und dem Elend entkommen.

Über all das hinaus bemerkte sie nach der so langen gemeinsam verbrachten Zeit eine Veränderung an Zohra. Es kam ihr so vor, als sei die enge Verbundenheit, die sie so lange miteinander erlebt hatten, plötzlich zerbrochen, als sei zwischen ihnen eine Kluft entstanden. Zohras Besorgnis darum, die Familienehre vor Rahima aufrechtzuerhalten, zeigte, dass sie in ihrem Herzen Rahima als nicht dazugehörig betrachtete. Rahima konnte sich nicht vorstellen, dass Zohra ein derartiger Gedanke so plötzlich aus heiterem Himmel in den Sinn gekommen sein könnte. Als sie sich fragte, wie lange Zohra diesen Gedanken schon genährt haben mochte, überkam sie große Traurigkeit. Keine der beiden Frauen unternahm auf der Rückfahrt einen Versuch, mit der anderen zu sprechen.

Kapitel 30

Es waren nur noch zwei Tage bis zur Hochzeit, da verschwand Fatima plötzlich. Niemand hatte sie seit den frühen Abendstunden des Tages zuvor gesehen. Als Nuramma mitten in der Nacht aufwachte, um den Possen des Jinn zuzuhören, bemerkte sie, dass ihre Tochter nicht im Schlafzimmer war. Nur Iliaz war da, er schlief. Sie hatte Angst, dass ihre Tochter in den Hof gegangen sein könnte. Wie oft hatte sie das ungezogene Mädchen gewarnt, dass sie ja dem Jinn nicht über den Weg laufen solle, er könnte sie niederschlagen und töten. Sie eilte in den Hof, um sie zu suchen. Als sie sie dort nicht fand, geriet Nuramma in Panik. Sie murmelte immer wieder vor sich hin: „Was ist nur passiert? Was ist nur passiert?“ Sie richtete den Docht der Sturmlampe und machte sich daran, Fatima zu suchen. Einen Augenblick lang fragte sie sich, ob sie vielleicht zum Asaari-Brunnen gegangen sei, um dort Wasser zu trinken. Aber um diese Zeit Wasser trinken? Nein, sagte sie sich, und schüttelte den Kopf.

Sie sank auf die Schwelle des Hauses nieder und lehnte sich, den Kopf in beiden Händen, gegen den Türrahmen. Ihr drehte sich alles. Verworrene Gedanken kamen über sie und erfüllten sie mit Grauen. In ihrer Panik war sie zu keinem Entschluss fähig. Sie dachte, sie müsse bis Tagesanbruch warten und dann zu Rahima gehen. Plötzlich empfand sie tiefes Mitleid mit sich selbst. Sie erinnerte sich an alle Tragödien in ihrem Leben, eine nach der anderen fiel ihr ein. Warum schuf Gott einige Menschen, nur damit sie litten? Der Kummer überwältigte sie und sie brach in Klagen aus. Bei Tagesanbruch war ihr schließlich klar, dass Fatima nicht nach Hause zurückkommen werde. Sie verwünschte Allah rundweg und sehr laut, als hätte sie ein Recht dazu. Schließlich war das Recht auf ihrer Seite, dachte sie. Vor ihrem Haus begannen die Nachbarinnen sich zu versammeln, einige lachten sie aus, einige wollten sie trösten.

Rahima kam und nahm ganz bestürzt Iliaz mit zu sich nach Hause, ließ ihn bei Zohra und kehrte zu Nuramma zurück, um sie zu trösten. „Warum schreist du so und lädst die ganze Stadt dazu ein, sich um dich zu drängen? Sie ist ja kein kleines Kind. Sie muss hier irgendwo in der Nähe sein“, sagte sie, obwohl sie wusste, dass das wahrscheinlich nicht stimmte.

Sherifa und Saura tauchten kurz auf und gingen schnell wieder. Nur Sherifa wusste in ihrem Innern, es war so gut wie sicher, dass Fatima mit Murugan durchgebrannt war. Sie wollte aber nicht damit herauskommen und es allen sagen. Innerhalb kurzer Zeit würde es ohnehin ans Licht kommen. Es genügt, wenn sie es dann erfahren, sagte sie sich. Wenn sie die Neuigkeit jetzt, um einen Augenblick der Sensation willen, ausplauderte, dann würden die Leute in der Stadt sich gegen sie wenden und sie anklagen. „Sie hat es die ganze Zeit gewusst, aber sie hat geschwiegen und zugelassen, dass die Gemeinde in Schande gebracht wird!“ würden sie sagen. Als sie daran dachte, war die Verachtung in ihrem Herzen für einen Augenblick an ihren Mundwinkeln zu erkennen.

„Es ist eine schreckliche Welt“, dachte sie. Fatimas Mann hatte sie verlassen und war verschwunden. Viele sagten, er lebe irgendwo in der Nähe, habe eine andere Frau geheiratet und einen Hausstand mit ihr gegründet. Niemand hatte ihn je nach Fatima gefragt und die Leute hatten nicht genug gesunden Menschenverstand, Fatimas Armut und ihre

Stellung zu verstehen. Jetzt war sie mit einem Mann durchgebrannt, den sie liebte. Diese eine Tat, die sie begangen hatte, sollte nun Schande und Unehre über die ganze Stadt bringen? Irgendwie war Sherifa stolz auf Fatima.

Saura saß auf der Veranda und hatte die Beine ausgestreckt. Sie dachte angestrengt nach, hatte die Augen halb geschlossen und bohrte sich mit einer Haarnadel in einem Ohr. Sie war äußerst aufgeregt. Sherifa wusste höchstwahrscheinlich von Fatimas Verbleib. Schließlich waren beide in derselben Lage. Außerdem waren sie gleichaltrig. Aber wenn sie Sherifa auch fragte, ihre Tochter würde doch nichts ausplaudern.

Sie ahnte etwas von der Affäre mit Murugan. „Sie muss mit diesem Burschen weggelaufen sein, die gemeine Schlampe“, dachte sie. Sie würde zunächst den Mund darüber halten, bis es mehr Beweise dafür geben würde. Aber sie hätte doch zu gerne mit jemandem darüber geredet! Sie merkte, wie sich der Ärger über Fatima in ihr ansammelte. „Na gut, sie ist abgehauen, die Hure, aber hätte sie sich nicht wenigstens mit einem Moslem davonmachen können?“ Sie hatte das unwillkürlich laut gesagt, öffnete erschrocken die Augen und sah um sich. Keiner war in der Nähe! Sie seufzte erleichtert. Sie hatte noch etwas anderes auf dem Herzen. „Ein von Fatima gemachtes Kuzhambu war köstlich! Wie man das genießen konnte! Und man brauchte nur zu sagen, es sei gut! Sobald sie eins gekocht und aus dem Ofen genommen hatte, füllte sie eine Schüssel damit und brachte sie vorbei. Sie war so stolz darauf!“ Mehr als alles andere wäre das für Saura der größte Verlust und die größte Enttäuschung.

Vom Fenster ihres Schlafzimmers aus beobachtete Sherifa ihre Mutter, die auf der Veranda saß. Sie konnte mehr oder weniger alles erraten, was Saura durch den Kopf ging. Arme Frau, wen würde sie von nun an beschwatzen können, ein besonderes Kuzhambu für sie zuzubereiten? Fatima war immer sehr geschmeichelt und erfreut, dass eine reiche Frau wie Saura Essen von einer armen Person wie ihr annahm. Saura begann meist so: „Ach, Fatima, du hast einmal ein Kuzhambu zubereitet und dafür Köpfe eingesalzener Fische verwendet. Kochst du das nicht mehr?“ Sherifa ärgerte sich immer über die Gerissenheit ihrer Mutter. Aber Fatima hatte dann stets bereitwillig geantwortet: „Aber natürlich mach ich das! Nur kann ich zurzeit gar keine gesalzenen Fischköpfe bekommen.“

„Ich habe schon an so vielen verschiedenen Orten und Häusern Salz-Fisch-Kuzhambu gegessen, aber niemand macht das wie du, du bist wirklich begabt!“ hatte Saura dann gesagt. Fatima war jedes Mal so aufgeregt, als hätte Saura ihr Eiswürfel an den Kopf gehalten. Schon am nächsten Tag erbettelte oder borgte sie sich etwas Geld, um das, was sie zum Kochen eines Salz-Fisch-Currys brauchte, kaufen zu können, und dann brachte sie gleich einen Topf voll davon vorbei.

Sherifa verbrachte viel Zeit damit, ihre Mutter darüber zur Rede zu stellen. Aber Saura sagte nur: „Wie du nur immer wieder damit anfangen kannst, wie eine Maschine, die davondampft! Halt einfach den Mund.“

Ja, arme Amma, das wird ihr sehr fehlen. Das ist sicherlich ein großer Verlust für sie, murmelte Sherifa vor sich hin und wälzte sich auf ihrem Bett.

Die Fenster ihres Zimmers waren seit dem Morgen geschlossen und der Raum war schwer von Hitze, sodass sie sich erschöpft fühlte. So oft sie auch aufzustehen versuchte, ihr Herz machte sie schlaff und zog sie aufs Bett zurück. Ihr Körper lag auf dem Bett wie ein Haufen alter Kleider. Obwohl schon viel Zeit vergangen war, seit sie alles verloren hatte, fühlte ihr Herz an diesem Tag heftigen Kummer wie bei einem neuen Verlust. Sie lag dort und mochte nicht einmal die Tränen wegwischen, die ihr die Wangen hinunterliefen. Sie konnte nicht verstehen, warum sie sich jetzt an all das erinnerte, was sie verloren hatte. Ihre heißen Tränen wurden kalt und ihre Wangen waren nass.

Fatima hatte sehr oft freimütig und offen mit ihr gesprochen. Sie hatte ihre Gedanken nie verborgen. Sherifa war darüber erstaunt, aber durch ihre Deutlichkeit auch verwirrt. Zwar hatten Fatimas Worte sie manchmal abgestoßen, aber gleichzeitig war ihr klar, dass das, was sie sagte, nur natürlich war.

Eines Tages hatte Fatima sie direkt gefragt: „Fühlst du dich nicht sexuell frustriert?“ Sherifa war durch die Frage betroffen und erschüttert, aber sie hatte geantwortet: „Nein, das ist für mich keine große Sache. Ich habe mich nie frustriert gefühlt.“ Sie hatte das Zittern ihrer Stimme nicht ganz kontrollieren können und deswegen die Augen sofort niedergeschlagen.

Fatima ließ es nicht dabei bewenden. „Wollen wir doch mal sehen, sieh mir in die Augen und sag es noch mal!”

Sherifa wusste, sie würde nicht die Kraft haben, den Konsequenzen ihres Eingeständnisses standzuhalten. „Ja, es ist wahr“, sagte sie. „Ich finde es schwer. Manchmal kann ich nachts nicht schlafen. Aber was soll ich machen?”

„Du hast es also zugegeben!” Fatimas Augen funkelten vor Freude über ihren Sieg. Sie erhob ihren kleinen Körper ein paar Zentimeter über den Boden und berührte dann die Erde wieder. Der Duft von Jasmin, der ihnen von seinem Spalier aus zuströmte, passte in dieser Stunde genau zu ihrer Stimmung. Fatima beobachtete mit Vergnügen die Bienen, die auf den Blüten saßen und den Nektar aus ihnen saugten.

Sherifa staunte über ihre Freundin. Fatima hatte sehr viel weniger gesellschaftliche Vorteile als sie und sie sprach, ohne zu zögern. Gleichzeitig fürchtete sich Sherifa auch, zum Beispiel, wenn Fatima sagte: „Sieh dir diese Männer an! Sie gehen, wohin sie wollen, und nehmen sich ihr Vergnügen. Warum sollten Frauen das nicht auch tun?“

Wie hatte sie so etwas sagen können!? Sherifa hatte Fatima ängstlich angesehen: „Ich weiß nicht. Ich denke nicht, dass es richtig ist, dass du sowas sagst. Sollten wir wirklich so leben? Wenn wir uns nicht einmal darin kontrollieren können, wie sollen wir es dann schaffen? Wir haben unsere Kinder. Wir haben die große Freude, dass wir sie aufziehen dürfen. Wenn wir das vergessen und …“ Sie hatte gezögert und dann weitergesprochen: „Ich will dich etwas fragen. Wirst du mir die Wahrheit sagen?“

Fatima sah sie genau an. „Ich weiß, was du mich fragen willst! Es geht um Murugan, oder?“ Sie lachte und blinzelte ihr zu. Ihr Lachen war ein Jubeln.

„Du gibst also zu, dass es wahr ist?“

„Und wenn schon.“ Fatima klang gleichgültig.

„Wie schamlos! Was sagst du da? Wir und unsere Gemeinde als Ganze haben so etwas wie Ehre! Du hast ein Kind! Denkst du gar nicht an das alles?“

Fatima starrte Sherifa einen Augenblick lang an. „So? Lass es! Lass es alles sein. Warum sollte ich für ihre Ehre sorgen? Was haben die Ältesten dieser elenden Stadt jemals für mich getan? Niemals auch nur das Geringste! Warum sollte ich mich um all das kümmern? Das ist überflüssig! Wenn mir etwas Vergnügen macht, dann hole ich es mir. Außerdem bin ich keine reiche Frau wie du, sodass ich auf alles verzichten und zur Ehre meiner Familie in einer Ecke sitzen könnte!“

Danach hatte Sherifa nichts mehr gesagt.

***

„Moslem-Hure! Sie hat meinen armen Sohn verführt und ist mit ihm durchgebrannt. Du sollst zugrunde gehen! Du sollst ins Höllenloch stürzen!“ Murugans Mutter stand im vollen Tageslicht auf der Straße vor Nurammas Haus und schrie vor Wut. Sie kratzte den Dreck von der Straße und warf mit ihm um sich. Sherifa beobachtete sie vom Fenster aus. Zur Antwort schrie Nuramma mit ihrer schwachen Stimme von innen: „Elende Schlampe, war der Schwanz eines Palla-Jungen aus einer niedrigen Kaste wohl das Einzige, was sie kriegen konnte? Konnte sie nicht mal einen Muslim kriegen?“

Die Nachbarinnen hatten sich alle versammelt, um sich den Spaß anzusehen. Sie fanden das alles sehr unterhaltsam.

Etwas irritierte Sherifa weiterhin. Warum hatte Fatima Iliaz im Stich und ihn als Waise zurückgelassen? Wie konnte eine Mutter das tun? Wenn sie daran dachte, dass Fatima weggelaufen war und Iliaz zurückgelassen hatte, während sie, Sherifa, sich wegen ihres Kindes sogar weigerte, wieder zu heiraten, konnte sie Fatima überhaupt nicht verstehen. Fatimas Handlungsweise stieß sie sehr ab, aber gleichzeitig war sie sich ihrer eigenen Hilflosigkeit und Niedergeschlagenheit bewusst. Irgendwo in einem Winkel ihres Gemüts keimte ein leichter Neid auf Fatimas Unabhängigkeit und schlug dann schnell Wurzeln.

Sie machte sich voller Traurigkeit bereit, dem, was an diesem Tag noch geschehen würde, entgegenzutreten.

Kapitel 31

Nach den Asar-Gebeten versammelte sich die Gemeinde aufgeregt in der Moschee, um die Situation zu erörtern. Alle wichtigen Ältesten waren da: die Laienführer, die Vorsteher und die offiziellen Verwalter ebenso wie der Imam. Diese Männer saßen mit gesenktem Kopf vorn im Raum. Scham zeigte sich in ihren Gesichtern. Eine Welle von Ärger nach der anderen fegte durch die Menge, die die Moschee füllte. Einige der jüngeren Männer konnten ihre Wut kaum im Zaum halten. Wenn sie Fatima und Murugan, die ihnen diese unendliche Demütigung angetan hatten, zu fassen bekommen hätten, dann hätten sie sie Glied für Glied auseinandergerissen. Eine Aufwallung von Emotionen vereinigte sie: das wilde Bedürfnis, die Ehre ihrer Religion und ihrer Gemeinde zu rächen.

Nuramma war zusammengeschrumpft und kauerte neben dem Madrasa-Pfeiler. Sie hatte das Gefühl, als ob tausend Augen nach ihr spähten und durch den weißen Dupatta stachen, der sie einhüllte. Noch füllten Tränen die trüben Augen in ihrem runzligen und dunklen Gesicht. Vom Badam-Baum wehte eine kühle Brise. Im Hauz, dem kleinen Kanal, glitten die Fische durch die Pflanzen, sprangen und spielten.

Suleiman erhob als erster seine Stimme in der Versammlung. Er schrie: „Warum sagt niemand etwas? Wie sollen wir uns von der Demütigung erholen, die wir heute erlitten haben? Wegen dieser bösartigen Hure kann niemand von uns noch erhobenen Hauptes umhergehen! Was werden wir dagegen tun?"

Der Vorsteher streckte ihm die Hand entgegen und versuchte, ihn zu beruhigen. „Warum schreist du so laut in der Moschee? Sei ein bisschen geduldig!" Der Vorsteher wandte sich zum offiziellen Verwalter.

„Wie sollten wir nicht schreien? Unsere Ehre ist hin! Was können wir sonst tun, sagen Sie mal! Mein Blut kocht. Wenn das in Saudi-Arabien passiert wäre, wäre die Frau auf die Straße gezerrt und zu Tode gesteinigt worden. Das wissen Sie doch, oder?" Suleiman atmete schwer. Einer der Männer in seiner Nähe beruhigte ihn und bat ihn, sich zu setzen.

Der Verwalter streckte ihm seine Hand entgegen und sagte: „Sei jetzt erst mal eine Weile still, Bruder. Wir sind alle hier, um eben darüber zu sprechen. Was geschehen ist, ist nun mal geschehen. Wer weiß, wohin diese Eselin entlaufen ist! Lasst uns jetzt darüber reden, was hier getan werden muss."

Der Vorsteher nickte zustimmend, räusperte sich etwas und begann: „Wir sind uns alle einig, dass in unserer Stadt etwas Verbotenes geschehen ist. Ehre und Achtung, die wir so sorgsam und lange beschützt haben, sind mit einem Schlag dahin. Sie ist mit einem Ungläubigen davongelaufen. Sie darf diese Stadt nicht mehr betreten. Dieses Verbot aussprechen ist das Einzige, was wir im Augenblick tun können. Gleichzeitig ist die Gemeinde der Meinung, dass es notwendig ist, Nuramma aus der Gemeinschaft auszuschließen. Von nun an werden wir keine Beiträge für die Moschee mehr von ihr annehmen. Kein Geistlicher darf zu irgendeiner Gelegenheit in ihr Haus gehen und die Fatihah-Sure sprechen. Sie darf an keiner unserer Veranstaltungen teilnehmen und sie kann weder für das Nombu Kanji noch für irgendein Gemeindefest gewählt werden. Versteht ihr, was ich sage?" Als er zu Ende gesprochen hatte, glitten seine Blicke über die Versammlung

Die Versammelten verstanden sehr genau, dass die Ältesten vor der Versammlung gemeinsam beschlossen hatten, was sie sagen würden. Der Vorsteher hatte seine Worte so klar gesetzt, um eine endlose und hässliche Diskussion in der Moschee zu verhindern. Die Menschen verstanden das und schwiegen. Als Nuramma die Worte des Vorstehers gehört hatte, war es, als würde sie das Leben verlassen. Sie war schon vorher von Scham und Wut gebrochen und nun war sie über diese zusätzliche Bestrafung fassungslos.

Aus der Versammlung war außer einem leisen Knistern kein Laut zu hören. Nuramma sah verzweifelt um sich, aber ihre Hoffnung, dass jemand für sie eintreten würde, wurde enttäuscht. „Was meine Tochter getan hat, war falsch. Aber bitte rächt das nicht an mir. Ich habe … nie … eine Sünde begangen. In meinem ganzen Leben nicht … was kann ich tun? … wohin kann ich gehen … Oh, Allah!“ Die Worte kamen stoßweise heraus, während Seufzer ihre alte und müde Stimme unterbrachen.

Noch einmal sprang Suleiman auf und schrie: „Du hast es nicht geschafft, das Mädchen mit der nötigen Disziplin zu erziehen. Darum wirst du jetzt bestraft.“ Eine Welle zustimmender Töne erhob sich aus der Menge und ebbte wieder ab.

Nuramma wollte nicht aufgeben. Wie ein Kind wiederholte sie weinend: „Nur weil sie Unrecht getan hat! Lasst es nicht an mir aus!“

„Also Nuramma, du weißt, wie es mit der Ehre der Gemeinde steht. Wenn wir sie nicht selbst bewahren, wird es kein anderer für uns tun! Denk selbst darüber nach. Wenn wir dir das heute durchgehen lassen, wird sich morgen niemand mehr scheuen, etwas Schlechtes zu tun! Wenn wir heute nicht diese Entscheidung treffen, werden morgen alle wagen, alles zu tun. Verstehst du?“ Der Vorsteher kämmte und strich seinen langen Bart mit zwei Fingern. Er war zufrieden mit sich, weil er Nuramma alles so vernünftig hatte erklären können.

Nuramma wurde schließlich klar, dass es keinen Zweck hatte, diese Leute zu bitten und anzuflehen. Plötzlich überkam sie ein Gefühl von Freiheit. Es war jetzt sicher, dass sie aus der Gemeinschaft ausgestoßen worden war. Sie wusste, dass sie nichts dagegen tun konnte, aber sie geriet plötzlich in Ekstase und wollte schließlich doch noch etwas sagen. Plötzlich ließ sie alle Kontrollen, die sie sich bisher auferlegt hatte, fahren. Als zerbräche sie die Ketten, durch die sie bisher gefesselt gewesen war, sagte sie und streckte dabei ihre Arme aus: „Ihr Herren, all ihr Ältesten und großen Männer, ihr stoßt mich also aus der Gemeinde aus! Gut, dann ist es eben so. Ihr sagt, es war eine Sünde, dass meine Tochter mit einem Ungläubigen durchgebrannt ist. Gibt es hier irgendeinen Mann, der nicht mit unseren Hindu-Arbeiterinnen geschlafen hat? Sagt mal, ich will es hören! Nur einer von euch soll aufstehen, dann stimme ich zu, dass meine Tochter Unrecht getan hat!“ Sie zeigte mit dem Finger auf jeden einzelnen von denen, die dort versammelt waren, und ließ keinen aus.

Einen Augenblick lang waren alle verblüfft und sprachlos. Nuramma schrie noch einmal: „Nur weil ich hilflos bin, tut ihr mir das an. Allah wird es euch heimzahlen, dass ihr mir Leid antut! Ihr werdet mit dieser Untat nicht ungestraft davonkommen! Ye Rahman! Rabbé! Meine Eingeweide brennen!” Sie bückte sich, hob mit beiden Händen den Staub vom Boden auf und warf ihn hoch, in Richtung Himmel.

Suleiman und einige andere junge Männer sprangen aus der Menge heraus und rannten auf sie zu. Sie schrien: „Schlagt sie nieder und tötet sie, die alte Schlampe!“ Der Vorsteher und der offizielle Verwalter standen schockiert und verwirrt auf.

Kader überholte sie alle, stellte sich vor Nuramma und schützte sie. Er stieß die jungen Männer beiseite und schrie: „Geht alle zurück! Denkt daran, wo ihr seid! Dies ist eine Moschee! Schämt ihr euch nicht, so ein Gewühl an diesem Ort anzufangen? Natürlich war es nicht richtig, dass diese Frau so etwas sagt. Aber ich weiß auch, dass sie ihre fünf Sinne nicht immer beisammen hat. Lasst die Sache jetzt ruhen und lasst uns mit dem weitermachen, was wir zu tun haben!“ Er war darauf bedacht, die Sache sofort zu beenden.

Suleiman rief: „Wie können wir ihr erlauben, sich der Gemeinde zu widersetzen? Du gehörst zu den Ältesten der Gemeinde, wie kannst du so sprechen? Sind wir überhaupt Männer, wenn wir auf eine Frau hören? Oder sind wir Weiber?“ Er war nicht bereit, die Gelegenheit verstreichen zu lassen, seine Leidenschaft für Religion und Gemeinde zur Schau zu stellen. Seine Halsstarrigkeit ärgerte Kader. Er wandte sich an den Vorsteher:

„Bitte sprechen Sie zu diesen jungen Männern und halten Sie sie in Schach, sonst geschieht hier in der Moschee gleich eine sehr hässliche Szene. Das würde der ganzen Gemeinde einen üblen Ruf anhängen!”

Der Vorsteher stimmte zu. Er streckte beide Arme aus und brachte alle zum Schweigen. Inmitten der flüsternden Gemeinde sprach nur Suleiman laut:

„Irgendwie habt ihr euch alle zusammengetan und diese Stadt verlottern lassen. Macht, was ihr wollt, warum sollte ich meinen Atem verschwenden und mich heiser schreien?“ Er setzte sich in eine Ecke.

Kader sagte zu Nuramma, die sich zitternd an einem Pfeiler duckte: „Geh jetzt nach Hause!“ Sie antwortete nicht, sondern wankte aus der Moschee. Ihr war bewusst, dass sie nur knapp mit dem Leben davongekommen war. Der Anblick dieser zerbrechlichen Gestalt, die sich da entfernte, bereitete Kader heftiges Unbehagen.

Der Himmel bereitete sich auf die Nacht vor. Der Badam-Baum stand ruhig da, als wüsste er, es wäre falsch, auch nur mit den Blättern zu rascheln. In der weitläufigen Halle der Moschee, die keine Türen hatte, schlugen Mengen von Fledermäusen gegen die Wände und zerstoben. Das Plätschern des Wassers im Kanal ertönte plötzlich laut wie ein Getöse und das Geräusch verteilte sich über die Menge. Der Muezzin Bawa, der von allem, was geschehen war, ganz unberührt geblieben war, beendete seine Olu-Waschungen und stand am Gong bereit. Er sah auf seine Uhr und berechnete die genaue Zeit, wann er den Gebetsruf ertönen lassen musste.

Der Vorsteher war sowohl ärgerlich als auch gekränkt, dass Kader Nuramma eigenmächtig weggeschickt hatte. Wie hatte er das tun können, solange die Diskussion noch nicht beendet war? Der Vorsteher sah den offiziellen Verwalter an und las in dessen Gesicht denselben Gedanken. Jedoch sagte keiner von beiden etwas: Wenn man einem in der Stadt so wichtigen Mann wie Kader in die Quere kam, würde einen das nur in Schwierigkeiten bringen. Außerdem hatte Kaders Vater die Moschee für die Gemeinde gebaut. Deswegen wurde Kader in der Stadt besonders geachtet.

Kader sah um sich und sagte in strengem Ton: „Gut, wir wollen das, was geschehen ist, beiseitelassen und beschließen, was wir als Nächstes tun werden. Wir dürfen in dieser Stadt nie wieder solchen Ärger haben. Dagegen müssen wir uns absichern.“ Er setzte sich auf seinen Platz und hörte den anderen zu. Suleiman sagte so laut, dass ihn alle hören konnten: „Sie werden schreckliche Dinge tun!“ Sein Gesicht war hellrot vor Ärger und Demütigung. Kader beachtete ihn nicht.

Vorsteher Moosa räusperte sich: „Gut, wir wollen darüber nachdenken. Lasst mich eure Gedanken hören, wie wir vermeiden können, dass sich eine derartige Schamlosigkeit jemals wieder ereignet. Wir werden dann entsprechend handeln.“

Besh Imam erhob seine Stimme und sagte seine Meinung: „Wozu sollten wir viel darüber nachdenken? Es ist die Aufgabe der Männer, ihre Frauen unter Kontrolle zu halten. Erlaubt euren Frauen nicht mehr, alleine in unseren Straßen herumzugehen oder in andere Städte zu fahren. Weder bei Tag noch bei Nacht. Sagt den Frauen unserer Gemeinde, dass sie nie mehr ins Kino gehen dürfen. Verbietet es ihnen. Macht das zu einer absoluten Regel." Besh Imam sagte selten etwas laut. Was er sagte, wurde gewöhnlich für weise gehalten. Die meisten, die dort versammelt waren, stimmten ihm zu. Der Vorsteher sah das an ihrem Gesichtsausdruck.

„Was Besh Imam sagt, ist sehr wahr. Von jetzt an sollten unsere Frauen niemals unnötig aus dem Haus gehen. Vor allem dürfen sie nicht ins Kino gehen." Er hielt einen Augenblick inne. Er war zufrieden, dass aus der Menge kein Widerspruch kam, stand auf und sagte: „Sehr gut, die Versammlung ist geschlossen." Er war zufrieden mit sich, weil er die Angelegenheit schnell zu einem Abschluss gebracht hatte.

Suleiman folgte Kader, der schnell die Moschee verließ. „Warum hast du das getan, Onkel? Du hast sie trotz allem, was sie gesagt hat, gehen lassen!" Er konnte seinen Groll nicht loslassen. „Du wirst sehen, von jetzt an werden diese Hindu-Burschen uns nicht mehr respektieren. Sie werden uns mit Verachtung ansehen." Suleiman sah sehr aufgebracht aus.

Kader sah in sein rotes Gesicht und auf seine stark zuckende Nase und er tat ihm leid. „Was können wir tun, Suleiman? Auf dieser Welt geschehen nun einmal ab und zu schlimme Dinge. Aber es ist nicht richtig, wenn wir uns zu unkontrollierten Handlungen hinreißen lassen." Er berührte Suleimans Schulter und drückte sie, als ob er ihn trösten wollte. „Hab Geduld", sagte er beim Weggehen und war voller eigener Sorgen und voller Verwirrung.

Kader wunderte sich über Suleimans extremen Ärger, andererseits war er auch der Meinung, dass dieser vielleicht zu rechtfertigen sei. So sehr man sich auch bemühte, es zu akzeptieren, konnte man doch nicht leugnen, dass das, was Fatima getan hatte, skandalös war. Man konnte nicht umhin, immer wieder zu fragen, was sie wohl dazu getrieben hatte. Rahima war am traurigsten darüber. Sie machte sich Sorgen um Iliaz und Nuramma, die Fatima verlassen hatte und die nun alleine ums Überleben kämpfen mussten.

Kader empfand tiefen Respekt vor seiner Frau und ihrem besonderen Charakter. Wer außer ihr fühlte eine solche Verantwortung für Fatimas Familie und sorgte sich um sie? Es machte ihm zu schaffen, dass er ihr sensibles Wesen durch Wahidas Heirat so sehr verletzt hatte. Seit einigen Tagen bedrängten ihn Schuldgefühle, weil er Rahimas Meinung so vollständig ignoriert hatte, und er bemühte sich, darüber hinwegzukommen. Auch wenn er sich über sie beklagte, welche Rechtfertigung gab es dafür, dass er sie in einer so wichtigen Angelegenheit so vollständig ignoriert hatte? Er ging mit schwerem Herzen nach Hause.

Er dachte daran, was in der letzten Nacht vorgefallen war. Rahima war in ihr Schlafzimmer gehinkt gekommen. Als er fragte: „Was ist denn passiert?" antwortete sie: „Es ist nichts, Fatima ist nicht da, deshalb musste ich alles alleine machen. Meine Beine tun weh."

Sie war langsam zum Bett gekommen und hatte sich darauf gesetzt. Dann hatte sie eine Schublade aus der Kommode gezogen, einen Topf mit Salbe herausgenommen, ihren Sari bis zum Knie gehoben und die Salbe auf ihr Bein gerieben. Kader hatte ihr eine

Weile zugesehen, ihr dann den Topf aus der Hand genommen und zärtlich gesagt: „Leg dich hin, lass mich dich einreiben!“

„Oh, bemüh dich bitte nicht! Ich mach es schon selbst. Du brauchst dir die Hände nicht schmierig zu machen.“ Ihre Weigerung war fest. Ihr Gesicht war sehr ruhig und das machte ihn auf seltsame Weise traurig. Er konnte ihr Gesicht sogar im schwachen Licht der Nachtlampe sehr gut sehen, aber er war durcheinander, weil er nicht wusste, was sie dachte. Er legte sich auf seine Seite des Bettes und versuchte herauszubekommen, warum sie so angespannt war. Wie war es nur möglich, fragte er sich, dass sie, obwohl sie eine so schwere Verletzung in ihrem Innern empfand, nie ein hartes Wort zu ihm sagte? Das Zimmer füllte sich mit dem Geruch der Salbe. Sie schmierte sie auf das Bein vom Knie bis zur Ferse und rieb sie fest ein. Sie hob sacht ihre Füße, stellte den Topf in die Schublade zurück und schloss sie. Sie hinkte zur Tür und ging hinaus. Als sie zurückkam, trug sie einen Krug mit Wasser auf ihrer flach gehaltenen Hand. Sie kam zu ihm und sagte: „Nimm bitte den Krug und stell ihn auf den Tisch.“

Er verstand zwar nicht, warum sie ihn darum bat, aber er reichte hinüber, nahm den Krug, stellte ihn auf den Tisch, bedeckte ihn mit einem Deckel, der dort lag, und legte sich wieder hin.

„Ich habe mir zwar die Hände gewaschen, aber der Geruch bleibt. Ich habe dich gebeten, weil ich die Tülle des Kruges nicht mit meinen Fingern berühren wollte.“ Er wartete, bis er sicher war, dass sie schlief, stand auf, ging auf ihre Seite, hob ihr rechtes Bein in seinen Schoß und begann es sanft zu drücken, um ihren Schmerz zu lindern. Ihm war bewusst, dass er ihr sehr großen Kummer bereitet hatte, und das ging ihm sehr zu Herzen.

Wenn er die Angelegenheit nicht so überstürzt, sondern ihr sacht und schrittweise erklärt hätte, welche Verpflichtungen er hatte, dann wäre diese Situation nie zwischen ihnen entstanden. In großer Verwirrung drückte er weiter sanft ihr Bein, bis er bemerkte, dass seine Hände festgehalten wurden. Rahima setzte sich auf, hielt weiter seine Hände fest und sagte: „Lass gut sein, es tut nicht mehr weh.“

Sanft sagte er: „Schlaf weiter!” Sie lehnte ihren Kopf an seine Schulter, begann zu weinen und hielt ihn fest. Er tröstete sie schweigend und konnte die Hilflosigkeit, die ihm ihre Tränen offenbarten, kaum ertragen.

***

„Na, Kader, was führt dich hierher?” Die Stimme brachte ihn in diese Welt zurück. Als er aufsah, bemerkte er, dass er an seinem Laden vorbeigegangen war und die Vororte erreicht hatte, wo Yunnus seinen Stand hatte. Yunnus hatte das zu ihm gesagt. Er war damit beschäftigt, ein Paket zu packen. „Gar nichts, Freund, ich will mir nur die Beine ein bisschen vertreten“, sagte er und wandte sich zurück in Richtung seines Ladens. Da wurde ihm klar, dass es schon bald Zeit für die Maghrib-Gebete war und also bog er in eine Seitenstraße ein, die zur Moschee führte. Das Abendlicht schwand und es begann dunkel zu werden.

Kapitel 32

Firdaus schloss aus dem Ausdruck in Aminas Gesicht, dass ihre Mutter von einer schrecklichen Angst überwältigt wurde. Die Nachricht vom Durchbrennen von Zohras Haushaltshilfe Fatima und allem, was sich daraufhin in der Moschee abgespielt hatte, war bis zu ihr gedrungen. Auch Firdaus war ziemlich durcheinander. Sie konnte sich vorstellen, wie ihre Mutter auf all diese Ereignisse reagierte. Es war sicher, dass Amina Firdaus hiernach niemals mehr allein lassen würde, nicht einmal aus Versehen. Angst überkam sie deswegen.

Wenn sie an Siva dachte, durchströmte sie ein Glücksgefühl. Wer hatte ihn ihr gerade in dem Augenblick geschickt, als sie überzeugt war, dass es für sie keine Zukunft geben werde, dass sie von nun an den Rest ihres Lebens als bloßer Leichnam verbringen müsste? Wer konnte es gewesen sein, wenn nicht Allah? Wie konnte ohne sein Zutun irgendetwas in diesem Universum geschehen? Wenn das, was sie tat, eine Sünde wäre, warum sollte ihr Allah selbst Siva geschickt haben? Mit dem Gedanken hatte sie sich getröstet. Aber jetzt begann eine schreckliche Angst in ihr Wurzeln zu schlagen. Sie konnte diese Angst nicht begreifen. Hilflos dachte sie, dass die Beziehung zwischen ihr und Siva nur eine Seifenblase sei. Der Schatten der Angst, dass die Seifenblase in jedem Augenblick platzen könnte, war ihr ständig gegenwärtig gewesen. Aber seit gestern war die Angst stärker, so stark, dass sie sie kaum ertragen konnte. Was wäre, wenn sie sich von ihm trennen müsste …? Sie war unfähig, irgendetwas zu entscheiden. Eins allerdings wusste sie ganz sicher: Sie würde niemals Selbstmord begehen. Sie war entschlossen, auf dieser Welt zu leben. Sie war entschlossen, das Glück zu genießen, das ihr bestimmt war. Sie würde diese Welt für niemanden und nichts aufgeben. Aber sie wollte auch Siva. Sie konnte sich ein Leben ohne ihn nicht vorstellen. Er fühlte dasselbe. Er hatte es ihr verschiedene Male gesagt. Aber sie wussten beide nicht, wie das geschehen könnte.

Einmal, als sie an seiner Schulter lehnte, hatte sie ihn gefragt: „Siva, du wirst mich doch niemals verlassen und weggehen, oder?" Da fragte er, indem er ihr Gesicht in seine Hände nahm: „Hast du Angst?“ Sie konnte die Furcht und den fragenden Blick auch in seinen Augen sehen. „Ja“, gab sie zu und Tränen flossen ihr aus den Augen und liefen über seine Hände. Er drückte sie an sich, ihr Gesicht presste hart gegen seine Brust und er sagte: „Wir brauchen überhaupt nichts zu fürchten!“ Diese Worte betrogen wohl beide. „Wie wäre das möglich?“ hatte sie ihn gefragt. Aber darauf konnte er nicht antworten.

Ein anderes Mal sagte er: „Warum konnte ich nicht als Moslem geboren werden?“ Als sie ihn nach dem Grund fragte, sagte er: „Nichts könnte mich dann daran hindern, dich zu meiner zweiten Frau zu machen.“ Sie konnte nur ungläubig lächeln, was so viel bedeutete wie: „Was soll ich wohl dazu sagen?“

Warum war die Welt so? Wenn zwei Menschen einander liebten, was ging das irgendjemand anderen an? Wenn Siva Moslem gewesen wäre, hätte er eine zweite Ehe eingehen können, da er aber Hindu war, konnte er das nicht. Firdaus war zu verwirrt, um irgendetwas zu verstehen. Siva liebte Jaya und er liebte auch Firdaus. Warum sollte ein Mann nicht zwei Frauen lieben können? Wenn er seine Liebe freigiebig zwei Frauen geben konnte, warum sollte das irgendjemand anderen bekümmern? Sie sah darin keine

Schwierigkeit. Aber sie wusste auch, dass Jaya die Situation nicht so leicht akzeptieren würde. Firdaus war nicht aus wahrer Großzügigkeit bereit, die Idee anzunehmen. Es schien ihr nur, dass es möglich sei, die Tatsache, dass er zwei Frauen liebte, zu akzeptieren und damit zurechtzukommen. Aber wie sollte das alles enden? Die Gedanken wirbelten in ihrem Kopf herum und unterhöhlten ihr Kopf und Herz. Sie wünschte sich aus ganzem Herzen, dass die Zeit in diesem Augenblick stockstill stehen würde. Es war ihr verhasst, den Tag herumzubringen, weil er mit Erinnerungen und Träumen angefüllt war. Sie war sich nur einer Sache sicher: Keine noch so große Angst oder Verwirrung konnte sie dazu bringen, ihre Gedanken von ihm abzuwenden.

***

Die Vorbereitungen für das Mittagsfestmahl waren in vollem Gange. Es wurde am Tag vor der Hochzeit gegeben, wenn die Gebete für die Vorfahren gesprochen waren. Alle Hausarbeiten, die Fatima mit großer Umsicht gemacht hätte, fielen nun Rahima und Zohra zu. Wenn Zohra mit ihrer Arbeit beschäftigt war, murmelte sie vor sich hin: „Das Luder hätte doch wenigstens die Hochzeit abwarten können, bevor sie ihren Abgang machte!“ Aber Rahima ging zu ihr und beschwichtigte sie: „Sch! Das Haus ist voller Hinduarbeiterinnen, sprich nicht verachtungsvoll von ihrer Kaste!“ Zohra biss sich gleich auf die Zunge und sah um sich.

Von elf Uhr morgens an kamen die Frauen aus ihrer Stadt zu ihnen zu Besuch.

Rabia und Madina hatten den Auftrag bekommen, alle zu begrüßen und ihnen Limonade und Betelblätter zu servieren. Wahida war sehr schön angezogen und geschmückt und man hatte sie auf einen Stuhl gesetzt. Sie sah in ihrem Seidensari und mit dem Schmuck, der sie bedeckte, wie eine Prinzessin aus. Rabia war entzückt von ihrem Anblick und verglich sie mit einer der Prinzessinnen aus den Büchern mit Erzählungen, die sie gelesen hatte, die von Vikramadityan und anderen Königen und Königinnen handelten. Der Stolz auf Wahidas Schönheit überwältigte sie.

Rabia hatte am Tag zuvor ihre Kleider eingepackt und war nun bereit, Wahida am Tag nach der Hochzeit zum Haus des Bräutigams zu begleiten. Endlich würde sie ihre Firdaus Chitthi sehen! Sie konnte beim Gedanken daran ihr Glück kaum fassen. Madina wäre zu gerne auch mitgegangen, aber sie wusste nur zu gut, dass Suleiman ihr das niemals erlauben würde. Rabia hatte geklagt: „Warum musste dein Bruder ausgerechnet jetzt nach Hause kommen?“ Der bloße Gedanke an Suleiman ärgerte sie. Seit seiner Ankunft durfte Madina nicht mehr aus dem Haus. Er schalt sie ständig: „Du bist groß wie ein Büffel geworden, du kannst dich nun nicht mehr in der Stadt herumtreiben!“

Der Duft von Butter-Reis wehte von der Küche herüber und kitzelte ihren Gaumen. Sie bezwang ihre Esslust und dachte, sie werde später essen. Dann setzte sie sich in den Pandal. Scharen von Frauen kamen und gingen und alle trugen Seidensaris und Schmuck unter ihrem Dupatta. Das Haus war vom Lärm des Schwatzens und Lachens erfüllt, sodass Rabia feierlich gestimmt wurde.

Sie befestigte ihren Davani sicherer. Er schlüpfte immer wieder von ihrer Brust. Ihre Mutter würde sie schelten, wenn sie das sähe. Immer wenn sie an ihre Mutter dachte, rückte sie automatisch den Davani zurecht. Meine Mutter ist für mich das, was Suleiman für Madina ist, dachte sie, und plötzlich erinnerte sie sich an Ahmad. Wo war er nur? Sie hatte ihn lange nicht zu Gesicht bekommen. Jemand setzte sich neben sie und befreite sie von ihren Gedanken. Es war Madina. „Na, träumst du schon vom Dorf deiner Großmutter?“ Madina lächelte, legte Rabia die Arme um den Hals und lehnte sich zärtlich an sie. Rabia war ein bisschen verlegen, als Madina sich so eng an sie schmiegte, aber gleichzeitig war es ihr auch angenehm. Sie hatte ihrer Freundin gegenüber an diesem Tag noch zärtlichere Gefühle als sonst.

Sie kam wieder in die Wirklichkeit zurück, als sie Zohra rufen hörte: „Rabia, Rabia!” Sie lief ins Haus und rief: „Hier bin ich, Amma!“ Madina folgte ihr schnell. Zohra grummelte: „Wollt ihr beide uns vielleicht ein bisschen bei den Hochzeitsvorbereitungen helfen, oder erzählt ihr euch lieber Geschichten? Wir bringen uns fast um, noch dazu ohne Fatimas Hilfe, habt ihr überhaupt kein Verantwortungsgefühl? Lauft und holt die Limonade aus der Küche und serviert sie allen Gästen!“ Nachdem sie ihnen ihre Arbeit angewiesen hatte, rannte sie davon. Wahida fing die Blicke der Mädchen auf und lächelte. Sie lächelten zurück und rannten in die Küche.

Nafiza und Mumtaz waren früh am Morgen gekommen. Sie waren schon schön angezogen und wollten Rahima und Zohra in der Küche helfen. Mittags waren die Geistlichen und andere wichtige Männer gekommen, sangen die Suren und aßen das Festmahl. Danach setzten sich die zehn verheirateten Frauen, die Wahida eingeladen hatte, zum Essen. Rahima wartete ihnen selbst auf, bediente sie und verteilte Blumen und Betelblätter unter sie.

Es war drei Uhr am Nachmittag, als alles fertig war. Scharen von Frauen begannen das Haus zu füllen und kümmerten sich nicht um die immer noch unverminderte Hitze des Vaikasi-Monats. Mariyayi und die beiden anderen Kuli-Frauen scheuerten alle Kochtöpfe und stellten sie im Hof übereinander. Als sie Mariyayi sahen, bekamen alle anwesenden Frauen für einen Augenblick einen seltsam wissenden Gesichtsausdruck. Weder Mariyayi noch Zohra blieb das verborgen, aber sie kümmerten sich nicht darum. Die meisten Frauen waren enge Freunde und Verwandte, und schließlich war das, was sie andeuteten, ja auch wahr.

Auch an diesem Tag war das Hauptgesprächsthema weiterhin Fatimas Flucht. Mumtaz fing davon an. „Ja, Liebe, Fatimas Abwesenheit wirkt auf dich wohl so, als hättest du dir den Arm gebrochen. Ich kann mir gar nicht denken, wie du alles alleine bewältigen wirst.“

„Natürlich, aber was sollen wir denn machen? Natürlich empfinden wir ihr Fehlen sehr stark. Wie konnte diese elende Frau das nur tun? Wie konnte sie es über sich bringen, ihr Kind im Stich zu lassen und davonzulaufen?“ Zohra klagte. Sie kam nicht darüber hinweg.

Saura legte die Hand an die Wange und sagte: „Wie konnte das verrückte Geschöpf nur an einem solchen Mann Gefallen finden! Wie furchtbar! In eurer Familie gibt es zwei Männer, wie um alles in der Welt konnte sie sie verlassen?”

Rahima schaltete sich sofort ein und hinderte sie daran weiterzureden. „Sei still! Sag so was niemals, Saura! Die Männer in diesem Haus waren sich immer ihrer Verantwortung ihr gegenüber bewusst und haben entsprechend gehandelt.” Sie war traurig, dass Sauras Gedanken diese Richtung genommen hatten.

Aber Saura ließ sich nicht aufhalten. „Sei du jetzt nur ruhig! Warum ergreifst du für sie Partei? Wie unverschämt muss eine Frau sein, so etwas zu tun, obwohl sie als Muslima geboren wurde? Der bloße Gedanke an eine derartige Tat lässt einen ja erbeben! Wie konnte sie mit so einem Mann gehen?“ Sie tat, als ob sie in den Hof spuckte. „Aber wenn der Affe stirbt, ist deshalb alles Leben zu Ende? Lasst uns weiterarbeiten!"

Alle anwesenden Frauen stimmten dem, was sie gesagt hatte, zu und jede fügte ihr Bisschen hinzu. Sainu, die bisher geschwiegen hatte, mischte sich nun auch ein: „Und ist das alles? Außer dass sie diese Hure geboren hat, hat ihre Mutter Nuramma während der Versammlung unsere Männer entehrt. Mein Sohn Suleiman ist völlig fassungslos. Er hat zwei Tage lang weder geschlafen noch gegessen. Er ist so verzweifelt darüber, dass die Stadt so vollständig schlecht geworden ist!" Sie war rot angelaufen und ihr Gesicht brannte vor Ärger und Scham.

„Ich stimme dir vollkommen zu. Wer wird von nun an auch nur den geringsten Respekt vor unseren Männern in den Läden und auf den Straßen zeigen? Das ist natürlich ein Fest für die Hindu-Arbeiter! Wir Frauen bleiben ja wenigstens in unseren Häusern. Wie können unsere Männer einigermaßen stolz außer Haus gehen? Wie konnte sie nur die ganze Gemeinde so beschämen?" fragte Saura. Sie sprach weiter und fragte sich, ob vielleicht Nafiza von der Affäre etwas gewusst hatte. „Ach, Nafiza, hat dieser Bursche nicht im Laden deines Mannes gearbeitet? Hast du nicht geahnt, was zwischen den beiden war?"

Sofort geriet Nafiza in große Aufregung: „Worauf spielst du da an? Fatima hat in diesem Haus gearbeitet, kannst du darum behaupten, dass die Leute hier wussten, was sie vorhatte?" Sie war wirklich sehr ärgerlich und knirschte mit den Zähnen. Sie sagte sich, dass, wenn sie es dabei bewenden ließe, diese Leute noch sagen könnten, sie hätte Fatima zum Durchbrennen angestiftet.

Saura redete weiter und wandte sich an Rahima: „Übrigens, dein Mann scheint gesagt zu haben, dass sie die unverschämte Frau nicht bestrafen sollten. Muss man nicht vorsichtig sein, wenn man Menschen bittet, Gnade walten zu lassen? Müssen wir eine Frau entkommen lassen, die so schreckliche Dinge gesagt hat? Hätte man sie nicht totschlagen müssen?"

Rahima antwortete mit keinem Wort. Sie hütete sich davor, überhaupt etwas zu sagen. Sie war schockiert, dass diese Frauen, die bis gestern so viel Solidarität mit Nuramma und Fatima gezeigt hatten, sich jetzt in ihre erbitterten Feindinnen verwandelt hatten. Wie war das möglich? Warum zeigte die ganze Stadt diesen äußersten Hass auf sie, weil sie mit einem Mann davongerannt war? Woher kam eine derartige Grausamkeit und Feindschaft gegenüber einer alten Frau? Was stachelte diese Wut an, die alle jetzt an den Tag legten, obwohl die Sache in Wirklichkeit für niemanden unangenehme Folgen hatte? Rahima konnte über all das nur staunen.

Sainu ihrerseits sagte bitter: „Na gut, sie suchte einen Mann – hätte sie denn keinen Moslemjungen finden können? Die Unverschämte musste ausgerechnet mit einem Hindu gehen!"

Nafiza sagte nichts. Sie geriet immer aus dem Gleichgewicht, wenn derlei besprochen wurde, und wurde sich schmerzhaft ihrer eigenen verwirrenden Lage bewusst. Ihr Gewissen quälte sie, denn alles, was gesagt worden war, traf ja auch auf sie zu. Sie konnte weder etwas sagen noch stillsitzen. Sie fürchtete in peinlicher Anspannung, dass, wenn das Gespräch noch länger dauern würde, bald jemand auch sie anklagen würde, jedenfalls durch die Blume. Mumtaz sah die Beunruhigung und Verwirrung in Nafizas Gesicht und erriet genau, was in ihrem Gemüt vorging. Die Situation machte ihr Spaß. Sie wollte, dass das Gespräch weiterginge und nicht etwa zu einem Ende käme. Nafiza bemerkte auch das.

Als Nafiza gerade den Mund aufmachte, denn sie war entschlossen, das Thema zu wechseln, sagte Rahima: „Die Braut muss mit Henna verziert werden. Wer wird das machen?“ Auch sie empfand das Bedürfnis, das Gesprächsthema zu wechseln. Nafiza atmete tief ein und sagte sich: „Allahu”.

„Ist das Henna schon gemahlen?” fragte Sainu.

„Nein, das haben wir noch nicht gemacht. Wir legen es meist erst am Abend an, warum sollten wir es also schon so früh gemahlen haben?“ antwortete Zohra.

„Ich habe mich auch gewundert, warum es so eilig damit sein sollte. Wir machen es erst am späten Abend. Ich will es gerne für die Braut tun“, bot Mumtaz an.

„Nein danke, dein Mann ist ja gerade erst aus dem Ausland gekommen. Wenn du herkommst und den Abend über bleibst, wer kümmert sich dann um ihn?“ neckte Zohra.

Mumtaz zögerte. „Du tust, als ob wir jeden Tag übereinander herfielen. Welche Frau will schon jede Nacht mit ihrem Mann schlafen?”

Zohra lachte schelmisch. „Was ist denn das? Du hast die ganze Zeit darauf gewartet, dass er nach Hause kommt, und jetzt redest du so! Hast du schon genug von ihm?

„Wer weiß, wie oft sie es jede Nacht tun? Es muss täglich vor Sonnenaufgang geschehen. Natürlich ist sie es schon leid.” Nafiza lächelte verschwörerisch. Sie wollte mit ihren Worten alle daran erinnern, wie sehr Mumtaz sich nach ihrem Mann gesehnt hatte. Das machte ihr großen Spaß. Sie unterbrach sich, um allen klarzumachen, dass sie ihre Freundin nicht nur neckte.

Aber Mumtaz schien sich nichts daraus zu machen. „Was wollte ich sagen? Musste Fatima ihr Durchbrennen ausgerechnet so legen, dass es mit Suleimans Heimkehr zusammenfiel? Der Mann ist darüber zu Tode betrübt, als ob die ganze Gemeinde zugrunde gegangen wäre! Er denkt, die ganze Stadt hätte sich mit ihrem Davonlaufen zum Schlechten verändert und er tadelt uns, alle Frauen.“

Was sie sagte, war nur zu wahr. Suleiman beklagte sich Tag für Tag. Er sagte immer wieder, dass die Gemeinde sorgfältig verbessert werden müsse, dass die Frauen verwöhnt und verdorben seien. Er konnte das, was geschehen war, überhaupt nicht akzeptieren. Die Demütigung der Stadt verstörte ihn tief und er fragte sich, wie das Stigma beseitigt werden könnte. In seinem Kopf wirbelten die Pläne herum. Mumtaz dachte oft, dass er, wenn er über Nafizas Affäre Bescheid wüsste, sie wohl fast umbringen würde. Manchmal dachte Mumtaz mit boshafter Freude, ja, was wäre wohl, wenn sie ihm davon erzählen würde? Aber in der nächsten Minute machte sie sich selbst darauf aufmerksam, dass das etwas Riesiges in Gang setzen könnte und dass es ihre beiden Familien entzweien würde, und sie entschloss sich, darüber zu schweigen. „Die Schamlosen! Sollen sie machen, was sie wollen. Allah sieht sowieso alles, was vor sich geht, warum sollte ich mich hineinziehen lassen?”

Zohra schickte Rabia weg. „Steh auf, steh auf. Hör auf, den älteren Frauen zuzuhören, und kümmere dich um deine eigenen Angelegenheiten!” sagte sie. Rabia stand auf und widerstrebend ging sie. Dabei sah sie Wahida die ganze Zeit über an. Wahida lächelte ihrer jüngeren Cousine freundlich zu.

Madina war schon vor einiger Zeit nach Hause gegangen. Rabia stellte sich vor das Haus und sah noch einmal den Pandal an. Vier oder fünf Männer standen auf Hockern und steckten Verzierungen aus Rauschgold an die Ränder des Pandal. Sie mochte das Rascheln und die Farbe des hübschen Papiers. Der Pandal war sehr reizvoll mit all seinen Blumenzeichnungen. Die Papierschlangen schienen stolz zu sein, als ob sie wüssten, dass durch sie der Pandal, der heute Morgen noch so verschlafen und lustlos ausgesehen hatte, jetzt so wunderschön war.

Mariyayi kam aus dem Haus und trug einen aus Palmblättern geflochtenen Abfallkorb in einer Hand. Sie wollte zum Fluss, um ihn dort auszuleeren. Als sie Rabia sah, die neben dem Pandal stand, fuhr sie zusammen, als ob sie sich plötzlich an etwas erinnerte. „Rabia, komm her", rief sie freundlich.

Rabia kehrte in die Gegenwart zurück, ging zu Mariyayi und fragte: „Was ist?"

„Im Korb ist eine Puppe. Deine Amma hat gesagt, sie wird nicht gebraucht und ich soll sie wegwerfen. Wirf mal einen Blick drauf und sieh, ob das deine ist!" Sie steckte die Hand in den Korb und tastete dort herum. Papierstücke fielen heraus und flogen umher. Rabia sah ängstlich in die Ferne. Der Geruch von Mariyayis Körperschweiß erreichte ihre Nase. Das mochte sie zwar nicht, aber sie verzog ihr Gesicht nicht, denn sie wollte wissen, worum es ging. „Wie um alles in der Welt kann Vater es nur in Mariyayis Haus aushalten, wenn sie so stinkt?" fragte sie sich.

„Hier, ich habe sie gefunden!" Mariyayi hatte die Holzpuppe herausgesucht und gab sie ihr. Hatte Amma ihr wirklich gesagt, sie solle sie wegwerfen? Rabia stockte für einen Augenblick der Atem. Es war die Puppe, die Ahmad ihr gegeben hatte. Sie nahm sie in die Hände und sah sie einen Augenblick lang genau an. Sie stand gerade wie ein prachtvoller Mann. Ihre langen Arme und Beine! Der Hügel zwischen den Beinen war unbearbeitet, damit die männlichen Genitalien nicht bloßgestellt würden! Sie fühlte für diese Puppe eine große Zärtlichkeit, die sie nicht erklären konnte. Viele Nächte lang hatte sie sie beim Schlafen fest im Arm gehalten.

Ihre Mutter hatte sich oft beklagt: „Sieh dir diese Kreatur mit ihrem nackten Po an. Du kleines Luder, könntest du nicht wenigstens eine Mädchenpuppe finden, mit der du spielen kannst?" Aber für Rabia war das nicht nur eine Puppe. Sie würde bestimmt nicht auf ihre Mutter hören. Sie liebte die Puppe und fühlte sich ihr nahe. In letzter Zeit hatte sie sie oft bei sich gehabt, ohne dass das irgendjemand gewusst hatte – schon gar nicht ihre Mutter! Manchmal nahm sie sie in der Nacht unter die Bettdecke oder sie steckte sie ins Kissen. Sie schlief ein und empfand die Berührung als angenehm. Manchmal fragte sie sich, ob die Puppe Ahmads Stelle in ihrem Herzen einnahm. Sie legte ihren Kopf auf Rabias Brust und küsste sie in der Nacht, als ob sie das Recht übernommen hätte, das allein Ahmad zustand. Die zarte Wärme ihres eigenen Körpers schlüpfte in die Puppe, sodass sie Leben bekam und sie die Nacht über beschützte.

Kapitel 33

Der Geruch des Hennas, das auf dem Mahlstein zerstoßen wurde, erreichte Rabia und zog sie in die Küche. Mariyayi arbeitete schwer. Rabia lief zu ihr und stellte sich eine Weile neben sie. Sie sah zu, wie Mariyayi das Henna zerquetschte, indem sie den Mahlstein immer wieder darüber zog. Rechts von Mariyayi stand eine Silberschüssel, in die sie das Henna gefüllt hatte, das schon zerquetscht war. Es war zu einem Ball zusammengerollt. Links von ihr stand eine aus Palmblättern geflochtene Schale mit Hennablättern, die noch darauf warteten, gemahlen zu werden. Mariyayi machte eine Pause, um etwas Wasser auf den Mahlstein zu sprenkeln und mahlte weiter.

Rabia fragte sie: „Musst du das alles mahlen? Tun dir da nicht die Arme weh?"

Mariyayi gefiel es, dass Rabia Interesse an ihr zeigte. „Ja, das mahle ich alles. Es muss ja genug für euch alle sein."

Rabia sprach eifrig weiter: „Wo hast du übrigens so viel Henna gefunden? Sie haben mir gesagt, du hast es mitgebracht? Wird es ein gutes Rot geben?"

Mariyayi hielt einen Augenblick inne und sagte stolz: „Ich habe in unserem Garten einen Baum gepflanzt, hast du das schon gewusst?"

Rabia war atemlos vor Entzücken: „Warum hast du mir das nicht längst gesagt? Bitte bring doch von nun an ganz oft ein paar Blätter mit, geht das?"

„Natürlich, warum auch nicht? Würde ich meinem Thangam jemals etwas verweigern?" Mariyayi hob ihre Hände, berührte Rabias Gesicht von der Seite und klopfte mit ihren Fingerknöcheln gegen ihre Schläfen.

„Ay! Sieh mal, wie rot deine Hände geworden sind!" Rabia nahm Mariyayis Hand in ihre beiden Hände und bewunderte die Röte des Hennas auf der dunklen Haut. Dann drehte sie ihre eigene Hand herum und sah sich die ausgestreckten Handflächen an.

Mariyayi machte ihre Hand los, bevor sie fragte: „Was ist los? Du bist ja plötzlich ganz in Gedanken versunken!"

„Nein, es ist nur, weil das Henna, das sie mir für das Fest aufgetragen haben, überhaupt noch nicht verschwunden ist. Es ist immer noch da. Also frage ich mich, wie da neues Henna draufkommen soll."

Mariyayi machte das keine Sorgen. „Na und? Sag ihnen, sie sollen auch diesmal genau dasselbe Muster drübermachen", riet sie ihr. Das erschien Rabia sehr vernünftig. Sie stand da und überlegte, wen sie bitten könnte, ihr das Henna aufzutragen.

Zohra kam und schnauzte ihre Tochter an, scheuchte sie weg und sagte: „Was hast du bitte hier zu suchen? Du rennst hier rum und kommst allen in die Quere, die versuchen, ihre Arbeit zu tun. Geh jetzt, das Henna wird dir nicht weglaufen, oder?"

Rabia hatte Angst vor ihrer Mutter und verließ die Küche. Sie ging den Vorbereitungen zusehen, die im Pandal im inneren Hof für das Fest am Hochzeitstag getroffen wurden. Eine Matte aus Palmblättern war dort ausgebreitet, auf der alle Zutaten für das Biriyani am nächsten Tag in getrennten Haufen lagen: Zwiebeln, grüne Chillies, alle möglichen Gemüse. Zwei der Kuli-Frauen, die zum Helfen angeheuert worden waren, saßen dort und schälten und zerkleinerten die Zutaten. Eine von ihnen sah, wie Rabia angerannt kam und zwischen den Gemüsehaufen herumsprang und sie rief: „Vorsicht,

Tochter des Meisters! Pass auf, dass du nicht fällst und dich verletzt!"

Rabia achtete nicht darauf. Sie war sehr stolz auf ihren neuen langen Rock und Davani. Sie konnte ihr Entzücken an ihren neuen Ohrringen und den neuen Fußkettchen, die ihre Füße schmückten, kaum im Zaum halten.

In der Halle machten sie sich für Wahidas Verlobungs-Ritual bereit.

Alles, was dafür benötigt wurde, lag auf Silberschalen bereit: mit Kurkuma gemischter Reis, Betelblätter und –nüsse, Bockshornklee-Pulver, Öl, Kokosnuss, Bananen, Zucker. Eine Laterne war angezündet und schon in eine Ecke gestellt worden. Scharen von Frauen saßen auf Matten, flüsterten und raschelten.

Zohra murmelte vor sich hin: „Sobald das Verlobungs-Ritual vorüber ist, müssen wir zusehen, dass die Henna-Verzierungen angebracht werden, und alles zu einem Abschluss bringen."

Sainu beklagte sich: „Früher war es Brauch, das Verlobungs-Ritual am frühen Morgen des Verlobungstages abzuhalten. Heutzutage bringen sie es am Abend des Tages vor der Hochzeit hinter sich. Wie die Zeiten sich geändert haben!"

Saura klinkte sich ein und stimmte ihr zu: „Ja, so ist es. Wenn die Frau des älteren Bruders und die Familie des neuen Bräutigams aus derselben Stadt waren, dann wurden die für die Verlobung benötigten Dinge fertig vorbereitet und zuerst vom Haus der Braut zum Bräutigam gebracht. Wir machten dort zuerst das Ritual, dann gingen alle zum Haus der Braut zurück, um das Ritual dann dort zu machen. Zum Bajar-Gebet war alles fertig. Heute ist der Bräutigam oft aus einer anderen Stadt. Wir machen selbst das Ritual für die Braut."

Mumtaz hörte den Vorwurf in ihrem Ton und flüsterte Nafiza zu: „Warum muss ihr das so leidtun?"

Nafiza sagte darauf: „Lass diese alten Damen sagen, was sie wollen. Wer will schon so früh aufstehen, um das alles vor den Bajar-Gebeten zu veranstalten? Müssen wir nicht unser eigenes Leben leben?" Als Nafiza sah, dass alle Frauen bereit standen, das Geld in Händen hielten und für das Ritual fertig waren, rief sie Rabia, die in einiger Entfernung stand, Madina dicht neben ihr, und alles beobachtete.

Als Rabia zu ihr kam, sagte Nafiza, sie solle sich hinter Wahida stellen, die mit dem Gesicht nach Westen auf einem Hocker saß und die für die Verlobung benötigten Dinge vor sich liegen hatte. „Komm, stell dich so hinter deine Cousine. Jetzt halte das obere Ende deines Davanis so, dass du damit die Münzen auffängst, mit denen die Frauen um Wahidas Gesicht herumwerfen, die sie dann also in deiner Richtung werfen werden."

Da jedoch schaltete sich Sainu schnell ein: „Was ist das? Es geht nicht, dass die jüngere Schwester hinter der Braut steht. Das geht nur, wenn wir das Ritual für den Bräutigam machen. Madina, komm du statt Rabia. Komm und stell dich hierher, hinter Wahida." Sie rief Madina mit strengem Ausdruck herbei. Madina ging sehr verlegen nach vorn. Sie fürchtete sich zu sehr, etwas gegen den Willen ihrer Mutter zu tun.

Mumtaz und Nafiza beobachteten das alles und tauschten Blicke und Lächeln. Zohra flüsterte Rahima zu: „Wie dem auch sei, man muss schon sagen, dass Sainu schlau ist!"

Eine Frau nach der anderen berührte mit ihrem Finger dreimal das Öl, nahm dann ein bisschen Reis und Bockshornkleepulver, zielte um Wahidas verschleierten Kopf herum und warf den Reis zusammen mit den Münzen hoch. Madina, die alles in ihrem Davani auffing, wand sich vor Verlegenheit und Schüchternheit. Rabia stand neben ihr und versuchte ihr klarzumachen, dass ihr das nicht unangenehm zu sein brauche. Sie signalisierte ihr mit den Blicken: „Ist alles in Ordnung, sei nicht schüchtern!“ Die meisten Frauen übergaben Wahida das Geld in ein Betelblatt gewickelt direkt und warfen nur mit dem Reis. Nafiza und einige andere beschmierten Wahida das Gesicht zum Spaß mit Öl und Sandelholzpaste und lachten, als sie errötete.

Rahima fragte die Frauen, die dort waren: „Na, ihr Lieben, will denn keine von euch jetzt ein Verlobungs-Lied singen?“

Nafiza und Mumtaz lehnten lautstark ab und sagten, sie seien zu schüchtern. Saura schalt sie freundlich: „Solche Bescheidenheit! Aber ihr seid doch nie zu schüchtern, die größten Unverschämtheiten zu sagen, ihr Verrückten!“ Sie sang mit schriller Stimme: *Nalangida vaarum amma.* Damit lud sie alle Frauen ein, sich am Verlobungs-Ritual zu beteiligen. Einige stimmten denn auch ein.

Sobald die Frauen das Ritual beendet hatten, stellten sich sieben Frauen vor Wahida und sieben hinter ihr auf. Die sieben vorn hoben die Schalen, die neben ihnen auf dem Boden standen, eine nach der anderen hoch und reichten sie über Wahidas Kopf den Frauen, die hinter ihr standen. Diese sieben stellten die Schalen für einen Augenblick auf den Boden und gaben sie dann den Frauen vorn zurück. Dieser Austausch fand dreimal statt. Währenddessen murmelte Rabia, die fürchtete, sie könnten Wahida die Laterne auf den Kopf fallen lassen, tonlos vor sich hin: „Vorsichtig, vorsichtig, langsam!“ Sie sah zu Madina hin, die die ganze Zeit über den Verlobungs-Reis aufgefangen hatte und die immer noch ganz verlegen war, und lächelte ihr ermutigend zu. Madina merkte, dass ihre Freundin sie aufzuheitern versuchte, und lächelte schüchtern zurück.

Saura sang pausenlos immer weiter. Sie kannte nicht das ganze Lied und deshalb musste sie die ersten vier Strophen immerzu wiederholen. Rabia hörte der Wiederholung der Melodie zu und fühlte sich daran erinnert, wie manchmal in ihrem Kino vor der Filmvorführung ein Vers eines alten Kino-Songs immer noch einmal wiederholt wurde. Ahmad sagte dann: „Die jämmerlichen Burschen haben eine zersprungene Schallplatte aufgelegt.“

Rabia hätte am liebsten losgekichert. Saura hatte einen Vorderzahn verloren und außerdem kamen einige Worte so heraus, dass sie ganz schräg klangen. Es war sehr lustig ihr zuzusehen und zuzuhören. Alle Frauen genossen die Darbietung des Liedes. Sie neckten sie und lachten. Im ganzen Haus herrschte eine freudige und vergnügte Stimmung.

Nafiza berührte Wahida an der Schulter und veranlasste sie damit, von ihrem Hocker aufzustehen und sich auf eine in der Mitte der Halle ausgebreitete Matte zu setzen. Zohra fand es schrecklich, dass sie mit ansehen musste, wie das Öl sich auf dem Kopf des Mädchens sammelte und beklagte sich: „Ach nein, warum konnten sie ihr nicht nur ein symbolisches Zeichen mit dem Öl machen, sondern mussten ihr Haar verkleben!“ Sie kam mit einem Stück altem Stoff und wischte Wahidas Gesicht und ihren Kopf damit ab.

„Lass nur! Wir müssen doch die Möglichkeit haben, eine neue Braut zu necken! All der Spaß und die Spiele dauern ja nur einen Tag. Sei nicht so ernst!“ Nafiza sprach ausgelassen, aber ihre Stimme klang etwas gereizt.

„Also, es wird jetzt dunkel. Bitte berührt alle das Mädchen mit Henna!“ Rahima drängte alle, die dort saßen. Die entfernteren Verwandten, die von weither gekommen waren, standen jetzt auf und begannen, sich zu verabschieden. Rahima lud sie höflich dazu ein, noch zu bleiben und, bevor sie aufbrachen, ebenfalls ihre Hennaberührung auszuführen. Sie wusste, es war spät und sie wollten nicht länger bleiben, aber sie lud sie trotzdem ein.

„Nein, nein", protestierten sie. „Es wird spät! Wir müssen ja vier Straßen weit gehen. Wir kommen morgen Früh wieder fürs Tali-Umhängen." Also machten sie sich mit ihren Tüten voller Betelblätter und -nüsse auf den Weg.

Als sie gegangen waren, sagten Rahima und Zohra „Bismillah" und berührten als erste Wahidas Hände mit Henna. Danach setzten sich Nafiza und Mumtaz jede an eine Seite neben sie, jede legte eine von Wahidas Händen in ihren Schoß und begann, sie mit Mustern zu bedecken. Rabia setzte sich neben sie und sah eifrig zu. Als sie aufsah, sah sie, dass Madina sich gegen die Wand lehnte und forderte sie mit einem Kopfnicken auf näherzukommen.

Madina las die Münzen heraus, die mit dem Reis vermischt in ihrem Davani lagen, brachte sie Rahima und sagte: „Bitte, nimm sie!" Rahima sah lächelnd an ihr rauf und runter. „Wie erwachsen du geworden bist, seit du dich dazu entschlossen hast, einen Davani zu tragen!" Sie gab Madina einen freundlichen Klaps an den Kopf und sagte: „Komm, behalt' es!" Sie ging dann in die Küche. Rabia atmete erleichtert auf. Dem Himmel sei Dank, dass ihre Tante das Geld nicht genommen hatte, das wäre ja auch zu demütigend gewesen! Sie wusste zwar, dass ihre Tante das Geld nicht annehmen werde, aber sie hatte sich doch ein wenig Sorgen darüber gemacht.

„Gut, Rabia, soll ich jetzt gehen?" fragte Madina und machte sich zum Aufbruch bereit. Sie wollte nicht mehr länger dort bleiben. Immer wieder dachte sie ärgerlich: „Wenn ich nach Hause komme, werde ich es Amma geben." Rabia kam zu ihr, legte ihr die Hand auf die Schulter und umarmte sie zärtlich. Dabei sagte sie: „Warum hast du es jetzt so eilig?" Ihre Berührung war tröstlich und versicherte Madina, dass sie sich nicht verlegen zu fühlen brauche.

„Warte, ich gebe dir etwas Henna. Leg es auf, wenn du nach Hause kommst." Rabia lief ins Haus, packte etwas Henna in ein Betelblatt und brachte es Madina.

Madina machte sich auf den Weg und sagte: „Gut, ich komme morgen vorbei. Inzwischen wird mein Bruder zurück sein."

Rabia hörte, dass Nafiza ihren Namen rief. „Ich komme", antwortete sie und ging zu ihr. Nafiza sagte zu ihr: „In der obersten Schublade im Schrank in meiner Küche ist eine Holzdose mit mehreren Fächern. Dadrin sind die Holzdruckstöcke für Henna-Hand-Zeichnungen. Bist du so lieb und holst sie mir?"

Rabia sagte, das werde sie tun, und lief los. Draußen waren Leuchtröhren am Pandal befestigt, um die Dunkelheit zu vertreiben. Es war dort taghell. Die Arbeiter stellten Stühle hinein, eine Reihe nach der anderen. Ahmad musste jetzt zu Hause sein, dachte sie und ging los.

Ahmad saß in der Halle des Hauses und bastelte einen Drachen. Papierbögen und Stöcke lagen auf den Boden verstreut neben ihm. Als er sie sah, rief er: „Was ist, Rabia?" Sie war über den ungewöhnlichen Klang von Zärtlichkeit in seiner Stimme überrascht.

„Deine Mutter möchte, dass ich ihr etwas von hier bringe." Ihre Stimme zitterte und sie war in Schweiß gebadet, ehe sie zu Ende gesprochen hatte.

Er stand auf und stellte sich sehr nahe neben sie. „Wovor hast du Angst?" fragte er, nahm ihre Hand und bog ihre Finger auseinander, sodass er ihre Handfläche sehen konnte. „Haben sie dir noch kein Henna aufgetragen?"

Sie war sprachlos. Entzücken und Schüchternheit erfüllten sie gleichzeitig. Sie wusste nicht, ob sie ihre Hand aus seiner nehmen sollte oder nicht, als sie da ganz still stand. Er zog an ihren Fingern und schüttelte sie und dabei kam sie wieder zu sich. In dem Augenblick zog sie ihre Hand weg.

Er sagte scharf: „Na, schadet es dir denn, wenn du berührt wirst?“ Er kehrte an seinen Platz zurück und setzte sich wieder.

Ihr Gesicht brannte vor Reue. Warum habe ich nur so dumm meine Hand weggezogen? fragte sie sich vorwurfsvoll, wie dumm ich bin! Es war mir ja schließlich angenehm. Warum habe ich dann nur meine Hand weggezogen?

Seit dem Morgen schon hätte sie zu gerne Ahmad ihren neuen Rock und Davani gezeigt und sie war sehr enttäuscht gewesen, dass sie es nicht hatte tun können. Warum also verhielt sie sich so falsch, wenn sie endlich mit ihm zusammen war? Sie ärgerte sich über sich selbst. Sie sah auf ihren Satinrock hinunter, der die Farbe von Vadaamalligai hatte, und auf den schwarzen Davani, den sie um sich geschlungen hatte. Sie dachte daran, dass Wahida und Amma zueinander gesagt hatten, wie hübsch sie in diesen Kleidern aussah. Sie dachte an den neuen Seidenrock, der darauf wartete, am folgenden Tag getragen zu werden, und war plötzlich sehr glücklich.

Einen Augenblick lang schwiegen beide. Sie wunderte sich, warum er überhaupt kein Zeichen von sich gab, ob er ihre neuen Kleider auch nur bemerkt hatte. Sie war entschlossen, erst wieder zu gehen, wenn er sie richtig angesehen hatte. Sie ließ sich mit einem Plumps auf dem Boden neben ihm nieder. Sie strich sich sehr auffällig mit den Fingern vom Knie bis zum Fuß den Rock glatt. Sie legte einen ihrer beiden langen Zöpfe über ihre Schulter nach vorn und fing an, ihn neu zu flechten. Sie spielte mit den neuen Armreifen an ihrem Handgelenk, sodass sie klirrten. Er nahm von all diesen Manövern überhaupt keine Notiz, sondern konzentrierte sich stattdessen auf das Ordnen des Schwanzes seines Drachens und darauf, dass er ihn genau richtig hinbekam. Das machte sie traurig und brachte sie dazu, sich hilflos zu fragen, ob es denn sehr falsch gewesen sei, ihm ihre Hand zu entziehen. Sie wollte ihn besänftigen, rückte näher an ihn heran und fragte: „Warum haben wir dich so viele Tage lang nicht zu sehen bekommen?“

Er bemerkte den Schmerz in ihrer Stimme und sagte: „Wen, mich? Ich war die ganze Zeit über hier.“ Er sah sie eine Weile an und sagte: „Morgen fahre ich mit meinem Onkel in die Stadt. Er kommt her, um an der Hochzeit in eurem Haus teilzunehmen. Ich komme erst zurück, wenn die Ferien vorbei sind.“

Er sah, wie sich ihr Gesicht vor Enttäuschung bewölkte und ihre Augen, die immer so hell und neugierig waren, sich zusammenzogen. Er mochte das einzelne Haar sehr, das sich an ihrer Schläfe kräuselte und, wenn die Brise wehte, auf und ab schwang. Zuerst hatte er sie gemocht, weil er die Vorstellung hatte, sie ähnele seiner Mutter. Er konnte gleichzeitig verstehen als auch nicht verstehen, warum auch sie ihn so sehr mochte. Er dachte, dass sein Weggehen nicht nur ihr, sondern auch ihm wehtun werde.

Sie fragte sehnsüchtig: „Musst du fahren?” Ihr fiel nichts weiter ein.

„Meine Mutter will es …“ begann er. Plötzlich wurde ihm die Kehle schmerzhaft eng. Die Worte kamen nur einzeln heraus. Auch er wollte nicht weg. Aber seine Mutter hörte nicht auf ihn! Mit wem könnte er dort spielen? Er dürfte nicht in den Straßen herumlaufen, sondern müsste seine Zeit im Haus eingesperrt zubringen. Deshalb hatte er beschlossen, einen Drachen zu basteln und ihn mitzunehmen. Hier konnte er auf den Berg steigen oder Bienen und Schmetterlinge fangen. Er konnte den Libellen Schnüre an die Schwänze binden und mit ihnen spielen. Er konnte Libellen begraben und sie nach vierzehn Tagen wieder ausgraben, um zu sehen, ob sie sich in Münzen verwandelt hätten. Iliaz hatte gesagt, er habe das getan. Er konnte Fahrrad fahren und Rabia das Fahrradfahren beibringen. Er konnte mit Madina streiten. Seine Fantasie quoll von all diesen Hoffnungen, die nicht erfüllt werden würden, über.

Rabia fragte nach: „Dann kommst du also nicht zurück, ehe die Ferien vorüber sind?"

Er konnte an ihrem Ton leicht erkennen, dass das in Wirklichkeit die Bitte war, dass er sofort zurückkommen und nicht im Hause seines Onkels bleiben möge. Er antwortete ganz locker auf sehr erwachsene Art: „Das sagen sie so. Wir wollen mal sehen!"

Sie ahnte, dass seine Antwort sie nur provozieren sollte, deshalb versuchte sie es noch einmal: „Aber warum sagst du ihnen nicht, was *du* machen möchtest?"

Mit einem schelmischen Lächeln in den Mundwinkeln fragte er: „Wann sollte ich zurückkommen? Sofort oder erst, wenn die Ferien vorüber sind?" Er wiederholte seine Frage, als warte er auf ihren Befehl. Sie war sicher, dass er sie das fragte, weil er ihr gefallen wollte, und das machte sie sehr glücklich. Sie senkte den Kopf und dachte: „Oh nein, wie boshaft er ist!" Ihre Lippen mussten sich bewegt haben, denn er schalt sie freundlich: „Was murmelst du da jetzt vor dich hin?"

„Nichts", versicherte sie ihm Sie nahm seine Hand und kniff ihn leicht, dann lief sie davon, um die Henna-Druckstöcke aus der Küche zu holen.

***

Als Rabia mit den Henna-Druckstöcken ins Haus trat, begegnete sie gleich ihrer Mutter. Zohra riss ihr die Druckstöcke aus den Händen und schimpfte: „Brauchst du wirklich so lange, um die Straße zwei Häuser weiter runterzugehen!?" Dann rannte sie davon. Erst da bemerkte Rabia, dass Wahidas Großvater aus der Stadt gekommen war. Sie lief zu ihm, setzte sich neben ihn und sagte: „Willkommen, Großvater! Bist du gerade angekommen?" Sie mochte ihn sehr gern.

Er nahm ihre Hand liebevoll in seine beiden Hände und neckte sie zärtlich: „Was ist das, Kind? Wie erwachsen du geworden bist, du in deinem Davani und allem anderen!"

„Ach, Großvater", sagte sie, senkte den Kopf und wand sich schüchtern.

Aber er fuhr mit seiner Neckerei fort und wandte sich nun an Zohra: „Hör zu, Mutter, warum hast du nicht auch schon einen Bräutigam für diese Kleine gefunden? Dann könnten wir beide Hochzeiten auf einmal abmachen! Dann könnten wir uns auch Ausgaben sparen!" Er lächelte breit und zeigte seine betelgefleckten Zähne.

Nafiza wollte die Gelegenheit nicht ungenutzt verstreichen lassen und schaltete sich voller Stolz ein: „Warum solltet ihr woanders nach einem anderen Bräutigam suchen, Onkel? Mein Sohn ist schon bereit. Ihr braucht nichts weiter zu machen, als sie zusammenzutun und das Tali umlegen zu lassen. Ihr braucht sie nur zu fragen, sie hat ihn so gerne!"

„Ach, so ist das! Dann lasst uns weitermachen und alles blitzschnell zu einem Ende bringen", sagte er scherzend und lachte.

Rabia wusste zwar, dass alles nur im Spaß gesagt worden war, aber das, *was* sie gesagt hatten, gefiel ihr und sie genoss alles tief in ihrem Inneren. Sie stellte sich vor, dass das wirklich geschehen würde und hatte ein gutes Gefühl dabei. Sie verstand nicht, warum sie bei der Erwähnung von Ahmads Namen eine Erregung in ihrem ganzen Wesen fühlte. Gleichzeitig war sie traurig, denn es schien ihr, er habe heute nicht einmal ihr neues Kleid bemerkt.

Zohra brachte das Gespräch schnell zu einem Ende. Lächelnd sagte sie: „Deine Enkelin muss ja erst einmal erwachsen werden. Dann kannst du nach einem Bräutigam für sie suchen, der zu ihr passt."

Wahidas Großvater hatte seiner Enkelin eine Kasumalai-Halskette mitgebracht, die aus Gold im Wert von zwanzig Sovereigns gemacht war. Er nahm sie aus einem Schmuckkasten, gab sie Rahima und sagte voller Stolz: „Zeig sie allen, Tochter!"

Zohra dachte an die Vermögensumstände ihrer eigenen Ursprungsfamilie. Wenn ihr Vater noch lebte, hätte er dann nicht für seine Tochter dasselbe getan? Einen Augenblick lang drückte ihr der Gedanke, dass sie und ihre Tochter solche Freigiebigkeit entbehren mussten, schwer aufs Gemüt.

Rahima bemerkte, dass sich Zohras Gesichtsausdruck verändert hatte, und das machte sie traurig. Zohras Veränderungen in letzter Zeit machten ihr große Angst. Seit die Vorbereitungen für Wahidas Hochzeit angefangen hatten, hatte sich bei Zohra etwas verändert. Rahima wurde sich plötzlich ihres Ärgers über die Frauen, die das Haus füllten, bewusst. Man konnte keine einzige von ihnen ausnehmen, sie waren allesamt Teufelinnen, sagte sie sich und versuchte, sich zu beruhigen. Ihr wurde ganz deutlich, dass irgendein unverantwortliches Geschwätz Erfolg damit gehabt hatte, ihre Familie zu spalten, aber sie wusste nicht, wen sie dafür hätte verantwortlich machen können.

Nafiza und Mumtaz, die in diesem Augenblick scherzten und lachten und feierten, welche Rolle spielten sie etwa bei Zohras Sinneswandel? Rahima fühlte sich nun auch erschöpft und überdrüssig.

Sie gab Zohra die Kasumalai-Kette und sagte: „Hier, zeig du sie herum!" Sie setzte sich neben ihren Vater. Den ganzen Tag war sie auf den Beinen gewesen und die taten nun weh. Hanifa lehnte seinen Kopf an die Rückenlehne des Sofas und sagte mit müder Stimme: „Es ist immer noch brennend heiß!" Rahima sah ihn zärtlich an. Die Zeit hatte ihn geschwächt. Sein runzliger und dunkler Körper und sein kahl werdender Kopf hatten der Ansehnlichkeit seiner früheren Erscheinung geschadet. Außerdem wurde er von Krankheiten heimgesucht. Rahima griff nach seinen Händen und nahm sie zwischen die ihren. Die Wärme seiner zittrigen Finger teilte ihr vieles direkt mit. Traurigkeit stieg in ihr auf und störte ihren Seelenfrieden noch mehr. Sie fragte sich, wie sehr er wohl unter der unvermeidlichen Einsamkeit, die das Alter mit sich bringt, litt.

„Die Halskette ist sehr schön", sagte sie zu ihm. „Wo hast du sie gekauft?" Es war klar, dass sie ihre Worte ehrlich meinte und nicht aus bloßer Höflichkeit so dahinredete. Sie dachte wirklich, dass das ein schönes Stück sei. Man konnte sogar Mumtaz seine Schönheit loben hören. Rahima wurde von einer plötzlichen Furcht durchbohrt, sie könnten den bösen Blick auf die Halskette und auf ihren Vater werfen, der sie mitgebracht hatte. Sie betete in ihrem Inneren zu Allah, dass er sie vor dem bösen Blick des Neides und dass Er ihren Vater vor allem Unheil, selbst bis in sein hundertstes Jahr, bewahren möge. Erst danach kam sie wieder zur Ruhe.

„Du bist sehr müde, bitte komm und lege dich eine Weile hin!" Zohra kam und bestand darauf, ihn zum Ausruhen ins Haus zu bringen.

Nafiza und Mumtaz, die darauf gewartet hatten, dass er sich zurückziehen werde, fühlten sich nun frei genug, um auf ihre gewohnte Art zu plaudern. Beide zogen sofort ihre Saris vom Kopf und steckten die Enden in der Taille fest. Dabei sagten sie: „Es ist gut, dass Zohra den Onkel ins Haus gebracht hat. Wie lange hätten wir hier sonst noch so sitzen, unsere Saris über den Kopf ziehen müssen und nicht wagen können, den Mund aufzumachen!"

Zohra kam wieder heraus und neckte sie: „Ich kenne euch beide doch! Jetzt könnt ihr nach Herzenslust singen und tanzen.“

Rahima lehnte sich von ihrem Sitz auf dem Sofa zu ihnen hinüber und klapste sie freundschaftlich an die Köpfe. „Sitzt einen Augenblick still wie bescheidene und wohlerzogene Frauen! Dabei könnt ihr nur gewinnen!“

Mumtaz sprach so laut, dass auch Zohra, die nun in der Küche war, sie hören konnte: „Was denn, Rahima, ist dieses Kasumulai denn schließlich so eine große Sache? Denkt ihr nicht, dass der Ring, den unsere Mariyayi ihrer Tochter geschenkt hat, nicht ebenso wertvoll ist, auch wenn er nur einen einzigen Sovereign wert ist?“

„Das will ich meinen“, stimmte Nafiza zu.

Zora blickte aus der Küche und schalt sie freundlich: „Ihr habt mit eurer Arbeit angefangen, oder nicht?“

„Wir haben die Wahrheit gesagt. Hat dich das etwa verletzt? Wie groß das Geschenk auch sein mag, es entspricht niemals Mariyayis Liebe und Zuneigung, das ist alles.“ Sie lachten sich gegenseitig an. Rahima ging ins Haus zu ihrem Vater. Sie litt unter den Sticheleien der beiden Frauen.

Nafiza sagte und strich dabei Henna auf Wahidas Finger: „Heute Nacht wirst du das letzte Mal allein schlafen, wie steht es damit?“ Sie lächelte wissend. „Außerdem wird morgen deine erste Nacht mit deinem Mann sein. Hm, sollen wir dir noch etwas beibringen?“

Wahida wurde vor Scham hellrot. Sie ließ ihren Kopf noch etwas tiefer hängen.

„Was sagst du? Warum sollten wir Wahida Unterricht geben müssen? Als ob ihr Mann nicht alles wüsste! In allen diesen Jahren als Junggeselle hat er alles fleißig gelernt. Was willst du ihr beibringen, das er nicht weiß?“ neckte Mumtaz.

Wahida verstand ihre Neckerei nur teilweise. Sie war zutiefst verwirrt und wäre am liebsten aufgestanden und davongelaufen. Aber wie hätte sie das tun können, da sie ihre Hände festhielten und mit Henna bemalten? Sie war gleichzeitig schockiert und abgestoßen.

Kapitel 34

Als alle Vorbereitungen für das Abendessen getroffen worden waren, kam Kader aus dem Haus und setzte sich auf einen der Stühle im Pandal. Eine schwache Brise fuhr durch die Blätter der Bananenstaude, die an den Pandal gebunden worden war. Am nächsten Tag würde der ganze Trubel und Rummel der Hochzeit vorüber sein. Wahida wäre dann schon zum Haus ihres Mannes gefahren. Der bloße Gedanke daran beunruhigte Kader. Von dort, wo er saß, von außerhalb des Hauses, konnte er durch die offenen Türen den breiten Korridor sehen, der mit Reihen von Eisenpfeilern besetzt war, und die Räume, die darauf zuführten. Gemüse lag haufenweise im Hof und die angeheuerten Frauen waren schwer bei der Arbeit. Mariyayi überwachte sie. Er bemitleidete sie. Verrücktes Weib! Sie übernahm gerne die Verantwortung für alle Hausarbeiten, als wenn sie sich damit von ihren Rechten in dieser Familie überzeugen könnte und die anderen gleich mit.

Ihm wurde klar, dass vom nächsten Tage an, wenn Wahida abgefahren war, dieses riesige Haus leer und wie beraubt sein würde. Zwar hatte sie viele Jahre ihres Lebens gar nicht darin verbracht, dieses Mal jedoch würde ihre Abreise unerträglich sein. Aber was konnte man da machen? Plötzlich fragte er sich, ob Sikandar der richtige Mann für seine Tochter war. Dieser Zweifel war ihm nicht ganz neu. Zwar hatte er nach außen hin nie etwas davon durchblicken lassen, aber er nährte diesen Zweifel schon seit vielen Tagen. Hätte er das verraten, dann hätte er Rahima in die Hände gespielt. Das würde er nie zulassen, sagte er sich streng.

Kader war immer erstaunt, wenn er Väter – viele sogar aus seiner Verwandtschaft – mit ihren kleinen Töchtern auf dem Schoß spielen sah, wie sie ihnen offen ihre Liebe zeigten. Er war seinem Wesen nach zu zurückhaltend dazu. Obwohl er Wahida alle seine Liebe zeigen wollte, konnte er doch nur aus einer gewissen Entfernung mit ihr sprechen. Sein eigener Vater war in Sabia vernarrt gewesen, aber er hatte sie immer auf Distanz gehalten. Kader wusste nicht, ob sein Vater gedacht hatte, Väter sollten sich immer zurückhalten und ihren Töchtern nicht offen ihre Liebe zeigen, oder ob er gedacht hatte, dass es falsch sei, sie zu berühren, wenn sie erwachsen waren. Kader war genauso. In vielem, was er tat, setzte er das, was sein Vater getan hatte, fort. Wenn er manchmal Wahida ansah, erinnerte sie ihn an seine Mutter. Ihre Heiterkeit und Schönheit – das genaue Abbild seiner Mutter – erfüllten ihn mit Stolz. Aber niemals drückte er je seine Liebe zu ihr offen aus. Rahima fragte ihn manchmal: „Was fängst du nur mit all der Liebe an, die du versteckst?"

Er wurde traurig, wenn er an seine Mutter dachte. Wozu war sein Vater so reich, wenn er darauf bestand, dass seine Frau an den meisten Tagen ihres Ehelebens in der Küche bei lebendigem Leib gekocht wurde? Er verließ seinen Laden und tauchte plötzlich zu Hause auf, um seine Forderung zu stellen: „Fünfzig Männer sind zur Tabligh-Arbeit in die Moschee gekommen, Jamila. Sie wollen überprüfen, ob alle religiösen Pflichten korrekt ausgeübt werden. Ich will, dass du genug Idiaappam und Iddlis für sie alle kochst und die dann sofort in die Moschee schickst, damit sie für ihr Abendessen bereitstehen." Dann ging er wieder und wartete nicht einmal ihre Antwort ab. Kurze Zeit später kam dann ein Arbeiter mit zehn oder zwanzig Hühnern. Damals schlachtete der Schlachter noch nicht jeden Tag ein Kalb und verkaufte das Fleisch. Das geschah nur an Samstagen. An diesen Tagen war die ganze Stadt vom Duft des Fleisch-Currys erfüllt. Es war, als ginge eine unsichtbare Gestalt durch alle Straßen und verbreitete den Duft. Auch den Kindern gefiel das sehr. Es wunderte ihn, dass er noch heute, wenn ein plötzlicher Duft von Fleisch-Curry seine Nase traf, dachte, es wäre Samstag.

Seine Mutter beklagte sich nie auch nur mit einem Wort. Er hatte nie gesehen, dass sie auch nur zusammenzuckte oder das Gesicht verzog. Und da sie alles schweigend ertrug, bürdete sein Vater ihr alle diese Pflichten auf. Wenigstens einmal die Woche befahl er ihr, ein Festessen für die Tabligh-Besucher zu kochen. Kader fragte sie manchmal: „Warum mühst du dich so ab, Amma? Warum weigerst du dich nicht einfach?" Dann antwortete sie mit einem sehr schönen Lächeln auf ihrem heiteren Gesicht: „Ist er jemals grausam zu mir? Er bittet mich nur, dass ich den Hunger der Moschee-Besucher stille. Weißt du nicht, Kader, dass das etwas Gutes ist?" Mit diesen Worten legte sie ihm den Gedanken nahe, dass er sich um etwas sehr Einfaches unnötige Sorgen mache.

In den letzten Tagen ihres Lebens hatte seine Mutter zu ihm gesagt: „Du darfst deine Tochter nur Sabia Akkas Sohn geben." Sie sagte das aus Angst, dass diese Verwandtschaftsbindung sonst verloren gehen könnte. „Sabia darf ihre Bindung an diese Familie nicht verlieren, nur weil sie geheiratet und das Haus verlassen hat. Ihre Beziehung zu dieser Gemeinde und ihre Bindung an diese Familie müssen dauerhaft sein. Darum sage ich dir das. Wenn du dieser Heirat nicht zustimmst, dann gehen alle ihre Bindungen verloren." Seine Mutter hatte ihn angesehen, als verlange sie ein Versprechen von ihm. In diesem Augenblick war er sicher, dass nichts und niemand auf der Welt ihm wichtiger als seine Mutter war und er sagte: „Insha Allah!" Jetzt quälte ihn täglich der Gedanke, dass die enge Verbindung zwischen ihm und seiner Mutter ihn daran gehindert hatte, die für das ganze Leben seiner Tochter richtige Entscheidung zu treffen. Ganz sicher war er nicht, ob ihn dieses eine Versprechen gegenüber seiner Mutter zu dieser Entscheidung bewogen hatte, obwohl er eine so geringe Meinung von Sikandar hatte und der Altersunterschied zwischen ihm und Wahida so groß war.

Da gab es auch noch etwas zwischen ihm und Rahima. Er wusste, dass er keine weitere Chance bekäme, ihr zurückzuzahlen, wenn er diese verpasste. Aber der Gedanke trieb ihn um, dass es niemals zu rechtfertigen wäre, wenn er das ganze Leben seiner Tochter opfern würde, um seiner Frau gegenüber zu punkten. Was bedeutete in diesem Fall die große Liebe zu seiner Tochter? War sie womöglich eine Lüge? Er bekam es nicht heraus. Er war voller verworrener Gedanken und lehnte seinen Kopf gegen den Stuhl, als ob er Kopfweh hätte. Aus irgendeinem Grund sickerten ihm Tränen aus den geschlossenen Augen.

Er hörte Suleimans Stimme: „Bist du müde, Onkel?" Er kam mit einem Schreck in die Gegenwart zurück und machte die Augen auf: „Nein, durchaus nicht. Komm, setz dich!" sagte er und zeigte auf einen Stuhl neben sich.

„Haben sie noch nicht mit Kochen angefangen? Ich dachte, ich könnte dir vielleicht eine Weile Gesellschaft leisten", sagte Suleiman. „Es ist schon so lange her, seit ich in unserer Stadt an einer Hochzeit teilgenommen habe. Was hat man schon vom Reisen, Onkel, nirgendwo findet man dieselbe Freude wie in seiner Heimatstadt, auf seinem eigenen Land unter seinen eigenen Leuten! Nirgendwo sonst, nicht in Malaysia, nicht in Singapur!"

Kader staunte über den leidenschaftlichen Ausdruck in Suleimans Gesicht, als er das sagte. Endlich verstand er, wie sehr Suleiman trotz all seinen Reisen seine Heimat liebte, aber etwas sagte ihm, dass Suleiman schließlich doch ein Störenfried sei. Er nickte jedoch zustimmend und sagte: „Nein, das Kochen hat noch nicht angefangen. Das Kalb ist im Schuppen geschlachtet worden. Wenn der Latif Bai das Fleisch gewaschen und weitergegeben hat, kann der Koch mit seiner Arbeit anfangen."

„Was hast du ihm denn gesagt, wie viel Fleisch und Reis er im Ganzen kochen soll?"

In diesem Augenblick kamen Kaders Schwiegervater und Karim auf den Pandal zu. Kader stand respektvoll auf und setzte sich in der Nähe seines Schwiegervaters wieder hin, als dieser bequem saß. Suleiman, der auch aufgestanden war, grüßte den älteren Mann, indem er „Asalaam aleikum" sagte. Hanifa grüßte ihn zurück und fragte Suleiman, wann er zurückgekommen sei.

„Erst vor einer Woche", antwortete Suleiman höflich. Es war lange her, dass er den alten Mann gesehen hatte. Er fand, dass er sehr geschwächt aussah. „Wie steht es mit Ihrer Gesundheit?" fragte er.

„Wie du siehst, bin ich noch ich selbst", antwortete Hanifa und lächelte schwach. „Ich bin bereit zum Gehen, wenn der Engel Izrail mich dazu auffordert."

Suleiman wurde traurig. Einen Augenblick lang schwiegen alle drei. Er scheute sich, das Schweigen zu brechen, nahm dann aber doch das unterbrochene Gespräch mit Kader wieder auf: „Ja, Onkel, wie viele Maß Reis willst du kochen lassen?" Karim war als Einziger stehengeblieben und lehnte mit untergeschlagenen Armen an einer der Palmblatt-Wände, die den Pandal umgaben.

„Gewöhnlich rechnet man ein Maß Reis für acht Personen. Wir haben eins für sechs gerechnet. Es werden nicht weniger als hundert Leute zur Bräutigams-Party kommen. Für sie also zwanzig Maß. Wir müssen in der Stadt wenigstens fünfzig Familien, die zu unserem Clan gehören, Essen schicken. Wenn wir sagen, ein Maß pro Familie, dann kommt es auf fünfzig. Dann kommen noch alle die hinzu, die nicht verwandt sind: Geschäftsfreunde, aber auch unsere Gutsarbeiter, Arbeiter und Kulis, die ihren Anteil vom Festessen erwarten. Alles in allem haben wir uns also für hundert Maß Reis entschieden", sagte Kader.

„Hundert Maß!" Suleiman war einen Augenblick lang verblüfft. „Und das Fleisch?"

„Oh, das Fleisch? Wir dachten ein Kilo Fleisch pro Maß würde nicht reichen, also haben wir eineinhalb Kilo gesagt. Dann wird es gut schmecken", sagte Kader. Um das Gespräch abzuschließen, fügte er hinzu: „Ja, es ist eine große Ausgabe!"

Hanifa ließ Suleiman nicht zu Wort kommen und sagte: „Wir haben nur das eine Kind. Für wen sonst sollten wir all das tun? Die Leute sollen gut essen und ihr ihren Segen geben."

„Oh ja, wirklich!" Suleiman nickte zustimmend.

Hanifa war immer verlegen, wenn er seinen Schwiegersohn direkt anreden sollte, deshalb fragte er Karim: „Wie viel Provision gebt ihr von dem Geld, das dem Bräutigam gegeben wird, in dieser Stadt der Moschee?"

„Es ist hier Brauch, der Moschee fünfzig von tausend zu geben. Wie ist es in eurer Stadt?"

„Genau dasselbe", sagte Hanifa. „Ich wollte es nur wissen. Ihr habt auch das Braut-Geld, nicht wahr?"

„Oh ja, das haben wir auch. Es ist etwa eins von tausend. Wenn am Morgen das Tali-Umhängen stattfindet, schreiben sie es in ein Buch und lassen es sich unterschreiben."

Karim sagte das, als wäre es ein Scherz. Er streckte die Hand aus, zog ein Stück des geflochtenen Palmstrohs heraus und fing an, sich damit in den Zähnen zu stochern.

„In Saudi-Arabien und anderen Ländern haben sie nur das Brautgeld. Hier nehmen sie eine Aussteuer von der Familie des Mädchens. Ist das nicht durch den Glauben verboten?“ Suleiman war kritisch. „Nichts wird hier dem Gesetz entsprechend gemacht. Nichts! Es ist alles unorthodox. Wir leben zwischen diesen Tamilen und sind wie sie geworden.“ Seine Stimme war voller Ärger und Groll wegen des Verfalls seiner Gemeinde und wegen seiner Hilflosigkeit, der Situation entweder auszuweichen oder sie zu ändern.

„Was soll man da machen, Suleiman? Mit der Zeit müssen sich die Dinge ändern. Sag mir, wer das verhindern könnte?“ fragte Kader und versuchte, damit Suleiman zu besänftigen. Er gab sich Mühe, seinen Ärger nicht zu zeigen. Offensichtlich meinte Suleiman, er sei der Einzige, der sich um die Bewahrung der Ehre der Gemeinde kümmere.

„All ihr Gemeindeältesten, was habt ihr schon dafür getan? Erst gestern ist hier eine Frau mit einem Ungläubigen durchgebrannt. Und was habt ihr gemacht? Könnt ihr mir garantieren, dass sich das eine andere Frau nicht zum Vorbild nimmt und daraufhin dasselbe tut? Das könnt ihr nicht. Habt ihr euch zu irgendeiner disziplinarischen Maßnahme entschlossen, damit nicht dasselbe wieder passiert? Natürlich nicht. Wenn ihr weiterhin keine Notiz davon nehmt, was wird dann wohl geschehen? Sag mir das mal, mein Herr!“ Er sprach sehr erregt und rechnete damit, dass Hanifa seine Partei ergreifen werde. Kader war äußerst ärgerlich. Er sah Karim an, als ob er fragen wollte: „Wer hat diesen Burschen nur hierherbestellt?“ Dann wandte er sich ab.

Auch Hanifa regte sich über diese Angelegenheit auf. „Auf gar keinen Fall hätte sich diese Obszönität jemals ereignen dürfen, das stimmt. Auch in unserer Moschee und unter all meinen Geschäftsbekanntschaften haben mich alle rechtschaffenen Männer über die Sache befragt. Diejenigen, die das nicht kümmert, sind Sünder! Diese Nachricht kann kein Moslem-Mann verdauen!“ Kader bemerkte, dass sogar diese alte und müde Gestalt vor Ärger bebte.

Kader saß mit gesenktem Kopf da und wollte nicht antworten. Er hoffte, dass sein Schwiegervater sich beherrschen würde. Er wusste, dass alles, was er sagen könnte, so ausgelegt würde, als ob er die Sache entschuldigen wollte, also sagte er gar nichts.

Zum Glück erschien in diesem Augenblick Latif Bai und fragte: „Wer kommt jetzt und überprüft, dass das Fleisch richtig ausgewogen ist?” Karim machte einen Schritt, aber Kader hielt ihn mit einem Blick auf, erhob sich und ging mit Latif Bai. Karim verstand, dass sein Bruder wegen Suleimans Anwesenheit den Wunsch hatte, den Ort zu verlassen, und trat beiseite, um ihn durchzulassen.

Suleiman war klar, dass Kader seiner Gesellschaft hatte entkommen wollen, und ärgerte sich. So ein großer Mann, sagte er sich spöttisch. Inzwischen stand Hanifa auf und sagte: „Gut, ich gehe jetzt schlafen.“ Er verabschiedete sich von Suleiman und zog sich ins Haus zurück. Im Pandal blieben nur Karim und Suleiman zurück. Der Duft der Gewürze, die für das Biriyani geröstet wurden, zog aus dem Koch-Hof zu ihnen herüber. Das Kochen fing an. „Ob es jetzt wohl schon Mitternacht ist?” fragte Suleiman Karim.

„Ja, bestimmt, und sogar schon später”, antwortete Karim.

„Warum sagst du eigentlich niemals deine Meinung?“ fragte Suleiman wieder. Er wollte unbedingt wissen, wo Karim stand.

Karim sagte zu ihm: „Du kennst meinen Bruder. Er wird nie etwas sagen, wenn die Situation nicht wirklich schlecht ist. Natürlich muss man Gnade zeigen, aber ich verstehe nicht, wie einem diese schreckliche Frau leidtun kann. Aber lass es einfach. Ich kann nichts sagen, weil es mir nicht zusteht, mich einzuschalten, wenn mein älterer Bruder etwas sagt, und ihm zu widersprechen. Das wäre nicht respektvoll. Verstehst du, was ich sage?"

Suleiman fühlte sich plötzlich erleichtert. Es war die Erleichterung, jemanden gefunden zu haben, dem gegenüber er sich aussprechen konnte und der ihn verstand. Er fühlte sich sehr ermutigt und glaubte, dass er nun nicht mehr alleine sei. Karim erschien ihm als ein Dschihadi. Es würde wenigstens noch einen oder zwei Männer wie Karim in der Stadt geben, selbst wenn Suleiman wieder im Ausland wäre, die bis in den Tod kämpfen würden, um die Ehre der Gemeinde zu wahren. Sie würden dafür sorgen, dass die Frauen gut erzogen würden.

Sie sprachen nun über die Vorbereitungen für den nächsten Tag. Suleiman fragte, wie viele Busse sie bestellt hätten, um die Gäste des Bräutigams zu transportieren. Dann fragte er Karim: „Ich brauche einen Ambassador, ein Auto wie es eure Familie hat, Onkel. Wo kann ich einen kaufen? Was wird er kosten?"

„Warum willst du ein Auto kaufen? Du gehst doch ohnehin bald wieder ins Ausland. Wozu brauchst du also ein Auto?"

„Ich will ihn nicht nur für mich. Natürlich wird er mir nützlich sein, solange ich hier bin. Und ich habe mich daran gewöhnt, ein Auto zu haben. Ich kann nicht überallhin mit dem Bus fahren. Außerdem wird er für die Angelegenheiten der Moschee nützlich sein. Besonders nützlich wird er für die Tabligh-Angelegenheit sein, um die Muslime an ihre Verpflichtungen zu erinnern. Ein Auto wäre für mich und ein paar andere Tabligh-Männer wirklich praktisch, um in Nachbarstädte zu fahren. Wenn ich hier bin, kann das Auto vor meinem Haus stehen. Es kann der Moschee zur Verfügung stehen."

Karim unterdrückte ein Lächeln und sagte: „Soll das Auto nun für dich oder für die Moschee sein?"

„Was gibt es da zu lächeln? Sagen wir, es ist für die Moschee. Na und? Müssen wir nicht so viel Gutes im Leben tun, wie wir können?"

Karim klatschte in die Hände und lachte provozierend. „Weißt du, woran mich das erinnert? Es erinnert mich an die Hindu-Sitte, einen Stier zu kaufen und ihn dem Tempel zu überlassen."

Suleiman verstand nicht ganz, worauf Karim hinauswollte. Er lächelte stolz und sagte: „Gut, dann ist es eben so. Ich halte es nicht für einen Scherz, wenn ich der Moschee Transportmöglichkeiten zur Verfügung stelle." Er strahlte eine Selbstzufriedenheit aus wie einer, der ein neues Gesetz in Kraft gesetzt hat.

Er ist wirklich ein verrückter Bursche, dachte Karim. Trotzdem musste er ihn für seinen Eifer in so jungen Jahren bewundern.

Mariyayi kam aus dem Küchenbereich und trug einen Korb auf dem Kopf. Sie war schon am frühen Morgen ins Haus gekommen, aber sie hatte ihre eigenen Hausarbeiten noch nicht erledigt und ging deshalb nach Hause. Ihrem Gang sah man die Müdigkeit an und ihr Gesicht zeigte, dass sie völlig erschöpft war. „Was ist in deinem Korb, Tante?" fragte Suleiman scherzend.

Karim reagierte überhaupt nicht auf Suleimans Art, sie anzusprechen, aber Mariyayis Gesicht erblühte vor schüchternem Entzücken. Sofort verschwand jede Spur von Abgespanntheit. Sie war davon überwältigt, dass Suleiman sie mit einer Verwandtschaftsanrede geehrt hatte, und das noch dazu in Karims Gegenwart. „Der ältere Herr hat mich gebeten, Kopf, Eingeweide und Füße des Schafes in Ihrem Haus abzugeben, das ist alles“, sagte sie höflich und glitt bescheiden in Richtung Suleimans Haus. Sie nahm den Geruch der Innereien, der mit ihr gekommen war, wieder mit.

„Sieh nur, wie bescheiden sie ist”, sagte Suleiman lachend. Karim stimmte in sein Lachen ein, was sich um diese Uhrzeit seltsam ausnahm.

Ein großes Gähnen spaltete Suleimans Gesicht, als er aufstand und sagte: „Ich gehe jetzt, Onkel, ich bin wirklich müde. *A'udu billahi minsh shaitaan-ir-rajim.* Ich nehme meine Zuflucht zu Gott gegen die Übel Satans.“

Nachdem Karim ihn verabschiedet hatte, setzte er sich in seinem Stuhl zurecht und lehnte sich bequem zurück. Sein rechtes Knie tat weh. Er zog einen weiteren Stuhl vor seinen und legte die Beine darauf. In der letzten Woche hatte ihn dieser Schmerz im Knie gequält. Am Morgen war er noch dazu nach Madurai gefahren, um Süßigkeiten für die Übergabe der Braut zu kaufen. Er war dort viel umhergelaufen und das hatte den Schmerz verstärkt. Er dachte, dass der Schmerz durch das Einreiben von etwas Salbe gelindert würde, aber er wusste, dass er in dieser Nachtstunde niemanden darum bitten konnte, da alle Hausbewohner schliefen.

An dem Tag, als Rahima und Zohra zu Sabias Haus gefahren waren, um die Einladungen abzugeben, hatte er mit starken Schmerzen auf dem Bett gelegen. Da hatte er jemanden die Tür sehr vorsichtig öffnen hören und den Kopf gewendet, um zu sehen, wer es war. Es war Rabia, die dort stand. Er war sehr überrascht. Sie hatte sich ihm noch niemals auf diese Weise genähert. Plötzlich wurde ihm klar, dass er ihr nie gestattet hatte, ihm nahezukommen. Der Gedanke machte ihn traurig und er fragte in zärtlichem Ton: „Was möchtest du, Mädchen?“

„Ja, meine Cousine hat mir gesagt, dass dir das Bein wehtut. Sie gab mir diese Salbe und sagte mir, ich solle sie einreiben. Soll ich?“ Sie sagte das sehr eifrig und stellte sich direkt neben ihn.

Karim sah seine Tochter an und hätte am liebsten gelächelt. „Du wendest Medizin an wie eine erwachsene Dame“, neckte er sie. Sein Herz schwoll vor Stolz. „Sie ist ein sehr intelligentes Mädchen“, dachte er und war stolz auf sie wie nie zuvor.

Ohne seine Zustimmung abzuwarten, faltete sie sein Veshti bis zum Knie nach oben und tat Eukalyptussalbe auf sein Bein. „Tut es hier weh?“ fragte sie und rieb die Salbe fest ein. Er lächelte vor sich hin, da alle Nervosität verschwunden war, die sie gezeigt hatte, als sie an der Tür stand, und sie stürzte sich mit großem Ernst in ihre Arbeit.

Er dachte daran, wie sie eben noch kleinlaut an der Tür gestanden hatte, wie ein Hund, der seinen Schwanz zwischen die Beine klemmt. Er versuchte sich an eine einzige Gelegenheit zu erinnern, bei der er liebevoll und ihr nahe gewesen war, und wurde traurig. Er fragte sich, warum es ihm unmöglich war, zu seiner Tochter eine liebevolle Beziehung zu haben. Er glaubte nicht, dass er sie jemals nicht gemocht hatte. Er erinnerte sich daran, dass er ihr seit ihrer Kinderzeit immer alles mitbrachte, was sie sich wünschte, und dass er sie damit glücklich machte. Sein Mangel an Begeisterung für sie war nichts anderes als der dringende Wunsch nach einem Sohn. Außerdem – wann war er schließlich auch mal zu Hause? Außer beim Essen und Schlafen hatte er nie Gelegenheit, mit seinem Kind und seiner Frau in Ruhe zu reden. Er war sicher, dass der Grund dafür, dass er Rabia auf Distanz hielt, nicht ein Mangel an Zuneigung zu ihr war, sondern in seinem Wesen, seinem Charakter, lag.

„Das ist genug, Kind. Der Schmerz deines Vaters ist schon weg”, sagte er, nahm ihre

Hand und zog sie zu sich heran.

Sie stand da und hätte sehr gerne gewusst, ob sie die Medizin richtig eingerieben hatte. Ihr Vater sah sie an und ihm wurde mit Erstaunen klar, wie sehr sie gewachsen war. Es war das erste Mal, dass er sie so genau ansah, seit sie ständig einen Davani trug. Er fühlte, wie sich sein Herz auf einmal mit Zärtlichkeit für sie füllte. Sie schwiegen eine Weile, während sie dastand und auf die Erlaubnis wartete, wieder zu gehen. „Ich muss morgen nach Madurai fahren. Was soll ich dir mitbringen?“ fragte er.

Sie war einige Augenblicke lang erstaunt, dass er ihr eine so große Belohnung nur dafür anbot, dass sie ihm die Medizin auf die Beine gerieben hatte, und stand stockstill. Dann sagte sie: „Ich hätte gerne goldene Ringe für meine Ohren, die ich zur Hochzeit meiner Cousine tragen könnte. Willst du mir die mitbringen?“ Ihr Ton verriet ihre Furcht, sie könnte um etwas zu Großes gebeten haben, und ihre Unsicherheit, ob er ihr das, worum sie bat, auch gewähren würde. Ihre großen Augen hatten sich vor Staunen noch mehr geweitet.

Er bemühte sich darum, ihre Furcht zu vertreiben und sie zu ermutigen, und fragte: „Nur Ohrringe? Was noch?“

„Das ist genug, Vater“, beeilte sie sich, ihm zu versichern. „Es gibt jetzt keinen Strom. Soll ich dir ein bisschen mit dem Fächer zufächeln?“ fragte sie besorgt. Er verstand, dass sie auch mit ihrer Sorge um seine Bequemlichkeit zeigen wollte, wie erwachsen sie schon war.

Am nächsten Tag hatte er, bevor er nach Madurai fuhr, stolz in Rabias Gegenwart zu einem Bekannten gesagt: „Erinnerst du dich, dass ich dir beim Gebet sagte, dass mein Knie wehtat? Meine Tochter hat Salbe darauf gerieben und der Schmerz ist wie Baumwollwatte davongeflogen!“

Wie er nun so im Pandal saß, dachte er daran, wie Rabia, von Schüchternheit und Entzücken übermannt, aus dem Zimmer gelaufen war. Er lächelte vor sich hin und fühlte in seiner Tasche nach, ob die Ohrringe, die er in Madurai gekauft hatte, dort sicher waren. Rabia schlief schon fest, als er zurückkam. Er würde sie ihr am nächsten Morgen geben.

Er dachte auch daran, wie er, als er in Madurai auf dem Markt stand, eine Stimme hatte rufen hören: „Onkel!“ Als er sich umwandte, war er schockiert, Fatima dort stehen zu sehen.

Sie kümmerte sich nicht darum, dass sie sich auf einer öffentlichen Straße befanden, rannte auf ihn zu und fiel ihm weinend zu Füßen. Verwirrt hob er sie auf und fragte: „Was nun?“ Er versuchte seinen Ärger nicht zu zeigen und sagte: „Was willst du denn jetzt tun? Du darfst nicht so hässlich auf der Straße weinen … Was hat es schon für einen Sinn, wenn du jetzt an deinen Sohn denkst und weinst? Wir können nichts daran ändern, also geh jetzt!“ Er sprach in scharfem Ton und versuchte, schnell dort wegzukommen. Er konnte ihren Anblick und das Schauspiel, das sie aus ihrer Begegnung machte, nicht ertragen. Er war ganz verzweifelt, weil alle auf dem Markt ihre Blicke auf ihn und Fatima zu heften schienen.

„Onkel, bitte bring mir irgendwie meinen Sohn, damit er wieder in meiner Obhut ist, dafür sollst du gesegnet sein! Meine Mutter wird nicht dort weggehen wollen. Bitte, bring wenigstens ihn zu mir!“ Es tat ihm leid, sie in diesem Zustand zu sehen, wie sie ihre Sari-Enden gegen ihren Mund drückte und so schluchzte, dass ihr ganzer Körper erschüttert wurde. Er fand es unerträglich zu sehen, wie dünn und dunkel sie geworden war. Er versteckte seinen Ärger über ihren Anblick und fragte: „Wo ist dieser Bursche?“

„Er hat hier Arbeit gefunden und verkauft Lebensmittel auf dem Markt. Ich arbeite mit ihm.“ Ihre Zunge war kaum imstande, die Worte zu formen.

Ein paar Männer hatten ihre Arbeit stehen und liegen lassen, als sie Fatima weinen hörten. Sie kamen nahe an die beiden heran und starrten sie so inquisitorisch an, dass ihnen die Augen aus dem Kopf traten. Sie wurden von Fatimas Schluchzen angezogen, das sich erhob, ohne dass sie sich im Mindesten um die Hitze kümmerte, die sich in der Straße gestaut hatte. „Ach, wie unanständig das ist!“ dachte Karim. Er wollte so schnell wie möglich dort weg und sagte zu ihr: „Es wird höchste Zeit für mich! Ich muss dafür sorgen, dass der Junge hergebracht wird, ohne dass es jemand erfährt. Das wird ziemlich schwierig. Gedulde dich eine Weile. Ich schicke Iliaz mit einem meiner Angestellten.” Er war indes traurig über den Zustand, in dem sie sich befand, und sagte, wobei er sich um Geduld bemühte: „Du zeigst mir besser deinen Marktstand, damit ich ihn finden kann.“

Zuerst hatte sie sich sehr gefürchtet, sich ihm zu nähern, und sie war erstaunt und überrascht, dass er nicht wütend geworden war, sondern dass er tatsächlich versprochen hatte, ihr Iliaz zu bringen. Sie nahm sich zusammen und sagte: „Dort, der da ist er. Bitte tu mir diesen einen Gefallen, Onkel! Bestrafe mich nicht für die Sünde, die ich begangen habe!“ Sie weinte wieder und schluchzte sich das Herz aus dem Leibe.

Karim tat sie unendlich leid. Er dachte: „Verrücktes Weib!” steckte die Hand in seine Tasche und zog einen Zweihundert-Rupien-Schein hervor. „Hier“, sagte er und gab ihn ihr. Dann ging er, so schnell er konnte, dort weg.

Das Geräusch von Kesseln, die nun an ihm vorbeigerollt wurden, brachte Karim wieder in die Gegenwart zurück. Er blickte in die Richtung, aus der der Lärm kam. Der Berufskoch brachte den Kessel für die Biriyani-Talisa-Soße, die es dazu gab. Karim war sehr müde. Er fragte sich, ob er sich hinlegen und schlafen sollte. Aber er wusste, dass es für seinen Bruder schwierig sein würde, alles allein zu überwachen, und also nahm er die Beine vom Stuhl, auf die er sie gelegt hatte, stand auf und streckte sich. Seine Hände langten hinauf und strichen über die Rauschgoldgirlanden. Er sah zu ihnen auf und nahm die Hände wieder herunter. Dann stand er eine Weile da und hörte zu, wie die Girlanden sanft in der Nachtbrise raschelten. Vielleicht hätten sie beim Dekorieren noch ein paar Lichtergirlanden anbringen sollen, dachte er.

Er ging in Richtung Küchenbereich und fragte sich plötzlich, ob Fatima ein Tali um den Hals gehabt hatte. Er hätte genau hinsehen sollen! tadelte er sich. Er lächelte vor sich hin, als er sich fragte, wie Suleiman wohl reagieren würde, wenn er wüsste, dass Karim Fatima Geld gegeben hatte. Immer noch lächelnd, faltete er seinen Lungi nach oben und begann, das Kochen zu überwachen. Der Koch Sahul Bai rührte etwas in einem Kessel um. Karim sagte aufmunternd zu ihm: „Du weißt, wie alle immer vom Essen in Muhammad Ali Rowthers Haus gesprochen haben! Wie berühmt es war! Das Festessen morgen muss genauso gut sein, Sahul Bai!”

Kapitel 35

Wahida konnte nicht schlafen, weil sich das Henna, das von ihren Händen abblätterte, so unangenehm anfühlte. Es juckte sie am ganzen Körper, als wenn Mücken sie überall stächen. Sie kratzte sich und hatte dabei Angst, die Henna-Verzierungen zu zerstören. Das dämmrige Licht der Nachtlampe erfüllte den Raum. Von dem Bett aus, in dem sie lag, sah sie aus dem Fenster und auf die Straße hinaus. Ein einziger Baum, der der ORAS-Familie gehörte, war zu sehen. Er hing über die Straße und beschattete sie. Die Dunkelheit lag dicht in seinen Zweigen.

Die Äste verloren sich in der Dunkelheit. Sie konnte kein einziges Blatt unterscheiden. Aus den dunklen Nestern zwischen den Zweigen zwitscherten leise ein paar Vögel. Sie sehnte sich danach, sich bei ihnen zu verstecken, irgendwo weit weg. Ihr war bewusst, dass sie am nächsten Tag in einem anderen Haus im Bett eines ihr unbekannten Mannes sein würde. Was fühlte sie jetzt? Glück oder Angst? Ihr war nicht klar, welches von beidem es war, und sie sah auf Rabia, die neben ihr schlief. Rabia schlief fest und lag ganz und gar still in ihrem Bett. Plötzlich überfiel Wahida tiefe Trauer. Würde sie jemals wieder so fest und ohne eine einzige Sorge schlafen können? Nein, das würde sie nicht. Sie musste ihr Elternhaus für immer verlassen. Sie konnte den Gedanken nicht ertragen, dass sie ihr Elternhaus, ihre Familie, ihre Mutter und Tante und Cousine verlassen musste. Nachdem ihre Hände am vorangegangenen Abend mit Henna verziert worden waren, hatte ihre Mutter sie mit eigener Hand gefüttert. Wie konnte sie von einer solchen Mutter und ihrer Liebe getrennt werden?

Dieses Haus, in dem sie geboren worden war, zu verlassen, würde ein unerträglicher Verlust sein. Sie konnte sich nicht vorstellen, sich von alledem zu trennen: dem langen Korridor, in dem sie als Kind umhergelaufen war und gespielt hatte, dem Hof mit seinen großen Pflastersteinen, den eisernen Säulen rundherum, um die sie als Kind herumgewirbelt war, bis ihr schwindlig wurde. Wenn sie zum Haus ihres Großvaters aufgebrochen war, um in der Stadt zur Schule zu gehen, hatte sie niemals dieses Verlustgefühl empfunden. Es war seltsam, dass sie es jetzt so stark empfand. Früher wurde am Abend oft der Strom abgeschaltet. Dann saßen ihre Amma und ihre Tante in der Gesellschaft von Nafiza, Mumtaz und anderen auf der vorderen Veranda, schwatzten und lachten zusammen, genossen die frische Luft und warteten darauf, dass die Männer ihre Läden abschlossen und nach Hause kamen. Nur sie blieb im Hof, lag auf einer Liege aus Stricken und sah in den Himmel. Sie hörte den Songs von Radio Ceylon zu, die aus dem batteriebetriebenen Transistorradio ihrer Tante erklangen. Manchmal warf Mumtaz einen Blick herein und neckte sie, indem sie zu ihrer Mutter sagte: „Deine Tochter wird sich nie unters Volk mischen, Rahima. Niemand genießt die Freuden der Einsamkeit mehr als sie!"

Wahida hatte das nie gestört. Sie wurde beim Anblick des Nachthimmels immer von Staunen erfüllt. Was war dort über dem Himmel? Wo endete der Himmel? Sie konnte das alles gar nicht verstehen. Sie kannte viele Geschichten über den Himmel. Ihre Mutter wurde immer ärgerlich, wenn sie bei Dunkelwerden alleine auf der Terrasse blieb. „Komm jetzt herunter", sagte sie dann, „die Vögel fliegen über den Himmel!" Wenn Allah die sieben Höllen, die sieben Himmel, die sieben Meere und die sieben Gebirge erschaffen hatte, wer hatte dann Allah erschaffen? Wenn es einen Allah geben musste, um das alles zu erschaffen, musste es dann nicht jemanden geben, der zuvor Allah erschaffen hatte? Von all den Fragen, die sie sich stellte, wurde ihr ganz wirr im Kopf.

Eines Tages wagte sie es, ihre Mutter zu fragen. Rahimas Gesicht rötete und verzog sich. „Wenn du solche Fragen stellst, wirst du im nächsten Augenblick zu einer Ungläubigen. Tu das nie wieder!" sagte sie. Noch jetzt zitterte sie, wenn sie an die Strenge dachte, die damals in der Stimme ihrer Mutter mitschwang. Es jagte ihr Angst ein, wenn sie daran dachte, dass ihre Mutter, die alle unter Kontrolle halten konnte, ohne dass sie ein einziges Wort sagte, zu so schrecklichem Ärger fähig war. Danach hatte Wahida es nie mehr gewagt, einen Versuch zu unternehmen, ihre Zweifel zu entwirren.

Sie hörte, wie Rabia im Schlaf etwas vor sich hinmurmelte. Sie setzte sich auf, sah sie an und versuchte herauszubekommen, was sie sagte. Der Duft von Biriyani strömte ins Zimmer. Sie hörte, dass sich vor dem Haus Menschen bewegten.

Sie dachte an Sikandar. Wie würde er sich ihr gegenüber verhalten? Würde er liebevoll sein oder war er ein jähzorniger Mann wie ihr Onkel Karim? Würde er sich wie die Ehemänner in den Filmen verhalten, die sie gelegentlich gesehen hatte, die in der Hochzeitsnacht ihre Frauen sanft berührten und sie umarmten? Oder würde er anders sein? Sie war voller Zweifel. Warum sagten Nafiza und Mumtaz so gemeine Sachen? Sie waren doch schließlich auch Frauen, oder etwa nicht? Wurde man so, wenn man sich satt aß und im Haus blieb, ohne an irgendetwas anderes zu denken? Aber auch Amma und Tante sind die ganze Zeit über nur im Haus, dachte sie. Sie hatten nie auch nur ein einziges anzügliches Wort gesagt! Immer wieder tadelte sie die anderen stillschweigend. Sie war selbst über die erwachsene Art überrascht, in der sie die beiden gerne gerügt hätte. Wieder dachte sie an Sikandar. Was würde sie tun, wenn er sich nicht wie ein Filmheld verhielte, sondern ganz anders? Brauchte sie kein Blatt vor den Mund zu nehmen und könnte sie sagen, dass sie sein Verhalten nicht mochte? Sie dachte, dass sie das nicht würde tun können. Was wird er sagen, wenn er sieht, wie hübsch sie ist? Er wird sich bei ihrem Anblick sicherlich freuen.

Plötzlich überkam sie Angst und Selbstmitleid. Angenommen er war durchaus nicht so, wie sie ihn sich vorstellte, angenommen er war ein schlechter Mensch. Was könnte sie dann tun? Der Gedanke bedrückte sie sehr. Ihr Kopf tat ihr weh. Bevor sie zu Bett gegangen war, hatte ihre Mutter zu ihr gesagt: „Schlaf gut, denk am besten an gar nichts! Dann wird dein Gesicht am Morgen schön sein." Aber so sehr sie sich auch bemühte, sie konnte kein Auge zutun.

***

Schließlich schlief sie doch ein. In ihren Träumen tauchten verschiedene Bilder auf und verschwanden wieder. Sie war ein kleines Kind und rannte die Kakkaali-Straße hinunter, in der sie als Kind gerne spielte. Ihre Mutter kam hinter ihr hergejagt. Die Straße stank, weil dort offene Abwasserrinnen waren. Ihre Mutter hatte ihr oft verboten, dort zu spielen. Vor jeder der Hütten gab es niedrige Abdeckungen, die den Abfluss eindämmen sollten. Man musste darüber gehen, wenn man eine Hütte betreten wollte. Hennen scharrten an den Abflüssen und machten dabei die ganze Straße schmutzig. Alle Frauen, die in dieser Straße wohnten, versammelten sich auf einer der Veranden und lachten glücklich, den Mund voller Betelblätter. Ihre Mutter hatte jedoch kein gutes Gefühl beim Anblick der Straße.

Die Straße wurde immer länger, sie nahm kein Ende. Plötzlich sah sie ihre Mutter nicht mehr. Sie hielt nach ihr Ausschau und suchte sie verzweifelt. Jetzt war sie ganz allein in einem Wald und rief: Amma, Amma. Sie dachte, sie würde vor Angst sterben. Jemand schüttelte sie wach. „Wahida, wach auf!" Erschrocken öffnete sie die Augen. Da stand ihre Tante. „Wach auf, du musst vor der Morgendämmerung baden", sagte sie, half ihr beim Aufstehen und brachte sie ins Badezimmer.

Als sie ihre Zähne putzte, drängte Zohra sie: „Beeil dich und wasch dir das Henna von den Händen. Dann musst du baden." Wahida hockte sich neben den Wasserboiler und schälte sich das Henna herunter. Sie war vom Anblick ihrer mit Mustern bedeckten Hände entzückt. Sie stand auf und streifte alle Kleider ab, außer dem Unterrock, den sie über die Brust hochgezogen hatte. Dann öffnete sie den Hahn, aus dem das heiße Wasser in den bereit stehenden Eimer floss. Dampf stieg aus dem kochenden Wasser auf und berührte ihr Gesicht. Sie schöpfte becherweise kaltes Wasser aus dem Wasserbehälter in den Eimer. Zohra rief von draußen: „Wahida, mach die Tür auf!"

„Lass mich alleine baden", bat Wahida. Aber Zohra gab nicht nach: „Nein, das geht überhaupt nicht. Ich werde dich baden!" Daraufhin öffnete ihr Wahida verlegen die Tür.

„Warum bist du denn verlegen? Wir sind doch beide Frauen!" Zohra versuchte sie zu besänftigen, verteilte Haarwaschpaste auf Wahidas Kopf und rieb sie ihr ins Haar.

Das Tali-Umhängen war für zehn Uhr angesetzt und deshalb waren Nafiza und Mumtaz um acht Uhr morgens eingetroffen. Rahima hatte sie am Abend zuvor eingeladen: „Bitte kommt unbedingt früh! Ich bin darauf angewiesen, dass ihr beide die Braut anzieht."

Nafiza kam herein, bat Wahida, vom Bett aufzustehen, und sagte: „Du brauchst dich doch nicht zu schämen! Hast du gefrühstückt?" Wahida murmelte ein „Ja". Nafiza fing an, ihr das Haar zu kämmen.

Mumtaz neckte sie und blinzelte ihr zu: „Ich denke mal, du hast die ganze Nacht nicht geschlafen, stimmt's?"

Nafiza ermahnte die unruhige Wahida: „Beweg den Kopf nicht, schließlich kämme ich dich gerade!" Dann sagte sie in scharfem Ton zu Mumtaz: „Musst du dir ausgerechnet sie aussuchen, wenn du schon unbedingt jemanden ärgern musst?"

Wahidas Bett war vollständig übersät mit dem Schmuck für ihr Haar, Lippenstift, Puder, Parfum und anderem Makeup aus einer ausländischen Makeup-Schachtel, Blumen und dem Seidensari, den sie tragen sollte,. Nafiza forderte Mumtaz auf, sie solle ihr alles in der Reihenfolge, in der sie es für Wahidas Haar brauchte, reichen: das Schmuckstück für die Stirn, Quasten, Bänder und Haarnadeln.

Mumtaz reichte Nafiza diese Dinge zu und setzte sich vor Wahida. Sie tat etwas Creme auf eine Handfläche, rieb die Hände gegeneinander und roch daran. Dann rieb sie die Creme auf Wahidas Gesicht. „Duftet sie nicht wunderbar?" fragte sie und nahm sich vor, Suleiman zu bitten, irgendwoher für sie genau die gleiche Creme zu besorgen.

Wahida schwieg und beobachtete die beiden dabei, wie sie sie schmückten. Die beiden Frauen hatten sich sehr sorgfältig angezogen und zurechtgemacht, bevor sie ins Haus gekommen waren. Nafiza trug einen rötlichbraunen Seidensari und eine Bluse der gleichen Farbe. Sie sah mit ihren langen Jimikki-Ohrgehängen und der mit Steinen besetzten Halskette sehr anziehend aus. Mumtaz trug einen papageiengrünen Seidensari mit roter Bluse, die zur Sari-Borte passte. Dazu trug sie hängende Ohrringe und eine Kasumalai-Halskette. Ihre Arme waren von goldenen Bangles bedeckt. Auch sie sah schön aus, allerdings reichte ihre Schönheit nicht ganz an die Nafizas heran.

„Hast du nicht ein bisschen viel Augenschwärze aufgetragen? Verschmiert das nicht?“ fragte Wahida.

Mumtaz hielt einen Augenblick in ihrer Arbeit inne, nahm den Spiegel, der auf dem Bett lag, und prüfte ihr Gesicht. „Ach, findet ihr, es ist zu viel?“ fragte sie die beiden anderen. Dann versicherte sie sich selbst: „Mir kommt es nicht so vor.“ Sie setzte ihre Arbeit fort. Wahida hatte Mumtaz nie ohne Makeup gesehen. Jemand hatte sie sogar sagen hören: „Wenn ich keine Augenschwärze benutze, sterbe ich ganz bestimmt!“

„Seid ihr mit dem Schminken fertig?” fragte Rahima, als sie ins Zimmer trat. Sie wartete die Antwort nicht ab, zog eine Schublade im Schrank auf und nahm den Schmuckkasten heraus.

„Es ist alles fertig, wir haben ihr nur den Sari noch nicht angelegt. Aber die Familie des Bräutigams muss ihn ja erst bringen. Gib uns den Sari, den sie bis dahin tragen soll“, sagte Nafiza.

„Ich will ihr erst den Schmuck anlegen. Ihr könnt ihr den Sari danach umlegen. Ich habe noch so viel zu tun!“ Rahima trocknete sich mit ihrem Sari den Schweiß, der ihr in Tropfen auf der Stirn stand, und setzte sich mit dem Schmuckkasten in den Händen auf das Bett. Nafiza und Mumtaz waren äußerst begierig darauf, den Schmuck zu sehen. Das verriet ihr Gesichtsausdruck ganz offen. Rahima hatte ihnen nur die Hälfte des Schmucks gezeigt, den sie für ihre Tochter bestellt hatte. Erst jetzt konnten sie den übrigen Schmuck sehen. Sie waren sicher, dass Rahima Ohrringe im allerschönsten Muster bestellt hatte. Die beiden Frauen waren entschlossen, sich die gleichen Ohrringe machen zu lassen, wenn Wahidas neue Ohrringe nach ihrem Geschmack wären.

Rahima sagte „Bismillah” und öffnete den Schmuckkasten. Zuerst öffnete sie eine winzige Schachtel und nahm einen Nasenring heraus, den sie Wahida gab, während sie ihren alten herausschraubte.

Nafiza sah den Nasenring mit seinen acht Steinen in Wahidas Hand glitzern und fragte eifrig: „Ach, Rahima, das ist ein Sridevi-Nasenring, nicht wahr? Sind das Diamanten?“

„Als ob nur Diamanten glitzern würden“, neckte Rahima. „Nein, es ist nur Gold. Wahidas Vater sagt, dass nur Gold in dieser Familie Tradition hat. Er wollte nicht, dass wir Diamanten kaufen.“ Rahima sprach ruhig und befestigte den Nasenring an der Nase ihrer Tochter. Sie nahm jedes Schmuckstück, eins nach dem anderen, und zeigte es Nafiza und Mumtaz. Dann legte sie es Wahida an.

Wahida empfand einen Augenblick lang großes Glück. Sie dachte daran, wie Rabia vor Entzücken einen Sprung machen würde, wenn sie jetzt bei ihnen wäre. Sie fragte: „Wo ist Rabia, Amma?“

„Wer, Rabia? Ich weiß es nicht. Wahrscheinlich steht sie irgendwo im Pandal und sieht sich den Spaß an. Wenn sie all diese Schmuckstücke und die Verschönerungen sehen würde, dann würde sie uns bitten, dass wir noch in dieser Minute auch ihre Hochzeit arrangieren!“ Rahima lachte.

Nafiza stimmte stolz zu: „Aber klar, was sonst? Wir sollten sie nicht unterschätzen, meine künftige Schwiegertochter. Sie ist ein kluges kleines Ding!“ Aber Rahima dachte plötzlich an Karim und fragte sich, was er wohl getan hätte, wenn er das mit angehört hätte.

Rahima hatte sechs Paar Ohrringe für Wahida machen lassen. Die mit den grünen Steinen lenkten mit ihrer auserlesenen Schönheit besonders die Blicke auf sich. Mumtaz nahm einen in die Hand und fragte neugierig: „Wie viele Sovereigns ist dieser wert?“

„Er ist nur einen Sovereign wert. Findest du ihn hübsch?“ Rahimas Stimme klang erfreut.

Mumtaz sagte etwas zögernd: „Ich würde mir auch gerne ein Paar genau wie diese machen lassen.“ Die anderen verstanden, dass sie sich ganz und gar nicht sicher war, ob Rahima ihr dieses Paar ausleihen würde, damit sie es dem Goldschmied zeigen könnte.

„Mach nur, niemand hat etwas dagegen!” sagte Rahima stolz. Es schien sie zu entzücken und ihr zu gefallen, dass alle, die dort waren, die Muster mochten und ihr damit bestätigten, dass sie die richtigen für ihre Tochter ausgewählt hatte.

Nafiza lachte, sagte jedoch etwas ängstlich: „Einen Augenblick mal! Alle Frauen in der Stadt werden genau die gleichen Ohrringe tragen! Es ist, als ob eine Frau einen Samen legt und die Wurzeln alle anderen erreichen.“

Wahida war zum Lachen zumute. Es stimmte: Wenn eine Frau in dieser Stadt einen Sari mit einem schönen Muster trug oder wenn man eine ein neues Schmuckstück tragen sah, dann wollten alle anderen Familien gleich am nächsten Tag genau das gleiche haben. Saura sagte immer: „Es genügt, wenn eine Frau schwanger wird, es genügt, wenn eine Frau einen neuen Sari kauft, na, es genügt sogar schon, wenn eine Frau pissen geht – dann tun alle genau dasselbe!“

Als Rahima ihrer Tochter den gesamten Schmuck angelegt hatte, ließ sie Wahida aufstehen, damit sie sie besser bewundern konnte. Dann sagte sie zu ihr: „Hör mir bitte genau zu. Wenn du deinen Schmuck anlegst, dann setz dich dazu immer mitten auf dein Bett! Mach das niemals im Stehen! Du willst ja schließlich nicht, dass die Schmuckstücke auf den Boden fallen und die Steine herausbrechen! Hörst du?“ Nafiza hatte inzwischen damit begonnen, den Seidensari auf Wahida zu drapieren. Rahima blieb eine Weile stehen und versank in den Anblick der Schönheit ihrer Tochter. Dann streichelte sie Wahidas Gesicht mit beiden Händen und pochte mit den Fingerknöcheln gegen ihre Schläfen, um den bösen Blick abzuhalten. Als Wahida die Tränen des Stolzes in den Augen ihrer Mutter sah, füllten sich auch ihre Augen mit Tränen und sie sah schnell nach unten, denn sie hoffte, dann würde es keine der Frauen bemerken.

Nafiza beendete das Drapieren des Sari auf Wahida und sagte: „Sag mal, wirst du jetzt wohl endlich den Davani ablegen, statt dich an ihm festzuklammern? Gut so. Vor zehn Uhr wird keine Zeit für den Muhurtam sein, aber wir können die Braut schon in die Halle bringen. Was hältst du davon, Rahima?“ Damit bat sie Rahima um Erlaubnis.

„Wartet noch etwas. Wir wollen nach ihrem Vater schicken, damit er kommt und seine Tochter sieht.“ Rahima ging schnell hinaus.

Wahida wollte sich in voller Größe im großen Spiegel sehen. Sie war neugierig, wie sie nun aussehen würde, so geschmückt wie sie noch nie zuvor gewesen war. Aber sie beherrschte sich, denn sie wusste im Voraus, wie Mumtaz und Nafiza sie necken würden, wenn sie um einen Spiegel bäte.

Kurz darauf kam Kader herein, aber als er die beiden anderen Frauen dort sah, verwirrte ihn das und er wollte gleich wieder gehen. Sie entschuldigten sich und gingen sofort aus dem Zimmer.

Kaders Herz wurde von übergroßer Freude erfüllt, als er seine Tochter ansah, die vor ihm stand. Er staunte darüber, wie groß und erwachsen sie in ihrem Sari aussah. Er war noch stolzer auf sie, weil sie das genaue Ebenbild seiner Mutter war. Er wusste, was für einen sanften Charakter sie hatte, und das machte ihn noch stolzer auf sie. Er kam nahe an sie heran, hob ihr Gesicht, das sie gesenkt hatte, mit beiden Händen und sagte zärtlich: „Warum bist du deinem Vater gegenüber verlegen?“ Ihm wurde plötzlich klar, dass er nach all diesen Jahren seine Tochter zum ersten Mal berührte. Er unterdrückte diesen Gedanken ganz schnell.

Er legte ihr beide Hände auf die Schultern und drückte sie sanft. Damit versuchte er, ihr seine Liebe mitzuteilen. „Ja, Liebe, hast du genug Schmuck, was meinst du, oder möchtest du mehr?“

Wahida hatte Mitgefühl mit ihrem Vater, als sie sah, wie er sich darum bemühte, ihr seine Liebe auszudrücken. Sie lächelte sanft, weil sie wollte, dass er sich wohlfühle, und nickte, um zu zeigen: „Ich habe wirklich genug bekommen!“

„Wahida, meine Kleine, du bist nun wohl eine Frau geworden!” Karim kam herein, aber er blieb hinter seinem älteren Bruder stehen. Kader nahm sofort die Hände von den Schultern seiner Tochter, winkte ihr damit, um sich zu verabschieden, und ging schnell hinaus.

Das Erscheinen ihres Onkels hatte eine beruhigende Wirkung auf Wahida. Sie dachte, dass sein Eintreten ihren Vater wirklich erlöst hatte. Er hatte ja herumgestottert, denn er wusste nicht, was er sagen sollte.

„Was ist denn das? Wie hast du dich nur so plötzlich verändert?“ Karim trat zu ihr und legte eine Hand zärtlich auf ihren Rücken.

„Komm, Onkel“, sagte sie und errötete heftig.

„Ich geh ja schon, ich geh ja schon. Wo ist übrigens deine kleine Schwester? Ich habe sie nirgends gesehen!“ Nachdem er das gesagt hatte, ging er schnell wieder hinaus. Wahida blieb erstaunt zurück, dass ihr Onkel so liebevoll mit ihr sprechen konnte.

***

Wahida sah in all ihrem Putz sehr schön aus. Sie musste sich auf das Sofa setzen, mit dem Rücken zur Wand und dem Gesicht nach Westen, genau in der Mitte der Halle. Alle Frauen der Stadt setzten sich auf Matten, die in Reihen auf der langen und breiten Veranda ausgelegt waren. Sie saß da und hielt den Kopf gesenkt. Mit beiden Händen hielt sie den roten, mit Goldfäden durchwirkten Schleier, der ihr Gesicht bedeckte, fest, damit er nicht hinunterfiele. Sie konnte nur schwer ihren Wunsch beherrschen zu sehen, welche Frauen vor ihr saßen. Obwohl ihr der Nacken wehtat, saß sie mit gesenktem Kopf da, denn sie fürchtete, dass sie, wenn sie gerade säße, den schlechten Ruf, sie sei unbescheiden, davontragen würde. Rahima hatte sie am Tag zuvor gewarnt und ihr gesagt, dass man sich bis ans Ende ihres Lebens an die Haltung der Braut an ihrem Hochzeitstag erinnern und darüber sprechen würde.

Alle fünf Minuten kam Rabia irgendwoher gelaufen, fiel ihrer Cousine um den Hals, drehte sich um und lief wieder weg. Auch sie war in ihrem Seidenrock und Seidendavani nicht wiederzuerkennen. Rahima und Zohra empfingen in der Zeit alle weiblichen Gäste und zeigten ihnen, wo sie sitzen sollten. Beide trugen Saris mit demselben Muster und in derselben Farbe.

Als eine Frau kam, die Wahida nicht kannte, stand Rabia neben Rahima und Zohra und begrüßte sie auf sehr erwachsene Art. Sobald sie sich gesetzt hatte, lief sie zu ihrer Cousine, lehnte sich über sie und flüsterte ihr ins Ohr: „Das ist Rameshs Mutter.“ Wahida bemerkte, dass sich beim Eintreten der Dame ein Flüstern unter den Frauen, die dort versammelt waren, erhob, aber sie verstand nicht, was das zu bedeuten hatte. Rahima verstand es jedoch und war sehr traurig darüber, dass der Neuangekommenen so viel Aufmerksamkeit zuteil wurde. Es setzte sie in große Verlegenheit, dass die anderen Frauen sie so schamlos anstarrten. Sie fühlte sich dadurch herabgesetzt, dass ein Gast, den sie persönlich eingeladen hatte, auf diese Weise gedemütigt wurde, und konnte es doch nicht verhindern. Das verstärkte noch die Traurigkeit, die sie ohnehin schon über die Trennung von ihrer Tochter empfand. Wenn später die Partei des Bräutigams erschiene, würde sich die Aufmerksamkeit aller Frauen auf diese richten, aber bis dahin konnte sie die anderen Frauen nicht davon abhalten, Rameshs Mutter anzustarren.

Auch Zohra hatte bemerkt, welche Aufmerksamkeit die Frau erregte. Sie litt unter einem ähnlichen Problem: Als Mariyayi in ihrem neuen Sari umherging und als Paramans Schwiegertochter in ihr Haus kam, folgten ihnen die forschenden Blicke vieler Frauen und prüften sie gründlich und mit Interesse.

Plötzlich kam es Zohra so vor, als ob das Haus mit Klatsch und Intrigen angefüllt und von ihnen umgeben sei und als ob diese beiden Frauen, ihre Gäste, in einer Art Dickicht wären, aus dem sie nicht mehr herausfinden könnten. Rahima und Zohra waren beschämt, dass diese Frauen durch ihre Einladung in eine Falle getappt waren, in der sie nun, ohne zu merken, wie es geschehen war, festsaßen.

Rabia und andere Kinder kamen angerannt, um die Ankunft der Partei des Bräutigams anzukündigen, und tatsächlich wendete sich nun die Aufmerksamkeit aller aufgeregt diesem Ereignis zu. Rahima und Zohra eilten erleichtert zur Vordertür, um die Neuankommenden zu begrüßen. Wahida hörte, wie ihre Mutter sie alle mit einer Lade Glücksbringer in den Händen willkommen hieß, und senkte ihren Kopf noch tiefer. Sie fürchtete sich so sehr, dass ihr der Schweiß nur so heruntertropfte. Die Frauen aus ihrer Stadt rückten weiter nach hinten, um den Besuchern aus der anderen Stadt Platz zu machen. Geschenke vom Bräutigam wurden gebracht und vor Wahida gelegt.

Sabia sagte voller Autorität: „Macht Platz für die Partei des Bräutigams!“ Nafiza und Mumtaz, die zu Wahidas Füßen saßen, lächelten einander zu und wandten sich um, um die Braut anzusehen.

„Kommt alle und seht! Ich habe einundfünfzig Platten mitgebracht, die die Geschenke des Bräutigams enthalten“, kündigte Sabia stolz an und sah um sich. Sie berührte Wahidas Schulter und sagte: „Sch … Allahu”. Sie rief Nafiza und Mumtaz zu: „Kommt, ihr Frauen, steht auf, lasst uns der Braut den Sari umtun, in dem das Tali-Umhängen stattfinden soll.”

Sofort berührten beide Frauen Wahida, brachten sie dazu aufzustehen, umarmten sie und führten sie ins Haus. Sabia ging mit ihnen hinein und sagte: „Der Bräutigam ist schon im Auto zur Moschee gefahren. Beeilt euch und zieht sie an. Danach legt ihr der Braut diese Girlande und Blumenkette um.“ Sie eilte wieder hinaus.

Nafiza schüttelte den Brautsari aus roter Seide aus und fing an, ihn auf Wahida zu drapieren. Mumtaz murmelte indessen: „Was ist denn das? Einundfünfzig Platten voller Geschenke? Das klingt ja sehr rätselhaft!“

„Was hast du denn sonst erwartet? Sie hat schließlich einen großen Batzen Geld als Mitgift bekommen!“ antwortete Nafiza in scharfem Ton.

Wahida war nun in den Brautsari gekleidet und hatte sich wieder auf ihr Sofa mitten in der Halle setzen müssen. Zwei Männer erschienen, um die Zustimmung der Braut einzuholen. Gemeinsam mit ihnen erschien der Hazrat, der ein Notizbuch hielt. Die dort versammelten Frauen schwiegen.

Die Stimme des Hazrats erhob sich laut, als er fragte: „In Gegenwart des ersten Zeugen Janaab A. M. Hanifa und des zweiten Zeugen Janaab S. Suleiman, bist du einverstanden, dass die Hochzeit zwischen Sultans Enkel und Sayyeds Sohn Sikandar und Kaders Tochter und Muhammad Alis Enkelin Wahida Begum für die Brautgabe von tausendundeiner Rupie stattfindet?"

Sabia, die sehr nahe vor Wahida saß, lehnte sich zu ihr hinüber und flüsterte ihr ins Ohr: „Was sagst du?" Wahida wusste in ihrer großen Verwirrung nicht, was sie hätte tun müssen. Sabia sah zum Hazrat auf und sagte: „Asalaamu aleikum'", nahm ihm das Notizbuch aus den Händen und brachte Wahida dazu zu unterschreiben. Etwas später nahm Sabia die Kette mit schwarzen Perlen heraus und legte sie Wahida um den Hals. Dabei forderte sie das Mädchen auf, die fünf Kalimas zur Bezeugung ihres Glaubens zu sprechen. Sie tat so, als wäre sie sicher, dass nur sie allein zum Herrn beten könnte, dass Er dem Leben ihres einzigen Sohnes Gedeihen schenken solle. Sabia nahm diese Verantwortung auf sich.

Wahida sehnte sich in diesem Augenblick nach ihrer Mutter. Die Girlande drückte sie stark im Nacken und die Blumenkette mit ihren hängenden Blüten fiel über ihr Gesicht und bedeckte es.

Sabia sagte zu einem der Anwesenden: „Nimm die Geschenke und bringe sie ins Haus." Dann öffnete sie die Tüten mit Süßigkeiten und warf sie mit vollen Händen zwischen die Hochzeitsgäste.

Gleich sollte der Bräutigam kommen: Rabia und Madina standen an der Vordertür des Hauses mit dem Arati bereit, das ihn vor bösen Blicken schützen sollte. Inzwischen eilte Mumtaz in die Küche, goss Milch in eine Schale, süßte sie mit Zucker, quetschte eine Banane hinein und brachte sie mit einem neuen Silberlöffel in die Halle, denn damit sollten Braut und Bräutigam gefüttert werden. Inzwischen hatten Rabia und Madina Sikandar gegenüber ein Arati gemacht und bettelten ihn um Geld an. Er lächelte und gab Rabia einen Hundert-Rupien-Schein, dann betrat er das Haus. Einige Freunde und Fotografen folgten ihm. Die Mädchen liefen voraus, um sich zu Wahida zu stellen und um den Rahmen aller Fotografien zu bilden.

Sobald die Hochzeit vorüber war, sorgte Zohra dafür, dass Paramans Schwiegertochter und Rameshs Mutter eine vegetarische Mahlzeit bekamen, und schickte sie mit Taschen voller glücksbringender Betelblätter und -nüsse nach Hause. Karim sorgte dafür, dass Portionen von Biriyani zurechtgemacht wurden, die man an alle Freunde und Verwandte schicken wollte. Inzwischen beaufsichtigte Kader das Servieren des Mahls, das den Gästen im Pandal, der auf der Terrasse errichtet worden war, serviert wurde.

Alle waren sehr mit dem beschäftigt, was sie taten, aber allen war gleichzeitig mit großer Traurigkeit bewusst, dass die Zeit für Wahidas Abschied immer näher rückte. Nur Rabia war von der Freude an den Gedanken erfüllt, dass sie sehr bald ihre Chitthi Firdaus wiedersehen sollte.

Kapitel 36

Sobald Rabia aus dem Auto gestiegen war, rannte sie los, um Firdaus zu sehen. Wahida lächelte vor sich hin und wollte sie nicht aufhalten. Armes Kind, wie lange sie darauf hatte warten müssen! Sabias Haus war Wahida nicht neu. Als kleines Mädchen hatte sie die Familie sehr oft besucht. An diesem Tag fühlte sich das Haus allerdings sehr fremd an. Sikandar ging lieber zu seinen Freunden und zeigte keine besonderen Gefühle für sie. Darüber war sie sehr enttäuscht. Im Auto hatte sie auf dem ganzen Weg geweint, aber er hatte kein einziges Wort gesagt, um sie zu trösten. Schließlich hatte sie aufgehört, als er sie berührte, was ihr Mut und sogar Freude machte. Zum ersten Mal in ihrem Leben saß ein Mann nahe bei ihr. Plötzlich war ihr klar geworden, dass sie mit dem Weinen nichts gewinnen würde. Sie dankte Gott für diese Einsicht.

Das Zimmer im oberen Stockwerk, in das man sie gebracht hatte, war von Rosenduft erfüllt. Sie mochte den Duft sehr. Das neue Bett, das extra für sie angefertigt worden war, stand im Zimmer für sie bereit. Der Kleiderschrank war noch in Stroh und Papier verpackt. Sie sagte sich, dass von jetzt an nur dieses Zimmer ihr eigener Ort sein werde. Von jetzt an würden sich alle ihre Freuden und Sorgen, die guten und schlechten Dinge in ihrem Leben, zwischen diesen vier Wänden abspielen. Nichts würde ihr geschehen, das diese Wände nicht erfahren würden. Das war alles, was bis an ihr Lebensende sein würde. Plötzlich schämte sie sich. Alle Frauen machen diese Erfahrung, dachte sie. Warum stelle ich mir nur vor, dass es mir als Einziger geschieht, und mache mich dadurch selbst traurig? Trotzig befreite sie sich von diesen krankmachenden Gedanken und wendete ihre Aufmerksamkeit den Geräuschen außerhalb ihres Zimmers zu.

Sie hörte unentwegt Sabias Stimme ertönen. Sie befahl den Küchenhilfen, das Haus sauberzumachen. Außer ihrer Stimme war sonst keine zu hören. Ein kleines Angstgefühl begann sich in Wahidas Gemüt einzunisten und auszubreiten. Es war die Angst davor, dass sie von nun an ihren Willen dem Willen Sabias werde beugen müssen. Gleichzeitig dachte sie an ihren Schwiegervater Sayyed. Seine grenzenlose Zuneigung zu ihr ermutigte sie. Er hatte nie versäumt, ihr jedes Mal, wenn er aus dem Ausland nach Hause kam, ein Geschenk mitzubringen. Immer wenn er sie besuchte, hatte er voller Zärtlichkeit und Zartheit mit ihr gesprochen. Ihre Mutter war sehr glücklich darüber, dass Wahida sich keinen besseren Schwiegervater hätte wünschen können. Auch ihr Vater glaubte das.

Die Zeit verging und sie begann sich zu langweilen, als sie da so alleine saß. Gerade als sie sich fragte, warum Rabia, die ihr ja extra mitgegeben worden war, damit sie ihr Gesellschaft leiste, sie so lange allein ließ, hörte sie das Rascheln ihres Seidenrocks, als die Kleine zu ihr heraufgelaufen kam. Rabia blieb atemlos stehen. Sabia war ihr gefolgt und schimpfte: „Warum muss ein Mädchen so rennen, statt ruhig und bescheiden zu sein?“ Sie ging wieder hinaus, wobei ihr dicker Körper schaukelte.

Rabia und Wahida waren beide wie benommen. Sie tauschten nur Blicke und sagten nichts. Rabia ging zu ihrer Cousine und ließ sich mit einem Plumps auf das Bett fallen. Ihr Glück war in einem Augenblick verflogen. Wie um alles in der Welt sollte ihre Cousine mit dieser Frau auskommen?

Jetzt kam Sayyed in ihr Zimmer und sagte: „Allahu“. Er setzte sich sehr nahe zu

Wahida und fragte: „Na, Mädchen, was machst du?“

Rabia antwortete für sie beide: „Nichts, Onkel Sayyed!“

„Nichts? Aber ihr seid vollständig angezogen!“ kicherte er, als ob er einen Witz gemacht hätte. Rabia senkte schockiert den Kopf. Wahida zog ihren Sari weit über sich und auch sie senkte den Kopf. Rabia dachte, dass er mit seinem geschrumpften und dünnen Körper, seinem Bauch und seinem unkrautartigen Bart wie der Ji-Bhumba-Dämon aus dem Jeyashankar-Film aussah.

Er berührte Wahidas Nacken so, dass sie aufsah. „Wie lange willst du hier mit gesenktem Kopf sitzen? Tut dir der Nacken nicht weh? Hier ist niemand, der dich nicht sehen dürfte.“ Er sagte das in zärtlichem Ton.

Wahida musste dringend auf die Toilette. Wie könnte sie danach fragen? Wie sollte sie das bewerkstelligen? Sie war ganz durcheinander.

Als ob es seine Pflicht wäre sicherzustellen, dass sie in seinem Haus nicht zu schüchtern sei, sagte er im Bemühen, dass sie sich wohlfühle: „Sag mir, wenn du etwas brauchst. Von jetzt an ist das dein Haus. Denk daran und fass Mut! Du darfst hier nicht einfach sitzen und ins Nichts starren. Gut, ich gehe. Ich komme nach meinen Gebeten wieder. Dann essen wir.” Und für Rabia hatte er ein Scherzwort: „Wie steht’s, Frau? Du passt auf deine Cousine auf und sorgst dafür, dass sie niemand wegträgt, nicht wahr?“ Er stand vom Bett auf und ging, indem er von einer Seite zur anderen schwankte.

Rabia sah ihm nach, kicherte und flüsterte Wahida ins Ohr: „Watschelt er nicht wie eine Ente?“

Wahida legte einen Finger auf die Lippen und schalt: „Sch! Du darfst dich nicht über deine alten Verwandten lustig machen!“ Sie hatte Angst, dass jemand sie gehört haben könnte. Dann schickte sie Rabia weg und sagte: „Bitte geh und hole Tante Sabia. Ich muss auf die Toilette!“ Ihr war heiß und sie war unter ihrem Seidensari und den Blumen nass geschwitzt. Draußen war es, obwohl es schon Abend war, noch sehr heiß und dazu feucht. Der Ventilator war ganz aufgedreht, aber sie schwitzte trotzdem und war erschöpft. Sie war auch dadurch beeinträchtigt, dass sie ihre Periode bekommen hatte. Sie stand ruhig auf, hob den Koffer, den sie mitgebracht hatte, auf ihr Bett und öffnete ihn. Amma hatte einen Koran obenauf gelegt. Sie dachte daran, dass sie ihn nicht berühren durfte, wenn sie ihre Periode hatte. Dann suchte sie gründlich nach ihren Binden. Amma hatte ihre Kleider und alles, was sie sonst noch brauchte, eingepackt. Sie hatte eine Packung Binden zwischen Wahidas Kleidern verstaut. Zohra hatte gelacht, als sie sie versteckte. „Du hältst die wohl auch für Brautgeschenke?“ Jetzt zog Wahida eine heraus, verbarg sie in den Falten ihres Saris und stellte den Koffer wieder weg. Wenn Rabia sie sähe, würde sie ihr die Seele aus dem Leib fragen: „Was ist das?“ und „Wofür brauchst du das?“

Als Sikandar und Wahida sich zum Abendessen setzten, ließ sich Sayyed neben Wahida nieder und schüttete einen Löffel Chutney über den Dosai auf ihrem Teller, wobei er viel Aufhebens von seiner Fürsorglichkeit machte. Dann sagte er: „Aber Sabia, wir essen hier nur zu viert. Warum hast du so viel Chutney gemacht? Wird es nicht schlecht werden?“ Er murmelte vor sich hin: „Sie weiß offenbar den Wert des Geldes nicht zu schätzen.“ Aber Sabia brachte ihn blitzschnell zum Schweigen, indem sie sagte: „Oh, warum hältst du nicht den Mund!“

Nach dem Essen fiel Sayyed Sabia weiter lästig, indem er sagte: „Warum hast du keine Vorbereitungen für die Nacht getroffen?“ Schließlich schrie sie ihn an, weil sie sich unerträglich ärgerte: „Warum hältst du nicht den Mund? Das Mädchen ist in der falschen Zeit des Monats." Trotzdem kam er in das Zimmer oben im Haus, in dem Wahida saß, und sagte in jammerndem, aber doch ganz vertraulichem Ton: „Ach, Mädchen, ich höre, dass du in der falschen Zeit des Monats bist?" Wahida war schockiert, dass er ohne jede Scham eine so intime Frage stellen konnte, als ob er sie fragte, ob sie Kopfweh habe! Aber Sabia folgte ihm, schalt ihn und vertrieb ihn. „Wie kannst du nur so schamlos zu deiner Schwiegertochter sprechen? Wie kannst du nur einfach in ihr Zimmer kommen und ihr solche Fragen stellen, du schamloser Mensch!" Als er mit einfältigem Grinsen im Gesicht gegangen war, sagte Sabia zu Wahida: „Schon gut, Mädchen, zieh dich jetzt um und geh schlafen! Du musst ja müde sein. Ich will mit Sikandar sprechen und ihm sagen, dass er jetzt heraufkommen soll."

Rabia kam nach oben, ihr fielen fast die Augen zu, denn sie war todmüde. Schmeichelnd fragte sie: „Wahida, wo soll ich schlafen?" Ihre Cousine wusste nicht, was sie antworten sollte. Wenn sie sie nur auffordern könnte, neben ihr zu schlafen! Aber das würden sie nicht erlauben. Wahida wusste, dass Rabia sich fürchten würde, wenn sie alleine schlafen müsste, darum sagte sie: „Geh und schlaf bei deiner Tante Firdaus." Rabia war entzückt, das zu hören. „Sehr gerne, ich sage es Tante Sabia und gehe. Ich komme früh am Morgen zurück!"

Gerade als sie aufstand, betrat Sikandar das Zimmer. „Wohin gehst du, Mädchen?" fragte er, nahm sie bei der Hand, zog sie an sich und umarmte sie fest. Rabia war äußerst verlegen, versuchte sich zu befreien und stotterte: „Lass mich los, Sikandar."

„Ich denke gar nicht daran!" sagte er und hielt sie noch fester. Er roch nach Zigaretten. Rabia kämpfte, um sich zu befreien. Wahida mochte diese Neckerei überhaupt nicht. Sie fragte sich: „Warum macht er das? Sieht er nicht, wie schrecklich Rabia sich dabei fühlt?"

Sabia rief: „Lass sie jetzt in Ruhe! Du brauchst mit deiner Schwägerin nicht so ausgelassen zu sein! Ich habe Wahida gesagt, sie soll schlafen gehen, denn sie ist müde. Beeil dich jetzt und geh auch ins Bett!" Sobald seine Arme etwas locker ließen, zog Rabia ihre Hände weg und flog wie ein Sperling davon.

Sikandar nahm die Tasse mit Milch, die seine Mutter gebracht hatte, stellte sie auf den Nachttisch und kam zu Wahida. Sie hatte ihren Seidensari abgelegt und duckte sich wie ein Küken. Sie trug nun einen ihrer normalen Saris. Sie wusste immer noch nicht, wie man einen Sari ordentlich drapierte. Sabia hatte ihr dabei helfen müssen. Das war ein neuer Grund für sie, sich zu beschweren: „Wenn ich nur eine Tochter hätte! Sie wäre mir eine solche Hilfe! Jetzt muss ich dir sogar noch beim Umziehen helfen! Was soll man da machen!"

Sabia hatte seit dem frühen Morgen herumgemeckert. Wenn sie Töchter hätte, dann hätte sie das Extrageld, Geschenke und Süßigkeiten, die dem Brauch gemäß den Schwägerinnen der Braut zustanden, beanspruchen können. Sie fühlte tiefen Groll darüber, dass sie keine hatte. Vom Tali-Umhängen bis sie nach Hause kamen, hatte sie darüber gemurrt, was für ein Glück doch ihr Bruder und seine Frau hätten. Schließlich flüsterte Nafiza Zohra zu: „Wer hat sie denn wohl geheißen, keine Töchter zu bekommen? Wenn sie wirklich so verzweifelt darüber ist, hätte sie ein Mädchen aus einem Waisenhaus adoptieren sollen, nur damit sie die ‚Nattanaar'-Geschenke fordern könnte." Als Rahima und Zohra das hörten, lachten sie heimlich.

Sikandar zog sein Seiden-Veshti und -Hemd aus und hängte sie auf. Er schien sich überhaupt nicht unbehaglich zu fühlen, wie er da so nur in seiner Unterkleidung herumstand. Er ignorierte die Anwesenheit Wahidas im Zimmer, nahm ganz zwanglos einen Lungi aus seinem Schrank und steckte ihn um die Taille herum fest. Wahida konnte das nicht mit ansehen und drückte ihr Gesicht auf ihre Knie nieder. Es kam ihr so vor, als würde er ihre Anwesenheit im Zimmer überhaupt nicht bemerken.

Als ihr bewusst wurde, dass der Augenblick gekommen war, in dem er sich ihr nähern und sich neben sie setzen sollte, begann sie am ganzen Körper zu zittern. Irgendwo in der Ferne heulte ein Hund wie wild. Das Geräusch umfasste die Nacht in einer gewaltsamen Umklammerung. Eine seltsame Mischung aus Furcht und Erwartung nahm ihr den Atem. Sie war das erste Mal in ihrem Leben mit einem Mann allein, und das erfüllte sie mit einem ganz neuen Gefühl der Verlegenheit. Ihr Körper zog sich zusammen, wenn sie daran dachte, was draußen die anderen wohl sagen könnten.

Er setzte sich neben sie, hob ihr Gesicht von ihren Knien und sah sie einen Augenblick lang an. „Na, bist du müde? Amma hat mir gesagt, was mit dir ist. Da entkommst du mir also heute Nacht. Das heben wir uns dann für später auf!" Er sprach, als hätte er ein Recht auf sie. „Gut also, trink die Milch und schlaf dann!"

Dass er so sprach, als wären sie sehr vertraut miteinander, verminderte ihre Angst ein wenig. Sie nahm die Milch, trank sie und rollte sich in einer Ecke des Bettes zusammen. Sie bemerkte, dass er einen leichten, mit Zigarettenqualm vermischten Schweißgeruch ausströmte. Da der ganze Tag sehr anstrengend gewesen war, fiel es ihr nicht schwer, gleich einzuschlafen, obwohl ihr die Umgebung neu war. Ihr war nur die Angst bewusst, dass sie in eine Welt gekommen war, die zu verstehen sie noch nicht einmal angefangen hatte.

***

Rabia kam ziemlich spät am Morgen zu Wahida. Sie hatte schon in Firdaus' Haus gebadet, und ihre Tante hatte ihr Haar geflochten. Sie hielt sich durchaus nicht gerne in Sabias Haus auf. Es fühlte sich für sie an wie das Haus von fremden Leuten. Sie hatte mit Firdaus über ihre Besorgnis um ihre Cousine gesprochen. Wie um alles in der Welt würde Wahida das aushalten? Firdaus hatte in festem Ton gesagt: „Von jetzt an ist es ihr Haus. Sie kann nicht einfach wieder gehen und sagen, es gefällt ihr nicht."

Rabia kam sehr verunsichert ins Haus zurück. Wahida hatte schon gebadet und trocknete ihr Haar mit einem Handtuch. Sie trug einen Seidensari. Ihr langes Haar fiel über ihre Taille herab und sah sehr schön aus.

„Hast du schon gegessen?" fragte Rabia.

„Mm", murmelte Wahida bejahend. Wahida schien Rabia an diesem Morgen etwas glücklicher als gestern. „Hast du auch schon gegessen?" fragte Wahida ihrerseits. „Hier sind noch Vadais. Iss sie!" Es klang, als sei Wahida um ihre kleine Schwester besorgt.

„Ich brauche jetzt nichts mehr, ich habe gefrühstückt", versicherte ihr Rabia, stieg auf das Bett und legte sich hin. „Sag mal, magst du Sikandar?" fragte sie direkt.

Aber Wahida antwortete nicht, sondern fragte stattdessen neugierig: „Magst du ihn denn? Sag du es zuerst!"

Rabia mochte Sikander aus gutem Grund nicht. Aber das konnte sie ihrer Cousine natürlich nicht sagen!

Wahida zuliebe nickte sie zustimmend. „Mm, ich mag ihn." Wahida bemerkte, dass das nicht gerade begeistert klang. Wahida respektierte ihn dafür, dass er sie in Ruhe gelassen hatte, auch wenn er sich entschlossen hatte, sie zu ignorieren. Sie war traurig darüber, dass Rabia so wenig Interesse an ihm zeigte.

In diesem Augenblick schaute Sabia ins Zimmer. „Na, meine kleine Nichte, wir haben dich länger nicht zu Gesicht bekommen. Du bist nicht einmal aufgetaucht, um hier zu essen. Wenn ich nicht auf dich aufpasse, bringt mich dein Vater um, ist dir das klar?“ Nach diesem Scherz lud sie sie liebevoll ein, mit hinunterzukommen und zu essen. Beide Mädchen, Wahida und Rabia, waren überrascht, dass sie einen so liebevollen Ton anschlug. Rabia fühlte sich jedoch unbehaglich und lehnte ab: „Nein danke, ich habe schon gegessen.“

„Na gut, dann komm trotzdem mit mir hinunter. Bring deinem Cousin Sikandar seinen Tee.“ Nachdem sie ihr diesen Auftrag gegeben hatte, ging Sabia in die Küche hinunter. Wahida lächelte Rabia zu, als sie die Betonung bei „deinem Cousin Sikandar“ hörte, und ihr wurde klar, warum Sabia plötzlich so liebevoll gesprochen hatte. Rabia bemerkte, dass Wahida auf erwachsene Weise lächelte. Es kam ihr vor, als hätte sich Wahida verändert, aber sie verstand nicht, warum, obwohl sie angestrengt darüber nachdachte. Die Angst, die Wahida gestern offensichtlich gehabt hatte, war verschwunden, und ihr Gesicht war heiter. Auch dass sie einen Sari trug, ließ sie erwachsener erscheinen.

Sie dachte wieder daran, dass sie Sikandar seinen Tee bringen sollte, und wurde bei dem Gedanken sofort nervös. Sie hatte kein bisschen Lust dazu. Aber da sie wusste, dass sie keine Möglichkeit hatte, diese Hausarbeit zu umgehen, ging sie halbherzig in die Küche. Sabia war sehr mit Kochen beschäftigt. Dabei halfen ihr zwei Küchenhilfen. Sobald sie Rabia sah, gab sie ihr eine Tasse und sagte: „Hier, Mädchen, bring ihm das hinauf!“ Damit nicht zufrieden, sagte sie ärgerlich: „Warum zierst du dich und tust so verlegen, als wärest du die Braut? Steh nicht da und blinzele! Geh und bring ihm seinen Tee, bevor er kalt wird.“

Rabia fühlte sich gedemütigt. Die beiden Küchenhilfen drehten sich um, um sie anzusehen, lächelten wissend und fuhren in ihrer Arbeit fort. Rabia eilte zur Treppe und verwünschte Sabia, indem sie „Fettkloß, Dummkopf, Saniyan!“ flüsterte. Sie hasste es, dass sie Sabia gehorchen musste. Wie konnte diese Saniyan nur so mit ihr sprechen, wo sie doch nur ein paar Tage zu Besuch da war! Wie sollte die arme Wahida das nur aushalten? Sie tat Rabia leid.

Sie ging die Treppe hinauf und betrat das große Vorderzimmer. Sie vermutete, er werde wohl auf dem Balkon sein, und suchte ihn dort. Sie war schockiert, als sie ihn in einer Ecke stehen, eine Zigarette rauchen und auf die Straße sehen sah. Eine Frage bildete sich von selbst in ihrem Kopf: „Haben sie Wahida mit einem schlechten Menschen verheiratet, der raucht?“

Er hörte ihre Fußkettchen klirren, drehte sich um und fragte: „Ach, Rabia, es sieht so aus, als hättest du mir etwas gebracht?“ Er ging auf sie zu.

Sie wollte entkommen, bevor er sie erreichen würde. Stellte den Tee auf den Tisch, der dort stand, und sagte: „Ich hab ihn hier hergestellt. Auf Wiedersehen.“

Aber noch bevor sie weglaufen konnte, hatte er sie erreicht, drückte sie an sich und sagte: „Wohin willst du so schnell? Warum hast du solche Angst, sag mal? Habe ich plötzlich Hörner bekommen oder was?“ Er lachte. Das machte ihr noch mehr Angst. Sie versuchte verzweifelt, sich aus seinem Griff zu befreien, und Scham und Demütigung überwältigten sie. Sie sagte immer wieder: „Lass mich los, bitte lass mich los!“

Aus irgendeinem Grund lockerte er etwas seinen Griff um ihre Taille, hielt nur noch ihre rechte Hand fest in der seinen und sagte wieder: „Was ist denn, Rabia, hast du Angst, mich anzusehen?"

Sie senkte den Kopf und antwortete: „Nein, natürlich nicht.“ Ihre Kehle war trocken, ehe sie zu Ende gesprochen hatte. Sie schwitzte am ganzen Körper. Ein aus Zigarettenqualm und Parfüm gemischter Geruch ging von ihm aus und verursachte ihr Übelkeit.

„Oh, du hast also keine Angst! Warum willst du dann unbedingt weg? Werde ich dich fressen oder was?“

„Ich gehe. Der Tee wird kalt. Bitte trink ihn jetzt!" sagte sie wieder und versuchte noch einmal, sich zu befreien. Irgendwie musste sie dort wegkommen! Als sie mit aller Kraft versuchte, ihre Hand aus seinem Griff zu befreien, zerbrach einer ihrer Glasbangles. Er kratzte sie und ein paar Tropfen Blut traten hervor. Sie rief leise: „Amma“ und wischte das Blut mit ihrem Davani ab.

Er schalt sie zärtlich: „Warum hast du auch so stark gezogen? Du hast dich selbst verletzt!" Er zog sein Taschentuch hervor und wischte noch einmal das Blut weg.

Sie fing an, wie ein kleines Kind zu weinen: „Lass mich los! Es sticht so! Ich muss etwas Medizin darauf tun!“ Das war ihre Chance, ihm zu entkommen, deshalb übertrieb sie, zog eine schmerzvolle Grimasse und stöhnte. „Oh, es tut so weh!“

Sie mochte seine groben Hände durchaus nicht. Wieder dachte sie an Wahida. Sie selbst würde ja schließlich in ein paar Tagen dort wegkommen, aber Wahida musste den Rest ihrer Tage mit diesen beiden verbringen, mit Tante Sabia und mit Sikandar! Der bloße Gedanke daran ließ sie erschauern. Sie hörte auf zu murmeln und zu brummeln und schwieg einen Moment. In diesem Augenblick rief Sabia von unten: „Rabia, Rabia!“

Er ließ sie sofort los. Sie nutzte die Gelegenheit auf der Stelle, rannte, so schnell sie konnte, aus dem Zimmer und sprang Hals über Kopf die Treppe hinab. Sie lief bis in den Garten, blieb unter dem Murunga-Baum stehen und schöpfte Atem. Sie dachte wieder und mit äußerster Angst, dass ihre arme Wahida den Rest ihres Lebens mit einem schlechten Menschen, der rauchte, verbringen musste. Schließlich beruhigte sie sich und beschloss, ihm nie wieder in die Nähe zu kommen.

Kapitel 37

Es war Mitternacht, und Wahida war vom Schweigen im Raum umgeben. Es war, als ob das Schweigen von der schwach glühenden Nachtlampe ausginge. Sikandar lag rechts von ihr. Sein Gesicht zeigte den Frieden tiefen Schlafes. Sein nackter Körper lag halb auf ihr und drückte sie stark. Das störte sie, und sie gebrauchte alle ihre Kraft, um ihn wegzudrücken. Die Befriedigung bei der sexuellen Vereinigung hatte ihn beruhigt und ihn in den Schlaf gewiegt, während sich Wahidas Geist unerträglich drehte. Sie wurde von schrecklichen Schmerzen in ihrem Bauch unter der Taille geplagt. Sie hatte nicht erwartet, dass er sich ihr gegenüber so zwanglos gewalttätig verhalten würde. In der dritten Nacht ihrer Ehe verschwand das Vertrauen, das sie in der ersten Nacht zu ihm gefasst hatte, wie ein Rauch. Alle Träume und Hoffnungen, die sie in eine Ehegemeinschaft gesetzt hatte, waren in einem Augenblick zerbrochen und hatten eine Wüste hinterlassen. Diese Vorstellung war noch unerträglicher als der körperliche Schmerz. Er hatte sie wie ein Objekt behandelt. Er hatte sich verhalten, als ob er eine Arbeit zu verrichten hätte. Sie konnte sich an keinen Helden einer Filmgeschichte erinnern, der so abweisend gewesen war. Sie fragte sich, ob das nun alles sein würde. Sie schloss fest die Augen und fühlte gleich eine Leere in sich, als ob die ganze Welt dunkel geworden wäre.

Die Tränen rannen ihr aus den Augenwinkeln. Sie wischte sie mit dem Ende ihres Saris ab. Sie fühlte sich in der Falle, als ob sie in einem Netz gefangen wäre, und kämpfte. Etwas war ihr mit Gewalt weggenommen worden. Es schien ihr aussichtslos, dass eine solche Nacht voller Betrübnis und Kummer jemals enden würde, und sie sah auf die Uhr. In der durchdringenden Dunkelheit des Zimmers konnte sie sie zuerst nicht erkennen, dann sah sie sie genauer an. Es war fast zwei Uhr. Über Sabias Charakter und Sikandars grobe Art tröstete sie der Gedanke an die Liebe ihres Schwiegervaters und gab ihr Hoffnung. Der Glaube daran, dass seine Zuneigung ihr irgendwie dabei helfen würde, ihre Tage in diesem Haus zu verbringen, ohne dass sie zu traurig würde, flößte ihr etwas Mut ein. Sie dachte wieder an Sikandars Verhalten, und ihre Kehle zog sich vor Schmerz zusammen. Diesen Schmerz konnte sie weder hinunterschlucken noch ausspucken.

Er war eine neue Erfahrung für sie, sodass sie nicht wusste, wie sie damit umgehen sollte. Der Kummer war so neu und so heftig! Wie könnte sie ihn vertreiben? Sie hatte die Vorstellung, dass es etwas helfen würde, wenn sie ihren Schmerz hinausschreien könnte. Aber wie in aller Welt könnte sie hier, an diesem Ort, schreien? Diese Frage quälte sie noch mehr. Sehr leise stand sie aus dem Bett auf und drückte ihre Füße auf den Boden. Ein pochender Schmerz stach sie zwischen den Beinen. Sie biss die Zähne zusammen und schluckte. Irgendwie wickelte sie sich in den Sari, der sich gelöst hatte, öffnete die Schlafzimmertür und ging in Richtung Badezimmer. Dabei trat sie leise auf. Sie bemerkte traurig, dass das laute Geräusch des Riegels, den sie aufschob, seinen Schlaf nicht im Geringsten beeinträchtigte.

Das Badezimmer war am Ende der langen Halle und gleich neben ihrem Zimmer. Sie dachte, sie könne es leicht erreichen, da der Weg von den Nachtlampen erhellt wurde, und sie ging vorsichtig weiter, wobei ihre Beine noch wehtaten. Da bemerkte sie, dass jemand auf dem Stuhl in der Halle saß und die Blicke auf ihre Tür gerichtet hatte. Schockiert ging sie zurück und sah genauer hin. Sie zitterte vor Angst. Es war Sayyed. Er stand auf, kam auf sie zu und strich sich den seidenen Bart. „Wohin willst du, Mädchen? Willst du ins Badezimmer?“ fragte er.

Zwar kam sie ins Leben zurück, nachdem sie vor Angst gestorben war, aber Scham ließ sie erschauern. Warum um alles in der Welt saß dieser Mann zu dieser Nachtstunde vor ihrem Zimmer? Und er fragte sie ohne eine Spur von Diskretion, wohin sie gehe! Sie fühlte sich tief gedemütigt. Er berührte ihren Rücken, zeigte auf das Badezimmer und sagte: „Ja, geh nur, Mädchen!“ Sie bemerkte, dass seine Finger sie drückten. Als sie ihren Kopf bedeckte und von dort wegeilte, flüsterte er: „Hat es sehr weh getan?“

Sie war fassungslos. Sie sah ihn an und war nicht ganz sicher, ob sie verstand, was er meinte. Ihr Magen drehte sich um, als sie sogar noch in diesem dämmrigen Licht den begehrlichen Blick auf seinem Gesicht erkannte, einen Blick, der wie ein ekliger Wurm über ihren ganzen Körper kroch. Als sie noch einmal versuchte, dort wegzukommen, fragte er wieder: „Was ist passiert?“ Sein Gesicht kam ihr wie das eines alten Wolfes vor. Voller Angst eilte sie von dort weg, ging ins Badezimmer und schloss die Tür hinter sich ab.

Sie zitterte am ganzen Körper. Ihre Finger zitterten so sehr, dass sie den Wasserbehälter nicht halten konnte. Der Schmerz in ihrem Unterbauch war so stark, dass sie kaum stehen konnte. Sie sank auf den Steinboden. Zwischen ihren Schenkeln fühlte es sich klebrig an. Sie traute sich nicht, hinzusehen, ob es Blut oder etwas anderes war. Sie zog den Plastikeimer unter den Wasserhahn und drehte voll auf. Das laute heulende Geräusch des strömenden Wassers vertrieb die Stille dort. Sie glaubte, dass sie ihren Kummer im Trost dieses Geräuschs auflösen könnte. Die Frage peinigte sie: „Was soll ich jetzt machen?“ Dazu kam die Furcht, dass ihr ganzes Leben so weitergehen sollte. Schließlich weinte sie laut, als ob ihr Weinen die Nacht entzweibrechen und sie die Stücke wegwerfen könnte. Sie weinte, schüttete sich das Wasser über den Kopf und wusch sich. Sie wollte die Verunreinigung von ihrem Körper abwaschen. In dem Augenblick erinnerte sie sich sehr gut daran, was Zohra ihr gesagt hatte: Gleich nach dem Geschlechtsverkehr müsse sie sich selbst und die Laken und den Kopfkissenbezug waschen.

Kapitel 38

Sherifa machte ihr unordentliches Zimmer sauber und räumte auf. Die Schlüssel zu den inneren Fächern ihres Kleiderschrankes waren nicht da. Sie suchte sie überall. Am Ende öffnete sie den Kleiderschrank, nahm alle Kleider heraus und legte sie aufs Bett. Sie ging alle Kleiderstapel durch. Sie hatte den ganzen Schrank leer geräumt, aber die Schlüssel waren nirgends zu finden. Das ärgerte sie sehr. Was sollte sie nun machen? Der ganze Schrank war in Unordnung! Sie beschloss, Raihaina zu rufen, damit sie gemeinsam alle Saris wieder zusammenlegen und weglegen könnten. Also nahm sie alle Seidensaris und häufte sie auf einer Seite auf. Sie gehörten alle ihr und waren für ihre Übergangsriten ausgewählt: als sie erwachsen wurde, für die Hochzeit, für das Tali-Umhängen, für die Bangle-Zeremonie am vierzigsten Tag: den vierzigsten Tag, nachdem ihr Kind geboren war. Sie nahm den Sari, den sie zum ersten Ramadan-Fest bekommen hatte, nachdem sie geheiratet hatte. Er schien ihr schöner als alle anderen neuen Saris zu sein. Salaam hatte diesen Sari für sie ausgesucht und gekauft. Der Kummer traf sie mitten ins Herz, als sie sich klar machte, dass sie alle diese Saris nie mehr tragen würde. Es hatte ihr immer viel Freude bereitet, sich gut anzuziehen und sich zu schmücken. Fatima hatte sie oft geneckt und gesagt: „Was soll das? Du bist schön wie eine Statue. Warum musst du dich herausputzen und dich die ganze Zeit im Spiegel betrachten? Sieh mich an, ich bin schwarz wie Kohle und sehe aus wie ein Stück verbranntes Feuerholz!"

Wenn sie sich nach dem Tod ihres Mannes in Seidensaris kleiden oder Makeup auflegen würde, würden die Leute schlecht von ihr reden. Aber sie könnte sich doch einen guten Sari umlegen, ihr Haar mit Blumen schmücken, all ihren Schmuck anlegen und sich selbst im Spiegel bewundern! Doch im Haus waren außer ihr noch Amma und Raihaina! Wenn Amma es erführe, dann würde sie nur noch einmal von Wiederheirat reden! Sie würde keine Ruhe geben! Außerdem würde Amma wieder über Sherifas Stand als Witwe weinen. Sherifa würde damit nur eine Sorge wachrütteln, die Amma nicht abschütteln konnte. Sherifa fühlte sich elend. Nur weil sie keinen Mann mehr hatte, durfte sie sich nicht mehr schön anziehen! Musste sie unbedingt eine Vavarasi sein, eine Frau, deren Mann lebte, damit sie sich schmücken durfte? Diese Stadt war schrecklich, dachte sie. Warum sollte sie die Unbequemlichkeit einer Heirat auf sich nehmen, nur weil sie sich schön anziehen wollte? Sie empfand gleichzeitig Groll und Traurigkeit.

Als sie die Seidensaris ordnete, fielen zwei Briefe heraus. Sie bückte sich, hob sie auf und drehte sie um. Einen der beiden Briefe hatte Salaam ihr aus dem Ausland geschickt, den anderen hatte sie an ihn geschrieben. Er hatte bei seinem letzten Besuch diesen Brief mitgebracht und sie damit geneckt.

Ein Schatten fiel ins Zimmer. Sherifa blickte auf und sah Saura dastehen. Sie hatte den Mund voll und kaute. Sauras Blick glitt über das Zimmer und dann blieb er auf ihrer Tochter haften, aber sie verstand nicht, was da vor sich ging. Ihr Blick drückte die Frage aus: Was hast du vor? Sherifa blickte fest zurück. Sie ärgerte sich über Saura. Musste sie die ganze Zeit essen? Hatte sie nichts anderes zu tun? Sauras Wange beulte sich mit dem, was sie im Mund hatte, aus, während sich ihre Kiefer mechanisch, genau wie eine Maschine, bewegten. Sherifa war zum Lachen zumute, aber sie beherrschte sich. Immerhin war Saura ja ihre Mutter!

Da Saura weiter blinzelnd dastand, sagte Sherifa kurz: „Ich habe einen Schlüssel verloren und suche ihn gerade.“ Sie wünschte sich sehr, dass ihre Mutter aus dem Zimmer gehen würde, bevor sie alle Seidensaris durchgesehen hatte, die dort auf einem Haufen lagen.

Saura verstand nicht, warum ihre Tochter so angespannt war. Sie sagte ziemlich ärgerlich: „Hast du angeboten, Nuramma Essen zu schicken?“

„Ja, habe ich, na und?“ Sie hatte beschlossen, das Essen ohne Wissen ihrer Mutter zu schicken. Wie hatte die es nur herausbekommen? Sie fragte: „Wieso, ist denn jemand gekommen, es abholen?“

„Ja, Iliaz ist hier und steht vor dem Haus. Warum mischst du dich da ein? Daraus wird nur so etwas wie eine verirrte Henne, die du in dein Gemüsebeet lässt, wie ein streunender Hund, den du dein Geschirr ablecken lässt. Du bist mir die Richtige! Liegt bei uns etwa das Geld in Haufen herum?“ Saura ging vor sich hin brummelnd weg. Sherifa fuhr in ihrer Arbeit fort und wollte möglichst schnell ihren Ärger über den Geiz ihrer Mutter vergessen. Wenn Saura alle die Seidensaris bemerkt hätte, die da auf einem Haufen lagen, hätte sie sich sofort dort niedergelassen und ein großes Jammern angefangen. Sie war so wütend über Nurammas Bitte um Essen, dass sie nicht auf das geachtet hatte, was Sherifa tat. Sehr gut, sagte sich Sherifa, und lächelte still. Raihaina hatte das Kind mit hinausgenommen. Sie beschloss, alles alleine fertig zu machen.

Sie legte den Brief, den sie in der Hand hielt, in den Schoß und faltete ihn vorsichtig auseinander. Er klebte zusammen und war schwer zu öffnen, denn er war lange nicht auseinandergefaltet worden. Sobald sie Salaams schöne Schrift sah, akkurat wie eine Perlenschnur, wurde ihr das Herz schwer, und Tränen tropften ihr aus den Augen. Sie zog am Ende ihres Saris und wischte sie weg. Der Brief war ein Zeugnis ihrer Beziehung, in der es viel Gefühl und Leidenschaft gegeben hatte. Er war ein kleiner Versuch, alle Liebe und Zärtlichkeit, die er für sie empfand, zu offenbaren. Aber er war gegangen und hatte ihr nur dieses Zeichen zurückgelassen. Er hatte sich in etwas verwandelt, das für sie unsichtbar war. Es gab nur diesen Beweis dafür, dass er da gewesen war, er selbst war nirgendwo. In dieser Welt, in diesem Leben würde ihn niemand mehr sehen. Sie musste auf das Leben nach dem Tode warten, um ihn wiederzusehen. Ihr ganzes Wesen erbebte. Wohin war er gegangen? Sie würde ihn in dieser Welt niemals wiedersehen! Wie konnte das denn sein? Wie konnte es nur geschehen, dass ein Leben, eine Gestalt, die vor ihren Augen gelebt und sich bewegt hatte, so plötzlich verschwunden war! Er war ja nicht in einem Alter gewesen, in dem Menschen gewöhnlich starben. Wozu brauchte Allah denn sein Leben, wo es überall so viele Alte gab, die nur noch halb am Leben waren? Es musste ja wahr sein, dass Allah keine Augen hat. Oder vielleicht sollte man sogar sagen, es gibt keinen Allah? Aber niemand war bereit, das zu sagen. Wie konnten Menschen Salaams frühen Tod nur damit rechtfertigen, dass sie behaupteten, es sei eben sein Schicksal gewesen, oder dass die Tage, die ihm auf Erden zugeteilt waren, zu einem Ende gekommen waren! Ihr Kopf fühlte sich an, als würde er zerspringen. Einen Augenblick lang lehnte sie sich gegen die Wand und schloss die Augen.

Sie beruhigte ihr Herz, breitete den Brief aus und begann zu lesen. Es war ihr, als läse sie keinen Brief, sondern als hörte sie seine Stimme.

Liebste Sherifa,

Asalaamu aleikum. Wie geht es dir? Ich habe deinen Brief erhalten und es tat mir sehr weh, ihn zu lesen. Du hast geschrieben, wie sehr du unter unserer Trennung leidest und nun leide ich mit dir. Was du sagst, ist wahr. Wir sind nicht immer jung. In einem Alter, in dem wir zusammenleben und all unsere Hoffnungen und Träume miteinander teilen sollten, treiben uns die Umstände dazu, unsere Zeit in verschiedenen Himmelsrichtungen und an verschiedenen Orten zu verbringen. Natürlich ist das eine Situation, die Schmerzen bereitet. Es scheint so, als wäre es die Notwendigkeit, Geld zu verdienen, die einen Mann in der Welt umhertreibt. Natürlich bin ich traurig und es tut mir leid, dass ich dich dort gelassen habe und hierhergekommen bin, als hätte ich keine andere Möglichkeit, unseren Lebensunterhalt zu verdienen. Ich kenne hier Hunderte von Männern, die Frau und Kinder verlassen haben und die hier jahrelang zusammenleben. Ich jedenfalls bin fest entschlossen, nach einem oder zwei weiteren dieser Zeitabschnitte im Ausland für immer nach Hause zurückzukommen. Aber wie ist es mit diesen anderen, die keine andere Wahl haben, als dass sie den Rest ihres Lebens weiter hierbleiben müssen? Wenn wir an ihre schreckliche Situation denken, dann erscheint uns unsere schließlich als nicht so schlimm. Männer, die immer auf der Suche nach Geld und Wohlstand sind, scheinen nicht zu bedenken, dass sie ihre Jugend und die beste Zeit ihres Lebens wegwerfen. Ihr Bedürfnis nach Wohlstand hält sie so gefangen, dass sie über diese Dinge nicht einmal nachdenken können. Weißt du, wie sehr die Freunde, die mit mir in einem Zimmer wohnen, darum kämpfen, mit ihrer Frustration fertigzuwerden? (Ich auch.) Aber ich habe das Gefühl, dass ich mich auf eine große Freiheit freuen kann. Hab noch ein paar Monate Geduld! Ich komme bald zurück. Ich schicke dir mit diesem Brief zwei Saris als Geburtstagsgeschenk. Später schreibe ich mehr. Bitte grüße meine und deine Familie von mir.

Voller Liebe dein Abdul Salaam.

Sie wurde wieder vom Kummer überwältigt, als sie zu Ende gelesen hatte. Er hatte ihr Unglück mit ihr teilen und sie über ihre Einsamkeit trösten wollen. Aber heute erstreckte sich die Einsamkeit vor ihr wie ein endloser und einsamer Pfad. Hätte er sich jemals vorstellen können, dass er sie für immer verlassen müsste? Seit ihren ersten Briefen hatte sie sich beklagt und beschwert, gleich nachdem er ins Ausland gegangen war. Sie hatte geschrieben, sie könne ohne ihn nicht zurechtkommen. Er brachte diese Briefe dann wieder mit, um sie damit zu necken. Jetzt öffnete sie den Brief, den sie ihm einmal geschrieben hatte.

Mein lieber Abdul,

Asalaamu aleikum. Wie geht es dir? Heute sind es 32 Tage, seit du mich verlassen hast und weggegangen bist. Jeder Tag fühlt sich für mich wie ein ganzes Jahr an. Jede Nacht bleibe ich wach, wenn ich eigentlich schlafen sollte, und denke an dich, dann ist es sehr schwierig, ich denke an meine Mutter und sie tut mir leid. Ich weiß nicht, wie sie es hingekriegt hat, 30 Jahre so zu leben. Vielleicht war sie so sehr damit beschäftigt, sich um ihre Kinder zu kümmern, dass sie keine Zeit zum Denken hatte, vielleicht wenn ich ein Kind hätte, hätte ich vielleicht auch keine Zeit, an dich zu denken. Als ich gestern Abend den Schrank öffnete, sah ich unser Hochzeitsfoto und dachte sofort an dich. Weil du schon 40 Tage nach unserer Hochzeit wegfuhrst, ist mir, als hätte ich dein Gesicht vergessen. Irgendwie habe ich die Zähne zusammengebissen und einen von 24 Monaten überstanden. Ich weiß nicht, wie ich die anderen 23 überstehen soll. Der bloße Gedanke daran macht mir Angst. Bitte achte auf deine Gesundheit! Wenn ich hier irgendwas Gutes esse, denke ich an dich. Alle in meiner und deiner Familie sind gesund. Keine anderen Neuigkeiten hier. Ruf mich an, wenn du kannst. Es wird mir ein Trost sein, wenn ich wenigstens deine Stimme höhre!

Mit Küssen Sherifa.

Als sie den Brief zu Ende gelesen hatte, waren ihre Augen blind von Tränen. Er hatte ihr bei seiner Rückkehr diesen Brief gezeigt, sie sehr geneckt und gesagt: „Sag mal, Liebe, bist du jemals in die Schule gegangen? Kleines Dummchen!" Wie konnte seine Seele ihn nur verlassen, wenn er sie so sehr liebte? Woran hatte er in seinen letzten Augenblicken gedacht? Trübe von Tränen glitten ihre Blicke über die auf dem Bett aufgehäuften Saris und hielten bei dem aus gelber Georgetteseide und dem rubinroten an. Es waren die Saris, die er so liebevoll für seine Frau ausgesucht hatte. Sie erinnerte sich an die Aufregung in Salaams Elternhaus, als das Päckchen eintraf: Es war ein regelrechtes Erdbeben.

Sherifas Schwiegermutter behandelte sie wie einen Scheuerlappen. Sie konnte es nicht ertragen, dass ihr Sohn seiner Frau ein Geschenk geschickt hatte, mit dem er sie während ihrer Trennung zu trösten hoffte. Ihr Schwiegervater war noch schlimmer und ging vor Wut an die Decke.

„Der Tunichtgut! Wie konnte er seine eigene Mutter vergessen! Nur weil er seine Frau erblickt hat!" Es klang sehr hässlich in Sherifas Ohren. Wenn ihre Schwiegermutter eine Fremde gewesen wäre, hätte sie es vielleicht ertragen. Aber sie war ihre Tante, Sauras Schwester. Sherifa weinte einen ganzen Tag lang, weil sie so erschüttert darüber war, dass in einer so engen Verwandtschaft solche Eifersucht und solcher Neid bestehen konnte. Sie hatte zunächst Zweifel, ob sie sich ihrer Mutter anvertrauen sollte, aber als Saura am selben Abend vorbeikam, um sie zu sehen, war ihr Herz von Kummer und Scham zerbrochen.

Sie brauchte nichts zu sagen. Saura ging sofort zu ihrer Schwester und sprach direkt mit ihr. „Ich höre, dein Sohn hat ein paar Saris geschickt. Denkst du vielleicht, dass meine Tochter noch nie dergleichen gesehen hat? Du weißt es ja selbst am besten, wie viele Kartons mit Geschenken sie von ihrem Vater bekommen hat! Meinst du wirklich, es gibt einen Sari oder irgendetwas aus dem Ausland, das sie nicht besitzt? Ich war sicher, dass es gut wäre, wenn ich meine Tochter in die Familie meiner Schwester gebe. Ist diese Grausamkeit alles, womit du sie belohnst? Du eingebildete Bettlerin!" Nachdem sie das alles auf einmal herausgeschrien hatte, wandte sie sich an ihre Tochter und sagte: „Ich will dir was sagen: Hör genau zu! Wenn du diese beiden Saris jemals trägst, dann nimmst du mir damit das Leben!"

Die Saris, die so viel Streit verursacht hatten, lagen da, wie sie angekommen waren, und waren noch nie auseinandergefaltet worden. Sherifa hatte sie in einen Schrank im Haus ihrer Schwiegermutter gepackt. Dort hatten sie unberührt gelegen. Sie hatte Salaam geschrieben, was geschehen war, und hatte hinzugefügt: „Wenn du deiner Mutter zur selben Zeit einen Sari geschickt hättest, dann wäre es gar nicht zu diesen Schwierigkeiten gekommen!"

Darauf hatte er geantwortet: „Natürlich macht es mir nichts aus, ihr auch einen zu schicken. Aber ich hatte vor, besonders dir mitzuteilen, dass ich, wenn ich hier bin, vor allem an dich denke. Ich wollte Amma ein paar Tage später einen Sari schicken. Aber inzwischen ist hier alles durcheinander. Bitte fass diese Saris nicht wieder an!" Als sie sich auch daran erinnerte, wallte ihr Kummer wieder auf.

Als sie nach dem Tod ihres Mannes ihr Ehehaus verließ, bekam sie alle Brautgeschenke zurück. Die Saris mussten mit den anderen Brautgeschenken zurückgekommen sein. Sie sah sie erst jetzt wieder. Sie seufzte tief. Sie war sehr müde. Das war es also gewesen. Nichts war übrig. Alles war vorüber und vorbei. Nach Salaams Tod würde sie nie wieder einen hübschen Sari tragen, geschweige denn diese beiden.

Sie stand vom Bett auf, ging zum Fenster und sah hinaus. Die Straße war still, die üblichen Dorfgeräusche waren nicht zu hören. Die Sonne schien hell. Sie fühlte, wie die Hitze durch das Fenster hereinschlüpfte. Die Hitze war zutiefst erschöpfend. Ihr wurde bewusst, dass der Sommer auf seinem Höhepunkt sie mehr als jede andere Jahreszeit mit dem Gefühl der Einsamkeit erfüllte und dass sie eine Leere empfand. Aber sie wusste nicht, warum. Die Regenzeit verstärkte zwar die Bewusstheit der Gefühle und bewirkte ein sehr starkes Sehnen, das sie zur Verzweiflung brachte, aber die warme Jahreszeit erinnerte sie an ihre Einsamkeit, und diese Erinnerung verletzte sie auf eine andere Art. Sie konnte dieses Gefühl der Leere nur schwer ertragen.

Sherifa fragte sich, warum die Straße so still sei. Dann erinnerte sie sich, dass Wahidas Schwiegerfamilie die ganze Stadt zu einem Festessen eingeladen hatte. Am Morgen war ein Bus gekommen, der wenigstens zwei Vertreter einer jeden Familie in Sabias Heimatstadt transportierte. Saura hatte es abgelehnt teilzunehmen. Sie hatte keine gute Beziehung zu Sabia. Rahima war persönlich gekommen, um sie einzuladen, aber vergeblich. Arme Amma, dachte Sherifa. Sie aß doch für ihr Leben gern Biriyani, und doch hatte sie aus purer Widerborstigkeit die Einladung zum Festmahl abgelehnt. Auch Sherifa war enttäuscht. Seit dem Hochzeitstag war sie nicht einmal mehr in die Nähe von Wahidas Haus gekommen. Sie durfte eine so vielversprechende Veranstaltung nicht durch ihre Anwesenheit verderben! Rahima und Zohra hatten versucht, sie zu beschwatzen, und hatten gesagt: „Das ist ja kindisch! Du gehörst doch zur Familie!“ Natürlich hatten sie sie eingeladen, aber es fühlte sich für sie nicht richtig an, an dem Fest teilzunehmen.

Wie sehr würde sie es genießen, ihre Seidensachen und ihren Schmuck zu tragen und an der Hochzeitsfeier teilzunehmen! Ohne das war sie gezwungen, sich all die kleinen Sehnsüchte und Begierden, die in ihr waren und die sie dazu aufforderten, daran teilzunehmen, aus dem Herzen zu reißen und wegzuwerfen: die Gespräche der Frauen, wenn sie umhergingen, ihren Schmuck, das Spielen der Kinder, den Duft des Sandelholzes, der die Luft erfüllte, und vor allem das Gefühl der Freude, das sich überall auf dem Fest verbreitete und ausbreitete.

Ein kleines Mädchen spielte ganz allein auf der Straße Kittipul. Offenbar gab es sonst niemanden, mit dem es hätte spielen können. Sherifa lächelte und dachte daran, dass sie gern mit der Kleinen spielen würde. Sie schloss einen Augenblick lang die Augen und sah vor ihrem inneren Auge Bilder aus der Zeit, als sie ebenso alt gewesen war: Als sie und Fatima und andere Kinder Kittipul spielten, als sie in den Wanderkinos die Filme ansahen, als sie gemeinsam kochten und am Satthaani-See picknickten und als sie nach dem Picknick in selbst verfertigten Schaukeln in den Bäumen hin und herschwangen. Sie wünschte sich sehnsüchtig, dass sie immer ein Kind hätte bleiben können.

Kapitel 39

Madina stand auf der Straße und wartete. Sie war bei dem Gedanken, dass Rabia nach Hause kommen sollte, so aufgeregt, dass sie kaum stillstehen konnte. Es war nun schon fünf Tage her, seit sie Rabia zuletzt gesehen hatte! Sie hatte Schwierigkeiten gehabt, sich auch nur die Zeit zu vertreiben. Umas Haus war drei Straßen entfernt, und ihr Bruder hätte ihr nicht erlaubt, ohne einen guten Grund dort hinzugehen. Deshalb konnte sie nicht einmal mit Uma spielen. Sie durften auch nicht mehr ins Kino gehen. Seit der Versammlung nach Fatimas Flucht durfte keine Frau der Stadt sich mehr in die Nähe eines Kinos wagen. All das ärgerte sie sehr. Sie hatte das Gefühl, dass sich alle diese Regeln auf sie am stärksten auswirkten. Seit ihr Bruder nach Hause gekommen war, hatte er sie daran gehindert, irgendwohin zu gehen. Sogar ihre Mutter hatte ihn schließlich zur Rede gestellt und gefragt: „Warum schränkst du sie so ein, Junge? Wenn sie jetzt nicht rausgeht, wann wird sie dann noch mal Gelegenheit dazu haben?" Madina war erstaunt gewesen, dass ihre Mutter für sie eingetreten war. Natürlich hatte sie nur allzu recht! Wenn sie erst einmal erwachsen geworden war, musste sie bis zu ihrem Sterbetag innerhalb der vier Wände bleiben. Wann würde sie jemals wieder so frei sein, wie sie jetzt sein könnte, wenn ihr Bruder nicht da wäre? Der Gedanke, dass sie schon jetzt dieser Freiheit beraubt wurde, erfüllte sie mit Selbstmitleid. Madina fragte sich auch, ob das plötzliche Eintreten ihrer Mutter für sie vielleicht mit dem Ärger zu tun haben könnte, den sie gegenüber Sohn und Schwiegertochter empfand. Madina verstand das zu einem Teil – zum anderen verstand sie es nicht.

Als sie in der Ferne ein Auto hörte, wurde sie ganz aufgeregt. Ihre Beine zuckten und wollten gleich zur Schwelle von Rabias Haus rennen, aber sie bezwang sich und lief nicht los. Nein, das würde sie nicht tun. Sie würde abwarten und sehen, ob Rabia zu ihr kommen würde, beschloss sie, und ging zu den Stufen ihres Hauses zurück. Als das Motorengeräusch näher kam, traten die Leute aus allen Häusern der Straße heraus, stellten sich auf die Stufen ihrer Häuser und guckten neugierig.

Auch Farida stellte sich strategisch klug ans Fenster, sodass sie die Straße überblicken konnte, ohne selbst gesehen zu werden. Irgendwie war ihr Blick traurig. Als sie ihre kleine Schwester an der Tür sah, fragte sie erstaunt: „Warum stehst du hier? Willst du nicht zu ihrem Haus gehen?" Aber Madina antwortete nicht. Sainu und Mumtaz waren zum Fest in Wahidas Schwiegerhaus gefahren. Der Bus war noch nicht zurück. Farida dachte, dass sie vielleicht erst spät zurückkommen würden. Das Motorengeräusch regte sie auf und erfüllte sie gleichzeitig mit Hoffnung. Wahida und ihr Mann stiegen aus dem Auto. Saura begrüßte sie mit einem Arati und führte sie ins Haus. Madina beobachtete alles ganz genau. Rabia stieg langsam und vorsichtig aus, denn sie hielt etwas in den Händen. Sie ging nicht gleich nach Hause, sondern lief in Richtung Madinas Haus. Bevor sie es betreten konnte, eilte Madina auf die Straße, und die beiden Mädchen umarmten einander fest. Farida stand noch am Fenster und fing an zu lachen. Als sie hereinkamen, neckte sie sie: „Na, wie viele Jahre habt ihr euch nicht gesehen?"

Rabia tat, als wäre sie ärgerlich: „Na hör mal!" schalt sie liebevoll. Dann übergab sie Madina ein mit Plastik umwickeltes Päckchen und sagte: „Guck mal, was ich dir mitgebracht habe!"

Madina sah ihre Freundin forschend an. Rabias Gesicht war plötzlich noch schöner geworden. Die neue Bluse und der Davani standen ihr gut und zeigten sie von ihrer besten Seite. Sie sagte zu Madina, die sie ansah: „Komm, lass uns oben auf die Terrasse gehen. Ich zeige es dir dort." Sie kam ganz ins Haus herein, lief durch den Hof und stieg die Holztreppe hinauf, die ins obere Stockwerk führte. Madina lief schnell hinter ihr her. „Lauft vorsichtig", rief ihnen Farida nach. „Seht zu, dass die Treppe nicht zusammenbricht!" Dann ging sie schnell an die Tür und stellte sich dort so hin, dass Mutthu, der aus dem Auto gestiegen war und sich gegen die Wand von Rabias Haus lehnte, sie sehen konnte. Sie lächelte ihm kurz zu und ging ins Haus.

Oben war der Schein des goldenen Abendlichts zu sehen. Rabia öffnete das Päckchen und schüttete den Inhalt in ihre Handfläche. Madina guckte und war nicht sicher, was es damit auf sich hatte.

„Dies sind Luftwurzeln vom Banyan-Baum, und dies sind Samen von Sampangi-Blumen." Rabia trennte beides mit den Fingern der anderen Hand. Die Banyan-Wurzeln waren auseinandergefallen und sahen wie Fäden aus: weiß, lang und dünn. Die Sampangi-Samen waren kaffeebraun und rund. Madina sah wieder Rabia an und fragte sich, wozu man sie gebrauchen könne. Rabia zog einen ihrer Zöpfe über die Schulter und streichelte ihn stolz. Madina mochte das lange Haar ihrer Freundin und betrachtete nun den Zopf. Rabia sah mit ihren großen Augen Madina an und sagte: „Ja, sieh dir mein Haar an. Es ist nur durch die Samen so lang geworden. Du lässt sie etwas trocknen und weichst sie dann in Kokosöl ein. Anschließend massierst du deinen Kopf mit dem Öl. Dann wird dein Haar ebenso lang wie meines. Das hat mir meine Tante Firdaus gesagt. Jedes Mal, wenn ich dort bin, reibe ich dieses Öl in meine Kopfhaut. Ich habe mir etwas mit nach Hause gebracht. Der Banyan-Baum steht gleich neben dem Haus meiner Großmutter. Ich spiele immer mit den hängenden Wurzeln. Ich dachte, diesmal breche ich ein paar für dich ab. Hier hast du sie, leg sie zum Trocknen hin." Rabia rasselte das alles in einem Atemzug herunter und übergab Madina das Päckchen.

Madina war entzückt. Sie stellte sich vor, dass ihr eigenes widerspenstiges Haar sofort wachsen würde, und liebte Rabia noch mehr dafür, dass sie an sie gedacht hatte und ihr mit so viel Zärtlichkeit ein Geschenk mitgebracht hatte.

Die beiden Mädchen gingen zu ihrem üblichen geheimen Ort unter dem Wassertank. Das war ein umgrenzter, nach nur einer Seite hin offener Raum. Dort trafen sie sich immer, um sich gegenseitig Geschichten zu erzählen und einander ihre Geheimnisse anzuvertrauen. Dort fühlten sie sich sicher und geschützt, als ob sie in einem kleinen Zimmer wären, weit weg von Hitze und Regen. Manchmal, wenn es regnete, hockten sie sich dort hin und aßen Süßigkeiten, die sie mitgebracht hatten. Der Regen, der auf ihre Füße plätscherte, bereitete ihnen Vergnügen.

Jetzt setzte sich Madina im Schneidersitz hin und wollte Rabia unbedingt nach vielem fragen. Rabia verstand das und setzte sich neben sie. Sie war bereit, Rede und Antwort zu stehen. Madina wartete einen Augenblick, als ob sich das so gehöre. Dann fragte sie plötzlich: „Magst du Sikandar?" Sie war etwas eifersüchtig wegen Rabias neuer Beziehung und wollte alles darüber erfahren.

Rabias Gesichtsausdruck veränderte sich auf seltsame Weise, als sie Madinas Frage hörte. Sie mochte den Mann ihrer Cousine überhaupt nicht. Aber sie fragte sich, ob sie das offen sagen könnte. Madina sah Rabia erstaunt an und wartete auf die Antwort. Schließlich gab Rabia zu: „Irgendwie mag ich ihn nicht."

„Warum nicht?“

„Weil …“ Sie scheute sich, darüber zu sprechen. Außerdem wusste sie nicht, wie sie es erklären sollte. Aber sie wollte auch nichts vor Madina geheim halten. Deshalb sagte sie. „Er ist kein guter Mann, Madina. Er raucht. Er ist ein schlechter Mensch.” Ihr war klar, dass sie das etwas näher erklären müsste, und fuhr fort: „Er ließ mich nicht in Ruhe, er hielt meine Hand fest, kniff mich in die Wange. Es ist schrecklich!“ Sie schüttelte sich vor Ekel.

„Warum hat er das so mit dir gemacht? Er hat doch deine Cousine! Warum kann er *sie* nicht streicheln, wenn er gerne eine streicheln möchte?“ Madinas plötzliche Heftigkeit verwirrte Rabia noch mehr. Madina fragte dann: „Hat er dir denn wenigstens irgendetwas geschenkt?“

„Ach was … Nein, überhaupt nichts. Natürlich bin ich danach nicht mehr in seine Nähe gegangen!” berichtete Rabia stolz. Aber Madina verlor deutlich das Interesse. Auch Rabia wollte lieber über etwas anderes sprechen.

Dann fragte Madina: „Wie geht es deiner Cousine? Mag sie ihren Mann?“

„Ich weiß nicht. Ich kann es nicht herausfinden. Aber sie lächelte nie. Sie machte die ganze Zeit, in der ich da war, ein ernstes Gesicht. Tante Sabia sagte, ihre Schwiegertochter habe ihr Heimweh noch nicht überwunden. Aber ich verstehe wirklich nicht, warum Wahida so ist.“ Rabia senkte den Kopf und dachte angestrengt nach.

Madina wollte noch vieles wissen. Sie dachte, es sei ihre Aufgabe, Rabia die Dinge zu erklären und ihr Zweifel und Ängste zu nehmen. Sie fragte: „Sag mal, was hat Wahida am frühen Morgen zur Bajar-Zeit gemacht? Hat sie immer ein Bad genommen oder nicht?“

Rabia verstand nicht, worum es Madina ging. „Worauf willst du hinaus?“ fragte sie.

„Es geht darum, dass sie, wenn sie und ihr Mann in der Nacht zusammen glücklich waren, am Morgen vor fünf Uhr baden und sich die Haare waschen muss. Weißt du so wenig, Dummerchen?“ Madina schalt Rabia liebevoll.

Rabia wollte gerade fragen: „Was meinst du mit ‚glücklich‘?“, aber sie schwieg lieber. Sie dachte, dass sie es halb verstand und halb auch nicht. Madina andererseits war angesichts von Rabias Unwissenheit sehr stolz auf ihr Wissen. Es gab also etwas, das sie wusste und das sie Rabia erklären konnte. Sie sagte: „Mein Bruder und seine Frau schließen sich jeden Abend in ihr Zimmer ein. Bevor sie am nächsten Morgen irgendetwas anderes macht, ist ihr Erstes, dass sie badet und sich das Haar wäscht. Seit mein Bruder nach Hause gekommen ist, ist das immer so. Meine Mutter murrt immerzu und sagt, es sei, als ob sie gerade erst geheiratet hätten.

„Was um alles in der Welt tun sie hinter verschlossenen Türen? Weißt du das?“ fragte Rabia. Sie stellte ihre Frage eher, weil Madina so begierig darauf zu sein schien, ihr etwas zu erzählen, als aus eigenem Wissensdrang. Madina war einerseits durch Rabias Unwissenheit irritiert und auch von Mitleid darüber erfüllt, andererseits bot ihr diese Unwissenheit die seltene Gelegenheit, ihre Überlegenheit zu zeigen.

Madina sah einen Augenblick lang in Rabias unschuldiges, kindliches Gesicht. Plötzlich nahm sie Rabia in die Arme und küsste leidenschaftlich ihr Gesicht. Rabia verstand nicht und erschrak noch mehr, als Madina ihre Finger über ihren ganzen Körper gleiten ließ. Sie sank ganz unbequem halb auf den rauen zementierten Fußboden der Terrasse und war noch schockiert und ängstlich, während Madina sie eng umschlang. Plötzlich erinnerte sich Rabia daran, dass sie, als sie einmal vor langer Zeit mit Ahmad zusammen gewesen war, bemerkt hatte, dass sie erregt war. Die Angst verließ sie, und sie hob die Arme, um Madina zu umarmen.

Kapitel 40

Mitten in der Nacht wachte Nuramma hungrig auf. Am Abend zuvor war Iliaz weinend nach Hause gekommen, denn ihm war das Essen, das Rahima ihnen hatte schicken wollen, auf die Straße gefallen. Nuramma, hatte den Jungen zu Sherifa geschickt, damit er dort etwas zu essen bekäme. Sie hatte nicht gewusst, wen sie sonst hätte bitten sollen, und war selbst, ohne etwas zu essen, ins Bett gegangen. Jetzt hatte sie großen Hunger. Iliaz lag neben ihr und schlief fest. Der Hunger verwandelte sich in Kummer und drückte sie nieder. Dann wurde er zu starkem Ärger auf den Jungen. „Der Junge hat eine schlechte Veranlagung. Sobald er geboren war, jagte er seinen Vater davon. Jetzt hat er auch noch seine Mutter vertrieben und ist nun allein auf der Welt, eine Waise. Wenn Allah ihm ein solches Schicksal auf die Stirn geschrieben hat, kann niemand etwas dagegen tun!" Sie setzte sich auf und starrte auf den Kochherd in einer Ecke des Zimmers. Im Licht der Laterne konnte sie sehen, dass sich dort eine Katze zusammengerollt hatte. Sie fragte sich voller Überdruss, wie lange sie davon würde leben können, dass sie von anderen Leuten Essen erbettelte. Die plötzlich aufgetretene Schwäche ihres ganzen Körpers und dazu noch der starke Schmerz in ihrem Knie machten ihr Angst. Würde sie vielleicht bald sterben? Gefiel es Allah, dass die Menschen, die es ohnehin schon schwer hatten, bis zum Augenblick ihres Todes weiter litten?

Plötzlich fielen ihr ihre Kindertage ein. Allah würde ihr niemals alle ihre Sünden vergeben. Als sie vierzehn oder fünfzehn war, war sie sehr lebhaft gewesen. Ihre Mutter Kairunissa galt als überheblich und angeberisch. Von allen Hütten in ihrem Ort war ihre die einzige, aus der man lautes und freches Reden hörte. Obwohl alle in der Straße offen und unverblümt redeten, war doch Kairunissa eine Klasse für sich. Sie war als zänkisches Großmaul bekannt. Sie schien Nurammas Vater niemals als ihren Mann oder auch nur als Lebewesen, das Respekt verdiente, zu betrachten. Sie setzte ihn immer herab und sagte: „Iss, was ich dir gebe, und verschwinde!"

Wenn Nuramma und ihre kleine Schwester vom Spielen nach Hause kamen und an die Tür klopften, dann öffnete ihnen oft ein Fremder die Tür und ging dann weg. Vielleicht war der Mangel an irgendeinem anderen Einkommen der Grund für die Entscheidung Kairunissas für diese Lebensweise. Als Nuramma erwachsen war, lud Karirunissa für ihre Tochter Kunden ein und arrangierte Treffen. Bald hatte sich Nuramma an diese Art, ihren Lebensunterhalt zu verdienen, gewöhnt. Sie mochte diese Lebensweise sogar und bereitete ihren Kunden einen warmen Empfang. Meist schliefen Kairunissa und ihre jüngere Tochter auf der Veranda außerhalb der Hütte und hielten Wache, während Nuramma drinnen mit einem Mann zusammen war. Ihrem Vater Kaja Mohiuddin war das alles ein Gräuel. Er war zum wandelnden Leichnam geworden und kam nicht mehr nach Hause, sondern blieb meist in der Moschee.

Sie gewöhnte sich vollständig an dieses Leben und war mit den zwei Rupien und dem Stück Blusenstoff, die ihre Kunden ihr gaben, vollkommen zufrieden. Sie war nicht nur selbst zur Prostituierten geworden, ohne dass sie dazu gezwungen worden war, sondern sie lud auch ihre jüngere Schwester ein, es ihr gleichzutun. Aber schließlich kam der Tag, an dem sie dieses Leben satt hatte, und sie sagte zu ihrer Mutter: „Ich habe die Nase voll davon. Von jetzt an lass bitte niemanden mehr herkommen."

Kairunissa erschreckte der äußerste Überdruss, den Nurammas Stimme verriet, und sie fragte: „Und was meinst du, wovon wir von jetzt an leben sollen?" Die Frage, wovon sie ihre restlichen Tage leben sollte, ängstigte sie so sehr, dass sie auf den Stufen vor dem Haus zusammensank. Auch Nuramma machte sich Sorgen darüber, aber sie war davon überzeugt, dass es für sie nichts Schlimmeres gab als die Sinnlosigkeit ihrer gegenwärtigen Lebensweise. Sie sagte entschlossen: „Darüber wollen wir später nachdenken. Erst einmal wollen wir diese Lebensweise und diese Stadt hinter uns bringen und woanders neu anfangen." Sie fühlte sich dafür verantwortlich, nicht nur sich, sondern auch ihre Schwester aus den damaligen Umständen zu befreien.

Kairunissa fragte mit gramerfüllter Stimme: „Denkst du also daran, dich zu verheiraten?" Ihre Frage sollte sicherlich bewirken, dass ihrer Tochter klar wurde, dass dieser Traum sich nie erfüllen würde. Sie wollte damit auch sagen, dass Mutter und Töchter, wenn Nuramma sich dazu entschloss, diese Lebensweise aufzugeben, keine Möglichkeit haben würden, ihren Lebensunterhalt zu erwerben.

Nuramma antwortete: „Ich habe alles, was ich brauche, wenn das Kind in meinem Bauch wächst." Der Zynismus und die Bitterkeit in ihren Worten, die sie mit dem Ausdruck äußerster Hilflosigkeit ausgesprochen hatte, verschloss Kairunissa tatsächlich den Mund. Sie sagte nie wieder etwas zu dem Thema.

Die schreckliche Erinnerung an diese Tage, als sie umherwanderte und eine Möglichkeit suchte, sich ihren Lebensunterhalt zu verdienen, war noch in Nurammas Gedächtnis eingebrannt. Das Kind in ihrem Leib war inzwischen schon zu groß geworden, als dass sie es noch sicher hätte abtreiben lassen können.

Als Nuramma sich ihren Erinnerungen hingab, wurde sie von Traurigkeit und Schuldgefühlen übermannt. Der Schreck ergriff sie, dass vielleicht jetzt die Zeit der Bestrafung für ihre frühen Sünden gekommen sei. Sie dachte an die Lügen, die sie vor ein paar Tagen erzählt hatte, als sie in Wahidas Haus war. Es amüsierte sie jetzt selbst, wenn sie daran dachte, wie sie versucht hatte, ihre Familie als ehrenwert und wohlhabend darzustellen, indem sie die Wahrheit mit Lügen ausschmückte. Dass sie diese Geschichten erzählt hatte, war allerdings nicht der Grund für ihr starkes Schuldgefühl. Schließlich hatte sie nur dem Wunsch nachgegeben, ihr Publikum zu unterhalten, als sie sich die seltsame Fiktion über den Tod ihrer Mutter und das Gold und den Wohlstand, die sie zurückgelassen hatte, ausdachte. Außerdem: Wenn sie wirklich eine solche Sünderin war, warum wartete der Jinn nur darauf, ihr diesen Schatz zu bringen? Schließlich war der Jinn nicht so dumm, alles einer Sünderin zu geben! Und sie war vollkommen sicher, dass der Jinn die Absicht hatte, eines Tages nur ihr den Schatz zu bringen. Alle diese Gedanken verwirrten Nuramma sehr.

***

Als sie ein kleines Mädchen war, verbrachten sie und die anderen Kinder des Viertels ihre Tage damit, dass sie ihre Kuh auf die Felder führten. Wenn sie morgens ihr Reiswasser getrunken hatten, gingen sie mit den Palmblätterbehältern auf dem Kopf los. In den Behältern waren ihre Sicheln. Sie gingen einen Pfad entlang, der am Dorf vorbeiführte, und durchquerten den Bewässerungsgraben. Wenn sie an sein anderes Ufer gekommen waren, sahen sie grüne Felder sich vor ihnen ausbreiten. Sie banden die Kuh an einen Baum, sodass sie auf den Erdhügeln grasen konnte, die die Felder unterteilten. Dann wrangen sie ihre Hemden aus, die nass und schlammig geworden waren, als sie den Bewässerungsgraben durchquerten. Wenn sie ihre Kleider hoch in den Wind warfen, fiel der Schlamm ab und sie trockneten.

Später drehten sie die Palmblätterbehälter mit dem Boden nach oben und setzten sie sich auf den Kopf: dann waren sie wie Sonnenhüte. Sie hockten sich in Reihen nieder, um das Gras abzuschneiden, das dort wuchs, und schwatzten dabei. Laut riefen sie die Namen aller wilden Büsche, die dort wuchsen: Aavaram, Arali, Rühr-mich-nicht-an, wildes Basilikum. Um diese Pflanzen machten sie einen Bogen, hielten die Grasbüschel mit der linken Hand und mähten sie ordentlich mit der Sichel in ihrer rechten ab. Die Grasbüschel legten sie ordentlich in einer Reihe auf den Boden. Wenn es genug waren, um ihre Behälter einigermaßen zu füllen, taten sie das und setzten ihr Spiel fort. Neben dem Graben stand ein kleiner Pipal-Baum, auf den sie gerne kletterten und auf dem sie dann saßen. Damals hatten sie so viel Spaß miteinander! Es war ein Glück, die Berge in der Ferne, die Felder, die sich überall ausdehnten, Woge auf Woge von Korn, das sich im Wind wiegte, das Wasser im Graben, das sich ausdehnte, soweit das Auge reichte – dies alles zu sehen und das reifende Korn zu riechen.

Eines Tages, als sich Nuramma, die fleißig bei der Arbeit war, über das Gras beugte, hielt sie plötzlich eine Pflanze, die sie herausgezogen hatte, in den Händen. Sehr viele helle Goldmünzen hingen an ihren Wurzeln. Einen Augenblick lang war sie starr vor Schreck und konnte kein Glied rühren. Wie sollte sie diesen Schatz erklären, der so wunderbar an der Pflanze hing, die sie in ihren Händen hielt, denn sie hatte gehört, dass solches Gold nur zu großen Häusern und Königspalästen gehörte! Und dann verschwand alles in dem Augenblick, als sie rief: „Kommt alle her und seht euch das an!“

Danach verfiel sie in einen Schockzustand und konnte niemanden von dem überzeugen, was sie gesehen hatte, denn der Schatz war durch Zauber verschwunden. Dieses war das erste Mal, dass der Jinn ihr den Schatz gezeigt hatte. Er hatte ihn ihr dann ein zweites Mal gezeigt. Was hatte den Jinn beide Male davon abgehalten, ihr den Schatz zu geben? Sie glaubte unerschütterlich, dass er sie nicht ein drittes Mal enttäuschen würde, und war entschlossen, nicht traurig darüber zu sein, dass sie ihn noch nicht bekommen hatte. Jetzt, da sie alt geworden war, würde es der Jinn sicherlich nicht länger aufschieben! Er würde jetzt nicht mehr sehr viele Gelegenheiten bekommen. Außerdem wäre es wirklich sehr nützlich, wenn sie den Schatz zu diesem Zeitpunkt bekäme. „Ich werde die Männer dieser Stadt ordentlich aufrütteln, sie sollen nur mal sehen! Danach werden sie mich nie mehr aus der Gemeinschaft verstoßen, die Schufte!“

Sie war außer Atem. Der Hunger zerriss ihr die Eingeweide. Sie legte ihren Kopf aufs Kissen und versuchte weiterzuschlafen. Wie lange würde es noch bis zum Tagesanbruch dauern? In der Dämmerung würde sie den Jungen um Puttu zu Katthaans Haus schicken. Sie hatte eine winzige Geldsumme von den Ramadan-Gaben zurückgelegt, die man ihr gegeben hatte, und das machte ihr etwas Mut. Mit plötzlicher Zärtlichkeit, die sich aus diesem Mut ergab, wendete sie sich Iliaz zu. Er schlief fest. Am Tag zuvor hatte er versucht, ihr ihre Sicherheit zurückzugeben und gesagt: „Großmutter, von morgen an gehe ich im Lebensmittelladen von Rahimas Familie beim Verpacken der Waren helfen.“ Wieder wurde sie von Sorge und Mitleid erfüllt und Tränen liefen ihr aus den Augen. Im Stillen schalt sie Fatima: „Du verdammte Hure! Weil du so verrückt nach diesem Mann warst, bist du weggegangen und lässt dies kleine Kind zugrunde gehen! Du Schlampe!

Ganz gleich, wohin du gehst, es wird dir nicht gut gehen, du wirst kein Leben haben.“ Sie versuchte mit ihren Flüchen ihren Hunger, ihre Sorge und Verzweiflung zu verscheuchen. Die Nacht mit ihrer Traurigkeit dehnte sich unendlich.

Kapitel 41

Mumtaz nahm ein Stück der Wäsche, die im Hof auf der Leine hing, nach dem anderen ab und legte sie sich über einen Arm. Als sie Faridas Davani abnahm, gab ihr das vor Ärger einen Stich. In diesen Tagen verhielt sich Farida so, als würde sie mit Mumtaz konkurrieren, ob das nun beim Kochen oder bei der Arbeit im Haus war. Und dann das Lästern. Sobald Sainu von irgendeinem Ausgang zurückkam, flüsterte Farida ihr etwas zu. Danach hatte Sainu nichts Besseres zu tun, als die Stimme zu erheben und zu schreien.

Mumtaz kam es so vor, als ob Farida neidisch war, dass ihr Bruder und ihre Schwägerin zusammen sein konnten. Das ärgerte sie wohl so sehr, dass sie sich ständig bei ihrer Mutter über die beiden beklagte. So boshaft war sie früher nie gewesen. Es hatte Gelegenheiten gegeben, bei denen Farida für Mumtaz eingetreten war und sich dafür sogar den Zorn ihrer Mutter zugezogen hatte. Warum hatte sie sich so sehr verändert? War der Grund nur, dass Mumtaz und Suleiman so glücklich miteinander waren? Mumtaz fand es nicht heraus. Manchmal sagte sie sich, dass Farida im heiratsfähigen Alter sei, natürlich musste sie da ihre Hoffnungen und Wünsche haben. Einige Tage lang hatte sie noch etwas anderes bemerkt. Faridas Gesichtsausdruck änderte sich, wenn sie das Auto hörte, das Rabias Familie gehörte. Sie lief dann zum Fenster, das zur Straße führte, und stand hinter dem Vorhang, um nach jemandem Ausschau zu halten. Mumtaz' Überlegungen folgte sofort der Gedanke an Suleiman, und sie erschauerte. Sie mochte sich gar nicht vorstellen, was er tun würde, wenn er davon erführe! Sie hatte überhaupt keinen Zweifel daran, dass er bereit zum Töten wäre.

Zwar brachte ihr Ärger über Farida sie auf den Gedanken, das Mädchen zu verraten, aber dann dachte sie an Suleimans schreckliche Reizbarkeit und verzichtete darauf.

Noch in der letzten Nacht, als sie zusammen im Bett lagen, hatte Suleiman sie gefragt: „Diesmal bin ich nach Hause gekommen, entschlossen, nicht eher wieder zu fahren, als bis ich eine Hochzeit für Farida arrangiert habe. Es sieht so aus, als ob kein geeigneter Bräutigam aufkreuzen würde. Soll ich sie mit diesem Jungen, dem Aziz, verheiraten, ein Visum für ihn einholen und ihn mitnehmen?"

Mumtaz verstand sofort, warum er nicht nur plante, Farida an Aziz wegzugeben, sondern auch, warum er ihn aus der Stadt wegbringen wollte. Eine Zeit lang sagte sie nichts, berührte ruhig seine Hände und spielte mit seinen Fingern. Wenn diese Heirat geschlossen würde, dann würde die Beziehung zwischen Nafiza und Aziz für immer zerbrechen. Das würde ihr gefallen. Sie war wütend darüber, dass Nafiza einen Geliebten hatte, obwohl ihr Ehemann in der Stadt war, während sie, Mumtaz, ein untadeliges Leben führte und seit Jahren niemals einem Mann auch nur in Sichtweite kam, obwohl Suleiman im Ausland war! Manchmal fragte sich Mumtaz, ob sie nicht vielleicht neidisch auf Nafiza sei. Aber im nächsten Augenblick sagte sie sich, wozu sie sich selbst beglückwünschte: „Schließlich habe *ich* nicht derartig niedrige moralische Vorstellungen!"

Aber sie fühlte sich unfähig, diesem Vorhaben sofort zuzustimmen. Wenn Aziz mit Suleiman ins Ausland ging und als sein Partner mit ihm arbeitete, würde er Teilhaber an dem Geschäft, das jetzt Suleiman allein gehörte. Das gefiel ihr gar nicht. Sie war nicht damit einverstanden, dass sie den Gewinn, der jetzt ihnen allein gehörte, mit dem Mann ihrer Schwägerin teilen müssten. Aber wenn sie das ausspräche, würde Suleiman sehr ärgerlich werden. Alle diese Gedanken quälten sie, und sie sagte vorläufig noch nichts. Sie wollte den geeigneten Augenblick dafür abwarten.

Suleiman drückte sie in diesem Augenblick an sich, aber sie schien das nicht zu bemerken. Er biss sie sanft ins Ohr und flüsterte: „Was ist mit dir? Du liegst hier wie ein Leichnam! Hast du schon genug davon?“

„Oh, es ist nichts!” sagte sie, verließ ihre Gedanken und legte die Arme um ihn.

Kapitel 42

Suleiman kam aus der Moschee, wo er den Luhur-Gebeten beigewohnt hatte. Es ärgerte ihn, dass die Blätter des Badam-Baumes überall auf dem Pflaster des Moschee-Geländes lagen. Er fand es unerträglich, dass all dieser Müll nicht weggefegt worden war. Er stand dort eine Weile und sah sich nach dem Muezzin um. Es ärgerte ihn noch mehr, dass der nirgendwo zu sehen war. Suleiman bezahlte ihm sein Monatsgehalt. Außerdem bezahlte er die Stromrechnungen der Moschee. Trotz alledem war er noch nicht mit dem zufrieden gewesen, was er für die Gemeinde getan hatte. Aus diesem Grund hatte er das Auto gekauft. Es sollte in der Hauptsache den Tabligh-Pflichten dienen, aber auch für den Gebrauch der Familie zur Verfügung stehen. Jetzt war er stolz auf das, was er geleistet hatte. Das Auto war bei ihm zu Hause, weil auf dem Grundstück der Moschee kein Platz dafür war.

Er schickte sich gerade an, nach Hause zu gehen, als Karim ihm zurief: „Komm, lass uns mal ein bisschen miteinander sprechen!"

Suleiman ging auf ihn zu und fragte: „Worum geht es denn, Onkel?"

„Bist du jetzt um Viertel nach eins schon hungrig? Setz dich eine Weile!"

Suleiman stand da und konnte Karim unmöglich zurückweisen. Er war wirklich sehr hungrig. Er hatte am Morgen Viral-Fisch gekauft und darum gebeten, dass sie ihn kochten. Er wollte nach Hause gehen und essen, bevor der Fisch kalt geworden war. Suleiman war wild auf Fisch. Er kam immer im Sommer zu Besuch nach Hause. Es stimmte schon, er wollte eigentlich das angenehme Klima in Singapur nicht verlassen und zu Hause sein, wenn es dort heiß war. Aber gerade im Sommer gab es viel Viral-Fisch! Seine Freunde neckten ihn und sagten, er würde in der Sonne geröstet. Darauf antwortete er nie. Wenn er an den Fisch auch nur dachte, wurde ihm schon der Mund wässerig!

Karim saß in der Madrasa, gleich am Wasser. Suleiman ging zu ihm, staubte mal eben mit dem Taschentuch den Boden neben ihm ab und setzte sich. „Allahu", sagte er. Suleiman bemerkte, dass Karim so aussah, als wolle er ihn etwas fragen.

Karim begann eine lange Vorrede: „Ja, Neffe, es sieht so aus, als ob du wirklich eine Reihe guter Taten tust!"

Suleiman bemerkte Karims spöttischen Ton nicht. Er sah den Älteren an und war nicht sicher, worauf er sich bezog: „Was genau meinst du denn, Onkel?" fragte er.

„Du tust so, als ob du nicht verstehen würdest! Und das, nachdem du der Moschee eine solche Spende hast zukommen lassen!"

„Ach, das meinst du!" Der Stolz überwältigte Suleiman, und auch jetzt verstand er nicht, dass Karim ihn neckte. Voller Selbstlob fuhr er fort: „Was hältst du von meinem Projekt? Das Auto ist für die Tabligh-Arbeit wirklich nützlich, findest du nicht? Wie schwer war es bisher, in alle kleinen Städte und Dörfer zu kommen, da es weder einen Bus noch andere Transportmittel gibt! Deshalb wollte ich ein Auto für die Moschee kaufen. Ich hatte das schon lange vor." Sein Gesichtsausdruck zeigte große Zufriedenheit damit, dass er etwas so Wichtiges geleistet hatte.

Karim beobachtete ihn mit einem gewissen Vergnügen. Mit unschuldigem Gesicht fragte er: „Ist das nicht fast so, wie man hier in der Gegend den Tempeln Stiere schenkt?"

Suleiman stimmte zu und nickte stolz mit dem Kopf. Er verstand den Scherz überhaupt nicht.

Karim sprach weiter: „Was man auch sagen mag, Neffe, niemand kann dir bei dem, was du getan hast, das Wasser reichen oder so viel Verdienste erwerben!“

Suleiman war so glücklich, dass er sogar seinen Hunger vergaß. Einen Augenblick lang schwiegen beide. Plötzlich kam ein starker Wind auf. Suleiman nahm seinen Fez ab, damit er nicht davonflöge, und hielt ihn in der Hand. Das Wasser im Becken kräuselte sich im Wind. Die Fische, die durch die langen Wasserpflanzen glitten, erinnerten ihn wieder an das Essen, das zu Hause auf ihn wartete. Er war jedoch zu höflich, um mitten im Gespräch wegzugehen, und fragte: „Ja, Onkel, hast du irgendetwas über die Hure gehört, die durchgebrannt ist?“ Sein Ton klang streng.

Karim machte verärgert deutlich, dass ihm diese Frage nicht gefiel: „Ich verstehe wirklich nicht, warum du dich über diese verrückte Schlampe so sehr aufregst!“

Suleiman wiederum ärgerte sich über Karims Mangel an Interesse und Betroffenheit, aber er biss die Zähne zusammen. Unter seinem spärlichen Bart wurde er rot. Er starrte Karim einen Augenblick mit zusammengezogenen Augenbrauen an und senkte dann den Blick. Seine dünnen Lippen zitterten, als er fragte: „Sag mir doch bitte, wie ich das verstehen soll, wenn die Ältesten dieser Stadt, Leute wie du, in so unverantwortlicher Weise sprechen?“

„Was können wir denn jetzt tun? Der Esel ist weggerannt. Wie sollen wir ihn denn jetzt bestrafen? Wir müssen die Sache von uns abschütteln, das ist alles, was wir tun können. Ich verstehe immer noch nicht, warum dich das so mitnimmt. In jeder Stadt passiert ein- oder zweimal mehr oder weniger dasselbe. Wer kann schon immer alles in Ordnung halten?“ Karim hatte genug davon. Er ärgerte sich immer mehr über Suleiman. Der Bursche wurde ziemlich überheblich!

Suleiman fing noch einmal an. Er konnte das, was er als Karims mangelndes Verantwortungsgefühl betrachtete, nicht akzeptieren. „Wie kannst du das nur auf eine so unverantwortliche Weise sagen? Wenn *du* schon diese Haltung einnimmst, was können wir dann wohl von anderen erwarten? Vor einiger Zeit, so habe ich gehört, haben einige junge Ungläubige zur Gebetszeit vor der Moschee ihre Trommeln geschlagen und Lärm gemacht. Ich war entsetzt – hast du das gewusst? Männer wie ich gehen sorglos ins Ausland, weil sie Älteren wie dir, Männern, die hier bleiben, vertrauen. Aber was wird noch alles in unserer Gemeinde passieren, wenn ihr euch weigert aufzupassen? Ist euch nicht klar, dass es eure Pflicht ist, die Gemeinde vor dem Ruin zu bewahren?“ Sein Gesichtsausdruck zeigte, dass Emotionen in seinem Inneren brodelten.

Karim gefiel es gar nicht, was er da bei Suleimann sah, und er fand ihn nervtötend. Er hatte vorgehabt, Suleiman ein bisschen wegen der Verrücktheit, ein Auto zu kaufen, zu necken, aber der Mann redete sich geradezu in Ekstase! Eine Zeit lang schwieg er, als ob er dachte, es wäre nicht richtig, wenn auch er sich aufregen würde. Dann tippte er Suleiman auf die Schulter und sagte, womit er ihn eher provozieren als beruhigen wollte: „Reg dich nicht so auf, Neffe! Keiner von uns kann einen anderen wirklich schützen. Allah allein muss uns alle schützen. Nur das, was Er uns auf die Stirn geschrieben hat, kann geschehen.“

Suleiman starrte in Karims breites Gesicht, verstand die Gefühle nicht, die er dort sah, und fühlte sich hilflos. Da er so lange im Ausland gelebt hatte, musste er sich sehr bemühen zu verstehen, was die Menschen, die weiter hier gelebt hatten, mit ihren Worten und ihrem Gesichtsausdruck meinten. Plötzlich ebbte sein Ärger ab. „Wie kannst du als geborener Moslem nur so sprechen?“ Seine Stimme war voller Verzweiflung. Sie klang so, als ob er um Hilfe flehte oder um ein wenig Gnade bäte.

Nun tat er Karim fast leid. Plötzlich kam ihm in den Sinn, dass es falsch gewesen war, dass er sich über ihn lustig gemacht hatte. Es machte ihn verlegen, dass er es getan hatte. Er wollte das Gespräch beenden und sagte: „Gut, Suleiman, vergiss einfach, was sich bisher ereignet hat. Es ist unsere Pflicht, dass wir sicherstellen, dass unsere Gemeinde nicht noch einmal auf diese Weise gedemütigt wird. Etwas Derartiges wird von nun an nicht wieder geschehen. Wir wollen jetzt nach Hause gehen, auf dem Weg können wir ja noch weiter miteinander sprechen.“ Er half dem Jüngeren beim Aufstehen und verließ mit ihm das Gelände der Moschee.

Aber Suleiman sagte sich: „Alles, worum sich diese Leute kümmern, ist, dass sie sich sattessen und danach in der Stadt herumgehen können. Wenn sie auch nur eine Spur von meinem Glauben hätten, dann hätte so etwas niemals passieren können!“

Er hörte, wie jemand seinen Namen rief, und das brachte ihn wieder in die Gegenwart zurück. Es war Rashid, der den Stand gleich vor der Moschee betrieb. Suleiman hörte ihn sagen: „Eben hat ein Mann in einem riesigen Auto nach dem Weg zu deinem Haus gefragt! Geh schnell nach Hause!“

Suleiman verabschiedete sich eilig von Karim und lief schnell nach Hause. Er fragte sich, wer der Besucher wohl sein könnte. Als er das Auto an der Straßenecke stehen sah, wusste er sofort, dass Abdulla Bhai gekommen war. Er ging neugierig in die Halle und begrüßte den Mann, der dort saß, indem er ihn willkommen hieß und umarmte. Als sie schließlich nebeneinander auf dem Sofa saßen, fragte Suleiman: „Na, ist die Hochzeit vorbei? Hast du deine Frau mitgebracht?“

„Würde ich womöglich alleine und ohne sie kommen? Nein, nein, wir sind beide gekommen. Jasima ist im Haus.“ Abdulla redete voller Stolz und errötete, als er den Namen seiner neuen Frau aussprach.

Mumtaz beobachtete Abdulla durch den schmalen Spalt, der dort war, wo die Tür an die Wand anschloss. Er war sehr schlank und groß. Obwohl er bestimmt älter als sechzig Jahre war, hatte er kein einziges graues Haar auf dem Kopf. Ein aristokratisches Aussehen! Kein überflüssiges Gramm Fleisch war an ihm! Eine feine Nase und ein wohlgeformter Mund. In der Blüte seiner Jahre musste er äußerst schön gewesen sein. Aber warum heiratete er in seinem Alter noch eine junge Frau? Die junge Frau hielt sich zu diesem Zeitpunkt mit Farida in Mumtaz’ Zimmer auf. Mumtaz dachte an die Gestalt des Mädchens. Sie mochte etwa fünfundzwanzig Jahre alt sein. Sie war sehr schön. Da sie so schön, aber in einer von Armut heimgesuchten Familie geboren worden war, musste sie schließlich diesen alten Mann heiraten. Es ist alles Schicksal, dachte Mumtaz und fing an, den Fisch zu braten. Suleiman würde die Gäste zum Essen einladen. Darum musste sie sich eilen, dass sie alles fertig bekam.

Nach dem Essen führte Suleiman Abdulla und seine Frau zu allen seinen Verwandten und stellte sie voller Stolz vor.

Kapitel 43

Das Sonnenlicht lastete schwer auf der Straße. Seine brennende Hitze hielt die Menschen von jeder Bewegung ab. Rabia war seit ihrer Rückkehr in Wahidas Nähe geblieben. In ein paar Tagen würde Wahida sie verlassen. Dann würde sie erst zum Vierzig-Tage-Fest zurückkommen. Deshalb hatte Rabia nicht viel Lust, wegzugehen und zu spielen. Sie fühlte jetzt noch mehr Zuneigung zu Wahida und noch größeres Verlangen, sich an sie zu hängen. Sie wusste auch, warum das so war.

Es war am Tag nach Wahidas Rückkehr gewesen. Seit dem Morgen empfing der Bräutigam eine Menge förmlicher Aufmerksamkeit. Rabia ärgerte das und sie schloss aus Wahidas Gesichtsausdruck, dass es ihr ebenso ging. Außerdem war Rabia traurig und aufgebracht. Wie konnten ihre Mutter und ihre Tante übersehen, dass ihre Cousine nicht glücklich war, wo doch Rabia das deutlich erkannte? Sie sah den beiden Frauen ins Gesicht und versuchte herauszubekommen, ob sie sich über den wahren Stand der Dinge im Klaren waren und nur so taten, als ob sie ihn nicht bemerkten. Sie war ratlos. Wie sie so herumwuselten, schienen sie wirklich glücklich zu sein. Rabia war wohl die einzige, die sich Sorgen machte. Trotzdem genoss sie den Vattalappam, eine besondere Süßigkeit, die für den Bräutigam hergestellt worden war.

Sobald sie zu Mittag gegessen hatten, kamen alle Frauen, die in der Straße wohnten, eine nach der anderen, um die frisch gebackene Ehefrau zu besuchen. Aus jedem Haus brachten sie Taschen voller Süßigkeiten und Blumen mit. Überall wurde geschwatzt und gelacht. Sogar Sherifa kam Wahida besuchen. Die Halle war voller Frauen: Saura, Nafiza, Mumtaz und Mariyaayi, alle waren da. Kader, der die Gewohnheit hatte, nach dem Essen Mittagsruhe zu halten, ging in seinen Laden zurück. Sikandar legte sich oben hin und protestierte, dass er bei all dem Lärm um ihn herum nicht schlafen könne. Schließlich konnte ein frisch gebackener Ehemann ja nicht einfach aus dem Haus weglaufen!

Nafiza begann das Gespräch mit Wahida: „Nun, junge Ehefrau“, scherzte sie, „wie geht es denn mit deiner Schwiegermutter?“ Sayyed war irgendwie mit ihr verwandt, sie betrachtete ihn als Onkel.

Wahida sah zu Boden und nickte leicht, womit sie zu verstehen gab, dass es Sabia gut gehe.

„Natürlich geht es ihr gut. Warum auch nicht? Ich habe gefragt, wie sie dich behandelt!“ sagte Nafiza.

Mumtaz schaltete sich ein. „Wie wird sie schon in fünf Tagen gewesen sein? Sogar meine Schwiegermutter war nach meiner Hochzeit eine Woche lang nett zu mir. Sie wollte, dass ich mich hinlege und traktierte mich mit Essen“, sagte sie spöttisch. Alle lachten, als sie die Worte „wollte, dass ich mich hinlege“ vielsagend in die Länge zog.

Rahima warnte sie: „Sprich leiser, Amma. Sainu kann jederzeit auftauchen!“

„Sie soll nur kommen! Sie wird mir schon nicht den Kopf abreißen! Schließlich habe ich ja nur das gesagt, was der Wahrheit entspricht“, Mumtaz schüttelte verächtlich den Kopf.

Nafiza blinzelte und lachte. „Seht nur, jetzt kann sie so etwas sagen. Das kommt nur von dem Mut, den sie daraus bezieht, dass sie auf dem Schoß ihres Mannes sitzt."

„Natürlich", sagte Zohra und goss damit Öl ins Feuer.

Rahima wechselte das Thema, indem sie sie an etwas anderes erinnerte. „Übrigens, Mumtaz, dein Mann hat diesen neuen Ehemann begleitet und ihn allen im Ort gezeigt! Das arme Mädchen! Wie kann der Mann nur ein Mädchen heiraten, das seine Tochter sein könnte, und es dann auch noch so schamlos herumzeigen!? Ich kann das irgendwie nicht akzeptieren!"

„Wer kann das schon akzeptieren? Es ist ein unschöner Anblick, wie dieser Mann sich und seine Frau zur Schau stellt. Was kann ich schon über den sagen, der ihn überall herumführt!" Mumtaz fasste sich im Ausdruck des Erstaunens ans Kinn. Sie billigte die Rolle, die ihr Mann dabei spielte, gewiss nicht. Sie fuhr fort: „Nachdem der alte Mann abgefahren war, verfluchte ihn meine Schwiegermutter rundheraus. ‚Darf ein Mann, nur weil er Geld hat, so selbstherrlich handeln?' fragte sie."

„Dein Mann hat sich das Maul zerrissen, weil Fatima einem Mann nachgelaufen ist, aber er hängt sich an diesen Burschen! Du solltest ihm ein Licht über diesen alten Mann aufstecken! Er hat schon drei Frauen, geht aber hin und heiratet eine vierte und ruiniert damit das Leben einer jungen Frau", bemerkte Zohra. Nicht einmal Rahima hatte sie zuvor so ärgerlich und frustriert gesehen. Seit Abdullas Besuch hatte sie nicht aufgehört, davon zu reden.

Mumtaz schwieg eine Weile, denn sie konnte auf Zohras Ärger nichts erwidern, sie fand keine passende Antwort. Dann sagte sie: „Es ist ja nicht so, dass ich darüber nicht mit ihm gesprochen hätte. Aber weißt du, was er zu mir gesagt hat? ‚Was ist los mit dir', sagte er, ‚der Mann handelt in vollkommener Übereinstimmung mit der Scharia. Er darf vier Frauen heiraten, nicht wahr? Wenn er der Scharia entgegen gehandelt hätte, dann wäre es falsch. Aber so handelt er vollkommen richtig!' Aber natürlich habe ich mich damit nicht zufrieden gegeben, sondern ihn gefragt: ‚Rechtfertigt das das Schlimme, was er getan hat? Frage dein Gewissen und dann antworte mir!'"

„Diese alten Männer heiraten sehr junge Frauen und dann gehen sie ins Ausland. Die Mädchen müssen sich hier und dort, wo und wann sie können, nehmen, was sie brauchen. Wenn der Bursche sich hinlegt und stirbt, kommen sie natürlich vollkommen vom Wege ab. Danach werden alle über uns lachen und diese Tochter eines Rowthers und jene Frau eines Rowthers Flittchen und Hure nennen. Dieser alte Mann bedenkt das nicht", schloss sich Saura den Klagen der anderen an.

„Ja, und nicht einmal, wenn er hier ist, kann er ihr wirklich Vergnügen bereiten! Es würde mich überraschen, wenn er wenigstens gelegentlich dazu fähig wäre! Und was kann sie über ihn denken, wenn sie mit ihm schläft? Er ist ja wie ihr Vater! Sollten wir sagen, es ist abscheulich, oder sollten wir sagen, es ist mitleiderregend?" Nafiza schlug sich vor die Stirn. Ihr Gesicht wurde einen Augenblick lang rot.

„Aber das Mädchen sah freudig und heiter aus, fandet ihr nicht? In ihrem Gesicht war nicht die geringste Spur Angst zu sehen. Und sie lächelte die ganze Zeit über", sagte Rahima erstaunt.

„Das ist nur wegen des Geldes. Er hat Schmuck auf ihrem Hals, ihren Ohren und Armen aufgehäuft! Davon ist sie entzückt und es gefällt ihr", bemerkte Mumtaz.

Gerade in diesem Augenblick kamen einige neue Besucherinnen ins Haus. Zohra und Rahima gingen sie begrüßen und suchten Plätze für sie.

Sofort peilten Nafiza und Mumtaz Wahida an, setzten sich, eine rechts, eine links, neben sie und neigten sich zueinander, als ob sie Geheimnisse austauschten. Mumtaz flüsterte: „Na, ist es schon passiert?“ Sie und Nafiza konnten ihre Neugier auf alle Einzelheiten kaum im Zaum halten. Sie mussten einfach fragen, obwohl sie wussten, dass Wahida ihnen nichts erzählen würde.

Rahima kam zurück und setzte sich zu ihnen. „Was habt ihr sie gefragt?“ wollte sie wissen.

„Oh, nichts weiter. Nur weil deine Tochter so scheu ist, wollten wir wissen, ob sie jetzt mit dem Bräutigam schon recht vertraut ist. Was ist geschehen? Es muss inzwischen passiert sein. Fast eine Woche ist vergangen“, sagte Mumtaz.

Die drei bildeten eine kleine abgetrennte Gruppe, während die übrigen Frauen sich über den Schmuck einer Frau unterhielten. Rahima verzog beunruhigt ihr Gesicht, als sie Mumtaz’ Frage hörte. Sie antwortete: „Was kann ich sagen? Das Mädchen ist immer noch zu scheu, um ihm nahezukommen. Wer weiß, ob sie in der Nacht auch nur mit ihm spricht?“

Rahima wurde von der Angst gequält, dass sie etwas falsch gemacht haben könnte. Hielt sich Wahida von ihrem Mann fern, weil sie ihn nicht mochte, oder war es ihre natürliche Scheu, die sie dazu veranlasste, sich so zu verhalten? Sie konnte es nicht herausfinden. Außerdem wusste sie, dass, selbst wenn Wahida ihren Mann nicht mochte, sie ihre Mutter niemals damit betrüben würde, ihr das zu sagen. Rahima wusste nicht, was sie denken sollte. Ihr Herz war von unergründlichem Schmerz erfüllt.

Mumtaz versuchte sie zu trösten: „Mach dir keine Sorgen! Natürlich ist sie scheu. Überlass mir das, ich werde sie an einem einzigen Tag von ihrer Scheu befreien.“ Sie wendete sich eifrig an Nafiza. „Was meinst du, Nafiza? Sollen wir ihr eine Kassette zeigen? Wie wäre es heute Abend?“

„Ich habe keine derartige Kassette. Aber du hast sicherlich etwas? Suleiman hat eine oder zwei mitgebracht? Hol sie her. Wir werden sie dazu bringen, sie anzusehen!” erwiderte Nafiza.

Beunruhigt schaltete sich Rahima schnell ein. „Bitte macht das nicht. Es wird ihr nicht gefallen!”

Aber Mumtaz wollte nicht darauf hören. „Sei ruhig, Rahima, überlass das uns. Lass die vielen Leute erst mal nach Hause gehen. Ich bringe die Kassette am späten Abend. Wir lassen sie dann laufen. Ich habe eine Kassette aus dem Ausland.“ Sie stand auf und sagte: „Also gut, wo ist der Ehemann? Ich will ihm gratulieren und dann gehen.“

Nafiza stimmte ihr zu: „Stimmt, wir haben ihn überhaupt noch nicht gesehen. Ich muss auch gehen, wenn ich ihm gratuliert habe.“

Als sie gesagt hatten, sie wollten Sikandar sehen, geriet Rahima in Panik. „Hört mal, Mädchen, macht keine dreckigen Witze mit ihm! Das wäre wirklich eine Schande!“

Saura schaltete sich ein: „Aber genau darauf sind sie aus, weißt du das nicht?“ Sie schüttelte sich vor Lachen. Rabia amüsierte sich riesig darüber, wie Sauras schwere Brüste auf und ab wogten.

Mumtaz rief ihr zu: „Rabia, du kommst mit!”

Rabia wusste nicht, wozu sie herbeigerufen worden war, und guckte verständnislos. Mumtaz erklärte ihr und den anderen: „Er ist ein frischgebackener Ehemann, er wird die ganze Nacht nicht geschlafen haben. Was ist, wenn er fest schläft und sein Beinkleid weggerutscht ist? Darum ist es am besten, wenn sie zuerst geht und ihn aufweckt.“

Rabia war schon halb aufgestanden und setzte sich nun wieder hin: „Ach, wie schrecklich! Ich gehe nicht!“ Da sie fürchtete, sie würden sie mit Gewalt wegziehen, hielt sie sich am Ende von Wahidas Seidensari fest und klammerte sich an ihre Cousine.

„Nafiza, sieh nur, wie scheu sie ist. Lass es also. Wir gehen alleine.“

„Auch wenn er unordentlich aussieht, macht das nichts. Schließlich sind wir verwandt, er ist für mich wie ein Cousin.“

Sie rafften ihre Saris, damit sie nicht drauftraten, und stiegen die Treppe hinauf. Es war eine altmodische steile Holztreppe, deshalb gingen sie vorsichtig, denn sie hatten Angst, sie könnten fallen. Oben erkannten sie an dem Blumenduft, der aus dem ersten Zimmer kam, dass dort der junge Ehemann sein musste. Nafiza öffnete die Tür und steckte den Kopf hinein. Sikandar lag auf dem Bett und rauchte eine Zigarette. Als er sie sah, setzte er sich gleich auf und sagte: „Komm herein!“

„Was hast du vor?“ fragte Nafiza. Sie trat ins Zimmer und Mumtaz folgte ihr. Er lud beide zum Sitzen ein. Mumtaz setzte sich auf einen der Stühle, während Nafiza sich neben ihn aufs Bett setzte, als hätte sie dazu ein besonderes Recht.

„Warum sind deine Augen so rot, warst du denn die ganze Nacht wach? Außerdem bist du ganz allein in diesem Zimmer hier oben! Du musst umhergelaufen sein und Fangen gespielt haben“, scherzte sie.

Sikandar trug ein Beinkleid aus Seide und ein Unterhemd. Eine Goldkette glänzte an seinem Hals. Nafiza und er waren im selben Alter. Sie hatte einen Sohn im Teenage-Alter. Er hatte gerade erst geheiratet. Sie erinnerte sich an die Zeit, als sie zusammen zur Schule gegangen waren. Er wohnte damals in dem Haus, in dem sie sich gerade befanden.

„Pah!” gab er ärgerlich zur Antwort. „Das Mädchen, das ich geheiratet habe, ist das reinste Kälbchen, und ich stehe grade eine schwere Zeit durch! Was willst du also?“

„Rede nur nicht so! Du hättest ja mich heiraten können, nicht wahr? Damals hast du dich ohne guten Grund geweigert.” Damit forderte sie ihn heraus.

Er antwortete scherzhaft und lachte sie aus: „Was hätte ich mit dir anfangen sollen? Was nützte es schon, dass du hübsch warst? Für meinen Geschmack warst du zu klein.”

„Zu klein? Ich? Das ist ja sehr freundlich!” Sie zeigte auf sich und sah erstaunt aus. „Klein oder groß, wenn sonst alles gestimmt hätte, hätte das nichts ausgemacht, oder? Es war dir nun einmal nicht bestimmt, was kann man da machen!“ Sie gab einen tiefen Seufzer von sich und tat so, als würde sie ihn bemitleiden.

Sikandar zeigte auf Mumtaz und fragte: „Warum sitzt diese Dame hier und schweigt?“

Mumtaz hatte bis dahin nichts gesagt, denn sie war aus einem bestimmten Grund scheu. Nafiza drehte sich nach ihr um und sagte spöttisch zu Sikandar: „Oh, das arme Ding! Sie weiß nie, was sie sagen soll!“

Darüber lachte Mumtaz. Sikandar fand, dass sie sehr gut aussah, und sagte: „Bitte wartet einen Augenblick.“ Er stand auf, drückte seine Zigarette aus und warf sie aus dem Fenster. Er kam zurück, setzte sich wieder auf das Bett und sagte: „Entschuldigt bitte, dass ich in Anwesenheit von zwei schönen Damen geraucht habe!“

„Dann wollen wir mal zur Sache kommen und sagen, warum wir gekommen sind. Sag uns jetzt die Wahrheit, Sikandar! Was genau ist passiert?” Nafiza kam direkt damit heraus.

Er war etwas überrascht, aber er antwortete mit derselben Direktheit: „Oh, es ist alles getan!“ Er zuckte mit einer Geste von Stolz die Schultern.

„Wenn alles getan ist, warum redest du dann so gereizt, nennst sie ein Kälbchen und ein Schäfchen?"

„Reicht es denn, wenn man es tut? Hört mal, müsste sie nicht wenigstens ein kleines bisschen Begeisterung zeigen?" Er beklagte sich. „Und sie ist so scheu! Sie macht es mir wirklich schwer!"

Nafiza versuchte ihn aufzumuntern und sagte: „Ich will sie dazu bringen, dass sich ihre Scheu in Luft auflöst. Warte nur und urteile dann!"

„Probier es nur, aber sie wird nicht mitmachen, das kann ich dir jetzt schon sagen." Er schien sich sicher zu sein.

„Wart's nur ab. Du wirst ja sehen, dass ich es schaffe, und dann schicke ich sie dir. Du wirst staunen. Was gibst du mir dafür?"

Er nahm sie beim Wort. „Ich kann dir natürlich nur geben, was ich habe. Wenn du es willst, bist du herzlich willkommen!" Mumtaz stimmte in ihr Lachen ein, bis das ganze Zimmer wiederhallte.

„Na schön, wir gehen jetzt", sagte Nafiza und stand auf. „Iss gut, solange du im Haus deiner Schwiegermutter bist. Du musst bei Kräften bleiben!" Sie blinzelte ihm wieder zu und verließ das Zimmer.

„Ich will mich auch verabschieden", sagte Mumtaz und ging hinter Nafiza her.

Sikandar rief ihnen nach: „Kommt oft zu Besuch, solange ich hier bin!"

Sie gingen die Holztreppe hinunter und traten durch die Hintertür auf die Straße. Als sie auf dem Heimweg waren, sagte Nafiza mit besorgter Miene: „Ich muss dir etwas sagen. Versteh es bitte nicht falsch! Es gefällt mir überhaupt nicht, dass dein Mann mit diesem Abdulla so viel hermacht. Warum muss er unbedingt mit einem Mann befreundet sein, der jedes Jahr eine neue Frau heiratet? Ich befürchte, dass auch er eines Tages sagen wird, dass er noch einmal heiraten will. Das Gute wird durch das Üble verdorben, wenn es sich damit einlässt."

Mumtaz war wütend, dass Nafiza eine derartige Sorge ausgesprochen hatte. „Behalte deine Witze und deinen Spott für dich. Mein Mann gehört nicht zu denen, die anderen nachspionieren." Sie sagte das in ziemlich scharfem Ton. Ihr Gesichtsausdruck änderte sich dabei allerdings nicht. Nafiza hatte den Eindruck, dass Mumtaz mit dem Finger auf sie wies, und das machte sie traurig. Sie ging nach Hause und war verletzt, weil Mumtaz nicht verstanden hatte, dass sie aus aufrichtiger Sorge gesprochen hatte.

Kapitel 44

Wahida lag äußerst erschöpft auf ihrem Bett und brannte vor Fieber. Kader hatte gleich nach dem Arzt geschickt. Der hatte erklärt, es sei ein ganz gewöhnliches Fieber, und hatte ihr eine entsprechende Medizin verschrieben. Als er das sagte, hätte Wahida am liebsten hinausgeschrien, was sie krank machte. Aber sie war hilflos. Sie konnte nur missmutig vor sich hin murmeln.

Nichts von dem, was in letzter Zeit geschehen war, schien ihr irgendeinen Sinn zu haben. Sie konnte sich nicht erinnern, seit ihrer ersten Menstruation das Gesicht eines Mannes gesehen zu haben, der ihr nicht vertraut gewesen war. Sie hatte nie bemerkt, dass ihre Mutter oder Tante unerwartet in der Morgendämmerung ein Bad genommen hätten. Ihre Eltern, ihre Tante und ihr Onkel benahmen sich in ihrer Anwesenheit immer zurückhaltend, als wäre es falsch, während sie dabei war, intim miteinander zu schwatzen und zu lachen. Seit ihrer Kindheit hatte ihre Mutter ihr beigebracht, dass sie beim Baden ihren Körper bedecken musste und dass sie sich nicht einmal zufällig selbst betrachten durfte. Aber jetzt schien alles auf den Kopf gestellt worden zu sein. Ihre Mutter sagte ihr, sie müsse allein mit einem Mann zusammen sein und mit ihm schlafen. Sie schickte Wahida Leute, die sie dafür tadelten, dass sie sich ihrem Mann gegenüber nicht angemessen verhalte, und die ihr rieten, wie sie mit ihm umgehen solle. Was war nur geschehen, dass innerhalb einer Woche dieselben Menschen, die ihr Angst gemacht und die Dinge vor ihr verborgen hatten, ihr plötzlich Dinge offen und dreist zeigten? Sie hob die rechte Hand, die schlaff neben ihr gelegen hatte, und fühlte nach hinten in ihre Bluse. Sie berührte die Tali-Kette mit den schwarzen Perlen. Hatte sie solche Kraft? fragte sie sich. Als sie sich darüber klar wurde, dass sich am selben Tag, als sie ihr um den Hals gelegt worden war, alles für sie verändert hatte, durchfuhr sie ein unerträglicher Schreck und sie zitterte am ganzen Körper. Sie war völlig verwirrt davon, dass sie plötzlich in eine ihr völlig unbekannte Welt geraten war.

Hinter ihren fest geschlossenen Augen wiederholten sich die Szenen, die sie auf dem Bildschirm gesehen hatte, und schockierten sie noch einmal von Neuem. Verzweifelt versuchte sie, ihre Augen weit offen zu halten, um sie nicht mehr zu sehen. Mit großer Anstrengung hatte sie das Übelsein unter Kontrolle gehalten, das ihr gekommen war, als sie diese nackten Körper gesehen hatte. Aber die Formen und Gestalten des Mannes und der Frau füllten ihr weiter Seele und Gedächtnis. So sehr sie sich auch bemühte, sie konnte einige Szenen, die nur ein paar Minuten lang auf dem Bildschirm erschienen waren, nicht aus ihrem Gedächtnis löschen.

Am meisten hatte sie die Erregung auf Nafizas und Mumtaz' Gesichtern schockiert, als die beiden diese Szenen mit ihr gemeinsam angesehen hatten. Aus irgendeinem Grund waren sie nicht sehr freundlich zueinander gewesen, als ob sie böse Gefühle gegeneinander hegten. Trotzdem hatten sie diese Szenen so reizvoll gefunden, dass sie hintergründige Bemerkungen und Kommentare miteinander ausgetauscht hatten. Einiges von dem, was sie gesagt hatten, klang ihr noch in den Ohren und raubte ihr ihren Seelenfrieden.

Wahidas Ärger richtete sich am meisten gegen ihre Mutter. Warum hatte sie diese Unanständigkeit erlaubt? Das alles hätte nicht zu geschehen brauchen, wenn sie verboten hätte, dass die beiden ihr die Kassette zeigten. Wollte sie alles Erdenkliche tun, um sicherzustellen, dass Wahida sich mit ihrem Mann wohlfühlte? Aber es hatte nur dazu geführt, Wahida krank zu machen. Verstand Rahima, was sie getan hatte? Natürlich musste sie das verstehen! Wie hätte es sein können, dass sie es nicht verstand? Rahimas daraus folgendes Schuldgefühl und ihr Bedauern hielten sie davon ab, richtig mit ihrer Tochter zu sprechen oder auch nur in ihre Nähe zu kommen. Wahida wusste das. Ihr Kopf tat ihr weh.

Als sie krank wurde, fuhr Sikandar nach Hause. „Was habe ich hier zu tun, wenn es dir nicht gut geht? Ehe ich hier im Haus herumsitze und nichts tue, will ich lieber nach Hause fahren", hatte er gekränkt gesagt. Sie war unglücklich darüber, dass er das gesagt hatte. Aus heiterem Himmel hatte sie eine kurze Vision von einem Kinoheld-Ehemann, der an der Seite seiner kranken Frau gesessen und sie bedient hatte. Sie fragte sich immer wieder, ob es überhaupt irgendeinen Grund dafür geben könnte, dass sie ihn mochte.

Er schien ihr nicht eine einzige der Eigenschaften zu haben, die sie sich an ihrem künftigen Ehemann gewünscht hatte. Herz und Seele weigerten sich zu akzeptieren, dass Sikandar nun wirklich und wahrhaftig ihr Mann war. Der Mann, der neben ihr lag, war ihr ein Fremder. Sie konnte die Frage, die ihr in den Sinn kam, nicht loswerden: „Wer ist das? Was hat er hier zu suchen?" Aber sie wusste auch nicht, wie sie diesem chaotischen Seelenzustand ein Ende setzen könnte. Sie versuchte sich mit dem Gedanken zu trösten, dass ja erst sechs Tage vergangen seien und dass sich im Laufe der Zeit schon alles ordnen würde. Aber es bereitete ihr doch Kummer, dass die Erfahrung der Sexualität, die doch eine Freude sein sollte, für sie bestenfalls etwas würde, an das sie sich gewöhnte. Wir lernen Ängste, Kummer, Mühsal und Schmerz ja nur dadurch aushalten, dass wir sie aus Gewöhnung akzeptieren. Sollte es mit dieser Beziehung auch so werden? Wenn es so wäre, würde es die Hölle für sie werden! Würde sie stark genug sein, das durchzuhalten? Tausend Ängste und Fragen quälten sie und sie dachte plötzlich an ihren Schwiegervater. Sie war ja sorgenfrei wie ein Vogel gewesen und war nun im Laufe einer Woche Ehe von all diesen Sorgen und Problemen belastet worden! Wie hatte das nur geschehen können? Sie verabscheute es, im Zustand einer derartigen Verwirrung zu sein, lag hingestreckt auf ihrem Bett und schloss die Augen fest, im Versuch einzuschlafen.

Kapitel 45

Sainu badete die Zwillinge. Diese Aufgabe war jetzt einfacher zu erledigen, da sie ihnen auf Faridas Rat hin die Haare geschnitten hatte. Früher hatte sie sich an den Tagen, an denen sie ihnen die Haare waschen musste, von Tagesanbruch an darüber beklagt. Sie machte ständig Anspielungen, die auf Mumtaz zielten. Mumtaz stellte fest, dass sie nun nicht mehr so viel Nörgelei zu ertragen hatte. Sie stand im Hof und beobachtete eine Zeit lang, ob sich die Badezimmertür öffnen würde. Es sah nicht so aus, als ob das Baden schon vorüber sei. Mumtaz dachte eine Weile nach. Sie wollte gerne etwas Fisch-Curry zu Nafiza bringen, bevor Sainu fertig war. Nafiza wohnte gleich nebenan. Sie konnte hinübergehen und im Augenblick zurück sein. Aber was wäre, wenn Farida auf der Lauer lag? Nein, Farida sprach ihre Gebete. Das würde eine Weile dauern. Nafiza mochte Curry vom Ayira-Fisch, den Suleiman heute Morgen gekauft hatte.

Mumtaz dachte an ihren heftigen Streit mit Nafiza vor ein paar Tagen. „Ich muss eine verfluchte Zunge haben", tadelte sie sich, „warum um alles in der Welt habe ich das zu ihr gesagt?" Dass sie diese Indiskretion begangen hatte, nagte an ihr. Der Fisch-Curry würde als Geschenk eine Entschuldigung darstellen, die ihre Beziehung wieder in Ordnung bringen würde.

Mumtaz hatte Suleiman gegenüber durchaus ihre Zweifel. Sie wäre nicht allzu überrascht, wenn er tatsächlich wieder heiraten würde, wenn sie nicht bald ein Kind bekäme. Der Gedanke versetzte sie in Schrecken. In der vorangegangenen Nacht hatte er sogar gesagt und dabei getan, als wäre es nur ein Scherz: „Ich schlafe jetzt nur mit dir, weil ich ein Kind will. Nur daran denke ich!" Die Worte hatten sie sehr getroffen. Nachdem er das gesagt hatte, hielt sie es in seinen Armen nicht mehr aus. Sie zog sich aus seiner Umarmung heraus und legte sich weiter von ihm weg. Sie wollte seine Berührung, die eben noch so angenehm gewesen war, von ihrem Körper wegwischen. Es machte sie traurig, dass er ihre Gefühle überhaupt nicht bemerkte. Ohne sein Wissen weinte sie lange.

Es ärgerte sie auch, dass er beschlossen hatte, Farida mit Aziz zu verheiraten, ohne abzuwarten, bis Mumtaz ihre Meinung darüber gesagt hatte. Sie erschrak beim Knarren der Badezimmertür, als diese sich öffnete, kehrte in die Gegenwart zurück und verließ den Hof. Sainu stellte die beiden Mädchen in den Hof, rieb sie mit Handtüchern trocken und zog ihnen saubere Kleider an. Mumtaz mochte nicht zusehen. Deshalb ging sie in ihr Zimmer und legte sich hin. Sie war erschöpft. Sie versuchte sich zu erinnern, wie viele Tage vergangen waren, seit sie zum letzten Mal menstruiert hatte und deshalb nicht hatte beten dürfen. Sie zählte die Tage an ihren Fingern ab und errechnete, dass es nun zweiundzwanzig sein mussten. Sie musste darauf achten, dass sie sich hinlegte, genug ausruhte und sich nicht zu sehr anstrengte. Zohra und Rahima hatten ihr geraten, während der letzten Tage ihres Monatszyklus nicht zu viel umherzulaufen oder zu schwer zu arbeiten. Nach der langen Zeit, die sie schon verheiratet war, empfand sie erst jetzt ein so verzweifeltes Bedürfnis, ein Kind zu empfangen, und so eine Angst. War ihre Angst berechtigt? Sie wusste, es würde für ihn nicht schwer werden, eine andere Frau zu finden, und das machte ihr große Angst. Ja, entschied sie, ihre Sorge und Angst waren durchaus berechtigt. Es wäre gut für sie, wenn sie die Dinge vom heutigen Tag an mit Ruhe angehen würde. Sie wusste, dass Sainu nicht damit einverstanden sein würde, wenn sie sich ins Bett legte, ihre Mahlzeiten äße und keine Hausarbeit täte. Deshalb dachte sie, es wäre das Beste für sie, wenn sie eine Zeit lang zu ihrer Mutter ginge.

Noch einmal dachte sie an Nafiza. Mumtaz wusste nicht, ob Nafiza schon wusste, dass Aziz heiraten sollte und dass er gleich danach das Land verlassen würde. Diese Nachricht musste sie erschüttern! Mumtaz war begierig, ihr das zu sagen und dabei zu sehen, wie sich ihr Gesichtsausdruck verändern würde. Obwohl sie wusste, dass es herzlos war, verließ sie doch, von dieser Begierde angetrieben, ihr Zimmer. Sie ging wieder in die Halle.

Farida war zur Terrasse hinaufgestiegen, wahrscheinlich, um dort Wäsche aufzuhängen. Sainu saß auf der Veranda im Hof und trocknete ihren Kindern das Haar. Sie sah auf und fragte Mumtaz: „Warum ist Suleiman noch nicht zum Essen nach Hause gekommen? Gewöhnlich kommt er gleich nach den Luhur-Gebeten zurück.“ Sainu erlaubte den übrigen Familienmitgliedern erst dann zu essen, wenn ihrem Sohn aufgetragen worden war.

„Ich habe keine Ahnung”, antwortete Mumtaz. Sie ging in die Küche, nahm die Schüssel, in die sie den Fisch-Curry gefüllt hatte, und ging schnell durch die Hintertür zu Nafizas Haus.

***

Nafiza hatte nicht erwartet, dass Mumtaz plötzlich in ihrem Haus auftauchen würde, und sah sie fragend an. „Es ist nichts Wichtiges“, sagte Mumtaz, stellte die Schüssel in der Veranda ab und setzte sich auf den Boden.

„Also hör mal, warum sitzt du in deinem Gebets-Sari auf dem Boden?” schalt Nafiza, holte eine Matte, schüttelte sie aus und legte sie für Mumtaz hin.

„Es macht nichts. Nun sitze ich schon mal.“ Mumtaz setzte sich in den Schneidersitz und machte es sich bequem.

„Was ist denn das? Du hast mir wohl etwas gebracht?“ Nafiza nahm die Schüssel und sah hinein. „Es ist Fisch-Curry?“

„Ja“, sagte Mumtaz stolz. „Ich habe dir etwas davon gebracht, weil es dein Lieblings-Curry ist.“

Nafiza sah Mumtaz direkt ins Gesicht. „Weiß das deine Schwiegermutter? Sie würde nie anderen etwas davon abgeben, denke ich!“

„Ich habe es natürlich ohne ihr Wissen gebracht“, rühmte sich Mumtaz und dann biss sie sich auf die Zunge, als hätte sie bemerkte, dass sie einen Fehler gemacht hatte, so, als ob ihre Zuneigung zu Nafiza sie dazu gebracht hätte, ihr die Wahrheit zu sagen, auch wenn das ein Fehler war.

Sofort veränderte sich Nafizas Gesichtsausdruck.

Um wieder Frieden mit ihr zu schließen, fuhr Mumtaz fort: „Und wenn sie es wüsste? Die Frau würde nichts dagegen sagen.“

Nafiza zog ein Gesicht, als ob sie etwas Ekelhaftes erblickt hätte. Sie ärgerte sich sehr darüber, dass Mumtaz den Curry gebracht hatte. War sie so arm, dass sie es nötig hätte, Essen geschenkt zu bekommen? „Warum setzt du mich derartig herab? Nimm es wieder mit! Geh ich umher und bettele um Essen? Was ist schon Essen, es wird sowieso nur zu Scheiße.” Nafiza sprach mit äußerstem Groll. Noch einmal sagte sie: „Bitte nimm es und geh, damit würdest du mir einen großen Gefallen tun.“

Mumtaz war tief verstört. Warum um alles in der Welt hatte sie auch zugegeben, dass sie das Curry ohne Wissen ihrer Schwiegermutter hergebracht hatte? Nach einem Augenblick des Schweigens sagte sie: „Das Essen wird vom Einkommen meines Mannes bezahlt. Meinst du nicht, ich hätte auch ein Recht darauf? Nein, ich nehme es nicht wieder mit. Behalt es einfach und rede nicht mehr davon.“ Es klang flehentlich.

Beide schwiegen eine Weile. Nafiza wurde bewusst, dass Mumtaz ein schlechtes Gewissen hatte. Sie war unglücklich, seit Mumtaz vor ein paar Tagen so zu ihr gesprochen hatte. Es irritierte sie, dass die Frau jetzt aus eigenem Antrieb herübergekommen war, um ihre Zuneigung zu beweisen. Außerdem wollte sie ihre Freundschaft mit Mumtaz nicht aufgeben. Sie wusste, dass sie, wenn sie das täte, keine andere hätte, der sie sich zuwenden könnte. Beide Frauen waren mit Sherifa befreundet, das stimmte, aber sie hatte keinen Sinn für die Scherze und Sticheleien, die die beiden miteinander austauschten. Es wäre auch nicht klug gewesen, das bei Sherifa zu versuchen.

Mumtaz war über Nafizas Schweigen erstaunt und fragte sich, ob sie ihre Neuigkeit verkünden sollte. Zwar war sie noch immer begierig darauf, zu sehen, wie Nafiza reagieren würde, aber sie fürchtete, dass diese Mitteilung die Atmosphäre, die ohnehin schon so ungemütlich war, noch mehr verschlechtern würde. Sie wusste nicht, was sie tun sollte, sah Nafiza ins Gesicht und dann auf den Boden. „Wo ist Ahmad? Er ist wohl nicht hier? Ist er noch nicht nach Hause gekommen?”

Nafiza verstand Mumtaz’ Unbehagen. Ihr wurde schließlich klar, dass es an ihr war, zur Tagesordnung überzugehen, damit Mumtaz sich wieder behaglich fühlen könnte, darum antwortete sie: „Ahmad? Er wird bis zum Ende der Schulferien in der Stadt bleiben. Mir kommt es vor, als wäre das Haus nicht mehr schön ohne ihn.“ Ihr Gesicht nahm einen traurigen Ausdruck an.

Mumtaz nickte zustimmend. Nach einer Weile fragte sie wieder: „Und wo ist Ahmads Vater? Kommt er nicht zum Essen nach Hause?“

„Er hat in der Stadt Geschäfte zu erledigen. Er muss Ware bestellen. Deshalb habe ich nicht einmal ein Kuzhambu gemacht. Ich habe nur Reis gekocht. Rafiq mag Reis und nur Quark dazu. Warum soll ich mir nur für eine einzige Frau viel Mühe machen?“

Mumtaz stimmte lebhaft zu: „Das ist nur allzu wahr! Warum soll man etwas Besonderes kochen, wenn die Männer außer Haus sind? Wir können ebenso gut das essen, was gerade da ist.“

Nafiza fragte: „Ich höre, dass Wahida Fieber hat. Hast du sie besucht?”

„Noch nicht. Ich muss heute hingehen. Rahima sagte, dass das Ansehen der Kassette der Grund für das Fieber sei. Es sieht so aus, als wäre Wahida ziemlich böse auf uns.“ Mumtaz lachte.

„Na fein, wenn die Kassette so ekelhaft war, warum war Rahima dann einverstanden, dass wir sie ihrer Tochter zeigen? Schließlich hätte sie sie ja anhalten können! Es ist schon erstaunlich. Mädchen, die viel jünger als Wahida sind, schlafen mit ihren Männern! Schließlich bekommen sie Kinder. Warum muss ausgerechnet sie so stur sein?“ Nafiza sagte das in ärgerlichem Ton. Sie war äußerst irritiert von Wahidas extremer Zurückhaltung und dem Grund für ihr Fieber. Es kam ihr gleichzeitig sehr seltsam vor.

„Das ist nur allzu wahr! Auf der anderen Seite meine Schwägerin Farida, die es gar nicht abwarten kann, sich zu verheiraten. Sie ist zu allem bereit. Und was macht Wahida? Sie hält sich unter Verschluss, als wäre sie zu kostbar!” Plötzlich fiel Mumtaz ein, dass das eine gute Gelegenheit sei, Nafiza von Faridas bevorstehender Heirat zu erzählen.

Wenn sie diese Chance verpasste, dann könnte es schwierig werden, darüber zu sprechen. Also beeilte sie sich: „Wir werden eine Hochzeit für Farida arrangieren. Ihr Bruder hat sich schon für den Bräutigam entschieden.“ Nach dieser Einleitung hielt sie erst einmal inne.

Gerade als Nafiza fragen wollte, wer es sei, nannte Mumtaz seinen Namen. „Er hat vor, sie mit Aziz zu verheiraten und ihn dann mitzunehmen, wenn er ins Ausland zurückfliegt. Behalte das für dich. Wir haben in der Öffentlichkeit noch nichts davon verlauten lassen.“ Sie sah Nafiza genau an und war begierig darauf, etwas wahrzunehmen, das Nafiza merken lassen würde.

Diese Nachricht setzte Nafizas Herz in Flammen. Wollte Mumtaz sie nur provozieren oder sagte sie die Wahrheit? Nafiza war sehr bestürzt, aber, da sie gleichzeitig darauf bedacht war, keinerlei Gefühl zu verraten, schwieg sie.

Mumtaz war enttäuscht, dass ihre Nachricht keine große Wirkung hervorbrachte. War Nafiza wirklich nicht erschüttert oder war sie nur klug genug, ihre Gefühle zu verbergen? Sie sah sie wieder genau an und wendete dann den Blick ab. Plötzlich verlor sie das Interesse an der Angelegenheit. Ihr wurde klar, dass keine von beiden mehr etwas zu sagen hatte und dass es höchste Zeit für sie war, nach Hause zu gehen. „Ich muss jetzt gehen, Nafiza“, sagte sie. „Meine Schwiegermutter wird mich schon suchen.“ Sie stieß die Hintertür auf und trat auf die Straße.

Nafiza setzte sich, wo sie stand, und sah ihr nach. Im nächsten Augenblick stand sie wieder auf, ging in ihr Schlafzimmer, warf sich aufs Bett und weinte.

***

Nafiza weinte und verbarg ihr Gesicht in Aziz’ Schoß. Er hatte versucht, sie zu trösten. Er hatte es lange hinausgeschoben, ihr die Neuigkeit mitzuteilen, aber nun hatte sie sie irgendwie selbst herausgefunden. Weder für ihn noch für sie war es leicht. Die nackte Wahrheit war, dass sie sich für immer trennen mussten. Aus diesem Grund weinte sie. Ihm war die Ursache ihres Kummers durchaus klar, aber er konnte keine andere Möglichkeit für sich erkennen. Es war eine große Sache für ihn, dass ihm eine Braut aus einer Familie angeboten wurde, die sehr viel besser gestellt war als seine, und dass er dazu noch im Ausland als Partner angenommen werden sollte. Da sollte die Gemeinde reden, was sie wollte. Er liebte Nafiza wirklich. Aber beide hatten immer gewusst, dass ihre Beziehung nicht von Dauer sein konnte. Wenn er diese Gelegenheit vorübergehen ließe, dann würde wohl keine andere mehr seinen Weg kreuzen. Er konnte es sich nicht leisten, diese Chance zurückzuweisen, die ihm sicherlich Allah geschickt hatte, damit er sich bessere!

Er klopfte ihr den Rücken, um sie zu trösten. Sein Lungi war nass von ihren Tränen. Es dämmerte ihm, dass sie glauben könnte, ihre nicht enden wollenden Tränen könnten ihn dazu bringen, das Heiratsangebot auszuschlagen. Er konnte sich nicht erinnern, dass es in ihrer Liebe von ihrer oder von seiner Seite jemals Versprechen oder Forderungen gegeben hätte. An diesem Tag allerdings schien ihm, als fordere sie mit ihren Tränen etwas von ihm.

Obwohl ihm bewusst war, dass sie aus schrecklichem Kummer über den Verlust weinte, fühlte er sich allmählich doch etwas gereizt. Es stimmte, dass sie ihm niemals Dauer oder Sicherheit in ihrer Beziehung zugesichert hatte, und es stimmte auch, dass er eine solche Sicherheit niemals erwartet hatte. Sie hatten sich immer neben einem Abgrund bewegt und nie gewusst, in welchem Augenblick ihre Beziehung in diesen Abgrund hineinstürzen, zerschellen und verschwinden würde. Allah allein mochte das wissen. Und Allah hatte ihm jetzt auch einen Ausweg gezeigt. Der Gedanke gab ihm Hoffnung. Er war nicht ebenso bereit wie sie, sich zerschmettern zu lassen. Er konnte auch nicht sein ganzes weiteres Leben für eine Beziehung hergeben, die niemals über einen gewissen Punkt hinauskommen könnte. Er wusste nicht, wie er ihr das verständlich machen sollte. Deshalb saß er schweigend da und ließ sie sich ausweinen.

Unter Tränen formte sie mit den Lippen Worte. Die Worte waren nicht zu verstehen, da sie in den Kleidern begraben wurden, aber sie stiegen und fielen, als ob sie etwas rezitiere. Es klang wie ein Gebet. Er bekam eine Gänsehaut und konnte nicht auf das hören, was sie sagte. Er spannte seine Beine an und tat nichts dagegen, dass sich die Worte in seinen Kleidern verloren. Plötzlich kratzte ihn Nafiza mit den Fingernägeln, um ihrem Protest Nachdruck zu verleihen. Dabei weinte sie immer noch. Der Schmerz brannte und er packte sie und schleuderte sie von sich. Sie war von seinem Zorn überrascht und geängstigt, setzte sich auf und starrte ihn an. Dann sagte er: „Verdammt noch mal, du willst eine Frau sein? Kannst du meine Lage nicht wenigstens ein bisschen verstehen?"

Er hatte sich mit diesen Worten selbst ebenso erschreckt wie sie. Als ihm klar wurde, was er gesagt hatte, konnte er es selbst nicht fassen. Nafiza sagte sehr ruhig: „Verschwinde!" Einen Augenblick lang hatte sie sich gefragt, ob wirklich *der* Mann diese Worte gesagt hatte, der ihr so teuer gewesen war. Dann wiederholte sie: „Geh jetzt!" Seine Augen flehten um eine letzte Chance, ihr die ganze Liebe zu zeigen, die er all diese Jahre für sie empfunden hatte, aber sie ignorierte seine Blicke. Sie war traurig und schämte sich, dass sie sich erlaubt hatte, so verzweifelt zu sein, und sagte: „Bitte geh! Tu mir jetzt nicht noch mehr weh!"

Nachdem er gegangen war, fühlte sie sich gedemütigt und erschauerte in ihrem Inneren. Ihre Tränen versiegten vollkommen. Sie hatte aus Angst geweint, dass ihre Beziehung mit ihm zerbrechen könnte. Jetzt dachte sie mit Abscheu daran. Sie atmete plötzlich schwer, heiße Wut durchströmte sie von der Schädeldecke bis in die Fußsohlen. Ihre Brüste hoben sich und ihre Bluse war durch und durch nass von Schweiß. Ihr Körper fühlte sich so schwer und reglos an wie ein Leichnam. In diesem Augenblick stürzte sich die Einsamkeit und Leere, denen sie ihr Leben lang ausgewichen war, auf sie. Auf der Straße hatte die Nachmittagshitze nachgelassen. Rafiq sah durch die halb offene Tür ins Zimmer. Dann kam er hereingelaufen und warf sich ihr an die Brust. Sie lag eine lange Zeit da und hielt ihn im Arm. Dabei atmete sie den Geruch des Straßenstaubes, der von ihm ausging.

***

Bashir war ganz verstört, als er sein Haus dunkel vorfand. Er ertastete sich seinen Weg an den Wänden entlang, bis er schließlich den Schalter in der Halle erreichte und die Lichter anschaltete. Das Haus, das sich in der Dunkelheit zusammengeduckt hatte, dehnte sich im Licht aus und Bashir, der immer noch ängstlich war, ging zum Schlafzimmer zurück und stieß die Tür, die sie halb offen gelassen hatte, ganz auf. Das Licht aus der Halle schien nun ins Zimmer und er stand dort eine Minute lang und sah Nafiza an, die quer über das Bett ausgestreckt war und an die Rafiq sich klammerte. Er schloss die Tür bis auf einen schmalen Spalt und ging wieder in die Halle zurück. Dort blieb er stehen und öffnete seine Hemdknöpfe.

Es war kurz nach acht. Um diese Zeit ging sie normalerweise nicht schlafen, dachte er, als er sein Hemd auszog, es auf einen Bügel hängte und sich aufs Sofa setzte. Er dachte an das, was Suleiman ihm eben erzählt hatte. Als er vorhin zum Wasserbecken ging, um seine Olu-Waschungen vor den Maghrib-Gebeten vorzunehmen, war Suleiman auf ihn zugekommen, hatte ihn umarmt und ihn gegrüßt: „Asalaamu aleikum! Weißt du, wir schließen gerade unsere Vereinbarungen über die Heirat meiner Schwester ab. Sie wird in der nächsten Woche stattfinden. Bitte komm unbedingt zur Hochzeitsfeier!"

Bashir war von der Nachricht entzückt und fragte neugierig: „Ach, wirklich? Wann? Wer ist der Bräutigam?"

„Der Bräutigam ist unser Aziz. Wohin sollten wir sonst gehen, um einen Bräutigam zu suchen?" Suleiman sprach hastig und ein bisschen müde. „Alles wird nächste Woche erledigt, am Freitag. Meine Mutter hätte es deiner Familie noch mitgeteilt. Ihr müsst unbedingt alle kommen!" Er ging dann zum Wasserbecken.

Bashir befreite sich von dieser Erinnerung und stürzte sich in einen Strudel von Gedanken. Könnte es eine Verbindung zwischen Suleimans Nachricht und der Tatsache geben, dass Nafiza zu so ungewöhnlicher Zeit schlief? Ach was, es konnte nicht sein, sagte er sich, und erlaubte seinen Gedanken nicht, an die Oberfläche seines Bewusstseins zu treten. Zwar lauerte ein Verdacht in ihm, aber er konnte ihn sich nicht offen eingestehen.

Trotzdem war er ruhelos und haltlos im Zustand von Verwirrung und Hilflosigkeit. Er konnte nicht begreifen, was geschehen war. Warum war sie so? Was hatte er ihr gegenüber falsch gemacht? Wie konnte es sein, dass sie sich nicht klar machte, dass er den Grund dafür, dass sie mit gebrochenem Herzen da lag, erraten würde und wie heftig ihn das schmerzen würde? Verzweiflung und Hilflosigkeit erstickten ihn. Auf der Straße ging ein Hund am Haus vorbei und heulte laut und eindringlich.

Er merkte nicht einmal, ob er hungrig war oder nicht. Er wusste nicht, was er tun sollte, ging durch den hinteren Teil des Hauses in den offenen Hof und setzte sich auf den gepflasterten Boden. Er starrte in den Himmel. Sternenhaufen, die aussahen, als ob sie sich vor dem dunkelblauen Himmel ansammelten, schienen auf ihn herunter zu lachen, deshalb senkte er seinen Blick und sah auf seine Füße. Die Hitze des Tages, die sich in den Pflastersteinen gesammelt hatte, drang in seine Füße und füllte allmählich seinen ganzen Körper. Seine gequälte Seele wälzte sich noch herum, deshalb stand er auf und ging zum Brunnen. Er kauerte sich dort auf den Waschstein, der auf die Brüstungsmauer des Brunnens gelegt worden war, und zog die Knie an. Er versuchte zu berechnen, wie lange Nafiza schon auf ihrem Bett lag. Der eiserne Eimer, der an der Brüstungsmauer hing, war noch voller eingeweichter Wäsche. Sie musste vorgehabt haben, sie zu waschen. Plötzlich ergriff ihn Angst. Hatten sie und Rafiq zu Mittag gegessen? Nein, das hatten sie sicherlich nicht, sagte er sich, und bemitleidete sie. Wie konnte sie ihre Gesundheit nur so ruinieren! Das machte ihm Sorge, er stand auf und eilte ins Haus. Dann hatte er plötzlich einen Einfall, drehte um und lief in die Küche.

Beim Geräusch der sich öffnenden Tür huschten Mäusekinder aus dem Blickfeld. Das plötzliche Licht erschreckte die Kakerlaken und sie verschwanden in ihren Verstecken. Ihm war klar, dass Mäuse und Kakerlaken es sich nur dann gemütlich machten, wenn sie sicher waren, dass sie einige Zeit nicht gestört würden. Er ging zum Kochherd und hob den Deckel des Topfes hoch, um zu sehen, ob noch Reis da war. Sie musste ihn um die Mittagszeit gekocht haben. Als er sah, dass der Topf voll war und kein einziger Löffelvoll herausgenommen worden war, bemerkte er, wie er etwas ärgerlich wurde. Wenn sie schon nichts aß, musste sie dann auch noch das Kind hungern lassen? Er verließ die Küche und ging ins Schlafzimmer zurück. Aber als er sie auf der einen Seite des Bettes zusammengekrümmt liegen sah, verschwand auch dieser leichte Ärger wie Rauch. Sein Herz schmolz dahin, als er sie aufweckte und „Nafiza, Nafiza!“ rief. Seine Stimme war sehr freundlich.

Kapitel 46

Madina trug einen Stapel Bücher unterm Arm. Sie kam zu Rabias Haus gelaufen und versteckte die Bücher locker unter ihrem Davani. Sie ging geradewegs zu Wahida ins Zimmer und ließ die Bücher mit einem Plumps in ihren Schoß fallen. „Meine Schwägerin hat mir gesagt, ich soll sie dir bringen", stieß sie hervor und rannte wieder weg.

Rabia, die außerhalb des Hauses eine kleine Arbeit erledigt hatte, kam ins Haus zurück. Madina stürzte sich auf sie, nahm sie bei den Händen und sagte: „Komm, wir wollen spielen!"

Rabias Gesicht war abgespannt und sie sah ihre Freundin müde an. In den letzten Tagen hatte sie viel an Ahmad gedacht. Sie war sehr niedergedrückt, weil sie nicht wusste, wann er zurückkommen würde. Sie verstand nur zum Teil, warum sie ihn so sehr vermisste. Sie sah in dieser Zeit ständig traurig aus.

Madina packte sie und schüttelte sie kräftig. „Warum guckst du so seltsam? Komm, wir wollen spielen", sagte sie noch einmal. Sie blinzelte und lächelte schelmisch: „Komm, ich will dir etwas zeigen!"

Es war schon gegen Ende der Asar-Zeit, fast schon Zeit für die Maghrib-Gebete. Rabia versuchte zu lächeln und bemühte sich, Madinas Aufregung entgegenzukommen, aber es gelang ihr nicht. „Beeil dich", sagte Madina und zog Rabia eilig in Richtung der Terrasse ihres Hauses. Rabia folgte ihr und stieg die Stufen hinauf. Madina drehte sich schnell um und sah um sich, um herauszufinden, ob sie jemand gesehen hatte. Offensichtlich war sie zufrieden, dass niemand sie bemerkt hatte. Als sie oben war, verschloss sie die Tür der Terrasse. Sie schob ihren Davani beiseite und zog ein Buch heraus, das sie in ihre Bluse gesteckt hatte. Sie setzte sich mit dem Rücken gegen die Wand auf den Boden und hielt Rabia das Buch hin, in das sie einen Blick werfen sollte. Rabias unglücklicher Gesichtsausdruck veränderte sich, als sie sich neben Madina setzte und ihr neugierig das Buch aus der Hand nahm. Es war noch hell genug, um alles einigermaßen deutlich zu sehen.

Auf dem Buchumschlag war das Bild einer halbnackten Frau zu sehen. Sie stellte ihre Brüste zur Schau und hatte auch nicht das kleinste Fetzchen Stoff darauf! Gleich sah Rabia zu Madina auf. Wie um alles in der Welt war sie nur an dieses Buch gekommen? Madina sagte: „Mumtaz gab mir eine Menge Bücher, die ich Wahida bringen sollte. Ich nahm es von dem Stapel und versteckte es." Madina lächelte stolz.

„Ohne dass das jemand mitgekriegt hat?" Rabia war erstaunt.

„Natürlich!"

Rabias Angst war größer als ihre Neugier. „Wenn sie das rauskriegen, sind wir erledigt! Sie bringen uns um!"

Madina nahm das ganz locker. „Ich sag dir ja, dass sie es nicht wissen!" Und dann fing sie an, die Seiten umzuwenden. Die Bilder vertrieben Rabias Furcht. Sie lasen in dem Buch Geschichten, die die Sache beim Namen nannten. Allmählich verstanden sie das Rätsel der Sexualität ein bisschen und fanden, dass es packend interessant war. Rabias Vorstellungen über Nacktheit, die sie bis dahin erschreckt hatten, änderten sich etwas und regten sie auf.

Sie kam mit einem Schreck in die Gegenwart zurück und versuchte zu verstehen, was da gerade geschah. Über ihren Köpfen flogen Vogelschwärme zu ihren Nestern. Ein blasser Mond starrte auf sie nieder und sie wurde verlegen. Der Mond wanderte zwischen den langsam ziehenden Wolken, als ob er sich verstecken wollte. Die roten Pflastersteine, die den ganzen Tag über die Sonnenwärme aufgesaugt hatten, fühlten sich sogar noch durch die Kleider warm an. Rabia befürchtete, sie könnte sich eine Blasenentzündung holen. Schlimmer noch bedrängte sie die Furcht, dass sie eine schwere Sünde beginge, wenn sie nicht zur Maghrib-Zeit den Koran oder den Taghlim las oder den Yasin rezitierte, sondern sich dieses Buch ansah. Sie dachte daran, dass ihr Onkel, wenn er unerwartet nach Hause käme und feststellte, dass sie weggegangen war, statt ihre Gebete zu sprechen, sie einen Teufel nennen und sie ausschimpfen würde.

Sie dachte an den Hadith, den er am Tag zuvor zitiert hatte. Danach war der Teufel immer bereit, uns zu versuchen. Wenn wir es schafften, ihm zu entkommen, dann konnten wir sicher sein, dass wir einen Platz im Himmel bekämen, wo Milch und Honig wie Flüsse fließen und wo Tausende von Huri-Frauen den Männern dienten und sie glücklich machten. Sofort kam ihr die Frage in den Sinn: Wird es auch Huri-Männer geben, die den Frauen dienen? Sie hatte sich nicht getraut, ihrem Onkel diese Frage zu stellen. Sie würde heute ihre Tante fragen und es herausbekommen. Ahmad würde es ihr sicherlich sagen, wenn sie ihn fragte. Sie dachte daran, dass er nicht da war und wurde wieder traurig.

Die Dunkelheit, die die Terrasse erfüllte, ängstigte sie nicht wie sonst, sondern erschien ihr jetzt freundlich. Rabia erinnerte sich an das, was sich am Tag zuvor zugetragen hatte. Als sie auf dem Weg gewesen waren, Badam-Früchte zu kaufen, hatte Madina sie gefragt: „Warum bist du so still? Hat Sikandar dich etwa wieder belästigt?"

Rabia schüttelte heftig den Kopf. „Hör bitte auf damit! Ich komme ihm nie mehr in die Nähe!" Sie hatte keine Lust, mit irgendjemandem über Sikandar zu sprechen. Damit würde sie Wahida herabsetzen. Er war für sie nicht mehr irgendein Mann oder ein Fremder, sondern ein Mann, der eng mit ihrer Cousine verbunden war. Ihr war klar geworden, dass ihm ihre Familie einzig und allein aus Liebe zu Wahida und nicht wegen irgendeiner seiner Eigenschaften Respekt erwies. Sie verstand, dass alle Familienmitglieder befürchteten, jede Kritik an ihm oder jedes Lächerlichmachen würde Wahidas Antipathie gegen ihn verstärken.

„Wenn es so ist, warum sprichst du dann nicht mit mir?" fragte Madina erneut.

„Oh, es ist nichts." Rabia schwieg einen Augenblick. Dann sagte sie: „Auf der Straße ist es ohne Ahmad nicht besonders lustig, findest du nicht auch?" Sie hatte erwartet, dass Madina zustimmen würde, und war schockiert, als sie sah, dass ihre Freundin vor Ärger rot wurde. Das machte ihr Angst. Warum regte sie sich bei der Erwähnung seines Namens so auf? Das konnte sie nicht verstehen. Warum war es für Madina so schwierig, gleichzeitig mit Rabia und mit Ahmad befreundet zu sein? Rabia liebte jedenfalls sowohl Madina als auch Ahmad. Madina war so liebevoll zu Rabia, aber sie war immer wütend auf Ahmad. Worin bestand das Problem zwischen den beiden? Rabia hatte weiter darüber nachgedacht und versucht, das herauszubekommen.

Madina fuhr sie an: „Du magst nur diesen todlangweiligen Kerl! Heirate ihn doch!" Es klang enttäuscht und ärgerlich. Sie waren weitergegangen und hatten sich danach nichts mehr zu sagen.

Jetzt auf der Terrasse umarmte Madina sie fest. Rabia war so klein und schlank, dass sie leicht in Madinas Arme passte. Sie konnte sich nicht losmachen und stellte sich Ahmads Umarmung zusammen mit der Madinas vor, als wollte sie beide voneinander trennen und den Unterschied feststellen. Sie war sicher, dass es da einen Unterschied geben musste, allerdings konnte sie nicht genau sagen, worin er bestand. Sie wusste auch, dass sie alle beide mitsamt ihrer Zuneigung brauchte.

Die Mädchen erschraken, als auf der Straße jemand laut einen anderen rief. Es war nun schon ziemlich dunkel geworden, stellte Rabia fest. „Wir wollen jetzt gehen. Es ist schon sehr spät", sagte sie ängstlich. Wahida würde am nächsten Tag nach dem Mittags-Festmahl wieder zum Haus ihres Mannes aufbrechen. Rabia wollte noch eine Weile mit ihr reden. Der Himmel mochte wissen, wann sie zurückkäme! Zohra hatte gesagt, es würde erst nach dem vierzigsten Tag sein, an dem Tag, an dem ihr Schoß anlässlich der letzten Hochzeitsriten mit Seide gefüllt würde.

Madina reagierte nicht auf ihre Worte. Rabia blickte wieder zum Himmel auf. Er sah mit seinen Haufen von grauen Wolken, die von blass-gelbem Licht eingefasst wurden, wunderbar aus. Ihre Cousine hatte immer gerne in den Himmel geschaut. Fast täglich war Rabia bei ihr gewesen, wenn sie auf einer Liege im Hof lag, in den Himmel sah und dabei Radio hörte. Wahida deutete dann die Formen der Wolken: ein buckliger Mann, eine schwangere Frau, ein Affenkind. Seit sie verheiratet und ins Haus ihres Mannes gegangen war, hörte sie niemals mehr Radio und sie kam nicht einmal mehr in den Hof hinaus. Rabia fragte sich, ob alle Frauen, wenn sie jung verheiratet waren, wie Wahida das Interesse an alledem verloren.

Selbst in dem herrschenden Halbdunkel sah Rabia, wie friedlich Madina neben ihr saß. Aus der Ferne wehten die Film-Songs, die vor der Abendvorstellung durch Lautsprecher übertragen wurden, zu ihnen herüber. Madina sagte voller Verlangen: „Sie zeigen heute einen guten Film. Darin gibt es eine Ziege, die viele Kunststücke kann. Uma hat mir das erzählt."

Ihre Enttäuschung steckte Rabia an. „Aber sie haben in der Moschee beschlossen, dass wir nicht ins Kino gehen dürfen, wir können den Film also nicht sehen! Wenn wir Männer wären, dann könnten wir hingehen. Oder wenn wir Hindus wie Uma wären, dann könnten wir auch hingehen. Aber was können wir da machen?" beklagte sich Rabia. Wenn irgendeine es wagte, die Regel zu verletzten, dann käme weder ein Hazrat noch ein Nattaamai in ihr Haus, um die Suren zu sprechen, er käme zu *keiner* Gelegenheit, weder zu einer guten noch zu einer schlechten. Und sie dürften nicht mehr an Gemeindeveranstaltungen teilnehmen. Rabia wusste, dass Suleiman das alles veranlasst hatte, aber sie sagte das nicht, weil sie Madina nicht verletzen wollte. Ihr Vater sprach immer gegen Suleiman. Er hatte sogar einen Spitznamen für ihn erfunden: Allahs Wächter.

Zohra hatte große Augen gemacht und in aller Unschuld gefragt: „Was soll das bitte heißen?"

„Dummerchen", hatte er geantwortet und sich vor Lachen gebogen. „Findest du nicht einmal das heraus? Sag mal, wer sorgt für die ganze Welt und passt auf sie auf? Tut das nicht Allah? Und weißt du nun, wer auf Allah aufpasst? Wer sonst als unser Suleiman! Jedenfalls denkt er, dass er das tut: Er passt auf Allah auf. Darum heißt er jetzt Allahs Wächter. Was hältst du davon?"

Inzwischen hatte die halbe Stadtbevölkerung Suleimans richtigen Namen schon fast vergessen und nannte ihn nur noch bei seinem Spitznamen. Er hat ihn nun sicherlich auch schon gehört, dachte Rabia.

„Mach dir nichts draus", sagte Madina. „Farida heiratet, weißt du das schon? Aziz soll der Bräutigam sein."

Rabia zog die Brauen hoch, als ob sie sich fragte, welcher Aziz gemeint sei.

„Das ist der Mann, der ziemlich oft in Ahmads Haus kommt."

„Ach der?"

„Natürlich ist er arm, aber mein Bruder sagt, das macht nichts. Er nimmt ihn bald nach der Hochzeit mit ins Ausland, da kann er gut verdienen."

Rabia kam es so vor, als ob Madina bei dieser Mitteilung unglücklich zu sein schien und nicht voller Freude, wie es wohl sein sollte. „Arme Farida", sagte Rabia. „Sie wird zwar endlich heiraten, aber ihr Mann geht gleich nach der Hochzeit ins Ausland, wie kann sie da glücklich sein?"

„Sie wird dann wie meine Schwägerin alle diese Bücher lesen und Briefe schreiben." Madina hob ihre rechte Hand zum Mund und kicherte leise. Rabia wusste nicht, was sie sagen sollte. Sie saß nur ruhig da und sah zum Berg am Rand der Stadt hinüber, der nun in der Dunkelheit schlief. Am dichtesten umgab ihn dort die Dunkelheit, wo seine kegelförmige Spitze fast den Himmel erreichte.

***

Der Berg war gleich neben ihrer Schule. Gleich hinter dem Schulgelände konnte man ihn besteigen. Rabia hatte sich immer gewünscht, bis zu seinem Gipfel hinaufzusteigen. Sie belästigte ständig die Leute mit der Frage, was dort wohl zu finden sei. Ahmad hatte gewusst, dass ihr Wunsch von Tag zu Tag größer wurde, und gefragt: „Willst du mit mir gehen? Wir besteigen ihn gemeinsam!"

Als sie ihn mit großen Augen fragte, ob er wirklich einen so hohen Berg besteigen wolle, antwortete er: „Pah! Das nennst du einen Berg? Dieser Ahmad kann ja viel höhere besteigen!" Er zog an beiden Enden seines Kragens und stellte ihn modisch auf. Begierig und gleichzeitig ängstlich hatte sie gleich mit dem Kopf genickt und damit zugestimmt, dass sie mit ihm gehen würde.

„Eine Bedingung. Dieser Teufel darf nicht mitkommen. Nur du allein darfst es!"

Natürlich wusste sie sofort, wen er meinte, und nickte noch einmal. Am Tag darauf, als sie sich gleich nach der Schule auf den Weg machten, den Berg zu besteigen, belog sie Madina zum ersten Mal. Sie sagte, sie würde sich von Ahmad ein paar Notizen ausleihen und erst später nach Hause gehen.

Iliaz und Ahmad warteten am Fuße des Berges auf sie, gleich hinter dem Schulhof. Sie hatten ihre Schulranzen gegen die Felsstücke gelehnt, die dort aufeinandergehäuft herumlagen. Die Sonne brannte noch und die Hitze schlug ihr ins Gesicht, sodass sie darüber murrte. Ahmad nahm ihr die Schultasche ab und lehnte sie gegen die beiden anderen. Sie hatte überhaupt keine Angst und war bereit, ihm so ziemlich überallhin zu folgen. Ihr Mut war aus ihrem Glauben geboren, er könne sie vor jedem möglichen Schaden schützen.

Nur eines machte ihr Sorge: Würde er es so einrichten können, dass sie vor Dunkelwerden zu Hause wären? Als sie ihn das fragte, antwortete er sorglos: „Pah! Hast du dir mal diesen Berg angesehen? Wir können im Nu rauf und runter kommen!" Die Art, wie er das sagte, entzückte sie und brachte sie dazu, ihm vorbehaltlos zu vertrauen. Sie sah, von diesem Vertrauen erfüllt, zur Spitze des Berges hinauf. Es stimmte, sie war nur klein. Es gab da nur ein paar Bäume und Sträucher. Sie standen vereinzelt und nicht dicht beieinander. Deshalb fürchtete sie sich viel weniger. Sie begannen hinaufzusteigen.

Der untere Abhang lag voller runder Felsen. Ahmad blickte um sich, auf die großen Felsen und kleineren Steine, die überall lagen, und er bemerkte, dass viele der Bäume und Sträucher ohne Blätter waren. Er sagte lachend zu ihr: „Hier müssen Ziegen und Kühe geweidet haben. Deshalb sehen die Bäume so kahl aus, als hätte sie ein Barbier rasiert."

Die Steine verletzten ihre Füße durch die Sandalen. Die Hitze folgte ihnen, ohne nachzulassen. Der Schweiß rann ihr über Gesicht und Nacken. Die beiden Jungen jedoch gingen begeistert geradeaus, ohne dass sie irgendeine Mühe zu empfinden schienen. Sie stand einen Augenblick lang still, um ihren Beinen eine Pause zu gönnen, und sah noch einmal nach oben. Der Berg über ihr war drohend näher gerückt und plötzlich bekam sie Angst. Sie betrachtete die Kakteen und die Bäume, deren Namen sie nicht kannte. Plötzlich erschreckte sie der Gedanke, dass hier Schlangen lauern könnten, und sie bekam noch mehr Angst. Es wunderte sie, dass Ahmad und Iliaz das Klettern offensichtlich so viel Freude machte.

Nachdem sie schon etwas weitergegangen waren, drehte Ahmad sich um und rief: „Warum bleibst du stehen? Beeil dich und komm zu uns!" Sie war erstaunt und entzückt, dass seine Stimme ein Echo hatte und vom Berg widerhallte. Obwohl sie gar nicht hätte antworten müssen, rief sie von dort aus, wo sie war: „Ich komme!" Die beiden Jungen freuten sich, dass der Berg ihre Stimmen zu ihnen zurückschickte. Sie liefen weiter und riefen: „Ohoho!" Rabia atmete schwer beim Laufen und hoffte, sie würde sie gleich einholen. Sie musste immer wieder anhalten und ihren langen Rock losmachen, weil er in den Dornenbüschen hängen geblieben war.

Schließlich holte sie sie ein, da sie angehalten und auf sie gewartet hatten. „Dieser Berg ist ganz anders, als ich erwartet habe", dachte Rabia. Alle Farben, die sie aus der Ferne gesehen hatte, hatten sich aufgelöst und das Licht war verschwunden. Es gab keine Baumgruppen und keinen Schatten, nur die Hitze der Sonne, Felsen und Dornbüsche. Es kam ihr gar nicht mehr wie ein Berg vor.

Ahmad sagte: „Eben das hier nennen die Leute einen Berg. Ich weiß ja, dass er nicht so ist, wie du dir einen Berg vorgestellt hast. Sieh mal, du kannst hinter diesem Berg einen zweiten sehen. Der ist wirklich super, aber du kannst dort nicht hin: Dort sind viele Rehe, Füchse, Tiger und sogar Pythonschlangen und alles. Hier gibt es keine, deshalb brauchst du dich nicht zu fürchten." Er versuchte, das Beste daraus zu machen, da er ungern mit ansah, wie enttäuscht sie war.

Es brachte ihn in Verlegenheit, dass sie denken könnte, er hätte zu viel von den Geheimnissen hergemacht, die im Berg verborgen seien, und er hätte sich damit gebrüstet, dass es nur eine Kleinigkeit für ihn sei, ihn zu besteigen. Als sie sagte, der Berg sei nicht so besonders, konnte er auch keine großen Ansprüche mehr erheben. Er war still und überlegte, wie er sie von ihrer Enttäuschung ablenken könnte.

Iliaz stand da und merkte nichts von alledem. Er fragte sich, ob es irgendein Abenteuer gebe, auf das sie sich einlassen könnten. Er stieß mit seinen Sandalen ein oder zweimal auf den steilen Pfad. Dann übernahm er überraschenderweise die Führung und schlug vor: „Wir könnten Kalaa-Früchte pflücken gehen!"

Beide Jungen schrien gleichzeitig: „Lasst uns mal gucken, ob die Kalaa-Früchte reif sind!"

Wieder war es Iliaz, der zuerst auf die Büsche zurannte und rief: „Seht mal, auf diesem Busch gleich neben dem Kaktus sind welche!“ Es klang, als hätte er etwas Seltenes entdeckt.

Rabia bemerkte, dass sich Ahmads Gesicht verdüsterte. Sie verstand, dass Ahmad eifersüchtig war, weil Iliaz und nicht er etwas gefunden hatte, und dass Iliaz es Rabia nun zeigte. Wurde denn Iliaz dadurch zu einem Helden, nur weil er den Kalaa-Busch entdeckt hatte? Ihre Zuneigung zu Ahmad würde niemals auch nur ein bisschen abnehmen, sagte sie sich. Sie wollte Ahmad das versichern, wenn Iliaz nach Hause gegangen war. Sie gingen zu dem Busch.

Sie hätte sehr gerne die Früchte gepflückt, die dort in den dichten Büschen wuchsen, aber sie zögerte, weil dort vielleicht Schlangen lauern könnten. Ahmad sagte zu ihr: „Bleib hier. Ich gehe die Früchte pflücken.“ Er und Iliaz stießen die Zweige beiseite und füllten sich die Taschen.

Einige Zeit später verlor sie ihre Angst und ging zu den Jungen. Sie befestigte ihren Rock und steckte ihn zwischen die Schenkel. Als sie die Früchte zu pflücken begann, warnte Ahmad sie: „Pass auf, da könnten Dornen sein.“ Dann rief er wieder begeistert: „Seht nur den Picchippu-Strauch! Er ist voller Blüten!“

Iliaz und Rabia drehten sich um und blickten in dieselbe Richtung. Ahmad war entzückt, als er sah, wie Freude ihr Gesicht überströmte. Die Pflanzenbüschel, deren Blätter eben zu welken begannen, waren von Knospen bedeckt. Rabia ging alleine dorthin und sammelte sie in ihren Händen. Am Abend würden sie sich öffnen, aber schon jetzt bedeckten sie ihre Finger mit ihrem Duft. Sie zeigte sich freudig aufgeregt, als sie sie pflückte, damit Ahmad mit sich zufrieden sein sollte.

Danach sammelten alle drei eine Menge der hellroten Samen, die vom Gundumani-Baum gefallen waren. Sie waren sehr schön: oben schwarz und unten blutrot. Rabia bemerkte eben, dass die Hitze nicht mehr so stark war. Eine sanfte Brise wehte. Nichts stand ihr im Weg und sie umwehte sie immer wieder. Jetzt glitt sie über ihr Gesicht und machte ein raschelndes Geräusch. Sie zog an ihrem Haar. Sie hob ihren Rock und ließ ihn flattern. Sie raffte den Rock zusammen und hielt ihn zwischen ihren Schenkeln fest. „Es ist spät, wir wollen gehen!“ sagte sie. Sie drehte sich um und sah auf den Fuß des Berges hinunter.

Vom Berg aus sahen alle Häuser in ihrer Stadt winzig und schön aus. Sie stand verwundert still und war von einer seltsamen Freude erfüllt. Sie versuchte herauszufinden, welche Häuser die ihren waren. Sie sahen alle gleich aus, gleich winzig. Sie war enttäuscht. Noch etwas anderes fand sie verwirrend: Von der Terrasse ihres Hauses aus konnte sie den Berg deutlich sehen, aber vom Berg aus konnte sie ihr Haus nicht erkennen. Sie dachte etwas nach und sagte sich: „Natürlich, der Berg ist ja schließlich tausendmal größer als unser Haus.“

Sie ging bergab und sagte: „Lasst uns gehen, ich habe jetzt Durst.”

Ahmad hielt sie auf. „Warte, wir wollen ein paar Skorpione fangen.”

„Skorpione?” schrie sie.

„Aber sicher”, Ahmads Stimme klang sorglos und hochmütig.

„Wo sind sie?” fragte sie ängstlich.

„Oh, irgendwo.” Er bat sie, von dem großen Stein zu steigen, auf dem sie stand. Sie stieg herunter, stellte sich in einiger Entfernung hin und beobachtete Ahmad. Ihr Gesicht war dunkel vor Furcht.

Ahmad begann den Felsbrocken zu verrücken und setzte dabei seine ganze Kraft ein.

Schließlich bewegte er sich. Er nahm eine Hand vom Stein und zog eine Streichholzschachtel aus seiner Hosentasche. Er hielt sie mit der Linken halb offen und rollte den Stein mit der rechten Hand beiseite. Der Stein rollte leicht zur Seite, denn er hatte sich schon aus seiner festen Position gelöst. Die winzigen Skorpione, die an der Unterseite des Steins klebten, rannten holterdiepolter davon. Sofort fand er einen Stock, mit dem er den Schwanz eines der Skorpione niederdrückte, sodass er sich nicht mehr bewegen konnte. Alle anderen huschten in die Büsche. Rabia war starr vor Schreck. Sie war unwillkürlich eine paar Schritte zurückgetreten.

Er warf ihr einen vergnügten Siegerblick zu. Dann sah er Iliaz an, als ob er sagen wollte: „Nun, was hältst du davon?“ Er stellte die halb offene Streichholzschachtel vor den Skorpion, der noch durch den Stock festgehalten wurde und um seine Freiheit kämpfte. Ahmad ließ den Stock ein wenig los und, sobald der Skorpion in der Schachtel war, schob er sie zu. Dann sprang er auf und ab und schrie vor Freude, dass er einen Skorpion gefangen hatte.

Rabias Furcht hatte ihren Höhepunkt erreicht. Sie war zu erschrocken, als dass sie gewagt hätte, die Füße auf den Boden zu stellen, und fragte: „Ahmad, leben Skorpione nur unter Steinen?“ Ihr Mund war so trocken, dass sie kaum sprechen konnte.

„Wo denn sonst?” fragte er noch ungezwungener als zuvor, als ob er sich zu der Meisterleistung beglückwünschte, die er vor ihr ausgeführt hatte.

„Unter jedem Stein?“

„Natürlich. Na und?“

Was hätte also geschehen können, wenn einer der Steine, auf die sie getreten waren, weggerollt wäre? Der bloße Gedanke daran ließ sie zittern. Man hatte ihr erzählt, wie schmerzhaft Skorpion-Stiche waren. Wenn das nun hier auf dem Berg passiert wäre? Und sie hatte niemandem gesagt, dass sie hierher gehen würde! Ganz entgeistert sagte sie: „Ich habe Angst hier zu stehen, aber wie komme ich wieder runter?“ Als sie das sagte, weinte sie fast. Sie hatte den törichten Wunsch, dass plötzlich ein Flugzeug erscheinen und sie durch die Luft nach unten tragen würde.

„Angsthase!“ sagte Ahmad. „Siehst du, deshalb hätte ich dich nicht mit auf den Berg nehmen sollen.“ Beiläufig steckte er die Streichholzschachtel in seine Tasche. „Okay, okay, komm nur, stell deine Füße auf den Boden und tritt nicht auf die Steine. Komm schon. Ich wollte eigentlich noch vier oder fünf Skorpione fangen, aber ich sehe schon, das nimmt dich zu sehr mit!“ Er ging schnell den Berg hinunter. Sie war über die Leichtigkeit erstaunt, mit der sie hinunterstiegen, folgte ihm und trat dabei sehr vorsichtig auf.

Am Abend, als Zohra von ihrem Abenteuer erfuhr, schimpfte sie sie tüchtig aus und sagte: „Mal angenommen, du hättest beim Bergsteigen zum ersten Mal deine Periode bekommen?“ Daran erinnerte sich Rabia später gleichzeitig mit ihrem Kletterabenteuer und auch daran, wie am nächsten Tag alle Kinder sie mit dem Graffiti geneckt hatten, das sie mit Dornen in ein fleischiges Kaktusblatt geschrieben gefunden hatten: Ahmads und ihren Namen ineinander verschlungen.

Kapitel 47

Der Schmerz in ihrem Unterleib hielt Wahida davon ab, aus dem Bett aufzustehen, während das brennende Gefühl in ihren Harnwegen ihr noch größere Schmerzen verursachte. Sie bemitleidete sich mehr als sonst und vergoss viele Tränen. Sie hatte das Gefühl, als wäre sie in einen riesigen Wald geraten, aus dem es nie mehr ein Entkommen gäbe. Sie wünschte, sie könnte sich in die Arme ihrer Mutter werfen und laut weinen, aber diesen Gedanken schob sie sofort beiseite und war entschlossen, das niemals zu tun. „Was für eine Mutter ist sie überhaupt!" murmelte sie vor sich hin. Ihr Ekel ließ sie einen Augenblick lang sogar ihren Schmerz vergessen. Sie fragte sich, ob sie ihre Mutter jemals wieder werde ansehen können. Warum hatte Rahima der Heirat ihrer Tochter zugestimmt, wenn sie nicht ganz zufrieden damit gewesen war? Wenn Rahima sich unnachgiebig widersetzt hätte, wäre Wahida heute nicht in diesem Zustand und müsste nicht alle diese Schwierigkeiten in diesem Haus und in dieser Familie erleiden. Wahidas Ärger verwandelte sich in eine Anklage gegen ihre Mutter.

Sie empfand wieder einen krampfartigen Schmerz im Unterleib. Er kam wie ein Donnerkeil, und sie gab einen leisen Schrei von sich. Sabia hatte am Morgen Sesamöl über ihren Unterleib gegossen und ihr gesagt, sie solle es einmassieren. „Wenn eine Frau zum ersten Mal mit ihrem Mann schläft, dann tut es eben auf diese Weise weh. Der brennende Schmerz im Unterbauch fühlt sich wie eine schmerzhafte Harnwegsinfektion an. Reibe das Öl ein, bald wird es dir wieder gut gehen", hatte sie gesagt.

Sie empfand nicht die geringste Zuneigung für Sikandar. Sie war auch verwundert, dass ihn das nicht zu kümmern schien. Es tat ihr weh, dass sie ihn in ihrem Herzen nicht akzeptieren konnte, und sie wusste, dass ihr Körper auch deswegen litt. Es tat ihr umso mehr weh, als er gleichgültig gegen ihr Leiden zu sein oder überhaupt nicht darüber nachzudenken schien.

Am Tag zuvor war sie überrascht gewesen, dass er nicht die geringste Notiz von ihrem dunkelblauen Sari mit den weißen Blumen nahm, der ihr so gut stand. Er musste ihr ja nicht unbedingt Komplimente für ihr Aussehen machen, aber sie war doch irritiert, dass es ihm niemals einfiel!

Sabia mochte anziehen, welchen Sari sie wollte, sie konnte sicher sein, dass Sayyed seine Freude daran ausdrückte und ihr den ganzen Tag über Komplimente machte, sodass Wahida sich am liebsten die Ohren zugehalten hätte. Es amüsierte sie, dass er noch in seinem fortgeschrittenen Alter so viel Entzücken an Sabias altem Gesicht finden konnte. Gestern hatte Sayyed Wahida herbeigerufen und ihr gesagt, sie solle sich neben ihn setzten. Dann hatte er ihren hübschen Sari gelobt und ihn gerne angesehen. Das hatte sie aber nur abgestoßen und sie zu dem Entschluss gebracht, nie mehr etwas Hübsches anzuziehen.

Über Sikandar wusste sie überhaupt nichts. War er dem Alkohol ergeben? Könnte er sich betrinken und dann nach Hause kommen und sie schlagen? Rauchte er? Hatte er irgendwelche anderen schlechten Angewohnheiten? Sie mochte ihn nicht darum nicht, weil er schwere Fehler gehabt hätte, sondern wegen trivialer und greifbarer Dinge.

Sein Verhalten und seine Art und Weise stießen sie so sehr ab! Der Ehemann ihrer

Träume war höflich und freundlich. Gar kein Vergleich mit dem realen Mann, der sich in seine junge Frau nicht einfühlen konnte! Warum behandelte er sie so grob? Hatte er denn niemals etwas aus den Filmen gelernt?

Außer ihren Bauchschmerzen empfand sie auch noch heftigen Hunger. Seit sie ins Haus gekommen war, war sie zu schüchtern gewesen, um ordentlich zu essen. Rahima hatte nie geduldet, dass auch nur Nuramma hungrig blieb, wenn sie zu ihnen kam. Sofort gab sie ihr etwas zu essen. Wenn sie jetzt nur Wahida sehen könnte, wie sie hier matt vor Hunger lag! Der Kummer erstickte sie fast, als sie daran dachte. Als Wahida zu Hause gewesen war, war Nuramma manchmal gekommen und hatte um Essen gebeten. Sie hatte immer gleich essen wollen, sobald sie Hunger bekam. Rahima sagte dann: „Die Männer sind noch nicht von ihren Gebeten zurück. Bald gibt es Essen."

Nuramma schalt Rahima dann liebevoll: „Wieso? Sind denn Männermägen etwas Besonderes? Haben wir nicht auch Hunger? Gib mir bitte meinen Teil!"

Rabia und Wahida sahen ihr dann aus ihren Verstecken beim Essen zu. Rabia konnte es kaum fassen. Sie flüsterte ihrer Cousine ins Ohr: „Oh, Wahida, was für einen großen Magen hat diese Frau nur? Er muss so groß wie ein Kessel sein, sonst würde nicht so viel Reis reingehen!"

Wahida war ebenso erstaunt und schockiert, und es machte ihr Spaß auszurechnen, wie viele von ihren eigenen Mahlzeiten wohl der einen entsprächen, die Nuramma bekam. Nuramma geriet in Verlegenheit, wenn sie ihre Blicke bemerkte, und sagte dann: „He, ihr Mädchen, seht mir nicht beim Essen zu und werft nicht den bösen Blick auf mich. Es wäre ja noch schöner, wenn ich mit dem Reis nur spielen würde wie ihr Leute mit den winzigen Mägen!"

Sobald Nuramma ihr Essen beendet hatte, hob sie die Hände, blieb eine halbe Stunde lang in dieser Haltung und murmelte ihre privaten Gebete. Wahida fragte sich, worum sie Gott wohl bitten mochte. Sogar Zohra und Rahima tauschten spöttische Blicke bei ihrem Anblick.

Wenn ihr Vater und ihr Onkel aus der Moschee zurückkamen und das Schauspiel von Nurammas Gebeten sahen, mussten sie lachen. Karim drückte sich sein Taschentuch auf den Mund und fragte: „Heute gibt es wohl ein bestimmtes Almosen-Essen!?"

Sobald Nuramma das hörte, beendete sie eilig ihre Gebete und stimmte ihm zu: „Ja, Onkel!"

Karim rief dann Zohra herbei und fragte in Nurammas Gegenwart: „Du hast doch heute wegen Nuramma hoffentlich ein Maß Reis mehr gekocht?" Die Art wie er sprach, verriet auch nicht die kleinste Spur von Spott.

Nuramma bemerkte den Spott nur zum Teil und sagte: „Sie sind Königinnen. Sie haben meinen Hunger gestillt, mögen sie ein gutes Leben haben!" Und mit diesem Segen machte sie sich auf den Heimweg.

Wahida empfand ein erneutes Stechen im Bauch. Seit sie ins Haus gekommen war, war sie einerseits zu schüchtern zum Essen, andererseits hinderten sie bestimmte Vorgänge im Haushalt daran, überhaupt essen zu können. Sabia kochte alle Mahlzeiten selbst. Da ihr Mann von seinem langen Auslandsaufenthalt nach Hause gekommen war, ließ sie es sich angelegen sein, ihre kulinarischen Künste vorzuführen, und kochte alle möglichen Gerichte. Es gab keine einzige Mahlzeit, bei der nicht Fleisch serviert wurde. Sie wusste, dass ihre Schwiegertochter nicht kochen konnte, deshalb übertrug sie ihr alle möglichen kleinen Aufgaben in der Küche. Sabia trug immer ein Taschentuch im Taillenbund festgesteckt, wenn sie kochte. Wenn der Rauch vom Holzfeuer die Küche erfüllte, lief ihr oft die Nase und sie zog ständig das Taschentuch heraus und schnäuzte sich. Dann zerkleinerte sie die Tamarinde, ohne sich davor die Hände gewaschen zu haben. Sie hatte außerdem die Angewohnheit, den Kuzhambu, der auf dem Herd kochte, zu kosten und ihn dann mit demselben Löffel, den sie in den Mund gesteckt hatte, umzurühren.

Bei diesem Anblick drehte sich Wahida der Magen um. Sie stellte sich vor, dass der Kuzhambu mit Sabias Speichel und Schleim gemischt dort kochte. Wie konnte sie danach noch davon essen? Aber sie musste ja essen. Sehr oft zwang Sayyed sie, sich zu ihm zu setzen und mit ihm zu essen. „Komm und iss mit mir. Deine Tante und er können später essen“, sagte er dann. Er lud sie ein, neben ihm auf der Matte zu sitzen, und bediente sie von den verschiedenen Gerichten, die vor ihnen standen. Er füllte ihren Teller mit Lammfleisch und Hühnchen und sagte: „Iss gut! Wie willst du durchkommen, wenn du so dünn bist?“

Währenddessen saß Sabia ihnen gegenüber und wachte mit Adleraugen über Wahidas Teller, um zu sehen, ob sie auch alles aufessen würde. Wahida sah, dass sie unter Aufsicht stand, und wurde ganz klein. Sie wollte gleich aufstehen, aber Sayyed hielt sie fest und schalt sie liebevoll: „Was für eine Frau du bist, eine so schlechte Esserin!“

Seine sogenannte ‚Liebe‘ war ihr unerträglich. Wegen Sayyeds Hartnäckigkeit musste Sabia zustimmen: „Iss gut, unsere Angebetete! Wenn du dünn wirst, macht deine Mutter mir Vorwürfe!“

Wahida antwortete nicht, sondern bewegte nur mit den Fingern den Reis auf ihrem Teller herum. Sie bemühte sich, die Vorstellung loszuwerden, dass sie von Sabias Speichel verunreinigtes Essen zu sich nahm. Hatte sie niemals aus einem Becher oder einer Tasse getrunken, die jemand anderes zum Munde geführt hatte, fragte sie sich, weder zu Hause noch in der Schule? Sie konnte sich an keine einzige Gelegenheit erinnern, bei der sie das getan hätte. Sie hatte auch nie eine Süßigkeit oder einen Imbiss zu sich genommen, die oder den andere durchgebissen hatten, selbst wenn sie sich vorher den Mund abgewischt hatten.

Unwillkürlich flossen ihre Tränen und sie vergrub das Gesicht im Kopfkissen. Sie wusste, dass der Blick, mit dem Sabia sie beobachtete, feindlich und zurückweisend war und das demütigte sie. Sie wusste, dass es den Respekt und die Würde, die ihr in ihrer Herkunftsfamilie erwiesen wurden, in diesem Hause nicht gab. Sie erinnerte sich daran, dass ihre Mutter sich immer Mühe gegeben hatte, sie dazu zu bringen zu essen. Sie hatte sich niemals dadurch rühren lassen. Rahima hatte Wahidas Zurückweisung des Essens als eine Zurückweisung ihrer Liebe empfunden. Sie sagte dann: „Dein Körper braucht Kraft. Wie willst du sonst eine Frau werden?“ Diese sorgenvollen Worte erklangen ihr aus der Ferne.

Fast war es Zeit für die Luhur-Gebete. Wenn sie ihre Waschungen jetzt vornahm, würde sie gerade noch rechtzeitig vor dem Gebetsruf damit fertig. Sie hatte Mühe, sich im Bett aufzusetzen. Ihr Haar war durcheinander. Wenn ihre Mutter da wäre, würde sie es ihr ölen und auskämmen. Da sie nicht ordentlich aß, war es schwierig für sie, ordentlich zur Toilette zu gehen. Gestern hatte sie außerdem Blut ausgeschieden und das hatte sie erschreckt. Sie hatte ihre Waschungen einige Male wiederholt, bevor sie ihren Gebets-Zyklus vollendete.

Sie hatte befürchtet, dass ihre Schwiegermutter, wenn sie erst einmal verheiratet wäre, grausam zu ihr sein könnte. Sie hatte nicht gewusst, als was für ein Mann ihr Ehemann sich erweisen würde. Aber sie hatte auch nicht gewusst, was für Probleme sie tatsächlich haben würde und welche sich als am schwierigsten herausstellen würden. Sie wurde von einer tiefen Mattigkeit überwältigt. Wieder dachte sie an ihre Mutter, sehnte sich danach, sie zu sehen, und weinte. Aber sie wusste sehr gut, dass das keinen Zweck hatte. Als sie das letzte Mal zu Hause war, gab es eine Gelegenheit, als sie in den Armen ihrer Mutter lag, bei der sie hätte versuchen können, etwas über Sikandar zu ihr zu sagen. Rahima hatte sie heiter angeblickt und ihr sanft den Rücken gestreichelt. Nach einer Weile nahm sie sie in die Arme und tröstete sie. Sie sagte: „Sieh mal, von nun an ist Sikandar dein Mann. Daran ist niemals mehr etwas zu ändern. Das musst du als Erstes und Wichtigstes verstehen. Sei nicht kindisch und beklag dich nicht, dass er schnarcht oder mit Frauen spricht oder Zigaretten raucht. Du bist schließlich kein Kind mehr, du bist jetzt eine verheiratete Frau. Wir wollen sagen, er sei ein Mann mit gutem Charakter. Wenn du unpassende Bemerkungen über ihn machst, dann werden die Leute ihn nicht achten. Verstehst du?“ Danach schwieg sie, als ob es nichts mehr zu sagen gäbe. Wahida hatte den Eindruck, dass in der Stimme ihrer Mutter eine Spur von Bitterkeit mitgeschwungen hatte, aber sie hatte nicht mehr den Mut, das zu überprüfen, indem sie Rahima ins Gesicht sah. Wahida fühlte eine Welle von Mitgefühl mit ihrer Mutter. Vielleicht war es falsch, Rahima dadurch traurig zu machen, dass sie ihr ihre Sorgen mitteilte. Ihre Tochter durfte sie nicht mit ihrem Unglück beunruhigen. Nachdem sie das gedacht hatte, hörte sie auf zu weinen.

Sie sah noch einmal auf die Uhr, bevor sie endlich aufstand. Der Gebetsruf erklang. Sie musste still sein, während er erschallte, deshalb saß sie ruhig dort, wo sie war, legte die Hände zusammen und war zum Beten bereit. Das verblassende Henna auf ihren Händen erinnerte sie wieder einmal daran, dass sie verheiratet war. Wieder einmal fühlte sie diese Angst in ihrem Bauch. Sie zählte an ihren Fingern ab, dass vierzehn Tage seit ihrem Hochzeitstag vergangen waren, und tat einen tiefen Seufzer. Sie hatte das Gefühl, dass inzwischen sehr viel Zeit vergangen wäre.

Sie hörte, dass die Tür geöffnet wurde, und als sie sich umdrehte, sah sie Sayyed an der Tür stehen. Sie stand eilig auf, zog das Sariende über ihren Kopf und trat respektvoll zur Seite. Sie fragte sich, warum dieser Mann unbedingt auftauchen musste, wo sie ohnehin schon Höllenqualen litt, aber ihre Lippen murmelten höflich: „Willkommen, Schwiegervater. Asalaamu aleikum.”

„Danke, lass mich reinkommen”, sagte er, betrat das Zimmer und setzte sich auf das Bett. Sofort tat er so, als wäre er erschrocken: „O weh, jetzt habe ich mich mit meinen sauberen Gebetskleidern hingesetzt! Ja? Gibt es auf diesem Bett etwas, das mich verunreinigen könnte?“ Er sprach, als machte er einen Witz. Sein neckender Ton ließ sie zusammenzucken. Sie hatte keine Lust zu antworten und senkte den Blick.

Sayyed sah sich einen Augenblick lang im Zimmer um, als sähe er es zum ersten Mal. Zufrieden mit dem, was er sah, bemerkte er: „Es ist gut eingerichtet, nicht wahr?“

Sie hatte immer noch keine Lust, etwas zu sagen, murmelte: „Mm“ und nickte.

„Warum bleibst du stehen? Komm, setz dich!“ drängte er sie. Er bestand darauf, dass sie sich setzte, was ganz und gar gegen ihren Willen war. Schließlich setzte sie sich und kauerte sich in eine Ecke des Bettes. Sie sah keinen Ausweg und fürchtete, er könnte sie tatsächlich an der Hand nehmen und zum Hinsetzen zwingen.

Sayyed sah sie an. Sie fühlte, wie seine Blicke von ihrem Kopf bis zu ihren Füßen gingen, und sie versuchte, noch mehr in sich selbst zu versinken, was ihr aber nicht gelang. Seine Blicke betasteten jeden Teil ihres Körpers und er sagte: „Sabia hat mir gesagt, dass du Bauchschmerzen hast. Hat es damals sehr weh getan?“

Der impotente und geile Eifer, der in seiner Stimme widerhallte und sich in seinem Gesichtsausdruck widerspiegelte, stürzte sie ganz und gar in Verwirrung. Sie war so schockiert, dass sie keine Worte fand. In seinem alten Gesicht erschien offen der Ausdruck eines voyeuristischen Vergnügens. Es schien ihm völlig gleichgültig zu sein, was sie von ihm denken mochte. Nach einem Augenblick des Schweigens begann er von Neuem: „Mach dir keine Sorgen. Zuerst tut es natürlich sehr weh. Außerdem bist du ja sehr jung. Er verhält sich nicht dementsprechend, sondern er ist ein rauer Bursche und ein starker Mann. Deshalb muss es schwierig für dich gewesen sein. Aber wenn du die Zähne zusammenbeißt, wird bald alles in Ordnung sein. Was meinst du?“ Er sah sie genau an, offensichtlich wollte er unbedingt wissen, wie sie sich fühlte. Anscheinend wollte er, dass sie glaubte, dass er das alles aus Besorgnis sagte. Obwohl er gesehen haben musste, dass sie vor Furcht erstarrt war, ignorierte er es und war fest entschlossen, mit dem, was er angefangen hatte, fortzufahren.

„Nimm meinen Fall. Ich bin nun drüber weg. Ich kann nichts tun. Selbst wenn ich möchte, ich kann nicht. Aber dein Mann ist nicht so. Er ist im besten Alter. Darum musst du nachgeben und mitmachen. Wenn du also mit ihm im Bett bist und dich beklagst, dass es weh tut, dann ist das schwer für ihn, nicht wahr, armer Bursche! Schließlich ist er jung verheiratet!“ Er bemühte sich, Worte für das zu finden, was er eigentlich sagen wollte.

Sie stand noch unter Schock und fühlte sich nicht in der Lage, aus dieser schrecklichen Situation, in der sie gefangen war, zu entkommen. Sie war den Tränen nahe und biss sich auf die Lippen, um ihre Verzweiflung zu verbergen. Mit seiner klein gewachsenen Gestalt, seinem Gesicht mit den vielen Falten und seinen nahe beieinander liegenden Augen sah er aus wie ein undefinierbares Tier. Ihr wurde mit Schrecken klar, dass hinter dem spitzen Bart, dem Fez und den Gebeten ein äußerst widerwärtiger Mann steckte.

„Warum sagst du denn nichts? Was ist denn los?” Er lehnte sich zu ihr hinüber und klopfte ihr auf den Rücken, als wollte er sie trösten und ihr Sicherheit geben.

Das überraschte sie und sie murmelte: „Nichts, es ist nichts!“ Sie konnte nichts weiter sagen.

Er war damit zufrieden, dass er sie zum Sprechen gebracht hatte, und setzte neu an: „Damals, als ich ein frisch gebackener Ehemann war, war ich sehr lebhaft. Jetzt bin ich natürlich alt und kann nichts mehr leisten. In Ceylon, da gibt es diese Singalesen-Frauen, die dort herumhängen. Sie stehen für einen Fünfer oder einen Zehner zur Verfügung. Damals versuchten wir Geld zu machen, waren alle jung und hatten unsere Frauen verlassen. Damals hatten wir nicht genug Geld, um diese Frauen zu bezahlen. Wir arbeiteten die ganze Zeit, um Geld zu verdienen. Jetzt ist das Geld da, aber die Jugend ist vorbei. Da kann man nichts machen.“ Er seufzte tief und frustriert. Dann sprach er weiter: „Ich habe dort einen Freund. Er ist etwa in meinem Alter. Er geht sogar jetzt noch zu diesen Singalesen-Frauen. Aber was kann er machen? Wozu kann es nützen, wenn man lediglich den Drang hat? Diese Frauen berühren ihn nur und streicheln ihn, schnappen sich sein Geld und schicken ihn nach Hause. Der Arme!“ sagte er, als hätte er sehr viel Mitgefühl mit seinem Freund.

Ihr war gleich klar, dass der Freund keine reale, sondern nur eine erdachte Person war, die Sayyeds eigene Impotenz und Frustration widerspiegelte. Sie staunte über sich selbst und fragte sich, wie es möglich sei, dass sie, so jung, wie sie war, sofort erfasst hatte, dass er in Wirklichkeit von sich selbst sprach. Ihr wurde klar, dass sie sich in nur vierzehn Tagen sehr stark verändert hatte.

Wie sollte sie ihr übriges Leben ertragen? Wie konnte es geschehen, dass es notwendig war, sich in so jungen Jahren eine solche Frage zu stellen? War das so, nur weil sie verheiratet war? Die Gedanken wirbelten ihr durch den Kopf. Wieder fühlte sie sich wie eine Maus, die in eine Falle geraten war.

Sogar Sayyed erkannte endlich, dass Wahida sehr verstört war. Er hatte allerdings keine Ahnung, aus welchem Grund. Er starrte sie mit schmal gewordenen Augen an. Er schien mit seinen Wünschen zu kämpfen, wie er sie da so anblickte, und sah aus wie ein alter Wolf. Er machte sich ihr Schweigen zunutze und fuhr fort: „Hör mir zu! Jetzt bin ich zu nichts mehr fähig, aber weißt du, mit wie vielen Frauen ich in meiner Jugend geschlafen habe? Du wirst denken, was, dieser alte Bursche?“ Er lächelte und blinzelte. „Weißt du, wie ich damals war? Ich war ja so lebendig! Denkst du, ich war ein fauler Tagedieb wie dein Mann? Als ich jung verheiratet war, ließ ich Sabia einen Monat lang, gleich ob es Nacht oder Tag war, keine Ruhe, weißt du das? Sie war damals erst zehn Jahre alt, sie hatte noch nicht einmal menstruiert. Aber selbst da, sieh mal, war sie bereit, mir zu gefallen und hat mich nie enttäuscht. Und dann waren viele Frauen in dieser Stadt hinter mir her. Ich war schon fast ein Playboy. Ich wurde mit allen fertig!“ All diese Einzelheiten seines Privatlebens gab er ihr in vertraulichem Ton preis.

Ihr wurde bei all dem schlecht. Wenn er noch einen Augenblick länger geredet hätte, dann, so fürchtete sie, müsste sie sich erbrechen. Ihr Herz schlug schnell und ihre dünne Gestalt zitterte, als sie sich zu beherrschen versuchte. „Ich muss jetzt meine Gebete sprechen“, murmelte er. Sie war sich nicht sicher, ob ihm diese Worte wirklich über die Lippen gekommen waren.

Schließlich gab er auf. Endlich war ihm doch klar geworden, dass ihr seine Frustration gleichgültig war und dass sie keine Freude daran hatte, sich seine Geschichten anzuhören. Sein Gesichtsausdruck verriet sein tiefes Selbstmitleid und die Abneigung gegen seinen Körper, weil der nicht mehr in der Weise funktionierte, wie er es sich wünschte. Aber trotzdem, bemerkte Wahida, fiel es ihm schwer, von ihr wegzugehen. Sie wünschte sich sehnlichst jemanden, der sie aus einer so hässlichen Situation retten würde! Endlich hatte er sich davon überzeugt, dass sie ängstlich und angespannt war, stand auf und ging auf schwachen Beinen davon. Er nahm den Rest der Fantasien und Hoffnungen, mit denen er sie hatte überschütten wollen, wieder mit sich fort. Als sie ihn so weggehen sah, dachte sie, dass er trotz allem bemitleidenswert sei.

Kapitel 48

Um Mitternacht stand Wahida, da sie nicht schlafen konnte, auf der kleinen Terrasse vor ihrem Zimmer und sah ziellos auf die Straße hinunter. Es war nur eine schmale Straße. Sehr nahe bei Sabias Haus stand, mit der Fassade gen Westen, das wunderbare einstöckige Haus, das Rabias Großvater Ismail gebaut hatte. Obwohl schon fünfzig Jahre seit damals vergangen waren, sah es noch wie neu aus. Es war weder baufällig noch verwahrlost. Sowohl der Eingang als auch die Veranda, die das untere Stockwerk umgab, wiesen feine Holzarbeiten und Wandbilder auf. Die Fußböden des gesamten Hauses waren aus Marmor. Sabia hatte ihr Haus, so sagte Rahima, in der Absicht gebaut, es solle besser als das Ismails werden. Aber obgleich es riesig war, besaß dieses Haus weder Schönheit noch Anmut. Rahima hatte gesagt: „Was ist schon ein Haus? Es sind die Menschen, die es bewohnen, die aus ihm das machen, was es ist." Wahidas Blick glitt über die Straße. Sie war zum Fürchten still. Neben diesen einstöckigen Gebäuden waren alle anderen Häuser in der Straße klein. Als sie mit aufgerissenen Augen Ausschau hielt, dachte sie einen Augenblick lang, sie würde vor Schreck tot umfallen.

Sie wollte nicht glauben, was sie sah, rieb sich die Augen und sah achtsam nach unten. Es war Firdaus. Da war sie sich vollkommen sicher. Warum um alles in der Welt ging sie in das Haus, das ihrem gegenüber liegt? Und noch dazu um Mitternacht? Dann verstand sie und hatte auch nicht mehr den Schatten eines Zweifels. Sie schluckte schwer, um ihre trockene Kehle anzufeuchten, als ob ihr das helfen würde, das, was sie gesehen hatte, zu deuten. Sie hatte bis dahin auf der Terrasse gestanden, an ihre eigene Lage gedacht und geweint. Jetzt fühlte sie, wie ein anderes Gefühl sie ergriff. Es übernahm die Herrschaft und drängte alle Betrachtungen über sie selbst zurück. Das Gefühl wurde zum Schock und dann zu einem heftigen Ärger über Firdaus.

„Was ist das denn nur für eine Frau?" murmelte sie vor sich hin. „Wie kann sie sich unterstehen, so etwas zu tun?" Gleichzeitig fragte sie sich, warum sie so wütend darüber war. Stand ihr dieses Gefühl der Wut überhaupt zu? Sie war ja nur ein junges Mädchen. War sie plötzlich so klug und erfahren, dass sie das Recht hatte, Firdaus zu richten und zu verurteilen?

In der stillen Dunkelheit wandte sie ihren Kopf hierhin und dorthin und starrte noch immer auf die Straße. Es schien sogar noch stiller zu sein als sonst. Oder kam es ihr nur so vor? In dieser Nacht war Amaavaasai, kein Mond war am Himmel zu sehen. Sie fragte sich einen Augenblick lang, ob irgendjemand anderes gesehen haben könnte, dass Firdaus zu Siva ins Haus gegangen war. Nachdem sie eine Weile nachgedacht hatte, kam sie zu dem Schluss, dass niemand Gelegenheit gehabt hatte, sie zu sehen, und war seltsamerweise erleichtert. Sikandar schlief fest, nachdem er seine üblichen Forderungen an sie gestellt hatte. Sie war auf die Terrasse getreten, die sich an ihrer beider Zimmer anschloss, weil sie wegen seines lauten Schnarchens nicht schlafen konnte. Sie hatte noch nie schlafen können, wenn es auch nur das leiseste Geräusch im Zimmer gab. Bevor sie verheiratet war, konnte sie gemütlich und allein schlafen. Das war jetzt nicht mehr möglich! Nichts anderes würde helfen, als sich an den Lärm zu gewöhnen! dachte sie bitter.

Als sie einmal von ihrem Großvater nach Hause gekommen war, hatte Rahima gebeten: „Komm und schlaf heute Nacht bei deinem Vater und mir!“ Aber sie hatte sich hartnäckig geweigert und gesagt: „Nein, Amma, meine Kleider könnten in der Nacht verrutschen!“

Ihre Mutter hatte nachts oft neben ihrem Bett gestanden und ihr beim Schlafen zugesehen. Sie lag immer in derselben Stellung und wachte am Morgen genauso auf, wie sie sich am Abend hingelegt hatte. Ihr Haar war genauso, wie sie es gekämmt und geflochten hatte, bevor sie zu Bett gegangen war, und die Bettlaken sahen aus, als wären sie gerade frisch hingelegt worden. Der Rock war nach unten gezogen, um ihre Fersen zu bedecken, der Davani war festgesteckt und bedeckte ihre Brust. Manchmal schalt ihre Mutter sie liebevoll: „Was bist du nur für ein Mädchen! Was würde es schon ausmachen, wenn du im Schlaf Arme und Beine bewegen würdest? Wachst du nie in der Nacht auf und gehst zur Toilette? Wenn du in solcher steifen Haltung schläfst, wie soll dann wohl dein Blut frei im Körper zirkulieren? Daran muss es liegen, dass du dir so oft den Hals verrenkst.“

Ihre Mutter wusste also sehr gut, dass Wahida nicht die Wahrheit darüber sagte, warum sie nicht im Zimmer ihrer Eltern schlafen wollte. Der Grund dafür war, dass ihr Vater die ganze Nacht über laut schnarchte. Sie hatte oft gefragt: „Wie um alles in der Welt kannst du nur bei diesem Lärm schlafen, Amma? Wenn ich du wäre, würde ich hier nicht eine einzige Minute bleiben!“

Sie lächelte bitter und kehrte in ihren Gedanken wieder zu Firdaus zurück. Wie verzweifelt und getrieben sie sein musste! Wie mutig war es von ihr, das zu tun! Aber was es auch war, es war ganz und gar falsch, sagte sie sich und war frustriert und wütend. Sie wurde sehr traurig, wenn sie an Zohra dachte. Was würde sie tun, wenn sie das wüsste? Wahida zwang sich dazu, sich das vorzustellen. Sie zweifelte nicht daran, dass Zohra ihre Schwester umbringen würde. Plötzlich geriet Wahida in Ekstase und wollte sofort hinuntergehen und Firdaus davor warnen. Sie fürchtete, mit ihrer Impulsivität Sikandar zu wecken und damit die Entscheidung aus der Hand zu geben, und beruhigte sich etwas. Sie machte sich Vorwürfe, dass sie so extrem reagiert hatte. Sie fürchtete, dass sie in ihrer Aufregung etwas Unüberlegtes und Dummes tun könnte, dass sie die beiden verraten und ihnen damit großen Schaden tun könnte.

Zwar hielt sie die Furcht vor dem, was geschehen müsste, wenn das bekannt würde, zurück, aber ihr ganzes Wesen brodelte und sie konnte das, was da geschah, nicht ertragen. Sie hob die rechte Hand und berührte damit ihre Stirn und ihren Hals. Zu ihrem Erstaunen fühlten sie sich kalt und frostig an. Sie schob ihre Absicht, sie zur Rede zu stellen, beiseite und starrte wieder hinunter in die Straße und auf die Stufen, die zu Sivas Vordertür führten.

Auf der Straße gab es keine Bewegung und die Dunkelheit lag dicht auf ihr. An der Ecke stand eine rötliche Kuh am Wasserhahn und käute wieder. Der Gestank von ihrem Urin stieg Wahida in die Nase. Wessen Kuh mochte das sein? Sicherlich gehörte sie Saithoon, die Paniyaaram verkaufte. Sie war die einzige Person, die eine Kuh hielt. Alle anderen in der Stadt hielten Stiere. Sabia kaufte ihre Milch nur von ihr. Immer wenn Saithoon in Sabias Haus kam, ließ sie sich stundenlang über die Intelligenz ihrer Kuh aus, als wäre sie ihr Kind. Wenn sie gegangen war, beklagte sich Sabia: „Sie hält eine einzige jämmerliche Kuh und geht umher und brüstet sich mit dem Vieh!“

Warum ließ Saithoon die Kuh auf der Straße umhergehen und band sie nicht im Stall an? Was wäre, wenn nun Saithoon käme, um nach ihrer Kuh zu sehen? Wahida fürchtete sich davor, und gleichzeitig hoffte sie es.

Firdaus war noch nicht herausgekommen. Wahida hatte Lust, zu den beiden zu gehen, sie über ihr Verbrechen zur Rede zu stellen und Firdaus anzuspucken. Auch wenn sie sie nicht geradezu anspucken würde, so wollte sie doch klarstellen, dass sie wusste, was Firdaus tat. Sie hätte keine Ruhe, ehe sie das nicht getan hätte! Weil sie fürchtete, sie könnte ihre Meinung ändern, beschloss sie, nicht weiter nachzudenken. Sie ging leise die Hintertreppe in den Garten hinunter und öffnete geräuschlos das äußere Tor. Dann ging sie still und schnell auf die Straße vor dem Haus. Sie sah sich eilig um, um zu sehen, ob jemand sie bemerkt hatte, dann lief sie zu Sivas Vordertür und klopfte leise. Die Tür war nicht abgeschlossen und machte kein Geräusch, als sie sich öffnete. Ohne Zögern oder Furcht ging sie in das Vorderzimmer. Das gelbe Licht der Glühlampe, die angelassen worden war, erfüllte den ganzen Raum und so konnte sie alles deutlich sehen. Ihr Herz schlug schnell und sie konnte ihre Aufregung nicht beherrschen. Ihr Blick glitt über das Hauptzimmer und blieb dann bei dem Zimmer, das sich an einer Seite öffnete, ruhen.

Einen Augenblick lang war sie fassungslos, als sie Siva und Firdaus dort beieinander liegen sah. Gleich darauf trat sie heran, spuckte unwillkürlich und sagte: „Pfui! Wie kannst du dich eine Frau nennen!“

Aus ihrem Liebesspiel aufgeschreckt, setzten sich Firdaus und Siva auf, drückten sich gegen die Wand und starrten Wahida, die da so plötzlich vor ihnen stand, verständnislos an. Sie zuckten zusammen, denn sie waren von Scham und Demütigung überwältigt, in dieser Situation ertappt worden zu sein. Wahida drehte sich auf dem Absatz um und ging hinaus, ohne einen Blick zurückzuwerfen. Sie ging sofort zu Firdaus Haus hinüber, dessen Vordertür Firdaus aufgeschlossen hatte, trat ein, stellte sich im Hof auf und wartete auf Firdaus' Rückkehr.

Die Dunkelheit, die den weiten Hof erfüllte, ängstigte sie überhaupt nicht mehr. Sie zitterte wie in Ekstase. War das, was sie eben getan hatte, richtig oder falsch? Sie versuchte innezuhalten und tief zu atmen. Hatte sie damit Recht getan, dass sie mitten in ihr Liebesspiel hineingeplatzt war, dass sie die beiden gegen deren Willen angestarrt hatte? Die Frage bedrängte sie noch, und um sie abzuschütteln, sah sie sich im Hof um. In einiger Entfernung sah sie den Garten mit seinen Bäumen. Die Bäume standen still, die Dunkelheit sammelte sich schwer unter ihnen. Aus einer Ecke des Hofes hörte sie das kluckkluck einer schwach fiependen Henne, die dort unter einem Korb saß. Sie sah zur Terrasse von Sabias Haus hinauf. Sie fürchtete, dass dort jemand sein könnte. Ihre schlanke Gestalt zitterte immer noch.

Sie hörte Firdaus' leise Schritte, stellte sich gerade hin und wartete auf sie. Firdaus, die erschüttert und geängstigt ihr Haus betrat, hatte nicht erwartet, Wahida dort zu finden. Einen Augenblick lang stand sie fassungslos vollkommen still. In dem blassen Licht konnte Wahida jedoch keine Bewegung in Firdaus' Gesicht erkennen. Die Art, wie Firdaus sie direkt ansah, als wollte sie fragen: „Was willst du?“, ließ Wahida noch mehr zittern. Wie konnte Firdaus einfach so vor ihr stehen, ohne die geringste Angst zu zeigen und ohne jeden Versuch, sie um Verschwiegenheit zu bitten? Wahida war verwirrt und wie vor den Kopf geschlagen.

Ohne Zögern und ohne zu zittern, sagte Firdaus deutlich und in gleichgültigem Ton: „Du hast ja alles gesehen! Warum bist du dann noch hierhergekommen?“

Bei der Ruhe in Firdaus' Stimme zersprangen alle Erwartungen Wahidas in kleine Stücke. Sie hatte gedacht, Firdaus würde sie anflehen, weinen, sie bitten, niemandem etwas zu sagen. Die Art, wie Firdaus dort stand und ihr ihre Frage stellte, verwirrte sie noch mehr. Nach einer Weile erhob sie ihre Stimme, zeigte damit ihren Ärger und fragte: „Schämst du dich nicht?“

Firdaus antwortete ruhig: „Bitte geh hier weg. Mach hier keinen Ärger!“ In ihrer Stimme klang Bitterkeit mit. Tatsächlich hatte sie große Angst, dass ihre Mutter aufwachen würde, und wollte deshalb unbedingt, dass Wahida wieder ging.

Wahida machte keine Anstalten, sich zu bewegen. Sie fragte noch einmal: „Wie rücksichtslos du bist! Bist du überhaupt eine Frau?“ Sie hielt inne und konnte nichts anderes mehr sagen.

Firdaus schwieg und machte sich nicht die Mühe zu antworten. Das forderte Wahida noch mehr heraus. Sie hatte den Eindruck, Firdaus verachte sie und weigere sich deshalb, ihr zu antworten. Plötzlich sagte sie wie ein Kind: „Warte nur, sobald es hell wird, sag ich alles über dich!“

Aber Firdaus zeigte immer noch weder Furcht noch Widerstand. Sie murmelte noch einmal: „Mach, dass du wegkommst!“ Sie ging an Wahida vorbei über den Hof.

„Ich gehe nicht. Was kannst du dagegen machen?” Wahidas Stimme war hart geworden. Sie fühlte, wie ihr warm wurde, als ob ihr Blut kochte. Sie fühlte, wie ihre Beine und ihre Stimme zitterten.

Der Ton ließ Firdaus stutzen. Sie sagte in warnendem Ton: „Wenn du nicht gehst, dann kann das furchtbare Folgen haben. Ich warne dich!“

Wahida sagte rachsüchtig: „Ich gehe nicht, ohne dass ich allen von deinem Verhalten erzählt habe. Warte nur, bis die Sonne aufgeht!“ Die Befriedigung darüber, dass sie zurückgeschlagen hatte, nachdem Firdaus ihre Warnung ausgesprochen hatte, bewirkte ein Gefühl der Erleichterung, das sie im ganzen Körper spürte.

Die Dunkelheit, die sie umgab, und der Wind und seine Feuchtigkeit hatten dazu beigetragen, wenigstens ein bisschen die Grobheit ihres Wortwechsels zu mäßigen. Wahida dachte, es sei vielleicht ganz gut, dass sie einander nicht deutlich sehen und also auch die Stärke der Gefühle der anderen nicht einschätzen konnten. Dann wurde Wahida klar, dass ihre Drohung endlich bei Firdaus angekommen war, und sie empfand eine überwältigende Siegesfreude. Sie glaubte, dass sie Firdaus zur Rechenschaft gezogen hatte, und das beruhigte sie. Ihr Ärger und ihre Abneigung vergingen wie Rauch. Sie verstand nicht, wie das Gefühl der Abneigung, das sie die ganze Zeit über beherrscht hatte, einfach dahinschmelzen konnte. Was genau hatte sie besänftigt? Sie sah Firdaus an und war überrascht, dass sie plötzlich Zuneigung und Mitgefühl für sie zu empfinden begann. Wieder war sie verwirrt. Sie dachte voller Scham an den Grund, aus dem sie da stand, und wollte sofort weg. In der Dunkelheit konnte sie nicht gleich die richtige Richtung finden.

Nach einem Augenblick des Schweigens versperrte Firdaus Wahida den Weg, als wollte sie etwas sagen. Ruhig hob sie ihren hellen Arm, der ohne Bangles war. „Was hast du gesagt? Hast du mein Verhalten gerügt? Bevor du gehst und allen erzählst, was du gesehen hast, solltest du dich besser bei deinem Onkel Karim erkundigen, was deine Mutter mit ihm gemacht hat!” Nachdem Firdaus das laut und deutlich gesagt hatte, ging sie schnell über den Hof, stieß sacht die Vordertür auf, trat ein und schloss von innen ab.

Wahida überkam ein Gefühl von Einsamkeit, als wäre sie allein in einem riesigen Wald. Die letzten Worte, die Firdaus ihr zugeworfen hatte, brachten sie in schreckliche Verwirrung, in einen Seelenzustand, wie sie ihn nie zuvor erlebt hatte. Bald würde die Dämmerung anbrechen. Voller Kummer machte sie sich langsam auf den Heimweg, die Beine waren ihr schwer geworden.

Kapitel 49

Firdaus fühlte sich schwach. Sie lag zusammengekrümmt auf ihrem Bett und konnte nicht einmal aufstehen. Der Kopfkissenbezug strömte einen schwachen Geruch von Öl, das mit Hennablüten gemischt war, aus und stieg ihr in die Nase. Ihre langen blassen Finger spielten mit den Quasten an ihrem Kissen und streichelten sie. Sie dachte an ihre Kindertage.

Damals lutschte sie im Schlaf am Daumen ihrer rechten Hand. Amina hatte auf jede mögliche Weise versucht, ihr das abzugewöhnen. Zohra und Amina hatten Firdaus abwechselnd Nacht für Nacht bewacht. Sie banden ihr, wenn sie eingeschlafen war, die Finger zusammen. Irgendwie hatte sich dann am Morgen einzig der Daumen befreit. Dann hatten sie Neem-Öl in die Haut des Daumens gerieben. Wenn Firdaus über den bitteren Geschmack weinte, sagte Zohra: „Du dummes Mädchen! Was nützt es dir, dass du jetzt so schön bist? Wenn du weiter am Daumen lutschst, dann werden deine Zähne und die Oberlippe vorstehen! Dann wirst du ganz hässlich und niemand wird dich heiraten.“ Sie erinnerte sich noch an Zohras zärtliche und liebevolle Stimme. Sie wünschte sich so sehr, dass sie in diese Kindertage zurückkehren könnte!

Vor allem ihre Mutter hielt die Schönheit ihrer Tochter fest unter Verschluss. Viele Male in der Woche hatte sie das Ritual vollzogen, um den bösen Blick abzuwenden! Wenn Besucherinnen zu ihnen kamen, dann erlaubte sie Firdaus nicht ohne Weiteres, vor ihre Augen zu treten. Firdaus schmollte dann und fragte: „Amma, warum versteckst du mich sogar vor Frauen?“

„Ja, Kind, sie werden dich ansehen und sofort die Klappe aufreißen. Danach muss ich dann meine Zeit damit verschwenden, dass ich den Dhrishti gegen den bösen Blick ausführe.“ Es hörte sich zwar so an, als ob sie sich beklagte, aber es war doch auch ein überwältigender Stolz in ihrer Stimme zu hören.

Firdaus’ Kehle wurde vom Kummer zusammengedrückt. Wo waren jetzt alle diese Menschen? Wie konnten ihre Zuneigung und Liebe einfach verschwinden? Hörte denn sogar die Liebe auf? Auch wenn ihre Mutter wütend auf sie war, wie konnte sich sogar Zohra in Abneigung von ihr abwenden? Wie brachte sie es nur fertig, ihre Schwester zu ignorieren? Was hatte sie denn so Furchtbares getan? Wie gewöhnlich fand sie auch diesmal keine Antworten auf ihre Fragen.

In Bauch und Brust empfand sie ein Brennen. Sie hatte den Tod sehr nahe an sich herangezogen. Der Gedanke bedrängte sie, dass allen daran lag, dass sie nicht mehr auf der Welt wäre. Einen Augenblick lang war sie von einem Kummer erfüllt, der so stark war, dass sie ihn am liebsten laut hinausgeschrien hätte. Wie sehr hatte sie dieses Leben geliebt! Sie hatte sich niemals gewünscht, es loszulassen! Warum musste sie sterben? Sie sehnte sich danach, ihren Schrank zu öffnen und ihre Saris und ihren Schmuck herauszunehmen, sich damit zu schmücken und sich ein letztes Mal darin zu bewundern. Aber ihr Körper lag hilflos und abgekämpft auf dem Bett.

Sie dachte an Siva. Sie würde ihn nie wiedersehen. Als ihr das klar wurde, wuchs ihre Todesangst noch mehr, und sie zitterte. In diesem Augenblick des Todes war der Gedanke, dass sie sich für immer von Siva trennen musste, schlimmer als der an jeden anderen

Verlust. Das Wissen, dass sie ihn nie wiedersehen würde, forderte sie dazu heraus, ihrem Leben ein Ende zu setzen. Seinetwegen allein war sie dazu bereit, alles andere, was ihr das Leben lieb machte, aufzugeben. Sie liebte ihn leidenschaftlich.

Die Tränen erstickten sie fast. Mehr als die Tatsache, dass sie vollkommen allein und verwaist war, setzte ihr das Bewusstsein zu, dass sie, hilflos, wie sie war, aus dieser Welt hinaus und in den Tod getrieben wurde. Warum hatte diese riesige Welt keinen Platz für sie? Wen hatte sie mit ihrer Liebe verwundet und auf welche Weise? Sie war es müde, sich alle diese Fragen zu stellen.

Sie dachte an Wahida. Sie bedauerte es: Sie hatte sie zu hart bestraft. Aber warum war sie auch hier aufgetaucht und hatte Unruhe gestiftet? Zur Vergeltung hatte Firdaus dafür gesorgt, dass Wahida für immer eine Wunde im Herzen tragen würde. Es hatte ihr sofort leidgetan. Aber wozu nützte es jetzt noch, dass es ihr leid tat? Sie hatte Rahima sehr geschadet, die ihr doch immer eine liebevolle Schwester gewesen war. Sie selbst würde ja bald sterben, aber sie ließ eine Information zurück, die zwei Menschen für ihr übriges Leben verletzten würde.

„Oh Allah", murmelte sie und fühlte sich immer schwächer. „Warum ist das geschehen? Warum habe ich zugelassen, dass es geschieht?" klagte sie leise. Sie konnte selbst nicht begreifen, was sie gesagt hatte. Sie mochte sich gar nicht vorstellen, wie fassungslos Wahida sein musste und wie sehr es sie quälen würde.

Das Brennen in ihrem Magen nahm zu. Wieder kehrten ihre Gedanken zu den Ereignissen dieses Morgens zurück. Amina war durch den heftigen Wortwechsel zwischen Wahida und Firdaus aufgewacht. Sie hatte sich auf ihrer Matte aufgesetzt und nicht bewegt, denn sie war starr vor Wut. Im matten Nachtlicht sah Firdaus an der Haltung Aminas, wie entrüstet sie war. Firdaus stand stockstill an der Tür und war sich ihrer Verletzlichkeit bewusst. Aminas wilder Blick umgab sie, war überall um sie her.

Weder sie noch Amina konnten mit dieser Situation fertigwerden. Firdaus duckte sich gegen die Wand und wünschte, sie könnte sich in einen Geist verwandeln. Plötzlich kam ihr der Gedanke, dass sie bisher niemals wirklich an etwas festgehalten hatte, das sie liebte. Auch Amina sagte eine längere Zeit lang gar nichts, und das versetzte Firdaus in Schrecken. Sie wollte zu ihr gehen, sie berühren und sich versichern, dass ihr nichts fehle.

Sie war unfähig, sich zu bewegen, weil sie aus Furcht und Demütigung so sehr zitterte, glitt die Wand hinunter und setzte sich mit dem Rücken dagegen. Sie war voller Schuldgefühle und äußerst ängstlich und fragte sich, ob ihre Mutter an dem Schreck sterben würde. Sie nahm alle Kraft zusammen, dachte nicht einmal daran, sich die strömenden Tränen vom blassen Gesicht zu wischen, kroch wie ein Kind auf allen Vieren zu ihrer Mutter, berührte ihre Schulter, schüttelte sie vorsichtig, weil sie Angst hatte, sie zu verletzen, und sagte: „Amma!?" Sofort wurde sie weggeschleudert, als hätte sie der Blitz getroffen. Sie wurde wie ein Prellball gegen die Wand geworfen. Sie war durch den Schlag völlig verblüfft und wunderte sich, dass Aminas Arme solche Kraft aufbringen konnten. In ihrem Kopf hämmerte es wild, aber sie war viel zu bestürzt, um ihren Schmerz zu zeigen.

Amina hatte Firdaus mit aller Kraft gestoßen, stand auf wie ein wildes Tier und schrie mit einer Stimme, die aus der Tiefe ihres Bauches kam: „Bist du wirklich so weit gegangen, dass du mit einem Ungläubigen geschlafen hast? Du elendes Geschöpf, habe wirklich ich dich geboren? Oh Allah!" Sie kreischte vor Schmerz. Sie zitterte am ganzen Körper wie ein Kleidungsstück im Wind. Danach tat sie, was sie glaubte tun zu müssen, ohne noch weiter zu überlegen. Sie mischte Rattengift in einer Tasse und stellte sie vor

Firdaus hin. Ihre Stimme war laut und klar.

„Heute musst du sterben. Oder sonst muss ich sterben. Bevor es so wird wie die Sache in Kallupatti!“ Ihre Stimme klang furchtlos und sehr sicher. Firdaus hatte keine Zweifel, dass Amina fest entschlossen war. Noch in ihrem Zustand der Verwirrung erinnerte sie sich an das Ereignis. Es lauerte irgendwo in ihrem Gedächtnis. Die Leute in dieser Stadt hatten erfahren, dass sich ein Muslim-Mädchen dort in einen Hindu-Jungen verliebt hatte. Der Junge wurde verjagt, und die Gemeinschaft traf sich und entschied über das Mädchen. Alle waren sich einig, dass die Eltern sie mit Gift töten müssten. Die Eltern zwangen dann die junge Frau, sich selbst zu vergiften, und begruben sie sofort. Alle wussten, dass das Grab schon vorher gegraben worden war, damit die Polizei nichts davon erführe.

Firdaus wünschte sich sehnlichst das Leben, schüttelte eigensinnig den Kopf und schrie: „Ich tu’s nicht, Amma! Lass mich in Ruhe, Amma!“

Aber Amina blieb standhaft und entschlossen bei ihrer Entscheidung. Sie wusste, wie sehr Firdaus das Leben liebte. Aber Amina war der festen Überzeugung, dass sie nun kein Recht mehr auf Leben hatte. Wenn Firdaus darauf bestehen würde, am Leben zu bleiben, dann gäbe würde es für Amina keine andere Möglichkeit, der Schande zu entgehen, als sich selbst zu töten.

Firdaus rannte zu ihrer Mutter, fiel ihr zu Füßen und umarmte fest ihre Beine. Sie wünschte sich sehnlichst, dass ihre Mutter ihr etwas Mitleid erwiese und ihr zu leben erlaubte. Aber Aminas Gesicht war bestimmt und ausdruckslos. Sie machte keine Anstalten, ihre Tochter zu berühren oder sie aufzuheben. Firdaus erkannte, dass Amina sie darum nicht berührte, weil sie fürchtete, dass das ihren Entschluss ins Wanken bringen könnte. Firdaus war bereit, um eben das zu kämpfen, was Amina ihr nicht geben wollte. Wenn es im Herzen ihrer Mutter auch nur den kleinsten Funken Liebe gäbe, dann würde sie erneut anfachen!

Amina drängte, weil sie fürchtete, dass sie, wenn sie der Angst ihrer Tochter Beachtung schenkte, nachgeben könnte. Sie war fest dazu entschlossen, nicht zuzulassen, dass sich ihr irgendetwas in den Weg stellte! Mit fester Stimme fragte sie noch einmal: „Willst du nun trinken oder soll ich?“ Sie wartete die Antwort nicht ab und langte in einer Art Wahnsinn nach der Tasse.

Firdaus beeilte sich und ergriff ihre Hände. Sie trank, ohne zu zögern, die Tasse leer. In diesem Augenblick erkannte sie, dass es keine andere Möglichkeit gab. Sie trank das Gift, ging in ihr Zimmer und legte sich auf ihr Bett.

Ihre Kehle und ihr Magen brannten wie Feuer. Sie schluckte den Schmerz hinunter und war entschlossen zu sterben, ohne ein Geräusch von sich zu geben. Selbst in diesem Augenblick konnte sie noch nicht glauben, dass sie tatsächlich sterben würde, und sie verstand auch nicht, warum sie zu diesem Schritt gezwungen worden war. Sie fragte sich wieder einmal, ob es denn eine so große Sünde war, mit dem Mann zusammen zu sein, den sie liebte. Das hatte sie sich oft gefragt. Sie wünschte, sie könnte Siva noch ein letztes Mal sehen, aber sie hatte gedacht, dass es für ihn Schwierigkeiten geben würde, nachdem Wahida sie gesehen hatte, und hatte ihm gesagt, dass er am frühen Morgen die Stadt verlassen solle. Er war in einem furchtbaren Schockzustand, stärker erschüttert und weniger fähig, damit umzugehen, als sie und sogar noch verwundbarer. Der Kummer überwältigte sie. Musste sie wirklich sterben? Sie war schon in so viele Schwierigkeiten geraten, hatte aber alle überstanden, hatte unerschütterlich am Leben festgehalten. War es einzig und allein die Drohung ihrer Mutter, die sie in den Tod stieß? War nicht auch ihr furchtbarer Verrat an Rahima, die Firdaus immer so sehr geliebt hatte, schuld daran?

Was für eine große Dummheit war das gewesen! Sie bedauerte sie von ganzem Herzen. Ihr Verrat hätte sie ihr Leben lang verfolgt! Sie hätte weder Rahima noch Wahida jemals wieder ins Gesicht sehen können! Wenn es zu einer Auseinandersetzung zwischen Rahima und Wahida käme, hätte sie es nicht ertragen, das mit anzusehen!

Sie dachte an Zohra und Rabia. Wie unschuldig ihre Nichte war, wie sehr war sie zu bedauern! Von nun an würde Firdaus, wenn Rabia in die Stadt käme, nicht mehr da sein, um sie in die Arme zu nehmen und sie zu streicheln. Sie dachte an alles das, wofür sie noch leben sollte. Aber wem könnte sie das jetzt noch sagen? Niemand war da, der ihr zu leben erlaubte! Sie streckte ihre Beine aus, denn sie wusste, im Augenblick des Abschieds vom Leben durfte man seinen Körper nicht zusammenkrümmen. Sie wusste, dass ihre letzten Augenblicke nahe waren. Sie starrte auf die Fotografie ihres Vaters Ismail, die an der Wand gegenüber hing. Ein kurzes Sehnen überkam sie: Hätte er sie wirklich nicht beschützen können?

Sie dachte an die Tasse, in der Amina ihr das Rattengift gebracht hatte. Es war eine weit ausladende Tasse. Als sie ein kleines Mädchen war, gab ihr ihre Mutter immer Milch daraus zu trinken. Sie gab ihr nie eine kleinere. Sie wehrte sich, wenn jemand sie neckte und sagte: „So viel Wirbel um ein Mädchen!" Mit Sabia hatte es darüber oft Streit gegeben. Heute hatte ihr Amina das Gift in derselben Tasse gegeben. Wie hatte sie das nur tun können? Sie wollte die Antwort wissen, auch wenn sie noch so absurd wäre! Als sie ein Kind war, hatte Amina ihr das Haar gekämmt, ihr zu essen gegeben, sie gebadet und ihr Haar sorgsam mit Weihrauch getrocknet. Wann hatte das alles aufgehört? Seit ihrem Talaq? Hatte sich all die Liebe nur aus diesem einen Grund in Hass verwandeln können? Ihr Geist entglitt ihr. Sie wollte noch immer am Leben festhalten. Dann wurde ihr Geist vollständig leer. Ruhig starb sie.

Kapitel 50

Es war Freitag. Am frühen Morgen hatten alle ein Bad genommen und sich das Haar gewaschen. Das Frühstück war beendet und die Vorbereitungen für das Mittagessen waren im Gange. Zohra zerkleinerte eine Kokosnuss. Rabia saß daneben und sah mit Vergnügen zu. Ab und zu bat sie: „Amma, lass mich den Griff drehen!"

„Sei still, du schürfst dir dabei nur die Hand auf. Du kannst das alles machen, wenn du erwachsen bist", antwortete Zohra und arbeitete weiter.

Karim verließ gewöhnlich das Haus bald nach dem Frühstück und war vor Mittag nicht zurück. Als er an diesem Tag so früh nach Hause kam, war Zohra zuerst erstaunt und, als sie dann seinen angespannten Gesichtsausdruck sah, wurde ihr angst. Er ging auf sie zu. Als er Rabia neben ihr sitzen sah, nahm er seine Frau mit hinauf in ihr Schlafzimmer.

Eine Minute später erschütterten Zohras Schreie das ganze Haus. Fassungslos und erschreckt lief Rabia ihre Mutter suchen. Rahima weckte Zohra aus ihrer Ohnmacht, stützte sie auf dem Weg zum Auto und stieg mit beiden ein. Rabia verstand nicht, was geschehen war. Sie wollte es unbedingt wissen, sagte aber nichts, da niemand in der Lage zu sein schien, ihr irgendetwas zu erklären.

Das Auto erreichte die Stadt, in der ihre Großmutter wohnte, und hielt vor ihrem Haus. Rabia fürchtete das Schlimmste, als sie die Männer vor dem Haus auf Bänken sitzen sah. Sie fing an zu verstehen, dass ihrer Großmutter etwas geschehen sein musste. Zohra stieg aus dem Auto und eilte ins Haus. Sie weinte laut. Rahima und Rabia folgten ihr. Alle, die dort ihre Ankunft erwartet hatten, standen auf, umringten sie und beobachteten sie aufgeregt.

Rabia bahnte sich einen Weg durch die Frauen, die die Halle verstopften, und war erstaunt, als sie ihre Großmutter neben der langen Bank sitzen sah, auf der ein Leichnam lag. Wessen Körper lag dort also unter den Decken? Könnte es Chitthi sein? Rabia fing an zu zittern. Sie hatte gedacht, es wäre ihre Großmutter. Aber wie war Chitthi gestorben? Rabia stand dort und war unter Schock. Zohra sank ihrer Mutter in die Arme und weinte laut. Da begann auch Amina zu weinen. Alle anderen Frauen, die dort waren und die schon zu weinen aufgehört hatten, fingen erneut damit an, denn sie konnten den Anblick des Kummers von Mutter und Tochter nicht ertragen. Niemand achtete auf Rabia, die ganz allein mitten im Haus voll lauter Wehklagen stand. Niemand dort schien sie zu brauchen. Es kam ihr nicht in den Sinn zu weinen. Sie wollte nur auf der Stelle wissen, wieso ihre Chitthi tot war. Wie konnte ihre Chitthi sterben, wo doch so viele alte Frauen lebten? Sie zerbrach sich den Kopf über diese Frage.

Eine Frau, die eben gekommen war, ging zum Leichnam und deckte das Gesicht auf, um ein Salawat zu sprechen. In diesem Augenblick traf es Rabia mit Gewalt, dass Firdaus wirklich tot war. Dieses hellhäutige Gesicht, weich und rund, als wäre es aus Teig gemacht, blendete Rabias Augen. Sie schloss sie fest, als wollte sie sich nicht gestatten, das, was sie sah, zu sehen. Sie hatte immer sehr viel Angst, wenn sie die Gesichter toter Menschen sah. Als sie einmal ein totes Gesicht gesehen hatte, hatte sie nächtelang danach Albträume gehabt, war aufgewacht und hatte geschrien. Aber sie wusste sehr genau, dass sie an diesem Tag nicht aus ihrer üblichen Furcht die Augen schloss.

Der Grund dafür, dass sie zitterte, war der Anblick des leblosen Gesichts von einer, die sie liebte, die immer mit ihr gelacht und sie gestreichelt hatte. Sie konnte es nicht fassen, dass dieser Körper, der sie herumgetragen und in die Arme genommen und geküsst hatte, jetzt so still da lag. Aber auch dann kamen ihr noch nicht die Tränen. Die Frage, die sie vor allem beschäftigte, hielt sie vom Weinen ab. Wie war Firdaus gestorben? Sie wollte aus dem Zimmer hinaus, aber sie konnte sich nicht den Weg durch die Menge bahnen. Sie stellte sich halb versteckt an den Fuß der Treppe.

Eine Frau zeigte auf sie und sagte zu ihrer Begleiterin: „Sieh mal, dieses Mädchen weint nicht einmal! Und wie sehr hat Firdaus für sie gesorgt und auf sie aufgepasst!" Rabia hörte das mit an und blieb dort stehen, wo sie stand. Sie war zutiefst erschöpft. In diesem Augenblick kam Wahida ins Zimmer. Sie war in einen Dupatta gehüllt, der nur ihr Gesicht freiließ. Sabia folgte ihr. Rabia wollte gleich zu ihrer Cousine gehen, aber die Menge machte es ihr unmöglich.

Wahida stand nur einen Augenblick neben dem eingehüllten Körper. Ihre Augen standen voller Tränen. Sie zögerte noch einen Augenblick, aber weil sie sich wegen der Menschenmenge nicht setzen konnte, bahnte sie sich ihren Weg zur Tür zurück. Sie wollte sofort gehen, denn sie konnte den Anblick ihrer Mutter und Zohras, die in Aminas Armen weinten, nicht ertragen. Auch Sabia bemühte sich, sie dort wegzubringen, und bat die Frauen in festem Ton, ihnen den Weg freizumachen. Rabia wollte die Gelegenheit nicht verpassen und schloss sich dicht an sie an. Sie versuchte, zu Wahida durchzukommen. Aber Wahida, die sich nun bis auf die Augen ganz und gar in ihren Dupatta eingehüllt hatte, senkte den Kopf und sah Rabia, die dort stand, gar nicht.

Eine Frau bemerkte, dass Wahida so schnell wieder ging und dass Sabia bemüht war, sie wegzubringen, und kommentierte: „Das ist erstaunlich. Warum hält sie sich so eng an der Seite ihrer Schwiegertochter?"

„Das spielt keine Rolle", sagte die Frau neben ihr. „Aber wenn jemand so früh am Morgen stirbt, warum kommen dann die nächsten Nachbarinnen erst so spät ins Trauerhaus? Noch dazu, wenn sie auch noch verwandt sind", kritisierte sie.

Auch das hörte Rabia, aber sie verstand die Anspielung nicht. Anscheinend hatte es auch Wahida gehört. Sie blieb einen Augenblick in Gedanken versunken stehen. Aber Sabia bestand darauf, dass sie weiterging, ob sie wollte oder nicht, und sagte: „Komm, beeil dich!" Rabia drängelte sich jetzt durch die Menge und war entschlossen hinauszugehen.

Sie stand in Wahidas Haus, fast ohne zu merken, wie sie dort hingekommen war. Als Wahida wieder ins Haus trat, nachdem sie sich das Gesicht und Arme und Beine im Hof gewaschen hatte, war sie erschrocken, als sie Rabia dort stehen sah. Gleichzeitig wurde sie vom Kummer überwältigt. Sie lief auf sie zu und nahm sie fest in die Arme. Die Klage, die sich ihren Weg aus ihrer Bauchgrube bahnte, blieb ihr beim Anblick von Sabia in der Kehle stecken. Sabias Gesicht verfinsterte sich beim Anblick Rabias. Sie sah Rabia scharf an, als fragte sie, warum sie hier aufgetaucht sei, wo sie sich doch eigentlich im Trauerhaus aufhalten sollte. Dann ging sie selbst zu Aminas Haus zurück.

Nachdem sie gegangen war, erhob Wahida die Stimme und schüttete allen Kummer aus, den sie die ganze Zeit über in sich begraben hatte. Rabia, eingehüllt in Wahidas Wärme, fing endlich zu weinen an. Wahidas Tränen machten ihr ihren unermesslichen Verlust klar und sie weinte vor Kummer und Angst. In Wahidas Stimme schwang ein Schmerz mit, der sie von nun an für immer begleiten sollte.

Kapitel 51

Nachdem sie den Leichnam weggebracht hatten, lag Amina völlig zerstört in einer Ecke des Hauses. Zohra kauerte zu ihren Füßen. Amina fühlte sich, als sei ein großes Drama endlich zu seinem Ende gekommen. Die Lüge, die sie in Umlauf gebracht hatte, dass Firdaus an einem Stromschlag gestorben sei, hatte in gewisser Weise die Stadt zum Schweigen gebracht. Die Klagen der Frauen, die Firdaus Körper gewaschen und ausgestellt hatten, klangen Amina noch jetzt in den Ohren: „Sie ist so jung und stark! Die Arme! Sie ist so schön zur Welt gekommen, nur um zu sterben, noch bevor ihr Leben auch nur halb vorüber war!" hatten sie geklagt. Sie hatten versucht, Amina zu trösten, indem sie sagten: „Tröste dich mit dem Gedanken, dass Allah immer die zu sich ruft, die ihm am liebsten sind!" Trotzdem, die Wahrheit war, dass niemand getröstet werden konnte. Die Tränen strömten Amina unaufhörlich aus den Augen. Sie konnte noch nicht glauben, dass Firdaus tot war. Wie sehr hatte sie die Welt geliebt! Trotz allen Schwierigkeiten, die sie bedrängt hatten, hatte sie immer deutlich gezeigt, dass sie niemals freiwillig sterben würde. Amina empfand eine tiefe Abneigung gegen sich selbst. Wie konnte eine Mutter so etwas tun? Die Frage wiederholte sich und quälte sie. Sie war eine Mörderin, das erkannte sie mit tiefem Schmerz.

Sie konnte nicht glauben, was sie im Namen der Familienehre getan hatte. Ihr Herz schmerzte heftig, wenn sie an ihre tote Tochter dachte, deren einzige Sünde gewesen war, dass sie hatte leben wollen. Amina dachte, sie müsse sich von dem Schmerz befreien, sonst würde sie der Hass, den sie gegen sich selbst empfand, zerstören. Sie versuchte sich mit dem Gedanken zu retten, dass das, was Firdaus getan hatte, unglaublich böse gewesen sei. Sie redete sich ein, dass es eine Sünde war, die niemand unter keinen Umständen jemals vergeben könnte. Auf diese Weise überredete sie sich selbst, um sich von ihrem Schuldgefühl zu befreien und Frieden zu finden.

Sie hörte, wie Zohra zu ihren Füßen leise weinte. Im Schweigen der Nacht schnitt dieser Ton jeden, der ihn hörte, tief ins Herz. Amina biss die Zähne zusammen und schluckte die Tränen hinunter, die aus ihr brechen wollten, und begrub sie tief in ihrem Innern. Unwillkürlich streckte sie die Hände aus und suchte Firdaus, die sonst neben ihr gelegen hatte. Die Leere, die den Raum erfüllte, erschreckte sie und ließ sie erzittern. Der Duft, der sonst von Firdaus aufgestiegen war, und die Wärme ihres jungen Körpers waren für immer fort. Nur ein feiner Duft von Parfum war noch übrig, obwohl das Haus sorgfältig geputzt worden war, und erinnerte Amina an den Leichnam ihrer Tochter. So sehr sie auch zu vergessen versuchte, der Duft des Parfüms war noch um sie.

Amina öffnete die Augen, blickte um sich und spähte durch das fahle Nachtlicht. Sie sah, dass dort außer ihr und Zohra noch vier oder fünf Frauen schliefen. Warum waren sie da? War ihr Verlust der Anlass für ihre Gegenwart? Sie suchte Rabia. Es hätte sie getröstet, wenn sie das junge Mädchen hätte sehen können. Es fiel ihr ein, dass sie auch an Rabia Verrat begangen hatte. Rabia hatte ihre Chitthi so sehr geliebt!

Sie hatte geweint, bis sie keine Tränen mehr hatte. Aber wie groß auch der Kummer sein mag, am Ende gewöhnt man sich daran, sagte sie sich. Einerseits war sie von der Tatsache, dass sie ihre eigene Tochter getötet hatte, tief getroffen, andererseits glaubte sie, dass sie richtig gehandelt hatte. Es konnte nur auf diese Weise ausgehen. Im Versuch, sich vor sich selbst zu rechtfertigen, sagte sie sich, dass es keinen anderen Weg gegeben habe. Alles andere wäre schlimmer und eine größere Schande gewesen.

Zohra schluchzte immer noch leise. Lass sie weinen, dachte Amina, wenn sie alles wüsste, was geschehen war, wäre sie vielleicht ein bisschen weniger traurig. Sie wollte Zohra trösten, indem sie ihr alles erzählte, aber noch musste sie schweigen und den rechten Zeitpunkt abwarten. Draußen gackerte die Henne und vertrieb die Dunkelheit des Gartens. Sie konnte hören, wie die Kuh ihr Heu kaute. Von nun an würde es keine mehr geben, die die Tiere fütterte und für sie sorgte. Ob ihnen klar war, dass Firdaus nicht mehr im Haus war? Warum musste sie mitten in ihren Sorgen an so etwas denken? Sie konnte immer noch nicht das Ausmaß der Wut akzeptieren, die sie erfüllt hatte. Sie zitterte bei dem Gedanken, wie tief sie in ihr hatte verwurzelt sein müssen, um sie zu einer so gewaltsamen Tat zu treiben. Wie hatte ihr das passieren können, wo sie doch normalerweise in Verhalten und von Natur aus so gelassen war?

Ein tiefer Seufzer kam aus ihrer Brust und verging. Sie wünschte sich, sie könnte Zohra sofort alles gestehen und sich rechtfertigen. Vielleicht würde sie wenigstens danach Frieden finden. Außerdem wollte sie Zohras Traurigkeit etwas lindern. Sie glaubte, dass Zohra, wenn sie ihr die ganze Wahrheit über Firdaus sagen würde, akzeptieren könnte, was hatte geschehen müssen. Aber sie hatte nicht die Hoffnung, dass sich jetzt eine Gelegenheit ergeben würde, mit Zohra zu sprechen. Amina dachte an ihren Mann und war froh, dass er gestorben war, ohne dass er all dieses Schreckliche hatte mit ansehen müssen. Als sie an ihn dachte, suchte sie mit den Augen seine Fotografie, die an der Wand hing. Zwar sah sie das Foto jeden Tag an, jedoch schien ihr, dass eben jetzt eine besondere Intensität in seinen Augen und in seinem Gesichtsausdruck glühte. Die Leidenschaftlichkeit, mit der diese Augen sie ansahen, während das Zimmer vom spärlichen Nachtlicht erfüllt wurde, stürzte sie in Traurigkeit. Sie wollte sich von der Wut in diesem Blick freischütteln und sich vor seiner Anklage retten. Sie wollte seine Anklage, sie habe seine Tochter getötet, wegfegen. Sie wiederholte sich die Umstände und dass sie die Ehre der Familie gerettet habe. Sie bestand darauf, dass ihre Handlungsweise gerecht gewesen sei. Und doch lag sie mit gebrochenem Herzen auf ihrem Bett und vermied den Blick des Mannes auf dem Foto.

Eine der Frauen, die im Zimmer schliefen, schnarchte, sodass es Amina unmöglich war, länger dort zu bleiben. Es klang wie das Geräusch von einem Tier. Sie öffnete die Tür und trat auf die Schwelle. Sie wollte sich eine Weile in den Hof setzen. Das Mondlicht fiel auf den Hof und brachte ihr etwas Frieden. Sie setzte sich auf die Terrasse und zog die Knie hoch. Über ihrem Kopf zog der Mond vorüber und warf helles Licht in den Hof. Das Licht verbreitete sich überall: auf die Pflastersteine, auf den Brunnen und über die Büsche im Garten. Erschreckt durch einen Eulenschrei in der Ferne, sah sie um sich. Ihre Blicke blieben an der Brüstung der Terrasse hängen.

Sie runzelte die Stirn aus Ärger, als sie die Eule dort sitzen sah. Alles war vorüber. Früher hätte sie sie schnell weggejagt. Jetzt sah sie sie an, ohne sich zu bewegen. Träge fragte sie sich, welcher Wochentag der Tag zuvor gewesen war, und ihr wurde nach einem Augenblick der Unsicherheit klar, dass es Freitag gewesen war. Sie dachte an die Freitags-Feierlichkeiten in der Stadt und sie dachte daran, dass es für ihre Familie ein solches Glück nicht mehr geben würde. Es würde keine Feste mehr geben, dachte sie in äußerster Mattigkeit. Schweigend sah sie die Pflanzen im Garten an und es kam ihr vor, als bewegte sich Firdaus zwischen ihnen. Sie kniff die Augen zusammen und starrte angestrengt in den Garten, um sich zu vergewissern, ob es wirklich ihre Tochter sei. Nein, es war nur ihre Fantasie! Sie schloss fest die Augen und versuchte sich Firdaus' Bild vorzustellen, es gelang ihr jedoch nicht. Aber wie könnte ihr Firdaus jemals wieder vor Augen kommen? Das würde sie nie tun, nicht einmal in Aminas Träumen! Sie wurde gleichzeitig von sehnsuchtsvoller Liebe und schweren Schuldgefühlen überwältigt und weinte laut, als eben der Tag anbrach.

Kapitel 52

Wahida lehnte sich gegen eine der Säulen in der Halle und hatte die Arme darum geschlungen. Sayyed räkelte sich ihr gegenüber in einem Sessel. Sabia saß direkt vor ihm und hatte die Knie hochgezogen. Sie stützte ihr Kinn in die rechte Hand. Ihr Gesicht war von Angst erfüllt. Sayyed starrte weiter auf Wahida und lächelte schlau. Er lächelte Wahida an und drehte dann schnell sein Gesicht weg. Wahida ärgerte sich sehr darüber. Sie wünschte, sie könnte dort weg. Sie war so müde, dass sie kaum noch stehen konnte. Sayyed hatte ihr ausdrücklich gesagt, sie solle noch bleiben, also blieb sie. Heimlich verfluchte sie ihn und nannte ihn einen jämmerlichen alten Mann. Sie dachte daran, dass ihre Mutter ihr gesagt hatte, dass sie, indem sie alte Leute beschimpfte, ihre eigene Lebensspanne abkürze. Vielleicht würde sich ihre Lebensspanne abkürzen, bis sie schließlich sterben würde, wenn sie diesen Mann ständig beschimpfte, dachte sie. Das wäre ja vielleicht gar nicht so schlecht. Sie zuckte bei dem Gedanken an ihre Mutter zurück. So sehr sie auch versuchte, ihren Verdruss zurückzudrängen, sie konnte es nicht und das ärgerte sie.

Sayyed räusperte sich: „Komm, setz dich her, Kind", sagte er. „Diese Säule wird nicht plötzlich verschwinden. Du musst nicht dort stehen und sie festhalten." Er lachte laut über seinen eigenen Witz.

Sicherlich hatte es ihn geärgert, dass weder Wahida noch Sabia mit ihm lachten. Er war durch die Nachrichten aus Sri Lanka über die ethnischen Unruhen beunruhigt. Die Gefangenen waren brutal ermordet worden. Noch mehr ärgerte ihn, dass Sabia in ihre eigenen Gedanken versunken war. Er knurrte sie an: „Was ist los, Frau, ist dein Schiff untergegangen oder was ist los? Du bist in deine eigene Tragödie versunken! Ich sitze da und sorge mich um unseren Besitz dort und frage mich, was damit passiert ist, und du verstehst das noch nicht einmal!" Sein ärgerlicher Ton machte Wahida Angst.

„Ja, ja, der Herr und Meister regt sich ziemlich auf. Wie du *deine* Sorgen hast, so habe ich meine!" Sabia sah ihn zur Antwort böse an.

Sayyed starrte sie an, als wollte er fragen, welche Sorgen sie habe. Sabia bemerkte das und fragte ihn: „Sag mir mal, wie du das siehst. Glaubst du, dass Firdaus wirklich an einem Stromschlag gestorben ist?"

„Warum machst du dir jetzt darüber Gedanken? Ist das alles, worüber du dir Sorgen machst? Und ich sitze hier und bilde mir ein, du würdest dir Sorgen um unseren Laden machen!" sagte er vorwurfsvoll. Dann fügte er hinzu, denn er wollte Sabias Meinung wissen: „Ja, was ist denn nun *dein* Eindruck?"

Wahida bemerkte, dass die plötzliche Neugier in Sabias Gesicht Sayyed angesteckt hatte. Das irritierte sie noch mehr. Sabia, die bisher laut gesprochen hatte, senkte die Stimme. „Weißt du was, diese Hure hat wahrscheinlich ein Verhältnis mit dem Burschen gegenüber gehabt. Ihre Mutter hat die beiden wahrscheinlich gesehen. So muss es gewesen sein. Amina ist eine ehrbare Frau. Sie wird sie ordentlich ausgeschimpft haben. Das Mädchen muss Gift getrunken haben und ist daran gestorben. Meinst du nicht?" Sabia ließ ihrer Phantasie freien Lauf und erzählte ihre Geschichte mit großem Genuss. Neugierig sah sie ihren Mann an und erwartete eine Antwort von ihm.

Sayyed vermutete zwar, dass Sabias Annahmen richtig waren, aber er wollte es nicht gerne vor Wahida zugeben, denn er wusste, sie könnte ihrer Tante Zohra über das Gespräch berichten. Wenigstens um den Schein zu wahren, musste er seine Frau zurechtweisen, deshalb sagte er: „Sch! Halt den Mund. Du solltest nicht solche Geschichten über eine junge Frau in die Welt setzten!“

Sobald er zu Ende gesprochen hatte, stürzte sich Sabia auf ihn: „Oh ja, als ob *du* alles wüsstest! Halt du nur den Mund. Hier geschieht nichts ohne mein Wissen. Die herumstreunende Kuh frisst alles, was sie kriegen kann. Die Frau dieses Burschen Siva war nie im Haus. Diese Art Frauen wird nie eine Gelegenheit verpassen, wenn sie einen Mann umsonst kriegen kann. Da ist eben jeder mal dran.“ Sie sagte das spöttisch und wollte ihn damit zum Schweigen bringen.

Sayyed sah zu Wahida hin und wand sich vor Verlegenheit. Er wollte das Thema wechseln und sagte: „Was hast du doch noch gesagt? Hast du vielleicht gesagt, dass Frauen nie die Gelegenheit verpassen würden, wenn sie einen Mann umsonst bekämen? Machst du es so, wenn ich nicht in der Stadt bin?“ Er blinzelte Wahida zu und schüttelte sich vor Lachen. Wahida war vom Anblick seines auf und ab hüpfenden Bauches abgestoßen und wandte den Blick ab.

Aber Sabia war wütend auf ihn, weil er ihr eine solche Frage gestellt und vor Wahida darüber gelacht hatte. Sie zog ein böses Gesicht, riss die Augen auf und tat so, als spuckte sie, indem sie ihr Gesicht dem Hof zuwandte. Dann drehte sie ihm das Gesicht wieder zu und sagte: „Was denkst du eigentlich, wen du vor dir hast? Vergiss nicht den Stolz und die Ehre meiner Familie und denk daran, wessen Tochter ich bin! Denkst du, es wurde je in unser Schicksal oder unsere Geschichte eingeschrieben, dass unsere Frauen herumstreunen würden? Schlimm, was du da sagst!“ Sie war sehr ärgerlich geworden und seufzte tief.

Wahida verstand sehr gut, dass Sabia Aminas Familie herabsetzen wollte, indem sie sie mit ihrer verglich. Ihr Herz wurde von Schmerz erfüllt. Die Bilder von Amina und Zohra tauchten kurz vor ihr auf und verschwanden. Sie bemühte sich, nicht an Firdaus zu denken. Alle Gedanken an sie ließen Wahida am ganzen Körper zittern, und sie versuchte sie auszusperren.

Sayyed geriet immer mehr in Verlegenheit. Warum sprach Sabia auf diese Weise und noch dazu so frech in Wahidas Gegenwart? Er wollte das Mädchen wegschicken, wandte sich zu ihr und sagte: „Bitte mach mir etwas Tee!“

Wahida ging ohne ein Wort in die Küche. Sie kochte vor Ärger und beherrschte sich nur mit Mühe. Sie fragte sich, ob Sabia irgendein Recht hätte, sich mit der Ehre ihrer Familie zu brüsten, nahm ein Streichholz und zündete die Flamme auf dem Herd an.

Seit sie ins Haus gekommen war, hatte sie gesehen, wie unachtsam hier mit Nahrungsmitteln umgegangen wurde und dass Bettler am Haus vorübergingen, während Sabia sie ohne die geringste Verlegenheit beobachtete. Sie hörte, dass Sabia weitersprach. Sie beklagte sich darüber, wie Amina Firdaus erzogen hätte. Sayyed musste widersprochen haben, denn nun tönte Sabias Stimme noch lauter: „Du hast einige Jahre im Ausland gelebt, was weißt du schon? Halt einfach den Mund!“

Wahida drehte sich dort, wo sie in der Küche stand, herum und sah zu Sabia hin, die direkt in ihrem Blickfeld saß. Ihr Gesicht war von ihren bösen Gedanken dunkel geworden. Dichte Dunkelheit breitete sich über Stirn und Wangen. Rahima sagte oft, nicht nur Sabias Herz habe sich verdunkelt, sondern auch ihr Gesicht. Die Milch zischte, als sie zu kochen anfing, Wahida nahm die Dose mit Teeblättern und bereitete den Tee zu.

Sie überlegte, ob sie bis zu diesem Tag ihren Eltern jemals auch nur einen Becher Wasser hatte bringen müssen. Heute musste sie Tee machen und ihn servieren, sobald sie darum gebeten wurde, genau wie eine Dienerin, dachte sie vorwurfsvoll. Sie goss den Tee in zwei Tassen und löschte die Flamme. Ein Geruch von Kerosin stieg vom Herd auf, so dass ihr übel wurde. Sie bedeckte ihren Kopf ordentlich, bevor sie die Tassen in die Hände nahm. Wenn ihr Sari ihr vom Kopf glitte, würde Sabia wie ein Tier aufheulen: „Muss eine Frau nicht Respekt zeigen? Verstreu die Familienehre nicht in alle Winde!“

Sayyed nahm den Tee, den sie ihm anbot, und bestand darauf, dass sie sich neben ihn setzte. „Komm her. Es gibt da einiges, über das wir reden müssen. Komm und setz dich für eine Weile her!” Er hielt die Tasse in beiden Händen und schlürfte seinen Tee mit Genuss. Es war klar, dass der Tee ihm sehr gut schmeckte. Er erwartete, dass seine Frau ebenso zufrieden sei, und wurde enttäuscht.

„Warum hast du so viel Zucker reingetan?“ knurrte Sabia.

Wahida hatte so etwas erwartet. Sicherlich würde Sabias Kopf zerspringen, wenn sie an ihrer Schwiegertochter keinen Fehler finden könnte.

Sayyed wollte über etwas anderes sprechen. Einen Augenblick lang starrte er Wahida an. Seine Blicke schweiften über ihre dünne Gestalt, dann senkte er sie, denn er hatte nicht gefunden, was er suchte. Wahida drehte ihr Gesicht weg, um diesem Blick, der über ihren ganzen Körper kroch, zu entgehen. Sayyed setzte sich gerade hin und fing an: „Also erzähl mir das, was ich wissen sollte“, sagte er zu seiner Frau.

Weder Sabia noch Wahida hatten auch nur den geringsten Zweifel, was er meinte. Es war offensichtlich, dass er über die ethnischen Unruhen in Sri Lanka vom vorangegangenen Tag sprechen wollte. Wahida bekam Angst. Nicht die schrecklichen Nachrichten, die durch Zeitung und Radio zu ihnen kamen, machten ihr Sorgen, sondern sie hatte Angst, dass Sayyed sich dafür entscheiden könnte, zu Hause zu bleiben, wofür er die Unruhen als Vorwand benutzen würde. Wenn sein Verhalten ihr gegenüber die Grenze überschritt, war bisher ihr einziger Trost gewesen, dass er nicht mehr lange bleiben würde. Der Gedanke, dass es anders kommen könnte, erschreckte sie.

Sabia dachte eine Weile nach und sagte dann: „Warum musst du denn die Entscheidung sofort treffen? Lass uns ein paar Tage abwarten und dann entscheiden, ob du gehen oder bleiben sollst.“

In diesem Augenblick kam Sikandar nach Hause. Sein Gesicht war dunkel von Schweiß. Sein Veshti war mit Staub bedeckt. Als Sabia seine Schritte hörte, drehte sie sich um und fragte besorgt: „Wo warst du denn, mein Junge?“

Das ärgerte Sayyed. Er schaltete sich sarkastisch ein, noch bevor Sikandar antworten konnte: „Der Junge hat schwer gearbeitet, um seinen Lebensunterhalt zu verdienen!”

Sikandars Gesicht spannte sich an. Er wusste, warum sein Vater wütend war, also wartete er einen Augenblick und sprach ihn dann direkt an: „Wenn es dort Unruhen gibt – was kann ich denn dagegen tun?“

Sayyed blieb ruhig. Er war traurig darüber, dass sein Sohn kein Interesse zeigte und nicht mit ihm über die Situation in Sri Lanka sprach. Gleichzeitig fürchtete er, dass Sikandar, wenn der Vater etwas sagen würde, vielleicht respektlos antworten könnte.

Als Sikandar in den Hof gegangen war, um sich die Füße zu waschen, nahm Sabia Wahida ins Gebet: „Siehst du nicht, dass dein Mann nach Hause gekommen ist? Machst du ihm nun etwas Kaffee oder sitzt du weiter so tatenlos herum? Muss ich dir sogar das noch sagen? Und hier, bring ihm ein Handtuch, bevor du in die Küche gehst!“

Wahida war beschämt. Sie fragte sich, warum Sabia dieser Tage immer in so scharfem Ton mit ihr sprach. Sie dachte daran, wie süß und freundlich Sabia vor ihrer Hochzeit mit ihr gesprochen hatte. Sie dachte auch an ihre Worte an diesem Morgen. Wahida hatte früh am Morgen gebadet. Gewöhnlich badete sie sich sofort, nachdem Sikander nachts mit ihr geschlafen hatte. Irgendwie war sie in der vorangegangenen Nacht wieder eingeschlafen, und als sie aufgewacht war, brach bereits das Tageslicht an. Sie stand eilig auf und ihr schwacher Körper zitterte. Ihr Mund war trocken und sie bewegte sich auf den Tisch zu, um einen Schluck Wasser aus dem Glas auf dem Tisch zu nehmen. Aber sie erinnerte sich an die Worte ihrer Mutter: „Nachdem du mit deinem Mann zusammen gewesen bist, darfst du auch nicht einen Schluck Wasser nehmen, ohne dass du gebadet hast. Das ist eine Sünde.“ Hastig zog sie Laken und Kopfkissenbezog ab, raffte sie zusammen und schloss sich im Bad ein. Sikandar war nicht zu sehen. Hastig sprach sie dreimal die richtigen Gebete, badete und wusch und spülte die Bettwäsche. Sie wusste, sie musste alle Stellen, an denen sie gewesen war, in ihrem Zimmer putzen, und beunruhigte sich auch darüber. Jemand klopfte an die Badezimmertür. Sie stand stockstill und rief: „Wer ist da?“ Sie schämte sich. Sie war verlegen, weil die Tatsache, dass sie so früh am Morgen ein Bad nahm, jedem offenbarte, was in der Nacht passiert war. Außerdem hatte Sayyed die Gewohnheit, ihr Haar zu berühren und zu fragen: „Du hast also gebadet?“ So beiläufig er auch die Frage stellte, dachte sie doch jedes Mal, sie müsse vor Scham sterben. Sie war dazu übergegangen, ihren Kopf ganz und gar zu bedecken, bis ihr Haar getrocknet war.

Sabia schrie wieder: „Was ist, hörst du mich nicht?”Sie antwortete nur: „Was ist los, Schwiegermutter?”„Du nimmst ein Reinigungsbad, stimmt’s?” Sabias Stimme klang wütend. „Ja“. Dieses einzige Wort sprach Wahida voller Scham.„Du wartest also, bis es Tag wird, eh du badest? Weißt du nicht, dass das eine Sünde ist? Es ist ein abscheuliches Benehmen!“ Sabia ging wieder. Wahidas ganzer Körper zog sich zusammen und sie blieb lange im Bad und weinte. Ihre Tränen vermischten sich mit dem Wasser, das aus der Dusche kam. Sie erinnerte sich, dass ihre Mutter einmal mit ihr über diese Sache gesprochen hatte, als sie zu Hause war. Rahimas Ton war weder grob noch verletzend gewesen, aber Wahida war von ihrer Strenge getroffen. Nach diesem Gespräch hatte sie verstanden, wie sündhaft es war, hierin einen Fehler zu begehen.

Sabias Schimpfen unterbrach ihren Gedankengang und brachte sie in die Gegenwart zurück. „Was träumst du vor dich hin, anstatt ihm sein Handtuch zu bringen?“ Wahida sprang auf und blinzelte, als wäre sie eben aufgewacht.

Sayyed sagte zur Unterstützung Wahidas in scharfem Ton zu seiner Frau: „Was ist denn nur mit dir los? Du findest ständig irgendeinen Fehler an dem Kind! Kannst du nicht mal den Mund halten?“ Natürlich fürchtete er sich, als er sich so lautstark äußerte. Er wusste, Sabia würde ihm das nicht durchgehen lassen. Und, wie erwartet, zischte sie ihn sofort an: „Nein, *du* hältst den Mund! Du und dein Mund, ihr schreit wie eine Eule!“ Dann wandte sie sich an Wahida und befahl ihr: „Geh jetzt! Geh und koch den Reis fürs Abendessen. Nimm unbedingt genug Reis, damit es auch für mein Sahar-Essen reicht: Ich werde das Sayyed-Ali-Fasten halten.“

Sikandar hatte Gesicht und Füße gewaschen und kam in diesem Augenblick in die Halle. Er warf einen Blick auf Wahidas Gesicht und sah sofort, dass seine Mutter sie angeschrien hatte. Sofort ging er auf seine Mutter zu und stellte sich vor sie hin. Er wischte sich langsam das Wasser ab, das ihm noch vom Gesicht tropfte. Er wusste, dass es keine gute Vorbedeutung hatte, wenn er seine Hände schüttelte, um sie zu trocknen, und steckte sie deshalb in sein Veshti. Sein Gesicht war rot vor Ärger. Er sprach laut und es war deutlich, dass er seine Mutter zurechtwies: „Was denkst du dir eigentlich, Amma? Ich habe dich seit heute Morgen beobachtet, du warst ständig hinter ihr her. Denk daran, dass sie meine Frau ist!"

Sabia war vollkommen überrascht. Sie starrte ihren Sohn an, der sie so kurz abgefertigt hatte. War das wirklich er? Sie fühlte sich tief gedemütigt, dass er auf diese Weise, noch dazu vor Wahida, mit ihr gesprochen hatte. Auch Wahida war verblüfft. Sie staunte, dass Sikander es unerträglich fand, dass seine Mutter sie schalt. Als ihr klar wurde, dass er für sie eingetreten war, fühlte sie zum ersten Mal in diesem Haus den Trost, beschützt zu werden. Sabia bemerkte, wie Wahidas Blick plötzlich heiter wurde, und das machte sie noch wütender.

„Hast du eben gesagt, dass sie deine Frau ist? Nein, das wusste ich nicht. Wie hätte ich das wissen können? Ich weiß es erst jetzt, wo du es mir erzählt hast. Und natürlich trittst du für sie ein, schließlich hast du ja eine junge Ehefrau bekommen!" Die Kehle wurde ihr eng und es sah aus, als würde sie gleich zu weinen anfangen. Sie holte ihr Taschentuch heraus, das in ihrem Taillenbund steckte, und schnäuzte sich die Nase.

Sayyed saß schweigend da und wusste nicht, was er tun sollte. Ihm hatte es auch nicht gefallen, dass Sikander auf diese Weise vor Wahida gesprochen hatte. Sikandar wollte dort nicht mehr bleiben und eilte die Treppe hinauf. Als er ging, sagte er nur kurz zu Wahida: „Komm rauf!"

Wahida folgte ihm und zog sich vor Angst zusammen. Sie wagte es nicht, in der Halle zu bleiben. Sie hatte zu viel Angst, Sabia auch nur anzusehen. Als sie die Treppe hinaufging, hörte sie ihre Schwiegermutter jammern: „Hast du das mitgekriegt? Das ist einzig und allein ihr Werk! Sie ist nur ein junges Ding, aber mit all den Lügen, die sie erzählt, bringt sie es fertig, dass er ihr aus der Hand frisst!"

Als sie in ihr Zimmer kam, saß er schon auf dem Bett. „Komm her", sagte er und klopfte mit einer Hand auffordernd neben sich aufs Bett. Sie ging zögernd zu ihm. „Steh da nicht rum und blinzele, setz dich hierher!" sagte er noch einmal. Dann schalt er sie liebevoll: „Wenn du keine Arbeit tun musst, dann geh doch einfach rauf und leg dich ein bisschen hin! Warum bleibst du bei den alten Leuten? Sie machen dich mit ihrem Geschwätz nur fertig!" Sie antwortete nicht, aber sie setzte sich schweigend neben ihn, zog an einem losen Faden im Laken und wunderte sich, dass er so zärtlich zu ihr sein konnte.

Er atmete noch schwer vom Zusammenstoß mit seinen Eltern. Als er an ihrem Blick sah, dass sie immer noch traurig war, fuhr er fort: „Mach dir keine Sorgen, ich bin ja da!" Danach zögerte er und konnte keine weiteren Worte finden, um seine Gefühle auszudrücken. Es tat ihm weh, als er sah, dass sie fast weinte und ihr Gesicht matt und angespannt war. Dann sagte er: „Ich hab dir doch gesagt, du brauchst dir jetzt keine Sorgen zu machen." Sein Ton war fast flehend. Er tat Wahida plötzlich leid. Sie wünschte sich, er würde ihre Hand nehmen und ihr tröstlich die langen Finger streicheln, die mit Henna verziert waren. Aber er wusste einfach nicht, wie er seine Zärtlichkeit zeigen sollte. Er wusste nicht einmal, wie er es anfangen sollte, auch nur einen Versuch zu machen, sie zu trösten. Stattdessen sagte er nur immer wieder: „Lass es jetzt gut sein. Mach dir keine Sorgen. Von nun an werde ich nach dem Rechten sehen!" Wahida lächelte ihn an.

Als sie endlich lächelte, war er zufrieden und legte sich mit einem Seufzer der Erleichterung auf dem Bett zurück. „Gut, geh jetzt und mach deine Arbeit, wenn du welche hast", sagte er, schloss die Augen und kehrte zu seinen eigenen Gedanken zurück. Zum ersten Mal in all den Tagen hier im Haus fühlte sich Wahida sicher. Sie empfand ein Aufkeimen von Zuneigung, weil ihr die Beziehung Schutz bot, und sie verstand, wie wichtig es war, dass sie ihn sich erhielt.

***

Sabia hatte beschlossen, sogar auf das Sahar-Essen am frühen Morgen, das während der Fastenzeit normalerweise erlaubt ist, zu verzichten und wachte am nächsten Morgen spät auf. Sie setzte sich auf das Sofa und fing sofort an, sich zu beklagen: „Ich habe dieses Sayyed-Ali-Fasten einzig und allein für meinen einzigen Sohn angefangen, damit er ein gutes Leben haben und die Tochter meines Bruders heiraten sollte. Ich habe das Ein-Tag-im-Monat-Fasten an vierzehn von sechzehn Tagen gehalten. Und wie kann er mich nun so zurückstoßen! Ich habe das Fasten mit so viel Andacht gehalten! Das weiß er ganz genau. Und doch hat er das Herz, seine Mutter zur Seite zu stoßen. Allah hat mich ja nicht mit einer Tochter gesegnet! Für wen habe ich mein ganzes Geld gespart? Für wen sonst als für meinen Sohn!"

Es wäre nicht richtig gewesen, das Fasten abzubrechen, sondern sie musste es vollenden, deshalb fastete Sabia auch noch die beiden kommenden Tage. Sayyed saß herum und fühlte sich nicht in der Lage, auf ihre Klagen irgendetwas zu erwidern.

Kapitel 53

Wahida ging auf die Terrasse, um die Wäsche abzunehmen, die dort zum Trocknen hing, und sah unwillkürlich zu Firdaus' Haus hinüber. Der Hof war leer und voller Schmutz. Amina war wegen Schmerzen in der Brust nach Madurai ins Krankenhaus gebracht worden. Zohra hatte sie dorthin begleitet. Alle sagten, es gebe keine Hoffnung, dass sie überleben werde. In Wahidas Herz nistete sich Angst ein. Immer wenn ihr der Gedanke kam, dass sie der Grund für Firdaus' Tod gewesen war, flossen ihre Tränen. Wenn sie in dieser Nacht Firdaus nicht gesehen hätte, hätte sich das alles nicht ereignet. Wenn sie es nur dabei belassen hätte, statt ihr in Sivas Haus nachzugehen, wäre alles vermieden worden. So vieles war die Folge dieser impulsiven Handlung! Die starke Abneigung, die sie in dieser Nacht gegen ihre Mutter empfunden hatte, war nach Firdaus' Tod wie weggeschmolzen. Es war ihr ein Trost, dass aller Hass, den sie empfunden hatte, verschwunden war, ohne eine Spur zu hinterlassen. Es war, als ob nichts von dem, was vor Firdaus' Tod geschehen war, auch nur die geringste Bedeutung hätte. Sie wusste nicht, ob dieses Gefühl von Dauer war. Sie dachte, dass sie von nun an, sobald sie ihre Mutter sehen würde, an das denken müsste, was Firdaus gesagt hatte. Sie war sich auch bewusst, dass noch etwas von ihrem Ärger über Firdaus übrig geblieben war. Wenn man beides gegeneinander aufrechnete, entsprach dann die Tatsache, dass sie Firdaus zur Rede gestellt hatte, dem, was Firdaus ihr über Rahima gesagt hatte?

Sie starrte in den Himmel hinauf. Es hatte zu dunkeln begonnen. Graue Wolkenfetzen waren noch über den Himmel verstreut. In der Ferne lagen die Hügel, die die Formen einer Schildkröte und eines Elefanten hatten. Wieder ein anderer reckte sich wie ein Kegel in den Himmel. Sie fragte sich, wo jetzt wohl Firdaus sein mochte. Sie hatte in den Hadiths etwas über ein Paradies, das Jannathul Firdaus genannt wurde, gelesen. War es möglich, dass sie dorthin gekommen war? Nein, sie würde sicherlich in der Hölle sein, dachte Wahida. Angesichts der Sünde, die Firdaus begangen hatte, gab es keine andere Möglichkeit! Und es war ganz richtig so, fand Wahida. Sie beschloss, niemals wieder an die ganze Geschichte zu denken.

An diesem Morgen waren Mumtaz und Sainu zu Besuch gekommen. Farida sollte heiraten und Aziz war zum Bräutigam erwählt worden. Nachdem sie diese Neuigkeit mitgeteilt hatte, flüsterte Mumtaz Wahida ins Ohr: „Arme Nafiza!" Wahida verstand nicht, was Mumtaz meinte, aber sie nickte trotzdem. Sainu hatte Mumtaz begleitet. Sabia zögerte noch, denn sie konnte sich nicht gut Sainu gegenüber offen über ihre Schwiegertochter beklagen, aber andererseits wollte sie auch nicht schweigen. Zum Glück für sie wollte Mumtaz Wahidas Zimmer sehen, und also gingen beide ins obere Stockwerk.

Tatsächlich hatte Mumtaz allerdings gehofft, Sikandar zu sehen und Sikandar selbst war sich sofort darüber im Klaren. Wahida hörte schweigend ihren Scherzen und ihrem Necken zu. Mumtaz trug einen sehr dünnen Sari, der ihre Körperformen gut erkennen ließ. Das schien sie nicht im Geringsten zu bemerken, als sie sich neben ihn setzte und vertraut mit ihm plauderte. Wahida mochte es gar nicht, wie Mumtaz so tat, als bemerkte sie nicht, wie Sikandar sie ansah und wie sehr ihm ihre Schönheit gefiel. Sie bemerkte mit Unbehagen, dass Mumtaz anzunehmen schien, Wahida sei ein kleines Mädchen, das nicht verstehen würde, was vor sich ging. Sie ärgerte sich wieder über Sikandars Art, mit Frauen zu sprechen. Aber davon abgesehen, konnte sie nicht verstehen, warum diese Frau sich auf eine derartige Weise zur Schau stellte. Mit den Frauen in ihrem Viertel war es dasselbe. Immer wenn sie tagsüber frei waren, sammelten sie sich in Sabias Haus und verbrachten die Zeit damit, Scherze auszutauschen. Und genau wie Mumtaz scherzten sie mit Sikandar und Sabia machte mit. Wahida konnte dann beide überhaupt nicht leiden. Sie sagte sich, dass Sikandar ein leichtsinniger Kerl sei. Als er sich dann jedoch zu ihrer Verteidigung gegen seine Mutter erhoben hatte, war ihr Missfallen dahingeschmolzen – wenigstens ein bisschen.

Wahida war ihre Einstellung zu Sikandar unklar. Auch wenn sie ihn nicht liebte, wünschte sie sich doch, dass sie ihn wenigstens nicht ablehnte. Wenn ihr das nicht gelänge, würde sie ihr weiteres Leben nicht ertragen können, das wusste sie. Sie war äußerst erschöpft und schloss die Augen. Zwar wurde es schon dunkel, aber die Pflastersteine der Terrasse unter ihren Füßen waren noch warm. Der Anblick der Leere von Aminas Haus und die ungeminderte Dunkelheit seines Hofes quälten Wahida und sie wendete die Augen ab. Die einzige Möglichkeit, diesen Anblick zu vermeiden, wäre es, hinunterzugehen. Aber sie fürchtete Sayyeds Gegenwart und zögerte noch. Schließlich dachte sie daran, dass Sabia darauf wartete, ihr Fasten zu brechen, und ging eilig die Treppe hinunter. Alle, die das Sayyed-Ali-Fasten unternahmen, hielten es sehr strikt ein, das wusste Wahida. An diesem Abend hatte Sabia sogar den Platz, auf dem sie sitzen würde, um ihr Fasten zu brechen, noch einmal gewischt und geputzt, ihre Matte ausgespült und sie ausgebreitet. In jedem Haus gab es wenigstens eine Frau, die gelobt hatte, dieses Fasten in sechzehn aufeinanderfolgenden Monaten an einem Tag im Monat zu halten. Am sechzehnten Tag ließ man die Bedürftigsten kommen und gab ihnen zu essen. Dann wurden Gebete gesprochen, die das Ende des Fastens bezeichneten. Wahida fragte sich, ob Sabia wenigstens an diesem Tag den Bettlern etwas zu essen geben würde. Sie wunderte sich darüber, dass sie noch von keinem Mann in irgendeinem Haus gehört hatte, der dieses besondere Fasten gehalten hätte. Wenn eine Familie Probleme hatte, dann gelobten immer die Frauen zu fasten, um sie zu verringern. Als Wahida einmal Malaria hatte, hatte ihre Mutter ein dreitägiges Fasten im Namen des Heiligen Mohiuddin unternommen. Sie hatte damals ihre Mutter gefragt, ob Männer niemals Fastengelübde ablegten, aber sie konnte sich nicht daran erinnern, dass ihre Mutter ihr eine befriedigende Antwort gegeben hätte.

Als Wahida die Treppe hinunter kam, saß Sabia auf ihrer Matte und war schon zum Essen bereit. Als sie den Klang von Wahidas Zehen-Ringen hörte, legte sie sich schnell wieder hin. Wahida bemerkte das, lächelte vor sich hin, ging gleich in die Küche, nahm die Milch vom Ofen und begann, einen Grießbrei zuzubereiten. Der Duft, der aus der Halle zu ihr herüberwehte, erinnerte sie an Firdaus.

Seit Firdaus gestorben war, war Sabia dazu übergegangen, alle Fenster und die Vordertür ihres Hauses zu schließen, sobald in der Abenddämmerung die Maghrib-Gebete gesprochen worden waren. Außerdem hatte Sabia ein Eisenmesser und einen Besen auf die Vordertreppe gelegt, so wie sie es der Sitte nach in einem Haus taten, in dem eine Frau eben ein Kind geboren hatte oder in dem ein Mädchen zum ersten Mal menstruierte. Sie taten das vierzig Tage lang, um Geister fernzuhalten. Sayyed hatte sie geneckt und gesagt: „Ach, Sabia, bist du gerade erst erwachsen geworden?“

„Sei still. Sie war eine junge Frau. Wer weiß schon, wie sehr sie sich am Leben festhielt? Ihre unerfüllten Hoffnungen und Begierden werden ihr im Grab keine Ruhe lassen. Sie wird zurückkommen, du wirst sehen." Sie zitterte, als sie das sagte. „Sie hat die Welt so sehr geliebt", klagte sie.

Sayyed lachte und neckte sie: „Natürlich, Leute wie du haben überhaupt keine weltlichen Begierden, oder doch?" Sabia verzog nur das Gesicht und drückte damit aus, dass sie ihn für einen hoffnungslosen Fall hielt und keinen Sinn darin sah, Worte an ihn zu verschwenden. Wahida amüsierte sich darüber. Dergleichen geschah täglich.

Da alle Fenster im Haus geschlossen waren, war die Luft darin drückend. In der Halle stieg spiralförmig Rauch von einem Räucherstäbchen auf, das Sabia in eine Banane gesteckt hatte, die mit anderem Obst, mit dem Sabia ihr Fasten brechen wollte, in einer Schale lag. Rauchringe erfüllten den Raum, sodass Wahida um Atem rang. Als sie einen Fensterladen aufhakte, rief Sabia in scharfem Ton: „Warum willst du es aufmachen?" Ihre Stimme klang erschrocken, als ob ein Geist, der draußen lauerte, sich sofort ins Haus stürzen würde.

„Hier ist überhaupt keine Luft mehr, ich schwitze!" entschuldigte sich Wahida und fügte schnell hinzu: „Außerdem hören wir den Nagara nicht, der von der Moschee tönt, musst du nicht dein Fasten beenden?"

„Ich werde ihn schon hören. Zuerst mach mal das Fenster zu! Wie besorgt du plötzlich bist!" Vor sich hin murmelnd fügte sie hinzu: „Nutzloser Dummkopf!" bevor sie sich laut die Nase schnäuzte.

Wahida drehte sich der Magen um. An diesem Tag hatte sie zum ersten Mal ordentlich gegessen. Sabia war nicht in die Küche gekommen, weil sie ihr Fasten gehalten hatte. Sie lag die ganze Zeit auf ihrem Bett. Vielleicht fürchtete sie, dass ihr der Mund wässerig würde, wenn sie all die Esswaren sähe, die zubereitet wurden. Es könnte sein, dass sie der Versuchung zum Essen nicht widerstehen könnte. Ob nun deshalb oder aus einem anderen Grund: Jedenfalls war sie nicht in die Nähe der Küche gekommen. Dieses eine Mal hatte Wahida essen können, ohne dass ihr schlecht wurde. Sie musste selbst über sich und ihre Situation lachen.

Außerdem amüsierte sie sich darüber, dass der Gedanke an Geister Sabia noch in ihrem Alter in Schrecken versetzte. Wahida dachte daran, dass Sabia sie eben noch „nutzloser Dummkopf" genannt hatte. Auch sie hatte früher eine Woche lang Angst gehabt, aus dem Haus zu gehen, wenn in ihrer Stadt jemand begraben worden war. In der Nacht weigerte sie sich sogar, hinaus auf die Toilette zu gehen. Sie lag dann im Bett und biss die Zähne zusammen. Rahima schalt Wahida und sagte, sie hätte im Zimmer ihrer Mutter schlafen können. Aber jetzt hatte sie nicht die geringste Angst, obwohl ein so gewaltsamer Tod im Nachbarhaus geschehen war. Sie staunte darüber und fragte sich, warum es so war. Warum hatte Firdaus' Tod ihr keine Angst gemacht? Wohin war ihre Angst verschwunden? Sie war in der vorigen Nacht, als sie nicht schlafen konnte, sogar aus ihrem Zimmer hinausgegangen und hatte sehr lange draußen auf der Terrasse gestanden.

Wahida drehte sich mit einem Schreck um, als jemand leicht ihr Hinterteil berührte. Sayyed stand hinter ihr, grinste und sagte sanft: „Dieser Sari steht dir sehr gut!" Er humpelte an ihr vorbei und setzte sich neben Sabia. Sabia gab kein Zeichen von sich, dass sie sein Kommen bemerkt hätte. Sie war ins Lesen des Korans versunken. Wahidas Körper zog sich vor Scham und Demütigung zusammen. Dort, wo er sie berührt hatte, brannte es wie Feuer. Einen Augenblick lang sah sie ihn an und ihre Augen sprühten vor Wut. Er senkte den Blick, als hätte er Angst, ihrem Blick zu begegnen, und tat so, als wäre er überzeugt, er hätte sie unabsichtlich berührt. Wahida schluckte ihren Ärger hinunter, denn sie durfte ihn auf keinen Fall zeigen. Sie wusste nicht, was sie sonst hätte tun können, wie sie gegen sein Verhalten hätte protestieren können.

Schließlich riss Sayyeds Stimme sie aus ihren Gedanken. „Warum stehst du immer noch da? Der Gebetsruf ist schon erklungen. Frag deine Schwiegermutter, was sie braucht, und bediene sie, Mädchen!" Sie erkannte am Klang seiner Stimme, dass er sie wieder versöhnen wollte. Das machte sie traurig, denn es bewies ihr, dass er sie nicht aus Versehen berührt hatte.

Kapitel 54

Rabia lag auf der Chaiselongue in der Halle. Sie war sehr traurig und tief gekränkt. Ihre Mutter war bei ihrer Großmutter im Krankenhaus in Madurai. Niemand wusste, wann sie zurückkommen würde. Ihr Vater fuhr alle zwei Tage dorthin und brachte ihnen Wäsche und Essen. Jeden Abend, bevor er schlafen ging, sagte er: „Rabia, du kannst in meinem Zimmer schlafen, wenn du möchtest.“ Trotz seinem zärtlichen Ton weigerte sie sich standhaft.

Die Warnung ihrer Mutter, die ihr fest im Gedächtnis war, hielt sie davon ab: „Wenn dein Vater dich einlädt, in seinem Zimmer zu schlafen, dann tu das nicht. Du weißt nicht, ob dein Rock oder Davani wegrutscht, wenn du schläfst. Du möchtest doch nicht, dass das vor deinem Vater geschieht!“

„Was Amma gesagt hat, stimmt”, sagte sie sich. „Wie Amma immer sagte: ‚Am Tag kannst du genug spielen!‘ Aber wie ist es jetzt? Nichts dergleichen! Ich bin hier ganz alleine eingesperrt. Es wäre ein bisschen weniger traurig, wenn ich bei Vater sein könnte!“ Aber sie drängte diesen Gedanken standhaft zurück. Zwar war ihr Vater ebenso wie ihre Tante besonders zärtlich zu ihr, aber sie dachte doch mit großer Sehnsucht an ihre Mutter. Sie fühlte sich, als wäre sie vollkommen verlassen.

Sie dachte an Firdaus. Sie rief sich ins Gedächtnis, wie sie zum letzten Mal ihr Gesicht gesehen hatte. Es war trocken und weich wie das einer Puppe. Sie konnte nicht glauben, dass Chitthi an einen Ort gegangen war, von dem sie niemals zurückkehren würde. Es war seltsam: So sehr sie auch weinte und sich nach ihr sehnte, das würde sie doch niemals zurückbringen! Sie hatte gedacht, dass Menschen nur sterben, wenn sie alt geworden sind, dass die Alten zuerst sterben. Sie konnte nicht begreifen, warum Firdaus gestorben war, wo sie doch noch so viele Jahre hätte leben können!

Sie dachte daran, dass Nuramma noch lebte. Einige Tage lang hatte sie nicht aufstehen können. Iliaz kam täglich in ihr Haus, um dort ein Essen zu bekommen, und er nahm etwas Schleimsuppe für seine Großmutter mit, für die er sorgte. An einem Tag war Rabia mit ihm zu ihrem Haus gegangen. Noch bevor sie das Haus betraten, rief Nuramma, sobald sie ihre Schritte hörte: „Wer ist da?“ Als sie in ihre Nähe kamen, öffnete sie ein wenig die Augen, sah sie an und schwieg. Das ganze Haus stank nach Urin! Bevor Iliaz Nuramma ihr Kanji zu essen gab, zündete er eine Kamin-Lampe an und stellte sie in ihre Wand-Nische. Rabia hielt sich mit ihrem Davani die Nase fest zu und sagte: „Ich gehe, Iliaz!“

Er sah sie Mitleid erregend an und bat: „Warte ein bisschen, ich will mit dir zurückgehen.“

Er tat ihr leid und sie sagte: „Gut, aber beeil dich!“ Sie stand auf einer Seite, möglichst weit von der Matte entfernt, auf der Nuramma lag. Iliaz schlief jede Nacht in Rabias Haus, während Nuramma dort ganz allein lag. Ihre Tante bestand darauf, dass Iliaz nicht mit ihr allein bleiben sollte. Sie sagte, wenn das Leben sie plötzlich mitten in der Nacht verlassen würde, dann würde ihn das zu sehr ängstigen. Deshalb breitete er vor Rahimas Zimmer eine Matte aus und schlief im Haus der Familie. Wenn sie ihn manchmal dort liegen sah, war ihr zum Weinen zumute. Sie fragte sich, wie es für ihn sein müsse, wenn *sie* sich schon so verlassen fühlte, nur weil ihre Mutter zehn Tage lang nicht zu Hause war.

Nuramma machte den Mund auf, um sich von Iliaz füttern zu lassen. Aber immer, wenn sie Schritte hörte, hörte sie zu essen auf und fragte: „Wer ist da?" Iliaz und Rabia lächelten einander zu. Er sagte zu ihr: „So ist sie immer! Sie hört immer, wenn jemand die Straße langgeht. Sofort fragt sie: ‚Wer ist da? Wer ist da?' Das passiert hundertmal am Tag! Warum interessiert es sie, wer da vorbeigeht?" Beide fanden es seltsam, dass sie immer diese Frage stellte. Sonst sagte sie nichts und bewegte sich auch nicht.

Tante Rahima hatte es so eingerichtet, dass Asiamma, die Frau, die bei Begräbnissen behilflich war, Nuramma zweimal in der Woche säuberte und wusch und ihre Kleider wechselte. Rahima klagte oft: „Die Leute sagen, man braucht einen Sohn, der für einen sorgt, wenn man alt ist! Diese gedankenlose Frau hat ihre Mutter verlassen und dazu noch ihren Sohn zur Waise gemacht!"

Rabia dachte wieder an ihre Chitthi. Ihr wurde bewusst, dass ihre Gedanken an Firdaus sich nur darum drehten, dass ihre Tante ihr so viel Zärtlichkeit erwiesen hatte. Sie wurde von Kummer überwältigt, wenn sie daran dachte, dass es wahr sei, sie werde das nie mehr erleben, und dass Firdaus so ungerechterweise gestorben war. Rabia wollte niemals mehr in diese kleine Stadt fahren. Das Mädchen, das ihr jeden Tag Geschichten erzählt hatte, das Mädchen, das sie in einem Palmblätter-Korb auf dem Kopf, vom Palmwäldchen bis nach Hause getragen hatte, war nicht mehr auf der Welt! Sie versteckte die Tränen, die ihr übers Gesicht liefen, lag auf der Chaiselongue und weinte lange. Als sie Rahimas Schritte hörte, wischte sie die Tränen weg. Sie wusste, dass es ihre Tante beunruhigen würde, wenn sie sie weinen sähe.

Rahima kam zu ihr und berührte sie sehr sanft, um sie aufzuwecken. „Um diese Zeit darfst du nicht schlafen, Rabia. Ein Mädchen sollte zu der Zeit, wenn die Lampen angezündet werden, nicht liegen. Komm, steh auf! Geh ein bisschen zu Madina!" Rabia war klar, dass ihre Tante gerne gewusst hätte, ob sie geweint hatte.

„Es ist nichts, Tante Rahima", murmelte Rabia. Rahima ging schnell weg, als ob sie nicht wagte, Rabia genau anzusehen.

Rabia stand auf und setzte sich draußen auf die vordere Veranda. Faridas Hochzeit war vorbei. Gleich danach menstruierte Madina zum ersten Mal. Es war jetzt der vierzigste Tag. Rabia wollte Madina nach so vielem fragen und Madina wollte Rabia so viel erzählen. Aber Rabia zögerte seit langem, ihre Freundin zu besuchen. Sie hatte keine Lust, irgendwohin zu gehen, und schloss sich zu Hause ein. Erst am vorangegangenen Tag hatte sie kurze Zeit mit Madina verbracht. Viele Frauen hatten um sie herum gesessen und geplaudert. Madina saß auf einem Stuhl und trug einen Seidensari und sehr viel Schmuck. Das ganze Haus war voller Gelächter und alle waren lustig. Rabia setzte sich dicht neben Madinas Füße und sah schweigend zu ihr auf. Madina glühte vor zurückgehaltenem Glück. Rabia war bei dem Gedanken traurig, dass sie ihr von nun an nicht mehr erlauben würden, die Schwelle des Hauses zu überschreiten. Sie durfte dieses Jahr nicht wieder zur Schule gehen. Rabia dachte daran, dass außerdem Ahmad nicht in ihre Stadt zurückkehren würde. Nafiza hatte ihnen erzählt, dass sein Onkel plane, ihn in eine ausgezeichnete Schule in der Nähe seines Hauses zu schicken.

Der Klang des Gelächters der vielen Frauen hatte Rabias Gedanken unterbrochen. Eine der Frauen blinzelte ihr zu und fragte: „Wer ist als nächste dran? Das bist wohl du?"

Nafiza lachte und sagte: „Natürlich! Es ist Sommer, die richtige Zeit zum Aufplatzen!“ Alle lachten und das machte Rabia verlegen.

Sainu seufzte zufrieden. „Meine Tochter hat es gut gemacht”, sagte sie, „sie hat den Monat Chitthirai vorübergehen lassen. Es hat keine günstige Vorbedeutung für die Familie, wenn ein Mädchen im Chitthirai erwachsen wird oder ein Kind bekommt.“

Madina hatte sich zu Rabia hinuntergebeugt und ihr ins Ohr geflüstert: „Bleib doch bei mir, bis die sieben Tage vorüber sind! Schließlich ist deine Mutter ja nicht zu Hause.“ Sie hätte Rabia gerne bei sich behalten, aber sie wusste, dass Rabia nicht bleiben würde. Sie wusste auch, dass, selbst wenn Rabia zugestimmt hätte, Sainu es nicht erlauben würde, und deshalb war ihre Einladung halbherzig. Jedenfalls schüttelte Rabia den Kopf und weigerte sich entschieden. Ihr Gesicht war voller Angst. Madina mochte das gar nicht mit ansehen! Es tat ihr leid, dass sie so geschmückt war, während ihre beste Freundin so traurig war. In gewisser Weise hatte Rabia Madinas Gefühle verstanden.

Die Hitze hatte abgenommen, als es zu dunkeln begann, aber es war noch feucht. Rabia fragte sich, ob sie in Madinas Haus hinübergehen sollte. Sie gab den Gedanken aber gleich wieder auf, denn sie wusste, sie durfte nach Einbruch der Dunkelheit nicht mehr dorthin gehen. Die Straße war vom Licht der Lampe erhellt. Sie sah in einiger Entfernung Iliaz stehen, der mit jemandem sprach. Sie konnte wenigstens zu ihm gehen und mit ihm sprechen. Leise glitt sie von der Veranda und ging auf ihn zu. Sie empfand eine angenehme Brise. Es war, als versuchte sie, ihr die Sorgen wegzublasen und sie zu trösten. Trotzdem konnte sie dem Gefühl nicht wehren, auch sie habe niemanden, der sich um sie kümmere, und auch sie sei verwaist wie Iliaz. Plötzlich fragte sie sich voller Angst, was geschehen würde, wenn sie auf der Stelle sterben würde, und sie hatte großes Mitleid mit sich und mit Iliaz.

Als sie noch sehr klein war, hatte sie eines Tages eine Mango gegessen. Sie hatte sich weder Hände noch Mund abgewaschen, nachdem sie sie aufgegessen hatte. Stattdessen bog sie den Kopf zur Seite und wischte sich den Mund an der Schulter ihrer Bluse ab. Dann rieb sie die Hände fest gegen ihren Rock. Ihre Mutter hatte das mit angesehen und sie sehr gescholten. Ihr Vater dagegen hatte seine Hände nach dem Essen extra an ihrem Rock abgewischt und dabei gelacht. Sie fühlte sich tief gedemütigt und weinte die ganze Nacht hindurch. Sie hatte sich gewünscht, sie würde auf der Stelle sterben. Als sie schlafen ging, fragte sie sich noch, ob es nicht das Beste wäre, wenn sie in den Brunnen spränge. Heute empfand sie dasselbe Mitleid mit sich und denselben Kummer.

Eine Bettlerin ging vor ihr auf der Straße und bettelte um Nahrung. Sie trug einen zerrissenen Sari voller Flicken. Ihr ungekämmtes Haar hatte sie mit einem Ende des Saris bedeckt. Die Brise, die an ihr vorüberstrich, brachte den Gestank zu Rabia. Sie rümpfte die Nase und hielt den Atem an. Was wäre, wenn sie genauso eine Bettlerin wäre? Der Gestank, der von ihr ausging, war unerträglich und ihr Magen drehte sich um. Warum kam immer dieser schlechte Geruch nur von Bettlern? Warum konnten sie sich nicht in irgendeinem Teich in der Stadt baden? Rabias Mutter hatte ihr nie erlaubt, in einem Teich zu baden. Sie sagte immer: „Ekelerregend! Hier baden die Bettler, Rabia!“ Sie ging etwas schneller, weil sie die Bettlerin überholen und aus der Reichweite ihres Geruchs kommen wollte.

Als sie an Iliaz’ Haus vorbei kam, hörte sie Nuramma fragen: „Wer ist da?” Sie zögerte einen Augenblick, ging dann aber weiter. Die Frage kam noch ein paarmal immer wieder, als die Bettlerin am Haus vorbei ging. Die Frau merkte, dass dort jemand im Haus war, hielt an und rief: „Bitte, liebe Frau, geben Sie mir etwas zu essen!“

Iliaz stand etwas weiter weg und sprach mit Rafiq. Rabia ging eilig zu ihnen und zeigte auf Nurammas Haus. Dabei sagte sie: „Iliaz, sieh dir das an!“ Er drehte sich schnell herum und sah die bettelnde Frau. „Pah! Oh das da? Die alte Dame ruft jeden, der vorbeigeht. Die Bettlerin hofft, da ist jemand, der ihr etwas zu essen geben wird. Okay, lass sie!“

Rabia war überrascht. Kümmerte er sich wirklich um nichts in der Welt? Wie kam es, dass nicht einmal das Weggehen seiner Mutter ihn traurig gemacht hatte? Er war völlig in sein Gespräch vertieft. Rafiq sagte: „Mein Bruder kommt nicht in unsere Stadt zurück. Es sieht so aus, als ob er von nun an dort in der Stadt in die Schule gehen wird.“

Iliaz war offensichtlich enttäuscht. „Ahmad kommt nicht mehr zurück!” wiederholte er Rabia.

Und sie erwiderte: „Und Madina geht von jetzt an nicht mehr aus dem Haus. Hast du das gewusst?“

Sie sahen sich eine Zeit lang an, drehten sich um und gingen zusammen in Richtung seines Hauses. Sie hätte ihn am liebsten in die Arme genommen und geweint. Sie verstand nicht, warum sie plötzlich solche Zärtlichkeit und solches Mitgefühl für ihn empfand. Sie hätte gerne etwas für ihn getan!

Früher sammelten sich in den kalten Monaten alle Kinder am frühen Morgen auf dem Gemeindeplatz neben der Straße. Jedes Kind brachte trockene Blätter und Zweige mit, die sie dann auf einen Haufen warfen, um ein kleines Feuer zu machen. Damals verscheuchte Rabia Iliaz, wenn er neben ihr saß, und sagte: „Steh auf und setz dich woanders hin!“ Damals waren Madina, Ahmad, Razak und alle anderen eine einzige Gruppe. Madina schalt dann Rabia und sagte: „Warum jagst du ihn weg?“ Aber Rabia behauptete sich: „Igitt“, sagte sie, „er mit seinen zerrissenen Hosen!“ Sie ließ ihn auch nicht mitspielen, wenn sie ihre Kreisel tanzen ließen.

Der Hauptgrund für ihren Ärger war die Freundlichkeit, mit der ihre Mutter und ihre Tante Iliaz behandelten. Es machte sie eifersüchtig, dass sie ihm gegenüber ebenso großzügig waren wie ihr gegenüber und ebenso zärtlich! Rahima war besonders liebevoll zu ihm. Sie nannte ihn „Waisenkind“. Wie konnte es sein, dachte Rabia, dass jetzt auch sie solche Zärtlichkeit für ihn empfand?

Sie blieb stehen, als sie Sherifa fragen hörte: „Rabia, wie geht es deiner Großmutter? Ist deine Mutter noch nicht wieder zu Hause?“

„Nein, Sherifa, Amma ist noch nicht nach Hause gekommen. Großmutter geht es anscheinend noch nicht wieder gut. Ich will jetzt gehen“, antwortete sie und ging weiter. Sie bemerkte das Mitgefühl in Sherifas Stimme. Die große Freundlichkeit, mit der alle sie ansahen und mit ihr sprachen, berührte Rabia unangenehm. Sie ärgerte sich darüber. Zwar empfand sie Mitleid mit sich selbst, aber sie mochte es nicht, dass andere Mitleid mit ihr hatten.

Iliaz, der neben ihr ging, blieb einen Augenblick stehen und nahm etwas aus seiner Hosentasche. Er gab es ihr und sagte: „Sieh dir das mal an!“ Es war eine Lotteriekarte. Er breitete sie auseinander, um sie ihr zu zeigen. Am unteren Ende war eine Reihe von Zahlen in dunklem Blau. Oben waren Bilder von Münzen und Fotografien von MGR und Sivaji.

Sie sah ihn fragend an. Seine Augen blickten eifrig aus seinem dunklen Gesicht. „Willst du eine Nummer auswählen? Wenn ich fünf Rupien verdiene, kann ich sie für meine Ausgaben verwenden.“

Es machte sie froh und glücklich, dass er sie gerade jetzt fragte, als sie sich überlegt hatte, sie wolle etwas für ihn tun. „Natürlich will ich! Komm mit mir nach Hause“, sagte sie.

Sie gingen weiter. Als sie an seinem Haus vorüberkamen, sagte er: „Warte einen Moment, ich will nur die Lampen anzünden, dann komme ich wieder!“

Er ging schnell allein ins Haus. Als seine Schritte zu hören waren, kam die unvermeidliche Frage von drinnen: „Wer ist da?“ Rabia stand da und wartete auf ihn. Sie war voller Angst und Panik erfasste sie wieder, als sie das Beben in dieser Stimme hörte.

Kapitel 55

Wahida war so glücklich, dass sie sich kaum bewegen konnte. Ihre Mutter sollte am Abend kommen und sie mit nach Hause nehmen. Eigentlich hätte sie schon am vierzigsten Tag nach der Hochzeit kommen sollen. Aber zu der Zeit war Amina krank und Zohra sorgte im Krankenhaus für sie. Darum hatte Sabia es so eingerichtet, dass die Zeremonie, Wahidas Schoß mit Seidensaris zu füllen, in Sabias Haus abgehalten wurde. Jetzt war Amina wieder nach Hause gebracht worden. Sie war ermattet und stark abgemagert. Sie wollte auf keinen Fall zu Zohra ins Haus. „Ich will mein Leben in dem Haus beschließen, das mein Mann für mich gebaut hat!" hatte sie erklärt. Wahida konnte Aminas Anblick nicht ertragen. Sie hatte einmal den Ausdruck „wandelnder Leichnam" gehört. Sie dachte, dass er auf Amina passe.

In der ganzen Stadt liefen Gerüchte über Firdaus' Tod um. Jede und jeder deutete ihn verschieden. Fünf oder sechs Frauen versammelten sich jeden Tag gegen elf Uhr, wenn sie ihre Hausarbeit erledigt hatten, in Sabias Haus. Es sah so aus, als könnten sie nicht leben, ohne Geschichten über den einen oder die andere zu erzählen. Sikandar war immer mit dabei, neckte sie und nannte sie Cousine oder Schwägerin oder Tante. Ein paar Tage lang hatten sie ständig über Firdaus gesprochen und sich in allen Einzelheiten vorgestellt, was sich ereignet haben mochte. Wahida fand es unerträglich. Sie raunte Sikandar zu: „Eine gut gestellte Familie wie unsere sollte über das, was in der Stadt vorgeht, nicht so viel tratschen! Das kann nur zu unserem eigenen Verderben führen!" Aber er brachte sie mit ein paar Worten zum Schweigen: „Rede nicht wie eine alte Frau!"

Sie hatte ihm schon einige Male deutlich gemacht, dass sie es nicht mochte, wie er mit diesen Frauen flirtete, aber er gab niemals auch nur das geringste Zeichen von sich, dass ihm ihre Missbilligung etwas ausmache. Sie fühlte sich sehr erleichtert, dass sie wenigstens ein paar Tage lang, wenn sie im Haus ihrer Mutter wäre, all das, was sie zur Verzweiflung brachte, weder sehen noch hören müsste. Außerdem würde sie nicht von dem alten Mann belästigt. Wenn sie an ihn auch nur dachte, zog sich alles in ihr zusammen und es schauderte sie.

In der Woche zuvor hatte er sich an einem Tag, an dem Sabia nicht zu Hause war, neben sie gesetzt und ganz beiläufig zu sprechen angefangen. Er hatte sein Veshti aufgerollt und es oben zwischen seine Schenkel gesteckt. Er saß mit hochgezogenen Knien da. „Die Situation dort hat sich nicht stabilisiert, so scheint es. Das sagen sie im Radio Ceylon." Seine Stimme klang ängstlich und war voller Groll. „Der Himmel mag wissen, was mit meinem Laden passiert ist. Und sieh mich nur an, ich stecke hier fest und kann es nicht herausfinden!"

Einen Augenblick lang versank er in Gedanken und sie ergriff die Gelegenheit, schnell aufzustehen. Aber er bemerkte es sofort und sagte autoritär: „Wohin willst du? Setz dich wieder!"

Sie hatte Angst. Ihre Zunge war trocken. Sie setzte sich sofort wieder. „Sobald du Gelegenheit findest, schließt du dich mit deinem Mann ein. Du bist mir schon die Rechte!" Er lächelte anzüglich. Sie war äußerst betreten. Sikandar schlief oben in ihrem Zimmer. Sie verstand, worauf Sayyed anspielte. Er fuhr fort: „Du brauchst nicht so schüchtern vor mir zu sein. Als ich jung war, war ich genauso. Tag und Nacht waren wir hinter verschlossenen Türen zusammen.“ Einen Augenblick lang schwelgte er in seinen Erinnerungen. Er sah begeistert aus. „Und war das etwa alles? Weißt du, wie viele Frauen mit mir schlafen wollten, weil ich so hübsch war, als ich jung war? Du denkst vielleicht, dein Mann sei hübsch, wie? Du solltest Sabia fragen, wie *ich* damals aussah! So viele Frauen waren hinter mir her! Sie weiß das ganz genau. Ich habe ihr immer alles über die anderen Frauen erzählt. Sie sind alle mit mir verwandt.“

Plötzlich senkte er die Stimme zu einem Flüstern. Er näherte sein Gesicht dem Wahidas und sagte: „Sag es keinem, aber ich hatte sogar etwas mit Amina.“ Als sie sah, wie der Speichel ihm aus dem Mund spritzte, und sie den üblen Geruch wahrnahm, der aus seinem Mund kam, wusste Wahida mit Sicherheit, dass er log. Sie hasste ihn dafür. Er sprach weiter und nahm keine Notiz von ihrem Gesichtsausdruck. „Sie war sehr attraktiv, als sie jung war, und ihr Mann war oft nicht zu Hause. Eines Nachts lag ich auf der Veranda, weil es drinnen so feucht war. Jemand weckte mich, als ich im Halbschlaf war. Ich sah auf und sah Amina. Und frag nicht, was sich dann im Vorratsraum, in den sie mich brachte, zwischen Bündeln und Wer-weiß-was abspielte! Mittendrin sagte sie: ‚Warte mal, ich will es mir gemütlicher machen.‘

Plötzlich tat er ihr unendlich leid, weil er nichts anderes tun konnte, als sich mit dem Erzählen dieser erdachten Ereignisse zu trösten. Er sah sie so an, als ob es ihm nicht in den Sinn käme, dass sie ihn hassen oder lächerlich finden könnte. Sie dachte, sie werde wohl alle ihre Geduldsreserven aufbrauchen, um ihn zu ertragen. Wegen seiner Impotenz und seines Alters tat er ihr richtig leid. Gleichzeitig war sie sehr darauf bedacht, ihr Mitleid nicht durch ihren Gesichtsausdruck zu verraten, denn dadurch hätte sie ihn nur ermutigt.

„Und dann, hör dir das an!” Sayyed schnalzte mit der Zunge, als ob er etwas genießen würde. Er glühte vor Vergnügen. Er ergriff die Gelegenheit, sich vor ihr mit all seinen sexuellen Heldentaten zu brüsten. „Und denk dir nur, ich habe nicht einmal das vor Sabia verborgen! Sie weiß von jeder Frau, mit der ich bis heute geschlafen habe. Ich würde ihr nie irgendetwas vorenthalten! Und sie hat mich nie gescholten, sondern immer nur interessiert zugehört. Was hältst du davon?“

Wahida dachte nicht mehr daran und fing an, ihre Kleider in den Koffer zu packen. Es war lange her, dass sie ihre Eltern gesehen hatte. Als sie zu Firdaus’ Begräbnis gekommen waren, hatten sie ihr nur aus einiger Entfernung zugenickt und waren wieder abgefahren. Es hätte sich nicht gehört, in Sabias Haus zu kommen. Danach, seit Amina ins Krankenhaus gekommen war und Zohra sie begleitet hatte, konnten ihre Eltern Wahida unmöglich besuchen. Sie erinnerte sich, wie wütend Sabia gewesen war, weil Rabia an dem Tag, als Firdaus aufgebart worden war, in ihr Haus kam.

Wahida sehnte sich nach ihrer Mutter. Sie wünschte, sie könnte ihrer Mutter von allen Schwierigkeiten erzählen, die ihr begegnet waren, und sich in ihren Armen ausweinen. Aber gleichzeitig geriet sie in Panik, wenn sie sich die Frage stellte, ob es ihr möglich sein würde, ihrer Mutter ohne Verlegenheit in die Augen zu sehen. Ihre Gedanken stockten. Große Freude erfüllte sie, weil sie ihre Mutter bald sehen würde. Aber jetzt brach die Frage in ihr auf: „Warum hat sie das getan?“ Sie versuchte das Entsetzen, das sie bei dem Gedanken empfand, ihrer Mutter könnte etwas Ähnliches wie Firdaus geschehen, unter Kontrolle zu halten.

Sie stand vom Bett auf, stellte sich vor den großen Spiegel und starrte ihr Spiegelbild an. Sie fand in dem Bild, das sie dort sah, keine Ähnlichkeit mehr mit sich. Es zeigte sehr deutlich, wie viel dünner sie geworden war, und das machte ihr Angst. Sie fragte sich, warum sie diesem Haus nicht für immer fernbleiben, also niemals zurückkommen, sollte. Wie könnte sie das bewerkstelligen? Sie hatte plötzlich die Illusion, dass viele Jahre vergangen wären, seit sie dieses Haus zum ersten Mal betreten hatte, und dass viele Ereignisse zu einem Abschluss gekommen wären. Ihr wurde bewusst, dass sie jetzt sehr viel mehr von der Welt verstand als damals, als sie hier angekommen war. Sie stellte sich vor, sie wäre eine kluge Frau in mittlerem Alter. Aber das Gesicht, das sie im Spiegel sah, hatte noch etwas Kindliches an sich. Da waren ein paar Pickel, die sich vom hellen Teint ihrer Wangen und ihrer Stirn abhoben. Es könnte sein, dass sie diese Pickel hatte, weil bald die Zeit des Monats anbrechen würde, in der sie nicht beten durfte. Sie war sehr erleichtert. Dem Himmel sei Dank, murmelte sie vor sich hin. Sie konnte nicht empfangen haben. Sie kehrte zu ihrem Bett zurück und setzte sich wieder. Dann wurde ihr klar, dass ihre Angst zum großen Teil abgeebbt war. Als sie das erste Mal nach der Hochzeit menstruiert hatte, hatte Sabia deutlich ihre Verstimmung gezeigt. Sogar Sayyed hatte sich beklagt. Sie hatte sich sehr geschämt. Alle Frauen der Straße waren gekommen und hatten Mitleid gezeigt. Einige hatten Sabia getröstet und gesagt: „Sei unbesorgt, im nächsten Monat kommt es nicht mehr.“ Wahida war von alledem schockiert: Etwas, das ihre eigene private Angelegenheit war, was immer versteckt worden war, war jetzt zum Gesprächsstoff der ganzen Stadt geworden!

In diesem Monat würde sie im Haus ihrer Mutter menstruieren. Auch in ihrer Stadt, das hatte sie bemerkt, durchforschten die Frauen das Leben anderer Leute und schnüffelten darin herum. Mumtaz war von ihnen zu Tode belästigt worden. Wahida wusste, dass sie auch sie unaufhörlich fragen würden. Der bloße Gedanke daran verdunkelte ihre Begeisterung, nach Hause zu kommen, aber die Erleichterung, dass sie nicht empfangen haben konnte, war zu groß. Nichts in diesem Haus gefiel ihr. Sie konnte nur zu dem Schluss kommen, dass sie jetzt gehen müsse und nie wiederkommen dürfe. Immer wenn sie an das Haus dachte, stiegen Bilder in ihr auf: Sabia, die sich beim Kochen in ihr Taschentuch schnäuzte, und Sayyed, der seine Schenkel streichelte und dabei anzügliche Reden führte. Diese Bilder trieben sie fort.

Sie öffnete ihren Schrank, nahm ihren gesamten Schmuck heraus und packte ihn in den Koffer. Sie würde niemals zurückkommen, warum sollte sie ihn also hierlassen? Sabia hatte Sikandar befohlen, dass er viele der Vierzig-Tage-Hochzeitsgeschenke zurückbringen sollte. Sie hatte zu ihm gesagt: „Dein Schwiegervater hat nicht alle Hochzeitsgeschenke auf die richtige Weise übergeben. Sie haben uns am Hochzeitstag nicht einmal einen vollen Topf mit Reispfannkuchen geschickt. Es gab auch nicht genug Kokosnüsse und Obst. Und wie ist es mit der Sieben-Tage-Feier? Deine Schwiegermutter hat gerade einmal hundert Reispfannkuchen hier gelassen und ist dann gegangen. Wie sollte ich die Hochzeitssüßigkeiten an alle Verwandten in der Stadt verteilen? Sie haben alle gefragt: ‚Was denn, Sabia, gibt es denn gar keine Hochzeitssüßigkeiten für uns?‘ Schließlich können sie ihre Tochter ja sehr gut von oben bis unten mit Schmuck bedecken! Sie behaupten, sie würden einige hunderttausend Rupien für diese Hochzeit ausgeben. Sie können nicht einmal ihrer neuen Schwiegerfamilie die angemessene Menge Süßigkeiten schicken! Elende Bande! Was für eine elende Hure ist diese Frau! Sag deiner Frau, dass sie wenigstens diesmal alles anständig machen sollten!” Sabia rasselte das alles in einem Atemzug herunter.

Sikandar gab ihr in scharfem Ton zurück: „Was ist nur los mit dir? Du tust so, als ob du überhaupt nichts hättest! Jedenfalls sind sie keine Bettlerfamilie, sondern sie sind schließlich deine eigenen Brüder! Sie geben dir doch alles, worum du sie bittest!"

Sabia schnäuzte sich lange die Nase und jammerte: „Sie hat dich verhext! Sonst würdest du ja nicht so reden!"

Er achtete nicht mehr auf das, was sie sagte, sondern ging schweigend davon. Wahida stand weinend da und es gefiel ihr sehr, dass er für ihre Familie und deren Ehre eingetreten war. Aber obwohl sie sich dieses Funkens von Zuneigung zu ihm bewusst war, wusste sie doch, dass es sehr gut möglich war, dass dieser bald wieder erlöschen würde.

Wahida fand es sehr demütigend, dass Sabia sie immer anklagte, sie hätte Sikandar verhext. Sie konnte sich überhaupt nicht denken, was Sabia damit meinte. Immer wenn Sabia das sagte, konnte Wahida sich nur an eine Filmschauspielerin erinnern, die unanständige, hauchdünne Kleider getragen und versucht hatte, den Filmhelden zu verführen. Manchmal war ihr sogar zum Lachen zumute. Aber gewöhnlich biss sie nur die Zähne zusammen und zählte die Tage, die sie noch hier sein müsste und gezwungen wäre, sich solchen Unsinn anzuhören. Sie dachte, dass ihr Vater sicherlich bei ihrer Rückkehr von ihrem Anblick schockiert sein werde. Er war bei dem Gedanken, dass er seine Tochter in die sichere Verwahrung seiner Schwester gegeben hatte, so glücklich gewesen! Er war sich sicher, dass seine Tochter in Zukunft glücklich sein würde, sodass er, seit sie ihr Elternhaus verlassen hatte, keinen Grund dafür gesehen hatte, herzukommen und sie zu besuchen. Aber noch mehr würde ihn das schockieren, was sie ihm alles sagen würde! Sie grub alle Beispiele von Sabias Klagen gegen sie und ihre Familie aus ihrem Gedächtnis aus, stellte wie ein Kind von allem eine Liste zusammen und steckte sie fest in ihre Seele. Das war ihr ein großer Trost.

Kapitel 56

Wahida war überrascht, dass ihr Elternhaus so völlig verändert und seltsam leise war. Zohras Gesicht war welk und unbelebt. Sogar Rahima sah aus, als hätte sie einen Verlust erlitten. In dem Augenblick, als sie ihre Tochter sah, schien das Leben halb aus ihr zu weichen. Es war deutlich zu sehen, dass sie halbtot vor Sorge war, wie Wahidas Gesundheit wiederhergestellt werden könnte, und trotzdem war sie seltsam zurückgezogen und entfernt. Sabia hatte darauf bestanden, dass Sikandar gleich am folgenden Tag, sobald er Wahida abgeliefert hatte, nach Hause zurückkommen sollte. Ihrer Vorstellung nach würde, wenn eine Frau am Ende ihres monatlichen Zyklus Geschlechtsverkehr hätte, sich jeder Embryo, der unterwegs war, auflösen. Deshalb hatte sie Sikandar gewarnt, er solle seine Frau in der letzten Woche nicht anrühren. Außerdem musste er sehr bald wieder ins Ausland. Wenn Wahida bis dahin ein Kind empfangen hätte, könnte er ohne Sorgen wegfahren, dachte Sabia.

Wahida war sehr erleichtert, als Sikandar fuhr. Wenn sicher wäre, dass sie empfangen hatte, würde Sabia ihm gleich am nächsten Tag ein Flugticket kaufen und ihn wegschicken. Auch das wäre schön. Er würde erst in zwei oder drei Jahren zurückkommen. Aber der Gedanke, dass sie schwanger geworden sein musste, um das zu erreichen, schmerzte sie. Wenn sie den Mann nicht mochte, was sollte sie dann mit seinem Kind anfangen?

Rabia lag die ganze Zeit über in Wahidas Armen. Sie ging niemals mehr aus dem Haus. Sie war es schließlich, die Wahida erzählte: „Es sieht so aus, als ob Amma und Tante Rahima getrennte Wege gingen. Sie wollen eine Mauer durch das Haus bauen lassen.“ Aus dieser einen Nachricht konnte Wahida auf einiges andere schließen. Ihr wurde klar, dass Amina, als Zohra mit ihr im Krankenhaus war, ihr die ganze Wahrheit gesagt hatte. Wahida war jedoch noch nicht sicher, ob Rahimas Zurückgezogenheit von ihr wirklich dadurch begründet war oder ob sie sich nur alles einbildete. Sie versuchte, sich zu überreden, dass es tatsächlich nur ihre Einbildung war, denn Rahima blieb ja liebevoll und zärtlich, selbst wenn das gar nicht nötig war.

Sie hatte jedoch gehofft, zu Hause Ruhe und Frieden zu finden, und deshalb enttäuschte Rabias Nachricht sie bitter. Das unnatürliche Schweigen im Haus und die Art, wie alle wortlos ihren Geschäften nachgingen, verstörten und schmerzten sie. Sie hatte gehofft, sie könnte ihrer Familie von ihren Erfahrungen in Sabias Haus erzählen und Trost suchen, aber nun war sie ratlos, denn sie wusste nicht, mit wem sie sprechen könnte. Es gab einiges, das sie ihrer Mutter nicht sagen konnte. Sie hatte gedacht, dass sie nur Zohra von Sayyeds Benehmen und Reden erzählen könnte. Aber Zohra ging mit einem so grimmigen Gesicht umher, dass Wahida sich zu fragen begann, ob sie ärgerlich auf sie sei. Keine der Frauen schien richtig mit einer der anderen in der Familie zu sprechen. Es stimmte schon, ihre Mutter bereitete jeden Tag ihre verschiedenartigen Suppen zu und brachte Wahida zum Essen. Sie ölte Wahidas Haar und kämmte es, rieb es mit Öl ein und wusch es ihr. Aber die ganze Zeit über hielt sie etwas davon ab, Wahida näherzukommen. Als Wahida das klar wurde, wurde sie von Angst gepeinigt. Hatte Rahima verstanden, dass sie ihr Geheimnis kannte?

Morgens gegen elf waren alle Frauen, die in ihrer Straße wohnten, mit der Hausarbeit fertig und kamen eine nach der anderen Wahida besuchen, darunter auch Sherifa und Nafiza. Mumtaz, Sainu und Saura waren schon da. Nafiza sah aus, als hätte sie Kummer, und war nicht so lebhaft wie früher. Wahida dachte an das, was Mumtaz ihr gesagt hatte, als sie gekommen war, Faridas Hochzeit anzukündigen.

Alle Frauen sagten immer wieder, wie dünn Wahida geworden sei. Mumtaz fragte sie lachend: „Was denn, haben sie dir in diesem Haus überhaupt nichts zu essen gegeben?"

„Was für eine Frage", spottete Saura, „als ob es wahrscheinlich wäre, dass sich diese elende Frau, wie es sich gehört, um das Kind kümmerte! Der Himmel mag wissen, wie sie mit ihrer Zunge zugeschlagen hat!" Sie hielt inne, als ob sie voller Besorgnis wäre, und erwartete, dass Wahida ihr zustimmen würde.

Aber Rahima hatte Wahida gleich nach ihrer Ankunft gewarnt: „Die Frauen, die zu Besuch kommen, werden dich über deinen Mann und deine Schwiegereltern ausfragen. Sie werden dir die Seele aus dem Leib fragen. Sie sind nur darauf aus, eine glühende Kohle von einem Herd in neun verschiedene andere Haushalte zu tragen. Also, ganz gleich, was sie fragen, du lächelst bitte immer nur und schweigst. Wenn irgendetwas von dem, was du gesagt hast, deiner Schwiegerfamilie zu Ohren kommt, gibt es Ärger." Also schwieg Wahida und stimmte Saura weder zu noch widersprach sie ihr.

Sherifa mischte sich ein und schalt ihre Mutter. „Du wirst wohl nicht schlafen können, ehe du den Klatsch der ganzen Stadt gehört hast!" Es machte Sherifa sehr traurig, wenn sie Wahida ansah. Ihre Augen strahlten nicht mehr. Ganz abgesehen von den Schwiegereltern, wenn Wahida ihren Mann auch nur ein bisschen gern hätte, sähe sie nicht ganz so unglücklich aus, dachte Sherifa.

Saura ärgerte sich über ihre Tochter und klagte: „Seht euch die an! Sie ist nur zufrieden, wenn sie mich für dies oder das tadeln kann!" Dann fragte sie Wahida wieder: „Na, hast du schon deine Periode gehabt oder ist sie schon ein paar Tage überfällig?"

Wahida wusste, dass sie zu einer Antwort gezwungen war, und hatte eben den Mund aufgemacht, als ihre Mutter unterbrach und kurz sagte, wie um das Gespräch zu beenden: „Bis dahin sind es noch ein paar Tage."

Sherifa und die Übrigen hatten verstanden, warum Rahima das gesagt hatte, aber Saura war nicht bereit aufzugeben. „Wie ist das denn möglich? Sie hatte ihre Periode, gleich nachdem sie geheiratet hatte. Also müsste es jetzt etwa so weit sein." Sie zählte die Tage an ihren Fingern ab. Dabei bog und streckte sie sie. Plötzlich kam ihr ein neuer Zweifel. Sie wandte sich zu Wahida und fragte: „Übrigens, er hat doch wohl mit dir geschlafen oder nicht?"

Bei diesen Worten wurde Rahimas Gesicht hart vor Ärger. Sainu lachte und sagte: „Als ob man diesen Mädchen heutzutage sagen müsste, wie sie mit ihren Männern schlafen sollen!" Alle stimmten in das Gelächter ein. Zohra wollte auf keinen Fall länger dort bleiben, stand auf und verschwand in die Küche. Wahida dachte vorwurfsvoll, dass keine der Frauen Notiz von der Traurigkeit im Gesicht ihrer Tante nahm, sondern dass alle nach Lust und Laune weiterlachten und -scherzten.

Gleich nachdem Zohra gegangen war, kam Sainu, als ob sie nur auf diese Gelegenheit gewartet hätte, und flüsterte Wahida ins Ohr: „Weißt du irgendetwas über den Tod ihrer Schwester? Sie sagen, sie hat Gift genommen und ist daran gestorben."

Wahida begann vor Angst zu zittern. Sie schüttelte heftig den Kopf und drückte damit aus: „Ich weiß nichts darüber!"

Saura ließ beiläufig fallen: „So etwas passiert eben, wenn eine frech genug ist, in der

Stadt herumzustreifen.“

„Na komm schon, sag uns einfach, was sie dort reden! Außerdem hat deine Tante anscheinend mit deiner Mutter gestritten und plant, sich ihre eigene Küche einzurichten“, bohrte Mumtaz weiter.

Wahida verstand, worauf sie anspielte. Aber auch dieses Mal antwortete Rahima an ihrer Stelle: „Es gibt überhaupt keinen Streit, wie du zu denken scheinst. Es ist nur, dass unsere Männer es für das Beste halten, wenn wir uns trennen.“ Es war ihr ein Gräuel, dass diese Fauen so viel von ihren Familienangelegenheiten wissen sollten, und sie war ängstlich darauf bedacht, dieses Gespräch zu einem Ende zu bringen, bevor Zohra zurückkam.

Sherifa wollte das Gesprächsthema unbedingt wechseln, aber sie wusste nicht, wie. Nafiza hörte dem zu, was gesagt wurde, aber sie machte den Mund nicht auf. Saura sprach wieder von Firdaus. „Übrigens, ist dieses Mädchen zurückgekommen und hat irgendeine heimgesucht? Ich wollte das eigentlich schon früher fragen, habe es dann aber vergessen.“ Zwar war sie neugierig, aber sie senkte doch ihre Stimme, denn sie wollte nicht, dass Zohra sie hörte.

Wahida machte zum ersten Mal den Mund auf und sagte: „Nein, überhaupt nichts dergleichen!" Das erinnerte sie daran, dass auch ihre Schwiegermutter immer davon gesprochen hatte.

Saura langweilte und ärgerte sich. Dieses Mädchen würde überhaupt nichts preisgeben. Sie dachte schließlich, da sei eben nichts zu machen, und fragte: „Was habt ihr denn heute gekocht? Es muss ja etwas Besonderes sein, da eure Tochter nach Hause gekommen ist.“

Rahima erkannte aus der Art, wie Saura gefragt hatte, dass sie hoffte, etwas für sich mit nach Hause nehmen zu können. „Fleisch und Mocchai-Bohnen in Tamarindensoße. Möchtest du etwas davon mitnehmen?" Sie ging in Richtung Küche, wild entschlossen, Saura wegzuschicken, ganz gleich, was sie dafür tun müsste. Sherifa schämte sich wegen ihrer Mutter und sah Wahida an, als wollte sie sagen: „So oft ich ihr auch etwas sage, sie begreift es nie! Was kann ich da machen?“

Von der Moschee erklang der Ruf zum Mittagsgebet. Sofort schwiegen alle Frauen. Saura, die aufgestanden war, setzte sich wieder und wartete darauf, dass der erste Ruf enden würde.

Sauras Wunsch nach dem Curry erinnerte Wahida an ihre Schwiegermutter. Sabia war genauso. Sie brachte immer etwas von dem mit, was in dem Haus, in dem sie einen Besuch gemacht hatte, gekocht wurde. Wenn Wahida und sie in der Küche arbeiteten, hatte sie beim Gemüseschnippeln viele Geschichten zu erzählen. Wahida versuchte zu verstehen, worum es darin ging, und fand schließlich heraus, dass die meisten mit Essen zu tun hatten. Wenn Sabia sich ein Ereignis ins Gedächtnis rief, erinnerte sie sich an das Gericht, das sie damals gegessen hatte. Wenn von der Sommerhitze des Chittirai die Rede war, dann sagte sie, wobei ihr der Mund wässerte: „In diesem Monat sollte man Dal-Curry essen! Dann ist gerade die Tamarinden-Ernte-Zeit! Im selben Monat haben auch Mangos und Murungai Saison. Dann ist Dal-Curry am schmackhaftesten. Zu der Zeit trocknen auch die Teiche aus und man bekommt viel Fisch. Man bekommt auch Viraal-Fisch von ordentlicher Größe.“ In derselben Weise sprach sie auch vom Herbst und von allen zu dieser Zeit aus dem neuen Reis gemachten Süßigkeiten.

Wenn sie die Zärtlichkeit ihres Vaters beschreiben wollte, sagte sie: „Ach, Wahida, kannst du dir vorstellen, wie vernarrt mein Vater – dein Großvater – in mich war? Wenn ich zu meinen Eltern nach Hause kam, kam dein Großvater in der stärksten Mittagshitze sofort von der Arbeit, um mich zu sehen. Und er kam niemals, auch nicht *ein*mal, mit leeren Händen! Seine Landarbeiter folgten ihm immer und hatten die Arme voller Enten, Hühner und Fisch. Und, stell dir vor, das war alles schon zur Moschee getragen und geschlachtet worden. Dann machte er großen Wirbel, trieb alle zur Arbeit an und sagte: ‚Meine Tochter wird hungrig sein, beeilt euch und macht alles fertig!' Und er sah mir zu, wenn ich mich an den Tisch setzte und aß. Er war so vernarrt in mich!" Sie schmolz bei ihren eigenen Worten nur so dahin.

Genauso sprach sie von Sayyeds Liebe zu ihr. „Dein Schwiegervater, kannst du dir vorstellen, wie sehr er mich liebte? Du siehst ja selbst, dass er niemals ohne mich essen will. Dieser Mann erlaubt mir nicht, alleine zu essen", sagte sie stolz.

Wahida bemerkte dann: „Wenn dein Mann wieder ins Ausland geht, wird er natürlich allein essen müssen, oder?"

Sabia merkte nicht, dass sich Wahida über sie lustig machte, und antwortete: „Natürlich muss er allein essen, wenn er ins Ausland geht. Dagegen kann er ja nichts machen! Hält etwa das ganze Leben an, weil ein Affe gestorben ist?"

Wahida staunte darüber, dass Sabia nichts außer dem, was mit Nahrungsmitteln und Essen zu tun hatte, beeindruckte. Wie war es nur möglich, dass sie sich an alle Ereignisse in der Vergangenheit nur durch deren Verbindung mit Essen erinnern konnte?

Wahida riss sich von ihren Gedanken los und wandte sich an Sainu: „Stimmt es, dass Madina erwachsen geworden ist?"

„Ja, Wahida. Es ist, als ob sich das wilde Kälbchen ein Bein gebrochen hätte! Komm doch dieser Tage mal das Kind besuchen!"

Rahima kam mit einer Schüssel voll Tamarind-Curry für Saura zurück und sagte: „Sainu hat gerade eine Tochter aus dem Haus gejagt und nun ist schon die nächste so weit."

„Ja, was sonst? Jetzt müssen wir für die nächste einen Bräutigam suchen. Wir müssen alles zusammensammeln, was notwendig ist. Wir müssen damit schon mal anfangen, sonst wird es nicht zur rechten Zeit fertig." Sainu klang besorgt.

„Lass dich nicht unterkriegen! Wenn deine beiden anderen normal wären, dann müsstest du vier Töchter versorgen. So sind es nur zwei", warf Nafiza ein, die bisher nichts gesagt hatte.

„Ja, das ist nur zu wahr! Aber es wäre besser, sie würden diese Welt verlassen, als in diesem erbärmlichen Zustand bleiben!" Sainus Gesicht verdunkelte sich vor Kummer.

Zohra tauchte aus der Küche auf und wischte sich die Hände am Sari-Ende ab, als ob sie zu tun gehabt hätte. Sie kam in die Halle und setzte sich zu den anderen Frauen. Wahida erkannte an ihrem Gesichtsausdruck, dass sie nicht wollte, dass die anderen annähmen, sie hätte sich versteckt.

Sobald Zohra wieder da war, ging Saura zu ihr – sie hielt ihre Schüssel noch in den Händen – und nahm den Ausdruck großer Besorgnis an: „Ja, Zohra", sagte sie, „du hättest deine Mutter herbringen und für sie sorgen können, findest du nicht? Wie steht es denn jetzt mit ihrer Gesundheit?"

Wahida fand es erstaunlich, dass diese Frau, die sie eben noch belästigt und ausgeforscht hatte, plötzlich diesen Ausdruck von Mitgefühl und Betroffenheit annehmen konnte. Gleichzeitig nahmen alle anderen Frauen einen entsprechenden Ausdruck an und zeigten ihre Bereitschaft, Zohra zuzuhören. Natürlich wurde Zohras Schmerz durch Sauras Frage und scheinbares Mitleid aufs Neue geweckt, auch wenn sie an der Echtheit von Sauras Gefühlen zweifelte. Unwillkürlich füllten sich Zohras Augen mit Tränen und die Kehle wurde ihr eng. Sie konnte nicht sprechen und ließ in großer Verlegenheit den Kopf hängen. Alle waren über ihren Zustand traurig, saßen schweigend da und tauschten Blicke miteinander.

Wahida war wütend auf Saura. Sie fragte sich, warum diese Frau plötzlich so viel Teilnahme zeigte. Rahima beobachtete bekümmert, wie Zohras Wunden wieder aufgerissen wurden.

Saura sprach mit einem tiefen Seufzer weiter: „Was kann man da machen! Dieses Schicksal war der jungen Frau eben vorbestimmt. Das war alles, was es für sie in dieser Welt gab. Daran konnte niemand etwas ändern. Wie gesund sie war, fest wie eine Bananenstaude! Wie ihr Haar bis auf den Boden fiel! Der Anblick ihres Haares zerriss allen dort das Herz, als sie sie wuschen.“ Saura verzog ihr Gesicht in äußerster Betrübnis. Ihre Stimme hatte wirklich einen traurigen Klang. Wahida beobachtete, dass alle anderen Gesichter wie in Zustimmung diese Betrübnis widerspiegelten. Und keine von ihnen schien zu heucheln.

Sainu nahm sich das Recht, Zohra einen Rat zu geben. Sie sagte: „Was geschehen ist, ist geschehen. Ein Leben ist für immer dahin. Aber du musst dich um das Leben kümmern, das noch da ist, weißt du? Du bist jetzt die einzige Stütze für deine Mutter. Willst du sie nun herholen und bei dir aufnehmen oder willst du sie dort ganz alleine lassen?“ Wahida bemerkte, wie sich Sainus langes Gesicht und der lange Knoten an ihrem Hinterkopf beim Sprechen auf und ab bewegten. Sie war so mit dem beschäftigt, was sie sagte, dass sie gar nicht bemerkte, dass ihre Füße nach Westen zeigten. Wahida hätte sie gerne darauf aufmerksam gemacht.

Zohra sagte verzweifelt: „Sie weigert sich, dort wegzugehen. Ich habe alles versucht, um sie zu überzeugen. Aber sie besteht hartnäckig darauf, dass sie ihr Leben in dem Haus, das ihr Mann für sie gebaut hat, zu Ende leben will.“ Zohra schnäuzte sich die Nase. Ihre Augen und ihre Nasenspitze waren rot. Wahida konnte ihren Anblick kaum ertragen. Sie dachte, dass ihre Tante sicherlich richtig eingeschätzt habe, ob die Liebe und Sorge, die die Frauen zeigten, echt waren oder nicht.

Saura verteidigte Amina: „Was sie sagt, ist ja wirklich wahr. Wie könnte sie aus irgendeinem Grund das Haus verlassen, das ihr Mann für sie gebaut hat?“ Sie war aufgestanden, weil sie schon vor einiger Zeit hatte gehen wollen und sie blieb stehen, weil sie sich wegen der Schwierigkeit, sich wieder hochzuhieven, nicht wieder hatte setzen wollen. Das Zimmer wurde vom Duft des Currys erfüllt, das sie in der Hand hielt. Eine Zeit lang sagte keine mehr etwas.

„Wie viele Tage bleibst du noch, Wahida? Wird es bis Bakr Id sein?” fragte Sherifa in der Hoffnung, sie könnte damit das Gespräch in eine andere Richtung lenken.

„Ich weiß nicht“, sagte Wahida und schüttelte zur Antwort den Kopf.

„Wir wollen unserem Kind die Tage nicht nachrechnen, wenn es kommt. Sie soll so lange bleiben, wie sie möchte“, sagte Rahima.

„Ja, das sagst du! Aber ihr Mann und ihre Schwiegermutter müssen doch zustimmen, oder nicht? Von nun an haben sie das letzte Wort“, meinte Sherifa.

„Erwähne diese Frau lieber nicht! Sie hat keine Eile, ihre Schwiegertochter nach Hause zu holen. Schließlich spart sie sich dann Ausgaben! Geiziges Weib!“ sagte Nafiza, um Sabia lächerlich zu machen. Alle stimmten ihr zu.

Schließlich bewegte sich Saura auf die Tür zu und sagte: „Ja, ich muss gehen. Es ist Zeit für die Gebete.“ Alle Frauen standen eine nach der andern auf und machten sich zum Aufbruch fertig.

Eben da kam Suleiman aus der Moschee zurück, hörte die Frauen miteinander sprechen und trat ins Haus. Sobald sie ihn sahen, standen Zohra und Rahima erschrocken auf, zogen ihre Saris weit über den Kopf und hießen ihn willkommen. Inzwischen hatten Wahida und Sherifa ebenfalls ihre Köpfe bedeckt und waren ins Haus geflohen.

„Danke, ich komme herein“, sagte Suleiman. „Aber da sind zwei Frauen weglaufen und haben sich versteckt, sobald sie mich sahen. Wer war das denn?“ Er staubte das Sofa mit dem Taschentuch ab und setzte sich.

„Was meinst du wohl, wer das war? Es waren die Töchter deines Onkels, Sherifa und Wahida, nur die beiden“, versicherte ihm Sainu.

„Ah, unsere Mädchen wissen also, dass sie sich bescheiden verhalten sollen!“ Suleiman riss die Augen auf und tat, als wäre er erstaunt. Er fragte Rahima: „Ist Kader noch nicht zurück? Ich bin anscheinend der erste, der sich nach den Gebeten auf den Nach-Hause-Weg gemacht hat.“ Er hielt Saura, die gehen wollte, zurück. „Warte mal, Tante, und hör dir diese Neuigkeit an!“

„Na, dann beeil dich und erzähl's uns!" schalt Mumtaz ihn zärtlich. „Schließlich muss ich nach Hause gehen und dir dein Essen zubereiten!“

Rahima hatte ihm ein Glas Buttermilch geholt. Suleiman zögerte: „Was ist das? Buttermilch? Nein danke, ich bin gerade auf dem Nachhauseweg.“ Sie bestand jedoch darauf und er nahm ihr das Glas ab. „Es ist sehr heiß, nicht? Das bringt mich um! Nirgendwo ist das Klima so angenehm wie in Singapur!"

„Erzähl uns deine Neuigkeit, ich muss gehen“, schalt ihn Mumtaz noch einmal.

Suleiman nahm sich Zeit. „Wisst ihr, was passiert ist? Ihr erinnert euch an diese Fatima, die vor einer Weile durchgebrannt ist?“ Er machte einen Augenblick Pause und sah in alle Gesichter um sich herum. Dann verkündete er mit überschwänglicher Geste: „Die Hure ist tot. Wir haben gerade die Nachricht bekommen.“

Alle, die dort waren, guckten erstaunt und ängstlich. Offenbar traute keine ihren Ohren. Sherifa und Wahida hörten vom Inneren des Hauses aus zu und waren schockiert, wie er eine Todesnachricht mit solcher Schadenfreude aussprechen konnte. Sie sahen einander an und versuchten einerseits die Nachricht und andererseits die Art, wie sie mitgeteilt worden war, zu erfassen. Saura kam nach einem Augenblick wieder zu sich und fragte: „Was sagst du? Wie kannst du uns etwas so Bedeutsames so beiläufig erzählen?“

Sainu schaltete sich schnell mit ihren Fragen ein: „Was ist passiert? Wie? Wer hat dir das gesagt?"

Suleiman kam durch die Wirkung seiner Neuigkeit auf die Frauen noch mehr in Stimmung. Er hatte die Absicht, die Gelegenheit zu benutzen, ihnen alles zu sagen, was er wusste, und möglichst viel davon herzumachen. „Seht ihr, Gott hat sie bestraft! Was hat diese weggelaufene Hure getan? Könnt ihr euch vielleicht vorstellen, was sie sich dabei gedacht hat? Und seht mal, was ihr passiert ist! ER hat es ihr nicht durchgehen lassen! ER weiß alles. Es gibt kein Geheimnis, das IHM verborgen wäre. So mächtig ist ER!" Suleiman sagte das alles höchst befriedigt. „Die beiden haben in Madurai einen Hausstand gegründet. Gestern ist sie zum Markt gegangen. Sie ist überfahren worden – wir wissen nicht, ob es ein Bus oder ein Lastwagen war."

Sherifa war über die Art und Weise empört, in der er genussvoll seine Geschichte erzählte. Es war wirklich gut, dass sie sie nicht mit ihm, dem Sohn ihrer Tante, verheiratet hatten! Mumtaz tat ihr leid und sie trauerte um Fatima.

„Ach, wie schrecklich", sagte Saura. „Und wie habt ihr das erfahren?"

„Die Polizei dort hat uns darüber informiert. Der Bursche fragte tatsächlich, ob ihr Leichnam hergebracht werden sollte. Das Jamaat hat sagen lassen, das sei unmöglich. Sie könnten ihn, wo sie wollten, begraben oder verbrennen! Seht mal, was ihr passiert ist, und noch dazu so schnell, der Hure! Ich habe nicht gedacht, dass ER ihr das, was sie verdiente, so *bald* geben würde. Der Herr ist groß, nicht wahr?" sagte er stolz.

Nafiza seufzte tief. „Ihr Schicksal hat sie so weit gebracht. Es war vorherbestimmt, dass der Todesengel Izrail sie zu dieser Zeit und an diesem Ort holen sollte." Ihr wurde klar, dass, obwohl schon einige Minuten vergangen waren, seit ihnen Fatimas Tod mitgeteilt worden war, ihr und keiner anderen bisher eingefallen war, ein Gebet für die Tote zu sprechen. Sie erhob ihre Stimme, wie um die anderen daran zu erinnern, und sagte laut: *„Inna illahi va inna illaihi raji hoon* – von Gott kommen wir und zu Gott kehren wir zurück." Sofort stimmten alle anderen Frauen ein. Ihre Gesichter zeigten, dass sie erschrockener darüber waren, dass sie vergessen hatten, das Gebet zu sprechen, als über die Nachricht von Fatimas Tod. Rahima und Zohra tat es am meisten leid. Nafiza wusste, dass sie etwas sehr Wichtiges getan hatte.

Suleiman war stolz, dass er seine Aufgabe so befriedigend erfüllt hatte, sagte: „Asalaamu aleikum" und ging. Rahima und Zohra standen stockstill und konnten nicht einmal seinen Gruß erwidern. Mumtaz folgte ihm. Nafiza verabschiedete sich und ging ebenfalls. Sherifa und Wahida kamen aus ihrem Versteck. Sie waren noch schockiert und schwiegen. Sainu stolperte über ihre Worte: „Nun, wir können ihr Schicksal ja schließlich nicht ändern! Sie hat die Strafe bekommen, die sie verdient hat. ER kennt alle Geheimnisse!" Auch sie machte sich auf den Weg und sagte noch: „Rahima, bring deine Tochter heute in unser Haus rüber! Es soll ihr formeller Besuch wegen Madinas Feier sein. Farida ist jetzt bei ihrer Schwiegermutter. Sag Wahida, dass sie auch sie besuchen soll!"

Als alle gegangen waren, standen Wahida, Zohra und Rahima noch eine Weile schweigend da. Dann kümmerten sich die beiden Älteren um ihre Arbeit und Wahidas Gemüt wurde von Schmerz erfüllt.

Kapitel 57

Als Wahida von Rabia gehört hatte, dass sich die Familie aufspalten würde, ging sie zu ihrer Mutter und fragte: „Ist es wahr, Amma, was Rabia sagt?“ Rahimas Herz setzte einen Schlag lang aus. „Ja“, sagte sie kurz und glitt schnell davon wie vom Wind weggeblasener Rauch.

Als Zohra das am Tag, nachdem sie Amina nach Hause gebracht hatte, verlangt hatte, hatte Rahima keine Ahnung, was der Grund dafür war. Sie verstand nur, dass ihre Schwägerin das aus einem gewissen Ärger heraus sagte. Als sie später Wahida nach Hause holte, besuchte sie Amina. Amina hielt Rahima mit ihren dünnen Händen fest und weinte lange. In Zohras Abwesenheit war Amina selbstsicherer und schüttete die Wahrheit über Firdaus' Tod in allen Einzelheiten vor Rahima aus. Als sie zu Ende gesprochen hatte, sank Rahima vor Entsetzen in sich zusammen. Sie ging ohne ein weiteres Wort.

Wie konnte etwas, das vor so undenkbar langer Zeit geschehen war, in der Gegenwart auftauchen und solche monströsen Formen annehmen? Sie konnte sich nicht an das erinnern, was in der Vergangenheit geschehen war. Sie hatte nicht die innere Stärke, sich zu erinnern, das wusste sie nur zu gut. Sie hatte beschlossen, den Vorfall völlig zu vergessen, sie hatte keinerlei Verwirrung in ihrem Geist oder in ihren Gedanken aufkommen lassen, aber jetzt zog sie sich vor Scham darüber zusammen. Sie kämpfte hart darum und sie quälte sich sicherzustellen, dass ihre Tochter ihr ständiges Schuldgefühl nicht bemerken würde. Sie verstand nicht, wie ein Irrtum, den sie vor so langer Zeit begangen, um dessentwillen sie gelitten, den sie bereut und den sie sich schließlich vergeben hatte, auf so grausame Weise eben zu dieser Zeit bekannt geworden sein sollte. Sie fühlte sich, als wäre ihr Herz ein Stück alter Stoff, ausgewrungen und schlaff. Sie wusste nicht, wie es in Wahidas Gemüt aussah, aber sie fand nicht den Mut, ihr auch nur gegenüberzutreten, um das zu erfahren. Die Angst, ihre Tochter könne sie hassen, verfolgte sie die ganze Zeit über und hielt sie wach. Tagsüber ging sie wie leblos umher. Es schien ihr, als halte sie sich von Wahida fern, und gleichzeitig überhäufte sie sie mit Liebe und Zärtlichkeit.

Außerdem plagte sie die Angst, dass Wahida vielleicht im Haus ihres Mannes nicht glücklich sei. Sikandar und Wahida zeigten, wenn sie miteinander sprachen, auch nicht die kleinste Vertrautheit. Aber sie hoffte, das bilde sie sich nur ein, und beschloss, drei Monate für das Glück ihrer Tochter zu fasten. Sie zwang sich, ihre Gedanken fallenzulassen, denn sie fürchtete, dass ihre geröteten Augen und ihr geschwollenes Gesicht Wahida traurig machen und verwirren würden. Sie dachte daran, dass Freitag sei und dass es sich schlecht auf ihre Familie auswirken könne, wenn sie an einem Feiertag weinte. Darum machte sie sich mit ihrer Hausarbeit zu schaffen. Innerlich jedoch zitterte sie die ganze Zeit über, denn sie stellte sich vor, Wahida würde sie genau beobachten.

Wahida hatte ihr Haar gewaschen und kämmte es. Das Wasser tropfte von ihrem Kopf. Rahima stand am Herd und kochte. Als sie Wahida von Weitem sah, ging sie schnell zu ihr und sagte: „Warum hast du dein Haar so nass gelassen? Wirst du dich nicht vielleicht erkälten?“ Sie nahm ein Handtuch, das draußen auf der Leine hing, und fing an, Wahida das Haar zu trocknen. Als Wahida vor ihr saß und sich bequem zurücklehnte, zögerte Rahima, dachte eine Weile nach und stellte schließlich ihre Frage: „Na, Liebe, wie viele Tage sind es, wenn du heute mitzählst? Sag's mir genau!“ Zwar brachte die Frage sie in Verlegenheit, aber sie dachte doch, es sei ihre Pflicht, sie zu stellen.

Wahida war scheu. Ihr Gesicht rötete sich, sie sank in sich zusammen. Rahima sagte voller Angst: „Sag es mir einfach! Ich bin es ja nur, die fragt, deine Mutter. Ich hatte geplant, heute zum Dargah zu gehen. Ich habe ein Gelübde abgelegt, sieben Freitage die Lampen dort anzuzünden. Ich dachte, ich könnte dich an diesem Freitag mitnehmen. Es wäre gut, es heute zu beenden."

Schon als Kind hatte Wahida ihre Gefühle selten durch Gesichtsausdruck oder Gesten verraten. Zohra sagte dann wohl: „Deine Tochter ist sehr verschlossen. Hat sie jemals spontan getanzt oder gesungen? Sieh dir meine an! Sie tanzt immerzu herum und singt vor sich hin. Ist sie überhaupt ein Mädchen?" Es war nicht ganz klar, ob sie Wahida lobte oder Rabia tadelte. Ihr Gesicht zeigte gleichzeitig Stolz und Ärger. Plötzlich fiel Rahima ein, dass Zohra völlig Recht gehabt hatte. Früher bedurfte das Schweigen ihrer Tochter keiner Erklärung, heute dagegen konnte es tausenderlei bedeuten, dachte sie schmerzvoll. „Sie ist ein Rätsel", murmelte Rahima vor sich hin. Sie war beunruhigt, weil Wahida nicht antwortete. Wenn sie sicher sein könnte, Wahida sei nur scheu, dann hätte sie ihren Frieden wieder gehabt. Aber schwieg sie vielleicht, weil sie den Gedanken, sie trage ein Kind, nicht mochte? Oder wollte sie einfach nicht mit ihrer Mutter reden? Rahima konnte es nicht herausfinden! Ihre Hände fielen herunter, als hätten sie nicht die Kraft, noch länger das Haar der Tochter zu trocknen. Sie stand auf und ging in Wahidas Zimmer, nahm Kleider und Schmuck heraus, die sie tragen sollte, und legte alles aufs Bett. Sie hoffte, dass Wahida sie diesmal nicht zurückweisen würde.

Wahida folgte ihr und sah um sich, als wollte sie fragen: „Wozu ist das alles?"

Rahima war sicher, dass sie auf die unausgesprochene Frage antworten müsse, und sagte: „Heute ist Freitag. Wir müssen Farida im Haus ihres Mannes besuchen. Wir müssen auch bei Madina reinschauen. Sie gehört so sehr zu unserer Familie, und sie hat schon nach dir gefragt."

Wahida dachte an ihre Tante Zohra. Sie war nicht glücklich, dass sie sich herausputzen sollte. Sie legte alles, was auf dem Bett ausgebreitet war, beiseite und sagte sanft: „Nein, Amma. Tante trauert noch. Ich bin nicht glücklich, wenn ich mich so aufputzen soll. Verschieben wir es auf einen anderen Tag!"

Rahima verstand, warum ihre Tochter zögerte, aber sie konnte ihr nicht zustimmen. Auch Wahida war jung verheiratet. Wenn sie sich jetzt nicht schön machen würde, wann dann? Sie dachte eine Weile nach und sagte: „Was können wir daran ändern? Natürlich bin auch ich traurig darüber. Aber sie darf ein ganzes Jahr lang an keiner Feier teilnehmen. Was willst du die ganze Zeit über tun?" Rahima wollte unbedingt mit ihrer Tochter zu einer Verständigung kommen, bevor Zohra aus dem Bad käme.

Wahida blieb jedoch bei ihrer Weigerung. „Nein, Amma. Wie können wir dann als Familie auskommen? Kann ich ihr das eine ins Gesicht sagen und etwas anderes hinter ihrem Rücken tun?" Rahima war froh, dass Wahida wenigstens ihr Schweigen gebrochen hatte und mit ihr sprach. Vielleicht hatte sie sich ganz unnötig alles Mögliche vorgestellt und sich beunruhigt! Sie hatte sich geirrt, sagte sie sich. Wahida hatte nichts gegen ihre Mutter. Rahima fühlte sich nun viel besser und kehrte an ihre Arbeit in der Küche zurück, ohne dass sie noch etwas sagen wollte. Nach einer Weile bemerkte sie, dass Zohra aus dem Bad kam. Rahima half Wahida beim Anziehen und machte es ihr bequem. Das Haus hatte seine Harmonie nicht vollständig verloren.

***

Es war später Nachmittag. Die Sonne schien ihnen direkt ins Gesicht und verbrannte sie. Im Gehen wischte sich Rahima mit dem Dupatta, der sie bedeckte, das Gesicht. In einem kleinen Drahtkorb hatte sie die Öllampen, Dochte, das Opfergeld und ihr Gebetbuch. Sie hatte gelobt, an sieben aufeinanderfolgenden Freitagen im Dargah die Lampen anzuzünden. Saura und Sainu folgten ihr und schwankten von einer Seite auf die andere. Sie konnten nicht mit ihr Schritt halten.

Saura hatte Schwierigkeiten mit dem Gehen und bewegte ihren schweren Körper mühsam vorwärts. Rahima ärgerte sich, dass sie ebenso langsam wie die beiden anderen gehen musste. Sie war unzufrieden, dass sie mit ihnen zu gehen gezwungen war, weil sie keine anderen Frauen zur Gesellschaft gefunden hatte. Zohra hatte sich nach Firdaus' Tod geweigert mitzukommen. „Wozu nützt das? Ich mache das nicht mehr", hatte sie erklärt. Saura und Sainu hatten sie angefleht und gesagt, es sei nicht gut, mittendrin aufzuhören. Aber Zohra wollte nicht hören. „Mir kann nun nicht noch mehr passieren!" hatte sie gesagt.

Sainu hatte Zohra die Hand auf den Mund gelegt und sie gescholten: „Das ist ja allerhand, was du da sagst! Du hast eine junge Tochter, vor der noch das ganze Leben liegt! Versündige dich nicht in deiner Verzweiflung! Wenn du jetzt aufhörst, die Lampen anzuzünden, werden die Heiligen dir sicherlich böse sein!"

Rahima drehte sich um und trieb die beiden Älteren an: „Kommt schon, beeilt euch! Die Hitze ist unerträglich. Lasst uns schnell in den Dargah gehen!" Wieder wischte sie sich das Gesicht ab. Es glühte.

„Warte mal ein bisschen, wir kommen ja schon", sagte Sainu. „Nur weil du das Gelöbnis abgelegt hast, dass du den ganzen Weg zu Fuß gehen willst, um die Lampen anzuzünden, müssen wir diesen Weg in der brennenden Hitze machen! Sonst hätten wir wenigstens im Auto fahren können!" Sie strengte sich sehr an und ging etwas schneller. Saura war nicht dazu imstande und blieb zurück.

Außer der Sonnenhitze blies auch noch ein heißer Wind, der Sainu zusätzlich zu schaffen machte: „Das ist nicht wie die übliche Chittirai-Hitze! Es macht einen fix und fertig!" Sie fing an, über Zohra zu klagen: „Warum macht sich diese Frau so wichtig? Wer von uns hat schließlich keine Sorgen! Der Himmel weiß, welche Sünde ihre jüngere Schwester begangen hat. Jedenfalls ist sie jetzt tot und weg. Was könnten wir wohl daran ändern? Denkt an Fatima, die durchgebrannt ist. Hat Allah sie etwa ungeschoren davonkommen lassen? Anstatt es einfach ruhen zu lassen, nimmt sie ihre Schwester in Schutz und sagt, sie sei eine so tugendhafte Frau gewesen. Und dabei hat sie doch ihre kleine Tochter, die so hell wie ein Bananenschössling ist!" Sainu sah Rahima beim Weitergehen an und erwartete eine Antwort.

Rahima wandte ihr Gesicht ab und fragte sich, was es wohl für ein besonderes Vergnügen sein könnte, sie dazu zu bringen, Geschichten zu erzählen. Sie versuchte, dem Gespräch ein Ende zu machen. „Ich habe meine rituellen Waschungen schon gemacht, deshalb wollen wir jetzt lieber nicht mehr sprechen. Was hätten wir auch davon, wenn wir darüber reden würden? Und wenn ich die Regeln verletze, wo könnte ich dann meine Olu-Waschungen noch einmal machen?"

Ihre scharfe Antwort und der schwache Hinweis auf ihre Verstimmung ärgerten Sainu. „Oh ja, denk nur, wir haben unsere Waschungen auch gemacht, da bist du nicht die Einzige! Ich weiß sehr gut, dass du nichts über deine Schwägerin preisgeben wirst!"

An diesem Punkt schaltete sich Saura, die sie inzwischen wieder eingeholt hatte, ein und tadelte Sainu freundlich: „Hör zu, Sainu“, sagte sie. „Weißt du nicht, dass sie ihren Mund niemals aufmachen wird? Sie liebt ihre Schwägerin so zärtlich! Hast du gedacht, es wäre etwas anderes?“ Sie lächelte Rahima zu und hoffte, dass ihre Schmeichelei etwas aus ihr herausholen würde. Aber Rahima erwiderte nur schweigend das Lächeln und wiederholte beim Weitergehen leise ihre Daspih-Gebete.

Da sie an der Straße entlang gingen, die in die Stadt führte, fuhren ständig Busse, Lastwagen und Autos an ihnen vorbei. Die Hitze durchquerte langsam und zögernd die Stadt, als wäre sie noch unsicher, was sie tun sollte. Vor und hinter ihnen waren fünf oder sechs Frauen, die auch zum Dargah gingen. Rahima staunte über sich selbst. Früher war sie nie zum Dargah gegangen. Dies waren Begräbnis-Schreine für heilige Männer. Sie hatte zugehört, als Kader die Hadiths rezitierte. Da hieß es über sie: Frauen ist es verboten, dorthin zu gehen. Indem man dort betete, verehrte man die dort begrabenen Heiligen auf ähnliche Weise wie Allah selbst. Das würde Allah niemals vergeben. Rahima fragte sich, warum sie jetzt angefangen hatte, zum Dargah zu gehen. Ihr Mann wusste nichts davon. Welchen Glauben hatte sie denn? Oder besser: In welchem Zustand von Angst und Unglauben kam sie hierher?

Ihr wurde bewusst, dass sie in ihrer Angst um das Glück ihrer Tochter zu allem bereit war. Darum hatte sie sich verändert. Alle Gelübde und alles Fasten, die sie unternommen hatte – das Sayyed-Ali-Fasten, Dreimonatsfasten, die Lampen im Dargah, das Gelübde, den Dargah in Nagore und Yerwadi zu besuchen –, all das tat sie nur für Wahidas Glück. Wenn sie daran dachte, fürchtete sie schon um ihren Verstand. Sie sehnte sich nach der Deutlichkeit eines einzigen Glaubens, der all dies überflüssig machte. Auch Sainu hatte in der Hoffnung, Faridas Hochzeit zu sichern, ein Gelübde abgelegt. Deshalb ging sie zum Dargah, ohne dass Suleiman das wusste. Sie bezweifelte, dass sie ohne diese letzte Hoffnung überleben könnte.

Kapitel 58

Vor einer Woche hatte die Schule wieder angefangen. Zohra hatte erklärt, dass Rabia nicht mehr länger zur Schule gehen dürfe. Rabia hatte so sehr gefleht und gebettelt, wie sie nur gewagt hatte. Aber Zohra hatte sich an dem Tag, nachdem Madina zum ersten Mal menstruiert hatte, entschieden. Sie sagte: „Es genügt, wenn du zu Hause bleibst und ein braves Mädchen bist. Madina geht nicht mehr zur Schule. Ich möchte nicht, dass du alleine gehst."

Rabia sagte, sie wolle mit Uma gehen. Zohra schalt: „Uma gehört zu einer Hindu-Arbeiter-Familie. Du kannst nur gehen, wenn jemand aus unserer Straße mit dir geht." Rabia war darüber äußerst enttäuscht.

Rahima sagte: „Sie ist erst in der siebenten Klasse, lass sie doch nicht schon jetzt aufhören!"

Zohra war unfreundlich. „Es ist unmöglich", sagte sie fest. Danach war sie nicht mehr bereit, noch auf irgendjemanden zu hören.

Sowohl Rahima als auch Wahida bemerkten, dass Zohra jetzt noch entschlossener war, Rabia zu disziplinieren und zu kontrollieren, als vor den Ereignissen. Wahida hatte schon zu ihrer Mutter gesagt: „Das arme Kind! Sie wird schon ins Haus eingesperrt, noch bevor sie erwachsen geworden ist!"

Rahima erwiderte: „Du ahnst nicht, was sie in der Stadt über Zohras Familie sagen! Sogar Saura hat mir zugeflüstert: ‚Aminas Tochter war genauso wie Aminas Schwester! Du siehst ja, es passiert in einer Generation nach der anderen! Die Leute sagen nicht umsonst, dass man auf die Abstammung achten soll.' Zohra hat deswegen tödliche Angst. Sie bringt ihr Kind mit ihrer Überbehütung um."

Wahida war von alledem sehr beunruhigt. Sie dachte daran, dass Madina, als sie sie neulich besuchte, neugierig fragte, ob Rabia weiter zur Schule gehen würde. Sie wird von der Neuigkeit entzückt sein! Sie hatte ganz kindlich gesagt: „Wenn Rabia hier ist, können wir die ganze Zeit miteinander reden. Dann werde ich mich überhaupt nicht langweilen."

Am letzten Tag des Monats Safar war Rabia nach ihrem Bad am frühen Morgen zum Haus des Hazrats gegangen und hatte sechs oder sieben Mango-Blätter mit nach Hause gebracht, auf die er mit Tinte die entsprechenden Texte geschrieben hatte. Sie hatte sie Wahida gegeben und gesagt: „Wasch die Schrift mit Wasser ab und dann trink etwas von dem Wasser und gib mir das, was übrig ist." Rabia hatte gleichzeitig eifrig und ängstlich ausgesehen. Nachdem Rabia das Wasser getrunken hatten, war sie zu ihrer Mutter gelaufen und hatte gefragt: „Amma, kann ich heute Nachmittag mit all den anderen Frauen auf den Berg steigen, um dort im Gras spazieren zu gehen?"

„Das kommt überhaupt nicht in Frage. Stell dir vor, du bekommst plötzlich deine Periode, wenn du dort oben bist!" Zohra sagte das ganz beiläufig und beschäftigte sich mit einem besonderen Mittagessen, das in der Moschee gesegnet werden sollte.

Wahida drängte ihre Tante: „Warum nicht, Tante? Warum willst du sie nicht gehen lassen? Die ganze Stadt geht doch!"

„Das verstehst du nicht, Wahida! Wenn sie plötzlich ihre Periode bekommt und dann von Geistern besessen wird, können wir nichts dagegen tun. Sie soll erst einmal heiraten, danach kann sie gehen. Letztes Jahr und das Jahr davor war sie noch ein kleines Mädchen und kam und ging, wie sie wollte. Niemand hat sie daran gehindert. Worüber könntet ihr euch jetzt beklagen?" Zohra sagte das sehr entschieden.

Wahida konnte nichts mehr dagegen sagen. Rabia zog sich ihre neuen Kleider an und steckte sich Blumen ins Haar, aber sie konnte weiter nichts machen, als den ganzen Tag weinen.

Auch kurz vor der Jahresprüfung hatte Zohra ihrer Tochter das Leben schwer gemacht. Wahida erinnerte sich traurig, wie Zohra an Rabia herumnörgelte, wenn sie nur ein Buch anfasste. „Wozu soll dir das nützen, die ganze Zeit über zu lernen? Du willst ja wohl keine Steuereinnehmerin oder so etwas werden, oder doch? In diesem oder im nächsten Jahr wirst du menstruieren und das war's dann. Reicht es nicht, dass du grade so durchkommst? Du steckst deinen Kopf Tag und Nacht nur in die Bücher! Wozu soll das für ein Mädchen gut sein? Kriegst du davon keine Kopfschmerzen?"

Immer wenn Wahida Rabia riet, ordentlich für die Prüfung zu arbeiten, antwortete die Kleine: „Aber was nützt es mir, wenn ich so viel lerne? Sie nehmen mich sowieso bald aus der Schule!" Das Bedauern im Ton des Mädchens tat Wahida weh.

Zohra hatte sich verändert. Sie war nicht mehr wie früher. Der Anblick des angespannten Ausdrucks im Gesicht ihrer Tante, mit dem sie die ganze Zeit umherging, nahm Wahida die ganze Freude an ihrer Heimkehr. Es wurden schon Vorbereitungen getroffen, eine Mauer mitten durch das Haus bauen zu lassen. Erst an diesem Morgen noch waren einige Leute gekommen und hatten das Haus vermessen. Weder Kader noch Karim sagten ein offenes Wort über die Teilung des Besitzes. Sie verhielten sich, als gäbe es einen Streit, der nur die Frauen anginge.

Offenbar hatte Zohra nur eines zu Karim gesagt: „Ich möchte meine Mutter herholen und mit ihr leben. Deshalb möchte ich, dass wir uns trennen." Karim berichtete das Kader, der der Meinung war, das sei ganz vernünftig. Danach wagte niemand mehr, etwas dagegen zu sagen. Nur Zohra, Rahima und Wahida wussten den wahren Grund. Sie wussten, warum Zohra entschlossen war, die Familie zu trennen.

Wahida fühlte sich nun wie in der Hölle. Sie hatte gehofft, für immer aus dem Haus ihrer Schwiegermutter entkommen zu können und das Haus ihrer Eltern nie mehr verlassen zu müssen. Aber sie fand es unerträglich, Zohras Unnahbarkeit und Rahimas seltsame Zurückhaltung mit ansehen zu müssen, und dazu noch Rabia, die in so jungen Jahren so sehr niedergedrückt wurde, im Zimmer eingesperrt war und nur noch zusammengekrümmt neben ihrer Kusine lag. Wahidas Gemüt war in Aufruhr und sie wusste nicht, wen sie für das alles verantwortlich machen sollte. Sie dachte sogar schon daran, in Sabias Haus zurückzukehren, aber dann sah sie die Gestalt Sayyeds vor ihrem geistigen Auge, hörte Sabias Worte, sah ihr Taschentuch und bemerkte, wie sie zitterte.

Sie riss sich aus ihren Gedanken und fragte sich, wie viele Tage seit ihrer letzten Regel vergangen waren. Waren es dreißig oder schon zweiunddreißig? Normalerweise hatte sie alle dreißig Tage ihre Regel. Warum war sie diesmal spät dran? fragte sie sich voller Angst. Unwillkürlich fasste sie sich mit der Hand an die Stirn und die Wangen, berührte ihre Pickel und war zufrieden. Sie ging zum Spiegel und starrte sich an. Sie streichelte die Pickel, die geschwollen und rot auf ihren Wangen standen. Der Anblick gefiel ihr sehr und sie kniff sich ein bisschen. Es tat weh, aber gleichzeitig war es tröstlich, obwohl die Stelle sich auf ihrer hellen Haut noch etwas mehr rötete. Der Sari mit seinem schwarzen Untergrund, den sie trug, stand ihr fantastisch! Seit sie wieder zu Hause war, sah sie viel gesünder aus. Sie versuchte sich zu erinnern, ob Sikandar auch nur ein einziges Mal ihr gutes Aussehen erwähnt hatte. Nachts fiel er wie ein Tier über sie her. Das war alles. Sie fragte sich, ob sie sich von ihm wünschte, dass er ihre Schönheit zu schätzen wüsste und sie loben würde. Sie wusste die Antwort darauf. Nein, sie wünschte es sich nicht. Sie war froh, dass es so war, wie es war. Sofort dachte sie daran, wie Sayyed sie die ganze Zeit über mit seinen angeblich anerkennenden Bemerkungen belästigt hatte und schob die Erinnerung daran beiseite. Sie fürchtete, sie würde sich noch verrückt machen, wenn sie an dies alles dachte. Sie wünschte, sie könnte mit jemandem sprechen, und sah zu Rabia hinüber, die auf ihrem Bett eingeschlafen war. Es war fast Zeit für die Asar-Gebete. Sie sollte sie wecken und ein bisschen mit ihr reden. Sie ging zu ihr, setzte sich auf das Bett und begann ihre Füße zu kitzeln, um sie zu wecken. Wie war es möglich, dass dieses Mädchen, das immer tausend Fragen gestellt und nie einen Augenblick stillgestanden hatte, jetzt so dalag und so zerbrochen und niedergedrückt aussah?

Rahima kam mit einem Teller in der Hand ins Zimmer. Sie stellte ihn auf das Bett, wandte sich schon zum Gehen und sagte noch: „Hier ist etwas Puffreis für euch beide. Wenn ihr den gegessen habt, könnt ihr etwas Tee haben."

Wahida hielt sie auf und sagte: „Ich habe meine Gebete noch nicht gesprochen, Amma. Behalte das bitte draußen, hier ist schon alles so durcheinander."

„Das hätte ich mir eigentlich denken können", klagte Rahima, nahm ihren Teller und machte kehrt. Rabia stand auf und ging sich das Gesicht waschen. Wahida hörte wieder die Schritte ihrer Mutter. Es war ein Geräusch, das sie schon als Kind geliebt hatte. Sie ging so leise wie eine Katze. Nur das leise Klirren ihrer Zehringe kündigte ihr Kommen an. Sie sah fragend auf. Rahima stand da und zögerte.

Nach einer Weile sagte Rahima: „Es hat nichts zu bedeuten, aber du bist jetzt ein paar Tage zu spät dran, nicht? Dann bleib ruhig etwas im Bett. Es hat keine Eile, nicht einmal mit den Gebeten. Du kannst dich um all das später kümmern."

Wahida sah deutlich, dass das Gesicht ihrer Mutter blass geworden war, ehe sie zu Ende gesprochen hatte. Warum war Rahima so in Angst, etwas zu sagen? Sie musste sich wirklich sehr weit von Wahida entfernt fühlen. Wenn Wahida nicht antworten würde, wäre Rahima tief verletzt. Sie sagte also: „Nein, Amma. Sieh nur die Pickel überall in meinem Gesicht." Sie war sicher, dass sie ein eindeutiges Zeichen waren.

Rahima verstand, was ihre Tochter meinte. Trotzdem sagte sie: „Ganz egal, ruh dich aus, das ist ganz in Ordnung." Sie verließ das Zimmer und war zufrieden, dass Wahida ihr wenigstens geantwortet hatte.

Rabia hatte ihr Gesicht gewaschen und kam ins Zimmer zurück. Sie legte sich wieder hin, ihren Kopf in Wahidas Schoß. „Bist du noch müde?" fragte Wahida und streichelte ihr Gesicht. „Setz dich auf, ich will dir das Haar kämmen."

Rabia setzte sich wortlos auf, löste ihren Zopf und drehte Wahida den Rücken zu, damit sie sie kämmen könne. Wahida hob Rabias Haar mit beiden Händen hoch und begann es sehr vorsichtig zu kämmen, um ihr nicht wehzutun. Rabia kam plötzlich ein Gedanke. Sie drehte sich um und sah Wahida in die Augen. „Warum seid ihr eigentlich nicht irgendwohin auf Hochzeitsreise gegangen?"

Wahida erinnerte sich daran, dass sie Rabia versprochen hatte, sie nach ihrer Hochzeit irgendwohin auf eine Zugreise mitzunehmen. Es machte sie nun traurig, dass Rabia noch daran dachte, und sie wusste nicht, was sie sagen sollte. Aber Rabia sprach weiter: „Ich habe Tante Rahima danach gefragt. Sie sagte mir, dass die Geister, wenn du irgendwohin fahren würdest, ehe die vierzig Tage vorüber sind, den Duft der Blumen an dir riechen und dich ergreifen würden."

Für Wahida war es eine Erleichterung, dass Rabia sich selbst die Antwort gegeben hatte. Sie sagte nichts, sondern kämmte nur das Haar des Mädchens. Sie sah die Läuse hier und dort und schalt: „Sieh dir das an, du hast so dichtes Haar, kämmst du dir niemals die Läuse aus?" Sie ging zu ihrem Schrank, holte einen Kamm mit engen Zinken hervor und fing an, ihr die Läuse auszukämmen.

„Wenn du mir das Haar kämmst, fühlt sich das genauso an, als ob Firdaus Chitthi mir das Haar kämmen würde. Es tut nicht im Geringsten weh!" sagte Rabia. „Wenn ich an Chitthi denke, ist mir zum Weinen." Wahida empfand einen starken Schmerz. Rabia sprach weiter: „Meine Chitthi war so gut! Sie liebte mich sehr, nicht wahr, Wahida?"

Wahida wurde bei der Traurigkeit, die in Rabias Stimme mitschwang, die Kehle eng. Sie konnte nicht antworten. Sie konnte nur eine Zustimmung murmeln. Die Tränen stiegen ihr in die Augen. Schnell sagte sie: „Einen Augenblick, ich bin gleich zurück!" Sie ging eilig aus dem Zimmer, trat in eine Ecke der Halle und wischte sich die Augen. Dabei blickte sie die ganze Zeit über um sich. Durch das Fenster konnte sie ihre Mutter beim Kochen in der Küche sehen. Zohra ließ sich nirgendwo blicken. Sie fürchtete sich, zu Rabia zurückzugehen, weil sie Angst hatte, sie könnte ihr noch mehr Fragen stellen. Sie beschloss, sofort ein anderes Thema zur Sprache zu bringen, aber ihr fiel keines ein. Ihr Geist war an die Erinnerung an Firdaus wie festgeschmiedet.

„Bitte mach mir schnell die Haare", rief Rabia laut. „Amma schimpft mit mir, wenn mein Haar zur Maghrib-Zeit offen ist. Sie sagt, dass dann die Engel Ausschau halten."

Wahida war entschlossen, das Gespräch auf ein anderes Thema zu lenken. Als sie ins Zimmer zurückkam, fragte sie: „Rabia, wo ist überhaupt Ahmad geblieben? Er ist nirgendwo zu sehen." Als sie Rabia das Haar flocht, konnte sie von hinten sehen, wie Rabias Gesicht bei der Erwähnung Ahmads verfiel. Das Mädchen hatte ja jeden Tag bis zum Anbruch der Dunkelheit draußen mit seinen Freunden gespielt! Jetzt war das alles vorbei!

„Ahmad ist jetzt nicht hier. Er geht in der Stadt seines Onkels in die Schule." Es fiel Rabia schwer, das auch nur leise auszusprechen.

Wahida hatte dann noch einen Einfall. Der Fahrer Mutthu arbeitete nicht mehr bei ihnen. Sie hatte gehört, dass er entlassen worden war, wusste aber nicht, warum. Sie wollte eigentlich ihre Mutter fragen, aber dann hatte sie es vergessen. Also fragte sie Rabia: „Warum musste Mutthu aufhören, für uns zu arbeiten, Rabia? Weißt du etwas darüber?"

Es gefiel Rabia, dass Wahida sie so sehr respektierte, dass sie eine Information von ihr haben wollte. Sie drehte sich herum und sagte eifrig: „Das weißt du nicht? Suleiman hat sich bei Vater über ihn beklagt. Es scheint so, als mochte er Mutthu nicht. Vater hat Mutthu sofort gekündigt. Er fährt anscheinend irgendwo anders einen Lastwagen, hat mir Uma erzählt." Es klang, als ob ihr diese Wendung der Ereignisse wirklich leid tat.

Wahida wusste nicht, was sie sagen sollte. Schweigend flocht sie Rabias Haar und beendete ihre Arbeit, indem sie ein Band und Quasten am Ende des Zopfes anbrachte. Sie dachte, dass Rabia, da sie noch so jung war, weiter nichts über die Sache wisse. Aber Rabia drehte sich schnell herum und sagte: „Mutthu war sehr böse, Wahida. Farida auch. Sie standen jeden Tag am Fenster und lachten miteinander."

Eine plötzliche Einsicht durchzuckte Wahidas Gehirn. Sie erinnerte sich an Sainus Klage am Tag zuvor: „Wir hatten nicht genügend Zeit, um einen guten Mann für Farida zu finden. Wir haben beschlossen, sie schnell zu verheiraten, auch wenn der Bräutigam in keinen guten finanziellen Verhältnissen ist. Es wird ein Trost sein, wenn wir dann wenigstens für die Kleine eine gute Partie finden."

Sainu hatte Rahimas Abwesenheit dazu benutzt, Wahida zu fragen: „Sag mal, wie viele Tage sind es jetzt, dass deine Periode ausgeblieben ist? Nun sag's mir schon! Gehöre ich denn nicht dazu? Ich sage es ja niemandem weiter!" Sainu hatte hinzugefügt: „Hör mal, der Bauch meiner Schwiegertochter ist anscheinend nicht richtig entwickelt. Anscheinend hat die Ärztin ihr gesagt, es ist zweifelhaft, ob sie ein Kind empfangen kann. Ich habe nur einen Sohn. Was wird mit uns passieren, wenn er keinen Erben hat? Der Gedanke macht mich fertig! Seit er das gehört hat, ist mein Junge auf die Hälfte zusammengeschrumpft." Ihre Stimme verriet tiefe Enttäuschung. Sie sprach ziemlich laut, denn sie fühlte sich durch Mumtaz' Abwesenheit ermutigt. Wahida schien es, als ob Sainu die Neuigkeit eher gefalle als missfalle. Offensichtlich wollte sie sie nicht verbergen oder ein Geheimnis daraus machen.

Wahida dachte an Suleiman. Es wäre gut möglich, dass er noch eine andere heiraten würde. Ebenso wie sein Freund Abdulla Bhai. Arme Mumtaz, dachte sie.

Als Wahida ging, sagte Sainu: „Sag mir, wenn dein Mann zurückkommt. Ich will für euch beide ein Festessen geben."

Rabikka und Siddikka hatten Wahida die ganze Zeit, während sie in ihrem Haus zu Besuch war, belästigt. Sie hatten ihren Sari, jedes Schmuckstück, das sie trug, und die Blumen in ihrem Haar betatscht und dabei die ganze Zeit über gefragt: „Was ist das? Wo hast du das bekommen?" Sie hatten diese beiden Fragen hundert Mal gestellt, bis Sainu sie schließlich wegjagte, indem sie beide mit einem Stock schlug, den sie für diesen Zweck bereit hielt. Sofort stand Wahida auf und wollte nur noch schnell weg. Außerdem konnte sie den Gestank der beiden nicht noch länger ertragen. Sie wusste genau, dass sie niemals eine Einladung zum Essen in diesem Haus annehmen würde!

Dunkelheit durchdrang das Zimmer und erinnerte sie daran, dass sie versäumt hatte, die Asar-Gebete zu sprechen. Das tat ihr sehr leid und sie beschloss, die Asar-Gebete zusammen mit den Maghrib-Gebeten zu sprechen. Sie stand auf und ging ihre Waschungen machen.

Kapitel 59

Nafiza stieg zur Terrasse ihres Hauses hinauf, um die Chilis und den Koriandersamen, den sie dort zum Trocknen ausgelegt hatte, umzudrehen. Bei *der* Hitze würden sie an einem einzigen Tag trocknen! Als sie sich hinunterbeugte, um alles umzudrehen und neu auszubreiten, dachte sie, sie könnte die Gewürze noch am selben Abend zum Mahlen schicken. Die Hitze traf sie im Nacken wie ein Schlag. Sie beeilte sich, ihre Arbeit zu beenden, richtete sich auf und sah in die Stadt und ihre Straßen hinunter. Auf den Straßen war nicht viel los, es war zu heiß, als dass die Leute die Häuser verlassen würden. In der Ferne sah sie das Ziegeldach von Aziz' Haus. Es war nur ein kleines Haus. Nun dachte sie an ihn. Seit seiner Hochzeit war sie ihm kein einziges Mal begegnet. Es hatte sich keine Gelegenheit dazu ergeben. Ob er sie wohl völlig vergessen hatte? Bei dem Gedanken wurde sie ganz traurig. Sie hätte nicht sagen können, ob sie zu viel oder zu wenig getan oder gesagt hatten. Ihrer Ansicht nach war es genau richtig und so gewesen, wie es hatte sein sollen. Natürlich hatten sie einander sehr geliebt. Aber sie wussten beide schon immer, dass ihre Liebe nicht unendlich weiterbestehen konnte. Natürlich stimmte es, dass ihre Beziehung keine dauerhafte sein konnte. Es stimmte auch, dass er nicht sein ganzes Leben für diese Beziehung würde darangeben können.

Sie nahm ihm seine Heirat nicht mehr übel. Sie war damit ganz gut zurechtgekommen. Sie war auch nicht so besonders traurig, dass sie ihn nicht einmal mehr sehen konnte. Das Wichtigste war für sie jetzt, sich nicht von anderen überwachen zu lassen. Die Hitze brachte sie wieder in die Gegenwart zurück und sie stieg die Treppe hinunter. Dabei wischte sie sich mit dem Ende ihres Saris den Schweiß vom Gesicht. Sie sehnte sich danach, Ahmad zu sehen. Warum sollte sie ihn morgen nicht besuchen, und ihn sehen? Die ganze Stadt hatte nach Herzenslust darüber getratscht, dass er zum Studieren weggeschickt worden war. Saura hatte absichtlich in ihrer Hörweite gesagt: „Das geschieht alles nur, weil er ihnen bei ihrem Geschäft im Weg gewesen wäre." Sie war wie vor den Kopf gestoßen. Sie war innerlich wütend: „Nur wegen ihrer bösen Zunge ist ihre Tochter zu einer Zeit, in der sie das Leben hätte genießen sollen, zur Witwe geworden." Es stimmte, Sherifa war eine traurige, unschuldige Person. Sie bereitete niemandem Schwierigkeiten und stritt mit niemandem. Aber die Sünden der Mütter kamen eben über ihre Kinder. Mit Mumtaz war es genau dasselbe. Trotz all ihren Scherzen und Sticheleien war sie doch nicht in der Lage, Kinder zu bekommen. Das geschah ihr recht, dachte sie und genoss den Gedanken einen Augenblick lang, bevor ihr Gewissen anfing, sich zu melden. Wie konnte sie so böse sein? fragte sie sich vorwurfsvoll.

Sie ging in die Halle, setzte sich auf das Sofa und drehte ihr Transistorradio an. Eine Sondermeldung wurde verlesen: Die Zahl der Menschen wurde genannt, die an diesem Tag bei den ethnischen Unruhen in Sri Lanka getötet worden waren, und es wurde gesagt, in wie vielen Städten Ausgangssperren verhängt worden waren. Sie empfand eine Mischung aus Mitleid und Ärger. Was für eine Störung! Sie hatten bei der Übertragung der üblichen Songs eine Pause eingelegt, nur um die Sondermeldung durchzugeben! Wieder dachte sie an Aziz. Seit sie gehört hatte, er würde in einer Woche nach Singapur abfliegen, musste sie oft an ihn denken. Der Gedanke, er werde erst in zwei oder drei

Jahren zurückkommen, weckte den Wunsch in ihr, ihn zu sehen.

Sie fragte sich, ob er wohl auch an sie denke. Sie sagte sich, er habe jetzt ja eine neue Frau, warum sollte er also noch Gedanken auf Nafiza verwenden? Sie wurde sich eines leichten Eifersuchtsgefühls auf Farida bewusst. Bisher hatte sie sich bemüht, nicht eifersüchtig zu werden, und es war ihr auch gelungen. Aber die Eifersucht schien heimlich in ihrem Inneren gewachsen zu sein. Plötzlich empfand sie das Bedürfnis, sich ordentlich auszuweinen. Allerdings war jetzt nicht der rechte Zeitpunkt dafür. Bashir würde nach den Mittagsgebeten sehr bald zum Essen nach Hause kommen. Sie wollte sein Essen fertig haben, wenn er kam. Sie stand auf und zog drei Stränge Fleisch heraus, die gesalzen und zum Trocknen aufgehängt worden waren. Das Fleisch war gut getrocknet und hart wie Stein. Sie trug es zum Mahlstein, der im Hof stand, und schlug stark und immer wieder mit einem Hammer darauf.

Bashir kam pünktlich, nachdem die Gebete vorüber waren, nach Hause. Als er sie im Hof sah, gab er ihr ein Päckchen und sagte: „Hier, nimm das!“ Dann eilte er ins Haus und zog sich schon beim Gehen das Hemd aus.

„Was in aller Welt ist das?” fragte sie, als sie ihm ins Haus folgte.

„Da war ein Hazrat in der Moschee, der Korane und heilige Bücher verkaufte, da habe ich eins gekauft“, sagte er und sank aufs Sofa.

Sie war erschrocken und traurig über seine Worte und legte das Buch schnell aufs Sofa. „Du hast es den langen Weg hergetragen, du hättest es mir nicht gleich geben sollen! Ich habe es berührt und ich bin in der falschen Zeit des Monats!“ schrie sie ihn an und rannte in die Küche.

Bashir nahm das Buch, berührte damit seine Augen, öffnete den Schrank und legte es weg. Dann bemerkte er, dass Rafiq nicht da war, und rief laut. „Nafiza, wo ist er? Ich seh' ihn nirgendwo!“

Sie rief aus der Küche zurück: „Wer, Rafiq? Ich habe keine Ahnung. Er spielt wohl mit seinen Freunden auf der Straße. Er wird schon auftauchen, wenn er Hunger hat.“

Als sie die Matte hingelegt und das Essen aufgetragen hatte, nahm er sich Reis und sagte: „Ich bin auf dem Nachhauseweg an Nurammas Haus vorbeigekommen. Sie fragt immer: ‚Wer ist da?‘ Ich habe ein seltsames Gefühl, wenn ich das höre. Es ist eine schreckliche Tragödie, nicht wahr?“

„Ja, natürlich ist es eine schreckliche Tragödie“, sagte Nafiza traurig. „Das Mädchen ist weggelaufen und gleich gestorben. Wenn man an das Schicksal des Jungen denkt. Nur Rahima kümmert sich um sie. Wenn sie das nicht täte, wäre es für die beiden sehr schwer zurechtzukommen.“

Er mischte seinen Reis mit dem Curry und sagte: „Du bist ja auch eine Frau. Aber tut auch nur eine von euch das, was Rahima tut? Hast du dem Jungen jemals etwas zu essen geschickt?“ Er begann zu essen.

Nafiza empfand einen scharfen Stich. Ihr wurde bewusst, dass sie weder Iliaz noch Nuramma irgendwann einmal irgendetwas gegeben hatte, aber sie wollte ihren Fehler nicht zugeben. „Ja, aber schließlich haben sich Mutter und Tochter in Rahimas Haus mit dem Dienst abgeplagt! Es ist darum *ihre* Sache, sich um sie zu kümmern. Bisher haben sie es getan, aber wer weiß, was sie in Zukunft tun werden! Die Familie bricht ja auseinander.“ Sie fügte ärgerlich hinzu: „Aber was kann man auch über eine Frau sagen, die ihr Kind verlässt!“

Auch Bashir war ärgerlich über Fatima, aber er wollte nicht offen über sie sprechen.

Er aß weiter, während er darüber nachdachte, ob Nafiza etwas von dem, was er über Fatima sagen würde, als Anspielung auffassen und sich verletzt fühlen könnte. Schließlich sagte er: „Lassen wir das. Allah vergilt uns die Sünden, die wir begangen haben. Sieh nur, wie er sie umgehend bestraft hat! Er hat ihr nicht erlaubt, auch nur ein Jahr mit diesem Mann zusammenzuleben!" Danach schwieg er.

Es traf sie ins Herz, wie Bashir über ihre Worte gegen Fatima hinweggehört und darauf verzichtet hatte, selbst auch nur ein einziges Wort gegen sie zu sagen. Sie war traurig und schämte sich. Wenn er auch nur *ein* ärgerliches Wort gesprochen hätte, wäre das besser gewesen! Die Großzügigkeit, mit der er sich dazu entschlossen hatte, den Unwissenden zu spielen, fand sie unerträglich. Sie wollte sofort dort weg. Sie verließ die Küche mit der Ausrede, sie wolle Rafiq suchen. Sie ging hinaus und ließ die Tränen, die ihr in den Augen standen, auf den glühenden Hof tropfen. Augenblicklich waren sie auf den heißen Steinen verdunstet.

Kapitel 60

„Allah, deine grenzenlose Gnade”, sagte Sikandar, setzte sich müde auf das Bett und streckte erleichtert die Beine aus. Wahida stand neben ihm und hatte einen Topf mit Wasser in der Hand. Sikandar war nicht *zu* dunkel, aber doch dunkel. Sein Körper war robust. Sein nicht mehr junges Gesicht war glatt. Offensichtlich hatte er sich direkt vor dem Besuch seiner Schwiegerfamilie rasiert. Sie wusste, dass ihre helle Haut, wenn sie neben ihm stand, noch einige Schattierungen heller aussah. Außerdem war sie zierlich, als könnte man sie leicht zerbrechen. Er war sich nicht bewusst, dass sie ihn beobachtete, hatte sich ausgestreckt und starrte auf den Querbalken. Er hatte seiner Schwiegerfamilie gesagt, dass seine Eltern ihn geschickt hätten, seine Frau zu besuchen. Sie hätte am liebsten darüber gelacht. Kaum war er angekommen, plante er schon, nach Chennai zu fahren, um dort sein Visum ausfertigen zu lassen. Rahima hatte darauf bestanden, dass er wenigstens einen Tag bleibe. Wahida war beschämt und verärgert, wenn sie daran dachte, wie ihre Mutter sie, gleich nachdem er angekommen war, gedrängt hatte, sich schön anzuziehen und Schmuck anzulegen.

Ihre Mutter hatte gerade die letzten Blumen in ihrem Haar befestigt und wandte sich schon zum Gehen, als sie ganz beiläufig fragte: „Ach übrigens, wie lange bist du denn schon fällig?“ Wahida hatte natürlich genau gewusst, was ihre Mutter meinte, obwohl sie nur eine Andeutung gemacht hatte, und sie hatte sich geschämt. Sie stellte nun den Topf mit Wasser auf einen Hocker neben dem Bett und setzte sich auf die Bettkante. Er wurde dadurch aus seinen Gedanken gerissen und sah sie erstaunt an. Dann fragte er: „Wann bist du denn heraufgekommen? Ist es schon spät?“ Darauf sagte er ziemlich freundlich: „Geh schlafen, wenn du müde bist!” Sie blieb dort sitzen und antwortete nicht.

„Mein Vater beklagt sich die ganze Zeit über, dass du nicht da bist. Er sagt: ‚Niemand ist da, der mir auch nur Tee macht‘. Er möchte wissen, wann du zurückkommst.“ Er glaubte, dass er die Zärtlichkeit seines Vaters für seine Schwiegertochter wenigstens teilweise wiedergegeben hätte. Er sah sie voller Stolz an und lächelte vor sich hin. Sie ihrerseits kochte vor Wut leise vor sich hin und murmelte: „Als ob dieser Mann mich da haben wollte, nur damit ich ihm Tee mache! Er verlangt ja nur immerzu Tee, um mich zu fassen zu kriegen!“

Sikandar fragte unverblümt: „Sind alle Neuigkeiten, die ich gehört habe, wahr?”

Sie starrte ihn an und wusste nicht, was er meinte.

„Tust du nur so, oder was ist? Anscheinend bricht deine Familie auseinander? Ich habe schon alles gehört. Dachtest du, du könntest das vor mir verbergen? Ich kenne alle Neuigkeiten aus dieser Stadt, noch bevor du sie erfährst! Soll ich dir noch ein paar andere erzählen?“ neckte er sie. „Ich weiß alles: Dass Mumtaz von Firdaus' Geist besessen ist, dass diese Fatima, die weggelaufen war, getötet wurde, dass Farida und Mutthu dabei erwischt wurden, wie sie einander ihre Zähne zeigten, und dass ihr Bruder damit drohte, er würde Gift nehmen und sterben, wenn sie nicht sofort ihrer Verheiratung zustimmen würde. Ja, ich weiß alles. Aber *du* erzählst mir gar nichts!“ Es klang vorwurfsvoll.

Sie machte immer noch nicht den Mund auf. Er wiederholte den gesamten Klatsch über die Stadt. Er wusste sogar über Mumtaz Bescheid. Sie hätte gerne gewusst, wie das alles zu ihm gelangt war! Es war, als hätten die Neuigkeiten den Bus genommen.

„Sieh mich an! Ich frage dich! Bist du taub oder was ist los? Mach nur so weiter. Geh schlafen, wenn du willst.“ Nun war er ärgerlich. „Meine Mutter hat mir strenge Anweisungen gegeben, dich in diesen Tagen nicht anzurühren. Du brauchst also keine Angst zu haben. Ich werde dich nicht auffressen“, murmelte er in scharfem Ton. „Aber du würdest es ja auch in der am besten geeigneten Zeit nicht gerne tun!“ Er schob sich ein Kissen unter die Beine und streckte sich aus.

Sie legte sich ohne ein Wort neben ihn. Sie war traurig darüber, dass er seit seiner Ankunft noch kein einziges zärtliches Wort zu ihr gesprochen hatte. Er hatte sie all dieses Unnötige gefragt. Was war er nur für ein Geschöpf? fragte sie sich. Wie konnte nur irgendjemand so sein? Wie konnte es jemanden geben, der keine Ahnung davon hatte, wie man sich zärtlich verhielt oder zärtlich sprach? Sie hatte die Augen geschlossen und dachte, dass er überhaupt nicht wisse, wie er sich seiner Frau gegenüber verhalten müsse. Da schüttelte er sie sacht am Arm. Sie öffnete erstaunt die Augen und fragte, was los sei.

„Du schläfst doch nicht, oder? Dein Mann kommt nach einer ganzen Woche Abwesenheit zu dir, hättest du nicht ein paar zärtliche Worte sagen könne? Du hättest fragen können, wie es mir geht. Dummes Ding! Das ist nun mal mein Schicksal!” Er schlug sich leicht mit der Handfläche vor die Stirn. Seine Stimme klang sehr enttäuscht.

Sie war schockiert. Es war ihr nie eingefallen, dass er dasselbe empfinden könnte wie sie, dass auch er ihr übelnahm, wie sie sich ihm gegenüber verhielt, und dass er dachte, es sei nicht richtig. Das überraschte sie und sie empfand eine Regung von Sympathie für ihn.

Er murrte weiter über sie: „Nicht einmal an einem guten Tag zeigst du für irgendetwas Interesse! Ich kann nicht einmal heute ein Gespräch aus dir herausholen! In Singapur stolpere ich nur so über malaysische Frauen, die dazu bereit sind, für nur fünf oder zehn Singapur-Rupien! Da war eine Frau, die in meinem Laden arbeitete, sie war wie wild hinter mir her. Und hier bist nun du und nennst dich eine Frau!“

Sie sah an seinem Gesichtsausdruck, dass er wirklich aus beträchtlicher Erfahrung sprach und das bisschen Sympathie, das sie eben für ihn zu empfinden angefangen hatte, verschwand sofort wieder. „Was ist das nur für ein Mann!“ Sie kroch vor Abscheu in sich zusammen. Sie kämpfte mit den Tränen, bemühte sich, sie zurückzuhalten, aber es gelang ihr nicht. Sie rollte sich im Bett zur Seite und wandte ihr Gesicht ab, um nicht seinem Blick zu begegnen. Er war ihr gegenüber völlig gleichgültig und das traf sie ins Herz.

Er stand auf, knipste das Licht aus und legte sich wieder hin. Er lag sehr nahe bei ihr und der Schweißgeruch, den er ausströmte, bewirkte, dass ihr schlecht wurde. Sie drehte sich auf den Bauch und vergrub ihr Gesicht in ihrem Kissen, um ihn nicht riechen zu müssen.

Er begann wieder: „Sag mal, ist es wahr, dass Mumtaz von einem Geist besessen ist?“

Sie fragte sich, ob ihm wohl der Kopf zerspringen würde, wenn er über diese Angelegenheit nicht die Wahrheit herausfände. Ihr drehte sich der Magen um, und das hinderte sie daran, ihm zu antworten.

„Tut es weh, auch nur ein Wort zu antworten?” fragte er und murmelte etwas vor sich hin.

Sie stand schweigend auf, trank einen Schluck Wasser und nahm eins von den Laken, die auf einem Hocker an der Wand aufgestapelt waren. Ihr war bewusst, dass er sie jetzt in dem blassen Licht genau beobachtete, aber sie beachtete das nicht. Sie faltete das Laken auseinander und schüttelte es mit aller ihr zur Verfügung stehenden Kraft auseinander. Dann ging sie zum Bett zurück und legte sich wieder hin. Sie wünschte, sie könnte in ein anderes Zimmer gehen! Stattdessen deckte sie sich nur schweigend bis über das Gesicht zu. Sie versuchte zu schlafen, aber sie konnte nicht. Sie tröstete sich, dass sie das Laken wenigstens davor bewahren würde, weiterhin seine Worte zu hören.

Sie bemerkte, wie er plötzlich darüber ärgerlich wurde, dass sie sich zurückgezogen hatte. Sie fühlte, wie er sich von ihr weg bewegte. Es hatte ihn wohl traurig gemacht zu sehen, wie sie sich bis über das Gesicht zugedeckt hatte, aber er akzeptierte es schweigend. Das war eine große Erleichterung für sie. Sie bemerkte, dass ihr weniger übel war. Unter dem Laken war es völlig dunkel. Sie stellte sich vor, wie sie in dieser schützenden Dunkelheit schwamm.

Schließlich drehte er sich auf eine Seite und bald schlief er fest. Sie erstickte fast unter dem Laken, also streckte sie ihren Kopf vorsichtig hinaus und nahm einen tiefen Atemzug. Der Jasmin in ihrem Haar war aufgeblüht und sein Wohlgeruch erfüllte jetzt das Zimmer. Vom offenen Fenster her kam eine Brise. Da das Bett gleich neben dem Fenster stand, konnte sie auf die Straße sehen. Aus ihrem Zimmer im ersten Stock konnte sie deutlich den Friedhof sehen. Die Gräber wurden von dem Licht, das dort leuchtete, erhellt. Die neueren Gräber waren noch Hügel, während die älteren Gräber zu Gruben eingesunken waren. Als sie ein Kind war, hatte sie nie das Fenster geöffnet, wenn sie nach oben gekommen war. Jetzt sah sie ohne Angst auf den Friedhof. Sie dachte mit Bitterkeit, dass ihr die Geschichten, die sie gehört hatte, und die Furcht, die sich in ihren Geist geätzt hatte, jetzt nichts mehr bedeuteten. Trieb Sorge sogar Furcht aus?

Sie wandte ihren Blick vom Friedhof ab und der übrigen Straße zu. Die Straßenlaternen glühten, sie gingen aus und wieder an. Die ganze Straße war ruhig. Alle, die dort wohnten, gehörten zu den Händlerfamilien. Alle gingen gegen zehn Uhr schlafen und standen zu den Früh-Morgen-Bajar-Gebeten auf. Früher war Nuramma, als schon alle ins Bett gegangen waren, draußen umhergegangen, bis es spät, ja schon Mitternacht, gewesen war. Sie hatte eine Kuh, deren Milch sie verkaufte, und blieb ihretwegen in der Nacht wach. Sie gab ihr Futter und Wasser und sprach mit ihr. Wahidas Onkel Karim machte sich über Nuramma lustig und sagte, sie gehe die ganze Nacht umher wie Mohinis Geist. Alle Straßenhunde fürchteten sie. Sie ließ keinen von ihnen ungeschoren, warf Steine nach ihnen und brach ihnen damit sogar die Beine. Viele von den Hunden, die sich in der Stadt herumtrieben, hatte sie zu Krüppeln gemacht. Rahima und Zohra fragten sich oft, wie sie das so ohne jedes Mitleid fertigbrachte. Wenn sie in der Nacht umherging, kam kein einziger Hund in die Nähe der Straße, auf der sie gerade war, wenn er aus der Ferne ausgemacht hatte, dass sie dort war. Sie grinste siegreich, wenn sie das sah, und schrie ihnen Schimpfworte zu. Alle staunten, dass sie gar keinen Schlaf zu brauchen schien, sondern dass sie in den Straßen umherging, als ob sie etwas Verborgenes suche. Jetzt war sie bettlägerig. Die Frauen in der Stadt fragten sich, ob das die Folge ihrer unerfüllten Wünsche sei. Jetzt liefen vier Hunde gemeinsam die Straße entlang. Es kam Wahida so vor, als ob sie die feste Absicht hätten, ganz unbelästigt umherzulaufen.

Ihr Blick kehrte zum Friedhof zurück. Um ihn herum war eine hohe Mauer errichtet worden und seine breiten Tore waren verschlossen. Die Mauern waren zum Schutz der Gräber gebaut worden, nachdem Hunde vor einiger Zeit Kinderleichen ausgegraben hatten. Innerhalb der Mauern wiegte sich eine Reihe Kokospalmen im leichten Wind, als wären sie von Geistern besessen. Wahida war, als wären die Setzlinge erst gestern gepflanzt worden. Sie waren in ein paar Jahren sehr groß geworden. Ihre Tante Zohra sagte immer wieder: „Sie sind von einer starken Sorte, sie wachsen sehr schnell!“

Sie dachte an Mumtaz. Sie hatte Sabias Familie nur einmal besucht, und zwar, um sie zu Faridas Hochzeit einzuladen. Wahida verstand nicht, wie es zugegangen war und warum Firdaus' Geist von ihr Besitz ergriffen hatte. Auch Wahida war ja da gewesen. Warum hatte er Mumtaz, die nur für diesen einen Tag gekommen war, und nicht sie gewählt? Sainu sagte sarkastisch: „Sie muss dieses Mädchen wirklich lieb gewonnen haben!“ Sainu sagte auch, der Geist habe Mumtaz am nächsten Tag in schrecklichen Wahnsinn getrieben. Wahida konnte es nicht glauben. Andererseits konnte sie auch nicht an Sainus Worten zweifeln.

Zohra war wütend, als sie davon hörte. Sie raste: „Wenn ich höre, dass jemand sagt, Firdaus' Geist wandere umher, mache ich ihn ein für alle Mal fertig!“

Wahida verstand erst, warum sie so wütend war, nachdem Rahima ihr erklärt hatte: „Nur Menschen, die außerordentliche Liebe zum Leben und Sehnsucht nach dieser Welt haben, kehren als Geister zurück.“

Diese Gedanken setzten Wahida sehr zu. Sie schloss fest die Augen und versuchte, sich davon zu befreien.

Kapitel 61

Madina und Rabia saßen gemeinsam in einer Ecke der Terrasse. Ein starker Wind blies ihnen ins Gesicht und wehte ihnen das Haar um die Köpfe. Sie schwiegen beide, denn sie wussten nicht, was sie einander sagen sollten. Der Entschluss, eine Wand durch ihr Haus zu bauen, hatte Rabia mit derselben Traurigkeit erfüllt wie der Tod Firdaus'. Außerdem durfte sie, die daran gewöhnt war, so viel herumzulaufen, wie sie wollte, nicht mehr zur Schule gehen. Ihre Mutter erlaubte ihr nicht einmal mehr, öfter auf die Straße zu gehen. Das machte sie sehr traurig. Früher waren sie alle zusammen ins Kino gegangen: sie, Uma, Ahmad, Iliaz, einfach alle. Jetzt durfte Madina nicht mehr gehen. Wegen dieser Sache damals durfte auch keine der Frauen ihrer Gemeinde mehr ins Kino gehen. Sie verstand nicht, wie es hatte kommen können, dass nun alles so unerträglich traurig geworden war. Wenn Ahmad da wäre, dann wäre wohl alles anders. Aber sie hatte keine Ahnung, wann er zurückkäme. Sie fragte sich, ob er sie auch vermisse.

Madina kniff Rabia leicht in den Schenkel, um sie in die Gegenwart zurückzuholen. Rabia sah sie verunsichert an, dann verstand sie und lachte. „Du scheinst tief in Gedanken zu sein", bemerkte Madina. Es gab vieles, das sie Rabia gerne gesagt hätte. Aber seit Firdaus' Tod hatten sie nicht mehr richtig miteinander gesprochen. Dann hatte Madina zum ersten Mal menstruiert und sie hatten überhaupt keine Zeit gefunden, sich zu sehen oder ausführlich miteinander zu sprechen. Erst an diesem Tag hatte Rabia ihre Freundin wieder aufgesucht. Madina war traurig über Rabias ängstliches und verstörtes Aussehen. Sie fragte sich, was mit Rabia geschehen sei. Wie könnte Madina ihr ihre Erlebnisse mitteilen, wenn Rabia keine Spur von Interesse zeigte? „Was ist nur mit dir?" fragte Madina noch einmal.

„Nichts", sagte Rabia. „Wo ist eigentlich deine Schwägerin? Ich seh' sie gar nicht mehr."

Ihre Frage machte Madina verlegen. Sie zögerte einen Augenblick und fragte sich, ob sie damit herauskommen sollte oder nicht. Dann sagte sie: „Es ist ... ein Geist hat sie heimgesucht, deshalb haben wir sie zu ihren Eltern geschickt."

Wie ist es, wenn einen ein Geist heimsucht? Der Klatsch, den Rabia gehört hatte, dass Firdaus ein Geist geworden sei, tat Rabia weh und sie hatte den heftigen Wunsch zu verstehen, was das bedeutete. Sie war nicht bereit, daran zu glauben, aber sie war gleichzeitig vollkommen sicher, dass Madina sie nicht anlog.

Madina verstand es auch nicht so ganz. Es war in der Nacht gewesen. Der Anblick von Mumtaz im Wahnsinn, als ihr Haar ihr übers Gesicht gefallen war, ließ Madina selbst die Haare zu Berge stehen. Beim bloßen Gedanken daran verkrampfte sich Madina jetzt noch im Schock. Rabia, die unmittelbar neben ihr saß, sah das deutlich. Danach schlief Suleimann nachts in einem anderen Zimmer. Niemand sprach mehr mit Mumtaz. Schließlich sagte Sainu zu ihr: „Du gehst am besten zu deiner Mutter, bis du dich völlig erholt hast."

Mumtaz wollte nicht weggehen. Aber es musste sie zur Verzweiflung gebracht haben, dass der Geist jeden Abend über sie kam und dass Suleiman und die anderen dann bei ihrem Anblick so entsetzt waren. Obwohl sie tagsüber sie selbst war, sprach auch dann niemand mit ihr. Schließlich war sie freiwillig gegangen. Suleiman hatte sich geweigert, sie auch nur zu besuchen. Und Sainu verlangte das auch nicht von ihm. All das war Madina sehr seltsam vorgekommen. Beim Mittagessen am vorangegangenen Tag hatte ihre Mutter die übliche Klage erhoben: „Ich habe nur einen Sohn und Erben. Deine Frau konnte kein Kind bekommen, damit diese Familie fortdauert. Ihre Mutter band dieses unfruchtbare Mädchen an uns und erzählte überall herum: ‚Mir war nicht klar, was ich tat, als ich sie in diese Familie verheiratete. Nun wird sie idiotische Kinder bekommen, das arme Ding!‘ Und da ist sie nun und kann kein einziges Kind bekommen, nicht einmal ein idiotisches!“

„Lassen wir das“, sagte Madina und fegte diese Gedanken weg. Davon wollte sie Rabia nichts sagen. Um das Thema zu wechseln, fragte sie: „Rabia, soll ich dir erzählen, wie es war, als ich zum ersten Mal meine Tage bekam?“ Sie wollte Rabia das alles unbedingt erzählen und staunte, dass schon so viele Tage vergangen waren, ohne dass sie es getan hatte.

„Mm. Erzähl mal!”

Rabias Mangel an Interesse bremste ihren Eifer ein bisschen, aber sie tat so, als würde sie ihn nicht bemerken und sprach weiter. „Als ich an diesem Tag auf die Toilette ging, bemerkte ich einen ziemlich dunklen Blutfleck. Weißt du, als ich das sah, dachte ich, ich würde sterben. Ich zitterte und wusste nicht, wem ich das sagen und wen ich fragen sollte. Ich dachte, es wäre etwas Schreckliches mit mir passiert. Schließlich wusch ich mich sorgfältig und beschloss, den Mund zu halten.“ Sie machte eine Pause und war enttäuscht, dass Rabia sie mit keiner Frage unterbrochen hatte. Es irritierte sie, dass Rabia weiterhin so verschlossen und niedergedrückt aussah. Aber ihre Freundin tat ihr auch leid. Sie legte ihr den Arm um die Schulter und fragte liebevoll: „Was ist denn mit dir?“

Rabia nahm sich noch einmal zusammen und sagte traurig: „Nichts, wirklich nichts. Weißt du schon, dass sie mich nicht mehr in die Schule gehen lassen? Es ist nur das. Und dann lassen sie morgen eine Mauer durch unser Haus bauen.“

Madina verstand, wie Rabia sich fühlte. Eine Zeit lang schwieg sie. Sie hatte gehört, dass ihre Mutter und Nafiza gesagt hatten, Rabias Mutter und ihre Tante hätten sich gestritten. Deshalb nahm sie einen wissenden Ausdruck an und fragte: „Es gibt in eurer Familie anscheinend einen Streit? Davon habe ich gehört.“

„Nein, Madina. Es sieht gar nicht so aus, als ob es einen Streit gegeben hätte. Die Eltern scheinen sich einig zu sein, vermutlich sind nur Wahida und ich darüber traurig.“ Rabia saß da und stützte auf sehr erwachsene Weise ihr Kinn in die rechte Hand. Dann sagte sie zögernd: „Madina, ich will dich etwas fragen. Wirst du mir ehrlich antworten? Mir tut meine Mutter so leid. Sie wird so traurig und wütend, wenn irgendjemand sie nach Firdaus fragt und ob es ihr Geist ist, der Mumtaz heimsucht.“ Sie machte eine Pause und fragte dann, denn sie war auf irgendeine Bestätigung aus: „Wie können sie sicher sein, dass der Geist meine Chitthi ist?“

Madina mochte Rabia nicht ins ängstliche Gesicht sehen, deshalb beugte sie sich nach vorn und zog schweigend mit ihren Fingern Linien auf dem Terrassenboden. Dann nickte sie, es schien ihr nun richtig, das, was sie wusste, auszusprechen. „Aber ich bin sicher. An dem Abend, als Suleiman in ihr gemeinsames Zimmer kam, schrie ihn Mumtaz laut an: ‚Verschwinde, du Hund! Rühr mich nicht an!‘ Sofort liefen meine Mutter und ich zu ihrem Zimmer und blieben vor der Tür stehen. Suleiman öffnete die Tür und kam heraus. Er sagte: „Amma, sieh dir das an!“ Amma ging entsetzt ins Zimmer und ließ die Tür offen. Mumtaz saß in einer Ecke und verbarg ihr Gesicht auf den Knien. Amma fragte sie: ‚Gute Frau, wer sind Sie? Woher kommen Sie?‘ Ich sah, dass Amma vor Angst am ganzen Leibe zitterte. Da hob Mumtaz den Kopf, sah Amma gerade an und schrie im Wahnsinn ‚Ich bin Firdaus!‘ Dann liefen wir alle von dem Zimmer weg.“

Ein Anflug von Schuldgefühl huschte über Madinas Gesicht, als ob sie meinte, sie habe eben einen schweren Fehler begangen. Außerdem fürchtete sie, dass sie Rabia großen Kummer bereitet haben musste, indem sie ihre Frage beantwortet und ihren Zweifel bestätigt hatte.

Danach schwiegen beide. Es dämmerte und ein außergewöhnliches gelbes Licht erschien am Himmel, das sehr schön aussah. Alles um sie her sah gelb aus. Auch ihre Gesichter spiegelten das gelbe Licht wider. Seit Madina erwachsen geworden war, war sie im Haus geblieben. Sie hatte etwas zugenommen und ihre Haut war heller geworden, deshalb sah sie sehr hübsch aus, bemerkte Rabia. Sie war plötzlich bei dem Gedanken glücklich, dass auch sie hübscher würde und eine hellere Haut bekäme, wenn sie erwachsen würde. Wieder einmal dachte sie an Ahmad, und wie schön es sein könnte, wenn er da wäre. Sie legte ihren Kopf in Madinas Schoß und sah in den Himmel hinauf, als versuchte sie, dort etwas zu erfahren.

Kapitel 62

Zohra tat vom Herunterschlucken ihrer Tränen die Kehle weh. Sie ging in die Küche, füllte einen Becher aus dem tönernen Wassertopf und trank. Das kalte Wasser glitt ihr die Kehle hinab und tat ihr wohl. Ihr Blick fiel direkt auf die am Vordereingang des Hauses aufgestapelten Ziegel. Die Mauer war schon halb durch den Hof gezogen. In ein paar Tagen würde sie fertig sein. Das Haus war groß genug. Sie hatten alle Räume und den Hof vermessen und das Haus in zwei gleich große Hälften geteilt. Nach einiger Beratung wurde entschieden, dass die Haushälften des älteren und des jüngeren Bruders ihre Eingänge auf verschiedenen Seiten haben sollten. Aus diesem Grund kam der Teil des Hofes, in dem der Brunnen stand, an Rahima. Zohra wollte auf ihrer Seite sofort einen neuen Brunnen gegraben haben. Aber Karim war unerbittlich. „Es kann sein, dass Wahida nun jederzeit empfangen kann. Wenn das sicher ist, dann dürfen wir jetzt keinen Brunnen graben. Warte etwas, wir wollen erst einmal sehen."

Zohra war gereizt und verstimmt, aber dagegen konnte sie nichts einwenden. Die beiden Brüder waren sehr streng mit ihren Frauen gewesen. Kader rief sie zusammen und sagte: „Missverständnisse gibt es nun einmal gelegentlich zwischen Frauen. Das ist ja nicht ungewöhnlich. Es ist etwas wirklich Großes, dass wir so lange Zeit als Familie vereint waren. Der Himmel mag wissen, wer den bösen Blick auf uns geworfen hat! Allah möge uns beschützen. Aber ich will eines sagen: Das Haus wird geteilt, aber die Familie wirkt weiter als eine. Das soll so bleiben, bis Rabia geheiratet hat. Ich habe vor, eine ebenso hohe Summe für ihre Heirat auszugeben wie für die Hochzeit meiner eigenen Tochter." Das war sein letztes Wort. Danach sagte niemand mehr etwas.

Bevor der Bau der Mauer anfing, hatte Kader zu Zohra gesagt: „Sieh mal, Zohra, du kannst nehmen, was du für die Einrichtung des Hauses auf deiner Seite brauchst. Keiner von uns wird dagegen Einspruch erheben. Und um Allahs Willen vergib uns, wenn es in all diesen Jahren irgendeine Ungleichheit in unseren Beziehungen gegeben haben sollte."

Rahima schwieg zu allem. Zohra glaubte nicht, dass sie wirklich so nachsichtig war, und murmelte vor sich hin: „Hinterlistiges Weib! Sie ist durch und durch gehässig!"

Küche, Badezimmer und Toilette waren auf Zohras Hausseite und nur der Brunnen auf Rahimas Seite. Sie beschlossen, von ihrem gemeinsamen Geld eine neue Küche und ein neues Badezimmer bauen und einen neuen Brunnen graben zu lassen. Außer der Arbeit für den Brunnen hatten alle anderen Arbeiten schon angefangen. Kader sagte zu seinem Bruder: „Bitte schalte die Pumpe an und holt euch an jedem Tag zu jeder Zeit Wasser!"

Nur Zohra stimmte nicht zu. Sie hatte hartnäckig darauf bestanden, dass der Brunnen sofort gegraben würde, denn sie fürchtete, dass das sonst bis zu einem Jahr aufgeschoben werden könnte. Aber Karim hatte sie wie mit einem Schlag auf den Mund aufgehalten. Zohra rieb sich unwillkürlich die Wange. Sie klagte unhörbar, dass es in erster Linie sein Fehlverhalten sei, das all diese Schwierigkeiten heraufbeschworen habe, und richtete ihren Ärger gegen Rabia. „Warum hat nur dieses elende Kind diese Schlampe so gerne? Sie hängt wie eine Klette an der Frau! Wie soll ich sie da wegreißen?" murmelte sie vor sich hin.

Karim machte es noch schlimmer, indem er sie ab und zu provozierte: „Wozu soll es gut sein, dass du Rahima gegenüber so feindlich bist? Deine Tochter liebt sie, weißt du das nicht?“ Er wusste sehr gut, dass Zohra nicht nur, weil sie ihre Mutter zu sich nehmen wollte, vorhatte, die Familie zu spalten. Früher hatte sich Zohra oft völlig abhängig und hilflos gefühlt. Nun hatte sie sich in den Kopf gesetzt, dass ihr Leben keinen Sinn hätte, wenn sie nicht in der Lage wäre, wenigstens diese eine Sache durchzusetzen. Jetzt war sie außerordentlich zufrieden, dass sie die Erfüllung ihres Wunsches erreicht hatte.

Plötzlich dachte sie an Firdaus. Es war, als hätte ihr inneres Auge Firdaus' Gesicht vergessen. Ihre Kehle zog sich zusammen, wenn sie daran dachte, dass Firdaus ihr nicht einmal mehr im Traum erschien. Firdaus war böse auf ihre Schwester, darum hielt sie sich von ihr fern, dachte Zohra. Als Firdaus noch lebte, war Zohra auf Firdaus böse gewesen und hatte sich von ihr ferngehalten. Sie hatte in ihrer Verbohrtheit sogar Rabia verboten, Firdaus zu besuchen. Zohra weinte und tadelte sich dafür, dass sie dem unschuldigen Kind gegenüber so unbeugsam gewesen war. Sie dachte daran, dass Firdaus in ihrer letzten Stunde niemanden gehabt hatte, der ihr hätte beistehen können, und sie konnte die Tränen nicht mehr zurückhalten. Sie saß zusammengekrümmt in einer Ecke ihres Zimmers und versuchte ihr Schluchzen hinunterzuschlucken. Sie wollte auf keinen Fall, dass Rahima sie auch nur einen Augenblick lang weinen hörte!

Vor der Tür rief jemand ihren Namen. Zohra ging aus dem Zimmer und wischte sich das Gesicht energisch mit ihrem Sari-Ende ab. Dort stand Mariyayi mit einer Kanne Milch. Zohra nahm ihr die Milch ab und ging damit in die Küche. Mariyayi sah sie an und dann die größer werdende Mauer und schwieg. Ihre Augen waren traurig. Sie machte sich ihre eigenen Gedanken und sank auf den Waschstein, der im Hof errichtet war. Sie kam erst wieder zu sich, als Rabia von der Straße hereingerannt kam, ihr um den Hals fiel und sie umarmte.

Kapitel 63

Rahima rührte den Reis mit einem Löffel um und nahm ein Korn aus dem Topf, um zu probieren, ob der Reis gar war. Das Korn fühlte sich an, als sei es noch nicht ganz gar. Sie goss ein bisschen Wasser dazu und blies ins Feuer, bis es aufflackerte. Die Tränen liefen ihr aus zwei Gründen über das Gesicht: weil der Qualm die Augen reizte und weil ihr Herz schwer war. Von dem Tag an, an dem die Mauer hochgezogen wurde, schien Wahida todunglücklich zu sein. Rahima hatte keine Ahnung, was in Wahida vorging, denn ihre Tochter vertraute ihr wohl nicht mehr. Sie weinte bei dem Gedanken, dass Wahida sich voller Abscheu von ihr abgewandt haben könnte.

Es peinigte sie, dass Sainu, Saura und Nafiza nacheinander zu ihr kamen und dann zu Zohra gingen und Fragen stellten, nachbohrten und versuchten, beide zum Sprechen zu bringen. Dabei taten sie immer sehr besorgt. Sie sagten zum Beispiel: „Ach, Rahima, du hast ein Herz aus purem Gold! Sieh nur, wie sie dich zur Seite gestoßen hat, was ist das nur für eine schreckliche Sache!“ Bei Zohra schlugen sie einen anderen Ton an: „Es sind immer die Schweigsamen, die die ganze Stadt ruinieren, sagt man. Nur gut, dass du es noch zur rechten Zeit gemerkt hast!“

Kader rief Rahima und Zohra zu sich und sagte in scharfem Ton: „Seht mal, ihr beide, es gibt Leute, die alles Erdenkliche tun, um herauszufinden, was zwischen uns vorgeht. Die Wahrheit ist, dass wir uns in Freundschaft trennen. Dass nur keine von euch beiden irgendetwas ausplaudert und uns alle blamiert! Wenn das passiert, dann mach ich vor nichts halt!“ Karim, der auch dabei war, wusste, dass diese Worte besonders an Zohra gerichtet waren, und sie verstand das auch.

Rahima war tief enttäuscht. Sie hatte erkennen müssen, dass man keinen anderen Menschen richtig einschätzen konnte. Wie nah war ihr Zohra einmal gewesen! Und wie feindlich war sie ihr jetzt!

Der Reis war mit einem zischenden Geräusch übergekocht. Das Feuer darunter war ausgegangen, nun stieg nur noch Rauch auf. Rahima zerbrach Kleinholz, stapelte es im Herd auf und blies gleichmäßig darauf, um das Feuer wieder anzufachen. Sie probierte den Reis noch einmal und dachte: „Ich muss mir jetzt endlich einen Gasofen beschaffen und darf mich vor dem Gedanken daran nicht mehr zu Tode fürchten!“ Wieder rieb sie mit dem Sari-Ende ihre Augen, die vom Rauch brannten.

Sie hörte Sainu auf der Straße jemanden rufen. Die Angst, sie könnte in ihr Haus kommen, umgab Rahima wie der Rauch. Sobald sie hereingekommen wäre, würde sie mit dem Fragen beginnen: „Wie viele Tage ist Wahida schon fällig?“ „Ist es wahr, dass sie sich erbricht?“ „Habt ihr es mit einem heißen Bad versucht?“ Und es war ja nicht nur Sainu! Saura, Nafiza und all die anderen stellten dieselben Fragen. Manchmal hatte sie ihnen sogar schon in scharfem Ton gesagt, sie sollten sich um ihre eigenen Angelegenheiten kümmern. Aber schon am nächsten Tag waren sie wieder da und fragten genau dasselbe. Rahima war zwar über ihre eigene Grobheit beschämt, aber die Frauen schienen sich durchaus nichts daraus zu machen.

Ihr fiel ein, dass sie den Reis abgießen musste. Sie hielt den Reistopf mit einem Stück Stoff fest und goss das Wasser ab, indem sie den Topf schräg hielt und den Deckel dagegendrückte. Sie ging in Wahidas Zimmer, um zu sehen, was sie gerade tat. Wahida hatte das Zimmer verdunkelt, indem sie alle Fensterläden geschlossen hatte. Rahima sah ihre Tochter zusammengekrümmt am Rande ihres Bettes liegen und fürchtete sich, ihren Unterleib zu berühren. Warum war Wahida nur so unglücklich? Diese Frage quälte sie. Wie konnte eine jung verheiratete Frau so vollkommen teilnahmslos sein? Würde sie ihr ganzes Leben so zubringen? Die Frage schnitt ihr ins Herz und ein hämmernder Kopfschmerz setzte ein, als ob sich ihr Kopf spaltete. Die Tränen quollen ihr wieder aus den Augen. Sie wischte sie sofort weg und ging weiter ihrer Hausarbeit nach.

Kapitel 64

Sherifa hatte seit zwei Tagen das Bett nicht verlassen. Sie lag auf ihrem Bett, das Gesicht war von den Tränen geschwollen und ihr Körper durch den Mangel an Nahrung geschwächt. Ihre Schwester Raihana kümmerte sich um das Kind. Saura war im selben Zustand und weinte in ihrem Zimmer. Für Sherifa war das Fasten sehr hart, wie aber ihre Mutter sich vom Essen zurückhalten konnte, war ihr ein Rätsel. Essen war ja ihre ganze Welt, ihr Leben, ihr Ein und Alles!

Sainu hatte sie zwei Tage zuvor besucht und gefragt, ob Sherifa einer Heirat mit Suleiman zustimmen würde. Sie hatte sich bei ihrer Schwägerin Saura beklagt, dass Mumtaz von einem Geist verfolgt werde und noch dazu keine Kinder bekommen konnte. Außerdem ließ sie Suleimann nachts nicht mehr in ihre Nähe, sondern vertrieb ihn. Sobald Sainu wieder gegangen war, fing Saura mit ihrem unaufhörlichen Flehen an. Sie weinte und tat alles, was in ihrer Macht stand, um Sherifa zu zwingen, der Heirat zuzustimmen. Schließlich hatten sich beide Frauen in ihre Betten zurückgezogen.

„Dein Vater ist jetzt alt. Wer wird sich um die Familie kümmern, wenn er gegangen ist? Wie willst du dein Leben ohne die Unterstützung durch einen Mann zubringen? Hier ist deine Schwester mit ihrem kahlen Kopf, wer wird für sie sorgen? Dein Bruder ist noch ein hilfloses Kind. Wer wird ihm beibringen, zwischen Gut und Böse zu unterscheiden? Wenn dein Leben in Ordnung gebracht ist, wenn du glücklich bist, dann wird deinem Vater der bloße Gedanke daran ein paar Lebensjahre schenken! Suleiman gehört zu unserer Familie und er wird uns sicherlich unter seine Flügel nehmen. Und wer hätte gedacht, dass wir jemals die Chance bekommen würden, dich mit dem Sohn meines Bruders zu verheiraten? Es ist so, als ob Allah es selbst so gefügt hätte! Weise das nicht zurück, Sherifa!“ hatte Saura gebeten, während sie am Kopfende von Sherifas Bett gesessen hatte.

Sherifa wurde schon wütend, wenn sie nur Suleimans Namen nennen hörte. Der Anblick von Schadenfreude in seinem Gesicht, als er ihnen in Rahimas Haus von Fatimas Tod erzählte, hatte bewirkt, dass sie ihn überhaupt nicht mehr leiden konnte. Jetzt hatte er beschlossen, noch einmal zu heiraten, nachdem seine Frau Anzeichen von Krankheit gezeigt hatte. „Ekelhafter Kerl“, dachte sie und war stolz darauf, dass sie dem Andenken ihres Mannes die Treue gehalten hatte.

Sie dachte über alles nach, was Saura gesagt hatte, als sie versuchte, sie zu überzeugen. Ihre Bedenken waren nur zu berechtigt. Aber wenn ihre Mutter auch gute Gründe anführen konnte, so war Sherifa doch schleierhaft, wie sie es über sich brachte, Mumtaz, ihrer Nachbarin, die sie schon so lange kannten, Schaden zuzufügen. Es schien ihr überhaupt nichts auszumachen. Vom Standpunkt ihrer Mutter aus musste Sherifa unbedingt verheiratet werden. Um dieses Ziel zu erreichen, war ihr alles recht. Sherifa wusste, dass eine Familie ohne die Unterstützung eines Mannes tatsächlich alle möglichen Schwierigkeiten haben würde. Vor vier Tagen hatte ihr Vater angerufen. Er hatte leichte Schmerzen in der Brust gehabt und war beim Arzt gewesen. Sie baten ihn, sofort nach Hause zu kommen, aber er weigerte sich und sagte, er könne seine Arbeit nicht im Stich lassen. Mit Sainus Mann war es dasselbe gewesen. Er war im Ausland gestorben und sie hatten nicht einmal seinen Leichnam nach Hause geschickt. Auch Saura hatte sich daran erinnert und beim Abschied ihres Mannes geweint. Als ihr Vater dieses Mal abflog, hatte Sherifa ihn gefragt: „Warum musst du denn wieder weg? Was du bisher verdient hast, reicht doch für uns! Du wirst alt, für wen musst du denn jetzt noch Geld verdienen?"

Aber er hatte nicht auf sie hören wollen und gesagt: „Nein, ich kann keine Minute länger bleiben. Mir wird schon nichts zustoßen! Allah wird auf mich aufpassen."

Dann hatte Saura gesagt: „Es hat keinen Zweck! Er kann die weltlichen Begierden nicht loslassen!" Sie kannte ihn gut genug. Sherifa betete täglich für ihren Vater zu Allah, als ob sein Leben in ihrer Hand läge. Heute machte sie sich große Sorgen, denn sie hatte gehört, er sei krank. Für Saura brachte diese Nachricht noch andere Sorgen mit sich und erinnerte sie an ihre Verantwortung.

Sherifa wälzte sich in ihrem Bett hin und her und stieß tiefe Seufzer aus. Sie dachte daran, dass ihre Stellung als Witwe ihnen im letzten Jahr einige Schwierigkeiten eingetragen hatte. Jedes Jahr wurden alle Familien im Monat Rabi'ul Avval, dem Monat der Geburt des Propheten, gleich, nachdem Maulud – die stündlichen Rezitationen, die zehn Tage lang abgehalten wurden – vorüber war, aufgefordert, einen Beitrag zum Festmahl zu leisten. Ein Ehepaar war eine Einheit und wurde aufgefordert, der Moschee hundert Rupien zu spenden. Diejenigen, die bemittelt waren, mussten außerdem noch eine Geldsumme als Geschenk geben. Der Nattaanmai benutzte das Geld, das auf diese Weise zusammengekommen war, dafür, ein paar Schafe zu kaufen. Sie wurden dann in der Moschee geschlachtet und ihr Fleisch wurde in einigen großen Kochtöpfen gekocht. Ein Kochtopf voll wurde für zehn Einheiten gerechnet. Jeder Topf wurde dann zu einer von zehn Familien gebracht und eine Person dieser besonderen Familie teilte das Fleisch, wie es sich gehörte, aus. Im letzten Jahr hatten sie an diesem Tag das Lamm-Curry im Hof von Sainus Haus ausgeteilt und Sainu hatte diesem Ritus vorgestanden. Sie saß beim Kochtopf, rührte das Curry, legte die Fleischstücke in eine Schüssel und verteilte sie in die Gefäße, die vor ihr standen. Wegen des Curry-Dufts schien niemand die Hitze des späten Vormittags im Hof zu bemerken. Alle Frauen standen neben dem Gefäß, das sie mitgebracht hatten, und beobachteten Sainu, ohne zu Blinzeln. Nafiza, Zohra, Fatima, Saura und die übrigen Frauen schienen zu denken, dass Sainu, wenn sie sich auch nur ein bisschen bewegten, einen Fehler machen könnte. Sainu las von dem Zettel, den die Moschee mitgeschickt hatte, vor und zählte die Portionen auf, die jeder zugedacht waren. Zum richtigen Zeitpunkt rief sie: „Diese Portion ist die Witwenportion: die Hälfte für Sherifa und die Hälfte für mich", und sie legte die halben Portionen in die entsprechenden Schüsseln.

Sofort hatte sich Sauras Gesicht wie in großem Schreck verfinstert. Es war, als wäre sie brutal an etwas erinnert worden, an das sie lange nicht gedacht hatte. Sie erhob ein großes Jammern und klagte: „Herr, wie konntest du mir das antun! Hier bin ich, eine Vavarasi, eine Frau, deren Mann lebt, und ich muss mit eigenen Augen mit ansehen, dass meine Tochter den Anteil einer Witwe bekommt!" Sie hatte ihre eigene Portion weggeworfen, ohne dass sie sich darum gekümmert hatte, dass sie in der Moschee gesegnet worden war. Alle Anwesenden empfanden ihren Kummer und nahmen daran teil, aber sie waren auch alle verwirrt von dem Theater, das sie veranstaltete. Auch damals schon hatte Saura eine ganze Woche nach diesem Zwischenfall geweint und Sherifa angefleht, wieder zu heiraten.

Als Sherifa daran dachte, sagte sie sich, dass Saura auch bei dieser Gelegenheit eine

Woche lang weinen würde. Danach würde wieder alles normal. Trotzdem stellte sich Sherifa die dringende Frage, ob es ihr möglich sein würde, ihr ganzes Leben lang alleine zu leben und ihre Wünsche und Gefühle zu unterdrücken. Wieder dachte sie daran, wie schmerzlich jede Nacht war, wie sehr sie versuchen musste, ihre Frustration zu überwinden. Würden die Erinnerung an ihren Mann und die Liebe zu ihrem Kind ausreichen, um sie den Rest ihrer Tage zu stützen? Sie lag still auf ihrem Bett und war vollkommen durcheinander, denn sie wusste nicht, was sie tun sollte.

Zwar sprach sie jeden Tag alle vorgeschriebenen Gebete, folgte dem Koran und den Hadiths und versäumte niemals, ein wöchentliches Fasten zu halten, aber irgendwo in Herz und Sinnen lauerten diese Gefühle immer noch und ließen nicht locker. Jeden Tag bat sie, wenn sie die Hände im Gebet erhob, um dasselbe. Sie flehte darum, von den weltlichen Begierden und Bindungen befreit zu werden. Warum hatte Allah kein Mitleid mit ihr? Wenn sie darüber nachdachte, konnte sie nicht umhin, sich über ihn zu ärgern. Ganz frustriert setzte sie sich auf und stellte ihre Füße vorsichtig auf den Boden. Ihre Beine zitterten und sie konnte kaum stehen. Sie stützte sich auf die Bettkante. Um sie herum drehte sich alles und sie dachte, sie würde gleich ohnmächtig. Sie empfand tiefe Müdigkeit, als ob alles Blut aus ihrem Körper hinausgequetscht worden wäre. Sie dachte, sie könnte ja ihre Zähne putzen und einen Schluck Wasser trinken. Sie blickte aus dem Fenster und sah einen Jungen an Nurammas Haus vorbeilaufen. Sofort rief Nuramma von innen mit schwacher Stimme: „Wer ist da?“

Sherifa ging ins Badezimmer und putzte sich die Zähne. Sie gurgelte und spuckte das Wasser aus. Sie sah ihr Gesicht im Badezimmer-Spiegel und stellte fest, dass sie kaum wiederzuerkennen war. Sie nahm so viel Wasser in den Mund, dass ihre Wangen sich wölbten. Ihr taten die Gesichtsmuskeln weh, denn sie hatte seit zwei Tagen weder gegessen noch mit jemandem gesprochen. Sie versuchte, sie zu entspannen, indem sie das Wasser erst im Mund behielt und es dann ausspuckte. Sie sah sich im Spiegel an, als sich ihre Wangen immer wieder blähten und dann zusammenzogen. Ihre Ohrringe, die mit Steinen besetzt waren, schwangen dabei nach hinten und nach vorne.

Als sie jung verheiratet war, hatte sie auf dem Titelblatt einer Zeitschrift das Bild einer Schauspielerin gesehen, die genau solche Ohrringe trug. Sofort hatte sie sich sehnsüchtig ein Paar Ohrringe wie diese gewünscht und Salaam das Foto gezeigt. „Aber natürlich, kleine Schwester, ich lasse sie sofort für dich anfertigen!“ hatte er gesagt. Er hatte den Goldschmied kommen lassen, ihm das Foto gezeigt und ihn angewiesen, das Muster genau zu kopieren. Wenn er sie „kleine Schwester“ nannte und sie damit zärtlich neckte, wurde sie jedes Mal verlegen. Immer, wenn sie glücklich waren, neckte er sie damit, dass er sie so nannte. „Schämst du dich nicht“, fragte er, „deinen eigenen Bruder zu heiraten? Wenn du daran denkst, möchtest du dann nicht gleich vor Scham sterben?” Es gefiel ihm sehr, sie scherzhaft zu provozieren. Sherifa wusch sich das Gesicht. Der Kopf schwirrte ihr von verschiedenen Gedanken und Ängsten.

Kapitel 65

Wahida öffnete die Augen nur einen Spalt breit, um zu sehen, wer ins Zimmer gekommen war. Sie begegneten denen ihrer Mutter und Wahida war sehr gerührt. Sie bemerkte, wie sich das schöne und heitere Gesicht ihrer Mutter verändert hatte, wie es in diesen Tagen von Besorgnis angespannt war – und sie fand es unerträglich. Sie machte sich klar, dass sie der Grund für alle Sorgen ihrer Mutter war, und schloss die Augen wieder fest. Wenn sie nur damals nicht in der Nacht auf die Terrasse hinausgegangen wäre oder wenn sie wenigstens Firdaus nicht gesehen hätte, was wäre dann? Eben weil sie die Augen geschlossen hielt, sah sie diese Szenen deutlich vor sich. Sie wollte sie aber durchaus nicht noch einmal sehen oder daran erinnert werden und öffnete schnell die Augen. Wie gut wäre es, wenn man unerwünschte Erinnerungen wie etwas, das man nicht mehr braucht, wegwerfen könnte! Es war schon erstaunlich, dass sie, obwohl sie wusste, dass es nicht ging, sie mit den Wurzeln auszureißen versuchte. Aber sie trieben Schösslinge und wuchsen, um sie zu quälen. Wenn es nur ein Mittel für sie gäbe, alles zu vergessen und bei anderen Gedanken ihr Glück zu finden! Aber das schien ihr unmöglich. Gedanken an ihren Mann vergrößerten nur noch die Beklemmungen. Andere Gefühle empfand sie nicht für ihn.

Der Gedanke, dass sich ihr Leben in eine Katastrophe verwandelt hatte, brachte sie wieder den Tränen nahe. So sehr sie auch versuchte, sich mit ihrer Situation auszusöhnen, konnte sie doch die Fragen, die sich in ihrem Geist wiederholten, nicht umgehen: Ist das alles? Ist nun alles zu Ende? Gibt es keine andere Möglichkeit mehr? Zu einem war sie allerdings fest entschlossen: Sie würde nicht in das Haus ihres Mannes zurückkehren! So sehr auch alle versuchten, sie umzustimmen, sie würde sich weigern, dieses Leben zu führen. Sie hatte dort auch nicht das geringste Glück empfunden, warum sollte sie in diesem Haus leben? Das wäre, als ob sie sich freiwillig dafür entscheiden würde, in der Hölle zu Hause zu sein. Hier im Haus war sie geliebt und wertgeschätzt worden. Wer sollte sie wohl zwingen, in einem anderen Haus die Rolle einer Dienerin zu spielen?

Sie dachte daran, wie Sayyeds Blicke genießerisch über ihren ganzen Körper gestreift waren und wie Sabia sie beim Essen bewacht hatte, und vergrub ihr Gesicht im Schoß ihrer Mutter. Sie stellte sich vor, dass das Gesicht ihrer Mutter noch sorgenvoller würde, wenn sie Wahida sagen hörte, dass es ihr unmöglich sei, im Haus ihres Mannes zu leben. Sie begann zu zittern.

Rahima bemerkte, dass ihre Tochter einen Augenblick lang zitterte und dann still wurde, und das machte ihr Angst. Sie schüttelte sie leicht und fragte: „Was ist, Liebe, was ist los?“

Wahida öffnete langsam die Augen und sah zum Gesicht ihrer Mutter auf. Sie sagte nur ein Wort: „Nichts“, und schloss die Augen wieder. Eine Weile sagte sie gar nichts. Dann murmelte sie wieder: „Amma!“

Rahima verstand, dass Wahida verzweifelt die passenden Worte suchte, um ihr etwas mitzuteilen. Sie war schon im Voraus über das entsetzt, was sie sagen könnte. Ihre Kehle war trocken, die Zunge klebte ihr am Gaumen. Sie stammelte noch einmal ganz zärtlich: „Was ist, Liebe?“

„Es geht darum, Amma …", setzte Wahida wieder an, „ich will nicht dorthin zurück! Lass mich von jetzt an hierbleiben!"

Rahima verstand nur halb, was Wahida sagte, und fragte: „Was sagst du da?" Ihre Stimme klang genauso verzweifelt, wie Wahida erwartet hatte.

„Es ist wahr. Ich werde nie mehr dorthin zurückgehen, niemals! Ich mag dort niemanden! Bitte schick mich nicht dorthin zurück, Amma!" Sie vergrub ihr Gesicht im Schoß ihrer Mutter und fing zu weinen an.

Rahima legte ihrer Tochter die Hand auf den Rücken und umarmte sie fest. Sie wusste nicht, was sie tun sollte. Wusste das Mädchen nicht, was es sagte, oder wusste es das nur zu genau? Was es auch war, sie wollte sie jedenfalls trösten und sagte darum: „Gut, du musst nicht wieder dorthin. Du bleibst einfach hier." Aber Rahimas Herz war voller Besorgnis.

Wahida hob den Kopf und sah ihrer Mutter ins Gesicht. Sie sah darin, dass ihre Mutter schrecklich unruhig war und nicht verstand. Einen Augenblick lang tat sie ihr leid. Trotzdem war sie jetzt entschlossen, auch wenn sie ihrer Mutter wehtun müsste, sich auszusprechen und nicht mehr still zu leiden. Sie würde nun nichts mehr verstecken. Bei dem Gedanken fasste sie Mut und sagte, indem sie von Sikandar im Singular und nicht im respektvollen Plural sprach: „Ich mag ihn nicht, Amma. Und Schwiegervater Sayyed ist ein Lüstling. Ich will keinen von ihnen!"

Es kam Rahima vor, als spreche Wahida wie ein Kind. Wozu konnte es nützen, so zu sprechen, jetzt, da sie verheiratet war? Einerseits machte sie sich Sorgen darum, wie sie Wahida dazu bringen könnte, das zu verstehen, andererseits fühlte sie sich schuldig, weil sie ihre Tochter wissentlich in ein solches Höllenloch gestoßen hatte. Sie war deswegen tieftraurig. Welche andere Möglichkeit konnte es jetzt für Wahida geben? Der einzig ehrenhafte Lebensweg für sie war, den Rest ihrer Tage mit ihrem Mann zu verbringen. Sonst würde sie sich schließlich wie Firdaus zugrunde richten. Alle diese Gedanken gingen ihr durch den Kopf und verschlugen ihr die Sprache.

Wahida war enttäuscht, dass ihre Mutter ihr noch kein einziges Wort des Trostes gesagt hatte. Sie vergrub ihren Kopf noch tiefer im Schoß ihrer Mutter. Für Wahida war es absolut notwendig, eine Antwort zu bekommen, die ihren Gefühlen entsprach. Sie dachte, sie könnte ihrer Situation nur dann entkommen, wenn sie wenigstens *eine* Person hätte, die für sie eintreten würde.

Rahima streichelte ihrer Tochter liebevoll den Kopf. Schließlich sagte sie etwas und versuchte sie dazu zu bringen, die Realität zu verstehen. „Gut, Wahida, du musst nicht mehr dorthin zurück. Du kannst weiter hier bleiben, wenn du das unbedingt möchtest. Wir wollen abmachen, dass dein Mann dich hier so oft besuchen kann, wie er möchte. Aber du darfst nicht respektlos mit ihm umgehen. Dann würdest du etwas Übles tun. Ist es denn so schlimm, dass er mit anderen Frauen spricht? Dein Vater spricht doch auch mit den Frauen in seiner Verwandtschaft! Aber du musst ihm gegenüber offen sein! Sag ihm, was du denkst! Es liegt an dir, ihn zu bessern. Heutzutage hören Männer ja auf ihre Frauen! Du darfst nicht zu mir kommen und dich über ihn beklagen. Wenn er das erfahren würde, wäre er sehr traurig!" Ihre Stimme war voller Mitgefühl mit Sikandar.

Wahida hatte erwartet, dass ihre Mutter so mit ihr sprechen und versuchen würde, sie dazu zu bringen, mit ihrer Situation fertigzuwerden. Keine Mutter würde sich wünschen, dass sich ihr Kind von der Möglichkeit, ein achtbares Leben zu führen, abschnitte! Natürlich würde Rahima alles in ihrer Macht Stehende tun, um Wahida dazu zu bringen, ihre

Ehe zu akzeptieren. Auch Wahida war nun fest entschlossen, nicht weiter über die Sache zu sprechen.

Sie drehte den Kopf und setzte sich auf. Sie steckte ihr Haar auf, das sich gelöst hatte. Sie ärgerte sich sehr über Rahima, weil sie bedingungslos für Sikandar Partei ergriffen hatte. Sie war sich bewusst, dass das Mitleid, das sie noch vor Kurzem mit ihrer Mutter gehabt hatte, dahinschwand und dass sie leer und hartherzig wurde. Es war ihr nun sehr deutlich, dass es keinen Sinn hätte, ihre Interessen noch weiter zu verfolgen. Plötzlich dachte sie an Mumtaz. Sherifa und Suleiman sollten in der nächsten Woche heiraten. Gestern hatte ihr Sherifa weinend davon erzählt. Saura hatte gedroht, sie werde sich umbringen, wenn Sherifa der Heirat nicht zustimmen würde. Wahida wünschte sich, dass sie an Mumtaz Stelle heimgesucht worden wäre. Das hätte sie erlösen können!

Sie stand vom Bett auf und hoffte, sie würde sich besser fühlen, wenn sie ihr Gesicht wüsche. Sie ging aus dem Zimmer, ohne Rahima anzusehen. Das helle Tageslicht blendete sie. Ihre Augen hatten sich an die Dunkelheit ihres Zimmers gewöhnt und sie rieb sie, um sie auf das Licht vorzubereiten. Als ihr eben klar wurde, dass es fast Zeit für die Luhur-Gebete war, hörte sie das Radio aus Sainus Haus quäken. Die 12 Uhr 40 Nachrichten aus Delhi wurden von einer tiefen Frauenstimme gesprochen. Als sie ins Badezimmer kam und anfing, sich das Gesicht zu waschen, meldete die Stimme, dass es in Sri Lanka schwere Unruhen gebe, dass Hunderte unschuldiger Tamilen getötet worden seien und dass in einigen Städten Ausgangssperre verhängt worden sei. Sie hörte aufmerksam zu und dachte an Sayyed. Er würde also ganz bestimmt nicht mehr dorthin zurückgehen. Aber das würde sie ja nicht mehr im Geringsten betreffen, dachte sie. Jedenfalls würde sie nie mehr zu ihrer Schwiegerfamilie zurückkehren. Der Gedanke machte ihr Mut, als sie ihre Olu-Waschungen begann.

Als sie sich den Mund spülte, wurde ihr etwas schwindlig. Sie hörte damit auf, lehnte sich gegen die Wand und fragte sich, was mit ihr sei. Ihr drehte sich der Magen um und der Speichel strömte ihr in den Mund. Als sie sich niederbeugte, um auszuspucken, erbrach sie sich aus der Magengrube. Ihr Frühstück von Iddlis kam ihr unverdaut hoch und verteilte sich überall. Sie musste sich immer wieder erbrechen, es war nicht aufzuhalten. Unwillkürlich machte sie sich nass. Der Urin durchnässte Unterrock und Sari durch und durch. Sie hörte, wie ihre Mutter zum Badezimmer gelaufen kam und an die Tür klopfte. Dann wurde das Geräusch schwächer, als käme es von sehr weit her. Sie glitt an der Wand hinunter und setzte sich auf den Boden. Sie hielt ihre Beine fest umklammert. Ihr kam die Einsicht, dass in ihr ein Leben Gestalt angenommen hatte. Sie legte die Hand auf ihren Unterbauch. Sie konnte nichts fühlen. Ihre Mutter klopfte immer noch an die Tür, aber Wahida wollte nicht aufmachen und rührte sich nicht. Sie begann, *eines* zu verstehen: Worauf sie so sehr gehofft hatte, war nicht geschehen. Nun wurde ihr die Notwendigkeit klar, diese Wahrheit zu akzeptieren. Sie erhob ihre Stimme und begann laut zu schluchzen.

Kapitel 66

Seit Rabia gehört hatte, dass Ahmad nach Hause gekommen war, berührten ihre Füße kaum noch den Boden. Iliaz hatte ihr die Neuigkeit gebracht. Als er ein paar Iddlis von Rahima abholte, hatte er sie leise beiseite gerufen und es ihr erzählt. „Geh und besuche ihn zu Hause. Sag ihm, dass ich heute Abend komme, wenn ich im Laden fertig bin", hatte er gesagt. Sie beendete ihr Frühstück in großer Eile, ging in ihr Zimmer und öffnete ihren Schrank. Sie fragte sich, welchen ihrer Röcke und Davanis sie anziehen sollte. Als sie ihre besten Kleider hervorzog, fiel die hölzerne Puppe aus ihnen heraus. Sie starrte sie einen Augenblick lang an, hob sie dann auf und drückte sie an sich. Sie presste das Gesicht der Puppe gegen ihre Brust und streichelte sie. Ein Freudenschauer durchlief sie, als ob Ahmad sie umarmte. Schnell legte sie die Puppe wieder zwischen ihre Kleider.

Sie nahm den Rock heraus und legte sich die Bänder um die Taille. Sie hatte am Tag zuvor gebadet und musste das an diesem Morgen nicht noch einmal tun. Sie zog schnell ihre Bluse an, knöpfte die Knöpfe so weit zu, wie sie sie erreichen konnte, zog den Davani um sich und steckte ihn in die Taille. Sie nahm ihren Kamm in die Hand, lief durch die Lücke in der noch unfertigen Mauer und rief Wahida zu: „Wahida, bitte flicht mir die Zöpfe!" Wahida setzte sich im Bett auf, fuhr sich mit den Fingern durch die Haare und steckte sie auf. Rabia bemerkte die Müdigkeit in ihrem Gesicht, aber sie war nicht in der Verfassung, sich darüber Rechenschaft abzulegen.

„Warum hast du's denn so eilig?" fragte Wahida, nahm Rabia den Kamm ab und knöpfte ihr die noch offenen Knöpfe zu, ehe sie dazu aufgefordert wurde. Sie hätte gerne gewusst, warum Rabia nach so vielen Tagen der Niedergeschlagenheit plötzlich so glücklich aussah, und fragte: „Du bist wohl in Eile, weil du irgendwohin willst?"

„Nein, durchaus nicht", sagte Rabia und fügte hinzu: „Amma sagt immer wieder, ich darf nicht mehr hierherkommen."

Wahida schwieg, während sie sich Rabias Haar widmete. Rabia war enttäuscht, dass ihre Cousine nicht antwortete, aber auch sie sagte nichts mehr. Sie lehnte sich schweigend zurück, damit Wahida weiter ihr Haar kämmen konnte. Sie ärgerte sich über sich selbst, dass sie Wahida erzählt hatte, was ihre Mutter gesagt hatte. „Saniyan", schalt sie sich. Ihr fiel ein, dass Wahida seit ihrer Rückkehr nicht mehr lächelte. Früher hatte sie Zohras Transistor-Radio neben ihrem Bett stehen gehabt und die ganze Zeit über den Songs zugehört. Auch das hatte vollkommen aufgehört. Es war Rabia ganz und gar bewusst, dass alles anders geworden war, seit Wahida verheiratet war. Sie wartete schweigend.

Als Rabia aufstand, weil ihr Haar gekämmt und geflochten war, sagte Wahida: „Dein Gesicht sieht aus, als wäre eine ganze Dose Öl darüber ausgegossen worden. Geh und wasch es dir!"

„Gut", sagte Rabia und ging in das neue Badezimmer, statt nach Hause zurückzugehen. In der Seifenschale lag Lux-Seife aus dem Ausland. Sie griff eifrig danach und dachte an Sikandar. Er musste sie mitgebracht haben, dachte sie, drehte sie zwischen den Händen und rieb sich dann das Gesicht mit dem Schaum ein. Nachdem sie das wenigstens zehnmal gemacht hatte, sah sie an dem Seifenschaum zwischen ihren Fingern, dass sie nun strahlend genug aussehen musste. Sie verließ das Badezimmer und trocknete sich das Gesicht mit dem handgewebten Handtuch, das draußen auf der Leine hing. Sie atmete den scharfen Geruch der Kalktünche ein. Er erinnerte sie an Fastentage und den Monat Ramadan. Sie ging ins Zimmer zurück und puderte sich das Gesicht. Sie war noch nicht sicher, dass sie hübsch genug aussah, und fuhr mit der Puderquaste immer wieder über ihr Gesicht.

Sie hörte jemanden sagen: „Ja, natürlich siehst du hübsch aus!“ und drehte sich schnell um. Als sie ihre Tante dort stehen sah, senkte sie den Kopf und lief verlegen weg.

Sie ging schnell an Madinas Haus vorbei und trat leise auf, denn niemand sollte sie auf ihrem Weg zu Ahmads Haus sehen. Sie atmete erleichtert auf, als sie sicher vorbeigekommen war. Die Tür von Ahmads Haus war geschlossen. Als sie die Vorderstufen hinaufging, stieg ihr das Blut in den Kopf und ihr Herz schlug schnell. Sie dachte, vor lauter Freude würde ihr Atem aussetzen. Sie drückte die Tür sacht auf und ging ins Haus. Ahmad saß auf seinem Bett und schaukelte mit den Beinen. Als sie hereinkam, hielt er die Beine still, sah auf und starrte sie an. Sie dachte, dass sie sich sehr verändert haben müsse und dass er vielleicht schockiert sei, weil er merkte, er erkenne sie nicht wieder. Sie sah ihn genau an und sah, dass er ziemlich viel größer geworden war. Er trug lange Hosen und ein Hemd. Um das Handgelenk hatte er eine Uhr. Sein Gesicht hatte den intellektuellen Ausdruck belesener Stadtjungen. Plötzlich zögerte sie, sich ihm zu nähern oder auch nur seinen Namen auszusprechen und blieb stehen.

Er übernahm die Initiative und rief ihr zu: „Komm her, Rabia, warum stehst du da?” Erstaunt sprach er weiter: „Wie hast du es nur fertiggebracht, in so kurzer Zeit so sehr zu wachsen? Und was ist damit, ich habe gehört, du gehst nicht mehr in die Schule?“

Es gefiel ihr, dass er auf die gewohnte Weise mit ihr sprach. Sie lief schnell auf ihn zu und stellte sich neben ihn. In diesem Augenblick kam Nafiza ins Zimmer und neckte: „Willkommen, meine Schwiegertochter, was gibt es Neues? Kommst du deinen Bräutigam besuchen?“

Rabia wurde rot und senkte den Kopf. Als sie merkte, dass Ahmad sie ansah, neigte sie den Kopf noch etwas tiefer.

„Warum gehst du nicht mehr zur Schule?” fragte er wieder. „Ich bin auch gerade nicht in der Schule, um mich auf die Zwischenprüfung vorzubereiten. Mein Vater will mich später dorthin bringen. Komm, wir wollen jetzt beide gehen!”

„Ich?” Rabia zögerte. Einen Augenblick lang zuckte die Angst vor der Schelte ihrer Mutter über ihr Gesicht. Aber sie dachte daran, dass er bald wieder zu seinem Onkel fahren werde, und wollte mit ihm zusammen sein, solange er hier war. Sie erlaubte sich nicht weiterzudenken. „Ja, ich komme“, sagte sie. „Einen Augenblick, ich sage es nur schnell zu Hause.” Sie wartete die Antwort nicht ab und rannte nach Hause. Sogar dabei behielt sie Madinas Haus im Auge.

Zohra war in der Küche und briet etwas. Rabia lief in ihr Zimmer, nahm die hölzerne Puppe aus dem Schrank und steckte sie unter den Davani gegen ihren Magen. Dann ging sie zu ihrer Mutter und bewegte sich ganz zwanglos und ohne Eile. Durch die Rauchwolken sagte sie: „Amma, ich gehe zu Madina, such mich nicht!“ Sie verließ das Haus ohne ein Zeichen von Eile.

Als sie draußen war, rannte sie in Richtung von Ahmads Haus. Sie war sehr erleichtert, dass ihre Mutter nichts gesagt hatte, um sie zurückzuhalten. Sie wusste, dass der Hauptgrund dafür, dass Zohra sie hatte gehen lassen, der war, dass sie es lieber sah, wenn

Rabia zu Madina ging, als wenn sie im Haus bei Wahida blieb. Früher hätte sie sie ausgeschimpft, weil sie immerzu zu Madina ging, aber nun sagte sie nichts dagegen.

Ahmad war auf die Straße herausgekommen und wartete auf sie. Sie lief auf ihn zu und sie gingen zusammen. „Wo ist Iliaz?“ fragte er.

„Er arbeitet jetzt in unserem Laden und packt Lebensmittel ein. Er ist nur an Sonntagen zu Hause. Das ist traurig, findest du nicht?“

„Ich sehe auch dieses Mädchen nicht. Wo ist sie denn?“ Sein Ton war scharf.

Sie verstand, wen er meinte, aber sie war verlegen, ihm die Sache zu erklären.

„Bist du taub”, schimpfte er und sah sie an, als ob er eine Antwort verlange.

Da sie keinen anderen Ausweg sah, stammelte sie: „Es ist … sie … ist jetzt erwachsen geworden.“

„Ach, tatsächlich“, war alles, was er sagte, und er ging wie gewohnt weiter. Inzwischen waren sie an der Bücherei vorbeigekommen und erreichten die Rückseite der Schule. Als sie die Schule sah, war sie entzückt.

Ahmad sah auf sehr erwachsene Weise auf seine Armbanduhr. „Mein Vater hat gesagt, er würde erst nach elf kommen. Komm, wir wollen uns bis dahin unter die Bäume in der Nähe des Berges setzen. Es ist jetzt erst Viertel nach zehn.“ Er ging weiter geradeaus.

Den Schulhof umgab keine Mauer und sie sahen, dass er vollkommen leer war. Keine Kinder waren dort. Sie sagte sich, dass das deshalb so sei, weil die Unterrichtsstunde gerade erst angefangen haben musste, und ging mit ihm zu der Tamarinde, die in einiger Entfernung stand. Dort standen vier Bäume beieinander und warfen einen kühlen Schatten.

Sie setzten sich gemeinsam unter die Bäume. Wenn sie an ihre Mutter dachte, zitterte sie. Ahmad saß neben ihr und sagte: „Keine andere Schule ist wie die hier, findest du nicht auch?“

Das machte sie sprachlos vor Freude und Verlegenheit. Sie wollte nur das Erlebnis vollkommen auskosten, mit ihm alleine zu sein!

„Warum antwortest du mir nicht? Warum lassen sie dich nicht mehr in die Schule gehen? Macht dir das was aus?“

„Es gibt eigentlich keinen Grund. Nur dass sie sagen, da ist niemand in meinem Alter, der mit mir zur Schule gehen könnte. Ja, natürlich macht es mir etwas aus“, sagte sie und sah vor sich hin. Sie war zu schüchtern, um ihm in die Augen zu blicken.

Ein Glücksgefühl durchströmte sie von Kopf bis Fuß und sie konnte sich kaum fassen. Heimlich, ohne dass er es merkte, fühlte sie nach der Holzpuppe. Sie wollte sie ihm zeigen und ihn an vieles erinnern, aber ihre Schüchternheit lähmte ihr die Zunge. Sie konnte nicht so leicht mit ihm sprechen wie er mit ihr. Sie wandte ihren Blick zum Berg. In einiger Entfernung standen Kakteen in einer Reihe beisammen. Eine der Pflanzen war voller hellroter Blüten. Da dachte sie daran, dass die Rosen in ihrem Garten blühten. Und sie hatte keine gepflückt, um sie sich ins Haar zu stecken! Sie hatte zu sehr gefürchtet, dass ihre Mutter sie ausschimpfen würde, deshalb hatte sie die Blumen ganz vergessen. Uma sagte immer, dass sie mit Rosen auf beiden Seiten ihrer Zöpfe hübsch aussehe. Vielleicht hätte das auch Ahmad gefallen. Schade, dass sie es vergessen hatte!

Ahmad bemerkte, dass ihr Blick noch auf den Kakteen ruhte, und er fragte: „Woran denkst du?“

„An nichts“, sagte sie und fuhr zusammen.

Ihr Gesichtsausdruck musste ihm etwas mitgeteilt haben. Er hielt in dem, was er gerade sagen wollte, inne und lief schnell zu den Kakteen. „Komm her", winkte er ihr. Sie ging zu ihm, zitterte vor Aufregung und sah um sich. Er lächelte ihr zu und bückte sich zwischen den Pflanzen, als suche er etwas. Seine Hand strich leicht über ihre und das ließ sie erschauern. Sofort war ihr klar, was er suchte, und es erfüllte sie mit unaussprechlicher Freude.

Ihr war der Ort sehr viel vertrauter als ihm, deshalb ging sie nun zu einer besonderen Pflanze, bückte sich und sah genau hin. „Sieh, hier ...", rief sie aufgeregt. Sie war so überwältigt, dass sie die Hälfte ihrer Worte verschluckte.

„Wo?" fragte er eifrig. Er kam zu ihr, sah auf dem Kaktusblatt, auf das sie zeigte, ihren und seinen Namen zusammen und lachte. Bei diesem Lachen fühlte sie sich sehr stolz. Irgendwie stand nun fest, dass er noch an sie gedacht hatte. Das tröstete sie und sie war sehr zufrieden. Sie wollte diese Erleichterung allein genießen und kehrte in den Schatten des Baumes zurück.

Nach einer Weile kam er auch und setzte sich wieder neben sie. Er nahm sein Taschentuch heraus und wischte sich den Schweiß von Stirn und Nacken. Es kam ihr so vor, als würde er alles bewusst ihretwegen tun. Auch das gefiel ihr. Er faltete sein Taschentuch wieder zusammen, steckte es weg und zog etwas anderes heraus. Er öffnete ein kleines Papierpäckchen und hielt es ihr auf der Handfläche hin. Das Päckchen war voller kleiner kaffeebrauner einzeln verpackter Süßigkeiten. „Bitte, nimm!" sagte er. Sie zögerte, denn es machte sie verlegen, in seiner Gegenwart zu essen. Er schalt sie liebevoll: „Komm schon, ich hab dich doch aufgefordert!" Sie langte zu und nahm sich ein einziges Stück. „Komm, iss es!" befahl er ihr. „Diese Süßigkeiten sind aus dem Ausland. Mein Großvater hat sie geschickt. Versuch mal, du wirst sehen!" Er wickelte ein Stück aus und steckte es in den Mund. Sie aß das ihre sehr manierlich und geräuschlos.

Er sah wieder auf seine Armbanduhr. „Es ist schon fast elf. Warte hier. Ich gehe ins Schulleiter-Büro und sehe nach, ob mein Vater schon da ist." Er stand auf, staubte die Hinterseite seiner Hose ab und ging in Richtung Schule.

Rabia sah ihm nach, als er wegging, stand dann auf und ging noch einmal zu dem Kaktus. Sie staunte, dass sie nicht die geringste Angst hatte, obwohl sie in der Nähe niemanden sah. Sie hockte sich hin, um ihre ineinander verschlungenen Namen zu betrachten, und stellte fest, dass Ahmad sie geschrieben hatte. Freude erfüllte ihr Herz.

Als er zurückkam, wartete sie unter dem Baum auf ihn und sah zu ein paar Jungen hin, die den Berg hinaufstiegen, um ihr Vieh zu weiden. Als sie sich in Richtung ihrer Häuser aufmachten, fragte Ahmad: „Was versteckst du unter deinem Davani?"

Sie sah an sich herunter und ihr wurde klar, dass er die Beule an ihrer Taille bemerkt hatte. Sie wand sich ein bisschen und sagte: „Nichts!"

„Du versteckst doch etwas, stimmt's?" fragte er noch einmal.

Sie dachte, wenn sie diese Gelegenheit versäumte, würde sie keine andere bekommen, griff in ihren Davani und zog die Holzpuppe hervor, die sie dort verborgen gehalten hatte. „Sieh mal! Es ist deine, oder? Ich habe sie mitgebracht, um sie dir zurückzugeben", sagte sie. Sie wurde rot und war halb tot vor Scham, als sie das hervorbrachte.

Eine Minute lang sah er zwischen ihr und der Puppe hin und her. Offensichtlich gingen ihm alle möglichen Erinnerungen durch den Kopf. „Du gibst sie zurück? Mir? Oh nein. Behalte sie! Dort könnte ich sie nicht gebrauchen", sagte er und lächelte sehr liebevoll.

Danach gingen sie schweigend weiter. Als sie sein Haus erreicht hatten, sagte Ahmad: „Ich muss noch heute Abend abreisen. Ich werde erst nach den Examen zu den Ferien zurückkommen. Darum sage ich jetzt auf Wiedersehen, in Ordnung?"

Nachdem er hineingegangen war, stand sie noch eine Weile dort und der Kummer schnürte ihr die Kehle zusammen. Sie fühlte sich, als ob ein Stück ihres Körpers weggerissen worden wäre. Als sie nach Hause kam, sah sie mit Schrecken und Verständnislosigkeit, dass die Mauer fertig war. Erschöpft ging sie in ihr Zimmer und krümmte sich auf ihrem Bett zusammen. Ihre Finger umschlangen fest die Holzpuppe.

Anmerkung der Übersetzerin

Dass ein *Roman* 800 Seiten hat und aus 2 Teilen besteht, ist ja keine Seltenheit. Dass der 2. Teil aber wörtlich mit dem 1. Teil übereinstimmt – das schon! Aus diesem Grund hat das *Buch* auch nur 400 Seiten. Diese Bemerkung mag zunächst ein wenig befremden.

Wir lernen eine muslimische Gemeinde in der Nähe von Madurai in Tamil Nadu, Südostindien, kennen. Genauer gesagt: mehrere Frauen der kleinen Stadt und einige der noch kleineren Nachbarstadt, und einige Männer.

Wenn es einer Autorin gelungen ist, die Atmosphäre einzufangen und die Protagonisten und Protagonistinnen lebendig vor unser inneres Auge zu stellen, tut es uns oft leid, wenn wir uns am Ende des Romans von ihnen verabschieden müssen.

Bei der *Stunde nach Mitternacht* ist das nicht notwendig. Man könnte es einen zyklischen Roman nennen, denn sein 2. Teil beginnt mit dem Anfang des Romans!

In einem der ersten Kapitel sagen die Frauen, die unzertrennlichen Freundinnen Rabia – die Zwölfjährige ist die zentrale Figur in der ersten Hälfte des Romans – und Madina müssten einmal denselben Mann heiraten, damit sie ihr Leben gemeinsam und im selben Haus verbringen könnten. Später im Buch wird erzählt, dass Rabia geträumt habe, sie sei erwachsen und der Scherz sei Wirklichkeit geworden. Die Leserin erinnert sich. Entsprechendes kennen wir aus anderen Romanen.

Ganz anders ist es mit einer sehr ähnlichen Bemerkung, die sich diesmal auf die Kusinen Wahida, die kurz vor ihrer Hochzeit steht, und Rabia bezieht:

„Vielleicht finde ich ja auch denselben Bräutigam für euch beide und verheirate euch beide mit ihm."

Im zweiten Teil unserer Lektüre, wenn wir also wieder auf der ersten Seite des Romans angefangen haben und bis zu dieser Stelle gekommen sind, verstehen wir: Dies ist eine *Vorausdeutung* auf das, was Rabia, als sie bei den Neuvermählten zu Gast ist, erfahren muss: Der Bräutigam nimmt die erste Gelegenheit wahr – und sucht weitere –, um Rabia, die Zwölfjährige, zu belästigen!

Dies ist ein Beispiel für die Machart des Romans: Was sich beim ersten Lesen harmlos hingesprochen gibt, gewinnt bei der zweiten Lektüre oft erst seine Bedeutung. Ein weiteres Beispiel ist die durch die strenge Ausübung des Islams bedingte Tragik (wenigstens) zweier der Frauengestalten, die, wenn wir ihr Schicksal kennen, schon in der frühen Darstellung ihrer Erscheinung und ihres Auftretens aufscheint. Die Leserin versteht auch erst beim zweiten Lesen, dass Wahidas Schlaflosigkeit vor ihrem Hochzeitstag in einer späteren Nacht Bedeutung gewinnt, als sie aufgrund dieser Schlaflosigkeit eine Tragödie in Gang setzt.

Mit den vielen Protagonisten – und noch viel mehr Protagonistinnen – des Romans werden wir auch erst bei der zweiten Lektüre vertraut. Dann haben wir uns auch daran gewöhnt, dass die vielen verschiedenen Szenen zu verschiedenen Zeiten spielen. Sie werden als Erinnerungen einer der Personen eingeführt und manche verhelfen der sich Erinnernden zu ihrer Biografie. Wenn eine Szene im Kontext zu dramatisch erscheinen könnte, wird auch sie als Erinnerung dargestellt: Karim trifft in Madurai die verfemte Fatima und erinnert sich, als er wieder zu Hause ist, was er gerade erlebt hat. In diesem Fall wird mit dieser Technik die Handlung weitergeführt.

Der Roman ist wie ein Haus, mit dem man allmählich vertraut wird und in dem man sich nach und nach einrichtet.

Die Übersetzerin Ingrid von Heiseler studierte Germanistik und Theologie. Sie schloss das Studium an der Universität Göttingen ab. Sie ist Autorin des „erzählenden Berichts" „Einer tanzt aus der Reihe" (1990) und des Romans „Lost in Goa" (2001). Seit 2002 übersetzt und lektoriert sie Publikationen auf dem Gebiet Frieden und Konfliktbearbeitung.

Glossar

Aappams: dicker Reispfannkuchen; Spezialität aus Kerala, aber auch in angrenzenden Gebieten Tamil Nadus verbreitet; oft mit Kokosnussmilch serviert.
Aappakkaari: jemand, der Aappams herstellt.
Aavaram: Pflanze mit kleinen gelben Blüten.
Adi: vertrauliche Anrede für Frauen.
Akka: Schwester, Schwägerin, Kusine.
Almirah: Schrank (Englisch aus dem Hindi bzw. dem Urdu abgeleitet).
Amaavaasai: Neumond.
Ambassador: indische Automarke.
Amma: Mutter; Bezeichnung für Frauen; Ausruf des Schmerzes oder der Überraschung.
Ammadi: Ausruf der Erleichterung.
Amudamma: Name; Suffix ‚amma' bedeutet so viel wie ‚Frau'.
Anda: Kessel.
Appa: Vater; Ausdruck von Zuneigung.
Appada: Ausruf der Erleichterung.
Appadi: Ausruf der Erleichterung.
Appalam: knuspriger, oft frittierter, dünner Fladen aus Hülsenfrüchten.
Arali: Oleander (oder allgemein Pflanze).
Arati: eine Schale, die Wasser gemischt mit Kurkuma und Kalk enthält, wird zur Verehrungszeremonie benutzt. Diese Schale wird dem Bräutigam überreicht, um Unheil abzuwenden. Der Bräutigam gibt seiner Schwägerin dafür Geldgeschenke. – „Arati" ist ein hinduistischer Begriff. Die Rowther, zu denen Sikandar und Wahida gehören, sind zwar Muslime, doch haben sie viele Bräuche von den Hindus übernommen.
Asar-Gebete: das muslimische Nachmittagsgebet.
Asar-Zeit: zur Zeit des muslimischen Nachmittagsgebets, etwa 16 Uhr.
Asiamma: Bestatterin.
Athirsam: süßer Reispfannkuchen.
Attah: Vater; Herr.
Avulia: muslimischer Heiliger.
Ayya: Herr (respektvolle Anrede eines älteren Herrn).
Ayyaiyé: Ausruf der Verwunderung.
Badam: eine Kirschbaumart, Mandelbaum.
Bajjis: tamilischer Name für Pakora: Gemüse/Fleisch im Kichererbsenmehlmantel frittiert.
Bakhr-Id: muslimisches Opferfest.
Bajar-Gebete (eigentlich: Fajar): Gebet zur Morgendämmerung.
Bajar-Zeit: die Morgendämmerung.
Bangle: Armreif.
Banyan: Unterhemd.
Bawa: Titel für Sufi-Heiligen.
Biriyani: Reisgericht, das zu Hochzeiten und anderen Feierlichkeiten gereicht wird.

Bismillha: Eröffnungsformel bei vielen Tätigkeiten, beim Lesen fast aller Suren des Korans („im Namen Gottes"), auch vor dem Essen oder bevor man den Koran berührt.
Chitthi: Tante (Mutters jüngere Schwester).
Chitthirai: ein Monat im tamilischen Kalender (15. April – 15. Mai).
Chombu: ein kleines Gefäß, um Wasser, Milch usw. zu holen.
Chutney: Gewürzsauce, oft mit Frucht- oder Gemüsestücken.
Daayam: Brettspiel.
Da: Anredesuffix für Jungen (oder Männer), die in der sozialen Hierarchie weiter unten stehen als der/die Sprechende.
Dal: Linsengericht.
Dargah: Schrein eines muslimischen Heiligen.
Daspih (eigentlich: Tasbih): wörtlich „Lobpreisung", das Sprechen der Formel subhanullah „Gelobt sei Gott", oft in rituellen Kontexten.
Davani: Kleidungsstück für Mädchen; Halbsari.
Deepavali: mehrtägiges hinduistisches Lichterfest (Okt./Nov.); in Südindien Bezug zu Krishna, der einen Dämonen besiegt hat.
Di: Anredesuffix für Mädchen.
Dhrishti: ein Ritual, um böse Geister abzuwehren.
Dupatta: Schal, gehörend zum Salwar Kameez, einem Kleidungsstück für Frauen.
Fatihah (eigentlich: fatiha): die erste Sure des Korans.
Godumai panam: Geld für Weizen im Sinne von Almosen.
Golusu: Fußkettchen für Frauen.
Haj: Pilgerreise nach Mekka.
Haji-amma: Ehrentitel einer Frau, die eine Pilgerreise nach Mekka unternommen hat.
Haraam: islamrechtlich Verbotenes.
Hadith: Überlieferungen über Mohammed.
Hauz: Wasserbecken mit kanalartigem Zufluss im Innenhof einer Moschee.
Hazrat: muslimischer Geistlicher (Prediger).
Huri-Frauen: sie sind nach islamischem Glauben die Jungfrauen, die die Männer im Paradies vorfinden.
Id: Opferfest bzw. Fest des Fastenbrechens.
Idiappam: gedämpfte Nudeln aus Reismehl.
Iddlis: gedämpfte Küchlein aus fermentiertem Reis- und Linsenmehl.
Iftar: das Brechen des Fastens am Abend eines jeden Tages im Ramadan.
Jamaat: (islamische) Gemeinschaft.
Jibba: langes kragenloses Kleidungsstück, das von Männern getragen wird.
Jinn: ein Geist im muslimischen Glauben; kann gut oder böse sein.
Kaaran: *-kaaran*: Suffix zur Bezeichnung eines speziellen Handelnden oder Besitzenden (z.B. Current-kaaran: Besitzer des Elektrizitätswerks).
Kabadi: Mannschaftsspiel.
Kafir: Ungläubiger.
Kalaa-Früchte: Früchte eines speziellen Baumes, die in einer Salzlösung verkocht werden, wobei das Salz eine schwarze Farbe und einen interessanten Geschmack annimmt. Schwarzes Salz wird für manche indische Speisen verwendet.
Kanji: Reiswasser, Reissuppe.
Kanji of rava: Grießbrei.

Karna: Figur aus dem altindischen Epos Mahabharata, wird für Mut, Großzügigkeit und seinen Kampf gegen das Unglück bewundert.
Kasumalai: Kette aus Gold und Edelsteinen.
Katab Fatiha rite: Ritus im Zusammenhang mit der Fatiha-Sure.
Kesari: Süßigkeit aus Weizenmehl.
Kittipul: Kinderspiel; Wurfspiel mit Holzstock.
Kolam: Bodenzeichnung mit Reismehl oder Reispaste als Hausschmuck.
Konar: eine tamilische Kaste, traditionell Viehzüchter und Milchverkäufer.
Kotbah stage: Predigtkanzel.
Kuppi: Tante (Schwester des Vaters).
Kurma: eine Art dicke Currysauce, zu Reis serviert.
Kuzhambu: Gericht aus verschiedenen Linsenarten.
Laddus: beliebte Süßspeise in Kugelform, Attribut Ganeshas (Elefantengott).
Lakh: Zahlwort für Hunderttausend.
Laylathul-Qadr-Gebete: Gebete in der „Nacht der Macht", einer der letzten Nächte des Ramadan.
Lota: kleines Metallgefäß.
Lungi: Beinbekleidung für Männer.
Madanakamarajan Stories: Madanakamarajan: Tamil-Film (1990).
Madrasa: islamische Bildungseinrichtung.
Maghrib-Zeit: kurz nach Sonnenuntergang.
Maghrib-Gebete: das vierte von fünf formellen täglichen Gebeten im Islam.
Mai: Augenschwärze.
Malak: unsichtbare Engel, die alle guten und schlechten Taten registrieren.
Marikozhundu: Süßlich riechende Pflanze zur Geschmacksverfeinerung.
Maulud: stündliche Rezitation, die 10 Tage lang abgehalten wird.
MGR: ein berühmter Schauspieler, der später Ministerpräsident des indischen Bundesstaats Tamil Nadu wurde.
Mihr: die Brautgabe, die ein Mann bei der Hochzeit seiner Frau geben muss. Im Falle einer Scheidung muss die Brautgabe zurückgegeben werden.
Modinaar: ruft zum Gebet und verrichtet auch andere Vorbereitungen zum Gebet (Muezzin).
Mudalali: jemand, der viel Besitz hat.
Mudevi: eine Person, die Unglück bringt.
Muhurtam: das zentrale Ritual bei einer indischen Hochzeit: der Bräutigam legt die Hochzeitskette um den Hals der Braut. Auch dieses Hindu-Ritual wird von den Rowther-Muslimen praktiziert.
Munde: Dummkopf, Nichtsnutz.
Murungai: Baum, dessen Blätter als Gemüse wie Spinat gegessen werden, auch Drumstick genannt.
Murukku: frittiertes, meist gedrehtes herzhaftes Gebäck.
Mutthavalli: offizieller Anführer einer Gemeinschaft.
Muzafirs: Bettler.
Naattaamai: Anführer (Vorsteher) der Muslime eines Dorfes.
Nagara: eine Art Pauke.
Nonbu Kanji: Reisgrütze, mit der im Ramadan allabendlich das Fasten gebrochen wird.

Olu ablutions: die vor dem Gebet nötigen Waschungen.
Paavaadai: Rock.
Pallaanguzhi: Spielbrett mit Vertiefungen, die mit Tamarindenkernen befüllt werden.
Palmyra fruit: Frucht der Palmyrapalme.
Pandal: ein provisorischer Aufbau, der bei religiösen Festen die Funktion eines Schreins hat, der aber auch als eine Art Festzelt errichtet wird zur Erweiterung des Hauses, um bei entsprechenden Anlässen Gäste unterzubringen.
Panguni: Monat März/April (einer der Heiratsmonate).
Paniyaaram/paniyaram: (süßes) Reisgebäck.
Payasam: Süßspeise.
Pisaasu: Teufel.
Portia-Baum: Küsten-Tropeneibisch (Art des Hibiskus).
Pottu: Punkt auf der Stirn (oder schwarzer Punkt auf Wange).
Prayer beads: Gebetskette (im Islam mit 99 Perlen für die 99 Namen Allahs).
Purdah: persisch „Vorhang", Bezeichnung für die Regeln der Geschlechtertrennung; „she observes purdah" heißt, dass sie nicht unverschleiert vor die Tür geht, nicht mit Männern spricht, mit denen sie nach den Regeln nicht sprechen darf usw.
Puttu: ein Frühstück von gesüßtem zerstoßenem Reis und Kokosnussstücken.
Raasa: tamilische Version von „raja", ein Ausdruck der Zuneigung.
Rahman: „der Erbarmer", einer der Namen Gottes.
Ramadan: islamischer Fastenmonat.
Rowther: eine angesehene Gruppe unter den tamilischen Muslimen (hanafitische Sunniten).
Saithaan: Teufel.
Sahar: die erste Mahlzeit am Tag vor Beginn des Fastens im Ramadan.
Salawaat: Segenswünsche auf den Propheten Muhammed.
Saniyan/Saniyané: Schimpfwort (schwer zu übersetzen; cani ist der Saturn, also ein übellauniger Planet, der negativen Einfluss auf das Leben ausübt). Ausruf der Ungeduld.
Scharia: islamisches Gesetz.
Shiyakkai: „fruit for the hair", traditionelle Haarwaschpaste aus Blättern eines Strauches (acacia concinna).
Sri Lanka Rupavahini Corporation (SLRC): nationales Fernsehnetzwerk Sri Lankas.
SSLC: Das indische Schulsystem besteht aus fünf Jahren Primärschule, auf die fünf Jahre Sekundarschule folgen. Das SSLC wird am Ende der Sekundarschule abgelegt, danach kann der Schüler an einer Höheren Sekundarschule weiterlernen.
Subahaan Allah: Gepriesen sei Gott!
Subra: eine spezielle Matte, auf der das Essen serviert wird.
Sundal: gekochte, gewürzte Hülsenfrüchte; Beilage aus Weißkohl.
Sunnath: Beschneidung.
Surma stick: Stock für Stockkampf.
Tabligh-Pflichten: „Übermittlung, Information, Mission"; bezeichnet eine Art innermuslimische Missionsbewegung, die von Nordindien ausgegangen ist und bemüht ist, Muslime zur „korrekten" Ausübung ihrer Religion zu bewegen.
Tabligue-Arbeit: Aktivitäten im Sinne der Tabligh-Bewegung, innermuslimische Missionsarbeit.
Tahajjat-Gebete: Gebete, die mit der Pilgerfahrt (hajj) in Verbindung stehen.

Taju: Kurzforum von „Mumtaz".
Takbir: Bestandteil der täglichen Gebete, das Aussprechen der Formel Allahu akbar, „Gott ist am größten".
Talaq: Scheidung einer Ehe.
Tali: schwarze Kette, die der Bräutigam der Braut bei der Hochzeitszeremonie zur Besiegelung der Ehe umlegt.
Talisa: eine Sauce, die mit Biriyani serviert wird.
Tarawih-Gebete: islamische Gebete während des Ramadan.
Thangam: Tamilischer Kinoheld.
Thattis: Wände.
Thaayi: Dame (respektvolle Anrede für eine Frau).
Thinnai: Veranda vor dem Haus.
Urad: Bohnenart.
Urad dal: Brei/Mus aus Uradbohnen.
Ural: großer Steinmörser.
Vadaam: ein Gebäck, das aus Gewürzen und Mehl hergestellt und in der Sonne getrocknet wurde.
Vadaamalligai: eine Blume.
Vadais: frittiertes Gebäck aus Hülsenfrüchten.
Vairam: Diamant.
Vaavarasi: eine Frau, die vor ihrem Ehemann stirbt; dies wird als ein Segen empfunden, weil die Frau dann nicht als Witwe leben muss.
Veshti: Dhoti; Beinkleid für Männer.
Vikramadityan tales: Legende des Königs Vikramadityan.
Yejamaan: Anrede: Meister.
Yemma: „hör zu, Mutter!"
Yerukku-Zweig: Zweig von Calotropis Gigantea, „Kronenblume" oder „Madar-Strauch" genannt.
Zari: feiner Goldfaden, eingewebt hauptsächlich in Seidenstoffe.

Dieses Glossar wurde mit Hilfe von Lakshmi Holmström, Torsten Tschacher und Anne Breubeck erstellt.

Personenverzeichnis

Im kleineren Ort wohnen:

Amina mit Tochter **Firdaus**, ihre ältere Tochter Zohra ist im größeren Ort verheiratet. Das Haus gegenüber war das Elternhaus von Aminas viel älterem Mann Ismail, der nicht mehr lebt. Seine Mutter hieß Bivi. Amina hat deren Haus an den Brahmanen und Lehrer **Siva** vermietet. Aminas Schwester **Maimun** ist vor Jahren an den Folgen einer Abtreibung gestorben.

Im Haus gegenüber: Brahmanen-Familie, Lehrer **Siva**, seine Frau **Jaya** ist mit Kleinkind **Viji** selten in der Stadt.

Im Nachbarhaus wohnt **Sabia**, die Schwester der Brüder Kader und Karim im Nachbarort. Ihr Mann **Sayyed** betreibt auf Sri Lanka einen Laden. Ihr Sohn **Sikandar** arbeitet in Singapur. Wahida, Tochter Kaders, kommt als Schwiegertochter ins Haus.

Im größeren Ort wohnen:

Die Ehepaare **Rahima** und **Kader** mit Tochter **Wahida** und im selben Haus **Zohra** und **Karim** mit Tochter **Rabia**. Kader ist der ältere der beiden Brüder. Vor der Zeit der Handlung: **Jamila und Muhammad Ali**, Mutter und Vater Kaders, Karims und Sabias. Rahimas Vater **Hanifa**, Witwer, in der Stadt.

Sainu, älteste Tochter **Farida,** zwei erwachsene behinderte Zwillingsmädchen **Rabi** und **Siddhi,** jüngste Tochter **Madina** (enge Freundin Rabias). Sohn **Suleiman** arbeitet in Singapur und ist mit **Mumtaz** verheiratet. Gestorbener Ehemann **Latif** war der Bruder Sauras.

Saura mit den Töchtern **Raihaina**, die verwachsen ist, und **Sherifa**, Witwe **Salaam**s (Sohn von Sainus Schwägerin Zeenat, Schwester Latifs) mit kleiner Tochter Jasmin, Saura hat noch den jungen Sohn **Razak.** Mann ist alt und arbeitet im Ausland.

Nafiza mit Mann **Bashir** und den Söhnen **Ahmad** und **Rafiq**. Ihr Geliebter: **Aziz.** Vater Kamal arbeitet in Singapur, Mutter Zunaida eben gestorben (1. Kapitel).

Nuramma mit Tochter **Fatima**, Zugehfrauen bei Rahima, und Fatimas Sohn **Iliaz.** Fatima wurde von ihrem Mann verlassen. Nuramma war als Prostituierte in einer anderen Stadt schwanger geworden. Sie erzählt, ihr Mann habe Nur Muhammad geheißen. Fatima wuchs „vaterlos" auf.

Hindufamilie, Fahrer bei Kader ist **Matthu**, Bruder der Mitschülerin **Uma**, Mutter **Amud.**

Hindufamilie, Mitschüler **Ramesh**, Mutter **Shanta** hat „zwei Ehemänner" im Strom-Kaaran-Haus, Vater Elektrizitätswerksbeamter **Balakrishnan.**

Mariyayi, alleinlebende Hindufrau, Haushaltsgehilfin bei Karims Familie und Karims Geliebte.

Murugan, Hindu, arbeitet in Bashirs Laden (geht mit Fatima durch).

Ein Verlag für Indien. Draupadi Verlag

Das Verlagsprogramm hat **zwei Schwerpunkte.**

Zum einen veröffentlichen wir **Romane, Erzählungen und Gedichte** aus Indien und anderen südasiatischen Ländern in deutscher Übersetzung.

Zum anderen verlegen wir **Sachbücher über Indien.** Das Themenspektrum ist breit gefächert. Bücher zur aktuellen politischen Situation und Geschichte Indiens stehen neben Veröffentlichungen über Kultur, Kunst und Religion. Der Draupadi Verlag wurde 2003 von Christian Weiß in Heidelberg gegründet.

Draupadi
Der Name des Verlags nimmt Bezug auf die Heldin des altindischen Epos „Mahabharata“. In Indien ist Draupadi als eine Frau bekannt, die sich gegen Ungerechtigkeit und Willkür wehrt. In diesem Sinne greift etwa die indische Schriftstellerin Mahasweta Devi in der 1978 erstmals erschienenen Erzählung „Draupadi“ das Thema auf. Draupadi wird hier eine junge Frau genannt, die für eine Gesellschaft kämpft, in der niemand mehr unterdrückt wird.

Alle Titel sind in jeder guten Buchhandlung erhältlich oder **direkt beim**

Draupadi Verlag
Dossenheimer Landstr. 103
69121 Heidelberg

Telefon 06221 / 412 990
Telefax 0322 2372 2343

info@draupadi-verlag.de
www.draupadi-verlag.de

Fordern Sie unseren Verlagsprospekt an!